中国之读
"中国文学"的理论和方法

张未民 著

人民文学出版社

图书在版编目(CIP)数据

中国之读:"中国文学"的理论和方法 / 张未民著. —北京:人民文学出版社,2021
ISBN 978-7-02-015601-6

I. ①中… Ⅱ. ①张… Ⅲ. ①中国文学—文学研究 Ⅳ. ①I206

中国版本图书馆 CIP 数据核字(2021)第 252870 号

责任编辑	曾雪梅　陈　悦
装帧设计	黄云香
责任校对	韩志慧　王筱盈
责任印制	任　祎

出版发行	人民文学出版社
社　　址	北京市朝内大街 166 号
邮政编码	100705

印　　刷	北京建宏印刷有限公司
经　　销	全国新华书店等

字　　数	440 千字
开　　本	710 毫米×1000 毫米　1/16
印　　张	33　插页 3
版　　次	2021 年 12 月北京第 1 版
印　　次	2021 年 12 月第 1 次印刷
书　　号	978-7-02-015601-6
定　　价	118.00 元

如有印装质量问题,请与本社图书销售中心调换。电话:010-65233595

目 录

根的隐喻——一个中国隐喻的历史文化考察……1
 一个语词的隐喻式根源及其隐喻式产生……1
 "根"的世界掌握:理与情的隐喻分途……22

超越"国中"——"中国"概念的历史语源学探寻……41
 "中国,即国中":一个历史语言的阐释学……41
 "中国":对历史语言阐释的抗拒和超越……45
 "中":何以前置和优先……47
 "中国"思想:在历史实践中的生成……53
 结语:"中国",深埋于历史的"中国梦"……58

何谓"中国文学"——对"中国文学"概念及其相关问题的讨论……59
 "中国文学":在民族/国家之间的表述……59
 "中国文学"概念应在"中国观"上加以探讨……61
 "大规模国家"与中国文学的"中国性"特征……66
 从"中国"到"地方":政治美学和文学的生命个性……74
 区域构成、民族构成、语言构成……78
 "中国"文学的诞生:以《诗经》为案例的分析……85
 结语:共同体观念与中国文学……90

重建中国文学的整体性——从文明的角度重识中国文学……93
  问题的由来：中国文学是一个整体……93
  重建汉语文学的整体性……97
  反思现代性……99
  缓解时间的政治……103
  打开文学的文明视界……106
  赘语：想象或穿越，一个注脚……111

中国文学与世界文学——从"天下之文"走向"世界文学"的中国化……114
  "中国"的意义：多极化世界文学中的重要"一极"……114
  "世界文学"概念与中国的因缘际会……118
  "天下/中国"与中国文学的"天下之文"论……121
  从"天下之文"走向"世界文学"的中国化……129
  中国文明对"世界文学"的理解意义……135

再论共同体观念和中国文学……138

《诗经》的"中国"解读——《诗经》所见"中国"形态向审美意识的积淀……143
  所见作为国家认知的"中国"及"中国"主题诗学……143
  风雅颂：由政治共同体通向文学审美共同体……147
  赋比兴："中国文学"的发生和基本的语言表现经验……149
  一多模式："中国"作为思维方法……154

《木兰诗》的"中国"解读……156

中国"生活"概念的历史解说……164

　　以"生"释"活"……164

　　从"生生"释"生活"……175

　　以"日用"代"生活",或"日常生活"……184

"生活"概念在20世纪中国的兴起——20世纪中国"生活"理论体系的生成

　　及话语形式简析……194

　　"生活"理论体系的生成:重评王国维和梁漱溟……195

　　生活话语的兴起:"人生""生命""民生""生存"诸概念的分析与

　　　集合……204

　　走向"生活现代性"及其"生活"概念的整体性……218

生活的心,回家的路——新世纪中国文艺学美学的"生活论转向"……223

　　引言:是生活不是日常生活……223

　　生活转型……226

　　生活的心……230

　　回家的路……240

为生活立心——说说萧红,说说李泽厚……243

一个"生活"主题的百年诗歌简史……251

　　生活诗缘……251

　　生命焦灼与死亡体验……254

　　理想与革命:去日常生活化……258

　　诗的"再生活"……265

　　感觉、物:走向生活整体性的诗……271

体物的精神层面……281

　　嵌入生活的诗：隐喻之维……286

中国文学的"批评问题"——"批评"与"评论"的百年"语用"纠葛及其所见

　　时代风尚……289

　　缘起……289

　　释"批"与"批评"……290

　　中国文学传统中的"批评"及相关的几个概念……293

　　在"批评"与"评论"之间："Literary Criticism"的汉译……298

　　为何是"文学批评"？——激进的"批判"锋芒……302

　　"批评家这一类特殊的人应该是没有的"——"批评"的困境……308

　　质疑"文学批评"……312

　　"十七年"：在"评论"与"批判"之间……315

　　20世纪80年代："评论"淡化而"批评"翱翔……320

　　20世纪90年代以来："批评"的陷落与"人文精神"坚守……326

　　新世纪现状：生活性，"批评"的分化与走向……329

说"游"解"戏"——中国古代文艺中的"游戏说"……337

　　中国的"戏"……337

　　"戏"的艺术……341

　　"戏"作为一种艺术审美方式……345

　　游戏三昧……347

　　虚拟和程式……349

　　大团圆和"戏的正义"……351

　　游艺和游神……354

　　游与戏……357

一点比较:游戏精神……359

侠与中国文化的民间精神……364

　　墨侠源流……364

　　中国文化:儒道互补吗?……366

　　武侠小说与古代小说的三种模式……370

　　侠在文学中的两种表现……372

　　金庸与莫言……375

中国文学的"时间"——关于"新世纪文学"论述的一个逻辑起点……378

中国"新现代性"与"新世纪文学"的兴起……387

　　文学批评的现代性话语讨论……387

　　中国现代性三型与新现代性的兴起……395

　　中国新现代性与"新时期文学"的疏离……405

　　新世纪文学的兴起……417

写作的时代与新性情写作——有关"80后"等文学写作倾向的试解读……428

　　"写作"的时代……428

　　新世纪文学中的"新性情写作"……430

　　对"80后"等性情写作若干评价上的尴尬……436

　　新性情写作的若干特征……439

　　传统的复归与"新文学观"的重新审视……445

　　趋向老龄化的社会与人生的延宕……447

对新世纪文学特征的几点认识……450

  "新世纪文学"的三种用法……450

  增量的文学……455

  生长的文学……460

  总体的文学……463

  生活的文学……466

  体物的文学……472

  "文明"的文学……474

试论"中国现代文学3"——新世纪以来的文学：思潮与文脉……480

  现代文学3：从"现代性"的讨论到"新世纪文学"的讨论……482

  其他主要文学思潮概述……495

  文脉背景下的诸现象……503

中国之读（代后记）……515

根的隐喻

——一个中国隐喻的历史文化考察

一个语词的隐喻式根源及其隐喻式产生

(一) 作为隐喻的语词"根"

写下"根的隐喻"这个题目,我知道我也会像苏珊·桑塔格在其著名论文《艾滋病及其隐喻》的开篇所做的那样,径直称引亚里士多德在《诗学》中对"隐喻"的著名定义:隐喻,"是指以他物之名名此物"。① 不仅如此,我还要称引中国先秦时代思想家墨子也说过的类似的一句话:"辟也者,举也(他)物而以明之也。"②结合《说文》:"辟,法也……从口。"《说文》段注:"或借为譬。"③可见,隐喻,或者它的古汉语用法"譬",是人们言说的一种方法,一种"以他物之名名此物"的方法,一种"举他物而以明之也"的方法。从墨子到《说文》,明确了"隐喻"的两点认知:一是它的语言学性质,二是它的方法论定位。

---

① 转引自[美]苏珊·桑塔格:《疾病的隐喻》,程巍译,上海:上海译文出版社2003年版,第83页。陈中梅汉译亚里士多德《诗学》将此句译为:"用一个表示某物的词借喻他物,这个词便成了隐喻词。"(商务印书馆1996年版,第149页)
② 吴毓江:《墨子校注》,北京:中华书局1993年版,下册,第628页。同书《墨子·小取》注释17引《潜夫论释难篇》云:"夫譬喻也者,生于直告之不明,故假物之然否以彰之。"(第648页)
③ 〔清〕段玉裁:《说文解字注》,杭州:江苏古籍出版社,2004年影印本,第432页下。

然而这是一种"很要命"的"方法"。要命就要命在它的"普遍性",你只要说话,就避免不了使用隐喻;只要思考,也逃避不了隐喻。也就是说,如果人说话,或明事理,总是要"以他物之名名此物",或者"举他物之名而以名之也"。桑塔格甚至说:"没有隐喻,一个人就不可能进行思考。"[1]其实,桑塔格在这里也就等于说,对人而言,离开隐喻就不能生存。因为人的生存难道能够离开"思考"吗?离开"思",大脑停止思维,"人"安在?

而思与语言同在,我们常说,语言是人类思维的外壳,因此如果我们的思维是隐喻性的,那也就等于说运行思维的语言在本性上无疑也是隐喻性质的。哲学家罗蒂深明此理,他曾说道:"决定着我们大部分哲学信念的是图画而非命题,是隐喻而非陈述。"[2]那么在这样的背景下,本文所要探讨的汉语词"根",就不仅重要,而且有相当的难度。"根"首先是一个名词,但在更广阔的历史文化语言的意义上,它无疑是众所周知的一个常用的隐喻。尤甚在中国思想史和文学史上,这个隐喻的表述材料可谓汗牛充栋,关于"根"及"根"的另类模型"本",几乎成为所有思想家、文学家的思想与创作所运用的基本隐喻表达式。在民间,在日常生活中,"根"及"本"的隐喻方式也司空见惯,甚至与人们的说话方式、生活方式和人生设计融在一起,大多数人对寻根求本形成了普遍的心理认同。而令我们心生敬畏的是隐喻语言本身的自我缠绕、自身矛盾,即:如果把思、语言及其"隐喻"本性当作人的一个"根",是人之为人的"根",那么我们还能讨论这个"根"吗?

起码在中国汉语语境,"根"是作为一个很中国化的隐喻被赋予语用意义的。翁贝尔托·埃科说:"如果隐喻创造语言,我们只能隐喻地讲话。隐喻的定义只能是循环往复的。""每当语言的使用者感到有些

---

[1] [美]苏珊·桑塔格:《疾病的隐喻》,程巍译,上海:上海译文出版社,2003年版,第83页。
[2] [美]理查德·罗帝:《哲学和自然之镜》,李幼蒸译,北京:商务印书馆2003年版,第27页。

东西像隐喻一样不能解释时,便使用隐喻。"①看来,隐喻的方式是人类逃避不了的语境,我们注定要用思、用语言、用"隐喻"的方法去讨论这个"根"。因为当我们感受到"根"这个汉语词像隐喻一样呈现了难以解释的复杂性和丰富性时,我们的解释便开始了。于是解释中国,也可以从解释隐喻开始。尽管这种解释同样会冒"隐喻性"的同义反复的风险。

　　我们面临的问题是,当中国先秦思想家老子提出"深根固柢"与人的生命"长生久视"的关系命题两千多年以后②,在整个20世纪中国人经过对自身"劣根性"的"去根"、对"理想"的实践"扎根",以及对"传统"的不断"寻根"之后,在21世纪,我们为什么依然要反复唱起那首时代之歌,那首《绿叶对根的情意》呢?③ 根,当用以来"名此物"时,我们也许并不了解西方人对root(根)的隐喻生活状况,但我们却感受深刻地知道中国人自己对"根"的专注和专情。"根"的隐喻构成一部中国的文化史,既是情感史、语言史,也是哲学史。两千多年来,甚至比这还要更长的时间里,中国人都已经生活在并将继续生活在"根"的隐喻文化之中。它是真正的人类性、中国性的大隐喻,不仅形象昭著,意义丰富,而且灌注了深深的生命情感,成为中国人所依托的生命的方式、情感的方式,然后才是意义与真理的方式。

　　问世间情为何物?问中国根乃何为?

---

① [意]翁贝尔托·埃科:《符号学与语言哲学》,王天清译,天津:百花文艺出版社2006年版,第171页。
② 《老子》第五十九章云:"是谓深根固柢,长生久视之道。"见陈鼓应注译:《老子今注今译》(参照简帛本最新修订版),北京:商务印书馆2003年版,第288页。
③ 1990年代至今在中国大陆极为流行的由王健作词、谷建芬作曲的歌曲《绿叶对根的情意》,其词曰:"不要问我到哪里去,我的心依着你,/不要问我到哪里去,我的情牵着你,/我是你的一片绿叶,我的根在你的土地,/春风中告别了你,今天这方,明天那里,/不要问我到哪里去……我的路上充满回忆,/请你祝福我,我也祝福你,这是绿叶对根的情意。"

（二）从"形义隐喻"到"音义隐喻"

中外传统修辞学视野中的隐喻理论，都是将隐喻作为一种与明喻、夸张、顶针等并列的修辞手法加以定位探讨的。作为一个汉语词汇概念，"隐喻"是广义的比喻修辞的一种，与明喻相比更加"隐蔽"地以"他物名此物"，并借此起到效果修饰性作用。

然而，到了20世纪下半叶，欧美隐喻理论走出了一般修辞学的框子，发展出一门认知隐喻学，认为隐喻的基本作用是以认知为中心的，它组织了我们赖以生存和言说的概念系统。隐喻之"隐"，也不再是一般修辞学上的与"明喻"相对的意义，而是指人类语言与思维行为所采取的一种隐秘的、形象的、比附参照的普遍的表义策略和方法，并构成了人的一种基本的认知方式。隐即喻，喻即隐，喻的方式隐于语言与人类生活之中。伴随着人类在生存中认知的发生与成长，人类的语言能力和语言表达系统也与认知的发生与成长相适应，认知和语言不可分离，是同一问题的两面。认知隐喻学认为，如果说人类的语言最初得自一种隐喻的方式的话，那还不如说人类最初的认知能力也是依靠隐喻的途径、隐喻的方式才得以发生和成长的。因此，隐喻的研究不仅仅是一种诗学研究和语言研究，它实际上更会走向一种认知研究、思维和语言的历史起源研究。这种隐喻认知研究也自然地超出了现代学术界的隐喻诗学研究或隐喻的语言学研究。隐喻的诗学体现了一种诗学的语言论倾向，从研究语言入手衔接诗学，或从研究诗学入手而牵起语言学，认为"隐喻"是构成诗化语言或文学性的基本范畴，并借以和日常语言划清界限。隐喻的语言学将隐喻作为一种语言现象，更多地从传统修辞学走向一种语文、语用学的研究。这些都是中西固有的基本学术做法和思路。而认知隐喻学则从语言学的语义入手，在语言和认知的结合部，走向一种普遍存在的语言及其诸概念的"隐喻思维"研究，乃至隐喻的哲学研究。乔治·莱考夫和马克·约翰逊在其著名的《我们赖以生存的隐喻》(1980年)一书中,认为隐喻部分地构成我们的日常概念,许多我们称之为本义的语言或概念实际上都隐喻性地被产生出来,并隐喻性地发挥着作用。① 这种认知隐喻学研究不仅超越修辞学和诗学,进入语言认知科学领域,而且穷根问底,更倾向于历史语言学研究,为我们对常见概念的语源学、发生学探求,开辟了一种"隐喻性"的新思路。循此,对"根"的概念溯源,也不能不注意到它的隐喻性质。请看汉代许慎的《说文解字》释"根":

根,木株也,从木艮声。
株,木根也,从木朱声。②

《说文》的上述词义解释是采取"根"与"株"的隐喻式互释方式的。并且,许慎的释义又总是采取形义与音义两方面并举方式的。"从木",指的是"根"的形义,"艮声",指的是"根"的音义方面;前者是由形取义,后者是由音摄义。

仅就"根"字而言,由于汉语的意象性文字特征,我们以"从木"这一偏旁的形义,可指认出"根"属于由"木"所呈现的隐喻系列,与"树",与"枝""叶""杆"等为同一形义隐喻字词家族。"形义隐喻"正是"根"字造字成词的理据和方式之一,"木"属象形的隐喻,于是可以作为对其字根或词根的理解的一个方面。

进一步,由本文称之为"形义隐喻"的生词方式,我们还可以引出可称为"音义隐喻"的生词猜想或构拟方式,从而有助于我们对一种渊源更早的"语根"的探源。所谓音义隐喻,是指以音摄义和表义的隐喻性质。而"根"的"音义隐喻"则呈现于它的"声旁",即"艮"。如果说"木"是根

---

① 胡壮麟:《认知隐喻学》,北京:北京大学出版社,2004年版,第9页;张沛:《隐喻的生命》,北京:北京大学出版社,2004年版,第39—43页;谢之君:《隐喻认知功能探索》,上海:复旦大学出版社2007年版,第38页;[美]乔治·莱考夫、马克·约翰逊:《我们赖以生存的隐喻》,何文忠译,杭州:浙江大学出版社,2015年版,第1—3页。
② [清]段玉裁:《说文解字注》,杭州:江苏古籍出版社2004年影印本,第248页下。

的"字根",那么"艮"就是根的"语根"。

我们知道,文字的产生较之语言产生是很晚的事情,"从仰韶文化算起,我国文字已有六千多年的历史"。① 而人类语言的萌芽和孕育则早在6到8万年前②,人类在使用文字之前,早已能够用声音进行表达和交流了。因此,"凡有语义,必有语根"。③ "语根"应被视作"最初表示概念之音,为语言形式之基础"。④ 探求语根来源应以"语言(即音义,引者注)为主,而不以字形为主"。⑤ 段玉裁说"圣人之制字,有义而后有音,有音而后有形;学者之考字,因形以得其音,因音以得其义"。⑥ 这是说,在形、音、义三者的关系中,必须通过"音"才能达到"义"的最后解释,因为由文字符号所呈现出的语义,最初在无文字之前是由语音表达的,字符不过是声符的进一步固化、可视化表现。这一点在汉语"形声字"中表现得尤为突出。也许由于象形文字的缘故,人们总是拘囿于字形来解释汉语词汇,以至于有这样的印象:"笔画丰富与语音贫乏的结合导致了这种结果,一个词的词源及其与相似发音的单音节词的关系呈现于笔画的结构而非语音的结构上。"⑦这也就是说,对汉语中大量存在的同音词的区别,我们将更多地依据其字形的变化了。然而这可以说明字形之于象形文字的重要,却并不能改变语言(音义)早于文字的事实,因此,对语根的探求,或者说对"音义隐喻"(既然语言本身是隐喻性质)的猜想与构拟,其重要性和必要性,也早已是汉语这个象形文字系统的研究家们的共识。自《尔

---

① 郭沫若主编:《中国史稿》,北京:人民出版社1976年版,第1册,第65页。
② 李讷:《人类进化中的"缺失环节"和语言的起源》,《中国社会科学》,2004年第2期。
③ 黄侃:《略论推求语根之法》,黄焯编:《文字声韵训诂笔记》,上海:上海古籍出版社1983年版,第58页。
④ 沈兼士:《右文说在训诂学上之沿革及其推阐》,《沈兼士学术论文集》,北京:中华书局1986年版,第168页。
⑤ 齐佩瑢:《训诂学概论》,北京:中华书局1984年版,第108页。
⑥ 〔清〕段玉裁:《王怀祖广雅注序》,周斌武选注:《中国古代语言学文选》,上海:上海古籍出版社1988年版,第162页。
⑦ 〔英〕葛瑞汉:《论道者——中国古代哲学论辩》,张海晏译,北京:中国社会科学出版社2003年版,第389页。

雅》以来,中国训诂学中早就形成了一种注重音训或声训的深厚传统,起码认为形义和音义二者是不可偏废的。而偏重于只用字形或象形一面来解释语言概念及文字来源与本义,只不过是在20世纪甲骨文研究发达起来之后才出现的一种学术习惯。许慎早在两千余年前的《说文叙》中就指明过,就汉字的一种基本造词方式"形声"字而言,它的基本方式就是"譬",亦即形与声相汇而显示的隐喻方式,许慎谓之"取譬相成,江河是也"①。近人章太炎说:

> 诸言语皆有根。先征之有形之物,则可睹矣。何以言"雀"?谓其音"即足"也;何以言"鹊"?谓其音"错错"也;何以言"雅"?谓其音"亚亚"也;何以言"雁"?谓其音"岸岸"也;何以言"驾鹅"?谓其音"加我"也……以音为表,惟鸟为众……故物名必有由起。②

杨树达说:

> 自清儒王怀祖、郝兰皋诸人盛倡声近则义近之说,于是近世黄承吉、刘师培先后发挥形声字实寓于声,其说即圆满不漏矣。盖文字根于言语,言语托于声音,言语在文字之先,文字只是语音之徽号。以我国文字言之,形声字居全字数十分之九,谓形声字义但寓于形而不在声,是直谓中国文字离语言而独立也。③

于是,我们的探讨,将越过字根,要在字根基础上探讨语根;探讨这个语根,也就是要先探讨其音义隐喻的历史。

---

① 〔汉〕许慎:《说文解字叙》云:"形声者,以事为名,取譬相成,江、河是也。"〔清〕段玉裁:《说文解字注》,杭州:江苏古籍出版社2004年影印本,第755页下。
② 章太炎:《国故论衡·语言缘起说》,陈平原导读,上海:上海古籍出版社2003年版,第31页。
③ 杨树达:《形声字声中有义略证》,《积微居小学金石论丛》(增订本),北京:中华书局1983年版,第38页。

(三)从"根隐喻"到"根的隐喻":"艮"的原始音义系统

饶有兴味的是,在我们这篇讨论"根"这一概念的语源的文章中,也不能不依靠"语根"这样带"根"的概念,可见"根"的隐喻之于汉语认知的意义是非常重要的。探讨"根"的隐喻语义之源,也只能隐喻地使用"根"这样的概念来生成"语根""根词"等衍生概念。至于说到"语根""根词"这样的概念,认知隐喻学理论中还创生了一个"根隐喻"概念,是说在"认知"与"隐喻"一体化的视野里,每个字词或概念最终的原生之点都是由隐喻所构成,这个最初的原生隐喻就是"根隐喻"(root metaphor)[①],而每个词和概念的历史语源上都应有一个"根隐喻"埋在时间的深处。如前所论,这个"根隐喻",一定是音义性质的隐喻,也就是我们常说的"语根"。对此,我们要区分认知隐喻学的术语"根隐喻"和本文所论的"根的隐喻"的不同。我们所谓的"根的隐喻",恰是要探讨"根"这个词或概念的"根隐喻"。

那么"根"这个看似"自命不凡"的词的语根又该如何探求呢?

对人而言,世界上没有无缘无故的爱,也没有无缘无故的恨,一句话,没有无缘无故的情感,同样也没有无缘无故的声音和语言,山有根,树有根,言有情,人有意。

还是让我们来考察作为形声字的"根"的声旁,即考察"根"为"艮声"的"艮"。

那为什么要将"艮"作为"根"的"语根"来考察?这当然是沿袭并承认《说文》中"从木艮声"的说法。虽然,我们会注意到,现代学者对"根"的上古语音的构拟,也有沿袭《说文》中释为"木株也"与"从木朱声"的路径的。比如,吴安其在《汉藏语同源研究》中,就对"根"的上古汉语语

[①] 参见胡壮麟:《认知隐喻学》,北京:北京大学出版社,2004年版,第108—117页。

音做出了依"齐方言"词"杜"与"株"的古音来构拟的方案①。这个上古汉语的齐方言"杜",其实在上古也是与"株"相通的一个词。因为"杜"有"赤"的意思,《诗经》中"有杕之杜",毛传释为:"杜,赤棠也",即赤棠树。而"株",虽然《说文》中"互文性"地释为"木根也",但有一个古汉语常识,是说赤声朱声字"多含赤义"②。《说文》:"朱,赤心木,松柏属,从木。"由此可见,株、杜在从木从赤这一语义上是相通的。吴安其认为,"株"上古音,与"杜"同源,来自汉语古方言。他还联系"根"在原始藏缅语、原始侗台语、原始苗瑶语这几个汉藏语系的诸分支的原始语音,构拟了"根"的更为古远原始的源头"原始汉藏语"古音:*C-ra-g。③

　　在此我们想说的是,"根"的古音表义来源可能有着更加纷乱复杂的情况,也可能并非由一种路径所限定,其间在人群的历史时空中的挪移与变迁肯定是我们今人所不能理解的,恐怕将是个永恒的无定解之谜。通过不同路径的求解也应该具有相对的合理性。只是,在此我们应该相信《说文》、相信"根"这个"形声字"本身"从木艮声"所带给我们的古老信息。既然根"从木艮声","艮"在此已是其演化历史中确定无疑的语音结果,那么循着这个"艮"的语根线索,或许可能到达更远的开阔地方。或许,在《说文》所提供的两种线索或途径中,即"木株也"与"从木艮声"这两种途径中,由于吴安其的对"根"的原始汉语的语音构拟,就将"杜→株→根"在古音构拟的层面上得以通观,如果这样来看此问题,原始汉藏语的这个"根"音,也可与上古"艮"音联系起来比看,许慎所提供的"朱—株—根—艮"网络中的"朱声"与"艮声"也可同时并列式地承认的,存在的就是合理的。也有充分的理由说,许慎的从"木株也"的形义解释在这

---

① 吴安其:《汉藏语同源研究》,北京:中央民族大学出版社,2002年版,第310页。
② 杨树达:《形声字声中有义略证》,《积微居小学金石论丛》(增订本)北京:中华书局1983年版,第43页。
③ 吴安其:《汉藏语同源研究》,北京:中央民族大学出版社2002年版,第310页。

里最终也追究到了音义解释上。而依许慎的主张,"根"不只用"木株也"来解释,其语源更应落实在"艮声"上,或许"艮声"的探讨更有意义,许慎并不偏废。

艮,音gèn,古恨切。这个"艮"所表示的语音在上古可以说是来头不小的一个古音,并表示一种来头不小的"象声"语义系统。

唐朝学者陆德明在《经典释文》中如此释"艮":"艮,根恨反,止也。郑云:艮之言很也。八纯卦,象山。"①陆德明是直接地在"周易音义"部分来释"艮声"的,明言"音义"概念,并直接地将其与源自古典早期的《易经》中的"艮"卦联系起来,暗示"艮"之最早的语义,能够追溯到"八纯卦,象山"。依此,考察"艮",我们会很自然地来到中国最为古老的思想文献之一《周易》所展现的上古语境。"艮"在《周易》中为八卦之一,"艮"声所隐喻的诸种意义,一定会被《周易》系统地表现在其八卦之一的艮卦之象中。我们先看《周易》中所沉淀下来的"艮"象语义系统,也可以说是最早的"艮"声语义系统:

1. "艮"为八卦之一,其象为山。

《易·说卦》:"艮为山。"②山是"艮"的基本意象。"艮"及其山的意象来源非常早。《周礼·春官·大卜》说:"(大卜)掌三易之法,一曰连山,二曰归藏,三曰周易。其经卦皆八,其别皆六十有四。"汉代郑玄在《易赞·易论》中说:"夏曰《连山》,殷曰《归藏》,周曰《周易》。"唐贾公彦《周礼注疏》又补充说,《连山》"以纯艮为首",《归藏》"以纯坤为首",《周易》则"以纯乾为首"③。这里透露的信息是,早在夏代之时,艮卦曾成为占卜之事的首要意象,在卜术系统中《周

---

① 〔唐〕陆德明:《经典释文·周易音义》,北京:中华书局1983年版,第29页。
② 〔唐〕孔颖达:《周易正义》,《十三经注疏》,上海:上海古籍出版社,2007年影印本,上册,第95页中。
③ 〔唐〕贾公彦:《周礼注疏》,《十三经注疏》,上海:上海古籍出版社,2007年影印本,上册,第803页上。

易》的"前身"《连山》,以对艮的意象关注为要务,而且艮为连绵的群山之象,即所谓"连山"。可见,"艮"的语音及其语义,至迟在夏代之时就已产生,并形成了一种很重要的隐喻意象。在那个也许是文字符号远没有后世殷商甲骨文时代发达的时期,"艮"以其涵盖广大的语音,是代表一大部类的基本意象系统,并且在夏代时是首要意象,在周易时代则是八卦有其一。当其时也,夏代或夏代之前,文字符号初萌之时,"艮"的语音的重要性和象征性当无可怀疑。

2. 由"连山"之象到"万物"之象,到聚焦于植物生命之象。

上古之时,"艮"是一个如此盛大而重要的意义和意象,《易·说卦》说:"万物之所成终而所成始也,故曰成言乎艮","终万物始万物者莫盛乎艮"。[①] 可见,"艮"与"成"、与"万物"有关。并且,"艮"的所谓"成言",是万物之所"成",也可以想象为一种"发声"性质的"成",即其所成者为一"言语"。这"艮"声"艮"言是用来表示"万物"的,是个"盛大"的意象,是个可以表示始也表示终的意象。其所表意象之浩大,囊括始终,浑然完整,是一个完"成",一个"万物"之"繁盛"的整体意象。从空间上说,艮音的表义范畴涵纳"万物",从时间上说,艮音的表义范围则可"成始、成终",表示万物从始到终,又从终到始的循环往复的"全过程"。在此,远处连绵的群山之象与万物之象合一,人们由此意象可窥见到"山载万物",也就是大地厚载万物,都可以用这个"艮"音之言来涵盖表达。在此我们有理由认为,由"连山"之象转化发展到"万物所成"之象,应该是从夏代的"连山",经商代的"归藏",再到商周之际的"易"之间所发生的语义演变,其间已隐约可见原始社会逐步向植物性农业社会进化的时代背景。此时的"万物所成"之象,建立在一片"连山"进而对"大地"

[①] 〔唐〕孔颖达:《周易正义》,《十三经注疏》,上海:上海古籍出版社,2007年影印本,上册,第94页中。

(坤、归藏)取得的逐步深入的认知之上,农业性植物性社会生产生活又使人开始关注"天"(乾),并将天、地(坤)联系起来,互相转化生成,缔造万物。于是,"艮"是天地合一所善之物,由大地厚载,是在大地上凸起的成长生成之物的原初之因。深植于土中,"艮"是山;同时,"艮"也是万物的土中之成因,是"万物"的植物性的根。它们在有文字之前统一于一个原初人类声音(艮);产生文字后,也应先有"艮"字,表意细致化复杂化后,即有"形声"造字之后,才会在日益分类精确化的社会语境中有专属于植物性的"根"字的创用。因此"艮"属土,在天乾地坤之间,"艮"的意象是可以从大地上拔起的连绵群山引申到"万物"之所"成"上的。这个"万物"在原始人眼中又主要是森林,是植物性的万物,留有逐渐向农耕文明过渡的鲜明痕迹。厚德载物,"艮为果蓏"①,这似乎暗示所谓万物"莫盛乎艮",也就是后世的莫盛(成)乎"根",莫盛乎根的勃郁而起与止静而归。

3. 由"连山""万物"之象到人类的心理之镜像。

"艮"音的伟大之处在于其能够描绘一个整体宏大之象,是人将面前的连绵群山、万物都对象化,而在连绵群山、万物的宏大景象前,人就产生了一种自我意识,这种自我意识使整体对象化了的群山大地与万物都变成一种可以阻隔人的他者存在,那是一种在远处的永恒的静默和存在,到此为止的意识油然而生。渺小的人类越是深入这个宏大的整体的对象内部越是感到无力,越是感到一团纠结,同时,也越是深入,越着到了对象的基础性部位。看到如"根"一样的坚实、坚硬,看到一种生发、始生,更看到一团纠结。"艮"的语义于是向心理内在性转化。"艮"是一团纠结,而人需要返回自身。于是"艮"又从无限深入到有限,含有界限、止境的意义。《易·序卦》:

---

① 《易·说卦》,《十三经注疏》,上海:上海古籍出版社2007年影印本,上册,第94页中。

"物不可以终动,止之,故受之以艮。艮者止也。"①《易·艮·九三》:"艮其限。"《象》曰:"艮止也,时止则止,时行则行,动静不失其时,其道光明。艮其止,止其所以。"②"艮"为"根部",是起点也是返回的终止之处,到根部便一切都终止了,所以"艮"(根)有"止"义,亦有在动中返静的含义。物止必返,《易·艮》:"艮其背,不获其身,行其庭,不见其人。"③回到根部也就是回到界限。那是我们可以望见的一个返回来路和原点的"背影",那是一个我们望不见的深藏在大地及万物中的可以生长的"原点"。"艮"是一个终端,一个可供返回或出发的"原点",这原点总是"终动",是永恒性的静止的所在。从出走到返回、从宏观到微观、从整体到深入根部、从外部到内部、从外在宏观到心理感受与自我意识,远古"艮"音的语义涵摄之广可见一斑。

4. 进而,"艮"又是一个表示心理程度的词。

"艮"是很、狠、恨,是一团纠结。纠结于某种终端或原发之点。而且,这个终端或原发之点是用目光看见的,是目光所停留之处,是目光之止、之限,是目光的返回在思维中引起的反应,是目光的"返本溯源",是从目及心。清人袁枚在《随园四记》中说:"然而古之圣人授之以'观',必受之以'艮','艮'者止也,于止知其所止。"④《说文》云:"艮从匕目,匕目犹目相匕。"段注说:"目相匕即目相比,谓若怒目相视也。"⑤故"艮"又可引申到形之于目而实为纠结于心的"从心艮声"的"恨"之义。到此,由一个"连山"之象的音义,进化为"万物所成"之象的与植物性生命相关的音义,恰在商周之际,"艮"字也

---

① 《易·说卦》,《十三经注疏》,上海:上海古籍出版社2007年影印本,上册,第96页中。
② 《易·说卦》,《十三经注疏》,上海:上海古籍出版社2007年影印本,上册,第62页下。
③ 《易·说卦》,《十三经注疏》,上海:上海古籍出版社2007年影印本,上册,第62页下。
④ 胡文源选辑:《随园文选》,大连:大连图书供应社1934年版,第82页。
⑤ 〔清〕段玉裁:《说文解字注》,杭州:江苏古籍出版社2004年影印本,第385页下。

被创造了出来。正如《说文》中对"艮"字的解释那样,此时它又恰好以一种心理纠结原则,即"从匕目",犹曰"怼目相视",来表达了。之后,就该是"根"这一直接的农业植物性表达的出场,进而代替了原始意象性抽象思维的"艮"。更具体地说,"艮"将化为诸多相关意义的"声旁"而存在。它构成了很多汉语词的"声旁",以多种词与词义的方式存在,但都将被艮声所统摄。

5. "艮"的含义也可以从"远取诸物"而返取(引申)到"身"。

《易·艮·六四》:"艮其身,无咎。"①身能时止而止,故无咎。"艮"意味着可以返回的"肉身"生命,又是万物的生命性的实感实物性质的意象。

6. 由于凝眸注视,纠结成团,"艮"遂有坚固的含义。

《广雅·释诂》:"艮,坚也。"这个意思也来源于《易》的语义系统。清王念孙疏证:"《说卦》传云:艮为山,为小石,皆坚之义也,今俗语犹谓坚不可拔曰艮。"②又由"坚"而"难",汉代扬雄《太玄经·守》:"象艮有守"。注:"艮,难也。"③现代中国民俗中说一个人"一根筋"、头脑不灵活、认死理,也说"他真艮(梗)",东北方言也会说:"这人艮次艮次的,不爽快。"这些"艮"音所表达的状态,大概也来源于"艮"的古已有之的"坚硬""艰难"等信息投射碰到对方阻力的意味。同样,相声术语"捧哏""逗哏"的"哏",虽有笑在其义中,但这笑也是因为语言的缠绕与难度;是因为奔向难度的释放、奔向笑点而产生的。

7. 方位的含义,指东北。

《易·说卦》:"艮,东北之卦也。"④数千年之后,我们已不好想

---

① 《十三经注疏》,上海:上海古籍出版社2007年影印本,上册,第63页上。
② 〔清〕王念孙:《广雅疏证》卷一下,北京:中华书局1983年影印本,第40—41页。
③ 〔汉〕扬雄著,范望注:《太玄经》卷五,四部丛刊本,上海:商务印书馆1922年版,第3册,第54页。
④ 《十三经注疏》,上海:上海古籍出版社2007年影印本,上册,第94页中。

象"艮"音的意象所由产生的人群所在的方位了，是这个创造和产生了"艮"音的隐喻之象的人们所在的地方之东北方向有着连绵的群山和茂盛的森林吗？先人们东北望所看到的是那"中原"之东北的太行山脉吗？或可作此联想。

综上，"艮"的原始音义隐喻之象大概可以分为两条流向，一条指向外在宏大的意象表述，一条指向人的内心映像的表述。宏大意象方面，最先是原始思维的简单而宏大的"连山"之象，进而是"万物所成"之象。"万物所成"之象，又由"归藏"这大地、坤的视界，而逐步扩展到"天"及"天地一体"而观，遂又凸显了天地间万物所成的视界"中间物"，或者是"中间物视界"。艮/根无疑就是中间物的视界。天、地、中间物，成就了"易"的宇宙观、生命观。"艮"是易时代的产物，此时之"易"，已是农业性社会在关中大地（周原）上耕耘出的"周易"，它必然更复杂地映射到了人的心理之象，表达出心志情意的某些纠结之处，向"根"的语义澄明之境而去，这是一个合乎历史情境的生长逻辑。

（四）中间物思维及其逻辑

由上我们可以拟想，在遥远的夏代以至更古的无文字时代，当我们的先人面对以群山（连山）为厚载的"拔地而起"的万物（以树木草莽等植物性世界为主），或发出"艮艮"的惊叹，或模拟远方深厚沉郁的巨大物体发出的暗回低沉似"艮艮"的自然声响，或用工具拨开并深入这个"万物"底部时碰撞坚固之物体发出的"艮艮"声响，以声（gèn）摄"象"，再以"艮"固形并表示其"象"，那"艮"声所隐喻性地蕴含摄取的"象"，以及"象"的诸含义，原是可以想见的。

这个"艮"是通过"看"（而且是深入地看）而发出的有意义的语音。在这个"艮"声所囊括的意象语义系统中，既有宏大的山载万物的整体景观,又有"近取诸身"的对"万物"之中的个体事物的底基的探碰与深入;既看到了拔地而起的生成与完成,又看到了其深潜的界限、阻扼与返回,是普遍性与个别性的语义统一。

拔地而起的连绵"群山",以及其上所"成"的"万物",居于大地(坤)和上天(乾)之间,是天与地之间的"中间物"。"艮"即是对这一整体性宏大景象的描写,进而可以对这一宏大的中间物意象及其所由生成或成立的"成因"加以描写。"艮"是天地之间深植、站立在地上的万物之所由"成"的所在。

"易"的前身"连山"这个意象表明,上古中国先哲们认识的一个重要环节,即是将人的思维关注重心放在了"中间物"——如"艮"这类意象上,进而又由关注重点"艮"(连山)这一底基性的天地中间物,迁移到了万物成长变迁的过程上,先是大地意识(以纯坤为主的归藏),后又加入天的维度,最终,艮和易都成为由天地人系统而合成表达的生生大化之流中的隐喻意象。易者,变易者也。生生之谓易。"生生"是个极宏大而完整的世界图景,包含了天、地、中间物(万物+人)。这是个由思维和视野的恒定性转向无尽变动的思维方式的过程。然而当我们的思维关注重点移到"变易"之象上,不仅不能忘却"天地乾坤"合一所"成"的宏大背景,而且要依然以此为背景,同时也不能忘却"连山"所成之"艮",即中间物——那个由大地承载的根基的"牢固"和"原点"的语境,那个由天地所成的万物,仍与天地为一体,仍然是天、地、中间物(万物+人)整体图景中不可缺少之象。尤其当我们将人自身与这地上天下的万物相融合齐一,并相类比的时候,一个自然而然的"同理心",即那种对于人无根的恐惧和对有根的期盼从心底升起的时候,一种隐喻的心智与渴望便油然而生。"艮"是对乾坤变易对大化之流的人心的稳固器或平衡点。"艮"最终沉淀成为"易"时代的重要意象之一。这是易的时代的表意需要。在易的时代,"艮"的音义隐喻仍然作为先人们的世界图式之一,为"易"的八大意象之一。

而作为包含在这个"万物"之所"成"的植物性的"根"（山有根，俗语中有山根的说法，山上的万物也有根），无疑也"根植"于这个更原始的音义隐喻的系统之中，"艮"声语象系统中的一个最恰如其分的物象代表，一个具象的而且是植物性的"艮"（根）意象的代表，承继传达了"艮"这个古老的人类语音所隐喻表达的主要意涵。农耕社会的古人主要依植物经验来表达感受，由"艮"到"根"的隐喻变迁得以完成。而且后世的根字根词尚且不够表达我们的全部意思，先人们还配套着生成了一个同样是基于植物意象的"本"字"本"词，来应对视野扩大之后的语言表达需用，"本"不仅含有"根"（艮）之义，还兼有"主干""本体""整体"等扩大了范围的意义，是根基性的"根"（艮）的意义的抽象和扩伸。"本"形从木，而音却与"木"相去甚远，一个可能的事实是，在上古，"本"音与"艮"音相去不远，或者同属这个广大的"艮"音隐喻意象网络体系。而此时，"艮"这个宏大的古音隐喻意象，便以其历史性的语音（gèn）并由"艮"字固形沉淀到历史身影背后，留痕在古老的由"连山""归藏"演化而来的"周易"系统之中，让我们对此不由产生出绵延的联想。

（五）"艮"声旁的音义系统考察

这时候，也便是"艮"作为一个伟大的"母语""母音"生发她在民族语言历史中万千造化的"孳乳而浸多"的神奇功能的时候了。"艮"声本有恢宏阔大之象的一面，但由于"易"的大化之流、变化无常而更多地向心理纠结方面的隐喻派上用场，而且更多地以后起的"形声"造字方式来表示"艮"的音义隐喻的心理映像。最后，从植物之根的植物性隐喻途径，形声字方式的"根"与指事字方式的"本"联袂的隐喻表义体制也出场了。

许慎《说文解字·叙》说：

> 字者，言孳乳而浸多也。

段玉裁注："孳者，汲汲生也，人及鸟生子曰乳。"①"艮"为"成"，也有"生"义。而章太炎说得更直接：

> 义自音衍，谓之孳乳。②

章氏是直接把字词的"语根"接通到"音义"上。照此，"艮"作为形声字的声旁便不仅表示艮音，而且这艮声也有其历史化了的准备好了的意义，即音义隐喻，在发挥作用。那么，我们接着再以《说文》为主看看"艮"声旁的语义系统：

> 艮，很也（段注：很者，不相从也。……易传曰，艮止也。……止，下基也，足也。……方言曰，艮，坚也；释名曰，艮，限也。），从匕目（段注：会意，古恨切。），匕目犹目相匕（段注：目相匕即目相比，谓若怒目相视也），不相下也（段注：很之意也），曰艮其限（段注：独引艮其限者，以限与艮音义皆同也）。③ 另陆德明《周易音义》："郑云：艮之言很也。"④

> 限，阻也，从𨸏，艮声，一曰门榍也。⑤

> 恨，怨也，从心，艮声。⑥

> 狠，犬斗声（段注：犬各本作吠，今依宋本及集韵正。斗各本作鬭，今正。今俗用狠为很，许书狠、很义别。）

> 眼，目也，从目，艮声。⑦

---

① 〔清〕段玉裁：《说文解字注》，杭州：江苏古籍出版社 2004 年影印本，第 754 页上。
② 章太炎：《文始·叙例》，《章氏丛书》本，杭州：浙江图书馆 1919 年刊本，第 4 页。
③ 〔清〕段玉裁：《说文解字注》，杭州：江苏古籍出版社 2004 年影印本，第 385 页下。
④ 〔唐〕陆德明：《经典释文》卷一，四部丛刊本，上海：商务印书馆 1922 年版，第 111 页。
⑤ 〔清〕段玉裁：《说文解字注》，杭州：江苏古籍出版社 2004 年影印本，第 732 页上。
⑥ 〔清〕段玉裁：《说文解字注》，杭州：江苏古籍出版社 2004 年影印本，第 512 页上。
⑦ 〔清〕段玉裁：《说文解字注》，杭州：江苏古籍出版社 2004 年影印本，第 129—130 页。

很，不听从也，一曰行难也，从彳，艮声。①

垠，地垠㫳也，从土，艮声，一曰岸也。②

艰，土难治也，从堇，艮声。（段注：凡难理皆曰艰。按许书无垦字，疑古难即今垦字。）③

垦，《广雅》释地："耕也。"王力《同源字典》："古音艰读若根，声变为垦。"④

跟，足踵也，从足，艮声。⑤

根，木株也，从木，艮声。⑥

以上《说文》中的"艮"声旁隐喻语义系统，其实是更加落实了《周易》中艮象隐喻系统的诸意义于"艮"声词族。这些"艮"声词的意义隐喻都与土地与深潜或突出之物或与探触感知这些深潜或突出的阻碍之物时因碰撞而发出的"艮"声有关；同时，又都与眼睛、与目视所见有关，与更加深入状、更加扩大状、"很"（或狠、恨）状等心理强化感觉有关，与触到或看到的"过程中"的界限、止等意识到的现实或历史内容有关，与一个由"艮"所意识到的整体性的"过程"有关。所以这些由"艮"声"艮"音所标注所创造的字、词、概念，并非毫无来由，而是有着悠久和深刻的族群生活经验做基础的，它们都声音性地隐形于网络之中，使一个发声为"艮"的历史性的语音，尽力在语言实践中完成自己的"音义隐喻"。它说明了用"艮"声概括地表现万物某一系统意蕴的"以一取多"的音义隐喻关联思维在先人们创造生成语言时的重要作用。在这个颇为广阔的音义隐喻网络中，展现了"艮"作为"根隐喻"为形声造字命名时的隐喻途径及其隐

---

① 〔清〕段玉裁：《说文解字注》，杭州：江苏古籍出版社2004年影印本，第77页上。
② 〔清〕段玉裁：《说文解字注》，杭州：江苏古籍出版社2004年影印本，第690页下。
③ 〔清〕段玉裁：《说文解字注》，杭州：江苏古籍出版社2004年影印本，第694页上。
④ 王力：《同源字典》，北京：商务印书馆，1982年，杭州：江苏古籍出版社2004年影印本，第503页。
⑤ 〔清〕段玉裁：《说文解字注》，杭州：江苏古籍出版社2004年影印本，第81页上。
⑥ 〔清〕段玉裁：《说文解字注》，杭州：江苏古籍出版社2004年影印本，第248页下。

喻文化背景。隐喻,是在具体的历史的语义和语用关系中,在语音关系以及后来又加诸的字形关系中形成的,隐喻就是语境和关系。同时,语言和文字,起码在汉语的历史语境中,其产生的漫长过程,也是其从音义隐喻到形义隐喻的隐喻化表意的叠加沉淀过程。

在这个过程中,形声字"根"从"艮"的语音意象表义网络中来,而不是"艮"从"根"来,不是"艮者,根也",而是"根者,艮也",这是历史安排好的命运。在这个过程中,表示连山之象和万物之象的隐喻沉淀到了古老的"周易"思想系统中;更多地表现为心理情结的音义隐喻内容则由"很、狠、恨、艰"等词所表示;而更为具体的视觉性经验则由"眼""䀹"这样的词汇所分有;植物性的经验则沉淀深潜到"根部",由"根"字"根"词所专属,并由这个"根"重新开始植物性地隐喻世界的新的历程。

《周易》的艮声取象与《说文》的艮声造字成词所展现的网络和道理,可以解释"艮"之为"根"和"根"之为"根"的理据,可以呈现"根"词的生成的原始语境景象。从艮声意象隐喻系统(《周易》所见)到艮声旁音义隐喻系统(《说文》所见),其间的各义素、各单音词的语义,互相占有、重叠、分化,共同组织了一个隐喻关联网络,并呈现了在漫长的历史中由一个"艮"声所流泻出的隐喻化的树状的文化之路。这个"艮"声"艮"音,正是这个广阔的原始社会人类的音义隐喻网络的最早的树状之"根",是汉语词"根"的语根。

(六)"根的隐喻"之语义体系的生成

最后,我们再看《辞源》等辞书中有关"根"的释义:

①草本的根部。树根、草根。

②物体的下基,墙根、山根、根底。有时是深埋不露、隐晦的,需要挖根、寻根、露根。

③事物的来源、依据。根本、根据。

④彻底的清除。根除。

⑤坚固、难治理。根深固柢,根痼。①

由此我们发现,从"根"这一语词的"木"旁形义隐喻,我们可以确定"根"的本义,即指向草木的根部,这是"艮"声旁加上"木"的形义,落实为草木之"根"的"艮"。而又从其"艮"声偏旁的音义隐喻,则可以联系从《周易》的艮之声象隐喻系统到《说文》所网罗的艮声词族的声旁隐喻网络,由此我们会发现一个"根"为什么读若"gèn"(艮)的文化理据,那是我们先人的"语根"之赐,是他们观象于天地,近取诸身,远取诸物,向万物和自身发声,向事物深处探寻的隐喻性语言(音义)实践所赐。

"根"作为一个实体名词,在这个隐喻网络的背景中,由形义隐喻之赐可以获得明确的"本义",这并不出奇;但只要你考察其所由产生的那个更大的音义隐喻系统的历史,它的语音隐喻联结,却在历史中向上占有了、重叠或拥抱了这个"艮"音义隐喻系统的多种义素、义项,于是这个有"语根"的词,这个"根"字"根"词,才有了诸多丰富的引申义,而所谓的引申义,其实质不是别的,甚至也不是从所谓的"本"(木属象形)中"引申"出来的,而正是隐喻性的语音关联在已有的历史隐喻语境中的展开,很可能,有些所谓的"引申义"其源更古,某些当下的"本义"可能正从其"引申义"中产生出来的。

汉语的"文字"原来有着更为古老的意义隐喻的源头,"汉字"也绝不仅仅是一个"象形",更是一个"形声"或"音义"现象。不过,在漫长的语言变迁中,意义之"本义"被颠倒为"引申义"了。比如,我们常常只局限性地辨识"象形字"的字形,并忽略音义而仅以其形义认定"本义",就是如此。现在我们终于明白,"根"不过是"艮"声的音义隐喻的某一方面、某些方向、某种意义元素在后来历史中的文字化、固形化。"根"在字形

---

① 《辞源》(修订本),北京:商务印书馆1988年版,第1563页。

的意义上摄取了木属象形的意义,而在后世就仿佛是我们在用一个木属象形的植物性根基性去延伸隐喻诸多如根源、返璞归真、归根为静、为终止、为彻底等义,但历史的真实却是,这个植物性的"根",不过是"艮"这个更为古老的语音所隐喻过的那些意义的承续产物,"根"所隐喻引申出来的诸义很可能是它自身所由来的"本义",很可能是向上重新占有了它所由生成的"艮"的诸义素,而我们却误以为这些"本义"是"根"的下游产物。语言的历史跟我们开了一个不大不小的玩笑。看破这层语言历史的喜剧,我们现在应该明白,那些早已被"艮"所隐喻的广阔的语义网络,构成了后来"根"的隐喻之根。隐喻是在历史中互相指涉的,其"根"或"本"也是相对的。

而从这之中,我们认识到了,"根"语词正是如此隐喻式地形成的,这形成的过程似乎是一个"隐喻的循环"。将其置于认知语言学或认知隐喻学视域,并借助阐释学的理论视角来理解"认知",这个循环则类似施莱尔玛赫以及伽达默尔等人的所谓的"阐释的循环"[①]。阐释类似认知,而阐释需借助隐喻。于是我们会看到,这原始最初认知的"阐释的循环"也即"隐喻的循环"过程之后,这个"根"字"根"词形成概念之后,自此始,"根"又将隐喻式地在语言长河中发挥作用,并开始其自身的新一轮的隐喻之途。这将是"根"对其语根隐喻文化母体(艮)的回馈。

"根"的世界掌握:理与情的隐喻分途

(一)意象图式与根的隐喻功能与途径

于是让我们从"根"这个语词向下出发。

[①] [德]伽达默尔:《文本与解释》,刘乃银译、严平编选:《伽达默尔集》,上海:远东出版社2003年版,第49—81页。

这个出发，始自汉语文化的"根"从其音义语源的隐喻系统获取信息之后所凝结成的一个写作"根"读为"根"（从木艮声）的语词平台。

这个平台是遥远的"艮"上古语根的一个革命性的发展，或者新生。在"艮"古音原有的意涵之上，再加上"木"的形义，便有了这个"根"。

从此我们不仅用它指称草木之根，而且依据它来看万物和自身，而且我们看万物和自身都将"艮"声化、"木"形化，都将沾染上它的"根基性"和"植物性"这两方面经验的气息，取用一种摄取万物的"艮"与植物的"根"的隐喻之镜了。由此我们会说"山根""墙根""牙根"等，表面上虽不会是"山艮""墙艮"或"牙艮"，但实质上又确实地表达了类似"山艮""墙艮"或"牙艮"的意味。山、墙和牙的底部的基础部分凸显出来，并都被植物性地隐喻化了，形象化了，甚至感性化、情感化了。

这就是认知隐喻学派所说的认知图（the cognitive maps）或意象图式（image schemata）的作用。[1] 我们站在"根"这个平台上，就获得了一种隐喻的能力。这种能力不仅是意象性的，更是认知性的。这种能力就是借助于长期的人类生活经验，在不断隐喻化的事物辨认与联系中，形成了相对稳定的抽象范式或意象图式。将这种意象图式"作为一种理解的普遍模式，通过投射某领域的经验范式来系统建构另一领域的知识，隐喻充当了人类认知的主要机制之一"。"意象图式是意义生成及其推衍的关键所在。"[2]意象图式是经过人的"隐喻投射"这种主动的认知行为而胜任语言的生成转换工作的。"根"就是一个这样的可以用来做"隐喻投射"的认知平台，即"根"的"意象图式"。

由此，我们把"根"这个"根词"所形成的"意象图式"投射到对诸多事物的认知上，它们便都不可避免地被植物性地"结构化"，变成了由

---

[1] 参见张沛：《隐喻的生命》，北京：北京大学出版社2004年版，第42、205页；胡壮麟：《认知隐喻学》，北京：北京大学出版社2004年版，第72页。

[2] 转引自张沛：《隐喻的生命》，北京：北京大学出版社2004年版，第205页。

"根"部被明晰指认所形成的一种整体/部分的认知,那些被突出的事物便都可以有了"根"。同时,在这个图式中我们还可以由"根"而内在地倾向于关注整体,"根"意味着我们认知所能达到的"终端"或"根源""根基",意味着对整体的把握的可能性,乃至形成"根是地下的枝,枝是空中的根"①式的整体观趋势,形成了由"根"的隐喻转换连接而形成的系统网络。"根"不但隐喻地产生,而且"隐喻地存在并不断通过隐喻更新自身,而人类即在这种此岸—彼岸的消长接替之中完成着认知的转换生成"。②

"根"词的隐喻发生史告诉我们,从"艮"的意义隐喻的广阔的宏观的整体性意象图式到一个植物性的形义隐喻与音义隐喻相结合的"文字"词"根"的隐喻化过程,是一个从整体隐喻(艮的原始音义隐喻系统,它含摄山、石、植物等众多意象)落实到具体隐喻(作为字思维的从木艮声的"根"的隐喻)的意象图式的转换生成过程。而自此以后,从"根"这个极其植物性的意象图式,又将扩展投射到更广泛的事物上,表达更多事物的"根基性""根源性"的意思,并将这一部分突出表达出来,这个过程则又是一个从具体返回到整体的意象图式转换生成过程。这就是"根"语词在我们认知——语言活动中的漫长的隐喻长途,是我们经由语言的历史实践的新的认知性的"阐释的循环""隐喻的循环"。

认知隐喻学派的研究进一步指出了隐喻实现的两种不同途径,即"概念隐喻"和"基本隐喻"。③

如果我们的理解和认识不错的话,那么"概念隐喻"更多的是一种偏于理性概念的隐喻之途,而"基本隐喻"则更多的是一种倾向于在句法上表达更多关联语境的带有意象情境的情感性隐喻之途。如此,"根"也同样在这隐喻的两种分途中,深深地"扎根"于我们的理性与情感。

---

① [印]泰戈尔:《飞鸟集》,郑振铎译,上海:上海译文出版社,1981年版,第21页。
② 张沛:《隐喻的生命》,北京:北京大学出版社2004年版,第205页。
③ 参见胡壮麟《认知隐喻学》,第七章"概念隐喻"和第八章"基本隐喻",见其书第71—86页、第87—96页。

(二)作为"概念隐喻"的"根"

"概念隐喻"大抵可以视作隐喻认知的基础,指隐喻并不像我们从前认识的那样,只存在于诗歌或修饰性语言当中,而普遍存在于人类认知的"概念"层面上:

> 我们平时进行思考和行动的日常概念系统,基本上都具有隐喻性的本质。
>
> 隐喻不局限于亚里士多德的词语替换,而是人类对世界的看法可以用不同义域的观念表述,一个义域的概念可以被另一个义域的概念隐喻化。①

按照这种"概念隐喻"的道路,有关"根"的隐喻也在语言中不断地将自己进一步地词化、概念化,于是除"根"自身作为一种词或概念之外,又由"根"产生了诸多概念,这些概念都是一些"隐喻概念"或"概念隐喻"。我们平时看到的一些概念,其实并非仅仅是一些所谓的"符号",仿佛和图像与感受丝毫无瓜葛,如"根据""根本""根底""根治""根究""根源""根基""根由""根业""命根""六根""根尘""根器""山根""耳根""本根"等概念词汇,今天我们写出来用起来时,好像干巴巴的。这些词汇概念平时我们在应用中,大概也很少能联想到其来自于草木之根的植物化和底基结构化的经验隐喻,甚至"根本"感觉不到一丁点"图式"的影子,如说:"你的根据是什么"或"我们的根本方针大计"或"要追查其根源"等等,我们大都只在其抽象的意义上心领神会地运用自如,早已舍掉了其中的意象图式的隐喻环节,仿佛那些形象性的隐喻之源早已蒸发掉了,而这正是隐喻化发展的一个必然的结果。

隐喻化发展的结果正是"去隐喻化",是词化、概念化。

---

① 胡壮麟:《认知隐喻学》,北京:北京大学出版社2004年版,第74—75页。

语言的隐喻之途,由于这样的概念化、词化发展而使认知得以简明有效、规范有序,使想象理性化。这一方面是隐喻对认知的贡献,是隐喻之赐;另一方面,也是隐喻的"去隐喻化"的过程,语言的符号性总是语言内部的某种本质力量,符号化、词化、抽象化、概念化总是语言表达的基本方向和正当途径,于是隐喻化便注定要走向语言的"熵"。以至于我们今天需要用认知隐喻学来揭示这一隐喻的本质。但不管你意识到没有,"概念隐喻"构成了我们语言和认知的某些基本方面,这句话没错。看看现代以来中国发表的大量汉语文本,像"根本""根据"等抽象词汇概念的使用频率,在今天是非常高的,但我们应该明白,它们实质上都是隐喻性的概念,而且是一种典型的"概念隐喻",来源于有关"根"的意象隐喻。保罗·利科在其《活的隐喻》一书中有力地分析了思想和语言中隐喻被消耗的现象:

就像"使用"以"耗尽"而结束一样,盛开的花朵在标本中结束了自己的生命。

"形而上学"与其说想成为对既定隐喻的寓意化解释,还不如说想成为植物标本,难道还不是吗?

隐喻在何处消失,形而上学概念就在何处产生。[1]

汉语中的"根"就是这样的,有被形而上学概念化的趋势,形成了诸如"根本""本根""根据"等抽象词汇概念及其表示的有关事物本源、依据的含义,乃至形成了被张岱年称之为"中国哲学的本根论",亦即本体论的思想表述系统[2]。而我们在一般语境中使用这些概念时,有关草木之根的隐喻图像往往已"被消耗",正像德里达在《白色神话学》中所说:这被消耗了的隐喻概念此时"它是用白墨水绘就的,它是被隐迹纸本掩

---

[1] [法]保罗·利科:《活的隐喻》,汪家堂译,上海:上海译文出版社2004年版,第396、399页。
[2] 张岱年:《中国哲学史大纲》,北京:中国社会科学出版社,1982年版,第6—7页。

盖着的、不可见的图案"。① 但利科似乎并不欣赏和强调将这种"概念隐喻"的理念化、抽象化的结果称之为"死的隐喻",而赞赏黑格尔乃至德里达将这种"被消耗"看作是一种"扬弃",一种理念化运动。"隐喻有接受和聚集形而上学扬弃的冲动的特权。"②在这个意义上讲,正是"根"语词的词化、概念化成就了中国哲学的"本根论"表述。而正如利科所关注的焦点,问题在于我们将怎样在隐喻性的思维之途上不断地努力去激活这些被词化、概念化的隐喻,重新恢复和激活隐喻的意义与功能:

> 对死的隐喻的分析涉及最初的基础,而这个基础就是活的隐喻。③

可以说,千百年来历代大思想家所做的工作,正是在这个隐喻之途上,不断地结合着各自时代的现实语境做着激活和恢复"根"或"本"的隐喻生命的工作,以至于在21世纪开端的今天,我们还要像老子、庄子、孔子、孟子等先哲一样用"以……为本"的方式来说话,来表述着时代的主题,所谓"人本",所谓"以人为本",仍然与千年之前的古人智慧方式一样,是将"根"或"根本"置于当下时代的重大隐喻之维,从而言说一个时代。这是对死的隐喻的扬弃,对活的隐喻的创造。哲学、思想的本质功能(如果有这个"本质"的话)之一,也许就是在使用、更新、创造诸多本时代的"概念隐喻"的同时,努力激活这些概念的隐喻本性,使之活起来。

这使我们想起文化评论话语中的一个常用词"概念化",我们常常在有些贬义性的时候使用它,在表达那些与生命感性及其活力和丰沛相反的意义时使用它,但现在,"概念化"看来真是语言的天性,是语言自身的历史本身,也是隐喻运动本身所包含的自然趋势,如果说没有隐喻就没有

---

① [法]保罗·利科:《活的隐喻》,汪家堂译,上海:上海译文出版社2004年版,第399页。
② [法]保罗·利科:《活的隐喻》,汪家堂译,上海:上海译文出版社2004年版,第402页。
③ [法]保罗·利科:《活的隐喻》,汪家堂译,上海:上海译文出版社2004年版,第406页。

语言，那么也可以说没有"概念化"也没有语言。正是"概念化"运动成就了人类思维不断走向高级形式，而"根的隐喻"走向根的"概念隐喻"形式正是其贡献给人类思维和语言的一大高级而神奇的礼物，我们在汉语中正是通过像"根本""根据""根源""根基"等"概念隐喻"或隐喻性概念才得以接近思维的深邃之处，会有所谓的"本根论"或"本体论"的哲学表达，会有所谓的"根本道路""根本大计"之类的宏观战略表述，但只要我们仔细想想，"根本"与"道路"、"根本"与"大计"之间在其本源的"意象图式"上都根本是风马牛不相及的，木根象形的隐喻借用怎么联想都与"道路""大计"的意义联系不上，它们之所以能够连用在一起，也许正是"根的隐喻"在语言的历史演化过程中不断强化其去隐喻的"概念化"的结果。而此时，当我们将"根本"与"道路"与"大计"连用在一块，则早已剔除了"根的隐喻"的图像性而只选择性地使"根本"一词具有抽象的"更彻底""更决定性""更深刻""更本源"等意味，在更抽象的思维层面上来运行，却仿佛忘掉或越过"根"这个意象对于"根本"概念的隐喻之维。

如此尚且不够，"根的隐喻"作为汉语思维中最为重要和关键性的隐喻之维，觉得"根本"之类的"概念隐喻"不敷使用，还要在此之外创造出另一个根隐喻的更加抽象的表意形式："本"。

（三）作为根的"概念隐喻"更加抽象形式的"本"

在此，有必要解析一下"根"与"本"的隐喻异同。

本，其本义也指草木根茎，所谓木下曰本，木上曰末。其象形、指事造字的痕迹是很明显的。木下者，即指深埋于泥土中的"根"。朱熹《四书章句》："根，本也。"[1]应该说明的是，"本"含有"根"意，但"本"无疑比植物"根"部范围更大，是包括植物根部与主干部分在内的一个整体性的

---

[1] 〔宋〕朱熹：《四书章句集注》，北京：中华书局2003年版，第355页。

概念。

　　由于年代久远，今天我们已无法从茫茫时空中去明晰地解释清楚"根"与"本"这两个同命相连的词在上古产生时的更具体的语境路线图，以及采取由这两个词分别表示相同或相近意义的必然性与偶然性。为什么有了"根"，还需要有"本"？是先有"根"后有了"本"？还是先有了"本"后有"根"？这些现代人恐已无从详实考索。从我们前面对"艮"声旁的音义隐喻与"木"形旁的形义隐喻之间关系的考索看，似乎"艮"的音义要比"木"形义更原始古远一些（我们强调语音、语言在文字之先，这点没错），但其实想想也不尽然。这里只是就"根"字"根"词的形、声相辅造字成词的关系角度而言的，除此我们还应意识到，"木"自身也有它的古音来源，这个古音所摄取的意象也是它作了"根"的"形旁"之前早已存在于人们的语言认知与交际中的。比如"木"和"艮"（山）一样是非常古老的呈现于人前的突出事物，但"山"似乎因为有了一个隐喻性的"艮"而变得非同一般。因有了"艮"的音义意象图式，而具备更抽象的音义隐喻功能。而木或本的象形与指事功能则过于靠近形象图式，又由于"艮"音义隐喻向万物扩展并占有了植物性世界的表达，"木"不曾有过这样的过程。因此并不好说"根"与"本"谁更古老，或谁是谁的"来源"，也许二者的来源都其各有自，是个平行线，只不过在后来的语用实践中才发生了交叉与联系。今天，我们只能在"根"与"本"的语用即其语义实践中，去想象和辨析它们的不同功用及其细微的差别，去稍微解释一下由这两个字词所互补配合地造成的"根的隐喻"的历史。

　　在汉语用法中，"本"与"根"相比较，"本"的语义还可以用来指包括比"根"更大范围的树木的主干部分。但就历史情形看，"本"也可以算在"根"语词隐喻系统之内，从字词层面看，它们都是以"木"属这一象形图式为基础来造字的。但"根"采取了"从艮"声的音义隐喻途径，而"本"则采取了在"木"基础上的"指事"隐喻途径。在很多时候，本、根意义相同,可以互换使用,是同样性质的概念隐喻,其"木"意象图式具有同一性;而只有它们并列构成"根本"或"本根"等双音词,比直接言"根"体现了更加概念化、抽象化的"形而上"语义。我们还注意到,作为由草本之"根"范畴内形成的概念隐喻,"本"并非来自"艮"声旁系统,而是来自"木"形旁的语义系统,而"木"也是有其更为古老的象形加音义隐喻成因的,但它最终作为对"根"词的隐喻的扩展和补充而出现在应用语境中。其实,一个"根"字,本身就已包括了用"木"偏旁表示的"本"的义素在内。而且,"本"与"艮",似一音之转,从语根音义之隐喻源头讲,作为象形指事字的"本"之音义,也可以容纳"艮"。但"本"较"根"更多地有形而上意味,更多地被使用在理念化、抽象化的思想语境,其本义的意象图式似乎更容易地被彻底消耗掉了。我们猜想,这也可能是因为"本"所沿循的单一的象形指事隐喻路径而没有更多的"艮"这一更为古远的语音隐喻源泉的滋养支持的缘故吧。当然,正如利科所论,这样的更加去隐喻化的方式,是更加抽象化的、概念化的方式,但同时,它也增强了"根的隐喻"的形而上语义的表达功能,更加丰富和强化了"根的隐喻"的"概念隐喻"抽象能力,最终使"本""根本"的语义隐喻地登上了中国哲学终极表达的极限处、最高处。《庄子·知北游》:

> 昏然若亡而存,油然不形而神,万物畜而不知,此谓本根。[1]

正是由这里的"本根"一词,张岱年先生提出了中国哲学的"本根论"的说法。在此,中国哲学表达了非常高妙、终极性的思考。当"根"欲表达抽象思辨内容时,便常常要与"本"组成双音节单词"本根"或"根本"才可以,我们猜想,这也许是"根"单字使用往往更多地带有原始的音义隐喻意象味道的缘故吧。"本"却不这样,"本"虽由象形而来,但毕竟已有了一层"木下曰本"的"指事"性隐喻,因此它可以更多地适合抽象表达

---

[1] 陈鼓应:《庄子今注今译》,北京:中华书局2001年版,第563页。

并趋于一种"本体论"表述语境,且常常使用单音词来表达"本"的理念,径直取得抽象的概念地位。

例如:

  人亦有言:颠沛之揭,枝叶未有害,本实先拨。(《诗经·大雅·荡》)①

  民惟邦本,本固邦宁。(《尚书·五子之歌》)②

  万物本乎天,人本乎祖。(《礼记·郊特牲》)③

  贵以贱为本,高以下为基。(《老子·第三十九章》)④

  君子务本,本立而道生。(《论语·学而》)⑤

  以本为精,以物为粗。(《庄子·天下》)⑥

  一也者万物之本也。(《淮南子·诠言训》)⑦

  元者为万物之本。(《春秋繁露·玉英》)⑧

除了第一句例句《诗经·荡》的情况,余者都是"本"的很"形而上"的语用情况,一般情况下,如若换成单词"根"则不成,除非连带"本"的"本根"或"根本"。相反,有些更具象的隐喻性词汇,如山根、牙根、墙根等,其中的"根"同样不能用"本"来替代,庾信《明月山铭》说"风生石洞,云出山根",白居易《早春》诗云"满庭田地湿,荠叶生墙根",这里我们绝对不能言"墙本""山本"。"本"较"根"更抽象化,可以组成一对"本/末"哲学认知的隐喻范畴,而"根"却没有这样的抽象的意味及其关系对应。"根"在其隐喻的意象图式中暗示了一种有终点的"结构化",一种整体/

---

① 《十三经注疏》,上海:上海古籍出版社2007年影印版,上册,第554页上。
② 《十三经注疏》,上海:上海古籍出版社2007年影印版,上册,第156页下。
③ 《十三经注疏》,上海:上海古籍出版社2007年影印版,下册,第1453页下。
④ 陈鼓应:《老子今注今译》,北京:商务印书馆2003年版,第221页。
⑤ 〔宋〕朱熹:《四书章句集注》,北京:中华书局2003年版,第48页。
⑥ 陈鼓应:《庄子今注今译》,北京:中华书局2001年版,下册,第880页。
⑦ 刘文典:《淮南鸿烈集解》卷一四,冯逸、乔华点校,北京:中华书局1989年版,下册,第474页。
⑧ 〔清〕苏舆:《春秋繁露义证》卷三,钟哲点校,北京:中华书局1992年版,第69页。

局部关系,但却趋向于整体的一端并有界限明确的"到根为止"的意味,趋向于更多的饱含意象性的意涵,似乎在"概念隐喻"的命途中从没有被完全彻底的词化、形而上化,而经常保持着隐喻的意象活力,一种来自其上古语源的"活的隐喻"风范。

让我们再举个例子来比照一下本、根的细微差别:

> 地者,万物之本原,诸生之根菀也,美恶贤不肖愚俊之所生也。(《管子·水地》)

> 故曰:水者何也? 万物之本原也,诸生之宗室也,美恶不肖愚俊之所产也。(《管子·水地》)①

这是春秋时代政治家、思想家管仲讨论地与水之间关系的两段话,分别置于《地水》篇的首尾,全篇主要内容是讨论水的形态、作用和对人的意义等。这个讨论由这两段话照应贯穿起来,以"地"始,以"水"终。仔细分析,两段话的句式和论述方式基本相同,如管子认为"地"和"水"都是"万物之本原",同时又略有不同;他在具体阐释"地"的"本原"时,直接用的是"根的隐喻":根菀,而在阐释"水"的"本原"时,就用"宗室"来作比喻。对此,王引之说:"菀与根,义不相属,根菀当为根荄。下文曰'水者何也,万物之本原,诸生之宗室'。本原、根荄、宗室,皆谓根本也。"②但"根荄"与"宗室"还是有很大差别。这里由根荄与宗室所体现出来的"地"的"本原性"比"水"的"本原"更本原,更具优先位置,而"水"不过是"地之血气,如筋脉之流通者也"。③ 相比较,逻辑上"地"离原初的具象隐喻更近,关乎大地上一切原发性的"生";而"水"则理解上要置于"地"之肌理之上,虽是人祖所居住的"宗室",但由于它毕竟离开了"根"的隐喻,尽管王引之说其同样表达了"皆为根本",却仍仿佛已隔了

---

① 〔清〕黎翔凤:《管子校注》卷一四,梁运华整理,北京:中华书局2004年版,中册,第813、831页。
② 〔清〕黎翔凤:《管子校注》卷一四,梁运华整理,北京:中华书局2004年版,中册,第816页。
③ 〔清〕黎翔凤:《管子校注》卷一四,梁运华整理,北京:中华书局2004年版,中册,第813页。

一层。因此"水"虽为须臾不可离开的生命之"材",却毕竟在"地"之所"产"的位置上,是为"生"所用所服务的。可见,管仲在论述中使用"本原""根"的语言逻辑和描述是极其精确而微妙的,当他要表述最高层面的意义时,使用高度抽象的"本(原)";表述再次一层面的意义,则使用比"本"更为具象的"根";至于最后层面的意义,则干脆"根"也不是,是作为离"根性"尚远的"宗室"。"宗"如祖宗,"室"乃人生命之必备存活空间,但较之"本"却是更为轻度的表达用法了。

由此,由于"本"是包括了"根"的部分在内的,是由根和主干两部分组成的更高的整体,而"根"只专指"根"这一部分,因此,在"根"与"本"相比较的情况下,木下曰本,本下曰根,其中具体语境中的同与不同,还是要分得清清楚楚的,而"根"的不脱具象或离具象距离更近的语用地位也是清楚的。最有意味的是"本"与"根"可以合成一词使用,其所形成的语言动机,恐怕是出于对"本"与"根"莫衷一是的解决。言"本根"(如《左传·文公七年》:"公族、公室之枝叶也,若去之,则本根无所庇荫矣。"《庄子》:"万物畜而不知,此谓本根。"),或言"根本"(如《淮南子·缪称训》:"根本不美,枝叶茂者,未之闻也。"),都是连本带根,极言事物的本源或关键的隐喻而已。

"根"和"本"用作动词的例子的比照。"根"由于其不离具象又可表达终极意义的位置,便有如"根除""根治"等动词性用法,如《管子·君臣下》:"审之祸福之所生,是故慎小事微,违非索辩以根之。"这里的"根之"即连根拔除,代指"彻底性的清除或治理",动作性极为鲜明,这样的场合就不会有相同类型的"本之"用法。"本"用作动词,只是溯源、导引到整体或源头的用法,与"根之"大异其趣。如《周易·乾》:"本乎天者亲上,本乎地者亲下,则各从其类也。"

因为"本"的"主干"和趋向"整体"之意,遂有"本体"一词。至于"本"和"根"都可以与"源"共组"本源"或"根源"一词,则又是它们共同创造的与"水""河"的语汇跨界联类的奇观。

  由此,可以得出结论,"本"是"根"的语义隐喻范畴的一种特殊形态。汉语中"根"这个语词常常只能与"本"连缀成词,或由"本"单音词替代,才能更多更好地表述其"概念隐喻"的功能,并趋向于一种对事物的本体论的表述的抽象语义形式。除此,"根"语词的"概念隐喻"的词化,只有作为"词根"与相关单音节词组成诸如"根基""根据""根究"等双音节词,才能用于表示基础、彻底、更原初等更抽象性的语义。而此时它当然并不能完全用"本"所替代。相比之下,突出了"木"字旁的象形指事的"本",则被彻底的理念化、概念化;而更多地取义于"艮"音旁的"根",却更多地保存着其语根所赋予的隐喻意象功能。这不能不说是有趣的现象。可以想象的历史是,相较于"艮","本"或"根"都可能是更晚崛起的指事造字或形声造字运动的结果。甲骨文中没有"艮""根""本"的材料,但从《周易》的"艮"的相关材料看,"艮"无疑较之"根""本"是更为古远的源头。不过后来,无论是"本"或"根"都脱离了表面上的"艮"的音义隐喻之路,而似乎走上了"木"的象形隐喻之途,但究其语音之实,终不能脱离"艮"音的隐喻之规约。

  也由此,由于有作为"根"的语义范畴的一种特殊形态的"本"的存在,"根"词的隐喻功能与作为其特殊形态的"本"的隐喻功能相配伍,构成一个完备、灵活而开放的概念隐喻的话语形态,由于"本"的出现与使用,中国隐喻文化为"根"这一语词的生命隐喻的持续数千年不断的鲜活状态预备下了如此良好的条件。

  而无论如何,"本"的隐喻作用,还是应从"艮"/"根"这一大的隐喻体系与格局中来引申描述。

(四)作为"基本隐喻"的生命情感形式的"根的隐喻"

  在"概念隐喻"的理性化一途之外,"根"则更多地发挥了生命化的

"基本隐喻"功能。

"基本隐喻"(basic conceptual metaphor)被莱考夫用来指称超出了概念隐喻或隐喻性概念的层面,而在特定文化语境的更大范围中所形成的那些基本的隐喻类型。它们一般不是以"概念"的形式,而是在特定的文化语境中,以某种约定俗成的社会经验途径被传承延续形成的一些"基本的"隐喻表达方式或表达类型。

比如从"人是植物"这个基本隐喻类型中,我们可以发现人的植物化经验对人类思想和语言塑造的重要性。如果使"根"隐喻的意象投射到"人"上,"根"的隐喻无疑属于"人是植物"这一大的基本隐喻类型。同时,在这大的基本隐喻类型的基础上,"人生或生命稳固如根","生命要像植物一样有根","人生或生命的立足点和本性的方向是根"等,也会形成了"根"的隐喻的基本隐喻类型。人与植物的相类比,虽然都有"生",但一个明显的不同不仅在于"人非草木,岂能无情?"而且还会发现人没有植物都有的埋藏深植泥土中的"根茎",由是给草木以人化情感,给人以草木化的"根",使人与草木植物同一化,以他物喻此物,便表达了早期浸染于农耕文明的人们对无根的恐惧和对有根的畅想的基本情感。这种基本情感也就使"根的隐喻"构成了中国语境的一个"基本隐喻"。

  本是同根生,相煎何太急!(曹植《七步诗》)①
  窃哀兮浮萍,泛淫兮无根。(王褒《九怀·昭世》)②
  水背流而源竭兮,木去根而不长。非重躯以虑难兮,惜伤身之无功。(《楚辞·惜誓》)③

这些例子中虽并未明确说出"人是植物"的基本隐喻,但可以看出,"基本隐喻"作为一种"先结构"性质的"意象图式"内含其中,是早已存

---

① 赵幼文:《曹植集校注》卷二,北京:人民文学出版社1998年版,第279页。
② 〔宋〕洪兴祖:《楚辞补注》卷一五,白化文点校,北京:中华书局2002年版,第275页。
③ 〔宋〕洪兴祖:《楚辞补注》卷一一,白化文点校,北京:中华书局2002年版,第230页。

在的理解前提。人应如草木之有"根"的意象隐喻也作为一种"图式"形成一种"基本隐喻"类型，存在于这些诗句的语义背后。可见，"基本隐喻"之所以"基本"，就在于它经过历代人的经验和想象的积淀，已成为沉潜在语言表达内部的一种基本结构。

从这里可以看出，所谓人类生命和语言的"基本隐喻"，并不是仅用修辞学的比喻手法就可以解释得了的，在这些修辞性的"根"的表达隐喻现象背后，存在着诸多人类认识和把握事物的"基本隐喻"类型。"基本隐喻"是人类认识和把握事物的基本方式，是人类情感认知与经验认知的一种方式，当然，它无疑是一种更倾向于或沉淀着情感经验的基本方式。对有根的追求，对稳固的根的体验，对无根的恐惧，已形成人的一种基本情感和体验类型，积淀成型。人生要有根基的想象，是在"人"与"根"之间隐喻地形成的比较典型和稳定的隐喻关系，一种"以他物之名名此物"的关系。人类言说和文本中的基本隐喻类型并不能视为简单的修辞类型或形象化的比喻手法。隐喻的基本类型所提供的，其实是某种隐含的思想认知，某种特定文化隐喻关系中的思维路径、意象图式。同时，这意象图式也是某种特定的情感模式。情与理在隐喻中得到统一，使汉语词汇概念中甚至会有"情理"这样看来是既悖论又奇妙的词汇。这正是隐喻的经验使然、实践使然。如果说"概念隐喻"更多的是去意象、去情感、去隐喻的话，那么"基本隐喻"正是在以更"基本"更类型化的方式肯定人的基本情感，是以肯定的方式肯定隐喻自身，以肯定情感和形象的方式肯定人的理智、聪慧。"人是植物"将表达一种人的植物性的思想路径和情感模式，"人如树有根"同样将表达一种有关"根性"的思维和情感。我们可以观察到，中国文化中将人的生命与草木等植物对照比较的结果，是意识到人与植物虽然同样有生命成长，但植物有根，而人无根却是个事实的存在，于是生出了很强烈的对根的希望拥有，对无根、去根的恐惧，生出了不少关于什么是人的"根"和"根"存于人的生活之何方的讨论。在此,隐喻思维更加靠近意象的、情感的诗性思维,并常常在文学作品中通过基本隐喻类型得到反复而又突出的体现。但也不尽然,即便在一般的日用语境,像很平常的语言如:"夏堪……零陵太守之根嗣也"①中的"根嗣"一词,像很理念化的语言如"阴静之中,自有阳之根;阳动之中,又有阴之根"②,其实也都表达了"人是植物""万物有根"的日常诗性和哲理诗性的基本隐喻类型,其中"根"的物质实体性和形象性、象征性在发挥着功能。管仲说:

> 无翼而飞者,声也;无根而固者,情也。③

管仲这里暗含的人的"情"与"根"的隐喻关系是明确的,人虽无根,但其情感却要像根一样坚固,于是人和根在情感隐喻层面得到了同一性。而刘勰接着讨论:

> 然则声不假翼,其飞甚易;情不待根,其固非难,以之垂文,可不慎欤?④

这是说情感的坚固不依赖和实有"根基"这样的形式,也不难使其坚固。刘勰认为,这种能使情感坚固的方式,就是写作文学,使情感在"文"中永垂,于是用这种认识来写作文章,使情感生根于"文",难道我们不应该慎重对待吗?可见,情感虽无"根"但要与"根"采取一样的强固的努力方向,而因此,文学作品的写作也就可以作为人们强固情感的一种方式,一种在文学写作中"植根"情感的隐喻方式。这种比类联想的隐喻的情感价值在文学作品中存在,或者在其他文化形式也存在,构成了中国文化的一种既饱含情感又蕴含意象的基本隐喻类型。刘勰之言表面上看似否

---

① 〔清〕严可均校辑:《全上古三代秦汉三国六朝文·全后汉文》卷一〇六,北京:中华书局1985年影印本,第1册,第1044页下。
② 〔宋〕黎靖德编:《朱子语类》卷九四,王星贤点校,北京:中华书局2007年版,第6册,第2376页。
③ 〔清〕黎翔凤:《管子校注》卷十,北京:中华书局2004年版,中册,第508页。
④ 范文澜:《文心雕龙注》卷九《指瑕》,北京:人民文学出版社1962年版,下册,第637页。

定了情与根的联系,实际上是建立和强化了情与根之间的联系,不过是中间又增加了一层"文"而已。这实质上是在肯定"根"的隐喻性本身,即其非实在性的文化性与情感的想象性寄托,同时也一语道破了"根的隐喻"作为中国人的一个"基本隐喻"寄托类型的奥秘。

杨树达在《释跟》一文中,论述了人与树木之间的比附隐喻关系,在征引《释名·释形体》云"足后曰跟,在下方著地,一体任之,象木跟也"后,极为精到地指出:

> 先民之制语言也,近取诸身,远取诸物,而人身诸名,则多取象于树木。盖人身直立,与树木之象同。足踵在下,有似树木之根,故曰跟也。[①]

在"根"与"跟"之间,这种"基本隐喻"关系是人类最基本的认知,是人把握世界的基本方式。而这种基本隐喻类型也同样会延伸以"本末"隐喻关系的语言模式存在于世。《淮南子·主术训》云:"故枝不得大于干,末不得强于本。"[②]枝干本末,皆树木之事,而对人亦可以四肢、躯干称之,以本、末关系比方之。《管子·内业》篇云:"气不通于四末。"[③]四末即四肢,相对于躯干而言。本末表述也是根的诉诸于逻辑语言而更靠近生命化"基本隐喻"的一种特别类型,或者,在此概念隐喻可与基本隐喻达成某种共识,形成同一局面。

(五)从"艮"到"根",植物性隐喻与农耕文明的"深度模式"

从以上的材料分析综合起来看,"艮"的音义隐喻是历史性存在的中国人早期文明的认知成果之一。应该指出,"艮"之音义隐喻的语义因素中,是有着"植物性"的视域的,中国商代之前的"连山"之"易"中,其"万

[①] 杨树达:《积微居小学述林》,北京:中华书局1983年版,第19页。
[②] 刘文典:《淮南鸿烈集解》卷九,冯逸、乔华点校,北京:中华书局1989年版,上册,第302页。
[③] 〔清〕黎翔凤:《管子校注》卷一六,北京:中华书局2004年版,中册,第948页。

物"应主要以植物性的对象为主要内容。正是基于东亚黄河文明与长江文明的植物性生存境遇,中国早期文明更多地倾向于走向日渐发达的农耕文明,这是必然的。但"艮"的音义隐喻毕竟是一个涵摄非常广阔的概念,"植物性"因素只是其中的一个方面。历史的发展结果是,在东亚汉语的社会实践中,正是这个"艮"的广阔音义隐喻以其中的植物性视域为基础,逐步转向了农耕文明主导的"艮"的隐喻表意话语系统。从夏商所谓的"连山"与"归藏"的"纯艮""纯坤"系统,中经《周易》的"艮"为八卦之一的"乾坤"的大化变易系统,"根"与"本"逐步从木属象形隐喻体系中崛起,某些方面极大地改变了"艮"这个由"目"和"匕"组成的更集中在人的主观自身的表意系统,"根"的隐喻化与"本"的更加抽象的隐喻化,在重新占有原始的"艮"的音义隐喻的广阔表意元素的基础上,重构出了影响中国后世文明、文化的新的"根的隐喻"态势。这是由从中国原始社会就倾向于植物性文明认知的结果,是其最终获得的农耕文明的极大成就的结果。"根的隐喻"是农耕文明的定型和胜利的体现。这个定型和胜利促成中国文明走向了它自身的深度意义模式。随之,这个作为深度意义模式的"根的隐喻",也成为塑造数千年中国文明的农耕文化方式和语言,塑造了"根的隐喻"源远流长的"绿色生态"话语的历史长河。

在这样的"根的隐喻"的中国文明历史深度模式基础上,它还有两个特点,一个是立足于"中间物"思维,或向中间物突进的思维;二是呈现了理与情、形而上与形而下、经验性与体验性混合的倾向,以隐喻方式寻求本质、根源的意义,升成深邃的哲学和世界观。"中间物"思维指向"心体",[①]不脱感性不脱情感,"根"表达了理也处理了情。

这个"根的隐喻"新态势,在先秦以其更加丰富成熟的形式沿着"概念隐喻"的理性化"异化"与"基本隐喻"的情感化"本色",达成了更广阔的展开。

---

① "心体"系为新儒家熊十力、牟宗三所常用的宋明儒家的概念,参见熊十力所著《熊十力全集》第三卷,武汉:湖北教育出版社2001年版,第173页;牟宗三所著《心体与性体》,上海:上海古籍出版社1999年版。

然而,无论是在理念认知的"概念隐喻"一途,或者在情感认知的"基本隐喻"一途,理念和情感的因素总是难舍难分的,不过各有侧重,各擅其长而已。其间,它们都借由一种"意象图式"而隐喻地存在。而"根"的"概念隐喻"形式也好,"基本隐喻"形态也好,它们作为中国人的生命隐喻,都源自一种无根的恐惧,一种有根的梦想。从此,追问"根",追问"本",发出"君子务本"(孔子)的召唤和"游谈无根,此又何之"(苏轼《李君山房记》)式的诘问,就成为千百年来中国人的一以贯之的话语方式,显示了不同时代的隐喻意义,显示了中国人不同时代的认知与情感水平。以"根"或"本"作为隐喻性的"目标",成为中国式思维/语言的"深度模式"的典型表述方式。不是别的什么,而是靠"根/本"的语言隐喻机制,中国人才获得了生命思想的"深度模式"。

这就是我们的揭示。中国语言和中国文学、中国思想和中国哲学正是依凭了像"根的隐喻"这样伟大的认知/语言机制,在"根/本"及其伟大的基本隐喻类型情感寄托之后,以诸如"本根论""本体论""本质"等概念登上了中国思想、哲学的峰巅,标明了其思维/语言的隐喻方式以"情理"即分殊又一致的途径,走向了把握世界的广阔视域。同时,根又在数千年历史中葆有意象性、经验性的活性,是中国人经验认知的活的隐喻,被历代人在其生生不息的境况中所激活,形成了中国人的某些基本经验。依此情理一体的"根的隐喻",中国人才活出了深度、高度和广度,这深度、高度和广度都是站立在一个语词及其隐喻功能之上。

在一个隐喻的方式面前,世界短暂地停顿下来,变得富有真理、充满了生命情调。世界的"本根""本质"与人的"生根""命根""心本""情本""人本",就是这样地被中国人形而上哲学化、文学化、情理化了,最终不过是一个隐喻而已,最终都可以从这个"根的隐喻"来索解。

2020 年

超越"国中"

——"中国"概念的历史语源学探寻

本文意在从历史语源学、阐释学的材料与角度入手,对"中国"一词的起源和概念含义加以说明。文章题目作"超越'国中'",虽表面上看有些"绕",却能点明作者的用意,故而为之。

"中国,即国中":一个历史语言的阐释学

其实要说"超越",从"中国"一词的历史语言阐释的角度,很真实的现象倒可能是"国中"超越"中国",而不是相反。在古汉语中,类似"中国"的用法,如《诗经》中出现的"中林""中阿""中河""中流""中沚""中谷""中陵""中原"等都是常见的。这些于后人看来,在语法上都是一种倒置性的用法。因此后代的注释学者,很多时候都会将"中国"释为"国中",同样,"中林"即"林中","中河"即"河中","中谷"即"谷中",等等。这样的注释无疑是对被颠倒了的语序的一种纠正,是对原意的一种复原。因此将"中国"释为"国中",实在是后者对前者的时代超越,表明了华夏(汉)语言及思维发展的一种进步:我们后人大都不会像《诗经》时代的人们那样不顾语序的别扭,而任由颠倒着用了。

著名语言学家邢公畹先生专为此写过一篇《〈诗经〉"中"字倒置问

题》的论文（1947年）。他说："在汉语语法中，语序是极重要的。比如：限制词必须放在被限制词之前，动词必须放在它的宾语之前。"①否则我们会"觉得很别扭"。但正是这种"别扭"的倒置在中国却是非常古老的语言习惯。比如《尚书·召诰》："用牲于郊，牛二。"②《左传·僖公三十三年》："牛十二犒师。"③这些话不是按正常语序说"两条牛""十二条牛"，而是"倒置"性地成了"牛二"或"牛十二"。相同的例子在殷墟出土的甲骨文中更是常见，如"击犬又牛用，犬三，豚三"。④"寮于东母豚三，犬三。"⑤此类用法如今除中医郎中在开中药处方单时还依稀仿佛外，恐已绝少见到了。

　　那么如何解释这一倒置现象？古代学者早已注意到这一现象并试图给予解释。宋代学者孙奕在其《履斋示儿编》中说："六经或倒文，如《易》之西南得朋，吉凶失得之象，皆类有之，唯《诗》为多，如中林、中谷、家室、裳衣……不一而尽。"⑥他明确地称这种现象为"倒文"。清代学者俞樾用押韵的缘故来解释这种"倒文"，《古书疑义举例》"倒文协韵"条："古书多韵语，故'倒文'协韵者甚多。"⑦而郭绍虞先生在《中国语词的弹性作用》（1938年）中将"倒文"解释为中国语词的"弹性作用"的一种⑧。但邢公畹对这些观点都不认同，他多少认同章太炎的一个说法，即这种"倒置"是一种未尽涤除的草昧未开之世的句法。于是邢另辟蹊径，将上古汉语的考察与汉藏语系尤其是汉藏语系中的侗台语族的材料联系起来。如此考察之后，邢说："但是照藏缅语族的语言看，这正是一种正常的语

---

① 邢公畹：《邢公畹语言学论文集》，北京：商务印书馆2000年版，第338页。
② 《十三经注疏》，上海：上海古籍出版社2007年影印版，上册，第211页下。
③ 《十三经注疏》，上海：上海古籍出版社2007年影印版，下册，第1833页上。
④ 郭沫若：《殷契粹编》第592片，北京：科学出版社1965年版，第123页；释文见郭沫若：《殷契粹编考释》，同前，第508页。
⑤ 〔清〕刘鹗：《铁云藏龟》，鲍鼎释文，上海：蟫隐庐1931年石印本，第4册，第142页右。
⑥ 〔宋〕孙奕：《履斋示儿编》卷1，北京：中华书局1985年版，第1册，第5页。
⑦ 〔清〕俞樾：《古书疑义举例》卷1，刘师培补，北京：中华书局1954年版，第14页。
⑧ 郭绍虞：《照隅室语言文字论集》，上海：上海古籍出版社1985年版，第99—102页。

序。"比方撒尼夷语说"我打他"直译则为"我他打"。邢先生尤其熟悉汉藏语系中侗台语族的情况,他举例子说,如"有一个人有一个儿子"这句话,在龙州土话里就会被说成"有人一有个子男一";"见只鸭子在田中"会被说成"看见鸭子在中田"。他在李方桂的《龙州土语》一书中还找出闽南语的"中缸""中筲""中房""中坑""中屋""中家""中山""中塘"等倒置的诸多用例,蔚然可观。两相对照后他最后得出结论说:"我们细味《诗经》中'中林'等例的一点痕迹,依稀可以辨认出汉语和闽南语的原始汉闽语中的血缘关系。"①

这个阐释发现是惊人的,四两拨千斤,其论述的"深意"在于指证这种"倒置"背后所显示的汉语的更为悠久的历史渊源,并会使今天的我们联系"中国"一词的用法,注意到它和更为遥远的原始汉藏语的习惯和血脉。几十年后,邢又写有《汉藏语系研究和中国考古学》(1996年)的长文。这是篇我们平时很少见的利用大量考古学材料所写的历史语言学的文章,它论证在新石器文化晚期说着原始汉藏语的黄帝、炎帝部族相继南下并沿黄河东上,"后来在南下迁徙途中慢慢分离出一种语言来,即藏缅语,时间约在铜石并用时代早期,在夏语(引者注:即后世之汉语)从原始语分出之前就已分出。所以夏语实际是从'原始汉台苗语'中分出的"。②

而在此文之前,语言学家俞敏发表题为《汉藏两族人和话同源探索》(1980年)的论文,则以这种倒置现象来论证汉藏同源:"周朝人最早的作品里有好些古语言遗迹"。他举例说:《诗经》里有管柔软的桑树条叫"桑柔",管大道边叫"周行",管林子当中叫"中林"的(《卷耳》《兔罝》篇);还有"中塘"……《尚书·康诰》管华夏族的领土叫"区夏","姜原"无非是高"原"上的"姜"罢了;看起来"后稷"也应该是"稷后"——庄稼大王,他

---

① 邢公畹:《邢公畹语言学论文集》,北京:商务印书馆2000年版,第338—339页。
② 邢公畹:《邢公畹语言学论文集》,北京:商务印书馆2000年版,第42页。

的后代有个"公刘"（照后来习惯该叫刘公）跟成汤同时。① 看来，俞敏先生是主张汉藏有更近的血缘关系的，这与主张夏语或汉语与侗台语有更亲密关系的邢公畹先生有所不同，但他们又都走在相同的探寻方向上，即古夏语或汉语的祖先都来自更为遥远的原始汉藏语。

语源与族源应该具有一致性，这是很好明白的道理。语言学家们的智慧和论证其实也等同于揭示了"中国"一词的原始汉藏语渊源。"中国"一词，作为古代天下理念与国家理念相熔铸而成的一个极为重要的理性概念，依我们现今看到的历史文献和实物佐证，大概应在西周初建时期才浮出历史地表，这有出土的西周尊器《何尊》的铭文，以及《尚书》中的"梓材篇"为证，也有西周晚期《诗经》中的三首诗（《大雅·民劳》《荡》《桑柔》）七次出现的"中国"一词为证②。在这三处直接使用的文献材料之前，"中国"一词虽尚无发现，但其无疑应有更为古远悠久的原始汉藏语的语言/思维之源。"中国"一词的倒置性构词方式的"语源学"揭示，说明我们拥有更为古远悠久的崇"中"、尚"中"理念，"中国"一词之"中"仿佛是很自然的优先前置性，为后世铺设了语言思维方式的源泉。

"中国"一词就其构词方式看，用后世漫长的"夏语化"或原始汉藏语的"华夏化"之后的眼光看，它确是语序倒置的。由此汉代经学家以来，注"中国，国中也"，也就顺理成章。比如《穀梁传·僖公二十八年》"复者，复中国也"；《襄公二年》"若言中国焉，内郑也"；《昭公三十年》"中国不存公"，晋代范宁均注为"国中"③。又如《周礼·秋官·大司寇》"反于

---

① 参见俞敏：《汉藏两族人和话同源探索》，《北京师范大学学报（人文社会科学版）》（北京），1980年第1期。又见《俞敏语言学论文集》，北京：商务印书馆1999年版，第204页。
② 参见马承源：《何尊铭文初释》、唐兰：《何尊铭文解释》等论文，均载《文物》1976年第1期；张未民：《〈诗经〉与"中国"》，《光明日报》2012年9月19日，第16版。
③ 《春秋穀梁传注疏》，《十三经注疏》，上海：上海古籍出版社2007年影印版，下册，第2402页上、第2425页下、第2441页上。

44

中国,不齿三年",清俞樾按:"国中也"①,清孙诒让正义:"犹言国中"②。这种把在古语看似很正常的语序,再按照后代类似"现代化"的"夏语化"正常语序颠倒过来的阐释学,如照邢公畹和俞敏先生的研究,其实质,一是昭示着"中国"一词的悠久的原始汉藏语的血缘,并使我们这些后人明白,如果没有遥远的原始汉藏语祖先对"中"这个方位词的置于优先性强调的语用习惯,那么后来的"中国"一词会怎样,也许还无从谈起。无论如何,是这样的历史语言血脉和传统造就了"中国"一词,使其迈出了"中国"概念的第一步。二是这种阐释学还表明了"国中"对古语方式的"中国"的"超越",这种"超越"力图改造古语的思维方式,以适应或"恢复"一种于今而言的正常、规范的语序。

"中国":对历史语言阐释的抗拒和超越

但恰在此处,历史语言的方向发生了变异。由于古语文阐释学的"超越"古老的语序"倒置"的努力,大部分"倒置"的语序在后代的语言使用中都会得以矫正,得以"科学"地按"本义"加以阐释,后世的人们也很少会说"中河"(即河中)、"中林"(即林中)、"中谷"(即谷中),即便引用古诗古语,也都会加以必要的注释,使之顺应当下阐释,使人明白,变成"正常"说法。但似乎只有"中国"等少量词语(也许还有"中原"等),顽强地抗拒着这种重新阐释,"中国"又努力地"超越"着被阐释为"国中"的趋势,而重新稳定了自己的构词方式的合法性,并使"中国"由一个普通的方位意味很浓的词升华为一个具有特殊意义的概念。这正是我们接着邢公畹、俞敏等人的历史语言学探寻去做进一步"探寻"的地方。我们

---

① 〔清〕俞樾:《群经平议》卷13,《续修四库全书》"经部",上海:上海古籍出版社2002年影印本,第178册,第220页下。

② 〔清〕孙诒让:《周礼正义》卷66,北京:中华书局1987年版,第11册,第2747页。

因此也可以明白，为什么在讨论"中"字倒置问题时邢公畹明确强调要将"中国"这样的专有词汇搁下"除外"，这"除外"是有深意的，可惜邢公并未有接续的讨论。

据历史学家王尔敏先生的统计分析，先秦典籍中共出现"中国"一词178次，他并将其所含意旨约分为五类。除了后两类（7次）特殊用法此处可不表外，其他主要的三种意涵是：其一，指"国中"，凡17次，且已不仅指城邑之中，还可以扩而理解为国境之中。如《诗·大雅》云："女炰烋于中国，敛怨以为德。"其二，谓京师之意，凡9次，例如《诗·大雅》："惠此中国，以绥四方。"其三，谓诸夏之领域，凡145次。如《孟子·梁惠王》："欲辟土地，朝秦楚，莅中国而抚四夷也。"①

我们从王尔敏先生在其所作论文（《"中国"名称溯源及其近代阐释》）指出的这三种用法中可以看出，尤其到春秋之后，最多的用法是"中国"已成为专有名词，即诸夏各列国领地之专称，已然是相对于四夷外邦的一个具有共同语言和文化的核心区域的共称、统称，即王尔敏所说的第三。第二项专指"京师"，据朱熹《诗集传》注："中国，京师也；四方，诸夏也；京师，诸夏之根本也。"②那么此处的"中国/京师"其本质也是与"四方"连为一体的，成为"诸夏"的根本和代表，因此实际上与"表示诸夏之领域"也几乎一样。当然，这里的"中国"，虽与"四方"连接，但毕竟强调了"诸夏之领域"中心的首都大城"京师"。至于第一项"谓国中之意"，由于其含义已可扩展至整个"国境"之内，并不一定专义在"城中"，因此与第三项"谓诸夏之领域"的多数用法，虽角度不同，却也互通，二者并不矛盾，所谓"诸夏"的范围也与这样的"国中"毫不冲突，其"国中"大都指"诸夏"的"国中"，而不会指"中国"以外的外邦。也正是在这个意含上，

---

① 参见王尔敏：《"中国"名称溯源及其近代诠释》，《中国近代思想史论》，北京：社会科学文献出版社2003年版，第371页。
② 〔宋〕朱熹：《诗集传》卷17，北京：中华书局1958年版，第199页。

"中国"与"中原""中区""中邦""中夏"等有时也通用,后者有时同样也不能释为"原中""区中""邦中""夏中",同样"超越"了古汉语的"倒置"重新阐释压力而成为类似"中国"的专指名词。如此,中国之"中"再也不用被重新阐释移诸"国"之后位上去了。而这是春秋战国时期"中国"一词所取得的语用局面。

在从邢公畹到王尔敏的对"中"及"中国"的讨论之间,人们应予重视的是,其实邢公畹用语言学材料所做的语言历史解释方向,无疑是对"中"一词的最为基础性的可靠的语言学解释,即作为方位语义的"中",应是其最原初的"本义"。《诗经》里诸多"中"的"倒置"用例就都是这样子的空间方位及其关系的体认(所谓倒置就不仅仅是语序的倒置而且还是空间位置的表述之倒置)。而王尔敏所举的多是西周及春秋战国的"中国"用例,虽然在"中"的"方位"本义之上增加了很多后来历史的因素在里面,但在"中国"一词中,方位意义的前置和彰显仍是最基本与主要的意涵。所以才有"中国"与"四方"构成基本秩序和框架,《周礼·天官》中说:"惟王建国,辨方正位,体国经野。"[①]"中国"概念中,"中"为理念先导,是理念指引下的"辨正方位";而"国"是客观基础,是脚下山河大地的"体国经野"。

"中":何以前置和优先

"中"的中心、正中、中央的本义,可以从文化人类学和人类基本生活的意义上加以肯定。方位感、方向感作为人类生存和生活的基本感知,应是首要的,首先产生的,用德国哲学家康德的话说,就是认为人类的空间与时间感知是"先验的"[②]。在康德这里,所谓"先验"是先于经验的"先在",但解释康德的先验观念的另一种路径,就是"先验"也是一种经验形

[①] 《周礼注疏》,《十三经注疏》,上海:上海古籍出版社2007年影印版,上册,第639页。
[②] [德]康德:《纯粹理性批判》,蓝公武译,北京:商务印书馆2015年版,第55页。

式,"先"是时间顺序的客观表述,是存在于漫长的生物进化、地球物种起源和人类初始时空基本经验的"积淀物",不过看起来像是先于后世人类文明生活的现实体验而存在罢了,所以并不神秘。因此我们只能将"中国"之"中"的诞生放在这种宇宙观中来解释,并庆幸我们祖先对"五方"观念①的强调,对"中"的优先性的重视和独特的生命体验。时空感知的产生也意味人的自我意识(自我方位)的崛起,以及随之而来的向四外空间的拓展意识。如果说"中国"之"中"与三百篇中的其他"中"的用例有什么不同?那就是"中国"之"中"在空间方位意识之外,又复加了浓重的自我方位意识。它不是我们从外面去观察一片森林看那"其中",而是站在森林的中心地带,自我和这片森林之中央合而为一。于是"中"不仅表达了一种强烈的存在感,而且又有自里向外的扩展,形成四方关怀,形成自我和外界"全方位"的交流愿望、共同体意识,它指向未来的族群性乃至国家性实体存在,也就可以想象不言而喻了。这样的深刻意识早就诉诸于原始汉藏语系人生活语言的交流,应当在"中"这个文字产生之前就存在于他们的语音与表意交流之中。这些都是不证自明的。② 当然,人

---

① 胡厚宣:《论殷代五方观念及中国称谓的起源》,见其《甲骨学商史论丛初集》,石家庄:河北教育出版社2002年版,第227页。
② 我们知道,文字的产生较之语言产生是很晚的事情,"从仰韶文化算起,我国文字已有六千多年的历史"。(郭沫若主编:《中国史稿》,北京:人民出版社1976年版,第1册,第65页)而人类语言的萌芽和孕育则早在6—8万年前(李讷:《人类进化中的"缺失环节"和语言的起源》,《中国社会科学》,2004年第2期),在人类使用文字之前,他们早已能够用声音进行表达和交流了。因此,"凡有语义,必有语根"。(黄侃:《略论推求语根之法》,黄焯编:《文字声韵训诂笔记》,上海:上海古籍出版社1983年版,第58页)"语根"应被视作"最初表示概念之音,为语言形式之基础"。(沈兼士:《右文说在训诂学上之沿革及其推阐》,《沈兼士学术论文集》,北京:中华书局1986年版,第168页)探求语根来源应以"语言(音义)为主,而不以字形为主。"(齐佩瑢:《训诂学概论》,北京:中华书局1984年版,第108页)段玉裁说"圣人之制字,有义而后有音,有音而后有形;学者之考字,因形以得其音,因音以得其义"。(段玉裁《王怀祖广雅注序》,周斌武选注:《中国古代语言学文选》,上海:上海古籍出版社1988年版,第162页)这是说,在形、音、义三者的关系中,必须通过"音"才能达到"义"的最后解释,因为由文字符号所呈现出的语义,最初在无文字之前是由语音表达的,字形不过是声符的进一步表现。也许是由于20世纪甲骨文的考古发现与整理阐释,形成了一种重视由文字字形中释读本义的倾向,一些学术著作忽视了对语言音义的训诂阐释,而音训这种中国训诂学中的重要传统也不被重视,释读词汇概念的历史语义往往到文字为止,而不是到"语言"为止。

类语言表意的外在指向总是与其内在指向同步的,"中"这个词也许一开始就有一条内在化的表意路径,对于心脏存在的身体感知,以及生命自我意识,使外在方位感知与内在方位感知,一开始就贯通一起,用"中"表示"心中",以心为中,进而投射到人类最初的观念世界,也是文化人类学可以解释的语言起源之一。"中",由于我们祖先的坚持和强化,进而将它优先前置,于是形成了汉语言习惯中的"中"的"倒置"现象;更由于其中又渗透了强烈的自我方位意识,进而衍生了特定的从自我内心由内及外扩展的"同心圆"时空意识与思维习惯,为"中国"观念的产生奠定了基础。

按照认知隐喻学理论,由于人类的空间经验产生了方位隐喻,此时"中"便作为一种极为重要的空间方位隐喻获得了语言投射的有利位置和优先权力。莱考夫和约翰逊考查美英语言认为"上/下""前/后""里/外""近/远"等人类空间概念较之"其他可能的空间框架,它们具有优先权",成为人类"赖以生存"的基本概念。[①] 但他们没有注意到中国先民的空间经验,是用一个恰到好处的"中"来总领了这些基本的空间概念,形成了"中"的隐喻命名权的巨大优势。一切都要从"中"出发了。

今天,我们无论如何评价这种语言倒置思维的伟大性都不为过。汉语言逻辑的进化必然导致对这种倒置的克服,而更值得称道和庆幸的则是对这种克服的克服,即自原始汉藏语祖先那里,我们一直保有或继承着一种让方位词"中"成为邢公畹先生所说的那种无可置疑的"限制词"地位的悠久而伟大的语言逻辑传统,这种传统会让其他词汇置于"被限制词"的地位。于是,才有了中国人引以为万事万物法则的"中道观"的诞生,才有了"中国"概念的诞生,"中国"最终超越了"国中"的阐释学,"中"的价值和"中国"的价值融合在历史实践与生活中,积淀形成了中道

---

① 参见[美]莱考夫、约翰逊:《我们赖以生存的隐喻》,杭州:浙江大学出版社2015年版,第19、57页。

哲学和"中国"国家哲学。于此我们相信,在文字"中"诞生前被汉藏语祖先的话语发音中称为"zhong"的语音表达了深刻而普世的思想,他们往往特别地将其前置加以强调,说出了原始生活中的一个重要概念、一种有着思维力量与智慧魅力的"逻辑语言"(那种分析哲学意义上的人类的基本的逻辑语言或语言逻辑),并由此而在"东亚"大陆族群中螺旋式上升,历史地形成了一种"中"的伟大文明。

而后世我们依文字"中"所作的语义溯源阐释,都不过是建立在这个发音为"中"的原始观念的"自我方位""本义"之上与时俱进的历史内容。这些语言"本义"之后的历史内容同样重要,它于文字学意义上记载了人们坚持突显"中"的价值本质、超越"国中"的过程。姜亮夫在其《释中》一文运用甲骨文和金文资料及先秦文献,揭示了"中"字的三个原义及衍生语义:(1)日中旌旗,即背景为一轮太阳,前置一杆竖立飘扬的旌旗,且看上去旗杆中分圆日之形。(2)箭矢射中穿心之形。(3)盛装简策文书典籍的器具之形[①]。这三种文字符号创制时所体现的意涵,如果说是原义,也是在原始社会人类发音为"中"的自我方位"本义"基础上,由于对"中"的重视和优先前置的思维传统,而强化了的"中"的复杂语义内涵,是本义的历史化内容。

旌旗在日中之形,首先是"建木树表"立影测时,或以旗杆立影测时[②],因此"中"表示时间的中分看取的标记方法,是由方位而向时间渗透交融的"时空意识"的展开,这一点表明中国人的时间意识,由于"中"而一开始就不是单纯线性的而是时空一体的,是从"中"入手开始区分的,时间和空间交汇聚焦于"中"这一核心。"中"之义与建木、树表、立旗均有关,进而建木树表不仅测时,也演变为部落祭祀或原始宗教活动的中

---

① 姜亮夫:《文字朴识·释中》,《姜亮夫全集》第18卷《古代汉语论文集》,昆明:云南人民出版社2002年版,第346—406页。
② 参见叶舒宪:《中庸的文化省察》,武汉:湖北人民出版社1997年版,第3—100页。

心。而"中"又表示与旌旗相关的语义,旌旗是部落族群的标志符号,立于部落和战队的中央,代表军令、权威,是汇集众人的核心。殷商甲骨文字中即有"立中"表述,被释为立旗于中以号召、汇集族群①;也是《尚书》中所说的"建中于民"。

"中"为射中,如《礼记·射义》所说:"持弓矢审固,然后可以言中",并由此射中而引申出"中礼"("故射者,进退周还必中礼")的概念,"中礼"也即合乎礼节。② 这是由射中而对理想目标如何切近应和的经验性表达,合于族群,合于事理,在万物的变化节奏中,追求中节、顺天、和气始成为一种人伦心意与情理。

至于由"中"的放置策简文书的盛器而引申,"中"于是又为判定诉讼文书,《周礼·秋官》记载的"求民情,断民中,而施上服下服之罪""士师受中"③,这里的"中"就是诉讼判决文书及其所施加的法治行为,是谓"中者,刑罚之中也",即秉持之"刑罚适宜"。④《论语》中说舜"允执厥中",如果"照本宣科"地翻译,指的就是手持体现"中"的公平合理的法令文书(为竹条令简),当然后来人们将这个"执中"理解为执守中道原则与大法,也是合情理的。

以上可见,这些都是从"中"的语言学"本义"引申出来的文明历史内容,我们很多时候把这些文字学意义当作了"本义"来解释,是简单化了。"中"从方位之义,到有组织秩序的族群部落的"立中""建中",是更加理念化了。以"中"为尚的不断扩容的族群部落组织的历史建构,导致了

---

① 唐兰言"立旗"与"建中"之间的关系甚确,见《殷墟文字记》,北京:中华书局1981年版,第53—54页;胡厚宣《〈甲骨续存〉序》云:"商立中,方亦立中;知立中者,当为军队驻扎,武装垦殖,或者是原始氏族社会立旗圈地、开辟疆土的孑遗。"《甲骨续存》,上海:群联书店1956年版,第5页。
② 《礼记注疏》,《十三经注疏》,上海:上海古籍出版社2007年影印版,下册,第1686页下。
③ 《周礼注疏》,《十三经注疏》,上海:上海古籍出版社2007年影印版,上册,第880页下,876页上。
④ 《周礼注疏》,《十三经注疏》,上海:上海古籍出版社2007年影印版,上册,876页上。

"以土圭之法测土深,正日景以求地中"①;导致了由"中"而凝聚的时空中心:"敬授民时","格于上下"(《尚书·尧典》),或"厥有施于上下远近"(清华简《保训》)。因此所谓"地中"之"中",其中包含了落实到大地上的地理中心,包含了天地一体的时空中心,包括了人心凝聚于族群一体的共同体意识,包含了公平协调的法权、军权、礼权与大城邦文明中心,以及统一历法时间的文化中心、以天唯大为德的观念中心,这几层意义均历史地灌注到"中国"之"中"的国家化语义蕴含当中了。近年来随着山西省临汾市陶寺遗址经过长期挖掘与研究,专家们倾向于这座距今4000年以上的古代大城即是"尧都平阳"②。其中最令人瞩目的是,在陶寺中期王级大墓中出土了一个几乎完整的用于测量日影的"圭尺",由此,何驽先生在《陶寺圭尺"中"与"中国"概念由来新探》一文中,极其敏锐和正确地指出了早期中国概念在帝尧时代的萌生和存在,他还由此而论证了古文字"中"的象形和本义即来自这样的"以求地中"的利器"圭尺",以及利用圭尺实施"中国化"意义的"大地测量"及其王权象征。但是我们不能由此而完全否定"中"字本义来自于竖立之"旗"这一得到了广泛认同的解释,"圭尺"的解释只能是"中"字的广泛的社会语义来源之一。何驽认为古"中"字字形中有被解释为旗杆上下的"飘带"(传统称为"斿",即旗帜的飘带)的部分,他认为这种解释是不妥的,因而主张为圭尺上彩色刻度的指示,但我们望其形迹,仍可备一说。由此而认为"圭尺"为"中"的所谓"本义",并从这个手持圭尺"中"("允执其中")衍生出来"中心""中央""中间"等方位词"中",这虽是目前以考古出土实物指认"中"的"本义"起源最为实证性的一次说明,③而我们仍须谨慎认定"圭尺"之

---

① 《周礼注疏》,《十三经注疏》,上海:上海古籍出版社2007年影印版,上册,704页上。
② 参见《陶寺:帝尧时代的中国——"唐尧帝都文化建设"座谈纪要》,2013年12月9日《光明日报》国学版。
③ 何驽:《陶寺圭尺"中"与"中国"概念由来新探》,见中国社会科学院考古研究所夏商周考古研究室编《三代考古(四)》,北京:科学出版社2011年版,第85—119页。

"中"是"中"的"本义"。无论如何,这些等级社会的复杂历史内容虽然也是一个突显"中"的历史,但正是在有文字以前的强调优先与前置"中"的历史基础上,文字学意义上"中"与"中国"突显的历史态势,才最终造成了"超越国中"的"中国"概念被稳定下来,并赋予了新的意义,即所谓"中国"是在众多的邦国,或诸侯都邑(城邦、国中)之上,产生的中心化大国秩序、中心聚落形态以及所谓的"广域王权"。

"中国"思想:在历史实践中的生成

夏商周以来,经逐步整合演化,"中国"的建构先以"天命"及政治军事威权约束万邦,构成整体,继以礼法和文化统合邦国,构成"超邦国"的"天下中国"。于是春秋战国时代,正如王尔敏所汇总的"中国"概念所取得的局面,已经成为一个具有深刻理念的实体性的可以指称名之为"中国"的政治、文化与民族的共同体了。尽管战国时期分裂为诸侯国争雄局面,但越是在这种分裂之时,"中国"概念的理念性越发地凸显出它的重要性,其理想价值也越发地受到重视和传播,所谓"东周列国",一个"东周",便道破"中国"在现实中从未破局的奥秘,成为至今我们于海峡两岸仍坚认"一个中国"观念的精神源泉。"中"所造成的强大的观念性会形成一种既成现实,"中国"不是消弭不见,而是越发地活泼了。后来,汉代许慎的《说文解字》(小徐本)这样"释中":"中,和也"[1],"中"已从一个方位性的解释而被功能性、价值性的解释所代替。以和释中,"中"的本质便昭然若揭,"中"的宗旨与方向便是"协和万邦",便是东亚这块土地上人类的联合。

总结起来,这其间大概有三点要特别强调:

---

[1] 〔南唐〕徐锴:《说文解字系传》,北京:中华书局1987年影印本,第10页下。

一是"中"的意义的原型积淀。我们要感恩于原始汉藏语的祖先们的特有的思维方式和语言方式，他们对于诸如"中"这样的方位词的盎然兴趣，坚持使"中"可以置于"国"之前，这是原始汉藏语先人的思维主体性的创造性选择的结果，使得后来的人们可以轻松地将这个似乎是说明性的单纯"方位词"的性质，提升为一个可以限定诸多事物性质的大词。正是在我们的汉藏语系遥远的祖先那里，埋藏着中国国家文明的语言密码和精神密码，而这个最原初的密码，千万年来一直守候、延续、表现着中国文明的独特路径。

二是"中"的意义增殖。这种增殖/增值，终于使"中"的理念成为先秦时代数千年的中国历史和社会发展中的主旋律，形成了几乎无所不包的"中道观"："中"为"天下之大本"（《礼记·中庸》），"民受天地之中以生"（《左传·成公十三年》），"中即道也"（程颐语）[①]。为政，要"允执厥中"（《论语·尧曰》）；君子，要"作稽中德"（《尚书·酒诰》）；子民，要"各设中于乃心"（《尚书·盘庚》）；法刑，要"咸庶中正"（《尚书·吕刑》）；群体，要"协和"，并使人的存在"光被四表（方）、格于上下（天地）"（《尚书·尧典》），具备"中"的世界观，等等，这些重要的意义增殖，使"中"超越了单一的"方位"之义，形成一种思想性的东西，灌注到性命、思维、语言、行为中去，乃至形成一系列以"中"为核心的词汇、短语，以及由"中"所限定和表明性质的特定"概念"。"中"的意义增殖的结果，是"中"成为一种文化，标志为一种文明，乃至升华为一种哲学。考古学家苏秉琦先生曾说："中国文明起源的机制问题必须从哲学角度予以回答（论证）。"[②]依本文思路，"中"之优先前置，进而意义增殖，乃是其从上古语言学意义升华为哲学意义的历史。语言的这种增殖不仅使"中国"

[①] 〔宋〕程颐：《河南程氏文集》卷9，《与吕大临论中书》，王孝鱼点校：《二程集》，北京：中华书局2004年版，上册，第605页。

[②] 苏秉琦：《从中国文化起源到中国文明起源》，《华人、龙的传人、中国人——考古寻根记》，沈阳：辽宁大学出版社1994年版，第101页。

一词稳定下来,使"中"的理念成为这片东亚土地上的族群国家化建构中的核心精神,反过来,这种依"中"而建构国家化的路径也极大促进了"中"的意义的展开,由国家化"中"的促进而使"中"的意义全面地覆盖人、社会、生活,成为至上法则。在政治学意义上,"中国"本身已经意味着一种理念、一种国家理论与思想,不仅是德国政治家赫尔佐克在其《古代国家》一书中所说的"大国思想",[①]而且还蕴含了如何成为大国的经由"中"而实现的途径道路与结构方法,直可称之为"中国"思想。

三是"中"的实践层面。"中"与"国"的相遇,促使"中"的空间性含义得到了广泛的弥散和延伸,不仅可以在抽象的思想观念空间中铺展,更在先人的群体实践中,在这块东亚土地上铺展、落实——夏、商、周三代以降,在"中道"思想影响下,"中国"这一国家理念成为数千年的国家文明化实践。"中"所要处理的,乃是"万邦"的协和,即《尚书》中的"协和万邦"。因此"中国"本意就在于一种协和实践。这种长期的历史实践,使以"中心/四方"为框架的"建中"/"执中"模式在漫长世变中保持了极为稳定的生动的形态,背负"天地人"协和使命的"中心化"的"大规模国家"或"大地域政治模式"国家的建构,形成了主流历史趋势,终使"中国"超越了语言的"国中"阐释,而为多元一体的中华文化、民族、国家人所共认,不可移易,乃至唯一。这个"实践"和"历史",是一个遥远的汉藏语先民的"中"的语言学思维的空间展开和实践落实,是一个"中"的理念的信奉与优先的实践,是从四面八方向"中国"的聚拢,是古书上所谓"之中国""莅中国"[②],即是去往中国、奔向中国的方向,也就是所谓"居中"(也

[①] "大地域政治模式"或"大国思想"系德国政治家、前总统赫尔佐克使用的概念,见其著作《古代国家》,北京:北京大学出版社1998年版,第211、258页。对此"大地域政治模式",我们通俗地称之,就是"大规模国家",即现代政治学中常用的"大国"概念,问题在于所谓"中国",自从诞生起,就一直是这种"大地域政治模式"的"大国"。

[②] 《史记·五帝本纪》云:"舜曰'天也',夫而后之中国践天子位焉"(北京:中华书局1963年版,第1册,第30页);《孟子·梁惠王上》云:"莅中国而抚四夷"(朱熹:《四书章句集注》,北京:中华书局1983年版,第210页)。

就是"宅兹中国");同时,也是"居中"之后的更加积极主动,更加主体性的建构,更加积极的"中心化",即"建中""执中"。这里的"建中"与"执中",已由原始的建木立中、建旗立中、执简立中演变得含义甚广了①,是指建构中道观念与时空之"统"于"民",涉及群体性与个体性道德秩序与思想行为方式、文化方式及其原则,以更实在的地理地域掌握上的中国/四方的国土结构、中国/四裔间的共同体建构等,也是指建国理论和治理理念的"中",用考古学的成果和结论来论证,就是苏秉琦先生所提出的"中国文明"起源的三种形式:裂变、撞击、熔合②,最终成为秦汉"并中国"③及其后世中国的"多元一体"格局。④

这里,得中、立中当在五帝之尧舜时代奠基,⑤而在夏商二代相继稳定固化了地理意义上的后世称之为中原的天下之中的区域定位,并开始了中心国家的建构。相对于"万国"林立,夏商均以"居中"而言"大",或以"大"而成"中"。夏本意即为"大",是文明之大,落实构成了"区夏"⑥即"夏区"。而商则明确了"大邑商"的概念,即以大邑都城而统领这个

---

① "建中"一词见《尚书·仲虺之诰》:"建中于民"(《尚书正义》,《十三经注疏》,上册,上海:上海古籍出版社2007年影印版,第161页下);"执中"一词见《论语·尧曰》:"允执厥中"(朱熹:《四书章句集注》,北京:中华书局1983年版,第193页)。
② 苏秉琦:《文化与文明》《从中国文化起源到中国文明起源》,《华人、龙的传人、中国人——考古寻根记》,沈阳:辽宁大学出版社1994年版,第97页、第101页。
③ 《史记·天官书》:"……秦遂以兵灭六王,并中国。"(《史记》,北京:中华书局1936年版,第4册,第1348页。)
④ "'多元一体'格局"一语源于费孝通于1989年在香港中文大学所作的一次题为《中华民族多元一体格局》,见其主编《中华民族多元一体格局》,北京:中央民族大学出版社1992年版,第1页。
⑤ 唐尧、虞舜"得中"事,见清华大学藏战国竹简《保训》,言"舜既得中","帝尧嘉之"(清华大学出土文献研究与保护中心:《清华大学藏战国竹简〈保训〉释文》,《文物》(北京)2009年第6期)。而"立中"一词见甲骨文卜辞材料:"癸酉贞,方大出,立中于北土。"(《甲骨文合集》第33049片)。胡厚宣《〈甲骨续存〉序》对此分析到:"商立中,方亦立中;知立中者,当为军队驻扎,武装垦殖,或者是原始民族社会立旗圈地、开辟疆土的孑遗"(《甲骨续存》,第5页)。"求地中"之考古学材料参见何驽:《陶寺圭尺"中"与"中国"概念由来新探》(中国社会科学院考古研究所夏商周考古研究室编:《三代考古(四)》,北京:科学出版社2011年版,第85—119页)。"立中"至周初成王使召公复营建洛邑,周公卜曰:"此天下之中,四方入贡道里均。"(《史记·周本纪》,第1册,第133页)
⑥ 《尚书·康诰》:"用肇造我区夏,越我一二邦,以修我西土。"(《尚书正义》,《十三经注疏》,上册,上海:上海古籍出版社,2007年影印版,第203页上)

"大"与"中",所谓"中商"之称是也①。这形成了"区夏"实践和"中商"实践,形成了"区夏观"和"中商观"(如胡厚宣所论,甲骨文材料中已呈现了中国加四方而合在一起的"五方"观念),也即最早的"中国观",其地理坐标的"建中"在晋东南和安阳一带,至西周,则落实在洛。于是,最重要的历史时刻是在周初,"國"的概念在邦国的意义上已经成熟,"中"与"國"两个概念合一,"中國"一词诞生。甲骨文中并无"國"字,周初何尊铭文上也是记作"中或","或",音读为"域",于省吾先生释读为"國"②。这时的"中國"的"國"也不是各诸侯邦国(城邑)的"國"了,而是在"中"的意义上的对一个大规模的政治/文化/族群共同体的本质上的体认,体认一个"以中为本"的致力于"协和万邦"的东亚大陆上生生不息的"人类命运共同体",一个"超邦国"的"协和之国"。这是西周初年,才明确了"建中"实践的成果"中国"的实际存在及其客观理念。

也因为,最早见诸于西周建国初年文物的"何尊"上的青铜铭文中的"中或"(即中國),已经不能被释读为"國中"了,已经是使"中"处于"限制词"高尚位置的"中"了,已经是"國中"之外另辟表义康庄大道的"超越"了"國中"的不用"倒置"的"中国"了。即使《诗经》等西周文献中的"中国"有若干处可以被释为"国中",但此时的"中国",由这个青铜器"何尊"上的"中或"(中國)作时代性定调,就无疑更主要地以一个国家性"理念",以一个重要的政治性"概念",配以《尚书·周书·梓材》中记载的"中国"一词,正式登场了。

[①] "中商"一词见《殷契佚存》第348片所云"□巳卜,王,贞于中商乎御方"。胡厚宣认为"中商"一词可为"中国"概念的一个源头(《论殷代五方观念及中国称谓的起源》,《甲骨学商史论丛初集(外一种)》,石家庄:河北教育出版社2002年版,第277页)。李学勤《殷代地理简论》亦有论及,见《李学勤早期文集》,石家庄:河北教育出版社2008年版,第174页。

[②] 于省吾:《释中国》,中华书局编辑部编:《中华学术论文集》,北京:中华书局1981年版,第2页。

结语："中国",深埋于历史的"中国梦"

"中国",从这个词诞生时起,就开辟了一条超越"国中"之路。

概言之,不要小看了一个词的历史语言学的变迁,或许一个不起眼的构词语序的变化及其阐释,都可以风生水起,积淀千秋,昭示万代,都可以像太平洋上空自彼岸飞来的蝴蝶,其翅膀的扇动形成的气流,隔千载万年而激起后世的"中国"之四季风雨。

今人倡言"中国梦",应知正如"中国"一词的历史原始情况所表明的那样,我们那些说着原始汉藏语的祖先,真是一些词序语义运用上的智慧梦者:他们既然一开始选定了"中"的前置方位,就坚守着"矢志不移",就如同做一场意志之梦,而且一梦千万年:"中国"!就永远地不改了,就在这"不改"中获得意义。而这个"不改"的"中国",一直需要千秋万代的中国"初心"不改,生生不息地努力维持,正所谓"周虽旧邦,其命维新"。

2019 年

何谓"中国文学"

——对"中国文学"概念及其相关问题的讨论

"中国文学":在民族/国家之间的表述

"中国文学"一语,为上世纪以至当前的文学话语所广泛使用。它似乎辞正义明,言简易懂,不会也用不着引起什么讨论。就我有限的阅读范围,知道《中国大百科全书·中国文学卷》(1986年)中,列有周扬和刘再复两人署名撰写的首条"中国文学"一文,[①]开头即这样写道:

> 中国文学,即称中华民族的文学。中华民族,是汉民族和蒙、回、藏、壮、维吾尔等五十五个少数民族的集合体。中国文学,是以汉民族文学为主干部分的各民族文学的共同体。……中国文学,以自己特殊的内容、形式和风格构成了自己的特色,与世界上其他民族文学异轨同奔。

这篇文章后来刘再复曾以《中国文学的宏观描述——〈中国大百科全书·中国文学卷〉首条》为题,收入其论文集《论中国文学》(1988年)一书中。[②] 正如这个后起的标题所表达的意思,该文的主旨也在于对中

[①] 周扬、刘再复:《中国文学》,载《中国大百科全书》中国文学卷,第1页,北京:中国大百科全书出版社1986年11月第1版。
[②] 刘再复:《中国文学的宏观描述》,《论中国文学》,北京:作家出版社1988年第1版,第3页。

国文学的千年历史作一"宏观描述",而并非着意于对"中国文学"这一概念作深入的探讨。而且该文在对"中国文学"所作的上述简要解释,也只是把"中国文学"概念置换为"中华民族文学",这似乎并不能缓解我们对"中国文学"这一概念的释义期待。

虽然,我们可以承认,中国文学无疑是由中华民族共同体所创造的文学,中国文学也内在地指称着中华民族所创造的文学这一实质,因此"中国文学"的语义解释的一个方向,正可以从中华民族共同体身上获得其解释的合理性。与此同时,我们也应意识到,尽管就现代民族国家的含义而言,国家和民族总是密不可分的,但起码就字面意义说,"中国文学"就是"中国"的文学,作为国家名称的"中国"一词,在这里具有明确的限定和首要的解释位置,任何概念的互替解释都不能代替对"中国"限定下的"文学"的直接释义。你属于中国,你就是中国文学。而这个"中国",无论其叫中华人民共和国,还是叫夏、商、周;是叫秦、汉、唐,还是叫元、明、清;乃至历史上分裂时期的五胡十六国、南北朝,或者金、辽、西夏,或者如今日的"中国台湾地区"等"现实的中国"与"历史上的中国",①都应该得到深入的体认和整合,从而努力全面地把握住一个在时空中如此庞大地存在与变迁着的"中国"。无论如何,明了"中国"的含义和指称范围,我们才能进入"中国文学"的概念之域,这个前提是明摆于眼前的,似乎不好逾越。

有趣的是,周扬、刘再复在他们的那篇文章中开宗明义试图给予"中国文学"以解说,却绕过了"中国"而用"中华民族"加以替换,虽然所释义的方向不出大格,却也不能不予人王顾左右而言他的印象。更为明显的破绽是,刘再复们既然已指称中国文学就是中华民族这个多民族共同体的文学,但其除了在开篇作了这样的简明界说之后,通篇所论却都是"以

---

① 谭其骧的《历史上的中国和中国历代疆域》中有对"历史上的中国"的阐释,见《长水粹编》第3页,石家庄:河北教育出版社2000年12月第1版。

汉民族文学而言",除了汉语言文学,对其他五十五个少数民族的文学几乎没有涉及,且不作任何过渡性的说明和必要交代,从而使他们所阐发的有关"中国文学"的微言大义不免有空洞化之嫌,让我们一眼就看出其间在"中国文学"(或中华民族文学)与少数民族文学之间所存在的一种不可否认的断裂。

我们当然不能苛求于周扬和刘再复们。对于"中国文学"这种仿佛自足地构成一个"世界"的有着数千年变幻迁徙的庞大而复杂的文学体,正如我们对"中国"这一概念仿佛处在一知半解的求索之中一样,应该说真的是所知有限。扪心自问,我们虽然可以毫不犹豫且颇为自豪地自称为中国人,但对于偌大"中国",以及由这"中国"所衍生的"中国文学",也许正是我们要用她所给予和滋养的心血来有所求解的永恒母题呢。

如此,用不着仔细体味,就可理解"中国文学"的语用意义,其实就是类似现代比较文学中"国别文学"的用法,它是说此时此地的文学是"中国"的,而不是别的国家的。"中国"是文学的国家身份,刘再复所谓"与世界上其他民族异轨同奔",也就是与世界上其他国家的文学共同发展。"中国文学"一语在此仅为有关国别的说明性用法,很明白,因此似乎不会引起人们的讨论。

"中国文学"概念应在"中国观"上加以探讨

但深里去想,问题就不那么简单了。问题还是出现在"中国"二字上,因为"中国"二字从来就不是简单组合的一个词。

考究起来,"中国文学"一语也只是在20世纪初叶才流行起来的,而在中国古代却没有明确的"中国文学"的说法。虽然在古代也有将"文学"与"国"联系起来,但直到梁启超发表《论小说与群治之关系》(1902年)的时候,他说"欲新一国之民,不可不先新一国之小说",我相信这里的"国"才有了不同于古代人所说的"国"的含义,才有了世界体系中的现代民族国家的意味。而我们在刘师培的《论文杂记》(1905年)中读到"中国文学"一词,应该算是比较早的使用者了。事实上,上溯古代,我们从来都是直接称周、秦、汉、唐、元、宋、明、清文学,至多使用"国朝文章""国朝诗歌"之类的用法,而虽有"中国"一词源远流长,却从无"中国文学"的叫法。这是一个事实。有鉴于此,我以为应该首先辩明,今天我们使用"中国文学",在现实上指称着作为世界诸国中的一个独立主权大国"中国"的文学,但同时它又指称着这个现代民族国家体系中的"中国"的历史源流上历朝历代的所有文学。而从这中间也就不可避免地出现了话语的裂缝。因为"现实的中国"并不总与"历史上的中国"重合,甚至在对"中国"二字的思维与用法上,古今区别是相当之大。我们的古代先人从来不说"中国文学",他们或说某朝某代的文学,或干脆如韦勒克和沃伦所说,"可能最好的办法是简简单单地称之为'文学'",[1]于是《文心雕龙》《文赋》等诸多文论著作往往都直称"诗""文"而论;更有意味的现象是,古代先人有时口气更大,他们从不将"中国"用在"文学"之前,却敢使用"天下之诗""天下之文"之类的用法,如唐代王勃叹曰"天下之文靡不坏矣",[2]就是如此。

这就需要我们再进一步考究。"中国"一词在现代是我们祖国作为一个世界上的主权独立国家的简称,而其在古代,却并不是指称现代国家理论意义上的所谓"主权国家"的名称,因为古代中国的国家观念和形态并不能用现代世界的主权国家、民族国家概念来等同重合、等同衡量。在古代,"中国"这个词毋宁说它更多地指称一种古人的"国家思想",作为一种名称,则远没有今天看来重要。于省吾先生说:"中国这个伟大的名

---

[1] [美]韦勒克、沃伦:《文学理论》,刘象愚等译,北京:三联书店1984年第1版,第44页。
[2] [唐]王勃:《上吏部裴侍郎启》,见《中国历代文论选》第二册第8页,上海古籍出版社1979年第1版。

称,既是我们国家自古以来的一个通称,又是我们现在中华人民共和国的一个简称。"①一般地说,这句话并无不妥,但若细究,"现实的中国"与"历史上的中国"差别是非常大的。比如历史上与中原正统王朝同时并立的一些朝代,一般只要中原王朝存在,他们自身是从来不会自称为"中国"的,他们只能争取"中国",把他们指认在"中国"范围之内,表面上为后人的归纳,而实则是因为一个大中国的时空感知和心理认同造成的历史趋势使然,正如把诸如"辽史""金史"等列入正统的"二十四史"序列,虽表明古人已承认他们为"正统"、为"中国",但却并未明说,相对今天是相当潜性的"中国"。"中国"这个古代历朝历代的所谓"通称",它在不同朝代人心目中的作用和使用语境都是不同的,而且大都并不作为一种国家名称显明和直接地使用,与此同时,在使用时倒是更多时候体现了一种中国古人特有的"国家思想",即"中国思想"。这种历史上一以贯之、顽强的"中国"观念,相较它作为名称也好,简称也好,通称也好,不知要重要多少倍!我们今天之所以能够站在如此偌大"中国"之上,把古今浩瀚如海的文学整合为一体,冠之以"中国",以"中国文学"之名,正有赖于"中国"这种强大的东方独特的国家观念和国家思维的存在,有赖于它的维系天下、统合四方。

"中国"一词,除了那种于文献中薄弱的与遥远的外邦相对称时的用法,以及遥远的外邦人的称呼用法,它在中国人自己的观念中,在古代"中国体系"的范围内,在东方天下/国家思想特有的意义上,一是作为一种理念,指称普天之下的"正统""中心",或"中央国家",拥有先进而优雅的礼仪文化,规模宏大,因而可以领率、统合周边众多民族和次一级的属国,可以混一天下;二是作为一种观念和实践框架,"中国"与"四方""四夷"相对,构成一种"天下国家"的结构模式,亦近于殷海光所谓"天朝

---

① 于省吾:《释中国》,载《中华学术论集》,北京:中华书局1981年第1版。

型模"。① 正是缘起于"中国"名称背后这种深层的东方/中国的天下/国家理念与框架,现代中国人才对"中国"一词除了将其作为伟大的国名外便大感困惑。因为深受现代世界民族国家体系浸染的国人,由于对西方式的国家观念的合法性习焉不察,而对中国人自己特有的国家理念又视而不见,便导致对自己国家古有的"中国"一词所表达的国家观念也大加病诟,指为"夜郎自大""自我中心"的同义语。这种时论已花费太长的时间来反复论证,反复地提醒国人,而只有钱穆等少数学者才称道这种"天下观念",说这个"中国"仿佛"就已是整个世界"。② 我们觉得,在必要的批判与澄清之后,今天我们倒是应该冷静地、客观地来研究和理解中国古人们的这一天下/国家理念和国家理想,阐发认识它的国家智慧。作为一种观念,"中国"一词所代表的思想规约着我们国家从古至今一脉相承的主要特征,也不可避免地形成和规约着"中国文学"的一脉相承的主要特征。因此,我们说"中国"是一种"通称",虽然历史上很少有哪朝哪代将"中国"作为一个正式的国名,它的"正式"也只能潜在地存于人们的观念里,潜在地"不绝若线"地存在于文化交流的话语中。于是,我们方有所醒悟,所谓"中国文学",它确指作为民族国家的现代中国这一时空边界明确、人群国籍明确的国家的文学,而若以其指称"中国"古代漫长的文学历史,就不能不考虑到"历史上的中国"的诸多具体情况,就不能不明白这只是我们今人的"确指",而在先人们则只是"潜在"地存于观念中,也许在他们的语境下并不需要借助于"中国文学"这一概念,没有这一概念,所谓"中国文学"仍会整体地、偌大地、一脉相承地存在于世上。费孝通先生在谈到中华民族的发展历程时指出,中华民族作为一个历史形成的整体,在漫长的古代形成了一个"自在的民族实体","这自在的民族实

---

① 殷海光:《天朝型模的世界观》,见《中国文化的展望》,上海:上海三联书店2002年第1版,第1页。
② 钱穆:《中国文化史导论》,北京:商务印书馆1994年修订本,第37页。

体在共同抵抗西方列强的压力下形成了一个休戚与共的自觉的民族实体"。① 如果以此引申而论,也可以说,现代中国人的先人们所书写的文脉相传、整体演进的文学,在历史发展中是一种自在状态的中国文学,而今天在现代民族国家体制下产生的现代新文学,以及将古今传统与现实所共名之"中国文学"的概念,其涵义则是一种自觉状态的"中国文学"。从"自在的中国文学"到"自觉的中国文学",其演进正是"中国文学"概念由潜而显的过程,其间所折射出的,正是"中国"由传统的国家观念整合、进化为现代世界体系中的民族国家观念的世变背景。当然,所谓"自在""自觉"之分,也是今人头脑中认知和表述的结果。

由此,既然"中国文学"的概念是由国家意义上的"中国"概念所衍生和规约的,既然"中国"一词绝不仅仅是个单纯的国家名称,而鲜明地传达和渗透了一种中国人固有的国家理念,那我们就可能由体认"中国"的特征而延伸解释"中国文学"的特征。应该看到,就外部形象而言,如果从现代民族国家的角度去看,现实的中国与世界上其他独立国家表面上性质并无二致,国籍边界清楚,主权独立;但只要深入去认识中国,认识其内部形态和结构特征,展现于人们面前的,就仍然是几千年来本土的和传统的"中国"及其天下/国家观念的一个历史结果,是几千年来东亚大地上席卷不已的"中国化"的一个结果。历史的中国、现实的中国也好,自在的中国、自觉的中国也好,传统的古中国、现代的新中国也好,自古以来,这块大土地上的自然与人,都不可避免地被"中国化"了,这块大土地上若有一篇作品呱呱坠地,也是注定要被"中国化"的。我们的人生,我们的文学作品,其实正不断地上路,走在这条去往"中国"的路上。这结果使"中国文学"内在地生成了独具的"中国性"。

---

① 费孝通:《中华民族的多元一体格局》,见其主编的《中华民族多元一体格局》,北京:中央民族学院出版社1989年第1版,第33页。

"大规模国家"与中国文学的"中国性"特征

(一)

"中国"一词,内在地含有中心化的意味,同时与此相联系也含有广阔的时空囊括能力,含有模糊的扩展性和开放性,含有大规模国家趋势的意味。"中"总是内在地与"大"相连,自然也内在地与"多"相连。"中国"作为一种"大规模国家"的东方国家理念,从夏商周以来,一直以其大规模的统一治理区域而实践着"中国"思想,遂使它自上古史的国家源头开始,就一直稳定地保持着这种"大规模国家"之势态,并以这种大国状态昭立于世,甚至不免以天下视野等同于中国视野。凡是被"中国"的思想,这种被著名政治学家、德国前总统赫尔佐克称之为"大地域政治"或"大国思想"模式[①]所照耀的地方,无不有被其所吸纳和整合之趋势。"中国"思想的实质,在于以中心化为主体和框架拓展时空的"大国"趋势和人类联合的历史政治力量,在于它的古代国家形成和发展的"大国"实践。虽然我们在文献中最早见到的"中国"一词是《尚书》中的西周时周王祷告之词:"皇天既付中国民,越厥疆土,于先王肆。"这一文献的文物佐证是陕西出土的约在西周时的何尊铭文:"武王既克大邑商,则廷告于天,余其宅兹中国。"但是,考古学家苏秉琦却认为"中国"一词出现得应该比这还早,当在夏代以前的尧舜禹时期,因为舜即位要"之中国","之"就是到"中国"去即王位。他并且说:"一统中国从理想到现实,就是距今四千至两千年间的整个历史发展过程。《诗经》'普天之下,莫非王土;率土之滨,莫非王臣',这是夏商周三代的政治理想,把理想变为现实,是从

---

① [德]赫尔佐克:《古代的国家:起源和统治形式》,北京:北京大学出版社1998年第1版,第211、258页。

三代至秦各国逐鹿中原的结果。"①尧舜禹时期的政治实践的历史结果，就是"协合万邦"的"中国"第一王朝夏王朝之"夏"："夏训大也，中国有文章光华礼义之大"②，"中国有礼义之大，故称夏；有服章之美，谓之华"③。由此可以看出，中国之"大"的国家理想和实践，并非仅仅是领土之广、人口之众，更是文章礼仪的文明之规模巨大、之水平程度巨大。这种大文明的趋势和要求，在理念和实践上一直坚守数千载至如今的"现实的中国"，这拥有960多万平方公里土地和56个民族十几亿人口的当代世界大国。因此总结"中国文学"几千年来的特征，我们就不能不由这之中指认出它的一个最突出的特征，即中国文学首先是在一个漫长的历史演变中产生的与"大规模国家"政治和文化实践相匹配的大规模的文学共同体。它的由"中心性"构筑和挺起的整体性是大规模的，覆盖和代表的区域、人口、文明的多样性、丰富性乃至文明的中心性、一体性都在世界上独步古今。中国文学的第一部经典《诗经》，素有"诗三百"之称，《史记》记载"古者诗本三千余篇，诗三百者，孔子定之"。尽管后人对孔子删改前人古诗是否有"三千余篇"颇多争议，但有一个可能的事实是在《诗经》最后形成"诗三百"篇以前，肯定存在着更多的诗篇。然而即便流传下来的这"三百篇"（确切数为305篇），也在当时的世界上较之其他大小国度，可堪宏大。"诗三百"中渊源于中央地区统一而颇具文明深度的"雅"诗，涵盖广阔地域风情的十五国"风"诗，具有国家王族史诗价值的"颂"诗，都再鲜明不过地体现了"中国"之大，并进而体现了"中国"文明的整体性及其恢弘与壮观。

至后代，据对有关文选的统计，《昭明文选》收录自秦迄梁130位作

---

① 苏秉琦：《华人、龙的传人、中国人——考古寻根记》，沈阳：辽宁大学出版社1994年第1版，第90页。
② 〔唐〕孔颖达：《尚书正义》，见《十三经注疏》，北京：中华书局1982年影印本，第131页，上册。
③ 〔唐〕孔颖达：《春秋左传正义》，见《十三经注疏》，北京：中华书局1982年影印本，第2148页，下册。

家诗文700余篇;《全上古三代秦汉三国六朝文》收作者3497人,552万余字;《全唐文》收文章18488篇,作者3042人,《唐文补遗》又续收2000余篇;《全唐诗》收诗48900余首,作者2200余人,《补全唐诗》又补续200余首,50余人;《全宋词》收词作19900余首,作者1330余人;《全金诗》收诗5540首,诗人358人;《全清词钞》收词作8260余首,作者3196人。以上所举,仅为中国文学若干部类的结集,并非全部,但其宏大和蕴藏之富可见一斑,这不能不说是中国文学的一大特色景观,置诸世界文坛,也会令人赞叹。我想这不仅仅是个简单的"量"的问题,而是一个能充分代表中国文化、中国文学固有特征的重要方面。平时我们面对这些文学总集时,常常仅把这个"量"看成"量"的问题,而没有看到这"量"所体现出的一种本质,没有看到这个"量"背后所隐藏的之所以有如此浩大规模数量的因由,不能不说是有些粗心了。为什么中国历史上有那么多编撰《永乐大典》《四库全书》《全唐诗》《全宋诗》等浩大的文化工程和文化盛举,为什么中国古代有一整套延续千年的"经、史、子、集"等丰富的目录学架构,就在于它最能体现"中国"的"中国性",它的文化盛大性和整体性。中国文学,首先意味着它是一种具有整体性及盛大性的文学。

"中国"一词在古代由于其含有"大"的意义和趋势,因而常将"中国"与"天下"并用、连用,生出"中国"与"天下"相称相当的观念,即所谓天下中国、天下国家,以及所谓天下观念。这个天下观念的不好之处是导致"中国"概念本身的自以为是,而如果考之古代情形,其长处则在于使中国人自古就有一种大卜精神和世界情怀。悲天悯人的境界,以天下为己任的世俗责任,天下逍遥游的美学萍踪,都深深地感染和塑造着一代代文人和文学,使"中国"二字在审美心理上向天下和世界开放,产生了具有人类普遍性的丰富而宏大境界的审美人文关怀。

（二）

"中国"一词虽然在古代只是一个潜在的国名，但却始终是代表"国家正统""文化道统"的一个充满价值的概念。因为有"中国"观念的维系，有中华正统即政治一统、文化道统的维系，即便在若干分裂时期，"中国"的国家理念和思想从未间断，"中国"的国家实践从未停顿，而且越是分裂时期，"中国"的一统思想和整体倾向就越是强烈；尽管可能暂时政权分裂，但"中国"却做到了在数千年的历史发展中保持了政治一统和文化道统的连绵不断，这成为中国有别于世界上其他文明和国家形态的独特性。政权的更迭和管辖与国统的"正统"与"道统"分开，并不影响"中国"作为一种政治想象的共同体和文化实体的延续存在，这正是一种"中国"的国家智慧使然。这个特点反映在中国文学上，就是"中国文学"不仅有空间上的盛大性和整体性，而且具有几千年连续不断的于斯为盛的文脉。

所谓文脉，是指在中国文化史上贯通古今、覆盖宏阔的，以汉语书面共同语为核心载体，以儒家诗教兼容道家精神及近代以来引进化入西方文艺精神为思想支撑，由一代代不同地域、不同民族、不同层次、不同身份的文人墨客所联结所承继发扬、绵延不绝、蔚然大观的中国文学演变发展的脉络和体系。不仅有广阔的共时网络，更有数千年绵延流淌的历时线索；而无论共时网络或历时线索，都有主脉有支脉，交叉覆盖古今，一直发展到今天，自立体系和气派于世界文学之林。中国文脉，最生动地体现了中国人的生命意志和生命情调，它"文明以止……观乎人文，以化成天下"（《易》），它"时运交移，质文代变"（《文心雕龙》），通变古今，而诗经、而楚辞、而乐府、而汉赋、而唐诗、而宋词、而元曲、而明清小说、而现代文学，各极其工，并与国运同盛衰。它不绝于道地吸附了历代的文学想象和语言才华，使他们或奔波于中国文脉的主流大道，或周旋于各局部区域的文网作散点生成。它以其通行古今、覆盖多区多族的共同书面语汉语吸纳不同汉语方言区和各周边少数民族语文创作,甚至能够吸附诸如日、朝、越等周边国家的文学创作,以思想和精神、语言和风格使他们都不可避免地熏染浓重的汉风,形成了在东亚的更大范围内的一种文学"中国化"的趋势,只是由于近代西方文化的出现,才阻止并扭转了这种"天下文脉"的播散和演进。它从未因为政权更迭和分裂而停止跳动发展,即或像元代、金代这样的强大的非汉族政权执政,也未中断以中国正宗文脉为主流,以中国诗教和文道、以汉语精神和风格为主导的文运历程。金代大诗人元好问选一部非常下功夫的金代诗集《中州集》,就是从中州(中国)一体的宏大思想架构出发,把不同民族、不同地区的文人都统一到一个文脉和道统上来,这最能说明中华文脉的坚韧、强劲和普遍的文化身份认同。元人家铉翁这样评论《中州集》:"世之治也,三光五岳之气,钟而为一代人物。其生乎中原,奋乎齐鲁、汴洛之间者,固中州人物也;亦有生于四方,奋于遐外,而道学文章为世所崇,功化德业被于海内,虽谓中州人物可也。故壤地有南北,人物无南北,道统文脉无南北,虽在万里外,皆中州也。""广矣哉,元子之用心也!夫生于中原,而视九州四海之人犹吾同国之人,胸怀卓荦,过人甚远,若元子者,可谓天下士矣。"[①]中华文脉的存在,再恰当不过地说明着中国文明连续性的特征,反过来,也正是中国文明的这种连续性、"中国"理念的连续性特质,为中华文脉的绵延不绝的持续发展提供了必要的条件。研讨中国文学,就应努力地、自觉地把握中国文脉,以中国文脉的历时和共时线索,昭告中华文化的审美精髓,统领不同区域、不同地方、不同层次、不同民族的作家作品,体现出中国文学的"中国特色"和整体风貌。一条几千年绵延不断,繁茂蓬勃的中国文脉的存在,也是中国文学不同于很多国家文学的独特性之一。其时强时弱时

---

① 〔元〕家铉翁:《题中州诗集后》,见《元文类》卷三十八,台北:商务印务馆影印文渊阁四库全书本,1983年,第1367册,第476页。

盛时衰也透露着文运规律。

(三)

"中国"概念的中心性、整体性含义并不意味着它的整体的混沌性,相反,"中国"作为一种国家理念同时也具有其实践品质,一种可控的区域治理智慧。"中国"概念的中心性、整体性恰恰是建立在其对分层性、地区性的把握之上。"一体分区""一体分层""一体多元"是"中国"国家理念和智慧的题中应有的要义。苏秉琦先生关于中国上古文明源头的六大考古文化区系理论的一个重要贡献,就是为上古中国文明的产生和发展建立了一个"区系理论"模型,从而恰当地说明了新石器时代"中国"观念多区系萌芽的考古源头。[1] 唐晓峰也指出,在地域治理、地理分区上,中国至迟在禹贡时代(这里姑且称《禹贡》记载的地缘思想产生的时代为禹贡时代)就已开始具有"一体分区"观念。[2] 胡厚宣也从甲骨文的研究中恰当地指出至迟在殷商时代,就已出现了"大邑商"(相当于"中国"的意思)与"四方"相对的方位框架观念,也即后来《诗经》中用诗歌语言恰当地表述为"惠此中国,以绥四方"的观念。[3] 在中华民族理论上,费孝通先生更是用"多元一体格局"来表达他对"中华民族"和"中国"的认识。[4] 所有这些,都论证和表明"中国"思想本身所包含"中央"与"四方"相对称的向中并拢或向外围扩散的内在结构和框架性质。运用这个思想框架,我们就能很好地理解"中国文学"也相应地具有的"一体分区""一体

---

[1] 苏秉琦:《关于考古学文化区系类型问题》,见《文物》1981 年第 5 期;又见其《中国文明的起源》一书第四章"条块说"所论中国考古文化六大区系理论,北京:三联书店 1999 年 6 月第 1 版。
[2] 胡厚宣:《论殷代五方观念及中国称谓之起源》,《甲骨学商史论丛初集》,石家庄:河北教育出版社 2002 年 11 月第 1 版,第 277 页。
[3] 唐晓峰在《大禹治水的新证据》中提出"一体分区"的意识至迟在西周就有了考古证明。载《中国国家地理》2003 年第 2 期。
[4] 参见费孝通在《中华民族的多元一体格局》对"中华民族"概念的梳理,以"多元一体"理论而著名。

分层""一体多元""一体多方"的丰富性质。在这之中,中央或中国是我们观察中国文学的一个层面,而地方(包括地域、地区)同样也是我们观察中国文学的层面,二者之间的联系是非常密切的,它们相互依存,相互支撑,共同支起了"中国文学"的起伏的文脉。

比如地域是我们评论艺文常用的概念,是在"中国"概念之下的一个用法,主要指称由中国宏阔的大地山河、地理背景、自然条件对文学艺术的影响,西域边塞、江南水乡、齐鲁文化、荆楚文风、巴蜀才情、燕赵悲歌等都属此类,这是一种"一体分区"的思路。地区则是另一种概念,它更多地意味中国之内的行政治理和管辖所形成的文化群落层次,如中心王畿地区和历代不同的行政区划里的地区文学现象,它们之于行政区内的政治、经济、文化之间的关系,自然给文学带来不同的风貌,带来雅俗风格等不同的文学区分理据。如古代一般就以"雅"为中央王畿地区的文化标志,文字学上的说法,就是认为"夏"即是"雅"。华夏之"夏"、夏朝之"夏",首先应理解为具有文化之大雅,因此才可能是堪为文明礼仪榜样的首善之区之文风,中心之文风,需要宏大之文风。在这里,"地区"又把"一体分区"与"一体分层"两个概念相重叠地联系在一起。然后我们来看"地方"这个概念,它首先是一种与"中国"(中央)相对的大概念,结构性概念,除此,又有诸多在大"中国"概念之下可以发挥区域或社区有效性的用法。"地方"是可大可小的,大者可指一种独立的民族语言文化区域,如蒙区、藏区的文化文学特点,中间可以指一片大的行政区,小的可以是一座具体的小城,一个自然和人文的景观点,那些在中国文化的整体网格中散点自在的构成,足堪引人驻足的一道道文化风景。如浙江天台这样的"小地方",却因古往今来文人骚客的光顾而留存不可磨灭的文学足迹,可供人们评说瞻仰。这样,对"地方"的用法,常常可以在"一体多元""一体多方"上去理解。应强调,"方"在商代甲骨文中即为一个以区域方位而含摄的"民族"或部落族群语义的概念(如"鬼方"),从这还可以看出,"中国文学"的结构模型是一个以区域意义上的中国/四方为统领的,以多民族族群意义上的中国/四夷(四裔)结构为内在实体的框架。

顺便说明,"中国"概念本身除了具有"国家性"与"地方性"多元一体交织扩展的宏观视野外,还在历史上曾具有"世界性/天下性"与"国家性"模糊互动的某种发展趋向。那时在古人的心目中,是用"中国"来误解"天下"了。因此这时的"中国"则更多的是观念意义上、文化意义上的"中国",而非行政区域治理的"中国"。正是这样博大延展的中国风或汉风一时笼罩了古代东亚文化的某些内里与表层。这种泱泱大国的文化遗风,在20世纪以来的所谓"世界华文文学"中可以看到其最新发展。对遍布欧洲、亚洲、非洲、美洲等世界各地的华文创作,我们并不能用作为"国别文学"的"中国文学"来界定它们,但在文化上,在文脉上,她们的精神内里,却会存在着一个明灭不去的幽灵,存在着一个文化的"中国"。这也说明,即便在现代世界的民族国家体系之下,"中国"观也给予文学以特殊的影响,所谓"中国文学"是否意味着可以超越国别文学的基本面而有自己独特自主的文脉概括力和内涵,是值得深入地加以探讨的。

综上所述,也许我们并不能也不奢望能够给中国文学一个明确的界定,但在我们的理解中,"中国文学"不仅是国别的,更是观念和精神的;不仅是地理的,更是时空的和天人之际、天地之间的;不仅是一个偌大社会群落的,更是这群东方之子中的每位个体的;不仅是历史生成的,更是文化养成的;不仅是道路纵横脉动明晰的,更是网络交织立体充实的。我们可以说,中国文学,是由欧亚大陆东端的不同地方、不同人群、不同层次的文学历史地依照"中国"理念而构成的文化文学共同体。她是一个"大规模国家"的具有盛大性和整体性的文学,属于"现实的中国"也属于"历史的中国"。她是一个具有深厚的"中国"精神之文化血脉的悠久性和连续性的文学,属于"自在的中国"也属于"自觉的中国"。她是一个由许多地域、许多地区、许多地方的文学构成的中心性与地方性、中华性和民族性相结合相统一的文学,是多元一体、多层一体、多区一体的中国的文学,属于地缘的中国,也属于文化和历史的中国。而归根结底,中国文学是几千年来欧亚大陆东端的从未停歇过的"中国化"实践进程的一部分。就历史而言,"中国化"一直未停歇过,即便有西方列强的文化"打断","中国化"也并未在中国停歇,其"中国化"不过面临新的变局而已;就现实而言,我们和我们的文学也需要和正在进行着不断的"中国化"的努力,我们以个性之"风骨"所向往和趋前的,就是一个"中国",一个人群的文化的精神的语言的联合,一个文化的共同的梦想共同的现实,一个与人类的普世精神相贯通的理念。

这就是我们要说的中国文学观,它是建立在我们独具的"中国观"基础上的一种中国文学观,既基于当代民族国家现实的"国别文学"概念,又深入传统和中国内部状况包括历史的状况及现实的状况。从此出发,我们才能对何谓"中国文学"一语做出更好的解释。

从"中国"到"地方":政治美学和文学的生命个性

有"中国"就有"地方","地方"是所谓"大规模国家"的必然产物,更何况像"中国"这样的概念所体现的逻辑和秩序,给"中国"和"地方"都分配了各自的位置和关系。

在文学话语中,"中国"和"地方"往往是一对相生相对的概念。但我们并不能将它们喻之为一对孪生兄弟,因为就其客观所指范围和层级而言,"中国"和"地方"之间的关系不仅不是平等的,而更是从属性质的。"中国"是大,"地方"是小;"中国"是总括和统领四方,"地方"则只能被其涵盖和包容。以至于"中国文学"云云,在文学话语中被随处使用,而所谓"地方",则往往晦暗不显,即或在文学话语中多少有一些诸如"地域文化特色"的声音,那也是为了说明和附丽于"中国文学"的。在大多数场合,"中国文学"具有无可置疑、无所不包的解释权和命名权,而"地方"理所当然地就是局部、局限、局促,乃至是低层和破碎的,似乎可有可无。这种状况尽管天长日久已"实属"正常,从来如此,未来也仍会如此,但我们也不能不对此有所反思。尤其可以从"地方"的视角来思考"中国文学"的概念含义,指出其局限和实质,同时也对"地方"这一概念之于中国文学话语的意义,建立起恰当而必要的解说与信心。我们相信,在世界上的许多国家,"地方"这一概念并不很重要,或者说并不必然地构成与"国家"的相对结构。对于那些区域不大的众多国家的文学,其"地方"或许直接的就是"国家"的,而在中国却不可能这样,中国的"地方"上的文学,可能一直就是"地方"。在此意义上,"中国"概念的存在,倒也给"地方"留下了一定的空间,对"地方"的把握,在中国文学中也有着一定的本土传统。

在与"中国"相对的意义上来讨论"地方",其前提还是应进一步探讨"中国性"与"地方性"这一对概念。

首先应该承认"中国性"作为一种因素存在于"中国文学"的时空历史中。所谓"中国性",一般理解中,就是指那些取得了在"中国"的时空规模、在"中国"的文化意义层面上具有代表性,或得以突显为"中国"范围内所瞩目的作家或作品,所具有的那种中国意义,如果我们把"中国"比作一个舞台,那么能够登上这个舞台的作家作品,就是具有中国性和中国意义的。这不难理解。事实上,我们也总是在"中国"的意义层面上谈论到一些文学现象、作家和作品,而另外大量存在的文学现象、作家和作品,就不会或得不到在"中国"层面上被谈到,它们往往作为各自所属的不同地方的文学而被积存或遮蔽,或只在一定区域内被认识而显示其地方性。但这里有一个误区,即仿佛"中国文学"只是由那些杰出的、伟大的作家作品所构成的,只是由那些超越地方性的局限而在更大的"中国"范围和层面上叱咤风云的文学现象所推动的,我们的文学史写作也基本上按照这样的惯例来进行。这种做法或惯例当然可以理解,那些足以代表中国文学的杰出而伟大的作家作品和那些推动中国文学历史进程的重大文学现象,在中国文学中的地位和作用是有目共睹、不可否认的。但这并不能成为将那些仿佛只具有地方性的作家作品排除在"中国文学"之外的理由,而且恰恰相反,在我们的理解中,尽管大量的作家作品因其"地方性"而不在"中国文学"的层面上,严格地说是不在"中国"或国家层面上被关注,但也并不能否认它们所体现出来的别一种"中国性"。如果我们将"地方性"真正地看作中国文学的不可缺少的特质或基础,那么就得承认中国文学正是由"中国"时空范围内的不同地方、不同层面上的所有能够称之为"文学"的东西所积淀、所编织、所丰富地构成的,只有这样,中国文学才充实了它的基础,才立体化地显示出它的中心性、整体性和盛大性,才会扩展出它枝繁叶茂的文脉线络,才称得上是一个真实的偌大的中国文学。起码从历史的结构意义上说,"中国文学"并不仅仅因为她的那些伟大的作家作品而得到确认,而且也要通过无数的地方区域文学生活、文学实体而得到确认;那些超越地方性的具有"中国"层面意义的伟大作家与作品,它们之所以在"中国"或全国得以流传并深具影响,正是因为它们深入到了中国文学中的每一个地方、每一个区域或基层的文学生活、文学肌体而产生了影响,正是因为它们在这些"地方"发挥了"中国性"的作用,重组或统领了这些"地方"而趋向一个"中国"整体的生成。另一方面,任何"地方性"都是相对的,在一个人口和土地规模相当于整个欧洲且历史悠久的"中国",有很多大的带有"亚中心"意味的"地方"区域比得上欧洲一个"国家"的规模,其文学的地域风格和地方实体自然对成就中国文学的中心性、盛大性、整体性都至关重要,甚至单拿出来置诸世界也可同样引起"中国"的自豪。在这个意义上,任何中国内部的地方性文学,都无疑具有一种"中国性",它的"地方性"正是"中国性"的另一种表现形式,是从地方的意义和层面上体现着"中国"的伟大和丰富的特质。只不过我们往日囿于西方式的民族国家观念,无意中将"中国文学"仅仅作为一个所谓"国家"的文学概念来抽象,似乎与世界上所有"国家"无论大小,平等而论。而这似乎无可指责,却无意中矮化和缩小了中国文学,只重视一种趋于抽象或国家单一层面的"中国文学",从而忽略了立体而丰富的、包含诸多地方诸多层面的整体的"中国文学",一种更为真实、宏大而因无数地方无数普通文学者的努力充实起来令人感动不已的中国文学。

在中国文学内部,由于"中国"的特殊性而存在着一种在"中国"国家层面上创作的政治抒情文学,如从古老的《诗经》中的雅、颂开始,直至20世纪中国的政治抒情诗文体,是中国文学中很引人注目的一种现象,也是只有从"中国"理念上才好理解的一个文学传统。应该指出:中国文学中深厚的政治文化积淀和政治美学的生成,最根本的在于"中国"思想在中国文化中有着不可逾越的位置,并左右着一代代人的思维和情感。李炳海在《民族融合与中国古代文学》一书中有一节对歌颂中国大一统主题的文学传统就作了很好的宏观描述。[①] 以国家兴亡盛衰、国计民生大事、国家时世忧患为抒情对象和载体的文学在历朝历代都大量存在。我们会看到它们自然也有自己的方式来汲取"地方性"要素充盈其诗体的血肉组织,否则它的概念化、抽象化就在所难免,它的"中国性"和中国激情会因其"地方性"的缺失而大打折扣。应该说,我们对中国文学的"国家传统"或"中国"主题研究得尚不深入。除此而外,我们还应看到,就文学的生活本性和审美感性而言,任何中国文学范围内的作家作品都生长于国家和民族生活的土壤之中,他们都不可避免甚至天然地就是"地方"的。文学天然地以个性的方式而存在,在中国,就天然地沾带上地方的韵致,也只有以个性的、地方的方式,才能成为文学的。不仅普通的文学者具有

---

① 李炳海:《民族融合与中国古代文学》,长春:东北师范大学出版社1997年版,第48—58页。

地方性,那些伟大的作家和作品也注定要通过"地方性"的途径而上升或抵达"中国"的意义层面,甚至它就是因风格化的、风俗化的、人性化的地方特色才具有了无可置疑的中国意义价值的代表性。在此意义上说,我们在"中国"的意义来谈论中国文学的时候,同时也就意味着我们要在"地方"的意义来谈论中国文学。前些年有一句流行的话说"越是中国的,就越是世界的",现在看来,对中国文学来说,更为重要的观念则应是,"越是地方的,才越是中国的",因为在全球化之前,我们的人生和文学,早已注定了要实行"中国化",只有"中国"赋予我们以意义,这里的区域空间、民族特性、语言思维、历代文章都做着这样的"中国化"的规约,你抵达了"中国",才可能成为"世界",成为"全球化"时代的一员。在世界那里,"中国"是一个"地方",而我们首先是"中国"的一个"地方"。由此,在认识到中国文学中存在着一股以中国/国家为载体和对象的文学的同时,我们应清醒地看到,中国文学的绝大部分作家、作品的生存方式必然依赖于地方的土壤,文学的个体生命和个性风貌都生长在具体的地方,否则就会成为无源之水、无本之木,甚至不可想象。中国文学中个体诗学及其创作的丰富而发达,乃是文学史上有目共睹的事实。

区域构成、民族构成、语言构成

从"地方"二字深入中国文学的内部,我们首先遇到的就会是这样三种显现的因素:一曰区域,二曰民族,三曰语言。

区域的概念不难理解,它源于中国(中央)与地方这一关系框架。在我们的研讨中,"区域"是对"地方"的区分。正如我们在上一节已经涉及过的那样,一体分区、一体分层、一体多元本是"中国"的应有之义。不能说我们过去的文学史研究没有涉及中国文学的区域体认,如自魏晋之后的南北文学论,边寨诗论等,尤其是近年来随着对中国区域文化的探讨,所谓"地域文学"的说法也在研究者中不胫而走。但应该说,从"中国"理念和框架着眼,我们至今尚未能将中国内部诸区域及其层级构成,锤炼出一个有效的总体模型,而只认识到"中国/地方"的抽象框架则是不够的。从中国固有的"四方"观念和历史人文地理角度,有像《南北文学不同论》(刘师培)这样的研究,但却做不出"东西文学不同论"这样的论述;在傅斯年先生所谓"夷夏东西说"所指的夏商周三代的中国东西互动融合大势之后,[①]几千年来,南北的中国化融合则更为重要,因而南北文学不同论的盛行,和东西文学相比较不被看好也就无可奇怪了。再如有《西部文学论》《东北文学史》这样的论著,但若写出以华东、华北、西南为区域的文学史,却更加困难,因为它们的各自的整体性不是很强烈,很难把握。近年来颇有进展的研究也许是更小的一些区域,如对岭南、燕赵、巴蜀、齐鲁、江南文化文学等的具体研究,令人关注,它更多地从自然地理加历史人文的基础建构文学和诗性,而文化区域边界只作为一种模糊把握。[②]至于以省一级行政区域,也有写出文学史的,如《黑龙江古代文学史》等,但由于大家似乎都更倾情于"中国文学"的层面,而对以行政区域,况且行政区域又不断变动,人员流动频繁,所以它的区域文学研究就颇多困难。但就中国文学的区域研究而言,既然不同层面上的行政区域的"地方志"有必要记述,那么其行政区域的地方文学的描述也是很有必要的。在行政区域层面的文学存在,目前尚停留在地方志编撰系统中,很少进入文学研究和描述的视野。而中国文学的历史,恰恰可以从地方区域局面的突破上,看出此起彼伏的跳动,或"东边日出西边雨",或"听唱翻新杨

[①] 傅斯年:《夷夏东西说》,载《中国现代学术经典·傅斯年卷》,石家庄:河北教育出版社1996年第1版,第187页。
[②] 文化区域界线具有模糊性,胡兆量等编著的《中国文化地理概述》认为:"对区域文化地理特征的概括宜精不宜繁,文化地理区划的层次宜少不宜多,文化地理区划的界线宜粗不宜细。"见胡兆量、阿尔斯朗、琼达编著《中国文化地理概述》第7页,北京:北京大学出版社2001年9月第1版。

柳枝",楚辞、唐诗、宋词、元曲、古小说接连兴起,也都有背后地域突破的因素。由"地方"突入"中国"是"中国/地方"模式的既成线路。这使我们记起宋代祝穆、祝洙父子穷力所撰之《方舆胜览》一书,它最大的特色是按南宋的南渡疆域所辖制的十七路近千个府县地方,分别记其沿革形胜,并将历代有关当地的诗文杂记等作品分类归于其地名之下,很多作品竟是全篇记录,作者并附了一个实用的上千篇文学作品的目录,俨然构成了一部按中国在各"地方"架构的文学立体序列,"演而伸之则为一部郡志,总而会之则为一部文集",①《四库提要》也说其"名为地记,实为类书"。如此的文学中国盛举,今日看来仍给人以遐想,如果我们把中国的数千个县以上的地方,都在其名下列出文学作者和作品,那么这宏大的立体文学图景,就仿佛生根于不同的点而归一于一个中国整体,就一定体现了中国的某些本质。这也告诉我们中国的悠久的"地方志"或"目录学"的文明传统,是一个很能说明中国特色的传统,可惜现在我们重视得不够。总体上我们对中国/国家层面的文学关注过多,而对地方本位的文学,对不同层面的区域共同体(各种次国家级乃至更小的区域、城市、社区)范围内的文学,对诸如"地方性"的概念不够重视,这也反过来阻碍了对中国文学的整体研究和认识。因此从"地方"的具体出发,在充分占有各不同"地方"的区域文学资料基础上,深入体辨其"时代差异"和"地区差异",②来描述中国文学的文脉的关系网络、影响传承,建立一个中国文学的区域结构的总体模型,就更应提上研究日程。

在"中国"的大概念下,"民族"也生存并丰富地显现于地方,于区域。

---

① 〔宋〕祝穆:《方舆胜览》"引用文集目"序,见《方舆胜览》(上),北京:中华书局2003年6月第1版。
② 有关"时代差异"和"地区差异"的概念,参见谭其骧:《中国文化的时代差异和地区差异》,《长水粹编》第367页,石家庄:河北教育出版社2000年12月第1版。

传统中国观中,"中国"与"四夷"①相对的框架构成,和中国与四方、中国(中央)与地方的框架构成都是相通的,它们从区域方向、组织功能、民族群落角度共同给出了一个传统中国观念的认识模式。就民族角度而言,这个传统模式大体上符合客观历史情况,一是体现了"中国"观念的中心性,二是隐含了有着人口多数的民族(中国)与少数民族,即汉族与各少数民族的关系,表现了客观存在的古代中国民族间的中心对边缘的位置。这种模式也规约着中国文学的某些民族因素,给中国文学以独特的面貌。问题的实质在于,我们并不能将这种多数民族与少数民族,即汉族与少数民族,作某种狭隘意义的理解。诚如刘再复说,中国文学是由以汉族文学为主干的56个民族的文学组成的文学共同体,似乎不错,汉族人口、文化都蔚然大观,自然其文学体也是其他少数民族在规模上无法比拟的;而文化的特殊也在这里,汉民族在中国/地方、中国/四夷的框架中,其政治统治地位上也并不总占据中心,往往是"中国"的地位并没有变,但汉民族的政治中心地位却被颠覆了,更为富有意味的是,在这种非汉族政治中心的状况下,所谓"汉民族"的文化、文学的中心位置却自古至今,盛大依旧,文脉依旧。这是我们理应看到的一个突出的特点。即便这样,汉民族似乎"主体"着中国却并不能等同于中国,它也是"中国"的地方内容之一,不过更加重要罢了。同时,我们还应看到,56个民族只是上个世纪以

---

① 《尚书·大禹谟》:"无怠无荒,四夷来王。"这里的"四夷"无疑是站在中国中心视界而言的。有"中国"才有"四夷",正如有"中国"才有"四方"一样。东夷、西戎、南蛮、北狄旧时统称为"四夷",但夷与裔有时相通,《左传定十年》:"两君合好,而裔夷之俘,以兵乱之。""裔"意为边远之地,也有血缘关系的后代(后裔)之意,有时也指边地少数民族之"夷",《左传定十年》:"裔不谋夏,夷不乱华。"可见夷与裔相通的用法,使中国对边地少数民族自古以来就视为有着血脉关系的。《大禹谟》虽被认为是"伪",但与《左传》所言相对照,也可见古人的中国化的人类观念。而《礼记·王制》更是直接点明了"中国/四夷"结构为"五方之民":"中国戎夷五方之民,皆有性也,不可推移。东方曰夷……南方曰蛮……西方曰戎……北方曰狄……中国、夷、蛮、戎、狄,皆有安居、和味、宜服、利用、备器、五方之民,言语不通,嗜欲不同。"可见中国与(四方)四夷既相对,同时又构成一个整体,这所谓的"一个整体"就是历史地形成的"大中国",也即现在我们观念与现实中被历史实践建构起来的"中国"。而在这个大"中国"柜架之内,并不妨碍我们运用传统的"中国/四夷"的框架,用今天的术语来表述,就是"多元一体"的整体格局。

来逐渐明晰的一个说法，自古至今，中国大地上的民族何止56个，那些给予中国文学以冲击和丰富的诸多民族，如楚、鲜卑、契丹等民族，早已消失在民族融合过程中了，这就需要我们对所谓汉族和汉族文化的特征和性质另眼相看，要看到其除了作为一个民族之外的那些"超种族""超民族"的特征，这似乎也不是所谓"主体民族"所能一语道尽，其实它之所以在历史上形成某些"文化上"的"主体"态势，就我理解，汉民族的功能作用，它的大规模，完全是为适应"中国"理念和客观趋势由民族融合而造成的，是为了文化的理由而不是种族、民族的理由而存在的，尤其是为了一个"中国"的理由而存在的，我们不能将所谓"汉民族"在种族的甚至流行的"民族"意义上狭隘起来，而应在"中国"的意义上予以澄明。除此，还有一个事实是中国/四夷的框架确定，在文化上也给少数民族文化提供了更广阔生存空间，中国自古至今都有灿烂的各少数民族文化文学参与在中国文化文学中间，与汉族文学共同构成中国文学的整体和盛大，这在世界各国是独一无二的。汉族和汉族文学的做大，是"中国"使然，是中国各民族共同作用使然。而少数民族和少数民族似乎总是少数，却总是自在地保存着文学的天赋和民族个性与传统想象，也是"中国"使然，是中国各民族共同作用使然。"中国"的少数民族，在数千年的"中国化"大潮中，如今尚有如此众多和灿烂的文化现实存在，这被认为是"中国"的一个奇迹。① 可见"中国化"并不能用"民族同化"来一概而论，而宜用民族融合来总体说明，更宜用"中国/四方""中国/少数民族"的框架来规约和理解。如果没有汉族，这中国将不复为中国；同样没有少数民族，这"中国"也将不复为"中国"。在这方面，应该说我们现在的对中国文学史的

---

① 参见[法]费尔南·布罗代尔《文明史纲》第171页，布罗代尔指出：西方自很早的时代就同化了其原始民族，……归化他们，使他们与城市建立起联系，并开发其资源。类似的过程在远东没有出现。这一巨大的差别说明了为什么在中国有如此多的民族没有"被汉化"。现在的中国，汉族以外少数民族的人数仍给人留下深刻印象，尽管这些民族只占全国总人口的6%，但占有的地域占全国的60%。现在只有中国挂念其少数民族。（广西师范大学出版社2003年12月版）

研究存在着认识上的差距和方法上的陈旧。从中国/民族视角研究中国文学,近几十年来取得了不少的成绩,已经出版了很多各族的专族文学史,虽然中国文学也不是这些民族的文学史的简单相加,但毕竟为其整合提供了基础。在此前提下,我们读到的如《中国少数民族文学史》(马学良、梁庭望、张公瑾)、《中国南方民族文学关系史》(刘亚虎)等,正是利用这一基础的整合的努力,但也只局限于少数民族,他们是先将各少数民族文学整合成一个整体。进一步的发展,看来就是在理解和发扬"中国"理念及其组织框架,历史地、客观地将汉民族文学与少数民族文学整合在"中国"概念下,提出符合从地方/民族走向中国/民族文学的整体关系的客观架构模型,如此,一个"中国文学"在区域/民族的结合上才可为"中国化"所描述,成为"中国"的文学。

还应从语言的角度来看中国文学话语中的"中国"与"地方"。文学语言总是具体的,因而也是地方的,存在于区域/民族的内部。从大的范围上说,语言似乎并不像区域/民族之于中国的紧要性,因此传统中并没有如前面所论到的中国与四方、中国与四夷的框架,但对于文学而言,语言的问题甚至应该比区域/民族更为受到关注,在区域/民族的语言层面,中国与地方的关系性质和组织结构同样很鲜明,因为文学毕竟首先是语言的艺术。一个令人深思的现象是,汉语在中国文学语境中的性质和作用。不同区域说着不同方言或民族语言的人们,总不妨碍他们用共同的汉语书面语创作文学作品;不同民族语言的作家也并不妨碍他们采用汉语书面语创作文学作品。甚至在东亚的范围内,一个20世纪前的日本诗人或安南诗人所写的汉诗,你竟想象不出他日常会说着与汉诗语言大相径庭的语言。其实巨大的自古至今演变发展的汉语文学共同体,掩盖了东亚繁杂多样的语言差异。一个贯通古今的书面共同语汉语,其作用、性质、地位都意味深长,而非"汉民族"所能标明其语言身份。汉语其实应该是"中国"书面共同语。过去称汉语为"国语",是很有道理的。那些不同民族语言的作家，甚至不能用双语作家来论定，他可能日常说民族语言，但创作作品都可能全部是汉语的。为什么会这样？我想这是因为有一个"中国"存在着，中国首先意味着一个成熟、广阔而典雅的文化场，用汉语写作，其实就是要加入到这个文化场中来，只有加入到这个文化场，以汉语/中国共同语的方式，你的作品和文学才典雅起来，才能表达更加丰富的情感，才可在更大的范围即"中国"的范围流通，得到评论和比较，才更有价值。因此汉语创作才成为中国文学的巨大魅力和盛大性、整体性的主要构成，并且往往超越这个范围而为整个古代东亚的主流的书面系统语言。要知道在古代，并没有像今天这样的现代交流局面，因此汉语的日常实用交流用途对其他民族并不必需，汉语当年在"中国"、在东亚的地位，我们只能解释为文化的需求与目的，也不能不为"中国"的理念所影响。这是有理由的。汉语/中国共同语的背后，也同样有着多民族的语言实践和共同创造，汉语的身份不仅是汉族的，更是"中国"的，是中国各民族的共同的语言创造和想象。有学者指出，古代入主中原的北方少数族群，如鲜卑、契丹、女真、蒙古、满族等，从其崛起立朝之后，出现了各自的汉语文学创作群。这些群体的养育时间，除了在北魏用了一百年左右，其他在金朝、元朝和清朝，只用了四五十年，就完成了从汉语创作走向中国文学的历程。① 历史的事实表明，一个政治的中国在特定环境下并不一定和汉民族完全相连，但在文化上、语言上，汉族和汉语，仿佛就是为"中国"才锻造出来，并在中国/四方、中国/四夷的构成中起着某种超越种族性质的基础的作用，保证着中国、中国文学的某些特性。这样我们也就好理解历史学、文学史上对汉族、汉语文学的重视，甚至常将他们代表中国了。当然，这也并不能成为我们在中国范围内忽略汉语言之外文学创作的理由，应该说，在地方/区域、地方/民族、地方/语言的层面上，我们

---

① 李炳海：《民族融合与中国古代文学》，长春：东北师范大学出版社1997年版，第65—72页。

并没有在中国文学视野中恰当地给出诸如藏语文学、维吾尔语文学、蒙语文学等少数民族语言文学以"中国"结构的理论的说明,中国文学/语言的整体框架仍有待于建立,跨语言文化的中国文脉怎样描述仍然是我们的重要课题。而特别应该指出的一点是,中国多语言文学史的整合,也许首先要依赖于将有关民族语言作品,如大量的蒙、藏、维吾尔、朝等语言的作品翻译成中国书面共同语汉语,形成一个统一的语言文学场域。

"中国"文学的诞生:以《诗经》为案例的分析

《诗经》是我国第一部诗歌总集,收诗305篇,大约是西周初年到春秋中期的作品。在先秦典籍中,《诗经》中较早也较多地记录了"中国"一词,分别出现于三首诗中共7次:

1. 惠此中国,以绥四方。(《大雅·民劳》)

2. 惠此中国,以为民逑。(《大雅·民劳》)

3. 惠此中国,俾民忧泄。(《大雅·民劳》)

4. 惠此中国,国无有残。(《大雅·民劳》)

5. 内奰于中国,覃及鬼方。(《大雅·荡》)

6. 女炰烋于中国,敛怨以为德。(《大雅·荡》)

7. 哀恫中国,具赘卒荒,靡有旅力,以念苍穹。(《大雅·桑柔》)

据《诗序》《郑笺》等记载,这三首诗都是西周时作品,周厉王时,暴政荒淫,因而遭到召穆公及周朝卿士芮良夫的讽谏,这三首诗即是他们的讽谏作品。这可能是中国文学中第一次明确地以"中国"为主题和抒情对象的作品,而且在公元前1000年左右的西周就如此集中地表现"中国",宣泄着"中国"的情感,把西周王权用"中国"加以象征化,可堪注意。

如何理解《诗经》这三首诗中出现的"中国"?历代经学家或注"中

国"为"国中",或注"中国"为"京师",并无不妥。但我们今天还应指出以下几点。

首先,起码到西周时,"中国"已不是简单地将"国中"之"中"作宾语前置的用法,"中国"已不同于"国中",它除了"国之中"而外,已将"中"作了强调,表明是指中央大邑即京师,这是历代《诗经》注家都认同的。现代学者进而将"中国"解释为指整个京畿地区,也是不错的。因为"中国"一词在《诗经》中的所指范围看来既明确,又有所开放,西周人已不将"中国"局限于一座邑之内或一个"国"(即城邑)之内,这个有着等级大小不同的城邑的国,在诸侯是周王室的封邦建国即封国,封了一座城邑同时也封了一块区域的管制权,而在周王室则是自封的受天命居天下之中的"中国"。"中国"超越"国中"的结果是,"中国"为周王室所专有,象征着天赋般的中央权力,而不会将其用在诸侯国身上。召穆公等指责厉王,告诫厉王而忧心如焚的就在于他们面对的不是一般的封国,而是"中国"。

其二,《诗经》中的"中国"由此延展出一种时空关系,如惠爱"中国",是为了绥安"四方",这"中国"已与"四方"相对,构成了中央与四方区域的广阔和结构;"中国"因此就可以从一座中心城邑,开放并意味着天子直接管理的京畿地区,进而也可连带上"四方"封土,并因其所含的中心之意,"中国"一词也可以包括京畿地区加上"四方"封土的偌大开放时空,成为整个国土的一个中心性加广阔性的概括。"中国"的安危,关系着四方的安危。这已是《诗经》中的"中国"概念所显现出的延展开放之实在趋势。说其实在,因为此时的"中国",惠爱她的理由,已是要"以为民逑",逑为集合、聚集之意,即是说"中国"是用来聚合"中国"之民的;是要"俾民忧泄",即使国中之民的忧愁得以流泻。同时,"中国"又是一个"内"的自称,"内奰于中国",即在中国内部引起怨怒,就会延(覃)及远方的戎狄部落"鬼方",带来危险;这里中国是"内","鬼方"就是"外",

暗示了一个中国/四夷的内外互动的结构。"中国"的含义已在怨忧的情绪中表达得更加丰富完整了。

其三,这三首诗具有一个共同的情感主题,那就是对"中国"的忧患意识,可以说开了几千年来中国忧患的先河,可见"中国"概念,在西周时也并未仅仅当作一个"名称",因为周王朝如果想在"周"之外再拥有一个名称意义不大,"周"之外之所以还需要一个"中国",就在于"中国"实实在在地说明着周王朝的性质,从而成为周王朝的象征性概念,它的存在,不是可有可无的,起码从文学上说,对"中国"的祝愿、祈祷,乃至哀恸、愤懑,都变得富有理由和心理基础,是有着天理方向的,因为"中国"象征着王朝的使命和天意,周王朝从这"中国"二字上可以视野远大,呼唤"膂力",背负责任。周王朝得到了天下中国的意识与责任,而中国文学也从此获得了一种天下中国的精神和境界,一种几千年来不绝如缕、"以念苍穹"的忧患情感,从此成为这块大土地上文脉之中的血液流淌。

综上所述,我们不应小看了这三首诗中所出现的"中国",一个文学上的"中国"象征从此问世。《诗经》向我们所表明的,就是中国文学之所以为中国文学,不仅仅因为它为中国人、中国语所创造,而且它还是一种具有"中国"精神的文学,它是夏商周以来这块东亚大地上的国家实践的产物、中国化的产物、中国精神的产物。正如《诗经》之所以为"经",也并不能说它体现了儒家精神,才使"诗"成为一种"经",恰恰相反,它之成为人们尊崇的"经",历史的逻辑是不仅《诗经》,而且包括儒家,都是这种天下/中国精神及其实践的诸种结果之一。

不仅这三首诗一个主题表明着重要的"中国"性质,其实一整部《诗经》的编撰构成都隐含着一个"中国"框架的奥秘,都体现着"中国"的性质,我们于今应该予以揭示。

《诗经》的编排体例由风、雅、颂三部分构成,风、雅、颂也表示古人对诗的三种类别的认识。这是大家都知道的,但是古人为什么提出"风、雅、颂"这几乎是中外独一无二的文体概念,又为什么几乎以其独一无二的温柔敦厚的诗教熏陶着上千年的中国诗坛?不能不令人深思。

过去人们读《毛诗序》对风、雅、颂的解释,认为《毛诗序》注重诗的内容的教化作用,"风是风化(感化)、讽刺的意思,雅是正的意思,颂是形容盛德的意思"。① 晚近以来,人们可能觉得诗经学的教化味太重,又流行认为风、雅、颂的区别主要从音乐角度讲的,其次才在内容方面。从音乐上讲,风是西周十五个诸侯国的土风歌谣,雅是西周王畿的正声雅乐,颂是用于祭祀祖先的宗庙乐歌。② 应该说,从教化和音乐两方面综合起来认识风、雅、颂的区别会更全面些,音乐调式与风格的区别还是应建立在风、雅、颂之类特定题材、主题等内容的基础之上,因此《毛诗序》所论风、雅、颂,仍然给我们认识《诗经》提供了一个古代诗歌源头的某些真实情况。

还是让我们来看一看《毛诗序》是如何说的:"是以一国之事,系一人之本,谓之风;言天下之事,形四方之风,谓之雅。雅者,正也,言王政所由废兴也。政有小大,故有小雅焉,有大雅焉。颂者,美盛德之形容,以其成功告于神有者也。"细读之下,我们会看清《毛诗序》对风雅颂的解释完全是基于周王朝的国土结构、国家结构及治理方式的,完全符合《诗经》作品所由产生的地域、人文风貌特点,面对这些特征我们会恍然有所悟,这不正用"诗三百"的风、雅、颂三体在说明着一个"中国"的精义吗?"中国"概念在西周时浮出水面象征着什么?这在《诗经》中得到了最好的呼应。《诗经》用风、雅、颂三体覆盖了中原华夏广阔的时空,呈现出一种音乐性与诗性交相辉映的中国结构:是"中国"理念、中国国家理念的结构,也是中国文学的结构,更是中国文学观念的结构。《诗经》的"心"是在

---

① 朱自清:《经典常谈》,《朱自清全集》第6卷,南京:江苏教育出版社1990年第1版,第34页。
② 顾颉刚:《论诗经所录全为乐歌》,《古史辨》第三册下;或参见《顾颉刚集》,中国社会科学出版社2001年10月第1版,第130页。

"中国"思想上生长出来的，而"中国"是在这片东亚山川河流上孕育的。宋人王应麟说："风土之音曰风，朝廷之音曰雅，郊庙之音曰颂。其生于心一也，人之心与天地山川流通，发于声见于辞莫不系于水土之风，而属三光五岳之气，因诗以求其之所在，稽风俗之厚薄，见政化之盛衰。"[1]进一步说，所谓风，其实就是覆盖了一个大规模国家各"地方"的风俗诗、讽喻诗，即十五国风；所谓雅，就是覆盖了西周王畿地区及体现中央权威政事和正统要求的政治诗、共同体史诗，所以它形制四方之风，是言天下之事，也就是中国之事。风的"多"，与"雅"的"大"与"正"构成了一个中国/四方的典型结构。至于"颂"，为告祭称颂先王先公的诗篇，正是在这种"风"与"雅"的空间维度上加上一种时间的维度，体现着崇拜列祖列宗的精神，也意味着具有持续性的中华正统意识。周人翦商，取而代之，却照样把"商颂"列入祭祀之乐诗系列，也是后代中国持续不断的大一统历史的合乎逻辑的经典范例。于是我们应该理解，为什么中国文学会以这一部独标于世的风、雅、颂汇集的《诗经》而成为蔚然大观的源头。《诗经》的横空出世，风雅颂的奇特体式，都说明着中国的奥秘，潜伏着"中国"与"地方"的结构和话语，昭告一种中国文学的诞生，而在《诗经》这里，它所诞生的，不仅是诗，也是中国。

这就是我们以《诗经》为例，所做的一个中国文学分析。限于篇幅，也没有深入到《诗经》的十五国风和大、小雅的内部去做更为细致的考察，论及它温柔敦厚诗教所由产生的"中庸"风格，怨而讽喻的悲伤的忧患意识，它的中国政治意识和"周虽旧邦，其命维新"的中国精神、"和"的审美理想。《诗经》的政治美学，就是"中国"美学，关于"中国"的美学，此不赘述，谅已大体说明了本文的观点。

---

[1] 〔宋〕王应麟：《诗地理考·序》，《四库全书荟要》，长春：吉林人民出版社2002年版，第8册，第329页。

结语：共同体观念与中国文学

本文试图从传统中国人的中国观的认识角度，来回答何谓"中国文学"，并把"中国文学"从一种说明性的用法，理解为一种有着自己的"中国文学观"的文学价值和实践体系，进而总结中国文学的若干特点。本文尤其指出了在中国与地方的构架中重视对"地方"的研究。事实上，很早就有人提出诸如中国文学是由56个民族文学共同组成的文学等观点，但怎样化解这个有些"大而无当"的正确说法，深入进去才是关键，应该说，观点的正确有时也并不实用，究竟中国文学到底怎样构造着、组成着，从而体现着哪些特征才是解决问题的有效途径。本文的探讨只是初步的，尚有待于继续深入的研究和学习。

当我们说"中国文学是由中国境内（包括历史上的中国、现实的中国）不同地方、不同民族、不同语言、不同层次的人们所创造的文学共同体"时，其实这好像是在说着一个"总体文学"的概念。应该承认，大而无当的"总体文学"有时并不能帮我们什么忙。在这里很有必要引用韦勒克和沃伦在《文学理论》中的一段话："世界文学这个名称似乎含有应该去研究从新西兰到冰岛的世界五大洲的文学这个意思，也许宏伟壮观得过分不必要。其实歌德并没有这样想，他用世界文学这个名称是期望有朝一日各国文学都将合而为一。这是一种要把各民族文学统起来，成为一个伟大综合体的理想，而每个民族都将在这样一个全球性的大合奏中演奏自己的声部。但是歌德自己也看到，这是一个非常遥远的理想，没有任何一个民族愿意放弃它的个性。今天，我们可能离开这样一个合并的状态更加遥远了。"[1] 面对这样的描述，我们对"中国文学"的历史演变也

---

[1] [美]韦勒克、沃伦：《文学理论》，刘象愚等译，北京：三联书店1984年第1版，第43页。

同样感慨,但值得庆幸的是中国文学毕竟属于"中国","中国"这源远流长的理念及其结构形态都给中国文学以共同体的生命,使我们把握它具有了可能性。"中国"的思想理念和历史实践给我们提供了方法,这就是要在"一"和"多"的关系与位置的把握中去认识中国事物。世界是多元的,但人们对世界的"一",却往往认识不一,乃至非常怀疑,很少苟同,而中国的"一",[①]中国文学的"一",却因"中国"思想理念和历史实践而存在于中国人的头脑和现实中,具备了现实性和可能性。因此我们不能像深受西方本质主义影响,以及像深受西方单一民族国家理论影响的某些方法论那样,只注重抽象的中国、大师的中国,而忽略了整体的中国,只注重作为现代民族国家的中国之名,而忽略中国思想和实践的历史之真。而有了"中国"的"一",即便是文献目录学意义上的中国,总汇起来,形成偌大整体,都会体现出一种中国本质,这是歌德等西人不会想到的。更何况,在"一"与"多"的模式下,"大"与"小"、"通"与"变"、"体"与"式",以及分区、分层、分解的结构方法,都会使一种有着丰富内涵的整体的中国文学史成为可能,"重绘中国文学地图"[②]也因此得以可能。为此,我们应该更加深入地对"中国文学"进行反思和探讨,把"一"与"多"[③]的中国文学关系、中国文学文脉、中国文学整体呈现出来。借由此路,开辟一种"中国文学学"的研究也是大有可能的。它不是"中国文学史"的研究,它是建立在中国文学历史研究基础上对中国文学自身经验的理论总结。中国和中国文学,是如此历史悠长的伟大建构,凝聚了深厚的独特的中国经验,提供给世界以文学的独到而丰富的价值。

最后,我们还是要回到本文开头所提到的刘再复和周扬共同署名的

---

① 参见《孟子·梁惠王章句上》:"梁惠王问孟子:天下恶乎定? 孟子对答曰:定于一;又问:孰能一之? 答曰:不嗜杀人者能一之。"这大概是历史上较早地对中国的"一"所作的表述。
② 杨义:《重绘中国文学地图》,北京:中国社会科学出版社2003年第1版。
③ 程千帆先生曾写过一篇《古典诗歌描写结构中的一与多》,很富有启发性,应予重视,并扩展思路,研讨在"中国文学"意义上的"一与多"。见程千帆:《古诗考索》,上海:上海古籍出版社1984年12月第1版,第3页。

《论中国文学》这篇宏文。这篇文章最重要的贡献之一就是提出了中国文学的"共同体"观念。这是真正有穿透力和丰富内蕴的概念,抓住了"中国文学"的某些本质方面。安德森曾经把"民族"定义为一种"想象的政治共同体",[1]它本质上是一种"现代性"的深刻变化,源于一种深刻的人类意识。鲍曼也在论述了"共同体是人们最想念的东西"之后,表达了他关于现代观念中有关"共同体"与"多种文化,一种人道"的认知,认为:"如果现在这个个体的世界上存在着共同体的话,那它只可能是一个用相互的、共同的关心编织起来的共同体,只可能是一个由做人的平等权利,和对根据这一权利行动的平等能力的关注与责任编织起来的共同体。"[2]安德森和鲍曼有关"共同体"的观念完全出于一种现代性的民族国家理论及其世界体系认知,对于我们去认识今天的现实中国文学,或者20世纪以来的现代中国文学意义重大,同时,依此我们也可由此反观想象传统中国对"中国文学"的思维方式和处理办法,它完全是基于一种"中国观"的共同体想象基础之上的文学共同体的文学文化创造。"中国文学"数千年来的历程,就是随着"中国"这一地域政治共同体、文化共同体和民族共同体的由"自在"到"自觉"的发展而演化的,人类的联合和社会的大同应该是其源于人性深处的不竭动力,是在文学语言世界里"用相互的、共同的关心编织起来的共同体"。它成为中国人的心灵故乡和人性舞台毫不奇怪,并且,它深深懂得,对"中国"意义上的文学来说,最高的价值和意义,最大的特质,就是审美的和谐,其他都在其次。来到现代,中国文学如何阐发和弘扬这一最基本的文学共同体理想,在经过了"变易"和"斗争"哲学的曲折之后,在21世纪,成为一个重大的问题。

2008年

---

[1] [美]本尼迪克特·安德森:《想象的共同体:民族主义的起源与散布》,上海:上海世纪出版集团,2003年1月版,第5页。

[2] [英]齐格蒙特·鲍曼:《共同体:在一个不确定的世界中寻找安全》,南京:江苏人民出版社,2003年10月版,第186页。

重建中国文学的整体性

——从文明的角度重识中国文学

问题的由来：中国文学是一个整体

有关中国文学的整体性话题，早在20世纪80年代就不断地被提起，比如黄子平、钱理群、陈平原的《论二十世纪中国文学》所表明的"20世纪中国文学整体观"，以及陈思和的《中国新文学整体观》，但他们都只是谈20世纪中国文学整体观，或现当代文学的整体观，就中国文学来说，实质还停留在晚近以来的局部上。前几年，又读到文学评论家雷达先生的一篇文章，题目是《中国现当代文学是一个整体》，这篇文章还被《新华文摘》转载。[①] 我当时的读后感就是，仅谈"中国现当代文学是一个整体"是不够的，还应让另一个更为重要的题目"中国文学是一个整体"浮出水面。[②] 相对于中国现代文学和当代文学之间的学科意义上的分隔，中国

[①] 黄子平、钱理群、陈平原：《论二十世纪中国文学》，见《文学评论》1985年第5期；陈思和：《中国新文学整体观》见上海文艺出版社1987年6月第1版；雷达：《中国现当代文学是一个整体》，载《新华文摘》2005年第11期。

[②] 拙作《中国文学的时间——"新世纪文学"论述的一个逻辑起点》(2006年)提出："应该认同和不应该忘记的一个根本性的观念是：中国文学是一个整体，无论语言，无论文化，无论历史，都将证明中国文学是一个整体。那么，在这种多样的时间文化表述之上，如何处理全部中国文学的整体化，维护其一个源远流长的中国文学整体，将成为我们中国文学时间文化的理性思考的一个课题。"参见《新世纪文学研究》，张未民等编，北京：人民文学出版社2007年版，第151页。

古代文学和现代文学之间的分隔更为严重，因为这是以"现代性"的名义而形成的相互悖反、对立的一种断裂性构造，以至在某些学者看来，中国现代文学的谱系学意义指向与其说是中国文化和文学传统，倒不如说是西方文学或所谓的"世界文学"传统。这种状况表明，它忽略了中国文明意义上的中国文学的历史整体性。

说"中国文学是一个整体"，我觉得这首先是说出了一个事实。就像我们说"只有一个中国"这句话一样，它在我们的心里早已扎下了根，作为一个整体的中国文学，无论从历史时间维度还是从现实维度都是不言自明、毋庸置疑的。起码就字面意义的理解而言，割裂、分裂从来不是"中国"及其文学的本义，而围绕中心，合而为一才是"中国"的本质和精髓，这是几千年来中国历史的大趋势，也是中国文学历史的大趋势。是自《诗经》的"风雅颂"一体结构就开始的一个伟大传统。

但自19世纪世纪末以来，我们对中国文学的认识，由于受到了来自西方的工具理性思维的持续冲击并形成了框制，我们往往将新与旧、传统与现代、古典与当代割裂开来，分隔而治，更多地从区分上，从断裂、否定、革命的角度来看问题，一部整体性的中国文学历史和现实存在景观被人为地分割，古代文学与现代文学之间仿佛形同陌路，成为两个不相干的学科和领域。即或涉及古典和现代之间的联系，也往往只将古典或传统作为现代文学发展中的一种"因素"或所谓的"影响"来论述，从而看不到中国文学几千年来连续不断的整体性，看不到其一脉相承，一直贯通到今天的发展历程和一以贯之的审美品质和精神本质。研究者们都仿佛只是占据到"中国文学"这个庞然大物的局部，便自信地指认这个局部的文学为"中国文学"，以为如此便把握了中国文学的大势和全部本质、全部真理，就像那个古老的"盲人摸象"的寓言。

在我看来，这种分割的状况虽然存在，也有很大的势力，但并不足以改变中国文学是一个整体这个事实。在新世纪，随着中国崛起的时代态势,中国经验、中国道路正在被有识之士加以体认和评估,因此,在对中国文学的认识上我们也该转换视角,以一个整体而独特的中国观来重新认识中国文学的丰富经验和伟大传统,来重新呈现中国文学恢宏的整体历史和整体现实,重新呈现中国文学于斯为盛的伟大整体性。正如当代中国及其未来绝不会是华盛顿共识或西方模式的翻版,而只能是中国道路和中国经验的创造性生成一样,中国文学也不会因为学习和借鉴了西方文学经验而变成西方文学的中国翻版,不会因为"现代性"的引入而变成西方式的现代性文学,中国文学终究还是中国文学。在19世纪和20世纪之交,有关"中体西用"的思想成为中国知识界的共识,即要在中国文化的主体上固守其本,同时又要在物质技术方面引用西方技术以为实用。这种思想潮流到五四前后有了一个巨大转变,就是认为中国文化的"主体"或"本"已经腐朽,因此"中体西用"的口号便成为僵化和抱残守缺的代名词,中国的"体"需要推倒重建。中国的现代性文学从此仅仅被定义为对古代文学的一个否定、一个反叛、一个脱胎换骨式的革命。百年过去,现在看来,发扬传统中国之体也好,重建中国之体也罢,这个中国之体都是要坚持的,这个"体"当然不是固守二字就可以简单打发的,更不是抱残守缺者的遁词。20世纪以来,我们是在生活实践中创造着现代性的中国新体,而西学永远是处在外因用来借鉴的地位上,因而在新世纪的局面下重新对"中体西用"给予解释看来是必要的。这种必要也同样来自于中国新时期30年来的文化文学实践。上世纪80年代中期,随着中国改革开放政策的实施及其开放理念的形成,一种"走向世界文学"的思潮形成于文学界,在批评领域,它以《走向世界文学》一书的出版为标志,①在创作界,则以寻根文学思潮及先锋写作为标志,呈现出追"新"逐"后"的文学变革与探索热情。但20多年过去之后,在我们玩过了魔幻现实主

---

① 曾小逸主编:《走向世界文学——中国现代作家与世界文学》,长沙:湖南人民出版社,1985年7月第1版。

义和现代主义后现代主义之后,我们的文学前面,西方文学的先锋性的榜样状态似乎开始消失,追"新"逐"后"的热情也已消退,我们现在看不到有什么理由使得我们将西方文学置于先锋的榜样位置加以时间性的追赶,相反,一种重新认识、接续中国固有传统的文学思路在文学创作中开始抬头。王蒙、莫言、贾平凹、铁凝等人的创作都显露出了这样回返传统寻找创作资源的苗头。以至于,在21世纪,我们相信一个中国现代性的文学,或者一个现代性的中国文学,并不能够用所谓普遍性或普世性的现代性,用西化的现代性来给予完全解释,在所谓全球化的论述中,中国化既是全球化的积极促进者和参与者,同时又肯定地将成为全球化的一个悖论,而这个"悖论"本身也是一种普遍性的东西。在中国因素崛起之后,全球化和所谓的世界文学在中国将被赋予新的解释,它不是中国中心的,但也肯定不是西方中心主义的,而中国文学自身则是有中心的,并构成多极文学时代的世界一极。今天我们站在中国文学的一极放眼,不仅会像韦勒克一样地感叹离歌德所预言的世界文学的来临越来越远,[①]而且也会越来越深切地感到,今天我们离五四先贤和新时期初年的先贤们所预言的融入世界文学的理想也越来越远了,这个理想现在是更加遥不可及。中国文学于今已不可能像20世纪一样地用时间性的西方哲学和西方文化话语方式的几种文学思潮来给予令人满意的描述,从古典主义到浪漫主义、现实主义、现代主义、后现代主义这一中国文学发展的西方式的经验逻辑已不能满足我们的阐释期待,后现代主义之"后"将是中国巨人文化文学时空的整体性的崛起,老调子已经唱完,重建中国文学伟大整体性的时刻已经迫在眉睫。

---

① 参见[美]韦勒克、沃伦合著《文学理论》(北京)三联书店1984年第1版第43页:"世界文学这个名称似乎有应该去研究从新西兰到冰岛的世界五大洲的文学这个意思,也许宏伟壮观得过分不必要。其实歌德并没有这样想,他用世界文学这个名称是期望有朝一日各国文学都将合而为一。这是把各民族文学统一起来,成为一个伟大综合体的理想,而每个民族都将在这样一个全球性大合奏中演奏自己的声部,但是歌德自己也看到,这是一个非常遥远的理想,没有任何一个民族愿意放弃它的个性。今天,我们可能离这样一个合并的状态更加遥远了。"

在这样的背景下,如果讨论20世纪中国现代文学与传统这样的话题,我以为它的意义就在于,我们不会将传统仅仅理解为20世纪中国文学中的一个"因素"或一种"影响",借由这个"传统"的命题,我们将致力于重建中国文学整体性的努力和前景。就具体层面而言,首先,我们应该尝试研究和阐发涵盖古今的整个中国文学的审美精神脉络,建立贯通古今中国文学历史的整体视界;其次在重建中国文学整体性的基础上,阐发它与作为数千年至今连续不断的文明形态的中国文化和哲学、与中国人生活的关系和价值,并阐发它在多极化世界文化与文学中的地位和价值;最后,在此基础上争取写出一部贯通古今的中国文学史。

重建汉语文学的整体性

文学是语言的艺术,无论是古典文学,还是现代文学,对中国文学而言,汉语作为其主体构成的语言媒介基础,是一条不能割断的长河,在这条长河中,古今可以不分你我。中国文学是一个整体,首先是建立在主体语言构成的汉语整体性的基础之上。

我们应该用汉语发展的长河史观来看待中国文学的整体性。过往的一个时期里,我们可能是过分地强调了文言与白话的对立,以五四时期的文言与白话相对立并以白话取代文言的革命意识形态来分割中国文学的整体性。仿佛文言只能属于古典文学,白话只能属于现代文学,二者势不两立,汉语文学长河的断裂使中国文学分成两条河流,不仅各不相干,而且优劣立判。这种文学思维方式今天看来是值得商榷的。其实就语言来讲,文言与白话之争的实质是书面语和口语之争。任何语言文字都有书面语和口语这两个方面,任何书面语的文学写作都会面临着书面语与口语之间的矛盾,古典文学如此,现代汉语文学依然如此。我们不能夸大书面语与口语之间的裂痕,甚至人为地坚持和强调二者之间的裂痕,而看不到它们之间统一的一面,看不到中国文学的整体性是建立在汉语的书面性和口语性的对立统一运动之上的。在中国文学的汉语长河中,口语性和书面性、文言和白话是你中有我,我中有你的。胡适当年写作《白话文学史》即意在证明中国白话文学的源远流长及其作为古典文学的正统性、合法性,白话文学也是古典文学的重要内容。胡适当年是把王维、杜甫等都算在"白话文学"的历史源流里的,而不仅仅是乐府诗和白话小说。他之主张白话,是认为"白话"有三个意思,一是戏台上说白的"白",就是说得出听得懂的话;二是清白的"白",就是不加粉饰的话;三是明白的"白",就是明白晓畅的话。这些要求无非是从口语表达出发,而产生的要求于文学性的看法①。而对于稳定的在书面语中产生的中国文言表达系统这种看来不同于西方以语音为轴而以书写文字为轴的语言系统,胡适也充分地肯定了它的历史地位和作用,尤其他超越了文学局限肯定了其在凝聚中华民族和构成中国统一的历史整体性方面的重要作用。他还力图客观地指出,古文(文言)系统在文学表现领域并不是占古代文学的主要方面的部分。可见,虽然文白之分并非不重要,但我们却不是不可以将其看淡一些的。而今天,我们也会很轻易地观察到,一个上世纪90年代的先锋诗人的先锋诗歌作品,其书面性、其语言秩序的混乱和莫名难懂,早已非古典文言作品和格律诗词所能同日而语,白居易、苏轼等活到今天,读其作品也要感叹"居"文学大不易的。五四时期的文言与白话的变革,也就相当于文学史上从四言诗到五言诗到七言诗到宋词到宋元话本小说兴起等等这样一些历史的文学变迁,在语言上更多是形式和语体风格的意义上的变化,并不足以推翻而只能强化汉语文学的整体性。大家知道现代性的文学批评所推崇的文学性概念是俄国形式主义诗学从索绪尔的普通语言学理论中引申出来

---

① 胡适:《白话文学史自序》,《白话文学史》,长沙:岳麓书社1986年影印本版,第13页。

的,但这个理论只能强化书面语的合法性,即打乱日常生活语言秩序的倾向,这似乎可以为文言化倾向提供一种"现代性"意义的有利的解释。况且,在语言学的意义上,我们并不能指望区分文言文学的文学性和白话文学的文学性,似乎它们各自具有独特的文学性。因此,所谓文白之争,所谓文白的变迁,所谓文学性,都必须到社会历史语境的条件和需求中去求得更直接而有说服力的解释。汉语文学的文学性只能在统一的整体性和多样化的风格竞争中加以社会文化性和历史性的把握。在充分把握和区分古代汉语(书面语)和现代汉语不同的基础上,还应该研究和把握数千年直至今日汉语的某些更为基本的语言审美的要素积淀,呈现汉语诗学的更为深层和更有历史概括力的古今共同的美学面貌。

反思现代性

导致中国文学古今判若陌路的割裂状态的一个核心概念就是"现代性",因此必须反思这个现代性概念在中国文学中的使用情况,它不能不加限制地随便使用。吉登斯在《现代性的后果》一书中,针对他所竭力批判的"现代性的断裂特性",提出了"现代性的特征并不是为新事物而接受新事物,而是对整个反思性的认定,这当然也包括对反思性自身的反思"。[①] 什么是"对反思性自身的反思",我理解,吉登斯在这里是意在强调对现代性自身的反思和批判,如果说现代性的反思性导致它对传统的批判和断裂的话,那么现在我对这种反思性的批判和断裂的反思也许就更为重要。

固然,现代性的概念是我们无法拒绝的,拒绝了现代性也无法谈论今天的时代。但是现代性的世界或时代大趋势并不能构成我们割裂中国文

---

① [英]安东尼·吉登斯:《现代性的后果》,南京:译林出版社2000年7月第1版,第34页。

学整体性的理由。现代文学研究中教条式纠缠于现代性的文章太多。其实我们并不能单独地用现代性这个过于抽象的概念来证明古典与现代的对立有多么重要,如果要平衡的话,为什么不去更多地同样地论述中国文学的古典性。什么是古典性？这在我们的研究中是个晦暗不明的地带,这也说明了现代性的论证并不能清晰地建立与古典文学的有多么重要的区别,而只是现代性的自我证明,只是为了由现代性的证明而证明自我的断裂性和独立性,且有夸大作用之嫌。甚至在研究和阐述中国现代文学的工作中,将"现代性"当作直接乃至唯一的目标,而忘却了其中国文学性质的研磨和阐发。

现代性依然是一个相对的、社会历史性概念。我相信现代性的真实含义更多的是在"物质"的意义上的,作为"用"的意义上的"现代化"是其基础性的架构,并且它也许更强调从物质的角度看待社会、历史和人,更强调从物质的角度来看待精神现象。从波德莱尔开始,西方在现代化的概念之外,又提出一个"现代性"的概念,而这个"现代性"的概念也被经常地用在"物质""制度"层面上,与"现代化"的本义更接近,或者说是"现代性"说法兴起之后用以对"现代化"的一种替代性说法,其本源就是物质和社会制度的"现代化";此外,其另一种本源,就是它也强调了所谓的"审美现代性"。常常地,西方用这个"审美现代性"达成对社会物质层面的现代化、现代性的一个伤感、一个否定和论战。卡林内斯库就是在这样的意义上提出了"两种现代性"的观点:"一方面是社会领域中的现代性,源于工业与科学革命,以及资本主义在西欧的胜利;另一方面是本质上属论战式的美学现代性,它的起源可追溯到波德莱尔。"[1]从这两个方面来看"现代性"和中国现代文学的关系,其一是我们要更多地从物质、从现代社会制度、从技术与传媒、从资本主义与社会主义的社会实践等方

---

[1] [美]马泰·卡林内斯库:《现代性的五副面孔》,北京:商务印书馆2002年版,第343页。

面来阐释现代和当代中国文学;其二是将文学作为一种现代物质社会的审美体验来看待,因而在一个物质化的时代,文学审美不可避免地带有精神碎片化的特征,不免伤感和颓废的情绪,也常常导致对前一种现代性的否定和驳论。除了这两点,我看不出"现代性"可以被解释为一种无所不包的性质,现代性不是无所不能的抽象精神,它不过是要求我们更多地从现代物质体制和社会体制来考虑来转换那种纯粹形而上学方式地解释现代文学审美现象的视角,并从文学角度对现代性的后果保持清醒和警惕。并不是说存在着截然与古代不同的现代人性及其基本精神,它不过是更强调我们要从现代的历史语境去阐释现代人的问题及其物质化的精神现实。从这个意义上看,现代性("两种现代性"都)构不成对一个源远流长的文学传统的彻底分隔,现代的人性精神并不比孔孟和老庄的人性精神有多大的改观,有多少"进步"的深刻性或高度;在汉语写作和阅读的层面上,今天的作者、读者和李白、杜甫的时代也没有多了不起的不同,用一个当前80后一代写作的词汇来说,其实这些事和那些事通通都是可以"穿越"的。而"穿越"的不过是不同的历史"语境"而已。所谓的"穿越文学"在当代网络文学领域的大行其道,正可以看作是当代人对"现代性"的阻隔的不满与对伟大传统对话并相连续的渴望。"千年未有之变局"可为一说,但古人今人东海西海人心之相通相同,也是个绝大之理。所谓反思现代性,就是要更多地从连续性和人类历史整体性的一面来看待问题,因为我们被一个断裂性、否定性、革命性的现代性的片面理解阻隔在思想孤岛上已太久了。

反思现代性,还应从空间上处理好中国性和现代性的关系。现代性来到中国,有一种关于中国现代性的内发性原因的论述,这里我们姑且不说。即便是借着坚船利炮自海洋上而来的近代西方的"现代化"或"现代性"的冲击与挑战,"中国性"面对此被阐述为具有普遍性的"现代世界体系"的力量,也并非变得无足轻重,烟消云散了。马丁·雅克说:"在东亚国家的现代性里,过去、现在和未来,都不像吉登斯所描述的那样紧密相连,相反,现在与过去与未来都存在断层。过去和未来,以一种不同于西方现代性的方式,存在于东亚现代性中。它既非常年轻又无比古老,这种自相矛盾的特质在中国表现得淋漓尽致,中国拥有世界上最古老的文明,延续至今。"①在发生了"现代性"的这种"千年未有之变局"的百年之后,我们现今越来越觉得类似百年前中国第一代"睁开眼睛看世界"的思想家和实践家们所倡言的"中体西用"的论述,在一定的范围内仍然可以用来描述今日中国的现代性局面。在这里,中国性和现代性之间经过百年来的社会实践和文化实践,在其互相碰撞与激荡、磨合之后,似乎已经可以看到这个新中国的大致轮廓了。革命也罢,保守也罢,与其说我们挪借了西体,不如说我们是创新了可以接续中国千年文明的正体,中国之体依然是中国的,西方之"用"仍然要在一种"现代化"意义的物质建设和社会制度建设层面上更多地被谈论。因此,现代性和中国性正真实地构成一组框架,要求我们在谈论中国性的前提下来谈现代性,或在谈现代性的前提下来谈中国性,总之,单独地简单地来处理现代性而不顾中国性的存在在今天是不可想象的。这尤其在更具有想象和精神属性的文学审美来说,其所谓的现代性变迁相对于更明显的物质和社会变迁的巨大幅度来说,二者是不能相提并论的。至于说到所谓的审美现代性或文学现代性,中国现代文学的现代性更多的也许不是那种作为伤感、论战和反抗现代性的势力而存在,相反却是在更多策应中国走向现代化社会的意义上显示其存在意义的。"一代有一代之文学"在这样的真实的社会语境之下是正确的,但我们不能总纠缠在这种有关"代"的分际立场而不寻求"通古今之变"的立场。现代性无疑是个好东西,而它在什么意义上是个好东西则是我们应该好好思考的,现代性没有改变或推倒数千载的汉语思

---

① [英]马丁·雅克:《当中国统治世界》,北京:中信出版社 2010 年第 1 版,第 89 页。

维及其精神和想象性的某些本质方面,也没有割断中国历史,更没构成中国历史整体性迈不过去的坎,现代性只是加强了汉语思维的文明解释和文明趋势,只是更加有助于一个中国的整体性。反思现代性,就是要在现代性的维度上常常注意并附加上一个中国性的维度。

缓解时间的政治

反思现代性促成一种时间反思。因为现代性的本质之一正是时间的政治。现代性与古典性的区别和对立,并非仅仅在于是否意识到一种时间的不可逆转式的流逝之变,这种自然的流逝意识古今都有,古人也常常感叹生命与时间的荏苒和不再。今天我们应该反思的时间观念,一是以西方时间观念作为"公元"的世界历法的时间表示法则,这种来源于西方的以基督诞生为纪元并向未来无限延展的时间表达与规范方式,奠定了一个线性时间观的基础,而这样的时间观念与中国自古以来的循环时间观念及其表达与规范方式是根本不同的;二是在这种时间观基础之上,近代工具理性将其上升为一种"时间的政治",导致了一种对时间的矢量的刚性的射箭模式的偏执把握,乃至形成盲目的时间崇拜,并将其用在了社会历史现象的解释上,使一种进化论、进步论、发展论成为主流价值,其极端局面就是人为地不断革命、否定、断裂,以"现代"的进步名义制造了很多惨痛的教训。首先我们应清醒地认识到,既使我们告别了一个决裂断裂式革命的观念,而取一个渐进、改良、建设的姿态,我们也不能逃离一个现代性的进步与发展论述的主宰。但在此前提下,不是完全取消时间的政治但期待一种缓解却是可取的。期待最大限度地缓解因时间的政治、因进步的连续不断的追求而带来的焦虑,而在某种时刻也强调"慢"或"永恒性"地看待时间与处理时间的智慧,找回中国性的本土时间观念的某些智慧而使之与现代性时间达成缓冲、平衡,使人们得以尽力维持时间观上的平衡、一个历史时间的连续性和时空整体性,这也是反思现代性的正确选择。毕竟,作为现代性语境的现代人,也并不能够彻底割断历史的联结,告别历史之维。我们不过是面临着一个更加难以平衡和处理的现代性时间与历史时间的冲突的"千年未有之变局"而已。按照彼得·奥斯本在《时间的政治》中的观点,其实现代性本身也要求一种"时间的总体化",①不过它是要求一种按照"现代性"的意义和价值的"总体化",也可以说是按照其线性的时间观的"总体化",因此它并不在根本上反对历史化,只是在反对非现代性的时间政治上的"去历史化"。从这也可以看出,现代性的"断裂"与历史化的连续性的悖论本身,也出示了一种平衡与协调的可能性,给反思现代性和缓解时间的政治留下了发挥的空间。

　　寻求缓解由于现代性"时间的政治"而给中国文学时间把握带来的紧张状态,首要的策略就是要淡化所谓中国文学的现代性和古典性的差异,在中国文学史的论述模式上更多地综合"朝代叙述模式"与"现代性叙述模式",使其互补地整合到一体化的中国文学整体叙述之中。我曾把中国文学史的时间叙述模式,归纳为"朝代表述"和"现代性表述"以及作为"现代性表述"的缓解性补充模式的"世纪表述"。② 在这其中,我们应看到,既往的"二十四史"式的叙述模式仍然是对中国历史描述的推不倒的基本框架,即使像西方汉学家撰写的宏大的《剑桥中国史》也得采用这种朝代更替的模式,因为这是中国历史进程的基础性的事实和坐标。我们也不应完全将这种"朝代表述"看成是一种朝代的循环,杨联陞先生指出的"朝代间的比赛"现象就有从中国历史的流动性、进化性来把握的意思。③ 而在朝代更替循环的框架下,文学的发展性、进化性也是最为明显的文化现象,从《诗经》开始直到晚清,甚至直到 21 世纪的今天,中国

---

① [英]彼得·奥斯本:《时间的政治》,北京:商务印书馆 2004 年 11 月第 1 版,第 5 页。
② 拙作《中国文学的时间》,见《新世纪文学研究》(论文集),张未民等主编,北京:人民文学出版社 2007 年第 1 版,第 151 页。
③ 杨联陞:《国史探微》,沈阳:辽宁教育出版社 1998 年 3 月第 1 版,第 32 页。

文学"时运交移,质文代变",是并不能用什么"超稳定结构"或"停滞性"来给予否定的。而且,中国上世纪初鼓吹"现代性"文学的那些大师如胡适等人为新文学开道而倡言的"一代有一代之文学"的观念,其实质也是从千年中国文学经验中得出的一种观念,可见类似文学进化的观念在中国自古以来就根深蒂固,并非西方式现代性的时间特权。除此,我们来看所谓的中国文学史的"现代性表述"。其实有关中国"近代""现代""当代"文学的这种"现代性"意味凸显的文学史表述框架,背后正是以辛亥革命中华民国建立、1949年新中国建立这些"朝代政治"为基础的,这些中国政体变更之于文化、文学的影响,其"文起八代之衰"式的新潮之涌,应该是中国固有的千年文学演变中与时俱进的最新局势。由此我们可以看出,将文学的"现代性"的时间表述与中国历史发展的宏大框架加以整合,在缓解时间的政治产生的焦虑方面是有一定效果的途径,当然就其实质而言,中国文学史写作也只能采取这样一种综合性的史述模式的整合策略,尽可能地淡化现代性与古典性之间的对峙。

其次,用空间换时间,强调中国文学的空间性质,也是重建中国文学整体性的重要方面。中国文学作为"中国"文化时空中生长出来的文学,不仅有时间上几千年连续不断于斯为盛的文脉,也有着几千年连续不断的区域大地和区域人口意义上的空间展开,国土结构和人口的文化分布赋予中国文学以大国文学的特质,使空间展开成为中国文学的一个本质性的向度。两千多年前《诗经》的产生,就是真正的中国文学的诞生,它诞生的不仅仅是诗歌,而同时又诞生了一个风雅颂的整体结构,诞生了一个中国诗歌的"空间"[①],自此之后,中国文学在空间延展上的语体文体突破和地域突破就不断创造着复杂、丰富、立体、统合的中国文学的实体形象的历史,一直到现在。今天,我们反思现代性,缓解时间的政治,就是要

[①] 参见拙文《何谓中国文学——对"中国文学"概念及其相关问题的讨论》,《文艺争鸣》2009年第9期。

把近百年来用现代性和时间性的诸如文学思潮和文学性论辨的逻辑演绎置换为中国性的空间拓展,如此,一部大国文学的文学史,也将是不断地将现代性的紧张和焦虑在中国化的空间拓展中予以释放和缓解的历史。而若依据中国概念所提供的"中国/四方""中央/地方"以及《诗经》依此而出示的"风—雅—颂"的结构框架,依据这样的框架以及由族裔地域和中原边地的思路而提出的"中国/四裔"式的中华民族多元一体格局框架,我们理应从地域构成、民族构成、语言构成上,在重建空间化的或时空一体化的中国文学的整体方面做出更大努力。这个时空一体化的中华民族共同体,政治经济共同体、文化共同体,必然地会产生中国文学共同体,它们统合一起,构成了一个伟大的中国文明。

打开文学的文明视界

20世纪自现代性的论述逐渐成为"文学"的主导话语以来,我们曾经在"社会""时代""生活""现实""人性"的意义上来谈论文学,也力图在"文化""审美"和"文学本体"的意义来谈论文学,乃至直接地就在"现代性"的意义上来谈论文学,却很少在"文明"的意义上来谈论"文学"。

说"中国文学是一个整体",说"重建中国文学的整体性",将中国文学放到"文明"的意义上来考量是很关键的。威廉斯在《关键词:文化与社会的词汇》中将"文明"释为"用来描述有组织性的社会生活状态",或"指涉任何确立的社会秩序或生活方式"。[①]他尤其强调作为一种"确立的状态"或"确立的生活方式"的表述是非常重要的。这告诉我们,作为一种"确立的状态"或"确立的生活方式"的"文明",其"确立"是自有人类以来的与人类生活相伴随形成和变迁的"生活状态",而"现代性"不过

---

① [英]雷蒙·威廉斯:《关键词:文化与社会的词汇》,北京:三联书店2000年第1版,第46—50页。

是这种早已"确立的""生活状态"的文明历史流变中的一个新近产生的因素,尤其"现代性"的物质性决定因素,对人类生活方式的现代变革所产生的世界性影响,也不能不使中国文明接受其巨大影响而有了很大的改观。但是我们还看不出来它足以改变中国文明这一人类生活中的重要文明类型之一的迹象,从而使中国文明类型与西方文明类型合二为一。中国文学作为已经"确立的"中国文明的生活状态方式的最为智慧和美妙的表现,理应在中国文明的意义上来求得理解,来将"现代性"视为加强和创新了中国文明及其文学的因素,成为在现代性的历史语境下延续和建立中国文明及其文学整体性的重要动力,使其建构新生的格局。

若依考古人类学家张光直先生的见解,他把西方文明类型称为"破裂性"或"突破性"的,而将中国文明称为"世界式"的、"非西方式"的、"连续性"的。他的研究认为中国的型态很可能是全世界向文明转进的主要型态,而西方的型态实在是个例外。他在谈到西方文明时说:"这种类型的特征不是连续性而是破裂性——即与宇宙形成的整体论的破裂——与人类和他的自然资源之间的分割性。走这条路的文明是用由生产技术革命与贸易形式输入资源这种方式积蓄起来的财富为基础而建造起来的。追溯这条道路要靠西方文明的学者,要靠他们来讲述和解释人类自亚美基层的首次突破。"[①]依此思路,我觉得张光直说的这个"突破",在近代世界文明的意义就是指"现代性"的"突破",建立了以这个"整体性破裂"为代价的现代世界民族国家体系,西方文明自身分裂为众多的所谓"民族国家"。无疑地,这个文明的突破依赖其强大的物质技术能力,改变了整个世界的走向。"中国",这个表征着一个偌大文明类型的

[①] 张光直:《连续与破裂:一个文明起源新说的草稿》,《中国青铜时代》,北京:三联书店1999年9月版,第496页。所谓"亚美基层",张光直是指由中国(亚洲)古代文明和美洲古代文明共同构成的一种"世界性"的普遍存在的文明类型的考古学沉积层,是个古代世界普遍性的连续性的文明类型,它不同于西方文明类型的破裂性和突破性,代表了人类文明的确立的更为基本的宇宙观和生活方式。

概念,也不得不缩定为一个现代世界体系中的"国家"。在现代世界体系中,中国无疑是一个主权独立的国家,与其他国家无论大小仿佛一律平等。但只要深入到中国内部,人们就会发现中国不仅仅是一个国家,它同时还代表一个"文明"。以至于近来英国的马丁·雅克直接将中国视为一种"新发现"的国家类型:文明国家(civilization-state),而不是通常国家理论上的民族国家(nation-state),或者说中国是一个有民族国家身份的文明型国家。① 在这个意义上发挥,我们将中国文学不仅要视为一个国家的文学、大国的文学,更进一步,还要将其视为伟大的具有弘扬古今的宏阔的连续性的中国文明的审美触角,这是有充分理由的。张光直先生的结论说,中国古代文明是一个连续性的文明。那么在西方式的文明的"现代性""突破"之后,当代中国需要确证和实践的,也是对这个伟大的连续性的确证和实践。如果我们像很多历史学家那样说中国文明是世界上唯一的自远古至今保持连续性的文明,那么这个唯一的重要特征难道不正是中国文学的一个极为重要的特征吗?这个重要特征,这个千年来连续的不曾断裂的于斯为盛的"中国文脉","现代性"的"突破"并不能阻断。陈平原先生在一篇《千年文脉的接续》的短文中,②直接地指出了近百年来现代中国散文的双峰并峙的"二周"——鲁迅和周作人,就是承续了"魏晋风度"与"六朝散文"的文脉的。至于周作人本人所写的《中国新文学的源流》更是直接将中国现代文学直接地与中国千年文脉传统做了焊接,尽管对他的观点褒贬之间恐怕还是贬抑或冷漠待之的态度占了上风,但我们对这种力图延续中国文脉的表述的努力,今天却不能不给予指出来,也不能不认为其大有令我们深长思之的警醒处的。重建中国文学的整体性,重续"中国文脉",当其时正其义也。

由中国文明说到中国文脉,我想我们并不是简单地为了连续性而连

---

① [英]马丁·雅克:《当中国统治世界》,北京:中信出版社,2010年第1版,第12、161页。
② 陈平原:《千年文脉的接续》,《人民论坛》1998年第12期。

续性的。今天我们如果想起西哲柏拉图或亚里士多德的理论和思想,其呈现的形态恐怕会令今人尤其中国人有着恍若隔世的距离。但如果我们记起孔孟老庄的话,却会在两千多年后依然亲切如故,"三人行必有我师""己所不欲,勿施于人""有朋自远方来不亦乐乎""上善若水""吾生有涯而知也无涯""求其本心",等等,这些亲切的句子今天仍飘游在中国人的生活中。这是为什么?我想这是因为中国思维、中国思想、中国文化本身具有一种"连续性"的基本素质的。用张光直的话说,就是中国古代文明"是在一个整体性的宇宙形成论的框架里面创造出来的"。这种整体论的有机性起源论的宇宙观造成了一个连续性的文明。张光直引用杜维明的话说这个连续性的整体观,使"存在的所有形式从一个石子到天,都是一个连续体的组成部分……既然在这连续体之外一无所有,存在的链子便从不破断。在宇宙之中任何一对事物之间永远可以找到连锁关系"。[①] 张光直更明了地指出了西方式文明与这个连续性的文明的"尖锐的对照",说这个连续性的文明是体现了"人类与动物之间的连续、地与天之间的连续、文明与自然之间的连续"。说到此,中国文学在中国文明层面上的"意义"就可以显露出来了。中国文学自古以来的一个文明本质不正在于体现了人与万物、地与天、文化与自然的连续?这"连续"就是一种和谐,并由此为进路,以文学造就了一种审美文明、文学文明、生活文明。近百年来,我们将中国文学的伟大的自然美学、和谐美学、连续性文明的美学及其文学形式都视为古旧的"山林文学"加以推倒,而片面地使"人的文学"成为文学的唯一,是产生了惨痛的教训的。"灵魂的搏斗""激烈而紧张的矛盾""阶级斗争",这些在"突破""竞争"和"战斗"意义的文明特征,在20世纪的特定语境,在全球化的以西方文明为强势塑造的世界上,有其不得不如此的一面,进化论和进步论的主流意识形态的地

[①] 转引自张光直:《中国青铜时代》,北京:三联书店1999年9月第1版,第488页。

位也是注定的,因此,适应"现代性"的文明价值也有积极的意义。但一个古老的中国文明价值并不因此而失去价值,中国文学的文明内涵的重新阐发仍然是我们所不能忘情的。这在新世纪中国,随着对科学与发展的关系的重新认知,对欲望与文明的关系的重新认知,对转变经济方式与生活方式的新认知,对当今西方式的文明困境的克服的努力,中国文学的文明意义的重新阐发,就显得极为重要了。同时,如何超越现代性的民族国家论述,如何超越全球化和地方性框架论述,从而在一个文明的审美象征与表现上重估中国文学直到今天依然稳定的文明价值,也是需要迫切解答的问题。

当然,需要说明的是,倡言重建中国文学的整体性,不是要搞一种文化与文明的封闭性,中国文明的连续性之所以能够"连续"到今天,就在于其整体性而不失开放性。关键在于自上个世纪以来的"千年未有之变局",我们也用了前所未有的开放性来应对,而其目标当然也是为了伟大的中国文明及其文学精神之于当代中国人生存的意义,这种具有数千年连续不断的文学生活仍然是今天中国人生活价值和理由之一。闻一多的一篇文章《文学的历史动向》就是在世界四大文明的意义和视界上来谈中国文学的。他说:"四个文化同时出发,三个都转了手,有的转给了近亲,有的转给了外人,主人自己都没落了,那许是因为他们都只勇于'予'而怯于'受'。中国是勇于'予'而不太怯于'受'的,所以还是自己文化的主人,然而也仅是免于没落的劫运而已。为文化的主人自己打算,'取'不比'予'还重要吗?所以不仅仅不怯于'受'是不够的,要真正地勇于'受'。让我们的文学彻底地向小说戏剧发展,等于说要我们死心塌地走人家的路。这是一个'受'的勇气的测验,也是我们能否继续自己的文化的主人的测验。"[1]闻一多的话,强调了对"现代性"的勇于"受",甚

---

[1] 闻一多:《文学的历史动向》,《闻一多全集》第1卷,北京:三联书店1984年版,第206页。

至发生"断裂式"的情况也在所不惜,但有一点应该指出来,闻一多谈这些的一个前提,正是要"继续","继续自己的文化的主人"。我们要说,在当代世界多极化的背景下,中国文化、中国文学正因为其"文明"性质(而不仅是因为"国家"),才可以成为其中的一极,中国文化和中国文学才可能在开放格局中以其连续性、整体性的价值伸展着文明的力量。

赘语:想象或穿越,一个注脚

整理和写作这篇文章的时候,中央电视台正在热播一部电视剧《神话》。这部电视剧是成龙主演的电影的电视剧版。主人公从今天"穿越"时空到了大秦国时代,与那时那里的人们共同上演了一部古今人物与语言共存的爱情"神话剧"。这些年来,还有一部当年明月所写的《明朝那些事儿》在网络走红、图书市场走红,作者靠的就是用今天的人的语言,把几百年前明朝的"那些事"拉到了今天的"语境"中。我被这种可名之为"穿越"的方式所吸引,像前文曾说到的那样,以为这是表达了对消弭古今阻隔而与历史上所有的人类共存时空的整体性的渴望,也是一种对现代性的不满。有感于本文宗旨,自然神往之。这又使我想起一首20世纪80年代中期中国诗人丁当的一首诗。我想如果有一种"穿越文学"存之于世的话,那么这首《背时的爱情》应当是中国最早的"穿越文学"了,故赘记于此,作为本文的一个续貂的注脚:

你看看,这就是我,天生的人物
生在中国,住在二十世纪
我和以往的祖宗一样,吃着,喝着
梦想做名人,并为爱情而哭

我夜夜梦见那些古代的美人

西施、貂蝉,还有出浴的杨贵妃

用不着军队,我一个人杀入情场

拿一支无声手枪,或者一张影票

把她们周围的帝王一一打败

就得到了她们,用不着一滴忧伤的眼泪

我把她珍藏在家,用一台电视拴住

对她讲科学,讲电灯的发明

我给她买手表,买玩具汽车

当然还有牛仔裤、超短裙、法国的香水

我说我是玉皇大帝的外孙

偷偷下凡,和她共享天伦之乐

我说外面每天都打仗、车祸、煤气爆炸

你要待在家里,千万不要出门

我每天照常上班,对当代姑娘不屑一顾

人们议论纷纷,这家伙怎么突然变样

我下班匆忙回家,和貂蝉或西施接吻

坐在破沙发上,犹如赫赫帝王①

这首诗充满了现代人的幽默感和世俗生活感。如果用惯常的文学理论解读,我们可能会用"想象""想象力"来解释,但其实它的精神实质却不是"神奇"而是故作神奇的反神奇,因此也不是"想象"而是"反想象"

---

① 丁当诗歌作品《背时的爱情》,载《中国现代主义诗群大观1983—1988》,徐敬亚等主编,上海:同济大学出版社1988年9月第1版,第62页。

"后想象"。但这委实可以客观平实地称之为"穿越"。穿越造成"连续"。"兴亡谁人定呵,盛衰岂无凭,一页风云散哪,变幻了时空。"①这是发生在20世纪末的中国文学的"穿越",其"变幻了的时空"当然不是变成了古代的时空,而是由当代人与古代人共组共在的整体性的时空。

2011年

---

① 引自电视连续剧《三国演义》片尾曲歌词《历史的天空》。

中国文学与世界文学

——从"天下之文"走向"世界文学"的中国化

"中国"的意义：多极化世界文学中的重要"一极"

《中国比较文学》杂志2010年第2期推出了"世界文学"与"比较文学"讨论专栏，我认为，这是一场"比较文学"视野下的"世界文学"讨论，或者是一场"世界文学"视野下的"比较文学"讨论，很有意义。

但这是一个在中国文化语境和汉语语境中的学术讨论，因此"中国"也就自然地成为我们讨论的一个出发点、立足点。立足点又往往成为一种立场，生成一片视界，进而覆盖到"比较文学"视野和"世界文学"视野上去，与"比较文学"与"世界文学"的视界融汇、交叉，变成了"中国文学""比较文学""世界文学"的三重交叉视界，看似简单的问题趋向丰富，也因此变得更加富有趣味、更加迷人起来。

涉及"中国"，从"比较文学"的意义，无疑是把"中国"作为"国别文学"比较的对象了。这似乎没有什么疑问，顺理成章，在当今所谓的"世界"，在这个世界的所谓"民族国家"体系框架下，在"民族"大约等同于"国家"，而"民族国家"主导"世界"构成的局面下，"中国"被公允地视为一个主权性"民族国家"，因此"中国文学"被作为一个"国别文学"乃至一个"民族文学"进入到"比较文学"研究视野，这是我们长期以来的认识逻辑和思维基础，已经获得了人们的认同或习以为常,并在研究中依此取得了丰硕的成果。

而这其间也还是有问题可以追问、值得思索。这就是我们究竟要怎样来理解"中国文学"和"世界文学"?在我看来,虽然"中国文学"作为国别文学毫无疑问,但当今世界上国与国的意义并不都一样,因此"中国文学"与"不丹文学""斐济文学""乌兹别克文学"肯定不一样,这可以从大国与小国的不同上得到确认;甚至"中国文学"与"英国文学""法国文学""德国文学"也不一样,这可以从单一民族国家和多民族国家的历史与现实的不同上得到确认。大小国一律平等,民族共同体构成当代世界的国家基础,这些当代国家主权理论的观念无疑是正确和行之有效的,延伸到比较文学研究同样也是有效的。但世界各国的历史、文化和文学千差万别,一种看不到差异性的研究无论如何是不够全面的。在现代民族国家观念的认知框架下,"国别"抹平了一切差距,会使我们停止于有关"中国文学"和"世界文学"的更为具体而丰富的追问。在此,引入一种国际政治学的视角是非常必要的。比如,当我们以"全球化"的理论、以"世界"一体化的视角来强调民族/国家的"多元"景观时,是否也可以更复加上一个"多极"的向度呢?"中国文学"在多极化①的国际格局中,不仅是多元的"国别文学"之"一元",而且还肯定构成了"世界文学"的重要"一极"。在"多极化"的视野下,"国别"就不再是唯一的表示方法了,国别文

---

① "多极化"是冷战美、苏两极格局终结后国际政治发展的新格局和新态势,它历史地表现为对以美、苏两超级强国为中心的"雅尔塔体系"的突破。一般认为,1949年中国革命的胜利极大改变了国际力量的对比,打破了美、苏在中国的势力范围瓜分;20世纪中期以来亚非拉民族解放和独立运动进程改变了美、苏两超级大国操控联合国的局面,标志着第三世界的崛起;日本和西欧的重新崛起,使原有世界资本主义体系中心一分为三,而东欧剧变、德国统一、华沙条约组织解体,尤其是苏联解体,彻底瓦解了"雅尔塔体系",国际政治格局的呈现为美、俄、欧、中、日等多极化形态。(参看《中国大百科全书·政治学卷》"国际政治"条、"雅尔塔体系"条,北京:中国大百科全书出版社1992年版。)早在20世纪六七十年代,毛泽东的外交主张中就有了"多极化"思想的思考;1990年,邓小平在一次关于国际形势的谈话中明确提出"多极化"的外交思想,并认为"所谓多极,中国算一极"。(《邓小平文选》第三卷,北京:人民出版社1993年版,第353页。)详可参看叶自成、李红杰主编《中国大外交·折冲樽俎60年》,北京:当代世界出版社2009年版,第69—75页。

学与国别文学是不一样的,我们还要追问它的文化、文明的规模与性质,它的历史价值与文化意义,它的审美境界与魅力,它的"世界文学"位置与地位,等等。

世界文学如此广阔,中国文学在其中又如此博大,我们深信弗兰科·莫莱蒂所描述的"世界文学"景象:"同为一体,并不平等。"①于是,在世界的天空下,你的站位不同,方法也就不同,形成的"世界文学"景观和想象也会不同,恰好,"中国"就是这样地给予你方法和想象的地方。我以为,所谓"全球化视野下的中国文学"这样的表述有其模糊处,而更明确的表述或许应是,中国文学是多极化的世界文学中的重要"一极"。

"极"的维度超越于"国别文学"。比如自晚清起,我们就常常自称为"中",而以"中西"对称,这不是没有道理的。这也可以看作将"中""西"各视为一"极"②。不独中国人,其实西方思想家也是这样看待"中国"的。莱布尼茨出版于1697年的《中国近事》中就将中国与欧洲相提并论:"欧洲文化之特长乃数学的、思辨的科学;在军事方面,中国人亦不如

---

① [美]弗兰克·莫莱蒂:《对世界文学的猜想》,诗怡译,《中国比较文学》2010年第2期。
② 中国人很早就有了关于西方各国的确切知识,尤其是明代利玛窦"自西徂东",所带来的"万国图"更进一步深化了中国人对西方"万国"的认知(参看钟书河《走向世界——中国人考察西方的历史》,中华书局2010年版,第28页),然而这并未对中国人以"华/夷"结构对举中国和西方世界产生实质性的影响。明清之际以来,"中国"和"西洋"的对举成为一个普遍现象,以一"西"词来统称欧洲的人和事,早在晚明即有意大利耶稣会士艾儒略著成《西学凡》一书,据学者研究结论,1623年(明天启癸亥)出版的该书是"西学"概念在中国的首次使用(参见《光明日报》2011年4月28日发表的郭莹和李雪梅论文《〈西学凡〉论略》)。另一最为显著的例子莫过于清康熙帝在与西方来华传教士的交往中,认为"西洋亦有圣人",然"不足以较量中国",并且警告说如果对方不遵守中国法律,"即系乱法之人,除会技艺人留用外,其余西洋人务必逐回各国"。(《康熙与罗马使节关系文书·乾隆英使觐见记》,台北:学生书局1973年版,第32、36—37页。)在康熙眼中,显然西方"各国"只有在整体上作为"西洋",才有资格与"中国"对称。晚清以来,"中西"对举更加普遍,如"中西体用"之辩、"中西文化论争"等,其中"中国"一词的主要有两种用法,一种是从文化、文明意义上而言,如郭嵩焘、薛福成、张天纬等人的"中西"论述(参看[日]手代木有儿《晚清中西文明观的形成——以1870年代后期至90年代初期为中心》,李鹏运译,《史林》2007年第4期),另一种是从现代"民族国家"意义上而言,如梁启超一方面强调要"学为国人,学为世界人",另一方面又将作为民族国家的"中国"与西方对称(参看梁启超:《饮冰室文集点校》(第三册),吴松等点校,昆明:云南教育出版社2001年版,第1824页)——不论从哪一种意义上使用"中国"这一概念,"中西"对举的用法是稳定的。

欧洲。但在实践哲学方面,欧洲人实不如中国人。"①马克思写于1853年的文章《中国革命和欧洲革命》也说:"中国革命将把火星抛到现今工业体系这个火药装得足而又足的地雷上,把酝酿已久的普遍危机引爆,这个普遍危机一扩张到国外,紧接而来的将是欧洲大陆的政治革命。这将是一个奇观,当西方列强用英法美等国的军舰把'秩序'送到上海、南京和运河口的时候,中国却把动乱送往西方世界。"②如果我们具体地看马克思当时的论述,他当然高估了太平天国起义的"革命性",并对由于中国而引起的西方动乱进而导致的革命的认识也局限于一种革命话语的思维方式,但仅就中西或中欧相对称举的关系而言,马克思并未只将中国看作一个平常的民族国家,而是作为一支重要力量与欧洲或西方世界进行了连动思考。进一步,如果我们不拘泥于当时的历史限制,而将马克思的观念看作是一种具备世界视野的眼光,从中国自接受西方文明强势介入以来的150多年来的变化看来,经过了无数的适应、抗争与调整,革命或建设改变了中国,而崛起的中国也正在改变世界,改变西方,这在新世纪中国经济、文化和文明的崛起之后,方才露出了历史动向的端倪,呈现出了新的世界政治、文化、文学的格局的一抹"多极"轮廓,从而印证了马克思当年的说法。不仅如此,马克思甚至从方法上也阐明了中国作为世界一极的观点:

> 有一位思想极其深刻但又怪诞的研究人类发展原理的思辨哲学家(指黑格尔——引者注),常常把他所说的两极相联规律赞誉为自然界的基本奥秘之一。在他看来,两极相联这个朴素的谚语是一个伟大而不可移易的适用于生活一切方面的真理,是哲学家们离不开

---

① 引自锺叔河:《走向世界——中国人考察西方的历史》,北京:中华书局2010年版,第31页。另可参看莱布尼茨:《致德雷蒙先生的信:论中国哲学》,庞景仁译,《中国哲学史研究》1981年第3期。
② 中央编译局译:《马克思恩格斯论中国》,北京:人民出版社1997年版,第6页。

开的定理,就像天文学家离不开开普勒的定律或牛顿的伟大发现一样。"两极相联"是否就是这样一个普遍的原则姑且不论,中国革命对文明世界很可能发生的影响却是这个原则的一个明显例证。①

马克思160年前说的这些,在当下世界与中国的关联视域中正得到更加清晰而令人印象深刻的印证,这自然会加深我们对"中国文学"作为"世界文学"的重要一极的认知。

"世界文学"概念与中国的因缘际会

"世界文学"的提出最初是与"中国"视界相关的。

歌德提出"世界文学"是在1827年,他读了一些中国作品(据朱光潜注释,大概是《风月好逑传》等作品)后深受震动,随后在与艾克曼的谈话中说:"民族文学在现代算不了很大的一回事,世界文学的时代已快来临了,现在每个人都应该出力促使它早日来临。"②歌德提出"世界文学"整整20年后,马克思和恩格斯在《共产党宣言》中也提出:"民族的片面性和狭隘性越来越不可能了,于是从许多民族和地方文学中,出现了一种世界文学。"③朱光潜在翻译歌德与艾克曼的《谈话录》时为"世界文学"做了一个注释,指出歌德与马克思、恩格斯的基本区别在于"歌德从唯心的普遍人性论出发,而马克思主义创始人则从经济和世界市场的观点出发。"④应该相信,马克思和恩格斯的"世界市场"视界中也是包含着"中国"在内的,这有19世纪后半叶马克思、恩格斯的一系列有关中国的文化、政治和贸易的文章证明。由此我们可以说从"世界文学"概念提出开始,"中国因素"就是作

---

① 中央编译局译:《马克思恩格斯论中国》,北京:人民出版社1997年版,第1页。
② [德]爱克曼辑录:《歌德谈话录》,朱光潜译,北京:人民文学出版社2008年版,第104页。
③ 中央编译局译:《共产党宣言》,北京:人民出版社1997年版,第31页。
④ [德]爱克曼辑录:《歌德谈话录》,朱光潜译,北京:人民文学出版社2008年版,第104页。

为其重要维度的。这从侧面说明了"中国文学"之于"世界文学"的文化价值和意义。说它引发了西方思想家的"世界文学"构想，一点也不为过，"中国"应确具有引发这一思想的足够分量和魅力。

但是一个值得深思的现象是，就在歌德、马克思和恩格斯相继提出"世界文学"观念之时，在当时的中国，却连作为民族/国家文学的"中国文学"概念也还没有产生。因此也并不是说，在"世界文学"概念旅行到了中国之前，中国早已有了一个民族/国家文学的"中国文学"概念在那里等着，"世界文学"不过是将这一民族/国家文学的"中国文学"扩展或提升到"世界文学"的更大层面上来认识，这样的逻辑起码在表面上并不存在于当时的中国、19世纪与20世纪之交的那个遭遇着"千年未有之变局"的中国。而这样的逻辑曾经是西欧国家发展和随着资本主义全球体系的扩张而由国家视野扩展为世界视野所给定的顺序。

在中国，事实上，民族/国家意义上的"中国文学"与现代理性的全球视野意义上的"世界文学"，这两种观念几乎是同时来到的，是共生的。

大约在歌德提出"世界文学"观念70年后，在马克思和恩格斯倡言"世界文学"50年后，1898年，陈季同在与曾朴的一次谈话中说："我们现在要勉力的，第一不要局限于一国的文学，嚣然自足……；既要参加世界的文学，入手方法，先要去隔膜，免误会。要去隔膜，非提倡大规模的翻译不可，不但他们的名作要多译进来，我们的重要作品，也须全译出去。"①这被认为是中国人第一次使用了"世界的文学"的概念②。而既然有了"世界文学"的概念，在这段话中，陈季同所说的"一国的文学"其实质含有作为现代观念的"中国文学"的意味，便是顺理成章的。可见"世界文学"观念和"中国文学"结伴产生于中国，这是个事实。我曾指出："'中国文学'一语也只是在20世纪初叶才流行起来的，而在中国古代却没有明

---

① 曾朴答胡适书，见欧阳哲生编《胡适文集》第四卷，北京：北京大学出版社1998年版，第617页。
② 潘正文：《中国"世界文学"观念的"逆向发展"与"正向发展"》，《外国文学研究》2006年第6期。

确的'中国文学'的说法。虽然在古代也有将'文学'与'国'联系起来，但直到梁启超发表《论小说与群治之关系》(1902年)的时候，他说'欲新一国之民，不可不先新一国之小说'，我相信这里的'国'才有了不同于古代人所说的'国'的含义，才有了世界体系中的现代民族国家的意味。"①现在看来，梁启超与陈季同那一辈人，他们所说的"一国的文学""一国之小说"，都应被视为对"中国文学"要领的实有，虽然他们当时并没有明确地说"中国文学"这个词。是谁首先明确地使用了"中国文学"这个词，在我们并没有做大量的文献检索和确证之前，我知道的情况是，大约在1904年，京师大学堂的林传甲和东吴大学的黄人，就分别开始撰写他们各自的《中国文学史》，并开设以"中国文学史"为名的课程了。而我们在刘师培的《论文杂记》(1905年)中读到"中国文学"一词②，应该算是比较早的使用者了。事实上，我们从来都是直接称周、秦、汉、唐、宋、元、明、清文学，至多使用"国朝文章""国朝诗歌"之类的用法，而虽有"中国"一词源远流长，却从无"中国文学"的叫法。这样的事实说明，到了陈季同、梁启超那辈人，时代的景象因资本主义的东方扩张而全然改观，海上劲风吹来，他们一夜之间同时获得了现代化的"世界文学"和"中国文学"这两个仿佛孪生的概念，并相辅相成地生成了中国人双向参同的视野。没有"世界文学"的观念，就不会有现代的"中国文学"观念的产生，这是基于西方文化冲击和中国人的时局观察所自然产生的结果。从世界文学史大局看，在中国，"中国文学"概念的产生，要远远在歌德提出"世界文学"概念之后，并需要这一世界性的视野的催生，这恐怕也是历史时空组织的有趣之处，让我们看得既惊讶又不由会意一笑。

---

① 张未民：《何谓中国文学——对"中国文学"概念及其相关问题的讨论》，见陶东风、张未民主编《2009年度中文文艺论文年度文摘》，长春：吉林人民出版社2010年版，第81页。
② 按：《论文杂记》最初于1905年陆续发表在《国粹学报》各期，文中多次使用"中国文学"概念，参看刘师培：《中国中古文学史·论文杂记》，舒芜校点，北京：人民文学出版社1984年版，第100—141页。

同时，我们还不能清楚地知道，陈季同、梁启超那辈人，乃至后来的"五四"时期新文学革命那辈人的"世界文学"观念，是否是直接得自歌德的说法，大概更多的也是时势比人强的"英雄所见略同"的缘故吧。而很可能的是，马克思和恩格斯的"世界文学"说法比歌德的说法要更早地进入中国人的视野。早在1920年左右，陈望道就翻译了中国第一个《共产党宣言》的中文译本，译文是："世界的文学，已从许多国民的地方文学当中兴起了。"①1939年出版的潘鸿文（华岗）所译的《马克思主义的基础》一书中，收录《1847年共产党宣言》一文的翻译也大致相似，也译作"世界的文学"②。而对歌德的"世界文学"观念，可能较早地提到的是朱光潜1964年出版的《西方美学史》③。歌德和艾克曼的谈话录，朱光潜的译本以《歌德谈话录》之名出版，则是在中国新时期1978年9月之后了。马克思主义理论话语之于20世纪中国要远远重要、优先于普遍人性论的话语，这大概也是20世纪中国语境历史地规范好了的时代秩序。

"天下/中国"与中国文学的"天下之文"论

那么为什么中国人如此很容易地接受了"世界"的观念？甚至是"世界文学"的观念与作为民族国家文学的"中国文学"观念一同到来，而并没有经过一个现代民族国家的预热、酝酿、成长后才走到"世界"上去？除了当时的"西方"代表着"世界"的强势压迫和中国人视野被迫打开的因素外，我想这也得益于中国文明中有关天下/国家、天下/中国的历史及其框架和理念，使得我们在文学的"天下/世界"的现代转换中得以乐享其成。在现实的"世界"到来之前，我们早就展开了"天下"的胸襟，而这

---

① 陈望道：《陈望道译文集》，上海：复旦大学出版社2009年版，第8页。
② 潘鸿文（华岗）：《马克思主义的基础》，上海：上海健全社1939年版，第46页。
③ 朱光潜：《西方美学史》下卷，北京：人民文学出版社1964年版，第85—86页。

个古已有之的"天下",在现实就是被西方文明打开和主导的"世界"。

所谓天下/国家,即孟子说过的"人有恒言,皆曰'天下国家'"。① 这是我们中国古已有之的天下(略相当于今日所称之世界)体系下的理解,其天下与国(国家)相配伍的框架是十分明确的,天下是由国家构成的。当然"国家"还可以分成"国"与"家"两个层次,孟子接着说:"天下之本在国,国之本在家,家之本在身。"②这个逻辑顺序,与儒家的"修身、齐家、治国、平天下"的从"身"开始扩展到家、到国、到天下的由内圈向外圈的表示方式不同,它是内返的、返本的差序格局,但其实质都在指明中国人生存实践的活动位置和顺序,二者是一样的。在其中,"天下"具有"普天之下"的意义,用赵汀阳的话说就是先验的"无外原则"③。除了这个"无外原则"、涵盖一切的至广至大至高的实体之外,我还想补充说,所谓天下,当我们说出这个词,还意味着一种天命、天意、天赋,"天"是天下所有人都先验地注定的最高原则,天之下的大地以及大地之上的身、家、国的宗旨最终都要用背负天命的决定与责任来解释④。

积身为家,积家为国,积国成天下,而普天之下的"国"却林立杂多,于是遂有天下/中国的观念与模式。在林立杂多的"国"之中,"中国"是最有资格相对于天下而言的,居天下之中,背负着上天的使命,"靡有旅力,以念苍穹"(《诗经·大雅·桑柔》),"是以声名洋溢乎中国"(《礼记·中庸》)。"中国"

---

① 《孟子·离娄上》,见朱熹《四书章句集注》,北京:中华书局 2003 年版,第 278 页。
② 《孟子·离娄上》,见朱熹《四书章句集注》,北京:中华书局 2003 年版,第 278 页。
③ 赵汀阳:《天下体系——世界制度哲学导论》,江苏教育出版社 2005 年版,第 59 页。
④ 如《尚书·西伯勘黎》:"王(纣)曰呜呼,我生不有命在天",认为自己丧身亡天下乃是天命;同样,承继天下的人也宣告自己背负"天命",如《诗经·大雅·大明》说"天监在下,有命既集。文王初载,天作之合";"有命自天,命此文王"。而后来的中国人更将人伦日用皆纳入"天命"的范畴,故而顾炎武总结说:"维天之命,于穆不已。其在于人,日用而不知,莫非命也。故《诗》《书》之训,有曰顾諟是天之明命,又曰永言配命,自求多福,又曰若生子,罔不在厥初生自贻哲命,又曰惟克天德,自作元命,配享在下。而刘康公之言曰:民受天地之中以生,所谓命也;是以有动作礼义威仪之则,以定命也。彼其之子,邦之司相,而以为舍命不渝。乃如之人,怀昏姻也,而以为不知命。然则子之孝,臣之忠,夫之贞,妇之信,此天之所命,而人受之为性者也。故曰:天命之谓性。"(顾炎武著、黄汝成集释,栾保群、吕宗力校点:《日知录集释》,天津:百花文艺出版社 1990 年版,第 294 页。)

是天下理念的实践化,将天下理念落实到大地上。《尚书·梓材》说:"皇天既付中国民,越厥疆土。"西周《何尊》铭文说:"武王既克大邑商,则廷告于天,曰:余其宅兹中国。"①这里的"皇天既付中国民""廷告于天,曰:余其宅兹中国",都说明着一个天赋中国的理念。也因此,传统注疏"天下,谓天子"。如唐孔颖达疏《礼记·中庸》"天下国家可均也",即说"天下谓天子,国谓诸侯,家谓卿大夫也"。疏《礼记·礼运》"故天下国家可得而正也",即说"天下谓天子也"②。在此,天下即中国,中国包括四方(诸侯国)在内,《尚书·大禹谟》因之说:"奄有四海,为天下君。"也因此,天子之朝,叫"天朝",是有别于诸侯国朝廷的。"中国"朝廷,即天朝。《汉书·陆贾传》说:"继五帝三王之业,统天下,理中国。"可见,由中国而向天下展开的一体中心结构是十分明确的,我们谈天下而不言中国,只看到天下/国家模式而看不到与其相配伍的天下/中国的理念与模式,是不全面的。"天下"展现"中国"的精神实质和胸怀,天下/中国的本质就是不分区域和民族的人类共同体的建构趋势,是人类的联合,这就是为什么面对19世纪以来"世界/民族国家"大局势的来临,康有为、孙中山等先哲提倡向"世界"转换思维,一方面将这个天下即全中国缩定为世界体系中的一个"国家",同时又将这中国背后的天下精神与情怀覆盖到"世界"上去,倡言"大同"和"天下为公"。当我们以"负责任的大国"在"世界"上站立起来,去掉自以为是的中国中心的老调面对一个真实的世界,天下精神和天下情怀积淀于心,成为中国文明接通"世界"的重要思想动力。

这种由天下/国家和天下/中国的理念形成的传统也不能不影响到我们的文学思维,并由"天下"生成一种大文学观。

中国自古以来形成了以"天"或"天下"(天地)论文(学)的传统。刘勰《文心雕龙》开篇第一句便发出这样的诘问:"文之为德也大矣,与天地并生者何哉?"孔子说:"天之未丧斯文也!"(《论语·子罕》)《春秋》传曰:"经纬天地

---

① 马承源:《何尊铭文初释》,《文物》1976年第1期。
② 《十三经注疏》,上海:上海古籍出版社2007年版,下册,第1626、1425页。

曰文。"孔子说到有周一代的特征："郁郁乎文哉！"(《论语·八佾》)其实"文"是夏、商、周三代一脉相承的特征。以今天的民族概念，我们称夏民族、商民族、周民族，但他们分别缔造的夏、商、周三代"中国"，都以拥有一个一脉相承的语言文化为文明基础的。这从出土的殷墟甲骨文和青铜器铭文、从周原青铜器铭文和甲骨文得到了充分有力的印证，即不管他们是从东方来或从西方来，他们都拥有一个共同的"文"，并以这个共同的"文"来"化成天下"。这个用以来"化"成天下的"文"①，首先是以先进的语言文字表述形成的"文"为代表而形成的"文明"或"文化"，就是后世所称的汉语言文化系统。中国"国家化天下以文明"，这是中国的本质属性之一。白居易说：

> 《易》曰："观乎人文，以化成天下"，记曰："文王以文理"，则文之用大矣哉！自三代以还，斯文不振，故天将丧之弊，授我国家。国

---

① "文"字其本义正如《说文解字》所云："文，错画也，象交文"，即交错成文。文有"天(自然)文"与"人文"之分，如《周易》中多有"天文""鸟兽之文"的说法，且《系辞下》云："物相杂，故曰文"，《礼记·考工下》云："青与赤谓之文"，这在《文心雕龙·原道》中被总结为"龙凤以藻绘呈瑞，虎豹以炳蔚凝姿；云霞雕色，有逾画工之妙；草木贲华，无待锦匠之奇"的"天文"；而从甲骨文与近二十余种金文中"文"的具有代表性的字形来看，"文"字字形内部的纹饰，显然是人为所作，也就是刘勰所说的人"仰观吐曜，俯察含章"而后作之"人文"，诸如《老子》中说的"服文彩"，《论语·子张》所言"小人之过必文"，庄子云"越人断发文身"(《逍遥游》)、"虎豹之文来田"(《应帝王》)，《吕氏春秋·仲秋纪》云："文绣有常"等。综合以上材料，可以发现，一方面，"文"在中国古代具有一种涵盖了"天"(自然)与"人"的整体性；另一方面，其演变逻辑可以归纳为由"纹理""交错的花纹"等本义引申为"润饰""文采"之义。这种"润饰""文采"之义大而化之，引而申之，从具体的事物拓展到人的个体、社会生活的诸多方面如人格修养、道德涵养、政治和伦理秩序，"文"便成为"三年之丧，人道之至文者也"(《礼记·三年问》)、"礼减而进，以进为文；乐盈而反，以反为文"(《礼记·乐本》)人间道德、伦理秩序等的外在显现。刘永济先生认为，"盖文之为训，本于交错，故有经纬之义焉；文之为物，又涵华采，故有修饰之说焉；以道德为经纬；用辞章相修饰，在国则为文明；在政则为礼法；在人则为文德；在书则为书辞；在口则为词辨"，他认为这些涵义虽然"大小不同"，但"体用无二，所以弥纶万品，条贯群生者，胥此物也"(刘永济《十四朝文学要略》，北京：中华书局2007年版，第4页)。其所谓"体"，是指中国语境的"文"之"化成天下"的重要使命。这样的对于"文"的广阔的理解，同样也见于马克思《共产党宣言》中有关"世界文学"概念，中央编译局为"世界文学"一语做了一个注："'文学'一词的德语是'Literatur'，这里泛指科学、艺术、哲学、政治等等方面的著作"，即说明"世界文学"也近似于"文"的理解，"文学"不过是这个"文"的一个形象代表而已(参看中央编译局译《共产党宣言》，北京：人民出版社2009年版，第31页)。

家以文德应天,以文教牧人,以文行造贤,以文学取士,二百余载,焕乎文章,故士无贤不肖,率注意于文矣。①

白居易此说"国家",是天朝国家,中国国家,所以"文"为其国家的核心价值。隋代大儒王通说:"今言政而不及化,是天下无礼也;言声而不及雅,是天下无乐也;言文而不及理,是天下无文也。"②他们谈"文"及"天下",以及"国家",都是在"中国"意义上说的。宋代大诗人杨万里说到《诗》《礼》:"圣人将有以矫天下,必先有钩(探索——引者注)天下之至情,得其至情而随以矫,夫安得不从。"③看来,杨万里的"文"化天下论主情,而王通的"文"化天下论主理。追随其后,宋代的邵雍更说"殊不以天下大义而为言者,故其诗大率溺于情好也"。因此反对滥情,而强调"不若以道观道,以性观性,以心观心,以身观身,以物观物",从此出发达到"以家观家,以国观国,以天下观天下,亦从而可知之矣"。④ 也是"文"化天下论的主理派。

这些论述都是从"中国"立足,以天为本,而以"文"来化成"天下"。涵泳其间,"中国"的文学的"文"以"天下"为己任的胸怀与情愫溢于言表。文学的天下观、天下论形成了一种独具的天下视野,因之中国古代文学论述反倒不用"中国文学"的说法,而有"天下之文""天下之诗"的说法。毕竟,我们的文学之志,在于"天下",是着眼于天下的人类普遍性的,这是中国古代天下文学论的要义之一。

关于"天下之文",《子夏易传》卷七:"参伍之变,而错综其数,得其变,遂成天下之文。"⑤宋朝张根《吴园周易解》卷七解释说:"故能成天下

---

① 〔唐〕白居易:《策林六十八·议文章碑碣辞赋》,见《白居易集》,北京:中华书局1999年版,第1368—1369页。
② 〔唐〕王通著,王心湛集解:《文中子集解》,上海:上海广益书局1936年版,第3—4页。
③ 〔宋〕杨万里:《诗论》,见郭绍虞主编《中国历代文论选》,上海:上海古籍出版社2001年版,第二册,第402页。
④ 〔宋〕邵雍:《伊川击壤集·自序》,上海:商务印书馆四部丛刊初编影印明成化本,第2页。
⑤ 《子夏易传》,通志堂经解本,南京:江苏广陵古籍刻印社1996年版,第38页。

之务,遂成天下之文。"①大概《周易》著述中的"天下之文"更多的是从"观乎人文以化成天下"引申而来,其"文"涵义主要指文化、文明,自然包含语言文学在里边,因此也成为传统文学论述可以自"天下"说起的逻辑起点。到了汉代,《汉书·司马迁传》说:"今汉兴,海内一统,明主贤君,忠臣义士,予为太史而不论载,废天下之文,予其惧焉,尔其念哉!"这里的"天下之文"指包括史传在内的文章作品。而到了唐宋时代,"天下之文"则专指从"天下"文学视野来总括的所有文学文章作品了。初唐才子王勃感叹六朝以来的文风说:"天下之文靡不坏矣"②,而宋代韩琦、范仲淹、苏辙、张耒等都相继追慕评价欧阳永叔的文章为"天下之文"的表率:"天下之文章,莫大于是!"③"由是天下之文一变而正,其深有功于道欤!"④"见翰林欧阳公……而后知天下之文章取乎此也。"⑤"如公者,真极天下之文欤!"⑥苏洵甚至还用风和水的隐喻指出一种天成天作的"天下之至文":"无意乎相求,不期而相遭,而文生焉。是其为文也,非水之文也,非风之文也。二物者非能为文,而不能不为文也,物之相使而文出于其间也,故此天下之至文也。""故夫天下之无营而文生之者,唯水与风而已。"⑦而黄庭坚称赞苏轼"东坡文章妙天下"⑧,天下一词于此已因其

---

① 〔宋〕张根:《吴园周易解》,丛书集成初编本,上海:商务印书馆1936年版,第169页。
② 〔唐〕王勃:《上吏部裴侍郎启》,《王子安集》,四库唐人文集丛刊本,上海:上海古籍出版社1992年版,第55页。
③ 〔宋〕韩琦语,见黎靖德编《朱子语类》第八册,王星贤点校,北京:中华书局2007年版,第3225页。
④ 〔宋〕范仲淹:《尹师鲁河南集序》,《范文正公集》第二册,上海:商务印书馆四部丛刊初编影印明翻元刊本,卷六。
⑤ 〔宋〕苏辙:《上枢密韩太尉书》,《苏辙集》,陈宏天、高秀琴点校,北京:中华书局1990年版,第381页。
⑥ 〔宋〕张耒:《上曾子固书》,《张耒集》,李逸安、孙通海、傅信点校,北京:中华书局1990年版,第845页。
⑦ 〔宋〕苏洵:《仲兄字文甫说》,《嘉祐集》第二册,上海:商务印书馆四部丛刊初编影印宋巾箱本,卷十四。
⑧ 〔宋〕黄庭坚:《答洪驹父书》,《豫章黄先生文集》第五册,上海:商务印书馆四部丛刊影印宋乾道刊本,卷十九。

文域的广大概括力而使对东坡文章的评价无复有加。

关于"天下之诗"。中国文学传统思维中的诗歌视野历来就是一种"天下诗"的视野。中国诗的源头《诗经》的视野就是一种"天下之诗"的体现。其后"乐府"形成体制,其视野对象也是"天下之诗"。唐朝诗人皮日休说:"乐府,盖古圣王采天下之诗,欲以知国之利病、民之休戚者也。"[1]有了"天下之诗"的视野,诗的局面就变得全面而广大了。"今也诚设采诗之官,使天下之诗皆得以上闻。如此,小人歌之有以贡风俗,君子赋之有以达其志,施之于治,足以美教化;被之弦歌,足以移风俗。然则采诗之官,其可忽哉!"[2]元朝的赵文更是从"天下之诗"生发了一种"人生诗学",大力推崇诗的多样性和丰富性,由"天下诗"而看到了人性与诗的合一,故"无地无诗,无人无诗",具有相当的理论高度:

> 至于诗,不可以一体求。采诗于彭泽,而曰非靖节之诗不采,是绝天下以为无诗而亦不必采也。人之生也,与天地为无穷,其性情亦与天地为无穷,故无地无诗,无人无诗。

赵文这种以"天下"(天地)论诗富有深度,他还通过孔子采诗与删诗而推崇了天下之诗的"大",即其多样性与丰富性:

> 吾观于诗,而后知夫子之大也。方其观于风也,不知其有雅也。及其观于雅也,不知其有颂也。歌二南,春风醇酎之浓郁也;歌邶鄘,雁烟蛮雨之凄断也;歌王,如故家器物,虽沿敝坏零落,而典刑尚存,见之能使人感伤也;歌郑卫陈,如行幽远闲旷,采兰拾翠,闲情动荡,而礼防终可畏也;歌齐秦,如山东大猾关西壮士语,猎心剑气不觉飞动也;歌唐,如听老人大父相与感额而谈往事也;歌魏曹邠,如楚舞短

---

[1] 〔唐〕皮日休:《正乐府十篇·序》,《皮子文薮》,萧涤非、郑庆笃整理,上海:上海古籍出版社1981年版,第107页。

[2] 〔宋〕陈旸:《乐书》,清光绪二年(1876)菊坡精舍刻本,卷一百六十。

袖,虽欲回旋曲折而不可得也;歌齿,如行阡陌间,所见无非耘夫桑女,亦不知世有长安狭斜也。吾以是知夫子之大也。故采诗者眼力高而后去取严,心胸阔而后包括大。今之所谓采诗者,大抵以一人之目力,一人之心胸,而论天下之诗,要其所得,一人之诗而已矣。①

诚如所论,是"一人之诗",还是"天下之诗"?这是个问题,涉及文学观念本身。天下视野打开了我们诗的胸襟。千百年来,"中国"就是我们的"天下";只有来到当今的"世界"面前,我们才会说古人把中国"误"认为"天下"了。我们当然不能苛求古代人的视野,他们的天下视野与"中国"等同(此"等同"也是相对而言,实际上"中国"自古以来其"边界"就是一种模糊的、动态的理解,时而收缩时而延展,形成一个可控的宽阔地带),但他们的天下精神及其博大胸襟,却可以积淀为今天我们看待"中国文学"与"世界文学"的基本心理素质。天下之文也好,天下之诗也好,天下之至文也罢,对于文学的天下想象和中国想象,其内蕴的人类精神却是我们要发扬的。如果我们考虑到汉语文学写作在20世纪前的近千百年以来曾经弥散覆盖东亚区域,使日本、越南、朝鲜、蒙古等国的文学都染上了挥之不去的浓郁汉风,这也完全是因为天下/中国的理念与模式实践中具有一种超越"民族国家"现代思维的地方。面对东亚汉文化圈的"天下"之文、之诗,联想清代顾炎武说"有定之四声,以同天下之文"②,唐代皮日休称赞白居易"天下皆汲汲,乐天独怡然。天下皆闷闷,乐天独舍旃"③(白居易之诗风在东瀛日本享有盛誉)。这其间的"天下",原是我们可以用以想象的古代中国人及东亚人文采风流的共同体情愫与美好愿景的。

---

① 赵文:《高敏则采诗序》,《青山集》卷一,台北:商务印书馆影印文渊阁四库全书本,1983年,第1195册,第4页。
② 〔清〕顾炎武:《音论》(卷中),见《音学五书》,北京:中华书局1982年版,第42页。
③ 〔唐〕皮日休:《七爱诗·白太傅》,《皮子文薮》,萧涤非、郑庆笃整理,上海:上海古籍出版社1981年版,第106—107页。

从"天下之文"走向"世界文学"的中国化

问题在于,遭遇到来自西方的"世界文学"的现代袭入,我们以重塑的民族国家的"中国文学"来应对挑战;在经过20世纪近百年的由西风熏染、涤荡的祛魅之后,"天下"概念的"形而上"虚幻和"中国"概念的"中心"幻象早已褪去了美丽的光晕,而显露着其播散于东亚偌大区域天地间的历史真实,这时,我们发现其背后所凝结的天下/中国、天下/国家理念与模式仍有其文明的理由,天下视野、天下精神、天下情怀仍然如去不掉的文化基因在发挥作用,从而接通"世界"和"世界文学",新生一个负有天下责任心与生活心的"中国"与"中国文学"。

那么我们怎样从古已生成的"天下之文""天下之诗"的局面而楔入这个"世界文学"的时代?今日观察,其实历史上传统的"天下之文""天下之诗"已形成了相当可观的局面,经过无数次"混一天下"的实践努力,其一,自古以来,汉语作为文学的审美表达载体,牢固地成为"天下之文""天下之诗"表现的核心价值语言,从未间断,历久弥新;其二,"天下之诗""天下之文"所涵盖和波及的区域人群深刻而广大,汉代时就有这样的描述:"继五帝三王之业,统天下,理中国,中国之人以亿计,地方万里,居天下之膏腴,人众车舆,万物殷富"(《汉书·陆贾传》),中国的天下文脉不断地克服着地理、方言、风俗的阻隔,而容纳四面八方的地理、方言、风俗、族群的文学样态。汉代刘向《说苑》就记载了楚庄王母弟鄂君子皙与越人交往,令人翻译《越人歌》的故事[①]。正如一部《诗经》一部《乐府》所展现的博大,在这样广阔浩瀚的空间中,文学表征的范围,其丰富繁多岂可以"国"相称,在古人的想象中那简直就是个文章和诗歌的"天下"。

---

① 〔汉〕刘向著,向宗鲁校正:《说苑校正》,北京:中华书局1987年版,第277—278页。

这"天下之文""天下之诗"自有旺盛不衰的道统文脉,元代人家铉翁评元好问《中州集》时感叹:"其生乎中原,奋乎齐鲁、汴洛之间者,固中州人物也;亦有生于四方,奋于遐外,而道学文章为世所崇,功化德业被于海内,虽谓中州人物可也。故壤地有南北,人物无南北,道德文脉无南北,虽在万里外,皆中州也。"①此言用以描述古代的天下之文、之诗的景象和理想,其共同体向往和以天下为己任的文学奋斗精神,还是相当真切传神的。其三,需要特别指出一种古代中国天下之文、之诗的特殊情况,那就是对梵文佛典的翻译,不仅推动了佛教的中国化,深刻地影响了中土的文学,而且它作为一种广义的"天下之文""天下之诗",虽然我们传统上将其局限于宗教界内,藏于寺庙清静超凡之地,但今日视之,它和中土文学共同构成了举世壮观的"天下之文""天下之诗"的盛况,这在世界上还不曾有过。据钱仲联先生的说法:"自汉魏到唐前期,译经数量之多,仅据《大周刊定众经目录》的统计,大小乘经论和传记,已有三千六百十六部,八千六百四十一卷,当时入藏的经卷,还不在此数。至于下逮宋元的译经、传记、禅宗语录等一起加进去,那为数就更为惊人了。"②这种广义的,并非仅是文学文章意义上的"天下之文"奇观,在人类文化交流史上,怎样评论也不为过,即使在文学领域,"传胡(梵,引者注)为秦""化行天竺""译胡为晋",③给中国文学面貌带来了深刻改变,不仅佛教思想入文,而且在诗歌内容(山水诗)和形式(四声的发明),在小说、戏曲、弹词等方面都影响甚大,使中国文学自此后不能不成为融汇中西的"天下之文""天下之诗"了。或许,所谓"天下之文""天下之诗"正是"中国文学"的从来就有的特点之一。

---

① 〔元〕家铉翁:《题中州诗集后》,《元文类》卷三十八,台北:商务印书馆影印文渊阁四库全书本,1983年,第1367册,第476页。
② 钱仲联:《佛教与中国古代文学的关系》,见张锡坤主编《佛教与东方艺术》,长春:吉林教育出版社1989年版,第501页。
③ 〔梁〕僧祐:《出三藏记集》,薛晋仁、萧錬子点校,北京:中华书局1995年版,第382、391、227页。

可见,"中国文学"由于传统的"天下"基因,它内在的文学精神不是封闭的,而是开放的,它立足中国土地而在汉语的家园里向"天下"开放,这正是我们今天建设"中国文学"和"世界文学"的基础。说到"世界文学",由于20世纪以来的思维习惯,我们无疑是将其和"中国文学"对立起来看了,二者之间似乎界限分明,而不是你中有我,我中有你。因此世界文学也仿佛总在"中国文学"的外边,中国文学只有"走向"它,让它承认,占有中国以外的"市场",中国文学才具有世界意义,而不是让"世界文学"走向"中国"。中国文学走向世界,发挥其应有影响,当然是应予努力的,但这只是问题的一面。问题的另一面,只要我们仔细观察中国古代文学关于"天下之文""天下之诗"及其天下观的情况,应会重新得出结论,即在"世界文学"时代,我们自然可凭借古已有之的"天下之文"而走向世界文学时代,并在此建设新的"世界文学"化的"中国文学",或者说,致力于"世界文学"的中国化,一句话,建设中国文学也就是建设世界文学,二者原本是统一的。

而这正是20世纪中国文学所走过的道路的实情:其一,去掉中国的"中心"幻象和天下的"中国"虚拟,"天下之文"的精神传统逐步在新的"世界"现实格局下复苏,并一直在发挥作用,其基因新奇别开生面。其二,我们必须认识到,中国文学在这块自己的由悠久文明传统浸染的土地上,生根开花结果,本身就是世界文学的一部分,在这个意义上,它大可不必向外"走向"。其三,20世纪以来"中国文学"迎来了"世界文学"时代,首要的是让"世界文学"走向中国,而不是中国文学走向世界。我们不能浮表地认为这只是世界文学对中国文学的某些"影响",其实质,应该是我们今日的中国文学,"世界文学"正成为它的基本精神之一;我们今日的中国文学,是"世界文学性"的中国文学,"世界文学"正在被我们中国化,已内在于我们的文脉和文统,不能分离。

这样说,是否符合中国文学今天的实际状况呢?

首先,就总体情况而言,百年多来的翻译成就已使中国人的文学阅读状况根本改观,外国文学作品正在与中国本土文学作品平分秋色,某些时候还在市场供给量上,超出了本土创作作品数量。有资料提到:从1899—1979年,中国翻译外国文学作品5810种,其中,1899—1916年为796种,1917—1936年为1856种,1937—1949年为1889种,1950—1979年为1269种①。另据孟昭毅、李载道主编的《中国翻译文学史》的资料:

> 根据中国版本图馆提供的1949年至1979年翻译出版的外国文学目录计算,中国已翻译了亚、非、欧、美、大洋洲85个国家1909位作家的5677种作品,其中包括503种不同的译本和版本……据统计,从1980年至1988年,又翻译了81个国家的1640位作家的3300多种作品,至1989年已达7000余种作品。至20世纪末21世纪初,这种势头依然未减,翻译出版数量稳步增长。据不完全统计,21世纪初全国出版的外国文学新书,2001年约为450种,2002年约为530种,2003年约为600种,若计重印数量,每年出书都在千种以上……②

综合上述材料,我们可以估计出来,20世纪以来中国翻译出版外国文学作品总应在2万种以上!这个庞大的数字说明了中国文学所具有的天下/世界胸襟与吞吐能量,说明当今中国文学和汉语文学的考察应将翻译文学考虑在内,其与中国本土文学的出版可谓旗鼓相当,说明了我们文学现状的某种"世界文学"性质。

其次,中国现当代作家创作的外国文学资源和背景非常重要,甚至可以说没有阅读和接受外国文学,中国现代当代文学是不可想象的。世界文学精神、西方文学精神已经内在于中国现当代文学,作为精神资源而复

---

① 王友贵:《从数字出发看中外关系、中外文学关系里的翻译关系》,《外国语(上海外国语大学学报)》2006年第5期。
② 孟昭毅、李载道主编:《中国翻译文学史》,北京:北京大学出版社2005年版,第27页。

活在中国现当代文学血脉之中。20世纪30年代郑伯奇在编选《中国新文学大系(1917—1927)·小说三集》时写道："现在,回顾这短短十年间(1917—1927,引者注),中国文学的进展,我们可以看出西欧二百年中的历史在这里很快地反复了一番。"[①]这里所谓"西欧二百年历史"在中国"反复了一番",是指后来被很多人在文章中都表述过的,在"五四"前后的十余年间的中国文学中,欧洲文学思潮的古典主义、浪漫主义、现实主义、自然主义,乃至象征主义等现代主义均被"跨越式"地操练一番。此种表述后来又被中国新时期的批评家们接过来用以描述"新时期文学"初启的十余年间,欧洲的文艺思潮重又被操练一番,不过这次的重心在于演绎"现代主义",并且续上了"后现代主义"的最新烟火,乃至于"魔幻现实主义"的拉美式崛起、后殖民主义、东方主义的产生,终于和以西方主导的"世界文学"潮流追齐扯平。这种情况说明"西方"的或"世界文学"的"思潮"已成为中国文坛的主要潮流,而取代了中国历朝历代传承发展的"文脉"。"思潮"作为西方文学精神的符号契入了中国"文脉"的发展表征,说明了中国现代文学精神之所以是"现代",正在于其"世界文学"性质。当然,百年过后,"思潮"表征的世界文学精神,也许并不能阻断或取代中国文脉,它只是加强了中国文脉的现代发展,中国文学依然是中国文学,不过是一种世界文学性的中国文学罢了。曾小逸主编的《走向世界文学——中国现代作家与外国文学》一书,选取论述了"中国现代30位作家与外国文学的广泛、深刻的联系,共涉及300余位外国作家、近400部外国文学作品"。[②] 即便到了20世纪50—70年代,这被人认为是新中国较为封闭的时期,外国文学影响对创作同样是不可或缺的,创作《红旗谱》的梁斌谈到他借鉴了托尔斯泰的《战争与和平》、法捷耶夫的

[①] 郑伯奇:《中国新文学大系(1917—1927·小说三集导言)》,见刘运峰编《1917—1927 中国新文学大系导言集》,天津:天津人民出版社 2009 年版,第 96 页。

[②] 参看曾小逸主编:《走向世界文学——中国现代作家与外国文学》,长沙:湖南人民出版社 1985年版。

《毁灭》、梅里美的《嘉尔曼》等①。而"文革"劫余新生的伤痕文学的代表性作品《班主任》的作者刘心武,则一再说明他在那样一个特殊年代由外国文学作品如《牛虻》《欧也妮·葛朗台》等带给他创作上的参照②。至于说到新时期以来,莫言之于马尔克斯、格非之于博尔赫斯、残雪之于卡夫卡、余华之于川端康成和卡夫卡等,如余华坦陈1982年读到川端康成《伊豆的舞女》导致他"一年之后正式开始的写作",而读卡夫卡的《乡村医生》带来的震撼更为强烈,在他"即将沦为文学的殉葬品的时候,卡夫卡在川端康成的屠刀下拯救了我",所以他认为"对我来说继承某种属于卡夫卡的传统,与继承来自鲁迅的传统一样值得标榜"③——没有这些外国作家的示范与导引,中国新时期文学也许无从谈起,此点是不能够忽略不计的。对此,著名作家刘醒龙的感受颇深:

> 莎士比亚的戏剧、托尔斯泰的小说、波德莱尔的诗——中国人对外来文学作品的由衷欣赏,中国作家对他国作家作品的跟踪研究,中国出版界对世界文学精华全面及时的翻译出版,是世界各国中所罕见的。在中国,每一家书店,都能见到外国文学作品的译本;每一个家庭书柜,都藏有外国作家的著作;每一个读书人,都有少则几种,多则几十种外国文学作品的阅读史。正因为有如此基础,才会有20世纪80年代,发生在中国文学界的欧美现代文学狂飙。2004年春天,我在巴黎对一位法国出版商说,因为我有固定住所的时间不长,个人藏书不多,即使如此,我所拥有的法国作家作品的中文译本,也要数倍于全法国翻译出版的中国作家作品。那位法国出版商说,这很重要吗?我说,重要和不重要,你自己去判断,至少被中国人戴了几百

---

① 梁斌:《一个小说家的自述》,北京:中国青年出版社1991年版,第514页。
② 刘心武:《〈班主任〉中的书名》,《命中相遇——刘心武画里有话》,上海:上海文艺出版社2010年版,第144—145页。
③ 余华:《川端康成和卡夫卡的遗产》,《外国文学评论》1990年第2期。

年的闭关自守的旧帽子,应当戴在你们欧洲人头上。①

从刘描述的情况看,其实世界文学并不在国界之外,而就在我们身边。现在,中国经过百年来的引进翻译,中国文学生活和文学创作已在自己的区域范围内力图实现着"世界文学"的理想。现在,我们似乎可以说,"世界文学"并不是"中国文学",但"中国文学"肯定是"世界文学"的。它们之间的融会与对话已经开始,并不一定非要寄希望于单一的"走出去",在还达不到双向对等共赢的条件下,首先"请进来"不失为"世界文学"和"中国文学"实现理想的上策。

我们所拥有的"世界文学",并不是一个空洞抽象的概念,通过"世界文学"的中国化,通过"中国文学"的世界文学性质,我们可以拥有一个更加实在的"世界文学",并将世界文学连同中国文学统一起来。而所有这一切,均有赖于"中国文学"古已有之的"天下之文""天下之诗"的博大胸襟与文化传统,这是其能有今日开放容纳气象的重要原因之一。

中国文明对"世界文学"的理解意义

当我们把"中国文学"建设成(化成)为"世界文学",建设成(化成)世界文学性质的"中国文学",其实我们的心,有一种承天的禀赋,即与人类联合一体,与天地连在一起的仁爱之心;其实我们的背后,是站立着一个博大仁爱的"天下为公"的中国文明的,它同样为我们所天赋秉承。

因此我们应该谈到"文明"。中国文学之所以能够成为多极化的"世界文学"中的重要一极,中国文学之所以能够仅仅百多年就具有如此融会中西于一炉的趋向"世界文学"性质的气象,归根结底在于它雄厚博雅

---

① 刘醒龙:《一种文学的"中国经验"——在突尼斯国际书展上的讲演》,《文艺争鸣》2010年10月号(上半月)。

的文明基石。中国文明上下五千年,连续不断,在天下/国家、天下/中国的历史实践中培养起来的文化、文明含量,至今仍然有其不可忽视的世界意义,其历史积淀和精神旨向,汉语的审美和情理表达方式,不仅对占人类五分之一的中国人富有意义,对世界上其他文明也会因其独步古今的旺盛生命力而富有对话和建设价值。这样的文明背景,并不是所有国家与民族文学所具有的。而中国的文学之"文"、"文"的文学,一定是这个独步世界的伟大文明的最恰当、最充沛和最精致的表达者,是这个文明的价值、情感、语言、思维及生活方式的体现者,是这个文明的精华和象征。

当百多年前马克思说"中国革命对文明世界很可能发生的影响"时,他肯定是很看重中国的,但也毫无疑义地像他的同时代人一样将"文明世界"封给了"西方",而中国即便不在野蛮世界的名下,也是非文明世界的。看来这也有用现代性物质进步等西方式的绝对标准衡量的意味。"文明"并不是拒绝现代化的理由,而中国文明一旦插上现代化的翅膀,就一定会获得文明的独特性的自我确证。马克思说到中国时寄予了极大的同情:"一个人口几乎占人类三分之一的幅员广大的帝国,不顾时势,安于现状,人为地隔绝于世并因此竭力以天朝尽善尽美的幻想自欺,这样一个帝国注定要在一场殊死的决斗中被打垮:在这场决斗中,陈腐世界的代表是激于道义,而最现代的社会的代表却是为了获得贱买贵卖的特权——这真是一任何诗人想也不敢想的一种奇异的对联式悲歌。"[1]"中国"当然不是"帝国","中国"只是"中国",真实的历史诚如马克思所描述的,是"中国"遇上了"帝国","天下"遇上了"世界"。悲剧不可避免。

百多年过后,至今我们仍然不能说悲剧已经结束,成为历史,但终于有机会在国人的顽强学习与奋斗、融入"世界"之后,可以多少提起我们的"文明""天下"这样一些独特的词汇,这样一些有关"文"的"道义"的

---

[1] [德]马克思:《鸦片贸易史》,中央编译局译《马克思恩格斯论中国》,北京:人民出版社1997年版,第64页。

词汇,让我们想起天亦有常,道亦恒存之类的话。"世界"是个西来词,从前属于古人的佛界西方,今天又被用到来自现代文明的欧洲西方。但我们知道,你可以说"文明世界""西方世界",却不能够一样说:"文明天下"或"西方天下",那样意思就全拧了,而这正是"文明"的差异所在,语言用法即文明。我们当然要肯定和加入这个"世界"和"世界文学",但我们同时还寄希望于用"天下""中国"这样的词汇及其用法,开展对话,多少有益于改善这个世界,贡献于这个"世界"的文学。因为"世界文学"光是在西方化"世界"诠释下,一直难以实现。如此,则善莫大焉。

2011 年

再论共同体观念和中国文学

习近平总书记在党的十八大提出的"人类命运共同体"观念十分重要。在"地球村"时代或"全球化"时代,生而为人类,命运休戚相关,生活朝夕与共,只有同舟共济、互联互通、互利互惠,从单边的双赢走向多边的双赢,才是处世之道。从卢梭到马克思,始终不渝地坚持人类联合体的理想,今天看来尤其值得在人类命运共同体的意义上加以弘扬光大。

中国人从来都秉持着深刻而悠久的共同体验,自古以来就怀抱"大同梦",赋予人类之"大同"以崇高价值。在我们实现中华民族伟大复兴的"中国梦"的过程中,人类命运共同体便成为其中的一个重要的观念与实践的维度。如果没有天下大同或人类命运共同体的建设与目标,中国梦将无法达成。北京奥运会提出的"同一个世界,同一个梦想"口号,就是我们把中国和世界联系起来了,表达了人类命运共同体的诉求,因此全世界人民都听懂了,感同身受了。

共同体观念对文学也十分重要。我们如何理解世界文学和中国文学?共同体观念会提供出解释的出发点和基础。马克思主义的世界文学概念是从人类联合体中得出的必然结论,韦勒克和沃伦在解释歌德的世界文学概念时认为,它是"一种要把各民族文学统一起来,成为一个伟大综合体的理想,而每个民族都将在这样一个全球性的大合奏中演奏自己的声部"。说到中国文学,周扬和刘再复执笔的《中国大百科全书·中国文学卷》更是给出了共同体观念的定义:"中国文学,即称中华民族的文学。中华民族,是汉民族和蒙、回、藏、壮、维吾尔等五十五个少数民族的集合体。中国文学,是以汉民族文学为主干部分的各民族文学的共同体。"看来如果你不是定义一个抽象的文学,而是要定义一个实体性的世界文学和中国文学,共同体观念是离不开的。

目前中国当代文学界在谈论中国文学话题时,"文学性"的观念是主流立场,甚至是有某种文学性偏执或"文学性谬误"在头脑里面坚持的。这很好理解,因为你是在谈论文学而不是其他。那么什么是文学?什么是文学性?如果你把它当作文学生活的一个底线伦理,当作一个基本要求和常识性知识,那是非常好的。但是你若视文学性为某种抽象的原则,是用来判定好作品、评比好作品的"价值",那就只能导致越来越多的精英化倾向,越来越多地使文学性变成一种否定性的用法,越来越多的作品会在视野中消失,最终一个偌大文坛会变成少数精英或名家的舞台,文学之路在一片文人相轻的清高氛围中,越走越窄。而共同体观念则提供了不同的看取方法和思维方式。依文学性原则你可能对白族、撒拉族文学提都提不到,但共同体原则将顾及共同体的每个成员甚至每处区域群落。共同体观念当然要有相应的结构化分层、分类方法与边际处理,但它的一个好处是提倡共商、共容、共享,以及对话与理解。因此它不会否定文学性原则,在某种意义上甚至认为文学性的认同是必需的,但显然除此我们还要有共同体方式的认识文学的角度,甚至要把它作为更加基础而实在的文学角度。谈论"中国文学",就不应只谈论"文学",只就文学谈文学,还要谈论"中国",而中国,是个共同体,是中华民族的或现代国家意义的共同体。这也是"文学"。

过分的文学性方式还很可能导致纯粹形式和审美的偏见,似乎只有语言艺术形式和审美意蕴才是属于所谓文学自身、文学本体的。但在当今时代只要你具有起码的理性思维,你就不会只拿形式和审美来说事。真正的文学概念中包含了人性内容,除了自然的基本属性与需求,人性概念在我看来就是共同体性质的。没有共同体体验，人类也许根本没有人性这回事。共同体观念有助于我们走出人性的抽象化和概念化。中国思想中最为伟大的"仁"的观念，就是中国人对共同体的深刻体验而产生的观念。在个体自我的身心一体的修炼培养之后，中国儒家提出仁者爱人，仁是二人或二人以上的处世之道对于人本身的要求，是共同体精神历史积淀的结晶。仁就是要人对其他人感同身受，要有同情心、同理心，一个同字是仁背后的精髓与要义，是共同体人性的基本出发点和落脚点。至于道家思想中的自然和齐物，也是面对天地背景的对物我共同体的写照。男女两性之爱，西哲柏拉图在《会饮篇》中表达了同体想象，相比之下中国人则更注重到家庭共同体，并进而扩及族群、国家、天下等不同形式的共同体。共同体本质上是一种伟大人性的现实体现，人性基本上是一种共同体的认同情感与精神。在这个意义上说文学作为人学离不开共同体的孕育，文学永远是共同体精神与情感的表达。物以类聚，人以群分，分际处理和共同理想两方面都是共同体观念的重要构成，但是共同体观念中的核心却是一种对"持久的和真正的共同生活"以及"一种原始的或者天然状态的人的一致的完善的统一体"（滕尼斯）的追求。它"传递的是一种充满温馨的良好感觉，一个温馨的家，在这个家中，我们彼此信任，相互依赖"（鲍曼）。而中国人对此更具深度的表述就是一个"和"，对"同"的理解，于是富于高度智慧，和而不同、求同存异，不是强求一律而是积极认同，老吾老和幼吾幼不是均质化的无差别"平均主义"，老人老办法，新人需新办法，而最终目标还是在于"和"的境界。社会主义文学的人民性和社会主义精神，都可以从共同体角度加以体认。

　　这样来理解人性精神，文学之所以是文学就在于要把它放在共同体之中来认识。于是说文学在于语言艺术形式、审美情趣，在于情感和想象力，在于隐喻、象征和意象，都是对的；但对于"中国文学"来说，最高的境界则在于"和"，所谓中华美学精神，最高的要求也正是"和"。"喜怒哀乐之未发,谓之中;发而中节,谓之和。中也者,天下之大本也;和也者,天下之达道也。致中和,天地位焉。"中国文学的最大特色,就是渗透和表现着这种中华美学精神与价值。中国文学最重"共鸣"与"应和","秋水共长天一色,落霞与孤鹜齐飞",这个句子的语言意味着力于一种和谐的"共"与"齐",应该说透露了些许中华美学精神的神韵。这种中华美学精神和美学特色是"中国"所给予的,"中国",不仅仅是个伟大的名号,它还是一种理念和思想,"中国"的本质,在于人类的联合,这是"天下之大本"。

共同体观念还有助于我们更真实而博大地表述中国文学的现实和历史。受西方现代学术方式的影响,我们自20世纪初才有名正言顺的所谓"中国文学史",写出了许多依靠某种审美的、形式的、社会性的、阶级的、人道主义等等观念梳理出来的文学史著作。这种现代学术方式虽然重要且起到了积极作用,但它仍然有悖于中国经验中的文学共同体感受与方式。"中国文学"诞生于一部《诗经》,那里面以一种今天看来有些特别的"风、雅、颂"的结构告诉我们,风是十五国风,雅是中央首善之区的大雅与小雅,颂则为皇族史诗与颂词,这总起来就是一个文学的共同体体验的结晶,是文学的共同体描述。依此我们完全可以为中国当代文学作一种或多种共同体性质的整体描述,无论是分区域的或分族群的都可以,当代中国文学的多民族、多语言、多风格的文学史,正可以从共同体观念入手取得突破,建立更立体得多的学术模式。进而,我们遥念古人情怀,那种尽可能收集一个时期全体作家的"全唐诗"方式的和遴选精华的"唐诗三百首"方式的文学呈现,同样给我们启示。没有现代性的文学史方式,中国文学照样可以千年薪火相传,靠的就是这两种共同体视野和方法,它所创造的文学生活,最终成了一部写在中国人心中的文学史。我们需要现代文学史的方式,但中国文化中的共同体传统,仍然是我们不能丢掉的一种有价值的文学方式。通过文学"中国",去读文学也去认识"中国",文学将成为我们想象中国的方法之一。

同样,中国作家协会作为现代文学群团组织,是现代中国文学共同体的组织形式。中国文学之"协"是它的工作方式和要义所在,从《尚书》中的"协合"概念里走来,发扬光大文学共同体精神传统,中国文学在这里也留下了偌大鲜活、生活不息的侧面。

2017 年

《诗经》的"中国"解读

——《诗经》所见"中国"形态向审美意识的积淀

所见作为国家认知的"中国"及"中国"主题诗学

中国古代文献中最早出现"中国"一词是在《尚书》的《梓材》篇中,以及20世纪60年代于陕西宝鸡出土的青铜器的铭文《何尊》中[①]。它们都是西周早期的作品,反映西周初建时期对"中国"观念的确立和以"中国"之名德行天下的诰训、宣谕。但这些还都不是具有独特形态的文学作品。有意味的是,"中国"作为一种文学主题出现在文学作品中,要等到西周晚期,周王朝危机四伏,"中国"之名再一次激起了人们的渴望与呼唤,不过这次人们要借助于文学的抒情和想象了。

在我国第一部诗歌总集《诗经》中,较早也较多地记录了"中国"一词,分别出现于三首诗中共七次:

1. 惠此中国,以绥四方。(《大雅·民劳》)

2. 惠此中国,以为民逑。(《大雅·民劳》)

3. 惠此中国,俾民忧泄。(《大雅·民劳》)

[①] 参见于省吾:《释中国》,中华书局编辑部编:《中华学术论文集》,北京:中华书局1981年版,第2页。

4. 惠此中国,国无有残。(《大雅·民劳》)

5. 内奰于中国,覃及鬼方。(《大雅·荡》)

6. 女炰烋于中国,敛怨以为德。(《大雅·荡》)

7. 哀恫中国,具赘卒荒,靡有旅力,以念苍穹。(《大雅·桑柔》)

据《诗序》《郑笺》等记载,这三首诗都是西周晚期的作品,周厉王时,暴政荒淫,因而遭到召穆公及周朝卿士芮良夫的讽谏,这三首诗即是他们的讽谏作品。这可能是中国文学中第一批明确地以"中国"为主题和抒情对象的作品,而且在西周晚期就如此集中地表现"中国",宣泄着"中国"的情感,把西周王权用"中国"加以象征化,并表达了深切的忧患意识,可堪注意。

如何理解和评价《诗经》这三首诗中出现的"中国"?历代经学家或注"中国"为"国中",或注"中国"为"京师",并无不妥。但我们今天还应指出以下几点。

首先,起码到西周时,如果说"国"的原义来自于"邦""方",那么"中国"已不是简单地将"国中"之"中"作了"国"的限定语的"倒置性"用法,"中国"已不同于"国中",它除了"国之中"而外,已将"中"作了优先性的强调,这一"优先性的强调"使"中国"增添了更多的语义意味,使其趋向一个专有概念,一个具有特定文化历史内涵的专有名词,即指中央大邑即京师。这是历代《诗经》注家都认同的。现代学者进而将"中国"解释为指整个京畿地区,也是不错的。因为"中国"一词在《诗经》中的所指范围看来既明确,又有所开放,西周人已不将"中国"的"国"局限于一座邑之内或一个"国"(即城邑)之内。这个有着等级大小不同的城邑的"国",在诸侯是周王室的封邦建国即封国,封了一座城邑同时也封了一块区域的管制权;而在周王室则是自封的受天命居天下之中的"中国"。"中国"超越"国中"的结果是,"中国"为周王室所专有,象征着天赋般的中央权力,而不会将其用在诸侯国身上。召穆公等指责周厉王、告诫周厉王而忧心如焚就在于他们面对的不是一般的封国,而是"中国"。所以朱熹注"中国"为"京师"也,但马上又将"京师"与"四方"联系起来,说"四方,诸夏也;京师,诸夏之根本也"①。于此可见"中国"可以代表或表示"诸夏",是"诸夏"的核心或别称,这已是西周时"中国"所达的广阔的区域范围。

其二,《诗经》中的"中国"由此延展出一种时空关系,如惠爱"中国",是为了绥安"四方",这"中国"已与"四方"相对,构成了中央与四方区域的广阔的"五方"结构;"中国"因此就可以从一座中心城邑,开放并意味着天子直接管理的京畿地区,进而也可连带上"四方"封土,并因其所含的中心之意,"中国"一词也可以包括京畿地区加上"四方"封土的偌大开放时空,成为王权治下整个国土的一个中心性加广阔性的概括。"中国"因此也成为有周一代"封邦建国"(荀子《儒效》中说周公立七十一国)②的"中国化"国家实践的一个必然结果。之所以有众多封国之举,是因为有周之"中国";同时,之所以有周之"中国",亦有赖于众多封国的支撑。"中国"的安危,关系着"四方"的安危。中国与四方已联结成为一个命运共同体,甚至大有共名为"一个中国"的"大规模国家"或"大共同体"的意味。这已是《诗经》中的"中国"概念所显现出的延展开放之实在趋势。说其实在,因为此时的"中国",惠爱她的理由,已是要"以为民逑",逑为集合、聚集之意,即是说"中国"是用来聚合"中国"及其"四方"之民的;是要"俾民忧泄",即使国中之民的忧愁得以流泻。同时,"中国"又是一个"内"的自称,"内奰于中国",即在中国内部引起怨怒,就会延(覃)及远方的戎狄部落"鬼方",带来危险;这里中国是"内","鬼方"就是"外",暗示了一个中国/四夷的内外互动的结构,而这样的内与外,已俨然构成了一个互相作用的由中心与边缘构建的空间政治体系了。"中

---

① 〔宋〕朱熹:《诗集传》卷17,北京:中华书局1958年版,第199页。
② 王先谦:《荀子集解》,北京:中华书局1988年版,卷4,第114页。

国"的含义已在怨忧的情绪中表达得更加丰富完整了。

其三,这三首诗具有一个共同的情感主题,那就是对"中国"的忧患意识,可以说开了几千年来中国忧患的先河。可见"中国"概念,在西周时也并未仅仅当作一个"名称",因为周王朝若想在"周"之外再拥有一个名称意义不大,"周"之外之所以还需要一个"中国",就在于"中国"实实在在地说明着周王朝的性质,从而成为周王朝的象征性概念。它的存在,不是可有可无的,起码从文学上说,对"中国"的祝愿、祈祷,乃至哀恸、愤懑,都变得富有理由和心理基础,是有着天理方向的,因为"中国"即居于天下之中的国家,所谓"天下中国",象征着王朝的使命和天意,周王朝从这"中国"二字的天命责任中可以视野远大,呼唤"膂力",背负责任,统领"四方",整合天下。周王朝得到了"天下/中国"的意识与责任,而中国文学也从此获得了一种"天下/中国"的精神和境界,一种几千年来不绝如缕、"以念苍穹"的忧患情感,从此成为这块土地上文脉中的血液流淌。而且正是在文学作品中,"中国"观念作为一种情感投射对象,才转换为一种幽怨讽刺的表述,这完全不同于西周早期的那种天命宣谕式的正面祷告。西周早期,"天"和"中国"的表达尚是单纯的理想愿景和祈祷,"天"是"中国"之所以成立的理据,"中国"是"普天之下"理念和理想在历史和现实中,在大地上和人群中的国家化实践,或用我们后人的说法,就是,实践化了的"天下国家(体系)"。而一旦西周晚期这种中国化的实践面临危机,一种忧患意识和情绪便会强烈表达出来。西周初年和西周后期的对于"中国"的两种情感,可以说是"一个中国"所引发的看似相反而实则一致的责任情怀。

综上所述,我们不应小看了这三首诗中所出现的"中国"概念及其主题意义,在这个主题背后,有着系统的独特的东方国家观念、理念的内涵;一个文学上的"中国"象征从此问世的背后,是"中国"思想、"中国"理念、"中国"理论的实践化、形象化呈现。就文学意义而言,《诗经》向我们所表明的，就是中国文学之所以为中国文学，不仅仅因为它为中国人、中国语所创造，而且它还是一种具有"中国"主题和"中国"精神的文学，它是夏商周以来这块东亚大地上的国家实践的产物、"中国化"的产物、"天下中国"精神的产物。以诗来抒"中国"之情，形成了我们源远流长的政治抒情诗的传统。两千年来"中国"的政治抒情传统，其实质内涵，就是"中国"共同体主题和天下主题的传统。

风雅颂：由政治共同体通向文学审美共同体

不仅这三首诗一个主题表明着重要的"中国"性质，其实一整部《诗经》的编撰构成都隐含着一个"中国"框架的奥秘。"中国观"的形成和国家化实践，使"中国"理念自然而然地向其文学审美领域渗透，以至形成"中国"文学的一些独有特点。

《诗经》的编排体例由风、雅、颂三部分构成，风、雅、颂也表示古人对诗的三种类别的认识。这是大家都知道的，但是古人为什么提出"风、雅、颂"这几乎是中外独一无二的文体概念，又为什么几乎以其独一无二的温柔敦厚的诗教熏陶着上千年的中国诗坛？不能不令人深思。

过去人们读《毛诗序》对风、雅、颂的解释，认为《毛诗序》注重诗的内容的教化作用，"风是风化（感化）、讽刺的意思，雅是正的意思，颂是形容盛德的意思"[①]。晚近以来，人们可能觉得这种诗经学的教化味太重，又流行认为风、雅、颂的区别主要从音乐角度讲的，其次才在内容方面。从音乐上讲，风是西周十五个诸侯国的土风歌谣，雅是西周王畿的正声雅乐，颂是用于祭祀祖先的宗庙乐歌[②]。应该说，从教化和音乐两方面综合

[①] 朱自清：《经典常谈》，北京：三联书店1980年版，第34页。
[②] 顾颉刚：《论诗经所录全为乐歌》，《顾颉刚集》，北京：中国社会科学出版社2001年版，第130页。

起来认识风、雅、颂的区别或许会更全面些,音乐调式与风格的区别还是应建立在风、雅、颂之类特定题材、主题等内容的基础之上,因此《毛诗序》所论风、雅、颂,仍然给我们认识《诗经》提供了一个古代诗歌源头的某些真实情况。

还是让我们来看一看《毛诗序》是如何说的:"是以一国之事,系一人之本,谓之风;言天下之事,形四方之风,谓之雅。雅者,正也,言王政所由废兴也。政有小大,故有小雅焉,有大雅焉。颂者,美盛德之形容,以其成功告于神有者也。"①细读之下,我们会看清《毛诗序》对风雅颂的解释完全是基于周王朝的国家理念、国土结构、国家结构及治理方式的,完全符合《诗经》作品所由产生的多种多样的地域、人文风貌特点,面对这些多样化的特征我们会恍然有所悟,这不正是用"诗三百"的风、雅、颂三体在说明着一个"中国"的精义吗?"中国"概念在西周时浮出水面象征着什么?这在《诗经》中得到了最好的呼应。《诗经》用风、雅、颂三体覆盖了中原华夏广阔的时空,呈现出一种音乐性与诗性交相辉映的中国结构:是"中国"理念、"中国"国家理论的结构,也是中国文学的结构,更是中国文学观念的结构。《诗经》的"心"是在"中国"思想上生长出来的,而"中国"理念是在这片东亚山川河流上孕育的。宋人王应麟说:"风土之音曰风,朝廷之音曰雅,郊庙之音曰颂。其生于心一也,人之心与天地山川流通,发于声见于辞莫不系于水土之风,而属三光五岳之气,因诗以求其之所在,稽风俗之厚薄,见政化之盛衰。"②进一步说,所谓风,其实就是覆盖了一个大规模国家各"地方"的风俗诗、讽喻诗,即十五国风,当然,还可以"系一人之本",更具体到多样化的生命个体创作;所谓雅,就是覆盖了西周王畿地区及体现中央权威政事和正统要求的政治诗、共同体诗、正统

---

① 《毛诗正义》(整理本),北京:北京大学出版社1999年版,第16—18页。
② 〔宋〕王应麟:《诗地理考·序》,载《四库全书荟要》,长春:吉林人民出版社2002年版,第8册,第329页。

德性之诗,所以它形制四方之风,是言天下之事,也就是中国之事,是用"一"来联结、凝练成一个整体的。"风"的"多",与"雅"的"大"与"正"构成了一个中国/四方的典型结构。至于"颂",为告祭称颂先王先公的诗篇,正是在这种"风"与"雅"构成的空间维度上加上一种时间的维度,体现着崇拜列祖列宗的精神,也意味着具有持续性的中华正统意识。周人翦商,取而代之,却照样把"商颂"列入祭祀之乐诗系列,也是后代中国持续不断的大一统历史的合乎逻辑的经典范例。于是我们应该理解,为什么中国文学会以这一部独标于世的风、雅、颂汇集的《诗经》而成为蔚然大观的源头。《诗经》的横空出世,风雅颂的奇特体式,都说明着中国的奥秘,潜伏着"中国"与"地方"的结构和话语,昭告一种中国文学的诞生,而在《诗经》这里,它所诞生的,不仅是诗,也是中国。而这个"中国",在其基本意义上,是一个人类社会的共同体结构(国土和族群联合体)的模型或缩影。

"中国"和她的文学就是这样地紧密相随地,互相确证、互为生成地来到了世上,令后世人们诵读之余,不仅因"中国"而生"诗",也会因"诗"而理解"中国",于是,读"诗"就是读"风雅颂"的框架,就是读"中国",通过"诗"的途径去争取读懂"中国"。读懂"中国"和《诗经》的不二法门,就是这个(风雅颂)"结构"。

赋比兴:"中国文学"的发生和基本的语言表现经验

然后我们看《诗经》在确立了"中国"主题之后,在艺术上还开启了一种宏大而源远流长诗学意义上的"叙事/隐喻/抒情"传统,即赋、比、兴传统。这种有关"叙事(赋)/隐喻(比)/抒情(兴)"的传统三合而一,其实质正是中国文学"诗教"的雅正中和的正统和道统的基础,是一种基于"中国"理念的政治美学传统和实用理性的生活美学传统,也是一种发生自汉语言基本的审美表现方式的传统。

这种美学传统又是基于中国语言的名物表意的特征的。《诗》有六义之说，为"风雅颂赋比兴"。前述"风雅颂"是"中国"意义的对地域族群与国家政治文化的贯通诗学的成果。而"赋比兴"则是"中国"意义上的语言文化方面的贯通诗学的结论。我们今天所谓的"汉语"，是汉代之后的称谓，在《诗经》及其以前的时代并没有这样的称谓。邢公畹先生在探讨上古中国语的时候使用的名称是"夏语"，或"华夏语"。那么在西周末年的《诗经》时代，其语言该怎样称呼？在本文讨论的"诗经与中国"的意义上，我觉得它就是"中国语"，是在"中国"概念意义上的"诗化"语言方式，如果用"诗经学"的术语表述，它的特点就是"赋比兴"。"赋比兴"是"中国语"，即我们后世所说"汉语"的一种诗学特点，在于对语言方式/人的生活方式的体察而得，是对中国人语言的诗学功能的基本表述。是什么人来说出或写作这种伟大的具有"赋比兴"功能的诗性语言？如果回答，那就是"中国"这个概念可以囊括的广大地域上的"十五国风"和"雅颂"中心的偌大族群所创造和运用的文学语言。这种语言从甲骨文到春秋战国的铜金铭文，到《诗经》，都证明了其不分商族周族以及众邦国方国列国，都使用一种伟大的后来我们称之为"汉字""汉语"的书面语，而这种伟大的书面语，就是名副其实的"中国语"，是"中国"意义的语言，统一文化时空的"中国"语言。"赋比兴"三义，正从语言发生与人的性情之"心体"的统一，从基本的诗性语言功能和人的性情产生语言动机与动作，说明了中国诗学要义。对中国人来说，"赋比兴"是其语言诗性表述的名词，同时也是其族群表达性情与诗歌发生的动词。比和兴都是经由词语名物状物之后的咏物起兴、作比的，所抒之情自然也不但要由名物及其状态所引发起兴作比，并建立在对名物状物的基本表述之上。因此，中国人的诗学和审美的兴发、比附，一开始就建立在"及物"的实在性之上，所谓有感而发，托（咏）物作比。而赋者铺也，即铺陈叙事，应该是基于对名物的语言基本表述功能的,但这个铺陈叙事也要受制于"诗"的方式,是诗的言志缘情所规约,是诗学意义的铺陈叙事,赋应是为抒情和诗意服务的。也就是文字的基本说明、陈述基础之上(所谓文之质),再敷以文采表现。而由汉语言生发的赋比兴审美的三条途径、三种功能,在汉语诗性审美中,浑然一体,又各自有侧重倾斜,根据语言表达呈现的要求,而需要在隐喻、抒情与叙事间达成一个平衡,对这三者求得平衡的"度"的把握则可以用"中"来表示。据学者统计,《诗经》用赋720次、用比370次、用兴110次①,可见其用"赋"来平衡诗学精神的朴素性质。这个诗学精神正和"中国"理念相通,它应是"中国化"国家和共同体实践的美学产物。"中国"理念所弘扬的一个"中"字,可以说浓缩进了《诗经》千古不衰的基本美学精神,构成了中国文学雅正质朴、中和流芳的意蕴基础。

在这里,"中国"已沉淀为以"中"为本的理念。这种以"中"为本的理念随着这块东亚大地的区域土地和族群活动的"中国化"进程而成为贯通从政治治理到人生哲学、到文学艺术的普遍性价值,成为立国之本、立人之本、游艺之本。一部《诗经》为儒家所阐释发扬的"诗教",必须到这个"中"字里边,到我们先人的中国化实践中去索解。文字学上无论释"中"为建旗立中,以聚四方之众;或者释"中"为射箭中靶,以中正合宜取胜,都毫无疑问地表明,是"中国化"的历史实践的结果使"中"成了一种国之大道、文之正道、人之至道,变"国中"而为"中国","中"置于国之前的优先位置,成为"国"的限定价值的词汇。诗经学中所谓"赋比兴"与"风雅颂"为《诗》之"六义",其实质是说"赋比兴"的文学表现状态与方式,是与"风雅颂"联系在一体的,是建立在"风雅颂"这种国土和共同体的文学表述基础之上的。对由《诗经》所出示的风、雅、颂的一体结构,以

---

① 〔明〕谢榛:《四溟诗话》,北京:中华书局1985年版,卷2,第32页。

及赋比兴的诗学要义，平衡与协调便成为组织和运作的首要问题，因此，这个结构的运作与协调必然地要求一个"中"的要义。《论语·尧曰》中记载，尧曰："允执其中。"[1]《尚书·大禹谟》也有"惟精惟一，允执厥中"的记载[2]。可见，表现为"执中"的中道精神已是上古中土先人确立的天下第一法则。而这种"执中"精神也自然地成为《诗经》中的第一块精神基石。《尚书·舜典》中说："诗言志，歌永言，声依永，律和声。"[3]这句朱自清称之为中国诗学的"开山的纲领"的话，其要害一在发为心声，二在发声为和。中者心也和也。所谓"温柔敦厚，诗教也"[4]；所谓"发乎情，止乎礼义"[5]；所谓"《诗》三百，一言以蔽之，曰思无邪"[6]；所谓"乐而不淫，哀而不伤"；所谓"喜怒哀乐之未发，谓之中；发而皆中节，谓之和。中也者，天下之大本也；和也者，天下之达道也。致中和，天地位焉"[7]，"发"是赋白铺陈、作比起兴，而"中"是其要领和效果目标。所有这些儒家的，《诗经》的，天地、人心、艺术相贯通的普遍性哲学，其实都来源于"中国化"的古代国家和人的联合的共同体实践，发自于多元一体的"中国"结构及其"风、雅、颂"结构的内在需求，中正、平易、典雅、文质互胜、温柔敦厚、合乎人性伦常，作为最具普遍性的基本价值，体现为政治、伦理、美学的三位一体的贯通和统一，政治的艺术化、人生（生活）伦理的艺术化，与文学艺术的情感性、道德性追求融合为一，乃是《诗经》风、雅、颂及赋、比、兴所贯穿如一的"中国"精神的实质，并导致"中国"的主流审美意识形态的形成。

而我们应予指出的是，《诗经》所体现的这种主流审美意识形态，这

---

[1] 〔宋〕朱熹：《四书章句集注》，北京：中华书局1983年版，第193页。
[2] 《尚书正义》（整理本），北京：中华书局1999年版，第93页。
[3] 《尚书正义》（整理本），北京：中华书局1999年版，第79页。
[4] 《礼记·经解篇》，《礼记正义》（整理本），北京：北京大学出版社1999年版，第1597页。
[5] 《毛诗序》，《毛诗正义》（整理本），北京：北京大学出版社1999年版，第15页。
[6] 〔宋〕朱熹：《四书章句集注·论语·为政》，北京：中华书局1983年版，第53页。
[7] 〔宋〕朱熹：《四书章句集注·中庸》，北京：中华书局1983年版，第18页。

种国家美学、政治美学背景下的雅正中和美学,其实质是人类/东方人族的共同体美学,是基于东方实用理性的结构美学。古人不仅将其视为一种正统的"中国"精神和原则来贯彻,而且更具智慧的是将其置于由风、雅、颂三体与赋、比、兴三法而构成的"中国化"的文学共同体结构框架之中,这就在主流审美精神之旁,为个体化的文学生命美学,为多样化的"中国"结构地域风格美学,都预留了生长的广阔空间,所谓"形制四方之风",并不是要代替或取消"四方之风","形制"是一种结构安排,是一种格局和风格的确认,是"文学中国"的风格、结构和格局的整体显现。而正是在这种大的中国/四方框架之下,地域文学、个体文学风格和生命也会有其无可替代的美学价值。《诗经》全部305首作品,"国风"部分就有160篇,这些作品大部分是表现地方风情的,大多是个体生命的言志抒情及叙述个体生活状态的作品。除此,在"雅""颂"的部分,也有很多作品是采取个人、个性视角来抒写家国主题、表达家国情怀的,足以显示《诗经》风、雅、颂一体结构的包容性和多样性。同理,赋、比、兴三式也使抒情、隐喻和叙事、诗学和生活达成尽可能的统一。一体性并不能等同于同质性,它的"中和"之美的功能有着广阔的概括力和开放的灵活性,折射着"中国"及其雅正中和的精神要义。

  尤其值得我们注意的是,"中国"主题在《诗经》中的集中出现,并不是作为歌颂的,而是作为具有讽刺、告诫意义的讽喻诗出现的。对中国的忧患,甚至达到了愤怒咆哮的程度。这至少可以说明,中国诗学雅正审美的源头,从一开始就包括了批判性、忧患情感,这种批判意识和忧患情感甚至常常是"中国"主题表现的主要方面。《诗经》学自古就有"美刺"之论,包括这些"中国"主题的诗在内,《诗经》中有"怨刺"的诗篇可达四分之一,可见雅正的内涵也是丰富的,雅正的美学结构不是单一和封闭的,它甚至可以包容和囊括那些孤高独标、性情极端的叛逆、狂野、孤愤,这也是后世中国文学史上所证明了的一个事实。"中"属于中(结构),包容一切(所谓"位焉")。孔子说:"诗可以兴,可以观,可以群,可以怨。""以"是一个多元而具实用理性的态度取向,这是说中国诗学的在多种生活功用间平衡协进的重要性。

一多模式:"中国"作为思维方法

内容上"中国"主题的出现,体例上"中国"(风雅颂)结构的形成和语言形态上"中国"(赋比兴)雅正中和美学的特征,告诉了我们一个《诗经》中的"中国",告诉给我们一个真正的"中国文学"形态和意义的发生。而这个发生,是有着重大意义的,昭告了我们从"中国"贯通、抵达中国文学的一条隐秘通道,以及如何从个体生命,从文学贯通、抵达"中国"的自由之途。其要义在"结构",其精髓在"情志",其最高境界在"中和",其根本则在结构化、包容性、整体观的思维方式。两千年后,西方结构主义风靡世界,其要义在对西方形而上学传统的反叛和挑战,其灵感来自于列维-斯特劳斯对原始群落的人类学考察与总结,以及索绪尔对语言结构的考察与分析。但是早在与古希腊辉煌文化几乎同时的西周和春秋时期,或许更早,中国文明的结构思维就已结出了"中国"这样的精神硕果,盛开了像《诗经》这样的由"中国/四方"与"风/雅/颂"双环结构被高高地建构起来的耀世花坛。而这一切,我们的祖先,也许没有从专门的科学考察与学问中得到灵感,却从广阔的山河大地、从广阔的国土结构、从盛大的东亚族群共同体的联合与生命共存共荣的仁爱的渴望中,得到了今天我们称之为"实用理性"的大智慧。由此,我们可以进一步指认出的这种"中国"结构化思维方式,乃是中国文明的一种标志与体现。西方现代结构思维模型一般是二元对立方式(如能指/所指)的,而"中国/四方"及其文学变体"风/雅/颂"的思维模型则是一对多方式的。这反映了中国人自古以来就有善于处理大规模地域和众多事物与人群社会的智慧与经验,由大规模和多样性走向包容与整体。当然,中国思维也常常有阴阳等二元对偶变换模式,但它不过是"一多模式"下的一种特殊类型,它与"一多模式"共同构成了中国思维的丰富与健全。这就是面向天下、走向世界的"一个中国",就是这个中国三千年的文学,至今这仍是我们最可宝贵的美丽遗产。不同于西方的仍然不脱抽象思辨性和科学性的结构理论模式,中国的"结构"思维是发生并生长于中国生活中的,是融于中国人民的日常生息和头脑实际运思中的,对中国辽阔大地的区域和整体的"大生活"的感知与把握,使中国人和中国文学仿佛天然地具有结构化的心理素质,至今仍是这个大国人民的生活理念、基本素养和思维方式。也可以说,它也为世世代代的中国人提供了一种中国式的包容与整体的文学生活方式。

今天,我们确信,援用《诗经》所提供的"风/雅/颂"结构,仍可以中国式地来描述当代中国文化和文学,在反思和清理百年西学东渐之后,我们于此仍存连绵不尽的包容性与整体性遐想。

2019年

《木兰诗》的"中国"解读

"木兰从军"是中国传统文化的重要母题之一,在古代诗歌、戏曲和说唱艺术等艺术形式,以及其他社会话语形式中,都有极其广泛的表现。时至今日,作为"木兰从军"母题的源本的《木兰诗》在现代语文教育和社会中更被广泛传播。20世纪末,国际上一部大型动画片《花木兰》在好莱坞被巨额投资包装后又风靡世界,这表明"花木兰"形象所蕴含的文化母题不但能被现代中国语境赋予新的解读,也会被全球化背景下的西方文化所利用,给予西方式的特定解读。而在新世纪,随着中国文化的时运前行,"花木兰"的形象亦被热络不绝地搬上舞台,如大型情景交响音乐《木兰诗篇》、大型歌舞剧《花木兰》、大型杂技故事剧《花木兰》、电影《花木兰》,等等。相比之下,这可能是中国传统文化形象和母题在今天最为受宠的绝无仅有的案例。

在中国文化史上,尽管花木兰形象和主题在小说、戏曲和其他社会话语形式中有很多表现,但其都源自北朝乐府民歌《木兰诗》。① 因此在新世纪解读《木兰诗》这个母题源本,看看我们能有什么发现,或可以对当前的"花木兰"之"热"提供一些解释。

纵观历代文本对《木兰诗》的解读,我们不能不注意到的一个事实

---

① 《木兰诗》非唐代作品而为北朝民歌作品,萧涤非《汉魏六朝乐府文学史》第六编第二章《北朝乐府民歌——附论木兰诗》一文有很充分的论证。参见郭预衡主编《中国古代文学史长编·秦汉魏晋南北朝卷》第504页,首都师范大学出版社2000年8月第2版。

是，它们虽然使《木兰诗》的基本叙事情节大都得到再现，但在理解中又都或多或少、有意无意地偏离了《木兰诗》的"韵味"，或者附加在《木兰诗》上许多后人的附会或理解。其中一个重要的本来的韵味，即民间意味，则被严重地改写或削弱了，所谓"古朴自然"的气象大都损失不少。①如明代大剧作家徐渭的名作《四声猿》中的二折《雌木兰替父从军》②便附会了花木兰功成归来后，与得了朝廷选举科名"校书郎"的文人王郎结成圆满的婚姻，多少有些改味。而木兰的征战对象本来原诗中已说明是"燕山胡骑"，为北方少数民族，但剧中却说成是黑山贼匪，从而成为一种朝廷平息叛乱的战争。除此，该剧中的"裙衩伴，立地撑天，说什么男儿汉"更是发了封建时代花木兰主题的女权式的奇绝之声。在徐渭之后，许多花木兰形象和故事的改写，由于情节附会增多则更容易和更多地成为一个抵御外族，为国杀敌，驰骋疆场的正剧，而女扮男装不过是一个次要的装饰、噱头和看点。到了近代，花木兰又进而成为在西方式的现代民族国家观念下的民族英雄，或者成为女权主义式的中国英雄，而被广泛改编和传扬。这在豫剧《花木兰》、龙江剧《木兰从军》中都有程度不同的表现。在这些主题的意义上，花木兰主题的政治正确和道德正确使其社会功能得到了很好的实现，我们不能说历代这些对花木兰的解读没有道理，但它们都是历史的产物，发生了这样或那样的历史影响，应该说都有其历史思想根源，有其必然的历史语境和理由，大体也是《木兰诗》故事和人物的一个合理的方向。但同时，我们也应看到，在这之中，《木兰诗》还常常被中国政治文化中的"夷夏之辩"中的"夷夏之大防"的狭隘的民族主义话语所释读，视木兰从军所征讨的敌人为北方入侵中原的少数民族叛军，依此则使花木兰的主题自身缠绕了不可克服的矛盾，因为它往往站在大汉族中心的角度而导致狭隘的民族主义，如此便不能在一个宏大的中

---

① 〔明〕谢榛：《四溟诗话》，北京：中华书局1985年版，卷3。
② 宁希元、宁恢选注：《中国古代戏剧选》，北京：人民文学出版社2003年版，第707页。

国文明和大国整合进程中来超越和解释各民族融合中的战争与仇恨,不能从中华民族的大视角来化解历史上的民族纷争与恩怨,而执着单一的抗敌和卫国英雄模式,有时就容易将古代国家和民族语境用现代民族国家的观念加以理解,将古代民族融合的过程等同于现代民族和国家的战争,并将这抗敌英雄情结抽象化,概念化,从而成为一种思维定势,并不去深究其所产生的自身悖论。

我们今天来解读《木兰诗》,应该看到历史上的解读范型虽然有其时代可以肯定的一面,但这些解读对今人来讲还应超越。毕竟21世纪了,中国现代化的文明进步已非昨日可比,这使我们可以更加宽容地文化理解、更加原韵原味地去理解《木兰诗》。况且在全球化背景下,中国在一个充满西方强势文化的竞争格局中,同时又在现代文明的和平与发展的要求下,"和平崛起"的战略意图已经昭明于世,它一方面是不可阻挡的"崛起",必定要求一种富于竞争性的进取心,一种英雄情结;另一方面它又是和平方式的,有着数千年来以和谐为社会理想,与各族各国人民和平友好相处的泱泱大国的文化传统,在尊严、责任的前提下,它必然地要求重新阐发和弘扬中国和平主义的文化传统,把发展和崛起建立在全球视野下的科学发展观基础之上。而作为中国传统的文化母题之一的"花木兰从军",只要我们仔细解读其历史源本《木兰诗》,便会发现一个本真的花木兰,原来正是中国和谐论与和平文化精神的体现,自古至今,中国从来都是在尊严、自律、自爱、责任的前提下和平崛起于世界的,它从来不是一个"帝国"而是"中国",一个自封且自律的、天赋使命的中央之国。我们只有这样去理解"燕山胡骑鸣啾啾""可汗大点兵"和"天子坐明堂"才符合历史真实,这当然是我们在新世纪背景下给予《木兰诗》的重新解读,但却是时代需要的,也更符合《木兰诗》原味的解读。

《木兰诗》是流行于北朝时期的民间故事的诗化形态,是民间诗,因此"古朴自然"成为历代有关它的诗论的一个定评,进而《木兰诗》所表现的"古朴自然"也反映了古代中国民间最为"自然"和"古朴"的民风、民俗和民间的精神。大家知道,南北朝时期是中国历史上民族大融合的时期,尤其北朝多是少数民族入主中原,在北中国,民族融合过程中的战争此起彼伏,充满了血与火,铁马金戈。《木兰诗》中的战争的实际背景正在于此,很多学者指出它所反映的应是北魏与北方柔然军队的战事。而我们的问题是,为什么在这烽火连天的长期的战争洗礼过程中,沉积下来的中国诗篇却不是同仇敌忾的战争血色韵味十足的纯正的战争诗,而是像《木兰诗》这样的生活味喜剧味强烈的诗篇。诚如范文澜等学者所认为的那样,这些战争的性质今天在中国历史的宏观动向和发展规律的意义上,都不可能被局限于具体的民族间的正义与非正义、侵略与反侵略的解释。[1] 如此在我们今天看来,南北朝时期的战争情势主流,只能理解为在更高的意义上,一个有关走向整体中国、宏大中国过程中,一个走向中华民族共同体过程中的必然地发生的由争战而达成融合的历史进程。通过民族融合走向"中国",一个统一和谐的天下国家即"中国"成为南北朝时期历史的主潮。这其间具有重大价值的渗透在各民族的联系中间的"中国"思想便成为最突出的一个特点,[2]这种由"中国"一词所标示的"中国思想"是对战争的超越,在"中国"观念下战争从来都是达成平衡、融合、和平的盛大社会与天下国家的手段,从来不具有受崇拜的地位;"中国思想"的最高意义和使命在于天下休战和人类联合,在于民族间的融合与共同体倾向,在于"天下一家""混一寰宇"的东方理想和大同理想。由此来解读《木兰诗》,我们就可以回答,为什么在那样一个烽火连天的争战岁月,一个连女子都上

---

[1] 参见范文澜:《中国历史上的民族斗争与融合》,《范文澜全集》,石家庄:河北教育出版社2002年版,第10卷,第498页。
[2] 关于"中国"思想或"中国"理念,参见拙文《东北论:中国时空感知下的东北》中的有关论述,载《东北史地》2004年第4期。

战场的时期,它所沉积和锤炼出来的文化诗篇,却有着和谐的喜剧精神。而且,这种"中国思想"是有着和平生存和非攻息战的民间精神基础的,《木兰诗》正是其形象的体现。细读作品,我们会发现,《木兰诗》完全忽略了对战争本身的描写,它仅用"万里赴戎机,关山度若飞,朔气传金柝,寒光照铁衣,将军百战死,壮士十年归"几句便将整个战争过程打发了过去,并不直面战争的残酷,笔调之沧桑弘阔,视野之苍茫宏观,应该体现了一个胸怀博大面对战争而有所超越的中国式的典型思维特征,这里面已经没有多少敌人的凶残、战火的血色、苦难的深渊、死亡的意象,通通都被我们的民间文化创造者们忽略掉了,拆解掉了,颠覆掉了。而他们在做这种事情的时候,所使用的智慧就是发现并津津乐道一个女扮男装替父从军的故事模式,这模式里边既可以有人道伦理关怀的孝道,又可以有为"国"赴边杀敌的正义,在这些安全合理的光环照耀下,又有女子从军的传奇,似乎又构成了一种民间的对正统社会理性的男尊女卑现实的抗拒与颠覆,一种民间价值对正统伦理的心理弥补,以及奇迹般地欣赏和释怀。《木兰诗》正是如此地以一个轻松的"木兰从军"的神话颠覆和解构了紧张而激烈的战争语境,在充满世俗性的喜剧气氛的背后,隐含着不执着于战争追问和转移战斗情结的倾向,其实质还是中国式的和平主义,以及有关国家和人类融合的思考路向使然。民间精神的喜剧气氛,以及在争战频繁年代的世俗价值和生活情调,乐观和承担、澹定和风趣,执着于世俗生活场景和性别角色变换奇迹的扑朔迷离,构成了民间主题中充满悖论状态的真正的复调和对诘。它用世俗情怀和民间生存的乐观同战争政治、国家政治展开了一场对话,一场用女扮男装重新书写的另一种历史观念的对话,这在世界文化中独步古今。它津津有味于"问女何所思,问女何所忆"的"唧唧复唧唧"中的"木兰当户织",津津有味于"东市买骏马,西市买鞍鞯"的仿佛是奔赴重大仪式的置办,津津有味于"开我东阁门,坐我西阁床"的"当窗理云鬓"式的女性状态,以及"磨刀霍霍向猪羊"的世俗欢庆场面,更执迷于"安能辨我是雄雌"的猜谜般的生存迷思和性别情趣追问,所有这些,都表明世俗的欢乐、祥和、达观才是民间生存和思维的真谛,才是《木兰诗》超越朝廷与国家战争思维和民族仇恨的真面目。当然也应看到,这种超越也只能是一种精神的喜剧式的超越,《木兰诗》在现实原则上,还是正视了、服从了"正义战争"的现实,这使它获得了一种现实的正确和合理性。然而,这种现实原则虽为全诗之基础,却终究不是这首诗的精神主旨。

进一步,我们还应注意到,即使从抵御外族或北胡敌人的角度,《木兰诗》也在"夷夏之辩"的大背景下作了不少自我解构。抵御外族的主题似乎作为全诗的一个声势颇大的正题,但这里由于没有了现实社会真实的男子英雄而受到嘲弄,女扮男装的木兰形象虽然使中国英雄得到别具一格的出场,但其奇异的经历毕竟改写了英雄的原本内含,把现实社会男性的雄遒涂抹掉而由"装扮"对全诗的正题作了驾轻就熟的改装,既加强了正题,同时也喜剧化、诙谐化、软化了昂扬的正题,从而形成了超越现实的副题,一个民间世俗精神的副题,而最后,这副题则成为全诗的实质上的正题。木兰从军,因为"阿爷无大儿"而成为一种无奈和迫不得已,这当然是一种中国古人的人道化的前提,因此它必须装扮成男性,而女子的装扮并取得与男儿一样的胜利,更加强化了英雄的主题,并可以得出"谁说女子不如男"的女子豪迈结论。但这个主题强化和女子豪迈的背后却是喜剧化、诙谐化、软化了的英雄主题,因这其间毕竟通过一个不可忽略的风趣的"装扮"环节。而经过"装扮"的英雄实质上已是民间的英雄,体现了隐含在正统典型英雄形象底下的民间英雄的实质,里边已加入了英雄木兰自己的民间生存、世俗生活的考量。让宏大而酷烈的战争题材和英雄主题由于"女扮男装"而变成了民间叙事的非正统性,一个虚化的战争和一个改装的英雄创造了一个全新的历史情境,这在本质上就是某种民间化了的"中国"思维在更超越和更高的、天下一家的、人类融合联合的原则作用下使然,在这种思维原则之下,所谓夷夏战争和民族英雄都可以从生活和历史的沧桑中、从大中国和天下观的宏阔中看得轻一点的,并不具有绝对的价值,而民间生存的欢乐,人生的入世和通达,建功立业的平凡化才是在日常中实实在在的。因此木兰诗并未把"归来见天子","赏赐百千强"作为一个局限于国家主题和夷夏之防主题而终结于此,而是将归家团圆、欢乐的世俗民间作为木兰的归宿,用意是很深,也很智慧的,是它千百年来惹人喜爱的真正原因。而古今一切将花木兰从军母题仅仅归结为抵御外敌、报效朝廷国家的结局,都不过是对《木兰诗》源本的肤浅化、简单化,没有得其民间精神之髓。

　　此外,如果我们再细究,木兰的女子形象在诗中并不能作为汉民族的女英雄,诗中的木兰活动于北方民族入主中原的时代,"可汗天子"并称也透露了所表现的内容当在北魏之时,而一个很有少数民族姓氏色彩的性格开朗健旺的女子花木兰,其拓跋鲜卑族女人的形象则是可以被指认的,[①]如此,花木兰本非汉族女英雄,但我们后人一直把她看作中华民族的女英雄,其原因就在于中国历史的大趋势是建立在民族融合基础之上的。所谓中华民族,正是东方的一个大国民族的共同体,它自然要超越某些单一民族的纯粹性、偏执性的理念,而实现着东方民族的融合和联合,以和谐、和平的精神而共处一体,这是我们把花木兰从来都作为自己的英雄人物,作为中国英雄的原因,因为花木兰的所作所为,只有在一个中国社会融合和中华民族融合的大理念和大背景之下才可以有其合理的价值定位。《木兰诗》为汉语民歌,从诗中反映木兰的生活情景和习俗看,当

[①] 如《柳亭诗话》中即认为"称其君为可汗,志其地为黄河,必拓跋氏之世也"。明杂剧《雌木兰替父从军》、清代通俗小说《北魏奇史闺孝烈传》等,在改编时都将木兰故事中的朝代定为北魏拓跋之时,"可汗"即拓跋"可汗"。

此北魏时期,木兰的生活已相当汉化了,北魏中后期,拓跋鲜卑政权推行汉化政策,宣布通用汉语文字,民族融合迅速而彻底,因此《木兰诗》所反映出来的民族融合色彩,就易被我们指认成汉族的生活情景。而"女扮男装"在本质上的"游戏化"倾向,则化解了神圣的紧张,从而带来人生和存在的舒缓,千百年来,我们的中华民族从中受益匪浅,扩大了我们的胸怀,培养了我们民族的乐观性格,执着于生存安宁的性格、世俗生活的性格,同时,也是一种独特的中国英雄性格。

如此,穿越历史时空,古老的《木兰诗》在新世纪仍向我们、向世界昭示着什么。

2016 年

中国"生活"概念的历史解说

"生活"概念在新世纪以来中国思想观念中日益显示出重要性。我们从上世纪 80 年代以来的迫于严峻的"生存"压力而全民奋斗,到近年来因经济崛起而关注"生活"状况并重新思考生活方式、生活质量及幸福的含义与价值,生活意识的兴起成为引人瞩目的现象。从流行西方形而上学方式的康德哲学的主体性观念,中经柏格森的生命哲学及存在主义的"生存"反思,到对反形而上学传统的现象学的"生活世界"、西方马克思主义的"日常生活哲学",乃至对后现代主义的"身体哲学"的倾心研读,"生活"逐步扮演起了思想界"关键词"的角色。但生活观念又是一种体现独特中国经验、中国价值的意识形态,因此在中国语境中如何说出和界定汉语词"生活",尤其如何从历史的观念发展的角度梳理汉语"生活"概念史,就成为首先要弄清的问题。本文试图从"生""生生""日用"以及"民生""人生"等概念与"生活"概念的共生与歧义的语用关系来切入这个问题,并历史地说明"生活"概念之所以在 20 世纪中国的兴起。

以"生"释"活"

应该承认,抵达"生活"概念的语言源头具有某种难度。

在这个词的构成中,"生"固然是前提,而"活"才是词义重心,是该词欲在"生"之基础上表达的新添加的语义。也正因为强调了"活",所以这个词才似乎总也站位不高,处于"生"的底层,进而导致对其长久以来的压抑和歧视。似乎由于"生活"一词中永远不得超度、不得升华、不得剔除的日用常行、欲望俗念、感性情态等关于"活"的因素,便带着不可宽恕的"原罪",难登大雅之堂,并难以获得更高级形式的价值首肯,尤其不能取得人类几千年文明所形成的"形而上"学的尊崇地位。

但这个中国汉语词正是以如此的方式和"伟大"的"生"建立了永不可分的联系。在某种意义上说,"生"正是"生活"一词的直接的真正的语义源头。"生活"一词无疑是从"生"的概念中首先派生出来的。如果生是伟大的,那么生活也许就是可以救赎的。"生活"一词首先因"生"而生,而不是缘"活"而来,这一基本估计源自于对于中国古代先哲思维方式与生活追求的精英文化方式的体察。我们可以想象得到,在上古,人类自我意识初萌,原始思想赖以生发、积累并传承下来,首先得依靠原始部落上层人员(部落酋长、巫职人员等)及其着眼于原始群落整体利益的诸活动,因此精英理念和色彩将是不可避免的,而"生"恰恰是一个带有浓厚的人类主观意识色彩的词汇,相较于在"生"之后(即出生,或有了生命之后)更为客观状态性质的"活",它更注重对生的原发性、积极性、高贵性、活力性的价值肯定,除了有出生、生命与生存之义,也可以包含活或者生活之义;而"活",不过是有了生、生命、生存之后的维持过程,它似乎依托于生,从属于生,可以被生"一言以蔽之"。强调"生"这一概念对原始人群尤具有重要价值,万物生命的出生与生长现象首先让他们瞪大双眼,成为最为深刻的体验和思维描述的对象,带有永恒性的价值,而暂时他们还不能深入到更为短暂易逝的"活"的具体过程;他们身上的自然属性还更突出,还不能更有力地把握自身命运的"活"的过程;他们往往忽略或看淡"活"的过程,而自然性地更看重"生",自然性地把所有的"活"都投入、依附于"生"。而只有随着人类社会生产力水平的逐步提升,有关"活""生活"的价值才会渐渐浮出水面,得以展开并变得越发地重要。这些情况想来是可以理解的。

因此欲解"生活"一词,则应先解"生"。

从汉语语源的角度看,作为象形、会意字的"生",其起源肯定要比形声字"活"早得多。甲骨文中几乎没有"活"字踪影,却有多处"生"的材料。而且甲骨文材料中的"生"不仅表示"像草一样从地下生长出来之形"[1],还用作动词,有"活""生长"的意义,如"不其生"(《甲骨文合集》904);用作表示状态的形容词,有与"死"相对的"活的"意思,如"生鸡"(《殷墟文字乙编》1052)、"生鹿"(《殷契萃编》951),即表示活的鸡、活的鹿。[2] 可见在"活"之前,先人是用"生"来兼表"活"义的,这一传统后世也一直延续,著名的例子如"未知生,焉知死"(《论语·先进》),"生亦我所欲,所欲有甚于生者,故不为苟得也"(《孟子·告子上》),就是如此[3]。

正是因为社会生活的日益丰富复杂,才使人们在生长、生育、生命等语义之外有单独表达"活"的需要。而这些众多语义在中国古代最早都是用同一个"生"字来表示的。当同一个"生"字不足以表达更多的意涵时,便有另外的专词表示法,"活"或"生活"应运而生。因此,所谓"生活",就是"生"之"活",第一,"生"同时就是"已活",第二,又是"生"(出生)之后续的"活";就二者之间的关系而言,"活"没有"生"不成其为"生活",而"生"若没有"活"却仍可以表达出活或生活之意。

尽管如此,"生活"一词的发明和产生仍然是划时代的,它表明了人类对自身"已生"之后的存活状态的更大关注。这个"活"字,今天我们"望文生义"地读来,从水从舌,似是在表达万物生命之活下去与水的渴

---

[1] 参见赵诚编著:《甲骨文简明词典——卜辞分类读本》,北京:中华书局1988年版,第279、365页。

[2] 参见赵诚编著:《甲骨文简明词典——卜辞分类读本》,北京:中华书局1988年版,第279页、365页。

[3] 参见朱熹:《四书章句集注》,北京:中华书局2003年版,第125、332页。

望之间的依托关系①,于此可见活下去的渴望与追问是越来越具体了。这是社会生产力和文明日益发达后,活的意识、生活意识萌萌兴起的需要和表现。在这里,一个"活"字,不仅可以更具体传神地表现"生"的本真状态,而且可以赋予"生"更多的展现空间、更多内容和意义;"活",将给"生"以更多现实性、价值性,给一个生命单位以生存时间的长度和内容质量的价值尺度,给生命生存以实现自身的更多表现途径。

我们注意到,在《诗经·邶风·击鼓》这首诗中有两句诗:

死生契阔,与子成说。

于嗟阔兮,不我活兮。②

这是描写一对恋人的生离死别的倾诉诗句。前一句用"生"与"死"相对,是"活"的意思,但这"活"是超越了的一般性的叙述明理;而后一句就不同了,它直接使用"活"这个词,出示了更加剧烈而痛楚的与自己身心密不可分的感受,简直是情感的喷薄而出,呼天抢地,而且"不我活"即不与我生活③,可见后句直接出场的"活"的意味与前句中的"生"是有差异的,它不是与死相对的一般性的有些抽象的"活",而是感叹不能相依的更为具体感性中的"生活"。这是我们看到的在较古老的一首诗中"生"与"活"同义使用但又情绪意味微妙差异的例子,或许可以从中看出一点汉语思维从生到活、生活的演进痕迹。

看来仅有"生"已不敷使用,生必然要延伸到生活。而如何认识和阐发这个古代可以释为"活"的"生",对于我们认识和阐发"生活"至关重要。正是在古人将生命的情思几乎都灌注到了"生"上去之后,才有了中

---

① 《说文》中释"活"为水流之声,隐喻一切如潺潺流水般的活动过程与状态,也很贴切。参见段玉裁:《说文解字注》,杭州:浙江古籍出版社2004年影印版,第547页。
② 《十三经注疏》,上海:上海古籍出版社2007年影印版,上册,第300页。
③ 汉代《毛传》云:"不我活即不与我生活也。"(《十三经注疏》,上海:上海古籍出版社,2007年影印本,上册,第300页);又宋人严粲《诗缉》卷三注云:"叹从今之间阔,不得相依以生活也。"(《影印文渊阁四库全书》本,台北:商务印书馆1983年影印本,第75册,第51页)

国思想与哲学的浓郁得化不开的底色,乃至我们要将这"底色"按现代新儒学大家梁漱溟的说法将其称之为"人生哲学"。梁漱溟说:

> 就是以生活为对、为好的态度。这种形而上学本来就是讲"宇宙之生"的,所以说"生生之谓易"。由此孔子赞美欣赏"生"的话很多。……这一个"生"字是最重要的观念,知道这个就可以知道所有孔家的话。孔家没有别的,就是要顺着自然道理,顶活泼泼顶流畅的去生发。他以为宇宙总是向前生发的,万物欲生,即任其生,不加造作必能与宇宙契合,使宇宙充满了生意春气。①

"人生"即人的生活、人的一生。梁漱溟这段话赞美和阐发了儒家的"人生哲学",是从一个"生"字起始的,并且是由这个"生"启发、导致了"以生活为对、为好的态度",由生通向了生活。同时,这个"生"的"顶活泼泼""生意春气"等状态的性质也唯有用一个"活"字来表达。后来另一位现代新儒家代表人物方东美则更直接地以"生的哲学"来说明这种"人生哲学"背后的本体论、宇宙论表述。方东美说:

> 根据中国哲学,整个宇宙乃由一以贯之的生命之流所旁通流贯……所有生命都在大化流行中变迁发展,生生不息,运转不已。它是一种途径,一种道路,足以循序渐进,止于至善;这创进不息的历程就是"道"……正是大道生生不息的创进历程,蔚成宇宙的太和次序。②

在方氏笔下,这是将"生"置于一种宇宙观和本体论地位的说法。但这个"生"的宇宙观和本体论中并没有否定"活"、否定"生活",而毋宁说,它就建基于作为"生"的存在状态的"活"的性质之上,此处的与

---

① 梁漱溟:《东西方文化及其哲学》,载中国文化书院学术委员会编:《梁漱溟全集》,济南:山东人民出版社1989年版,第1卷,第448页。
② 方东美:《中国人的智慧》,载刘梦溪主编,黄克剑、王涛编校:《中国现代学术经典·方东美卷》,石家庄:河北教育出版社1996年版,第357—358页。

"死"相对并举的"生"除了可释为"出生"之外，自然亦可释为"活"，且其主要的含义就是"活"。"生"必然意味着"活"的状态，它是对"活"的没有否定、没有脱离的抽象和超越，它让"生"出场，而令"活"暗随，"活"是没有出场的出场。中国古代思想正是发挥了"生"这一既表示"活"义同时又能指向生命状态和出生之象的优势，使原始儒家和道家的思想均以"生"为认识的起点。在这里，"生"无疑首先是出生、产生，但"生"了什么？是一种自然永恒的"活性"即生命性蕴含其中、生发出来：

有天地，然后万物生焉。①

天地之大德曰生。②

天何言哉？四时行焉，百物生焉，天何言哉？③

天下万物生于有，有生于无。④

道生一，一生二，二生三，三生万物。⑤

有感于"生"，认识和阐释"生"，一切的始基都源于"生"，"生"是"活"的意义表达，是中国哲学和思想的基点，是处于万物链接的关键环节。以此入手，向上下左右四外开辟思维路径，因"生"而遂有道、德、无、有、仁、性、情、命、心、物、天、地等核心概念的推衍与阐发，形成各自与"生"的语义关联，构成一个以生为基的网络体系，如：

天道荡荡守大无私，生万物而不知所由来。⑥

万物含生。⑦

---

① 《周易·序卦》，《十三经注疏》，上册，上海：上海古籍出版社2007年影印版，第95页。
② 《周易·系辞下》，《十三经注疏》，上册，上海：上海古籍出版社2007年影印版，第86页。
③ 《论语·阳货》，《四书章句集注》，北京：中华书局2000年版，第180页。
④ 《老子》第40章，朱谦之：《老子校释》，北京：中华书局2000年版，第165页。
⑤ 《老子》第42章，朱谦之：《老子校释》，北京：中华书局2000年版，第174页。
⑥ 《孟子注疏·滕文公上》，《十三经注疏》，下册，上海：上海古籍出版社2007年影印版，第2706页。
⑦ 《列子·天瑞篇》，载杨伯峻：《列子集释》，北京：中华书局1985年版，第8页。

> 天者施生。①
> 情生于性。②
> 有无相生。③
> 生之谓性。④
> 生之所以然者谓之性。⑤

以及如"生命""生情""生理"(宋明理学表述生之道理的专门术语)这样的概念,仁、心、德等概念都因"生"而跃动活泛起来,成性滋生,从而阐释仁、心、德如何"生"便成为大的学问。最后,一个取得了抽象思维水平的具有形而上超越性和宇宙普遍性的含"活"之"生",便由"生"而趋向哲学思维的本体论,趋向为"生之哲学"的"广大而和谐"⑥的话语体系。

在此我们想指出的是,这种"生之哲学"似乎也可以看作是中国最早的有关"生活"的哲学。这里的"生"并不单纯地指"出生",或专指"生命、生存",它在很多语境下是包容了"活"之义的,自身带有与"生活"概念相融通的管道。在今天现代中国文化语境中,"生活"概念正是从这种古已有之的崇拜"生"的精神中获取了崇高的滋养,从而在处理"生活"一词时能够在坦然面对其日用常行、情感欲望的一面并不忘给其注入"生的哲学"中的理想性、超越性、方向性,使其从中国古老哲学中获取更积极、深邃而平衡的养分。20世纪后半叶中国最重要的小说家余华用著名的长篇小说《活着》为"活着"作了坚决的辩护,他形象地表明人只有活着

---

① 班固:《白虎通·封公侯》,载陈立:《白虎通疏证》,吴则虞点校,北京:中华书局1994年版,第132页。
② 荆门市博物馆编:《郭店楚墓竹简·性自命出》,北京:文物出版社1998年版,第179页。
③ 《老子》第2章,朱谦之:《老子校释》,北京:中华书局2000年版,第9页。
④ 《孟子·告子上》,朱熹:《四书章句集论》,北京:中华书局2000年版,第326页。
⑤ 《荀子·正名篇》,王先谦:《荀子集解》,北京:中华书局1988年版,第412页。
⑥ "广大而和谐"的生的哲学体系,是方东美对中国古代"生的哲学"体系的说法,参见《当代新儒家八家集之五·方东美集》,北京:群言出版社1993年版,第196页。

才有意义,能够持续地承受苦难维持着活下去,够得上是人真正的尊严。另一位诺贝尔文学奖获得者莫言的小说《生死疲劳》所表达的"生死"的真正意涵,其实也可以通俗地称之为"活着",一方面是生的轮回,另一方面则是活的无尽的苦难。他们都不约而同地在为"活"正名,肯定活的价值,用"活"反过来包容生、阐释生。在思想界,哲学家李泽厚更是坚定而鲜明地将自己的学说标榜为"吃饭哲学",是基于"活""人活着"的哲学。没有活的长度、价值,就谈不到生命、生存;否定活,其实质也否定了生。如果说生是活的一个抽象,那么活就是生的现实性存在,因此有关"活着""生活"话语在20世纪末叶中国文化中的兴起,也可以视为古老的"生之哲学"的一个现实性的继承和革命性的发展。

而且,我们还注意到,正如美国汉学大师本杰明·史华慈所指出的那样,中国哲学中并没有像西方思想中的那种典型的化约主义,即把世界最终还原为一种物质、一个原子,或者一个抽象形式的概念,如柏拉图的"理式"。中国哲学运用宇宙关联性思维,专注于那些过程中的中间性的关键结点,而这个最主要的关键结点便是"生"。它围绕这个繁殖性的"生"描绘出一幅整体性世界图景,"生"不是制造或创造,而是先在的存有和发出。[①] 依此认识,中国哲学实质上总是运用诸如道、天、地、气这样的不脱意象图式地来把握世界,并配以"生"这样的处于关联环节且具有流动性、活力性的可以通向真实世界/生活世界的概念来加以定位和阐释,具有自己独特的形而上学方式,它尤其注意关注"过程"而不是固定的"终极",关注它们由"生"所编织的相互"产生"/"生产",而关注这"过程",对人和万物生命感知而言其实就必将指向并关注到"生活"。

由此我们发现,古代儒家学说在抽象出来一个"生"用以表明天地化育之大德的原理之后,很快地就将这个"生理"(即生之理),将这个生之

[①] 参见[美]本杰明·史华兹:《论中国思想中不存在化约主义》,见许纪霖、宋宏编《史华兹论中国》,北京:新星出版社2006年版,第28—42页。

理的产物"生物"(即生命之物),转换聚焦到了诸如仁、义、礼、智、信等有关人如何"活"的过程和内容上去,儒家所谓"未知生,焉知死""死生有命,富贵在天"[①]"生亦我所欲""活是天理,死是人欲"等名言[②],所谓"天地之大德曰生"并由这个"生"对"天地大德"的自我反思就会有"仁"、有"礼""义"等生活德性之要义的生发,这些过程中的"生"的实际指向和真实内容都是"生活",其过程存在于家、国等世俗生活场所,大都透露出"活"的要义。因为此时的儒家已很少将"生"限定于出生之"生",或只关注出生之"生",而更关注作为与"死"相对的"活"之义的"生"。其表面是在死的对立面抽象地论生/活,实质上,仍注目于实用伦理人生,即人的现世生活,所谓儒家是"入世的"之说,正解在此。接着这种思想走下去,先秦儒家的集大成者荀子提出"贵生":"人莫贵乎生,莫乐乎安,所以养生安乐者莫大乎礼义。"[③]这里,贵生、养生之生应释为活、生活,只是荀卿最终还是不忘将贵生、养生与礼义结合起来,最为儒家本色。

道家亦如此。尽管老子在一种独特的形而上学意义上很抽象地谈论着"生",像"道生一,一生二,二生三,三生万物","万物生于有,有生于无",但他最后还是要将这个"生"落脚到"活"的命义上。他提倡"莫若啬",啬即节制、节欲,说只有如此才是"可以长久"的"深根固柢"的"长生久视之道",从而提出"长生"这样的着眼于"活命"的命题[④]。他于此还提供以天地为榜样的解释:"天长地久,天地所以长且久者,以其不自生,故能长生"[⑤];提供以平民百姓通达知命的生死观为榜样的解释:"人之轻死,以其求生之厚,是以轻死。夫唯无以生为者,是贤于贵生"[⑥]。此处的"不自生""无以生为"都是不追求生活享受,不主动有为而是顺应自

---

① 《论语·颜渊》,《四书章句集注》,北京:中华书局2003年版,第134页。
② 黎靖德编:《朱子语类》卷97,北京:中华书局2007年版,第7册,第2491页。
③ 《荀子·强国》,《荀子集解》卷11,北京:中华书局1988年版,第299页。
④ 《老子》第59章,《老子校释》,北京:中华书局2000年版,第239—242页。
⑤ 《老子》第7章,《老子校释》,北京:中华书局2000年版,第29页。
⑥ 《老子》第79章,《老子校释》,北京:中华书局2000年版,第293页。

然地活着,是比儒家简单地直奔"贵生"要好的活法。庄子也是如此。他同样抽象地谈"生""活",其特色在"超越",在"齐死生",他说"生死存亡之一体"①;"古之真人,不知悦生,不知恶死"②;"生者,假借也;假之而生者,尘垢也,死生为昼夜"③;"聚则为生,散则为死,若死生为徒,吾又何患?"④这里,死生如昼夜相连,如徒走相继,如气之聚散无形,如假借的虚凭之实质,都是一个意思,即在与死亡相对的抽象意义上来谈论"活",告诉人一种不悦生、不恶死的超脱活法。但也是这同一个庄子,却流露出强烈的维持保全生命的活的欲望,看似是多么的矛盾:"为善无近名,为恶无近刑,缘督以为经,可以保身,可以全生,可以养亲,可以尽年。"⑤张岱年评价道:"这才是庄子的真正愿望,所谓不知悦生,不知恶死,不过是退一步的解嘲之词而已。"⑥20世纪高调的乌托邦生活思想曾批判庄子哲学为"活命哲学",想来也是有所由来的,只是我们并不能同意极左思潮对庄子之学的贬损诋毁之义。庄子还说:"吾生也有涯,而知也无涯,以有涯随无涯,殆矣!"⑦这句话中的"生"就明确地表示"活"的意思,是"一生""人生",即一段完整的生命之"活"的历程,它因其明确的边界性"有涯"的表述,而通向现世生涯,亦可释为有限时间有限生命的"生活";至于"殆矣"的警示,则更是直接指向对活的首要性的趋利避害式的重视与保全。道家的生活思想流风所及,便有后来依附于道教的"养生"学说及所谓的"贵生之术",贵生之术中又有全生、尊生、亏生、迫生、逆生、顺生、长生等说法⑧。道家的"生"的抽象思辨于此彻底地蜕变为"生活"之术,

---

① 《庄子·大宗师》,《庄子集解》,北京:中华书局1987年版,第62页。
② 《庄子·大宗师》,《庄子集解》,北京:中华书局1987年版,第56页。
③ 《庄子·至乐》,《庄子集解》,北京:中华书局1987年版,第151页。
④ 《庄子·知北游》,《庄子集解》,北京:中华书局1987年版,第186页。
⑤ 《庄子·养生主》,载王先谦:《庄子集解》,北京:中华书局1987年版,第28页。
⑥ 张岱年:《中国古典哲学概念范畴要论》,北京:中国社会科学出版社1989年版,第148页。
⑦ 《庄子·养生主》,《庄子集解》,北京:中华书局1987年版,第28页。
⑧ 参见《吕氏春秋》贵生篇、重己篇,许维遹:《吕氏春秋集释》,梁运华整理,北京:中华书局2010年版,第38—42、19—24页。

同样走向了"贵生",不仅在生活性上与儒者的"贵生"殊途同归,而且其活命长生的心愿更有过之而无不及。

总之,中国古代有关"生的哲学"的实质并不能看成是与今天我们所谓的"生活"概念相悖的一个观念,它毋宁就是今天"生活"思想的真正来源之一。如果依思维惯性将超越性的伟大的"生"与现实性的日常无所不包无所不在的"生活"对立起来,并不符合中国思想的实际。在中国并不存在西方式的那种超越性的生命、生存、生活,及其与所谓的"日常生活"的严重对立。20世纪中国新儒家如方东美等综合西方现代学术方式以及康德、柏格森等西方哲学思想发掘打造的新的融儒道释学说为一体的"生生哲学"的庞大体系则属于现代学问,又当别论。如前所述,并不线性追问终极实在的中国宇宙性关联思维将目光聚焦在过程性的动态节点上,因此能够将"生"推向把握世界的包含万有的深广概念的地位。也正因如此,这个中国的"生"也始终既是形而上学方式的,同时又是不脱意象不脱过程不脱宇宙自然背景的,也自始至终未完全脱离现世生活,其超越也只能是"活/生活"之中的超越。一是大多时候古代思想中的"生"都在与死相对的抽象意义上表示有关"活"的意味和思想,指向生活状态;二是在精英话语方式下,也不断地露出直通生活的"马脚",既包容生活思想在"生"里边而又不无表意的局限,容易将出生之生、生命之生、生存之生与生活之生混淆不清。最终,由于古代生活语境所致,古代先贤始终不愿意或很不习惯或很少说出"活"字,这既是具有话语矛盾裂缝的历史的真实,却也不妨碍我们将"生"的实质看成是某种生活哲学、生活思想性质的,一定情况下可以是生活概念的一种古代别样的表示方式。

当然,"生"之可释为"活",通向"生活",这一点在现代汉语中依然如故。只不过,我们应在现代汉语语境中充分尊重"生"在古代文化和思想中所建立起来的仿佛涵盖广大的语义整体性,"活"不过是古代之"生"的众多语义中的一种,因此可以"以生释活";但往往反题并不成立,我们不能反过来用"活"很好地解释古代文化和思想中丰富而广阔的形而上与形而下兼而有之的"生",以及"生的哲学",如果我们一定要这样做,那就只能启用经过现代性话语锤炼过的已经建立了新的语义整体性的"生活"概念,从古代的"生"的整体性走向现代的"生活"概念的整体性。这是一条清晰的文化之路。"生活",是生与活的意义兼得的状态。

从"生生"释"生活"

然而,在中国古典文化语境和思想体系中,这样广大而和谐的具有整体性语义系统的"生",还是不够的,它还进一步地延伸发展为"生生"。而我们的问题是,为什么"生"的语义演化发展没有指向"生活",而是指向生上加生的"生生"呢?

生生,在较早的古代文献中主要有两个出处,表现为两种倾向的"生生":

一是倾向于较为实际的生计的"生生",如《尚书》盘庚篇中的三处"生生":"汝万民乃不生生"(即:你们万民如果不去谋生)、"往哉生生"(即:去吧,去谋生吧)、"无总于货宝,生生自庸"(即:不要聚敛财宝,要经营民生以自建功勋!)[1],这里"生生"的前一个生为动词,生生连用即谋生、以生营生,或所有的民即万民之生生、众生。

二是倾向于更为抽象地表达的"生生",即生之又生,生生不已。因此有着原始儒家因素的《周易》才说"生生之谓易",才说"夫易广矣大矣",是由天所启发的"大生"和地所启发的"广生"[2];因此道家才说"杀生者不死,生生者不生"[3],道家的"不生"之境的虚无正是从背面呈现的

---

[1] 《十三经注疏》,上册,上海:上海古籍出版社2007年影印版,第171—172页。
[2] 《周易·系辞上》,《十三经注疏》,上册,上海:上海古籍出版社2007年影印版,第78—79页。
[3] 《庄子·大宗师》,《庄子集解》,北京:中华书局1987年版,第61页。

"生生"视界,实际上并不否定生生,承认了生生才能肯定不生。

这些曾经称为"易"或"齐物"的话语体系所表达的"生生"思想同样构成了中国古代"生的哲学"的重要部分,或称"生生之道"更确切。而将《尚书》的谋生之"生生"与《周易》中的生生不已、与死相对的"活"的"生生"统合起来,也即后世王国维所谓中国的"生生主义哲学",此一语道出了中国古典哲学的某些主要特质。

"生生"是汉语言的"重言"方式。为什么要以重言方式说"生生"?"生生"既是以生养生、谋生,又是生之又生、连续不断的生,是由最初的"生"之命名来概括表示其后的所有,是可以囊括各个之生、所有的生。由这重言方式的"生生"一语,我们体会到了一种"广大":一是"生生"是广阔的空间存在维度的"万物生",它包含着"人生"(即"人物之生",人也是万物之一种);二是"生生"呈现一种时空中绵延的生命之流,生生不息,活动变易不已;三是"生生"的蕴含和语境使天地万物以道为本形成可感知的一个整体,即普遍的连续体;最后,生生又是由谋生所得的万民生计行为的概括,专注于人生、民生、万民之生。从此中可悟出,"重言"乃是汉语思维的一种哲学表达方式,语言本身生成哲学。"重言"是一种直接性生成的由最初的命名表示万有和一切的独特的抽象、概括、综合方式,以名词重叠相加,其中前一个名词可转换用作针对后一个名词的动词;或者,两词叠加,表示囊括这个名词之范围内的"各个"与"所有",这表现出汉语的智慧、原始的机趣、直觉思维的通透。如亲亲、人人、物物,如老吾老、幼吾幼等,都是很好的例子。

"生生"的重言方式,将再次引发我们关于中国哲学的精英超越性话语体系的思考。汉语(汉代以前其实称华夏古语更妥)书面语在其最早创造之时,有仓颉造字的传说。它暗示我们,汉语书面语最早的创生与一批知识精英即观象占卜的巫史密不可分,是他们为华夏族群呈现了最初的语言文词图景中的世界,"近取诸身,远取诸物",深刻地影响甚至选择性地提供了对天地万物的符号观察与体悟,一种精英文化的方式和形而上的思想趋向是很自然的,留下了深刻的印迹。它极大地提高了中国上古文化和思想的形上学水准,标志着中国文明的成熟和精致。像"生"这样的语词概念能以象形会意字的形态表达动词性的"生长"(谋生)和"活"等较为抽象的意义,已足见上古华夏语言的思维水平。尤其像我们在先秦典籍如《周易》中所看到的那样,以"生"与"生生"为重要基因构成的中国哲学的话语方式和思维方式,其宇宙本体论、自然观、人性论所达到的高度,至今仍然让我们感到神秘和仰慕。而如《尚书》那样的生民、众生、谋生、民生之"生",以及其间所表达的民生政治意识和吁请,同样令我们感到肃然起敬。《尚书》中的"生生"虽较之《周易》话语中的"生生"似乎更具体、实在,但同样是政治精英式的,是从国君和朝政的高处俯瞰而抽象概括表达的万民之生。我们没有确切的证据说中国文字形成的早期(如甲骨文字时期)在"生"之外还有没有对"活"或"生活"的直接的表示符号,但从"生"扩展到"生生",其间更多精英文化的形式意味却让人隐约可见——也许上古时的"活"的民间性口语性的直白浅显使其一直沉潜在语用底层? 也未可知。我们更为直截了当的问题是,为什么从"生"直接重言式地孳乳产生出重言式的"生生",而不是"生活"? 在此,我们注意到,其一,后世"生"还表示那些有才学之人、读书人的通称,即懂生之意义的人,精英色彩很浓,《诗经·小雅·常棣》有"虽有兄弟,不如友生"[1],《史记索隐》记载"自汉以来儒者皆号生,亦先生省字呼之耳",[2]这颇可玩味;其二,"生生"用了两个生表示生之两个阶段,其前生为源、后生为流,是专注于精英方式的,其连用便直接呈现出"生命之流"这样的超越性语境,而避免了从"生"下降到百姓民之生的"活"层面上去——直到宋代,也许是时代需要,朱熹才对两生相迭用的情况做出了

---

[1] 《十三经注疏》,上册,上海:上海古籍出版社2007年影印版,第408页。
[2] 《史记·儒林列传》,北京:中华书局1963年版,第3118页。

"生活"性的解释,从而接通了自《尚书》中"生生"所开启的"民生""谋生"思想。他在解释《论语》"人之生也直章"时说:"或问云:上生字为始生之生,下生字为生存之生,虽若不同而义实相足,何也?曰:后日生活之生,亦是保前日之生,所以人死时此生便绝。"①这里的生的两个阶段意涵,就被朱熹解释成为"谋生计"的"生活之流"了。

由这种"生生"重言的"生生哲学"话语方式,形成了中国的形上学传统,精英文化的超越性姿态十分明显。在这个被超越性阐释的"生生"的大化之流图景中,已似没有"生活"概念的位置,在抽象意味浓重的两个"生"之间,"生活"被超越而隐没不见。这是精英视角超越姿态的"不见"。这是我们所见"生活"一词在古代备受压抑的奥秘所在。然而,我们从"生生"重言这一方式中隐约可见,一个"生"可能仅表示出生、生长,扩而言之则才有生命、活与生活之义,而"生生"重言,则表意重心在"活",是"生"之后的存活、生活,以及生物生命界芸芸众生之活,进而是先有先在的生命活力的表达。这种精英方式的不肯说出"活"或"生活"的表述方式,其实也有实在、实有的"生"或"生生"的客观现象学描述的意义方面,而且重言方式的"生生"比单字词"生"能更好地呈现其现象观察与描述的一面,据此,我们不仅能够贯通性地以"生"释"活",更能以"生生"释"生活",只不过传统的精英表达方式有其利弊而已。而且,就实际情况而言,我们相信在实际生活中"生活"概念就像日用生计一样一直默默地存在着。

在宋朝之前,我们能查到的少量"生活"用例大都存于史书所记录的人物对话口语中,由此可见"生活"一词的民间且低端处境。如:

《汉书·萧望之传》:老入监狱,苟求生活,不亦鄙乎?②

---

① 黎靖德编:《朱子语类》(卷32),第3册,北京:中华书局1987年版,第813页。
② 《汉书·萧望之传》,北京:中华书局1964年版,第3288页。

《宋书·索虏传》：复何知我鲜卑常马背中领上生活？①

《魏书·胡叟传》：我此生活，似胜焦先。②

《魏书·祖莹传》：文章须自出机杼，成一家风骨，何能共人同生活也。③

在知识精英话语中，突出的有两例应予提到。其一，《孟子·尽心上》：

民非水火不生活，昏暮叩人之门户，求水火无弗与者，至足矣！圣人治天下，使有菽粟如水火。菽粟如水火，而民焉有不仁者乎？④

其二，董仲舒《春秋繁露·人副天数》中说：

观人之体，一何高物之甚而类于天也？物旁折取天之阴阳以生活耳，而人乃灿然有其文理。是故凡物之形，莫不伏从旁折天地而行，人犹题直立端尚正正当之，是故所取天地少者旁折之，所取天地多者正当之。此见人之绝于物而参天地……⑤

孟子是文献中首用"生活"概念的第一人，他这是思想表述话语，同时也是讲学性质的口语状态，是在饮食水火的民生价值上来谈"生活"，将生活定义在百姓民本的意义上；而董仲舒则在生物的水平上来言"生活"，将生活定义在"万物生"的水平上。董的这句话的矛盾在于一方面极力阐释"人绝于物""高于物"的类于天、参天地的区别，另一方面并没有将人从生物界中绝对地抽离出去，"类于"或"参"的性质并没有否定人与物同一的生活性基础，人是生物之一，凡生物者都要"生活"。不过他

---

① 《宋书·索虏传》，北京：中华书局1974年版，第2348页。
② 《魏书·胡叟传》，北京：中华书局1974年版，第1151页。
③ 《魏书·祖莹传》，北京：中华书局1974年版，第1800页。
④ 朱熹：《四书章句集注》，北京：中华书局2003年版，第356页。
⑤ 苏舆：《春秋繁露义证》，钟哲点校，北京：中华书局1992年版，第355页。

看低和压抑"生活",试图不用"生活"而用"天"来定义人的意图却是明显的。

压抑生活概念,将其定义在百姓日用或生物学水平上,依此理路,便有了"生生"的发挥空间,并使"生生"概念构成了比单纯的"生"更加充分的哲学和思想。如果说"生"是对"活"的抽象,那么"生生"就是对"生"的展开。这"展开"一方面可以是对"活"的更加宏大的抽象,另一方面也可以使"生"的简单趋向复数从而走向芸芸众生"活"的实在过程。诚如朱熹所悟到的那样,这展开了的后续之生其实就可以来到了实际的生活之中了。然而这后一种只能是一种可能,一种潜流。"生生"之思的主要旨向仍在前者,在于积极地"生",在于将其主要地阐释为"生命之流",从生到生,即对"活"的更宏大更严重的压抑与抽象。

如此,以重言方式说"生生",两个"生"相重叠就表现了连续的生命运动,在《尚书》,前一个生是动词性的谋生之生,后一个生则是谋生之目标、目的;在《周易》,前一个有原发性生长的意味,后一个生则是"继之者"。《周易》讲"继之者善也"就是对这个"相继"的"生生"而言的。所以"生"的本义不是一个生,而是能够促进生的生、自我实现生的生;又是"大生""广生",能够连续的生、自我相续的生。这样的生已是"生生",既是实在又是抽象,是大善大德,而这种善生德生是对生命存在和生命活力的感知,为恻隐之心,为仁。如此则"生生"代表一种生命的正面价值观,肯定了生命的正能量。这种积极的价值观在宋明以来新儒家那里得到了新的阐发,指向了一种积极的生活。程颢说:"生生之谓易,是天之所以为道也。天只是以生为道。继此生理者,即是善也。……皆有春意,便是继之者善也。"[1]"万物之生意最可观。"[2]我们注意到,生生只是摄取

---

[1] 〔宋〕程颢、程颐:《河南程氏遗书》卷2上,载王孝鱼点校:《二程集》,北京:中华书局1981年版,第29页。

[2] 〔宋〕程颢、程颐:《河南程氏遗书》卷11,载王孝鱼点校:《二程集》,北京:中华书局1981年版,第120页。

了连绵不断的生长之意,从生到生,有意去掉了其间的死亡,去掉了其间庸常的生活,"生"成为原点也是结果,从而给人一种诗意的积极的生活态度与取向。它超越生活,但又可以指向生活,它始终没有离开生命,因此也始终连带起一片积极的入世生活。由此它可以进入世俗世界,成为万民谋生计之生,以生的方式促进万民的人生福祉,维持永恒的实在人生、广大的所有民生,这在明清以来的实学思想家那里得到了凸显。

同时,"生生"叠用,作为方法,表明一种万物同生相类的连续性,天地万物及人由"生生"统一成为一个命运共同体。生生之间,没有绝对的对立、对抗、颠覆、取代关系,而是相连、相续、相辅、日新、包容关系;进而中国思维也不注重真与假、本质与表象等对立的抉择,而是更多地表述为源与流、本与末、整体与局部的关系。它并不排斥甚至也大量使用分际式的论述方式,如"一阴一阳之谓道",如"生死",但分际的方式往往从属于"生生"的方式。阴阳可变换、生死是相续,其间的关系中没有绝对的对立和否定。戴震《原善》中说:"生生者,化之源;生生而条理者,化之流。"[1]这里,前一个生为化之源,后一个生为化之流,生生相续连用所表示的是一"条理"性的景象。虽然这个生生模式表述的是生命之流,却无疑已十分地靠近对生活之流的描述了。

进而,则对生生作更加抽象、更加道德伦理本性的判断,即所谓"生生即仁"。这正如后人说"生活为仁体"或"仁的生活"(梁漱溟语)。戴东原《原善》卷上中说:"得乎生生者谓之仁,得乎条理者谓之智;至仁必易,大至必简,仁智而道义出于斯矣。是故生生者仁,条理者礼,断决者义,藏主者智,仁智中和曰圣人。"[2]李塨《论语传注问》:"生生即仁也,即爱也,即不忍也,即性即情也。"[3]从戴、李二位这里,我们也看出他们是明

---

[1] 〔清〕戴震:《孟子字义疏证》,北京:中华书局,1982年版,第177页。
[2] 〔清〕戴震:《孟子字义疏证》,北京:中华书局,1982年版,第177页。
[3] 王粤主编:《中国文化精华·哲学卷三》,北京:中国国际广播出版社1992年版,第690页。

摆着将生生之"活"意格外地看重，所谓生生变易，所谓"生之谓性"，这种对"活"及其"意"的肯定，虽显抽象，但却是真实可感的"生机"，更加地靠近真实"生活"了。

再进而，戴震又一反宋儒释"理"释"性"时将"欲"排斥在外的学术倾向，而放言"欲在性中"，义理即在"欲中"[①]。承认欲与情同体，所谓"情欲"是也；情与理通，所谓"情理"是也，进而指出欲与仁关系："欲不流于私则仁"，[②]肯定仁欲。在戴震用欲、情释性、理之后，阮元进而将"性"与"生""生生"直接贯通起来："性字之造，于周召之前，从心则包仁、义、礼、智等在内，从生则包味、臭、色、声等在内。……周召知性中有欲，必须节之。"[③]"人非仁义，无以为生，人非食色，无以生生。"[④]于是，"生生"一语得到了生活性的生计与食性日用、欲与仁义的解释，并转而由欲/情/性的同一，一下子体现出了古典生生哲学的生活境界。

至此，我们可以说，中国古代的生生哲学是超越性质的形上学（用方东美的话说就是"超本体论"），它以抽象而具体的"生"—"生生"抵达普遍性的理论之境，是以生或生生来覆盖生活、解释生活、超越生活，而不是以生活为基础去引导生命、解释世界、介入现实。但这种超越哲学与西方以二分法为特征，以完全与现实搞否定性、对立性的"真实"和"理念"的追求不同，它由于立足于"生"—"生生"这样的直觉性具象实在而只将其作某种程度的抽离与超越处理，由于它自身所具有的保持天地万物的连续性和整体性的生命方法与广大和谐的精神，由于"生"始终不离万民之生计、生存、生活，因此它在其孜孜以求的形上学追求的背后，又总是洞开

[①] 王国维：《国朝汉学派戴阮二家之哲学说》，《王国维遗书·静庵文集》，第5册，上海：上海古籍书店，1983年影印版，原书未标页码。
[②] 〔清〕戴震：《孟子字义疏证》，北京：中华书局1982年版，第167页。
[③] 王国维：《国朝汉学派戴阮二家之哲学说》，《王国维遗书·静庵文集》，第5册，上海：上海古籍书店，1983年影印版，原书未标页码。
[④] 王国维：《国朝汉学派戴阮二家之哲学说》，《王国维遗书·静庵文集》，第5册，上海：上海古籍书店，1983年影印版，原书未标页码。

着不大不小的口子,从未和现世生活完全隔绝,历代走在这种"生生"思考路线上的文人学士,他们所要处理的安身立命问题实质上都是生活命题。从生之哲学的角度看,从《尚书》《周易》到孔孟经典儒学、从老庄哲学到魏晋玄学、从宋明理学心学到诸家佛学,再到20世纪的新儒学,超越性生命精神一直是他们保持的身心向上姿态的总体趋势;但另一方面,由于"生"的基色,他们的所思所问都有力图接通生活、保持日常实践的一面,从生活论述的角度看,生活从来都是他们的本色的一部分,生与活也从来没有隔绝,不仅历代儒者运用所学兼济天下,伦理优先,修身养性,日省吾身,处理"吾所欲也"和"亦吾所欲"(孟子语)的问题;历代道教、佛教之"教"也应看作是思想生活的实践集团与生活方式。他们的确曾经规避了压抑了"生活"概念的使用,使生"向生而生"取得形上学意义的纯粹哲学化,而没有使生向"活"延伸,没有使有限超越的以生—生生为立足向以生活为立足延伸发展,但这并不妨碍我们指认其某种生活论的本色。因为它毕竟已然站上了生的立场,其有关生—生生的种种隐喻性表述如道体、性情、本末、心物、理气、母子等很容易转换成生活语言,在生生的生命之流中迟早会显露出生活的主流底蕴,这是中国生生哲学演化发展的一个可以预期的必然。何况中国古代文化和思想中还始终存在着一个国家政治精英视野的万民之生的"生生",这更直接地诠释了"生生"的"生活之流"的要义。

最后,由"生生"一语的概括性的宏大且通向实在,而走向俯瞰式的众生、苍生、民生(佛、道两家喜说众生、苍生,儒家则喜说民生)这样的实际人生,更是可以预期的思维路径。而所谓"芸芸众生",或"众生芸芸",其"芸芸"之状态,则更是古代思想文化所沉淀到语言表现层面上来的比较稳定的对真实的人生共同体之生命、生活蓬勃广大的描摹了。

以"日用"代"生活",或"日常生活"

中国古代,在不肯、不愿乃至不会使用"生活"概念,时时规避"生活"一词的同时,中国生生哲学悄然地另外启用了一个看似更为低端的概念来填补生活性话语的空缺,这个概念就是"日用"。"生生"不是与"生活"相配伍而是和"日用"相配伍,这是中国哲学中非常奇妙有趣的现象,从中似可看出中国传统超越哲学的思维方式的某些奥秘。其实,这"日用"是一个类似20世纪西方哲学的"日常生活"式的概念,可我们的先哲们早在两千多年前的周易时代就发明了它,把它纳入到生生哲学的形上学话语体系中。

"民之质矣,日用饮食。"

这是《诗经·小雅·天保》中的话①,道明了"日用"的民生本质,"日用"无疑也是"生活"的本质。

《周易》中更是在其"生生哲学"的"道"本体中给予"日用"以无所不在的民生性/生活性/道的地位:

> 一阴一阳之谓道。继之者善也,成之者性也。仁者见之谓之仁,知者见之谓之知,百姓日用而不知,故君子之道鲜矣。显诸仁,藏诸用,鼓万物而不与圣人同忧,盛大德业至矣哉!富有之谓大业,日新之谓盛德,生生之谓易。②

《易》在这里一边说着"生生之谓易",一边说着"百姓日用"。看来,君子之道即见仁见知(智)之道,百姓之道是日用之道。道为一,只不过前者有省察体悟的自觉,能够于生活反思中发现道,即见仁;而后者虽然

---

① 《十三经注疏》,上海:上海古籍书店,2007年影印版,上册,第412页。
② 《十三经注疏》,上海:上海古籍书店,2007年影印版,上册,第78页。

在日常中使用道却不自知，或处在日用饮食中而没有感受到道的存在，但那伟大的道是个永恒的存在，那生生不息之中显现的仁你要注意在日常使用中点点滴滴地接触体会，才会由百姓之道而不断地趋近君子之道。周易的精神在此表现出一种大俗大雅，它强调"富有"为"大业"，强调让道隐藏内在于日用，强调鼓励万物生长及对万物的"用"，强调"日新"的生活渐进（日渐），而那些识仁见知（智）的"君子"们，却要有人类普世情怀和自觉意识，为见到仁爱之义理的多少而常具忧患。可见，我们之所以说中国传统的形上学即生生哲学具有生活性本色，是有充分理由的。所谓日用，其实就是生—生生这萌动不已的生命的仿佛不停歇地在时空中的基本消耗费用，是维持它们的基本生存的生之"活"，是苍生、众生、民生之实质。它自然应是生生哲学的应有之义，如此，生生哲学的超越性也应在生活维度的论述中给以恰当的位置。

这一强调"日用"概念的传统在孔孟学说中得到发扬，孔子的"三省吾身"的自我追问和孟子的"求本心"以及"民本"思想中，都体现了对现世日用生活的重视。与"日用"相似的重视具体生活的思想在道家学说中也有相当的表现，如道在蝼蚁、在稊稗、在屎溺式的表述，早已把由超越到回返的步子决绝地推进到生物生活的领域。另外，玄风佛理下魏晋风流的个体生活的标新立异、天性叛逆、山水自然、隐逸风流，也是令人惊异的一脉生活风骨。所有这些崭露生活头角的内容和观念，都在秦、汉、唐三个古典中国的家国理想主义的雄才大略运筹帷幄之间，成为积极进取的生生哲学主旋律下的生活合音，往往，也以其超越式的外在而被阐释为生生之理的解放和实现，但究其实情，他们都有入世入生的本色在里面，都有个人的生命日用策略和生活实用考量在里面，都没有像西方的天国与上帝存在于心里面。

可以说，中国伟大的生生哲学从它以形而上的超越姿态崛起于东方的时候起，就同时开辟了通向日用或生活的回返道路。它数千多年来一直致力于阐发大化生命之流生生不息的情理精义,致力于提升人的精神境界,养育天行健君子自强不息的人格境界;同时,它也一直努力地回返生活,以实用理性和伦理优先阐发日用与道的价值关系,只不过囿于精英文化单一性的表述限制,"生活"概念难以出场,而"日用"概念又在语义连接中与"生—生生"难以搭界,尤其不能在理论话语上走向立足于生命和生活相统一起来的更阔大的思想境界。"日"的时间坚守和"用"的民生践行虽好,却终归受限。然而,走向"生活"概念的澄明之境的努力从未停下来。即便像"日用"这样的概念,为适应古代中国晚期的生活潮流的日渐汹涌,在宋朝、明朝以来,古代中国最终有了以"日用"概念主导的"生活"意识的内发式兴起。当然,在"生活"与"日用"这两个概念之间,不选择前者表明知识精英话语对"活"的话语层面的压抑,而选择启用后者,虽然突兀却也能直抵对百姓和基层生计的人文关怀,看似矛盾却也可以解释得通。否则中国思想只念"生生",而没有"日用常行",将是不可思议的。

经过春秋战国,经过汉唐,经过近两千余年的治乱循环,古典性的中国生活至宋明时期开始趋于定型,地方和战国割据的时代似乎永远地结束了,代表统一的大规模国家的朝代成为中国历史的主流,国土格局和政体形态、人口规模、文化形式与文化空间,以及古典城市生活与科学技术水平的稳定提升,都使一种中国式的日用生活形态趋向完型和成熟。正如现代新儒家重新阐释下的周敦颐和张载的"新儒学"及其后续程朱理学、陆王心学,这些古典晚期的思想家们高举"天地之大德曰生"的旗帜,重释经典,熔铸新见,传教讲学,把中国传统的生生哲学发展到一个新阶段。生生、性、理、气、心等概念都翻新一过,以大学问的体量对应了古典中国生活的后期成熟形态。但现代新儒家或许忽略了宋明新儒学之所以取得如此成就和成功的原因,即多半是由于宋明新儒家继承了易学日用之论与孔孟思想的注重实用民本的传统,他们不仅更加深入地阐释了生、生生以及道、理、气、性、心等概念,而且更在新的局面上使"日用"这一观念得到焕然一新的解释、解放和应用,这才是他们取得成就和成功的奥秘所在。"日用""日用常行""生理"(即生活之理)成了理学家心学家们念念不忘的常用概念,"日新""日渐"地修身炼性,注重思想观念的百姓生活实用,也是他们念兹在兹的关心之处。朱熹经常抓住"日用常行"这一说法论事,其实极类似我们如今从西方引进的"日常生活"概念。据粗略统计,《朱子语类》一书中"日用"竟然出现209次之多,王阳明的《王文成公全书》中"日用"也出现了50多次。王阳明在"别诸生"这首诗中对"日用"的倾心颇为典型:"绵绵圣学已千年,两字良知是口传。欲识浑沦无斧凿,须从规矩成方圆。不离日用常行内,直造先天未画前。"①李贽在《焚书》自序中说:"发圣言之精蕴,阐日用之平常。"②循着这样的儒学日常生活化的路线,阳明后学王艮更是直截了当提出了"百姓日用即道"的观点③,应该算是观念的更新和先锋,超出了儒学圣言的应用范畴。这派观点影响所及,是明清的实学思潮和经世致用观念的行世。

至此,我们可以明确地说,"日用"概念已经作为鲜明的理论概念,呈现了较为成熟的理论形态,说其为中国最早的"日常生活"理论并不为过。

首先,"日用"是作为与"生生"理论相配伍的概念,表达了生生的现实生存的方面,是古典话语方式的"日常生活",不可或缺。如《二程遗书》中说:"小德川流,大德敦化,只是言孔子川流是日用处,大德是存主处,敦如俗言礼义、敦本之意。"④这里,如果"大德"指"生"或"生生"(所谓天地之大德曰生,即敦化,即大德礼义之纯化),那么"日用"就是"小

---

① 吴光等编校:《王阳明全集》卷20,上海:上海古籍出版社2006年版,第791页。
② 〔明〕李贽:《焚书》,北京:中华书局1974年版,第1页。
③ 参见〔清〕黄宗羲:《明儒学案》卷32,北京:中华书局2010年版,下册,第714页。
④ 〔宋〕程颢、程颐著:《二程遗书》,载王孝鱼校点:《二程集》,北京:中华书局1981年版,第145页。

德",是如川之生活的水流,是一朵朵日常细节的波纹浪花。宋儒言"日用",根本不像西方的日常生活理论那样,将日常生活看成是荒杂不堪的,需要否定批判的,而是将其确认为"小德",隐藏着"大道",终究可以肯定。《二程遗书》在解释《中庸》里的"君子之道费而隐"时说:"费,日用处。"①这是说君子追求大德之道,但是需要在日用生活中静悟领会和承受的。"日用"是一个"处所",是生活空间,没有这个"费"的日用常行空间,所有的生或生生都不能维持,都无从谈起。因此日用生活不是否定的对象,而是沉潜纯化升华的处所。

其次,日用作为道德伦理纲纪规范的适用对象。"日用而不自知",因此"日用"生活需要纲纪规范和修行培养。"德"存在于"日用"即人的饮食起居之中,"日用"提醒人们的日常修行,在经常的道德修为中人才能明心尽性,朱熹说:"凡人不知省察常行日用,每与德相忘,亦不自知其有是也。"②宋明清儒学非常重视生活的教化、礼治的作用,并且认为这种道德秩序与规训根本上不能解释为是外在强加的,而是人性本身所应有的,是"根于心"的(孟子说仁义礼治根于心),只不过在日用庸常中往往被遮蔽,因此需要你不断地去省察发现,明心尽性。这不是对日常生活的否定,而是擦亮、归真(尽性)。虽然,这其间需要通过种种礼数纲纪来寻求,来"做功夫",来融会贯通,来约束和实践。朱熹又说:"又不可一向去无形迹处寻,更宜于日用事物、经书指意、史传得实上做功夫,即精粗表里,融会贯通,而无一理之不尽矣。"③"三纲五常"理论正是基于日用常行的规训与看重而提出来的。在这里,日用是从"生"的理论出发,指向"生活"中的"日用常行"。

再次,日用作为人维持基本生计生存的物质性生理性的"大欲",乃

---

① 〔宋〕程颢、程颐著:《二程遗书》,载王孝鱼校点:《二程集》,北京:中华书局1981年版,第226页。
② 〔宋〕黎靖德编:《朱子语类》(卷17),第2册,北京:中华书局1987年版,第386页。
③ 〔宋〕黎靖德编:《朱子语类》(卷9),第1册,北京:中华书局1987年版,第152页。

是生活之基,伦理之大,人世之实。"日用"就指百姓和个人的所用诸物(费用)、日常起居和身心处世,是"日用常行"的生活行为包裹下更为基本的"人欲",即需要"满足"才有生命动力与活力的"生"之"所欲",是"日用饮食",是日用生理之欲,它作为人的基本生活实在,或实体生活存在,其中存有生命的欲望之实、生存的真实、道德的真实,是需要肯定的。百姓是天,民生是道,日用即百姓,日用在民,日用是民之大,日用是民众生活、日常生活。中国思想中从来都有一种肯定民生、关怀底层的强烈意识,这也是日用思想的重要方面。王艮说:"圣人之道,无异于百姓日用。凡有异者,皆是异端。"又说,"百姓日用条理处,即是圣人条理处。"[1]戴震说:"诗曰:民之质矣,日用饮食。记曰:饮食男女,人之大欲存焉。圣人治天下,体民之情,遂民之欲,而王道备。"又说,"民之质矣,日用饮食,自古及今,为道之经也。"[2]李贽说:"吃饭穿衣,即是人伦物理;除却吃饭穿衣,无伦物矣。世间种种皆吃饭穿衣耳,故举衣与饭种种自然在其中,而非吃饭穿衣之外更有所谓绝与百姓不相同也。"[3]这种生活哲学的民生倾向,是孙中山以来现代民生主义理论的重要资源,也是当代李泽厚所谓的"吃饭哲学"一语的直接来源。

中国自《尚书》《易经》以来的生生哲学,自此而借日用概念较为成熟地引领、发展出一方面强调日用常行的道德修行,另一方面强调民生实际及满足生之大欲这两种思维路线。这后一条路线之重要性,后世被王国维认定为中国的"生生主义哲学",于此也可见"日用"应隶属于生、生生、生活范畴的合理性。

"日用"概念在儒者话语尤其是理论、思想话语中盛行,不过是"生活"概念被严重压抑后的一种不无扭曲的替代的语义表现形式,但"生

---

[1] 〔清〕黄宗羲:《明儒学案》,卷32,下册,北京:中华书局2010年版,第714—715页。
[2] 〔清〕戴震:《孟子字义疏证》,北京:中华书局1982年版,第9—10页,第7页。
[3] 〔明〕李贽:《焚书》,北京:中华书局1974年版,第10页。

活"一语并未消失,依然于生活中潜行,从我们查阅到的资料看,可以说"生活"概念此时仍以生计、生存、活着等语义在日常对话中使用,很民间化,理论性虽然尚谈不上,却已和过往时代的状况相比,在口语中使用有扩大之势的。表明这一状况可以举的案例是宋元明清小说戏曲中开始大量出现的人物对话中的"生活"一词,生活叙事冲破神话叙事和宏大历史叙事,也侧面反映了社会人群中"生活"的观念基础是越来越大了,毕竟,关注"生活",就是关注自身。例如:

《五代史平话·梁史平话》卷上:"是如贤所教,但是小生自小兀坐书斋,不谙其他生活,只得把这教学糊口度日,为之奈何?"《汉史平话》卷上:"你一个人形貌堂堂,怎不别寻个生活,去投军做甚么?"《周史平话》卷上:"您而今在这里做个甚的生活?郭威道:咱待去为人雇佣,挑担东西。"①

《元杂剧三十种·小张屠焚儿救母杂剧》第一折:"与人家打勤劳做生活有甚妨!怕不待时时的杀个猪,勤勤的宰个羊。"②

关汉卿《包待制三勘蝴蝶梦》楔子:"生下这三个孩儿,不肯做农庄生活,只是读书写字。"③

《水浒传》第4回:"师父请坐,要打甚么生活?智深道:洒家要打条禅杖,一口戒刀。"第24回:"娘子,且收拾生活,吃一杯酒。"第28回:"好汉,你自不知,我们拨在这里做生活时,便是人间天上了。"④

《醒世姻缘传》中"生活"出现20余次,大抵指生涯、生计、生意,如第70回:"这童七命里合该吃着这件衣饭,不惟打造生活高强,且做的生意甚是活动。"⑤

---

① 黎烈文标点:《新变五代史平话》,上海:商务印书馆1925年版,第9页,第7页,第4—5页。
② 徐沁君点校:《新校元刊杂剧三十种》,北京:中华书局1980年版,第782页。
③ 马欣来辑校:《关汉卿集》,太原:山西人民出版社1996年版,第178页。
④ 〔明〕施耐庵:《水浒传》,北京:人民文学出版社1975年版,第67、324、371页。
⑤ 〔清〕西周生:《醒世姻缘传》,上海:上海古籍出版社1981年版,第995页。

当然,对照"生活"一语的口语性态,并不是说"日用"一词就是文言性并为儒家文士所专用的,其实,"日用"一词一看应知其也是在通常口语中使用的,只不过被儒学思想家们在书面语表述或理论表述中援用以代替"生活"一词的阙如。"日用"在生活语境中存在的例子如明沈鲸《双珠记》传奇"假恩图色"一节:"我家空房尽多,凭你拣几间住下,一应日用,都在我身上。"①但无论是口语中的"生活"还是口语中的"日用",都更具实在内容,生活更多的是生计活路,日用则直接就是代指柴米油盐,毕竟不同于书面语境可抽象一些了。

走向抽象性、整体性语境,有一个新的现象是,"生活"一词开始被宋以来的诗人写入诗作,这大概是宋以来生活意识觉醒所致,是写日用常行的"生活诗"盛行的结果。此中诗人们还比较集中地探讨了"淡生活"这一形态,在"日用"之外,别开一路生活的创意。如范成大:"万境人踪尽绝,百围天籁都沉,惟余冷淡生活,时复捻髭冻吟。"②"绝笑儿痴生活淡,略无岁晚稻粱谋。"③方蒙仲:"梅亦有何好,花中偏得名。只为淡生活,不傍闹门庭。"④"从今只作梅生活,底用江头千木奴。"⑤黄庭坚:"肯寻冷淡做生活,定是着书杨子云。"⑥苏轼:"莫笑吟诗淡生活,当令阿买为君书。"⑦陆游:"莫笑衰翁淡生活,它年犹得配玄英。"⑧看来,"淡生活"是宋

---

① 〔明〕毛晋编:《六十种曲》,北京:中华书局1958年版,第12册,第22页。
② 〔宋〕范成大:《范石湖集》诗集卷33,《寄题林景思雪巢六言三首》其三,上海:上海古籍出版社2006年版,第443页。
③ 〔宋〕范成大:《范石湖集》诗集卷5,《南塘冬夜倡和》,上海:上海古籍出版社2006年版,第53页。
④ 〔宋〕方蒙仲:《以诗句咏梅·冷蕊疏枝半不禁》,《全宋诗》(卷3351),北京:北京大学出版社1998年版,第64册,第40061页。
⑤ 〔宋〕方蒙仲:《和刘后村梅花百咏》,《全宋诗》(卷3351),北京:北京大学出版社1998年版,第64册,第40053页。
⑥ 〔宋〕黄庭坚:《绝句》,任渊等注《山谷诗集注》,黄宝华点校,上海:上海古籍出版社2003年版,第1075页。
⑦ 〔清〕冯应榴辑注:《苏轼诗集合注》(卷13)《游庐山次韵章传道》,黄任轲、朱怀春点校,上海:上海古籍出版社2001年版,第591页。
⑧ 钱仲联:《剑南诗稿校注》(卷18)《登北榭》,上海:上海古籍出版社1985年版,第1393页。

明以来一种文人生活类型的自况,它不把生活的目标指向更多的物质享受,而是自觉地以淡、冷、寂等精神生活的境界为追求。在这里,"生活"一词终于突破限制,得到了文人诗者的青睐,得到了在生活方式与追求上的表达,反映了中国生活意识于晚期古典社会汹涌而来掀开的一角。生活一词开始走出很低层地仅表达生计、生存等语义的狭窄处境。我们注意到,这里的"生活",其目标是求静、求低、求淡,它不同于纯粹"日用"的实在,是介于"日用"生计的实体生活与文人士大夫伦理修为理想及其实践之间的。也许这种"淡生活"的概念发挥下来,与禅学相合,就是现代的"生活禅""人间佛教"的先声。

除此,我们很少看到"生活"一语在儒家学者著述中出现,也许万廷言是个例外,他说:"于此反照自身,便知自己精神,是处一切不应执着,识此便是识仁,盖生活是仁体。"[1]"生活"概念终于露出了跻身理论思维的一线曙光。

作为儒学学者,万廷言也许并不如明代的许多大儒有如雷贯耳的名气,但他的这句话把至高无上的"仁"与仿佛低端的概念"生活"作了有效的连接,应该说,是透露了"生活"一语终将代替"日用"而登堂入室的先机。"生活是仁体",这在 20 世纪初期,由梁漱溟大声地说出来,就是"仁的生活"!

总体上,上述情况构成了文化精英有选择地使用"生"及"生生",同时又使用"日用",而大众更多地在日常口语中使用"生活"(当然也包括日常口语中使用"生"或"日用"等的状况)这样的语用景观。今天看这无疑组建了一个日益全面的古典"生活"话语表述框架。只是"生活"一词的语义被压制在一个较为底层的生计生活领域(外加那些诗人们的"淡生活"),是底层生活领域自己表述自己生活的用词,文人学士的俯视性

---

[1] 〔清〕黄宗羲:《明儒学案》卷21,北京:中华书局2010年版,第504页。

表述则用"日用",而更居高层的形上学话语则是"生"或"生生"。这就是 20 世纪来临之前古典生活话语的语用状况。这一状况表明,宋明以来的中国,正在走出先秦时代的早期中国和中古时代的中国;宋元明清四代七八百年之间,是独特形态的中国古典生活超越生、生生而得以成熟和崛起的生活时代。对应这一中国古典生活文明的成熟和集大成,生活思想由生、生生、日用以及更多地在民间话语中使用的"生活"等构成了其话语的丰富性和复杂性,如果我们认定中国古代哲学和思想有着浓重的"生的哲学"或"生生之道"的特色与倾向的话,那么,我们只能说,这浓重的特色与倾向是以日用生活为基础的,并与之构成了一个真实存在的话语空间。即:由"生"或"生生","日用"或"生活"构成的一个我们今天可以称之为"生活"话语的整体性空间,它们共同组成了古代"生活"概念的涵盖了从精英到民间、从个体到群体的语义框架。

2015 年

"生活"概念在20世纪中国的兴起

——20世纪中国"生活"理论体系的生成及话语形式简析

"生活"概念在中国思想及哲学中的真正登堂入室,并在社会话语空间中流行,成为主流"大词",是在20世纪得力于外推助力的结果。

20世纪初中国社会迫于西方文化东来的现代化压力和挑战,开始融入一个日益"全球化"的世界,融入以现代化为普遍发展趋势的全球社会转型。这个名为"现代化"的新鲜事物,其实质是以现代科学技术和物质文明(主要是借鉴西方科学技术与物质文明成果)来建设推动社会的全面转型。它首先是社会与生活的物质面貌的根本改变,从性质和观念着眼,可称之为"生活现代性"的历史进程[①]。它必将带来中国文化形态、思想方式和哲学内容的巨大改观。正是在物质和生活的"现代化"的首要性意义上,"生活"概念中古已有之的基本生计语义及其所牵连起来的物质、欲望、日常、身体等因素,由于与现代性观念有许多交集对接的场域,因此其重要性得到空前的提升。同时,又由于"生活"一词中有关"生"的义素与传统中国的基本观念相连接,因此也容易被一代思想的先行者所采用,承续既往,并使现代化以更加有力、更加富有的"活"来保障人生这一目标。相比之下,"日用"概念就显得太过狭窄和简单了,被新的语境弃用也就是自然的。在这种现代性需求的情境下,人们由抽象的生、生生

---

① 参见笔者《中国"新现代性"与新世纪文学的兴起》,《新华文摘》2008年第12期。

而打开眼界,终于更加直接地注意到了"活",于是"生活"概念走出古典式的单纯"生计"的狭窄的受压抑的理解局面,以新的能够整合衔接生、生生、日用、生计、生存、生命以及人生、欲望、社会、物质与精神等诸多语义的姿态重现时代话语场,最终成为一个贯通中西古今的具有丰富思想内涵的概念范畴。

"生活"理论体系的生成:重评王国维和梁漱溟

20世纪初年,王国维、梁漱溟等都相继对"生活"的本质、特性和作用等问题做出了相当重要的论述,这在中国思想观念史上尚是头一遭。他们不仅使"生活"成为思想的关键词,而且围绕"生活"建立了各自的哲学思想框架,自成体系,而这恐怕是中国现代哲学最早的民族性创造,是最具中国经验的体系性思想。

1903年以后的几年中,"生活"一词首先在王国维那里成为阐释他的思想的重要的基本词汇。在最初,王国维接受且研究新的学问"哲学门"时,首先在西学方式的现代"哲学"概念下试图启用从前极其民间性的"生活"概念,其含义是指"人生日用之生活"[①]。这个短语表明他是在古代思想的"日用"层面上让"人生"概念和"生活"概念同时得以出场了。但随后很快,他就以此日用实在性的"人生生活"(人生生活,是后来者梁漱溟的说法)为基础,转而又从孔子的"食色性也"、孟子的"生,吾所欲也",以及戴震的"饮食男女,人之大欲""欲也者,性之事也"等有关"人欲/人性"的思想资源中汲取了灵感,提出了"生活"概念的新的解释。这新的解释就是在"生活"一词中有关民间性的简单的生计、日用式的理解之上,加进了更为理论性的传统儒家的"人欲"话语内涵,以及佛学中有

---

① 王国维:《哲学辨惑》,原载《教育世界》1903年7月第55号,见傅杰编校:《王国维论学集》,昆明:云南人民出版社2008年版,第261页。

关"欲念"的观念内涵。虽然王国维在一篇名称为《国朝汉学派戴阮二家之哲学说》的论文(1904年)中主要是依戴震、阮元的理论在"性"的概念与"欲"之间建立了直接联系,但他完全将这个"性"作了生、生生式的解释,用他所引用的阮元的话说,就是:"性字之造","从心则包仁义等事(人非仁义,无以为生),从生则包食性等事(人非食色,无以生生)",即所谓"生之谓性"是也,最后他直呼其为"生生主义哲学"。由此,他避开了从周易时代到宋明以来哲学思想中将"生生"概念仅作为"大化之流"式的那种抽象直觉化表述,而取了本朝清季戴阮二家的性/欲念/生生的生活论理路径,称中国哲学"皆有重实际的性质","故生生主义者,(中国)北方哲学之唯一大宗旨也"①。他指出中国哲学实用理性的一面和侧重人生内容的一面,正暗合着上个世纪之交现代性的物质生活转型的关节点,可堪注意。

而几乎同时,王国维又深陷曾倾心于印度佛教的德国哲学家叔本华的意志哲学,旋即与此前对戴阮二人的思想认识一拍即合,"心怡神释",转而力倡由他本人在汉语中首次使用的"人生哲学"概念②,来指称的叔本华的唯意志论哲学:

> 夫吾人之本质,既为意志矣,而意志之所以为意志,有一大特质焉,曰生活之欲。吾人之本质,既为生活之欲矣,故保存生活之事,为人生之唯一大事。③

我们注意到,王国维从此开始言"生活之欲",一是用这一概念翻译、解释甚至是替代叔本华的"意志"概念,二是从此弃用"生生",代而启用

---

① 王国维:《静庵文集》,《王国维遗书》上海:上海古籍书店1983年影印版,第5册,原书未标页码。
② 王国维:《静庵文集·静庵文集自序》,《王国维遗书》,上海:上海古籍书店1983年影印版,第5册。
③ 王国维:《静庵文集·叔本华之哲学及其教育学说》,《王国维遗书》,上海:上海古籍书店1983年影印版,第5册。

赋予了新的解释的已脱胎换骨的"生活"概念,这表明,一个具有现代性内涵的中国"生活"概念的诞生。而我们知道,"生活"概念在古人那里,是很少被思想大家们在论文言说中使用的。因此王国维的郑重而理论性的学术使用,实在是时势与个人眼光使然,是突破性的。

我们还注意到,一开始,王国维是用"生活之欲""生活"来表述、介绍、阐释叔本华的意志哲学,但在后来的文章中,如《人间嗜好之研究》《红楼梦评论》等,王国维干脆就是用这些概念来直接表述自己的思想,虽然他主要是接受并重合着叔本华,但只要细读他的这些后面的文章,会发现他已很少让"意志"这样的叔氏专利出场,而大量直接用"生活"或"生活之欲"这样的很本土化的概念取而代之;同时,如果考虑到王国维的儒学背景、佛学造诣及其自幼深刻影响下的中式人生观和世界观,也会明白,叔本华之学说也只能提供其借他者之酒浇自己胸中块垒的契机,提供了他继往开来、实现现代学术转型的契机,提供了他表达自己比较有系统的现代化的哲学思想的契机,叔本华的影子作为重要因素融入了王国维的思想血液,化成了他自己的信奉和思想,这有他的真实的生命轨迹为证。在这个意义上,从前只把王国维当作叔本华等西方哲学家的一个介绍者、受影响者,是有些低估他了。他可能是现代中国第一位真正的提供了富有价值的新的思想框架的哲学家,他首先发明使用的用来说明叔本华哲学的"人生哲学"一词,正好可以用在他自己身上。在这个以"人生"为符号的"哲学"理论框架中,是"人生"在前,而更为基本的概念却是"生活",是"生活"以更为基础的逻辑意义的真正出场。有了"生活"概念的出场,"人生"才成为这个理论的合理性目的,才取得了合理的定义。他首先是采用"本质"的形而上理论追问方式,来定义"生活":

生活之本质何?欲而已矣。欲之为性无厌,而其原生于不足。不足之状态,苦痛是也。……而生活之性质,又不外乎苦痛,故欲与生活与苦痛,三者一而已矣。①

夫人心本以活动为生活者也。……食色之欲,所以保存个人及其种性之生活者,实存于人心之根柢,而时时要求其满足。②

至于生活之欲,人与禽兽无以或异也。……夫人之所以异于禽兽者,岂不以其有纯粹之知识与微妙之情感哉?③

呜呼!宇宙一生活之欲而已。而此生活之欲之罪过,即以生活之苦痛罚之,此即宇宙之永远的正义也。自犯罪,自加罚,自忏悔,自解脱。美术之务,在描写人生之苦痛及其解脱之道。④

至此,王国维虽然在哲学思想上与叔本华有相当的重合,但已相当程度上用人生哲学或生活哲学翻转了叔本华的意志哲学,用"生活"及"生活之欲"这样的概念翻转了叔本华的"意志"概念,用"生活"与"欲"的同一性、整体性开创了中国本土哲学的道路并充分展现了其生活论为主的特色。经初步统计,在收编了1907年以前王国维早期不多的10余篇有关哲学与美学、文学等长短论文的集子《静安文集》中,"生活"一词出现了119次,"人生"(即人的生活、人的生命、人的一生)一词使用了45次,其使用频率和文本覆盖程度是惊人的,足以说明问题。可以说,正是"生活/人生"概念与王国维的相遇,根本改变了王国维的思想面貌,并塑造了王国维的生活/人生哲学,建构了其独特的思想与学说。这至少与他遇到汗德(康德)、叔本华和尼采同等重要。由于材料和视野所限,我们并

---

① 王国维:《静庵文集·〈红楼梦〉评论》,《王国维遗书》第5册,上海:上海古籍书店1983年影印版。
② 王国维:《静庵文集续编·人间嗜好之研究》,《王国维遗书》第5册,上海:上海古籍书店1983年影印版。
③ 王国维:《静庵文集·论哲学家与美术家之天职》,《王国维遗书》第5册,上海:上海古籍书店1983年影印版。
④ 王国维:《静庵文集·〈红楼梦〉评论》,《王国维遗书》第5册,上海:上海古籍书店1983年影印版。

不掌握用汉语"生活"一词在20世纪初年翻译西方文献的整个情况,但仅就王国维将"生活/人生"概念作为核心词的使用情况看,这种可以"生活/人生"概念命名的哲学学说,已不可货真价实地用以称谓西来的意志哲学,也不是古典传统儒家的生/生生/日用哲学,更不关涉佛教的普度众生/无生教义。它是属于新时代、现代中国的。至于王国维谈到自己曾"立论全在叔本华之立脚地",到后来却"已提出绝大之疑问"[①]:人并不能自"生生"解脱进入"无生",人的"无生"同"生生"一样都不能最终实现,都不能使人彻底解脱,因此儒家的"生生"、叔本华的"拒绝意志"和佛教的"无生",均"可信者不可爱"或"可爱者不可信",唯有一部《红楼梦》权当无奈而稍逊风骚地"可爱者不可信"了——他心底的悲凉可见一斑,也足见其致思的深刻与超越之处。

如果再进一步结论,其一,王国维的"生活"概念出入于并综合了孔孟、宋明儒学、清朝戴阮二家、民间日用生计用法、佛教,以及康德、叔本华、尼采等诸多学说因素,而集中西概念语义因素之大成,在现代中国新的文化语境下使"生活"的现代概念得以翻新生成。

其二,以此"生活/人生"概念为纲,形成了在学术话语形式上的某种"去意志"论述、"去佛教教义"形态、"去儒家生/生生/日用"表述的趋势,依现代学说学术方式,在中国提出了第一个初具雏形的现代哲学具有指示方向性的体系框架。这个框架就是以"欲望""欲念",以及后来梁漱溟合"意志"与"欲念"两词为一而得的"意欲"为生活的本质、底色,以欲望/意欲的满足与不满足构成张力框架,形成了一个"生活哲学"或"人生哲学"的框架雏形,而这样简明又具有现代学术理论形态的框架,在中国也是现代思想与哲学的首创。正如后来梁漱溟指出的中国不同于西方式的是以"人生哲学"为绝大特色,而西方则以为"人生哲学好像不是哲学

[①] 王国维:《静庵文集·静庵文集自序》,《王国维遗书》第5册,上海:上海古籍书店1983年影印版。

的正题所在","人生哲学"在他们那里总是另类的,具有尚理智、主功利、重知识、略人事的"特别派头"①,由此,我们可见王国维所开启的哲学雏形的现代意义。

其三,在将"生活"对象化,以及在"生活之欲""人生之欲""宇宙人生""生活苦痛""伦理正义""足与不足""解脱""纯粹之知识""美术之价值"等概念搭构的逻辑结构和关系框架间腾挪所显示的"生活"空间维度,中西、佛儒合璧,是语义渐入丰满,趋向丰富了,多少开始迈向"生活"概念的现代整体性了。在此之上,又起而引进运用了西式的分析性方法,如王国维提出"物质上与精神上之生活"的说法,以及"生活"与"人生"两者语义的同与不同所构成的结构性话语表义层次,都表明一种整体性及其分析拆解的做法,显现了"生活"概念的整体性、丰富性、现代性的有效性。

其四,王国维因此而成为的时代科技、物质主导的"生活现代性"的思想哲学的先行者,新的物与生活主导时代的感应者、表述者,正如同时代长篇小说《海上花列传》以文学语言所传达出的物象繁华与沉溺靡败一样,王国维在思想哲学领域的生活之欲与人生苦痛问题之提出,也是面对现代化、城市化、全球化、物化的时代来临之敏锐的东方式的精神回应;他所着力启用的生活概念,尤其是人生概念,十余年后将在一代"五四"新文化运动的青年人那里,引发更为广泛而深刻的反响,在某种意义上,王国维因为他欲望萌动、青春迷茫和人生苦痛的生活与人生话语,而成为五四时代个性解放、人生探寻的真正先声。

如果说王国维的生活概念及其哲学尚更多地显示了某种对叔本华等的学说的依存与重合,那么到了20世纪20年代前后,在五四新文化古今中西思想碰撞中,梁漱溟的人生哲学和文化哲学则完全立足于中国思想

---

① 梁漱溟:《东西文化及其哲学》,《梁漱溟全集》,济南:山东人民出版社,第1册,第482页。

资源的本土传统,纵论中国、西方、印度三大类型的生活与文化,确立了中国文化土壤所培育出来的文化哲学之以人生哲学(生活哲学)为主要特色的价值地位,则不仅成为五四新文化激烈的思想争锋中取得的一个相对稳健和成熟的哲学硕果,同时也是承续了王国维的生活/人生哲学取得的一个真正中国化的哲学思想体系的完型,成为中国现代新儒家第一人。在博大精深地成就思想体系这点上,五四时期的那些思想先锋如陈独秀、胡适、李大钊等都不如梁漱溟做得扎实有力,这自然得力于他像王国维一样抓住了"生活/人生"这样的深含着中国文化思想特色、精髓与底蕴的基本概念,当其时可能不如那些思想先进的锐利锋芒,却对后世影响绵长。

接通王国维的学术思想文脉,"生活/人生"同样是梁漱溟全部哲学的核心词与关键词。梁漱溟不仅不在主观/客观二分的西方科学理性的现代学术基本框架上着眼和立论,而且还对这个西方理性传统进行了认真的分析批判,然后毫不迟疑地将"生活"概念(连同"人生"概念)作为自己学术思想与立论的主体对象,作为一切运思与价值确认的基础。

梁漱溟明确提出了一种关于中西哲学特质的"梁漱溟问题"(我们姑且这样称之),既西方哲学"略于人事",所以在西方"人生哲学好像不是哲学的正题所在",即使有人生哲学,也具"特别派头""重理智,主功利"。因此"西方实在是不曾见有什么深厚的人生思想",而"中国哲学的方法为直觉,所着眼研究者在'生'"[①]。

以"生活"为本、为先,而以"人生"为题、为目标,由这个"双词结构"形成了一个以"生活/人生"问题为核心的最为"五四化"特色的理论体系。梁漱溟作为对五四时期"全盘西化"论进行反驳的对立面,其实质也是"五四"之子,其体系性的既接通中国文化传统又契合时代精神的理论

---

① 梁漱溟:《东西文化及其哲学》,《梁漱溟全集》,济南:山东人民出版社2005年版,第1册,第482、504、507页。

话语,同样是五四新文化乐章中精彩的一章,且历久而越发显得独到而重要。

与王国维相比,一是他更加明确更加胸襟宽广地将"生活"范畴定义在包括了人在内的广大的生物、生命界,以生物世界为其理论体系的出发点。他说:"所谓生物,只是生活。生活、生物非二,所以都可以叫'相续'";"生活就是相续,唯识把'有情'——就是现在所谓生物——叫做'相续'";"人的生活也大半部分都是本能的生活"①。由此我们就会明白梁漱溟著作中为什么经常出现一个有些别扭的词"人生生活"了②。原来他总是要分明人生即人的生活不过是广义的生物生活的一部分,他的文人学者的执拗性格从这个用词上原形毕现,因为自王国维始,尤其经五四新文化思潮的大写的人的观念洗礼,"人生"一词已几成生活概念的主要意义指向,生活概念也几乎多在人的范畴上被谈论,生活似乎只指人的生活,这一点王国维和梁漱溟都不能例外,只是梁总是要知识分子气地作学理表述上的分辨。而我们要明白的是,梁漱溟从"生物生活"出发立论(此点让我们想起杜威),因此也是从"生活之欲"立足(王国维讲"至于生活之欲,人与禽兽无以或异"),他说:"什么是生活?生活就是没尽的意欲(Will)——此所谓意欲与叔本华所谓意欲略相近——和那不断的满足与不满足罢了。"③但他却并不似王国维那样揪住"生活之欲"不放,苦痛不已,不可解脱;他承认生活这无尽的意欲,却然后转而去寻求如何在有所限制中运用,在适度"恰好"的意欲生活中得到生活之乐、生活之仁。

二是,由佛入儒的梁漱溟并不将思想立脚在西方哲学、印度哲学上,

---

① 梁漱溟:《东西文化及其哲学》,《梁漱溟全集》,济南:山东人民出版社2005年版,第1册,第376、378页。

② 如其《东西方文化及其哲学》将孔子的人生哲学称之为"人生生活"(第473页),在一次题为《认真读书改造世界观》的政协小组会议发言中回顾自己的读书治学生涯时(1971年4月),他又特别提到"孔子到老所致力的那种人生生活之学"(《梁漱溟全集》,第7册,第232页)。

③ 梁漱溟:《东西文化及其哲学》,《梁漱溟全集》,济南:山东人民出版社2005年版,第1册,第352页。

而只是将它们当作参考比照的镜像,然后将"生活"概念放置于传统儒家的思想主脉上进行阐释发扬,于此,他甚至连中国本土的道教思想也都与佛教捆绑一起,搁置一旁。他说:"孔家本是赞美生活的,所有饮食男女本能的情欲,都出于自然流行,并不排斥。若能顺理得中,生机活泼,更非常之好的;所怕理智出来分别一个物我,而打量、计较,以致直觉退位,成不了仁。"他由此将"生活"本身当成理由和对象,当成本体,"就是以生活为对、为好的态度","他只要一个生活的恰好,生活的恰好不在拘定客观一理去遵循而在自然的无不中节。拘定必不恰好,而最大的尤在妨碍生机,不合天理。他相信恰好的生活在最合自然、最合宇宙自己的变化"①。这"生活的恰好"或"恰好的生活"在梁漱溟的价值命名里,就是"这般活泼和乐的生活",就是"仁的生活"②。

有了上述这两点,梁漱溟最大的新意还在于将生活/人生概念作了"文化阐释",使其生活哲学(人生哲学)与文化哲学达成了统一。他的逻辑是:

> 文化是什么东西呢?不过是那一民族生活的样法罢了。③
> 生活的根本在意欲而文化不过是生活之样法。④

在这里,文化是生活方式,它依民族生活的不同而区别开来。而生活的根本在意欲,因此文化的不同更在于意欲方向的不同,所谓"须着眼在这人生态度、生活路向"⑤。于是梁漱溟为中国文化、中国哲学、中国生活

---

① 梁漱溟:《东西文化及其哲学》,《梁漱溟全集》,济南:山东人民出版社2005年版,第1册,第454—455、458页。
② 梁漱溟:《东西文化及其哲学》,《梁漱溟全集》,济南:山东人民出版社2005年版,第1册,第498页。
③ 梁漱溟:《东西文化及其哲学》,《梁漱溟全集》,济南:山东人民出版社2005年版,第1册,第352页。
④ 梁漱溟:《东西文化及其哲学》,《梁漱溟全集》,济南:山东人民出版社2005年版,第1册,第382页。
⑤ 梁漱溟:《东西文化及其哲学》,《梁漱溟全集》,济南:山东人民出版社2005年版,第1册,第385页。

和人生建立起来一个世界性的参照框架：西方文化是以生活意欲向前要求，计较和征服自然为其根本精神的；中国文化是以生活意欲自为、调和、持中为其根本精神的；印度文化是以生活意欲反身向后要求为其根本精神的。三者比较，各有特色与所长所短，但中国文化根植于中国生活，希望在中国文化与生活的发扬光大。至此，可以说由于梁漱溟接承王国维的生活思想理论的体系性建立，以生活哲学/人生哲学的现代学术水平的完型，充分显示了"生活"概念在中国20世纪早期的真正兴起的水准与深度。

生活话语的兴起："人生""生命" "民生""生存"诸概念的分析与集合

"生活"概念在中国20世纪早期的兴起，不仅在理论体系的兴起及其所树立的思维特色、立论水平与价值方面，它之所以重要，还在于它是作为一种话语体系的兴起，体现出话语的整体性与多样性的水平。

先说"人生"概念话语。如前所述，自王国维始，仿佛一对孪生子，"生活"概念作为中国现代性奠基式概念的建设与兴起，也必然伴随着"人生"概念的全面兴起。最初，王国维是在个体"生活之欲"体验和普遍性的"宇宙人生"的抽象水平上，在"生活"概念基础上提出"人生之问题"的。"人生"与"生活"的连结与语义区别，读一段梁漱溟的话就会清楚，他说："人在世上生活，如无人生的反省，则其一生就活得太粗浅，太无味了。无反省则无领略。"因此，"人人都应当领略领略人生，心粗的人也当让他反省反省人生"。[①] 从这段话可见，生活是更宽阔实在的，宜于

---

① 梁漱溟：《朝话·秋意》，《梁漱溟全集》，济南：山东人民出版社2005年版，第2册，第58页。

用来描述；而"人生"一词则是生活的抽象，是缩定在人之活的一片领地、一段主体意识发挥能动作用的生命时间，更宜于抽象反思、琢磨道理；因此"人生"一词总是趋向形而上的观念"问题"的现象，常有"人生问题"的说法。后来话语中虽也有"生活问题"一语，但生活所出的问题就往往是客观存在的，即便涉及观念，也是人行为中体现出来的道德呀、性格呀等等"问题"，乃至有后来流行的"生活作风问题"的说法，更是直指在男女欲念生活层面上超出了道德规范而出了"问题"、成为"问题"，而这与"人生问题"早已大异其趣。但是"生活"与"人生"概念更大的区别，还在于"生活"的涵盖范围更广大，是指"生物生活"，凡是生物都有生活，生活是生物之活。而"人生"只是这广阔的基础性的生物生活的一部分，即指人的生活；狭义的"人生"更仅指一个人的生命过程，即人的"一生"。

"人生"概念作为"生活"概念的补充持续发酵，在王国维大量使用并使其提升到一定理论意义之后，到五四时期前后，被更加突出出来，流行开来，大有超过"生活"概念的势头。一方面，这是由于以人为中心的思想，重视人格、人性、人的主体能力的思想逐步笼罩社会，现代性的风气是关注人的自身和价值，而一改古典时代在自然与人之间的贯通与平衡的习惯。由此五四新文学提出"人的文学"作为现代文学的价值方向，反对一切"非人的文学"；提出"为人生"和"为艺术"两个口号，后者"为艺术"其实是早年王国维关于"纯粹之知识"观念的翻版，也是基于人生或生活的，不过更看重艺术家自身的生活价值罢了。周作人旗帜性的《人的文学》一文中的立论是基于"生活"概念的，大量地使用了"生活"一词："我们相信人类以动物的生活为生存的基础，而内面生活，却渐与动物相远，终能达到高尚和平的境地。"这是他将生活圈定在"人的生活"、将文学定义在"人的文学"上的理由和出发点。由之他可以像王国维和梁漱溟一样在广义的"生物生活"的水平上使用"生活"一词，但更多时候，他将更主要地在"人的生活"(即人生,或人生生活)的水平上来使用"生活"一词。他终究要求人们"眼里看见了人类,养成人的道德,实现人的生活"①。"生活"概念从此被"人的生活"这狭义的语义渐渐缩小,而使人的生活即"人生"突出强调出来,如此长期浸泡,势必往往变成简化了的"人的生活"的同义语了。正是落实在更具体的"人的生活"的意义上,我们才慢慢于这"生活"概念下牵连起、统贯起诸如物质、精神、社会等概念,并学习西方式的分析性方法对生活整体进行分析性和概念把握,如王国维就提出过"物质上与精神上之生活"的说法②,在五四时期的讨论中,梁漱溟列出"物质生活、社会生活、精神生活"等项进行生活理论分析③,而周作人,则有"物质的生活、道德的生活、内面的生活、理想的生活、灵肉一致的生活"等说法④。这种对生活作为一整体性概念的西方式拆解,有其积极意义,它使我们通过运用掌握新的分析方法,从而对生活的论述更现代更精确也更有力。但这些有关"生活"的说辞,实际上都是基于"人生"的,是指"人生生活"。也许没有"人的生活"的概念打底,很多时候,我们将不知如何来使用诸如物质、精神等概念。

另外一方面,由于将观念视野定格于"人的生活",聚焦"人生"而使"人生"成为一个问题,五四时期的"人生"在个体自我的发现之外,则更多地转换到"社会人生""现实人生"上去,社会与社会生活、现实与现实生活等概念被加入话语实践场域,也是必然。还是举新文学运动的例子。

---

① 周作人:《人的文学》,《周作人自编文集·艺术与生活》,止庵校订,石家庄:河北教育出版社2002年版,第10、17页。
② 王国维:《静庵文集续编·人间嗜好之研究》,《王国维遗书》,上海:上海古籍书店1983年影印版,第5册。
③ 梁漱溟:《东西文化及其哲学》,《梁漱溟全集》,济南:山东人民出版社,2005年版,第1册,第477—480页。
④ 周作人:《人的文学》,《周作人自编文集·艺术与生活》,止庵校订,石家庄:河北人民出版社2002年版,第9—11页。

20世纪初时王国维就说"诗歌者描写人生者也"①,"美术之大有造于人生"②,或许这在当时还是个别先知者的孤独之音;而到五四时期,这孤音就变成社会性的回荡响彻的"革命"口号了。《文学研究会宣言》说"文学是一种工作,而且又是于人生很切要的工作"③;周作人的《平民的文学》进一步说文学"是在研究全体的人的生活"④;而这"全体的""人的生活"用一个现代的概念来表示就是"社会"(古代中国虽有"社会"一词,却无现代的"社会"概念,近代中文先是以汉语词"群"来表示,后才由日本"出口转内销"使用了"社会"概念),因此沈雁冰在《社会背景与创作》中说:"表现社会生活的文学是真文学,是于人类有关系的文学。"⑤甚至在《文学与人生》中他进而说:"我们讲文学与人生的关系,单是说社会的,还是不够,可以分下列的四项来说一说:(一)人种,(二)环境,(三)时代,(四)作家的人格。"⑥他还在《大转变时期何时来呢》中由"人生"引出"现实"概念:"现代的活的文学一定是附着于现实人生的,以促进眼前的人生为目的的。"⑦由"生活"概念,而人生,而社会,而现实、环境、时代、人格,这是一个合乎逻辑的逐步扩展或深入的话语长链,想一想"生活""人生"这样的词汇在古典时期的使用的无意识状态⑧,及至现代十数年间竟

---

① 王国维:《静庵文集续编·屈子文学之精神》,《王国维遗书》,上海:上海古籍书店1983年影印版,第5册。
② 王国维:《静庵文集·〈红楼梦〉评论》,《王国维遗书》,上海:上海古籍书店1983年影印版,第5册。
③ 《小说月报》第12卷第1期,1921年1月。
④ 《周作人自编文集·艺术与生活》,止庵校订,石家庄:河北教育出版社2002年版,第6页。
⑤ 《小说月报》第12卷第7期,1921年7月。
⑥ 张若英编:《中国新文学运动史资料》,上海:上海书店1933年版,第304—306页。
⑦ 赵家璧编:《中国新文学大系·文学论争集》,上海良友图书公司1935年版,第166页。
⑧ "生活"使用情况前述已及,"人生"的用例虽然也少,如《左传·成公二年》:"人生实难,其有不获死乎?"(《十三经注疏》,上海:上海古籍出版社2007年影印版,下册,第1896页)《后汉书·张霸传》:"人生一世,但当敬畏于人。"(中华书局1973年版,第5册,第1242页)杜甫《送殿中杨监赴蜀见相公》:"人生在世间,聚散亦暂时。"(仇兆鳌:《杜诗详注》,中华书局1975年版,第1342页)。但其间还有相当大的一部分是"人生而知之"式的句子,在这里"人生"是"人出生以来"的意思,并不构成一个完整的"人生"概念。但古典时期,即便有"人生"这个概念,也没有"人生哲学"的自觉,这是确定无疑的。

如此作为形而上思维和哲学思想的主题词,自觉性的言辞如星火遍地,真的恍如隔世,语言乃世变晴雨表,其间现代以来对人自身状况与价值的关注,尤其对"生活"之"活"的意义探寻与推崇,当是最根本的原由。我们可以说,"人生"是"生活"极具时代特色的话语表现形式之一。这个话语流风所及,可以一直延续到20世纪以后的各个时期,"人生"不断地在不同的语境变换,始终是中国从"青年文化"到"老年文化"贯穿不变的最生动的主题。

"生活"话语的兴起也促成了"生命"一词的现代流行。从古代思想与话语中的重要命题和概念"命",到让其间"命运"的现代语义独立运用,而又分出"生命"一词来表示生物之所以为生物的某种性质、状态和要义,乃是现代科学理性和身体生理学、生物学所造成的视野、需要和进步。对"生活"的关注,就是对生命之活的关注。生命现象的重要性旨在一个自我新陈代谢的"活"字,而"活"也正是"生活"概念的重心所在。生命和生活都是一种"有情",统一于"活"的"体征"和"迹象",趋赴于"活泼泼"的境界,当属同一话语家族。因此"生命"一语,不仅作为科学知识术语,得以更新推广,同样会被"生活"概念的思想话语体系所吸纳,尤其在生活话语中产生隐喻需要的场合,"生命"一词更可发挥其象征隐喻功能,使宽泛的"生活"一语如枯木逢春,更具象更精确地替代了古代话语中由"生生"概念所表达与寄托的语义,即儒家所体悟的"生生"式的宇宙的"活泼"的"春意",那遍布于生活内部自动不息的生之"活力",即"生命力"。

"生命"一词,在中国古代并没有语用上的理论自觉。"生命"在古文献中,其中有少数用例与现代相似,犹言"性命",如《战国策·秦策三》:"万物各得其所,生命寿长,终其天年而不夭伤。"[①]《北史·源贺传》:"臣

---

① 〔汉〕刘向:《战国策》,上海:上海古籍出版社1985年版,第212页。

闻人之所宝,莫宝于生命。"①但也有许多用例是"生"与"命"两个词的并列词组,其中又分两种情况:1.生为动词,即产生;命则相当于生命,这里的"生命"即生命体的出生、诞生。2.生与命都是名词,生指人生、生活,而命指命运、遭遇,如"生命不谐",即指命苦、生不逢时。但到了中国现代,"命运"的语义,从"命""生命"中独立出去,而新衍生获得了两种新的语义境界。一是指科学意义上的生物学生理学性质的生命现象,二是指作为"生活"中以科学性生命现象为基础体现出来的有关"活"的自我原发的蓬勃的活力、生命力,最终会成为一种象征和隐喻,具有某种现代的情感意味和哲学意味。在晚清,严复在《天演进化论·论社会为有机体》中,是在现代生物科学意义上使用"生命"一词的,如"生物有时以保进生命,其肢体可断……"②。但他又有从此去影射"社会也为有机体"的倾向,可能意指所谓社会生命现象,这就走向隐喻一途了。到了鲁迅的《摩罗诗力说》(1907年),大抵也是在这两种现代含义之间混用着,而其象征与隐喻的功能是更富诗性之力了:"故诗与道德之相关,缘盖出于造化,诗与道德合,即为观念之诚,生命在是,不朽在是。"③如此从自然生物的生命现象而引发的诗性生命力之隐喻,则再明显不过。

五四时期前后,"生命"概念开始大行起来。1916年的李大钊在《青春》一文中把"生命"当成中国大隐喻:"人类之成一民族一国家者,亦各有生命焉。有青春之民族,斯有白首之民族;有青春之国家,斯有白首之国家。"④而1918年的杜亚泉曾用《中国之新生命》为题,写过纵论当时中国大势的寄托"生命"之喻的文章⑤。到五四之后,郭沫若则用诗歌语言

---

① 〔唐〕李延寿:《北史》卷二八,北京:中华书局1974年版,第1024页。
② 王栻主编:《严复集·诗文(下)》,北京:中华书局1986年版,第2册,第315页。
③ 《鲁迅全集》第1卷,北京:人民文学出版社出版社2005年版,第74页。
④ 《新青年》第2卷第2号,1916年9月。
⑤ 《东方杂志》第15卷第7号,1918年7月。

写道:"人的生命便是箭,正在海上放射呀!"①这却是对个体生命体验与激情的隐喻性抒写。在理论层面,梁漱溟对"生活"与"生命"两个概念是有深入体会和阐发的。他在《朝话》中论道:"生命与生活,在我说实际上是纯然一回事;不过为说话方便计,每好将这件事打成两截。所谓两截,就是一为体,一为用。"他认为生命是体,生活是用。"生与活二字,意义相同,生即活,活亦即生。"但生与活都不仅仅是"动","车轮转,动也,但不能谓之生或活。所谓生活者,就是自动的意思"。在此意义上,生活的解释靠近"生命"一语。那么"生命是什么?就是活的相续。活就是向上创造。向上有类于自己自动地振作,就是活;活之来源,则不可知"。这里,不可知是说生命的非理性的一面,他说:"整个的生命本身是毫无目的的。有意识的生活,只是我们生活的表面。"②但由于人的这种来自生命本身的向上的创造(自动性质的活力),这种"非理性"的积极性,就使人生有了克服呆板化机械化的倾向,这种原始生命的"向前开展"与"向上创造"正是我们生活的本意、意义,而"生命"概念构成了生活思想中的向上创造的动力型隐喻。对生活、生命如此精微的理解,如此既有现代科学基础,又有情感与哲学意味的象征隐喻方向,形成了现代汉语的一种语义表达境况,使五四之后中国文化思想和哲学界可以有效地翻译与传播现代西方科学哲学和生命哲学,并使达尔文、海克尔、柏格森等名字及学说传播开来,也使古老的"生生哲学"思想得以承续。

在20世纪中国"生活"概念的话语兴起之潮中,"民生"话语的兴起更是其中一股引发全局效应的语言洪流,裹挟了众多的词汇、口舌,声情并茂,自古以来不曾有过。

应该说,"民本"话语在古代是很有传统的,在大量的有关"民本话

---

① 郭沫若:《女神·笔立山头展望》,北京:人民文学出版社2002年版,第64页。
② 梁漱溟:《朝话·谈生命与向上创造》,《梁漱溟全集》,济南:山东人民出版社2005年版,第2册,第92—93页。

语"中,民的生计生活方面的说辞也在所多多,"民生"概念也时有出现和使用,如《左传》中说"民生惟勤,勤则不匮"等①。但古代之民,是臣民,古代的民生用语,尚未形成自觉性的"民生"之"主义",也不可能形成一股自觉的理论性的政治主流意味的主导性社会话语洪流。现代汉语中的所谓民生,是指民众的生活,或人民的生活。"民生"概念的兴起,有赖于"生活"概念的兴起,是关注民众生活的观念自觉的表现,也是现代生活观念和人民性观念的结合之果。而就其在整体生活话语中的特点,由于"民"的古已有之的语义蕴含,它毕竟是相对于"国"而言的所辖臣民,因此现代民生话语往往采取一种自上而下的生活视角,往往体现一种现代国家话语、精英话语的特点,往往带有发自政府治理、精英关怀的行迹和情感,以及来自下层民众的响应、呼应,当然也不无博弈与拒斥。在晚清社会零星的"民生"表述之后②,孙中山早年即以一篇《上李鸿章书》倡言"民生"论述,在《香港兴中会章程》中则以"兴大利以厚民生,除积弊以培国脉"为宗旨③,到1905年,他进而在同盟会机关报《民报》创刊的发刊词中首提民族、民权、民生三大主义,即"三民主义",从此"民生"概念借"主义"的大旗开始盛行。主义是一种自觉。孙中山说到了"民生"的现代自觉:"世界开化,人智日蒸,物质发舒,百年锐于千载,经济问题继政治问题之后,则民生主义跃跃然动,二十世纪不得不为民生主义擅场时代也。"④可见民生的范畴大约不离物质和经济问题,而物质和经济意义上的"生活"之义,正是自古以来中国人用"生活"定义人的基本生计、日用劳费上的本义。孙中山正是从最基本的生活观念入手来阐释民生主义概念的。他甚至从他所命名的"生元"之名即生物生命的基本单位"细胞"

---

① 《十三经注疏》,上海:上海古籍出版社2007年影印版,下册,第1880页。
② 如薛福成的《用机器殖财养民说》讲:"民生有不富厚,国势有不勃兴者;民生有不凋敝,国势有不陵替者哉!"(丁凤麟、王欣之编:《薛福成选集》,上海:上海人民出版社1987年版,第420页)
③ 《孙中山全集》第1卷,北京:中华书局1986年版,第22页。
④ 《"民报"发刊词》,《孙中山选集》,北京:人民出版社1956年版,上册,第71页。

之生活讲起:"生元之依人身为生活,犹人类之依地球为生活,生元之结聚于人身各部,犹人之居住各城市也。人之生活以温饱为先,而生元亦然。"①

孙中山并不空谈"民生"概念,他承续明清以来实学话语中的"国计民生"的说法,开始了终其一生孜孜以求致力于"民生政策""民生制度"的具体而实实在在的讨论,举凡平均地权、耕者有其田,直至钱币、饮食、燃料、疾病、物产、居住、土地、人工、资本、分配及娱乐、幸福等大大小小问题,均在他广泛涉猎的话语内容范围之内。他在1924年将民生主义归结为"人民的生活"问题:"社会的生存,国家的生计,群众的生命。"②由于从"生活"这一基本的和广大的概念出发,他甚至认为民生主义可以包容集体主义、社会主义、共产主义等。"人类之在社会,有疾苦幸福之不同,生计实为其主动力。盖人类之生活,亦莫不为生计所限制,是故生计完备,始可以生存,生计断绝,终归于淘汰。社会主义既欲谋人类之幸福,当先谋人类生存。既欲谋人类之生存,当研究社会之经济。故社会主义系从社会经济方便着想,欲从经济学之根本解决,以补救社会上之疾苦耳。"③民生主义是谋全体人民的生活,因此"平等"价值居于孙中山民生理论的核心,具有天然的社会主义倾向。"民生主义就是社会主义,又名共产主义,即是大同主义。"④民生主义致力于人的生存,解决人们的基本生计生活,这就需要从"平等"的社会理念出发,"什么是民生主义呢?民生主义,就是要人人有平等的地位去谋生活。从有了平等的地位去谋生活,然后中国四万万人才可以享幸福"⑤。民生、生活、疾苦、生计、生存、

---

① 《建国方略》,《孙中山选集》,北京:人民出版社1956年版,上册,第110页。
② 《三民主义·民生主义第一讲》,《孙中山选集》,北京:人民出版社1956年版,下册,第765页。
③ 《社会主义之派别与方法——民国元年对中国社会党之演讲词》,赵靖、易梦虹主编:《中国近代经济思想资料选辑》,北京:中华书局1982年版,下册,第36页。
④ 《三民主义·民生主义》,《孙中山全集》第九卷,北京:中华书局1986年版,第355页。
⑤ 《在广州农民党员联欢大会的演说》,《孙中山全集》第10卷,北京:中华书局1986年版,第642页。

社会、经济、幸福、民享,及至民生主义到社会主义,串起了一个现代话语长链,如果说语言是人类的生存之屋,那么这些生活话语之下的民生语词就为20世纪的国人搭起了一座生活之屋、意义之屋。在辛亥革命前及整个民国时期,出现了举不胜举的阐释、宣传、研究、实行民生主义的话语,论说文字与著作极为丰富,举凡胡汉民、廖仲恺、朱执信、戴季陶、周佛海等名人都留下言说著述,从经济、技术、民生史观、生存欲望、均富等各个"生活"概念可以覆盖的角落所作的论述,可谓林林总总。比起三民主义中的另两项民权、民族来,盛大和热闹得多,这多少与中国文化语境中对"生活"概念的心理基础、心领神会大有关系。以至有这样的观点:"民生主义是三民主义的本体,从本体上看,只有一个民生主义。"[1]

有人甚至还把孙中山的"民生"理论概括到某种更为抽象的生活哲学的高度,称之为"生之理论"[2],可见,孙中山民生话语所引发的观念连接与话语联想,仍然在古典以来便盛行于历代话语中的"生"、在现代以来盛行的"生存""生活"的范畴之内。至于其强调"生活"的生计、物质生存的意义,说民生主义与社会主义话语具有一致性,更是所言不虚,我们知道民生话语,乃为国共两党共举言说的话语,"生活"概念及其民生话语走向,终于形成覆盖近百年来中国主流社会话语的大概念,海峡有分隔,但生活、生存、民生的汉语语义观念走向无分隔。新世纪中国大陆"民生"概念时隔半个世纪再现热潮,大概也是因为这是一个"再生活"的话语时代,此为后话。

最后,还要谈到生活话语中的一个重要词汇"生存"。

"生存"一词中的"生",表面上看似乎有两解,即生命存在和生活存在,但其实质上的正解只是后者,即生活存在,或生活即存在,它强调的是

---

[1] 戴季陶:《孙文主义之哲学的基础》,上海:上海民智书局1925年版,14页。
[2] 胡汉民:《三民主义之心物观》,见蒋大椿主编:《史学探渊——中国近代史学理论文编》,长春:吉林教育出版社1991年版,第133页。

在有了生命之"生"以后的要为"存活"而奋斗的"生活存在"。生活存在于语用中完全可以内含并取代生命存在之意。没有生活，何谈生命存在，何谈生存，因此"生活"是"生存"一语中的要义，"生存"概念也是随着中国近现代生活话语、"生活"概念的兴起而广为流传进入汉语语用的。

"生存"是对"生活"之"存在"的强调。这从汉代刘向《说苑》卷八《尊贤》、卷九《正谏》的说法中就可以看出，这也是检索到的"生存"一词较早的使用之处了：

> 夫圣人之于死，尚如是其厚也，况当世而生存者乎？则弗识可识矣！

> 夫有生者不讳死，有国者不讳亡。讳死者不可以得生，讳亡者不可以得存。死生存亡，圣主所欲急闻也。[1]

这里，"生"与"死"相对，"存"与"亡"相对。其中的语义辨识可知，"生"既然最初表示"出生"，那它就只是相对于"死"而言的；"生"之后才有"活"，即"存活"，因此，所谓"存"确当是为"活"、为"生活"的"存有"而才得以强调，成为"存在"的，"生存"是人或生物的超越于无机界的特有的"存在"，是有了"生"之后的"存"，如何使"生"存活、存在下去。《周易·系辞上》云"成性存存，道义之门"[2]，这是对"人之生"之后的道义成性固存的强调；宋人林之奇说"强者畏之而敢侵小，小者怀之而有自立，则是天下所赖以生存也。天下所赖以生存，则宜克纣伐殷，以君天下"[3]，这是延伸到"国"之道义的说法，是有国之后的如何"图存"；南朝鲍照《松柏篇》有诗句云"生存处交广，连榻舒华茵"[4]，则是形容"生活"处于人际交游广泛所带来的某种自由状态。但无论道义在人性中的"固存"、"国"

---

[1] 向宗鲁：《说苑校证》，北京：中华书局1987年版，第182、216页。
[2] 《十三经注疏》，上海：上海古籍出版社2007年影印版，上册，第79页。
[3] 《尚书全解》卷二三，《影印文渊阁四库全书》本，台北：商务印书馆1983年，第55册，第436页。
[4] 逯钦立：《先秦汉魏晋南北朝诗·宋诗卷七》，北京：中华书局1983年版，第1265页。

的道义性的"存",乃至个人的交际关系语境下的"存",都有赖于人的"生活"之"存",而这一点,却是在中国近现代以来才形成一种"自觉"的。近现代中国"生存"一词随着生活意识的兴起而得到了前所未有的自觉,存亡之"亡"固然同于"死",但它不是在生命之"生"的意义层面的死,而是在这种更多自然性意味的生与死之间,得以特别拎出强调的不存活、毋宁亡,是"活"之灭亡。

"生存"概念的畅行源于近现代中国"存亡之念"的深切时代感受。早年的严复,即在其《拟上皇帝书》中开篇便说"顾今日大势岌岌,不治将亡,为有识所同忧","存亡危急之秋","亦古无如是危急者"。[①] 孙中山起草的《香港兴中会章程》(1895年)也开篇即说:"中国积弱,至今极矣!"在《上李鸿章书》中说:"其势已岌岌不可终日。"这种"存亡"的表现,在于"国家"积弱,更在于"种困",更在于"民弱"。因此,孙中山一开始便将"救亡"的要害关注点投向了"民生"。他认为中国之所以"独存经数千年","必有胜人者矣",看到"今其国衰弱至此,而其人民于生存竞争之场,犹非白种之所能及。若行新法,革旧蔽,发奋为雄,……必复见于异日也"。(《支那保全分割合论》1903年)重视"民生",是孙中山一贯的思想活语。他在《上李鸿章书》(1894年)中早就认为国家富强之本,"不尽在于船坚炮利、垒固兵强,而在于人能尽其才,地能尽其利,物能尽其用,货能畅其流",在于"固国本而裕民生",提出了一系列基于"上而军国要需,下而民生日用"联系起来的治国之策,发出"货之为民生日用所不急者重其税,货之为民生日用所必需者轻其敛"等等"于国计民生大有裨益"的"为生民请命"的呼吁。《香港兴中会章程》提出的宗旨即为:"兴大利以厚民生,除积弊以培国脉。"可见,出于国家民族"存亡"之念而提出的"生存"诉求,就这样与"民生"话语发生了关系,"生存"必是人民的

[①] 《严复集·诗文(上)》,北京:中华书局1986年版,第1册,第61页。

生活之存活与存在！这是近现代中国的思想脉络与真切诉求。

正值此际，1897年严复用中文翻译了赫胥黎的可"于自强保种之事，反复三致意焉"的理论著作《天演论》①，其进化论的"物竞天择"理论遂成为举国思想的"存亡"危机意识所关注的焦点。加之1901年后又有杨荫杭翻译的日本学者加藤弘之的《物竞论》，更强化了晚清思想界关于"生存竞争"的剧烈讨论。查检严译《天演论》，其中并无"物竞天择，适者生存"这一语联，也无"生存"一词，经常出现的是"物竞争存"与"物竞天择"。严复直接使用"生存"一词，则是在后来的《原贫》一文中。现在看来，"物竞天择，适者生存"大约应是在晚清的大讨论中自然形成的一个较有共识的联语，非常恰切地表达了这场讨论的要义和那个时代的思想精髓，而"生存"一词在这一讨论中的出场，也是将古代的笼而统之的"存""生存"，在现代意义上赋予了新意，使之在包含了"生活"深意的生民之存活的根本意义后，于根本之处扩展到了国家、种族与社会领域，"生存"才成为一个照亮时代之语，发出是存活还是灭亡的时代之问，以及为生存、为存活而奋斗的呼喊，乃至该如何活着、怎样生存的思考。整个20世纪至今，"这是最后的斗争"（《国际歌》）、"中华民族，到了最危险的时候，每个人被迫着发出最后的吼声"（《义勇军进行曲》）、"落后就要挨打，落后就要被开除地球球籍"（毛泽东语）等震撼人心、绝地逆袭式的语言，一直是中国人自励自强的时代底色和警语之一。悲情如此，均来自生死之背后的"生存"忧思。用严复的话说，就是："夫一国一种之盛衰强弱，民为之也。而民之性质，为优胜，为劣败，少成为之也。国于天地，数千百年，一旦开关，种与种相见，而物竞生焉。"②"物竞者，物争自存也。天择者，存其宜种也……民物各争，有以自存。""有生之物，各保其生为第一大法，保种次之。"西方理论家"莫不以民力、民智、民德三者，断民种

---

① 《天演论·自序》，《严复集·著译 日记 附录》，北京：中华书局1986年度版，第5册，第1321页。
② 《〈蒙养镜〉序》，《严复集·诗文（下）》，北京：中华书局1986年版，第2册，第254页。

之高下。未有三者备，而民生不忧，亦未有三者备，而国感不奋者也"。①最终，种族话语，国家话语，在孙中山和严复，在晚清思想界，都以"生存"概念而加入了"生活话语"的主流之中。这"存"的观念与"生活"观念相遇，所开启的是一个时代的思想"变法"，严复说道："天下理之最明，而势所必主者，如今日中国不变法则必亡是已。"②"救亡"为了"生存"。生活为本，民生为大，乃"生存"根本。胡汉民用"生存"概念如此阐释孙中山的"民生主义"："人类的意欲，是没有尽止的……一切努力所发生的种种现象、种种变迁，都只是求生存一念的演变"③；"孙中山先生是个彻头彻尾的革命者，他只把握住了一个'生'做他革命的基点，他不主张唯物，也不主张唯心，他只是求中国的生存和人类的生存。"④倾注"生存"关怀的现象与警语，已是于"死"概念之前的居于生死之间的最后一块价值立足之地，是生活话语于终极之处、极端之处"返本开新"的时代回声。中国的存亡之念，百年来从未了断，继20世纪初的救亡图存，其后在20世纪30年代末期和40年代上半期的抗日战争中又掀"救亡图存"高潮，而在20世纪70年代末的有关"国民经济到了崩溃边缘"的警醒中，"生存"与"生活"又一次合流而溅落深水回音。存在主义或存在论思想引入之后，又到处回声："我们该如何存在？"这成为当今最为流行的歌词警句。

生活，以及人生、生命、民生、生存等富有思想意义的话语，联袂构成了20世纪早期中国的现代话语的集合。这一话语集合其方向是新的时代所提供的有关"活"的意义拓展与生发，而其基础则在传统提供的"生"的意义的铺垫、新释与统合。

---

① 《原强修订稿》，《严复集·诗文（上）》，北京：中华书局1986年版，第1册，第16页，第18页。
② 《救亡决论》，《严复集·诗文（上）》，北京：中华书局1986年版，第1册，第40页。
③ 《三民主义的历史观》，《三民主义》月刊第8卷第3期，第81页。
④ 《三民主义的心物观》，《三民主义》月刊第1卷第4期，第36页。

走向"生活现代性"及其"生活"概念的整体性

通过以上,我们论证了"生活"概念在 20 世纪中国的兴起。那么这是一种什么性质的"兴起"呢?

它首先不是一个词汇的简单的"兴起",不是一个词汇的时逢盛世的"狂欢"与"流行",而是一种能够表明和概括时代社会境况与时代精神的真正的意义范式变革,是一个社会主流观念、主流思想的"概念"的"兴起"。

古代的"生活",主要是作为一个被压抑的民间的口语性词汇而存在的,基本限于有关"生计"的表述;或扩而言之限于从字面上表达类似"生存""过活"的生(命)而活之的意思,如说"民非水火不生活"①"父兄囚执,闻出财得以生活"②;或生下来、使活命、活下去的意思,如说"上下燋心,相望救护,仰希陛下生活之恩"之类③。至于由于"生活"一词的低层生计的意义,遂在民间用法中,从一日一日的生活过程中,将"生活"语义用作类似"时光"的隐喻,如杨万里:"一年生活是三春,二月春光尽十分"④;用作"活儿、工作、活计、干活"的意思,如《水浒传》第四十一回:"在这无为军城里黄文炳家做生活"⑤,"活"的语义,在这里扩展为生命过活的时间之代语,或由生命之"活"、生活之"活"而发生语义转移,异化为因求生存生计而进行的劳作、活动,转移到了主体之外的客观对象体上,等等,这些"生活"作为词汇的历史虽然也有扩展为普遍性的意义概括与表述的趋势,但毕竟因其多是在口语性话语行为和民间低层的位置

---

① 《孟子·尽心上》,〔宋〕朱熹:《四书章句集注》,北京:中华书局 2003 年版,第 356 页。
② 〔汉〕班固:《汉书·萧望之传》,北京:中华书局 1964 年版,第 3275 页。
③ 〔南朝宋〕《后汉书·朱浮传》,北京:中华书局 1973 年版,第 1140—1141 页。
④ 周汝昌:《杨万里诗选》,河北教育出版社 1999 年版,第 80 页。
⑤ 林俊点校:《水浒传》,上海:上海古籍出版社 2004 年版,第 372 页。

上,不能不显示出其在思想话语中的形而下且语义颇为狭窄和贫乏的地位,如同一位唐代诗人陆龟蒙《奉酬袭美先辈吴中苦雨一百韵》中写到的:"所贪既仁义,岂暇理生活,纵有旧田园,抛来亦芜没。"①"生活"这个词儿的"芜没"状态,都是因为被类似表达精英式的"仁义"等至尚至尊生活道理的"生""生生"给"贪"占了不少的风光了。

"生活"一词到了现代才获取了普遍性意义的"概念"地位。由"生"扩展使用为"生活",由"生"加上"命"扩展使用为"生命",由"生"加上"人"扩展使用为"人生",由"生"加上"存"扩展使用为"生存",由"生"加上"民"扩展使用为"民生",不仅是古汉语单音节词语用习惯向现代汉语双音节的语用习惯的变迁,而且是在古汉语有关"生活、人生、生命、民生、生存"等的不自觉的词汇使用状态向生活理论话语与社会话语的自觉性"概念"思维范式的生成,是时代语境的生成与需要。在此过程中,一个"生"字成为这个话语体系、成为这些概念中均出场的主体语素,但我们应明白,此时这里的"生"之语义,其"承前启后"的作用与变化,就是它已大不同于古代文化语境的"生",而指向了现代话语中的"生活"概念。正如王国维、梁漱溟等人的体系性的理论话语,以及社会实践中时兴而盛行的人生、生命、生存、民生等社会话语所表明的那样,"生活"作为一个现代概念的兴起,反映了中国人对世界认识的扩展,我们对待它,不再像对待普通的一个词语或一个名词那样,它需要我们以这个词汇/概念为基础,进行思想的辩论、分析、建构,乃至体系性的文化升华。在社会话语中,它以体系性的理论言说与典型性的主题言说,在话语主体与受者客体之间,在个人与国家/民族之间,在文本与现实/实践之间,建立了中国自己特有的"生活语境",成为我们社会话语与实践的"主题词""关键词",从而构成了可以启动对这个时代与社会的本质认识的一种哲学纽

---

① 《全唐诗》,上海:上海古籍出版社2008年版,下册,第1561页。

结,一个思维的进入路径和实践方式,一个缠绕着纷纭复杂社会权力关系与利益博弈的话语空间。尤其是,它改变了"生活"一语的古典的狭隘用法,将形而上的"生""生生"话语成分纳入进来,也沿袭发展了汉语传统中形而下的"活/生活"的基本语义,并将西方有关生命哲学、实践哲学、认识论及本体论等哲学话语因素纳入进来,重新阐发"活"的意义,使"生活"概念走向一种现代的整体性,不仅有理论话语,更有话语实践;既包含有传统生生哲学的宇宙论、本体论、民本/人生论,又包含有现代生命论、生存论/存在论、民生/人本论,由思想、哲学、文化方式而波及现实社会、政治、经济与人生,波及中国历史的阐释。谁拥有阐释生活的话语权,谁就能够领一时中国之风骚,受到各方瞩目。"生活"概念作为新时代的现实性思想范式,因之而焕然一新。

除了原有的那些语义得以延续之外,在现代,我们已用"为了生存而进行的各种活动"[①]来定义"生活",这"为了生存"的"各种活动",不仅在"人生"的意义上指人的生活,而且还继承古老的理解传统,将在生态文明的新的时代意义上,意指包括地球上所有生物为生存和发展而进行的各种行为。这个概念所概括的范围,包括人类生活、生物生活、生命生活、生态生活、民众生活、群体生活、个体生活、社会生活、民族生活、国家生活、海洋生活、森林生活、山地生活、物质生活、精神生活、身体生活、欲望生活、理性生活、高尚生活、理想生活、宗教生活、艺术生活、日常生活、外在生活与内在生活,等等。如此广阔,不一而足,都呈现在"生活"概念及其话语平台之中。今天每当我们说起"生活"一词,再也不用遮蔽和压抑其有关生计、日用、欲望等本义,再也去不掉这些本来的基本语义,但同时,这个词又可以去表述生物的、人类的方方面面。我们并不因其物质生存性质而阻断其向上提升的路径,相反,这个"现代"的"生活"向一切领

[①] 引自《现代汉语词典》,商务印书馆 2005 年第 5 版,第 1216 页。

域敞开。它似乎可以粘贴、附着、界定诸多范畴,既体现了相当高度的形而上意义,同时又具有相当普遍的日常使用意义,甚至类似于义域相当广阔的"文化"这样的概念的概括,但远比"文化"一语来得更广大,它已超出了"人类"的范畴,而指向所有生命与生物存在。而这一切都是我们在现代汉语以来,经"生活"概念的"兴起"才得到的局面。我们无往而不在生活中,是它的整体中的一分子,靠这个概念的整体性建构而获得活着的位置与意义,我们不仅书写生活,而且生活被看作是我们的话语表达/实践。

当然,"生活"概念如此的"兴起"在其更根本的意义上是一种中国现代性的兴起。"生活"概念本身即体现了"现代性"的本质性要义。20世纪60年代布莱克在《现代化的动力》一书中说:"从上一代人开始,'现代性'逐渐被广泛应用于表述那些在技术、政治、经济和社会发展诸方面处于最先进水平国家所共有的特征,'现代化'则是指社会获得上述特征的过程。"[①]20世纪的中国依世界全球化发展也加入这一进程之中,由于"生活"概念,我们可将中国现代化进程所体现的特征,称为"生活现代性"。"生活"概念在此自身即为现代性,它依物质性的科学技术改变,并依科学理性而建构政治、经济与社会,使之发生新的范式改变。这种必须囊括物质性实在意涵同时又内化和表征为精神性观念意涵的整体性思维、语言范式,在世界是"现代"之新,在中国更是前所未有。在我们看来,在中国,它就是以"生活"概念既为立足点又为目的的一种观念与主流话语,为了生存与生活,也为了美好的或者幸福的生活,是百年来中国一切理论、话语、博弈、实践的核心与主题,也呈现了从物质到精神、从出发到目标、从个体到人类众生的一体性、一段完整"过程"。一个"生活",一段完整的"过程",所谓"本质"、所谓"本体",所谓"哲学",在中国及其

[①] [美]C.E.布莱克:《现代化的动力》,景跃进、张静译,浙江人民出版社1989年版,第5页。

汉语语境,都可用"生活"这个大词/话语概念"一言以蔽之"。

正是这作为"本"和立心立身之地的"生活",包括其话语体系中的生命、人生、生存、民生等概念,这些现实性存在的概念,以其构造的中国现代社会语境,超越了西方传来的资本主义现代性兴起及其特定话语,用中国历史语言的衍化逻辑、思想传统,以"生活"之名,融汇了现代性的资本主义物化意涵和作为主体性实践理性的社会主义理念义涵,以及种种中西现代思潮、主义话语,使现代以来的积淀悠久的中国经验、中国理念、中国思想,无不指向宏阔的中国生活。中国的现代性,生活为本,为生活立心,是最为本色的思维路径与思想话语,它就是这"生活"、这"生命"、这"生存"、这"人生"、这"民生"本身,它可以统一,可以整体,可以形上与形下杂糅并进,概括和表达一个时代——"现代"的物质和精神。

在此意义上,现代的大写的人,就不是什么主体的人或客体存在的人,精神的人或物质实在的人,而是生活着的人、生活人。除此,那些仿照西方形而上学体系方式,或将中国传统思想用现代西方形而上学方式加以改造、完形、升华的理论体系,终究很难走通现实,而抵达现代性时代精神的彼岸。

"生活",经过这现代的"兴起",已是"中国经验"的本土哲学的最有张力最具价值的话语表述。不是什么"先验的""神性的"东西,而是我们早已置身其中、已经身心体验着的"先在的存有",这生活,连带着同一相似语义家族的生命、人生、民生、生存诸概念,都可以生发出我们理论思维、社会话语的花朵和果实。理论话语和社会话语的贯通融会,正是20世纪以来中国思想、中国哲学的最大特色。这特色则根植于中国传统、中国现实和中国语言的深处。当然,"生活"概念及其话语体系在20世纪中国的兴起之后,并不一帆风顺,其所受"压抑"又以新的形式表现出来,而这"压抑"都今非昔比,已是"现代"的"压抑"了。

2016年

生活的心,回家的路

——新世纪中国文艺学美学的"生活论转向"

引言:是生活不是日常生活

2004年底,《文艺争鸣》杂志在第6期上推出了一个名为"新世纪文艺理论的生活论话题"的讨论栏目,发表了8篇文章,围绕着"日常生活审美化"的主题展开学术讨论。转年《文艺研究》杂志在其第1期上也发表了几篇有关"日常生活审美化"的讨论文章。由此,一场新世纪以来中国文艺学美学的大辩论迅速蔓延开来,全国有十余家报刊介入进来,累计发表论文百余篇。应该说,这个讨论是"及物"的,切合了新世纪以来中国社会在现代化进程中所呈现的审美增量的生活趋势,也形成了力图解释"日常生活审美化"现象的文艺美学思潮,以及由此而形成的文艺美学论战。同时,由于触及了"生活"这个主题,也使那种以为文艺理论和美学理论可以自足地无涉当代生活的想法得到某种程度的改变,从而引发了文艺理论的学科边界重整、文艺学何为、文化研究的可能性等一系列讨论。"日常生活审美化"首先是一种客观存在的当代生活现象,而不是一种无缘无故的文艺学美学主张。因此这场讨论的真正价值在于触及了当代生活的审美增量现象,使我们固有的局限于文学艺术作品文本的理论话语开始面对生活面对实用性的生活领域,并产生了巨大的困惑和纷扰。

"日常生活审美化"的表述因其"化"的语感似乎令人迷惑,有一种主观化的理论主张色彩,这可以讨论,但其实质是指证了这个时代的生活现象以及引发了文艺学美学意欲何为的思考,对此我们不能不强调地指出来。

三十年来,中国当代生活伴随现代化过程的"审美增量"是客观存在,不能忽视的,"审美"在生活中的丰富和生动,结合着生活的实用性和物质性,显得生机勃勃而富有力量,单纯的文本性和精神性解释已不足以解释,即便是所谓的更专门的"审美"解释也显得力不从心,看来生活之事还是应以"生活"的观点来解释,把所有的艺术和审美都放到"生活"中来解释,也许不失为好的方法之一。因此,重要的是"生活",而不是容易引起纷扰的"审美化";"审美化"也不见得是有多少新意的美学主张,而是在说明一个并不神秘的现代生活事实或现象,即生活的审美增量。进一步,我们注意到,"日常生活"这个概念的西化色彩太浓,在中国语境里,尤其在中国传统文化表述中,采用"日常生活"这样的说法,有时可能会将表述处理得更加细致和明确,但总体上还是蹩脚的,因为以这样的西方化的二元对立式的区分并不能有效地切入中国文艺观、美学观的核心,不能领会中国文艺观美学观的要领与精髓,中国传统或中国特色的文艺观、美学观并不习惯于区分生活与日常生活,而是以"生活"的整体性观照见长的,当然这个整体性的生活也是可分析,但这个分析并不是一个二元观念就可完全解释的,中国思维传统或许更看重一个多元的分析方法,"整体与多元"的生活构成是人们把握生活的实用理性维度。因此,我们愿意使用"生活",而不是"日常生活"。基于这样的认识,《文艺争鸣》又从2010年第3期起,新推出了一个栏目《新世纪中国文艺学美学范式的生活论转向》。发表了王德胜的《回归感性意义——日常生活美学论纲之一》和刘悦笛的《生活美学的兴起与康德美学的黄昏》两篇文章,我为此栏目写了一个导语《想起一些与"生活"有关的短语和诗句》。随后,在第5期我们用60多页的篇幅编发了一组"外国文艺学美学的生活论转向讨论专辑",共 11 篇文章,主要围绕当代世界美学走向以及美国实用美学的代表人物杜威和舒斯特曼作了综合的介绍与讨论。在第 7 期,我们编发了一组讨论中国自身文艺学美学生活论转向的文章,共 6 篇,并意在将这个"转向"定位在回归中国本土美学传统、回归中国生活,提出将"生活论美学"思想定义为中国两千多年来一直延续至今的一个整体性的主流思想,以期加以弘扬。在今后的规划中,我们还将立足生活论的视野,整合与重申文化研究、生态理论、空间理论、视像理论、现代性研究、实践哲学,各以专辑推出。同时,我们也期待就"生活论转向"展开不同观点的争鸣与交锋。

我们相信"生活论转向"的讨论具有很大的现实意义。反思百年西学东渐,我曾在去年的一篇谈文学的小文中说:"我们走出了庸俗社会学文学观,走进了特别特定的纯文学观,在新世纪难道不应该回归一种生活的文学观吗?什么是文学的平常心?而文学也不应总作异常想。我们是否应将文学放到生活的意义上来理解,文学史即或是所谓的精神史、心灵史,也是社会生活史的一部分。我们并不相信所谓 G2,所谓'中美国'等说辞,但作为大国的美国的实用美学,和几千年来不断地崛起着的大国中国的实用理性和生活美学,不是更能给予我们适应需要的启示吗?而一个老欧洲的美学,康德美学的思辨性、学理逻辑性不是越来越显示出极大的局限性,束缚着我们的手脚吗?老欧洲的美学是单民族国家千万人口规模的国家的美学思维传统,在全球化时代,在中国化的广大时空中,其有效性难道不值得反思吗?"[①]讲这个话主要是针对 20 世纪 80 年代末 90 年代以来占据文坛的主导性的"纯文学观"和"审美至上"文学观的。有所针对,才谈得上"转向",才不无的放矢。

如果试图再细致一些地谈"新世纪中国文艺学美学的生活论转向",

[①] 拙文《写在当代文学研究边上的问号》,《文艺争鸣》,2009 年第 12 期;收入白烨主编《2009 年文坛纪事》,北京:人民文学出版社,2010 年 1 月第 1 版。

我想用生活转型、生活的心、回家的路这样三个词组来说明，以下分述之。

生活转型

我们这里的所谓"生活论转向"，是借用近年来文艺学美学界常常说的"语言论转向""视觉转向""文化研究转向"等说法，借俗用俗，其真意也不是想说我们的文艺学美学"转"了什么"风向"，而是意在表明这样一种"生活论"之于新世纪中国文艺学美学的重要性，生活的观点尤其需要得到强调，需要在新世纪中国社会文化语境下重新加以强调。如果说，那些所谓的"语言论转向""视觉转向""文化研究转向"尚是一种单纯地跟在西方文艺学美学潮流的后面，因"西方转向"而"转向"，那么我们新世纪的中国文艺学美学的"生活论转向"，就不应仅仅是顺应和借鉴世界文艺学美学的"生活论"的"转向"，而更主要的是因为中国生活的新的"转型"，是因为三十年来的中国发展，使"生活"重新又以新的整体方式进入了我们的视野，进驻了我们的"心"。

生活转型塑造了我们的"生活心"。尤其新世纪以来，这种中国发展得到了更加明显的生活呈现，形成了可以大致看得出轮廓的大不同于三十年前的新的生活状态和形态。置身于这样的新的生活情境之中，以"年/月"为时间刻度的生活进程正在被尽可能地物质化、量化，从各级各地的年度GDP指标，到每个人的月计年计的收入期许与奋斗目标，物质内容全面地覆盖了人生领域，似乎已经不存在完全脱离物质因素的精神领域了，或者，已经没有了可以将精神与物质界垒分明地区别开来的绝对边界。"以人为本"的物质和民生指数似乎总在上涨也总是明确的，也越来越成为"精神"无法逃脱的生活依傍。人性及其尊严总是体现在物质基础之上。20世纪80年代及其以前岁月的革命、启蒙、政治和生产、建设,曾经是人们所理解的"火热的生活""真正的生活",它们曾是生活的全部。这种在特定历史语境下被简化了的"生活"今天已不能够涵盖生活的全部,物质因素、身体因素、欲望因素、技术因素等凸显于生活中,大大扩容、鼓胀了生活的体积。尤其在精神性和物质性之间,那些经济机制、网络媒介、城市空间、生态背景等,都以一种中介性的,似乎更倾向于物质基础的有力方式,重组二者之间的密切关系。可以说,三十年来,中国社会和人民创造了自己的新的生活,根本改变了此前的以启蒙、革命、政治、精神为主导的生活。在这个新生活之中,启蒙、革命、政治、精神的价值仍以各种形式作为传统遗产和现实性而存在,但以"现代性"这一合法性共识伦理面目出现的以物质生活建设为基础面向的综合力量使过去单纯的生活全面改观,导致了一种生活转型。

　　三十年前我们理解的"生活"是革命、政治、精神、启蒙和在此精神照耀下的火热的战斗与生产,它不包括凡庸的日常性的吃喝睡觉等基本生活,更不包括人的身体,而今天我们说的生活主要是什么呢?有各种表述,比如说以经济建设为中心、欲望时代、消费社会、日常性生活、物质生活、经济生活、身体生活、审美生活等等。这些表述都有其合理性,这些方面也正是这三十年来得以真正猛进地改变了生活面貌的主要因素。尤其当这些因素以一种现代化或现代性的生活合法性的名义大行其道,我们会觉得,现代化或现代性的一个基本的实质性维度即在于它的物质性,而且是生活的物质性,没有这个生活的物质性,就没有现代化或现代性,也没有现代的生活性。正是在这个背景下,人们乐于引用波德里亚的说法:"我们生活在物的时代:我是说,我们根据它们的节奏和不断替代的现实而生活着。"[1]也乐于引用费瑟斯通有关消费文化或消费社会的论述:"存在着这样一种'消费的逻辑',它表明有一种社会性的结构方式,也即当

---

[1] [法]让·波德里亚:《消费社会》,刘成富、全志刚译,南京:南京大学出版社,2001年5月版,第2页。

人们消费商品的时候,社会关系也就露了出来。"①同时,我们根据中国社会主义市场经济体制的确立和展开,而有"市场社会"之称;由"日常生活"的凸显和受到关注而开始征引列菲弗尔和赫勒等西方学者的观点,摈弃"超真实性"的社会观念,遂有"日常社会"之称;因生活中的追求利润、利益的最大化倾向不可一世以及经济理性的权威影响而有经济社会、经济生活之称;因生活中的欲望因素的大行其道而有欲望化时代、欲望社会之称;我们甚至乐于引用沃尔夫冈·韦尔施的话:"由于生活方式在今天为审美伪装所主宰,所以美学事实上不再仅仅是载体,而成了本质所在"②,从而将当代生活表述为一种"审美化"生活,所谓"日常生活审美化"等等。所有这些都表明,三十年来中国社会和生活的变化如此之大,它所昭示的生活转型如此触目惊心,仅仅看看这些错综复杂的表述,就足以让人炫惑不已了。面对这些,我们可以说的只能是:的确,我们进入了一个复合性社会、复杂性社会,正是这个复合性社会与复杂性的社会,给了我们一个新的生活。面对这个已然转型的新生活,如果说从前我们将生活仅仅定义在革命、战斗、启蒙、精神、政治上面,是一种历史和现实的"简化"的话,那么我们现在仅仅使用市场社会、物质社会、欲望社会、消费社会、媒介社会、日常社会、审美社会等等,同样是一种对社会的"简化";因为原来只讲革命、战斗、启蒙、精神、政治,现在便针锋相对地以物质、欲望、日常、媒介、经济来颠覆和消解,以为如此就是把握了今日社会的本质特征,孤立地将我们的认识建立在有选择性的和有局限性的区别或差异性思维之上,而不是将这种区别或差异建立在一种整体性和客观性之上,依然局限于二元对立的思维路向,对社会生活作了某个方向的简

---

① [英]迈克·费瑟斯通:《消费文化与后现代主义》,刘精明译,南京:译林出版社,2000年5月版,第22、23页。
② [德]沃尔夫冈·韦尔施:《重构美学》,陆扬、张岩冰译,上海:上海译文出版社,2006年4月版,第7页。

化。诚如英国社会学家菲利普·梅勒所言:"尽管它们几乎都对当代社会的'复杂性'维度作了某方面的阐述,但它们也倾向于选择不同形式的简化论,通过对社会和历史进程的简单化,使得关于当代世界激进的社会文化与技术转型的宏大的、也许是含糊不清的叙述成为可能。"①

那么我们应该怎样描述当代社会和当代生活的转型?

我想应该说两句话:第一句是这个时代的社会和生活已完全不同于三十年前的中国生活,它突显了物质、经济、技术、欲望与日常日用的基础性和首要性,加深了精神对物质的依附性和一体性,因此在承继过往高扬主体精神的传统的同时,以更大的精力和客观的态度去研究过去被我们曾经极大地在人文社会科学领域加以忽略的诸如物质、日常生活、媒介、身体欲望等,是十分重要的。第二句话是,我们还是要使这些维度建立起与社会整体性、生活整体性之间的联系。既然精神、政治、革命、启蒙等并不能覆盖全部生活,它们应该建立起与社会、生活整体性的联系;那么物质、身体、经济、媒介、日常生活等就也应建立起与社会、生活整体性的联系。说得明白点,在这种整体性的视野下,我们的生活转型,不是单纯的物质、身体、媒介、日常生活、经济转型,而是整体的生活转型;不是生活转向了物质、身体、媒介、日常生活、经济,而是生活的平衡被打破并趋向于新的平衡。我们已经回不到前现代的仅将生活简化为与精神相对立的"日常生活"欲求与生存生计的水平上,也回不到20世纪中国仅将生活简化为精神、革命、政治、启蒙的水平上来评价当下的生活,同样我们也不能仅仅站在物质、身体、媒介、经济与日常生活的水平上来评价当下的生活,我们眼下的转型,是这些的全部,是生活整体性的全部。一方面是生活的转型,一方面是我们的认识生活方式的转型;我们认识生活的方式,正在从一种简化的有选择的激进的认识方式,转向一种复合的、复杂性的

---

① [英]菲利普·梅勒:《理解社会》,赵亮员等译,北京:北京大学出版社,2009年5月版,第50页。

认识生活的方式。正是在这个意义上,中国语境的"生活"概念,以及不流行将生活分解为日常生活和非日常生活的语用习惯,展现了自身的优势和魅力,展示了实用理性的整体性和灵活性。

因此我们只能说,这的的确确是一种生活转型,一种趋向整体性生活的转型,而不是以生活的名义进行的某一维度某一方面的转型。向复杂社会的复杂生活的转型使我们只能说:生活,除了生活,还是生活。套用提倡复杂思想的埃德加·莫兰的话说:生活(原文词汇是"复杂",在此替用一下——引者注)的东西不能被概括为一个主导词,不能被归结为一条定律,不能被化归为一个简单的观念。……生活性(原文是复杂性——引者说)是一个提出问题的词语,而不是给出解决问题的词语。①

生活的心

对这个时代的生活,我们在考察了其转型的状况之后,因其更多复合性和复杂性而将其命名为"生活"。不过这"生活"与古典生活、20世纪生活不能同日而语。中国古典"生活"一般是在生计生存意义上的理解,20世纪"生活"则在革命、生产、社会的意义上显义,而今,它趋向于一种新的整体性的生活理解,这种生活"转型"构成了新世纪中国文艺学美学的"生活论转向"的现实基础。

那么我们应该采取什么样的态度或立场来对待这个转型后的"生活",新世纪中国文艺学美学的"生活论转向"又应该以什么样的态度或立场来表述自己的哲学?在这个意义上说,我觉得"生活论转向"的哲学智慧可以用"生活的心"来表述。生活转向使我们有了一颗"生活心",那么我们将如何安妥这颗"生活的心"?

---

① [法]埃德加·莫兰:《复杂性思想导论》,陈一壮译,上海:华东师范大学出版社,2008年5月版,第1、2页。

心是中国概念。它的语用边界远远超过西方式的生理科学的定义,不仅指心脏,如果仅指心脏,那么在人之外,任何动物也都同样有心脏。在中国思想和哲学传统中,心位于人身体的中央,除了统领全身的血脉跳动、表征生命的"活"之外,它还是人思维的中枢,孟子讲"心之官则思"。可见心是由心脏——大脑一体化而结构成的身体中枢。不仅如此,除了生命基础的"活"与思维机制的"思",它还是人的情感、意气、体验的中枢,是性情本体的所在,所谓"心情""心性"这样的词汇便表明情、性都源于心、驻在心(张载和朱熹讲"心统性情")。所以"心"是表征人的核心特征的一个复合性、复杂性的概念,是表征人的核心价值的整体性概念,它复合了物性、肉体、生理、情感、意志、性格、体验、思维、精神、活气等诸多因素,是个决定人的本质(如果有本质的话),包容仪态万象的绝妙所在:"夫心者,人之神明。"[1]

正由于"心"这种作为人的中枢性的核心特征的复合性、复杂性定位,它才真正配得上与同样作为一种复合性与复杂性的整体性概念的"生活"相对应,才可以有"生活的心"这样的智慧追求的一致方向。"生活",在"心"的智慧方式观照下,就是本体性的生生不息,就是哲学意义的存在、生存,是"人活着",是人与万物相连构成的连续性、整体性的生活。

"生活的心"是使人真正地成为"生活"本身,使"人心"与"生活"融为一体的价值体现。为生活"立心",为心而"生活",这应该是新世纪中国文艺学美学生活论转向的价值意义所在。

宋代思想家张载曾经说过一句传诵于后世知识分子间的具有中国"士人"精神的座右铭:"为天地立心,为生民立命,为往圣继绝学,为万世开太平。"但这里的"立心"与我们今天所说的"生活之心"还不一样。在

---

[1] 〔清〕雍正编《悦心集》序,《悦心集》,北京:中国华侨出版社,2010年3月版,第5页。

中国古代传统中,"生活"概念仅指一般在生计或基本生存欲求的层面上的"生活",这虽不能说是被极力地压抑着,但总归是被忽略或忽视的所在。那时的所谓"立心",是在中国传统的天地人系统中,在与人相对应的天地自然万物中寻理立法,使自然万物和天地达成与人的一致。在这里,低级的"生活"往往是被忽略的,这也显示出中国传统文化精神终归是趋于一种超越性尤其是生活的超越性精神传统。"心"在这里,自然地获得了与自然相对应的位置。陆九渊说:"宇宙便是吾心,吾心即是宇宙,人皆有是心,心皆具是理。"(《年谱》,《陆象山全集》卷三十六)可见他是越过了脚底眼下的"生活"而直接体悟宇宙和天地万物了,心被"理"玄学化了。虽然中国思想传统在联结人心与天地境界的超越性与整体性时,也为贯通与日常的生计性和欲求性的"生活"留下了栈道,从庄子到陆王心学传统,都有道在蝼蚁、在稊稗、在瓦壁、在屎溺、在日用式的表述;中国思想传统中,也将"心"作为一种具有器官物质性、情感性、感受经验性的人之中枢,认为其"劳之则苦,扰之则烦,蔽之则昏,窒之则滞,故圣贤有存心、洗心之明训,佛祖有明心、寂心之微言,无非涵养一心之冲虚灵妙,使无所累",[①]并以此表明了对"心"的生活式的作为活生生存在物的理解。但所有这些,不仅有将心从实际生活中通过洗、明、寂、存等方式孤立出来的意向,而且即便是将心放任于生活状态之中,则不是自我刻意选择山林归隐,就是自暴自弃陷于一种游戏。在这中间,生活的日常性和向下的"低"姿态有了被展示的可能,而迷恋于人们伦常日用的生活景色则获得人性表达,这在古代文学中也便成为一个令人瞩目的生活化的实存。但即便如此,古人的"生活"心和我们今天所讲的"生活之心"也是大不同的,首先是古人的生活心是通过苦其心的方式寻求超越,总是将人伦日用的生活心局限在很低极小意义上并与终极关怀相距万里,因而并不被重

---

① 〔清〕雍正编《悦心集》序,《悦心集》,北京:中国华侨出版社,2010年3月版,第5页。

视,因此,无论儒、道、释,若提出一种将超越性的精神之心与低层的欲求的生活心统一起来的整体性的生活视界是很难的,它基本上是处在自身的沉默的实存状态。其次,我们还应看到,古人的"生活"概念一方面将其局限在日常生计欲求上,另一方面,对"心"的超越性要领则更多地作了抽象的、玄妙的解说,而我们今天的"生活的心",其内涵具有现代理性的实在和整体观,不仅包括知、情、意诸方面,而且还要明确地指出它的器官物质性、肉体性和感性特质;所谓"为生活立心",自然地也将传统的天地自然理解为"生活"的一部,因为天地自然经过近百年来现代化的改变,已经成为中国人的"人化的自然"、成为人们生活的一部分了,而且今天的理解恐怕更为实在,比如我们在现代理性的教育之下,已很少笼统地用天地、自然这样的古典概念,在感觉中,似乎不如直接地用"地球""太空""大气层"这样的词汇更为具体实在。杜维明在谈到古典哲学大都主张超越和突破,主张离开现在这个世界,追求更重要的终极关怀之后提出,今天的核心问题是人的存活问题,而人的存活问题最重要的参照就是地球,有人甚至说 21 世纪的先知就是地球,因为地球可以告诉我们能做什么不能做什么。① 我们正是在这样的意义提出了"生活的心"的说法。"为生活立心"继承和容纳了"为天地立心"的精神,而又更加具有现实化的实践精神。如果说,古典文明更多是一种单纯的精神文明的话,那么现代性文明则是通过现代化的物质进程更多建立在物质化基础之上的生活文明,这个生活文明当然要弘扬人类源远流长的精神性遗产,并使之与现代化的物质生活融汇起来,建设新的生活文明。

顺便还应指出一点,在过去的 20 世纪一百年里,中国生活发生了面向现代化的生活转型,但那是一种特定历史背景下的具有特殊性和过渡性的生活转型。它的最初的现代化动机,当然是以国富民强、以人民生活

---

① 参见《新世纪文化中国面临的挑战,访"新儒学"代表人物杜维明》,《文学报》2010 年 7 月 29 日第 31 版。

尤其物质生活即基本民生状况的富裕与幸福为目标的,但它在实际的历史进程中,却因为20世纪中国历史条件的作用,而走上了一条以精神为先导,以启蒙、革命、救亡、政治为优先解决的路子,生活现代性的大趋势虽然不屈不挠,却也不时受到误解、曲解与压抑,甚至它导致了对生活的较之古典时代的更为激进的否定与批判,宣布了日常生活的渺小,乃至造成某种令人窒息的非人化的异化状况,试图把人从物质的现代化、民生指标的低俗中超拔出来,最终造成了精神乌托邦的时代溃败,人的正常生活受到"非人化"的指控而以精神或重铸灵魂的幻影使人们真实地受到一次规模巨大影响深重的非人化、非生活化的压迫。这是一段不能不在"生活的心"的话题中需要提到的一笔,而且应该指出,这段不堪与荣光相映生辉的历史,其原因固然有从程朱理学之后中国人依赖心性修养改造"新人"的因素,更多的则是片面地、过度地阐释了西方的主客之分和启蒙理性的原故。即便是谈到"生活世界",西方哲学也要区分出一个日常生活和非日常生活的对立,而这样的区分从根本上是不符合中国人的思维习惯与逻辑的。因此,有鉴于此,我们所说的"生活的心"是整体的生活的"心",没有一个对生活的整体性观照,就谈不到生活的心,那只能是一个破碎的心。

因此,应该指出我以为的"生活的心"的几种智慧途径。是我们为"生活"所立之"心",也是我们自己把握"生活"所应具备的"心",我们应该以这样的心来生活。

首先,生活之心是整体之心、大包容之心。中国人看待世界的方式是整体性的、看待运动和历史是具有普遍联系性的性质的。这并不是说西方思维中没有整体性的观念,没有联系起来看问题的方式,而是说,西方思维在分析问题时往往追求界分和定义,并不将整体性作为首要的前提,也并不将连续性贯彻始终,甚至还追求突破和新奇的效果。而之所以说中国思维方式以整体性为特点,则在于它在解决问题时往往将整体性作为前提，处理事物往往使之与整体性联系起来，并且为了整体性的利益而牺牲其他，在所不惜。在新世纪，生活转型后的整体性视野应在新的水平上展开。比如我们说物质文明和精神文明两个方面都重要，但在实质处理过程中往往不是用物质要求精神，就是用精神去限制、批判物质，依然处于二元对立状态，而没有从精神的物质性或物质的精神性、从物质和精神的互渗相融和解之间生成一片整体性的论域。我们依然沿袭传统哲学思维精神性过度阐释的强盛的惯性，而对现代化的最主要的文明特征和最主要的成果即物质性缺乏阐释，没有形成有关物质的具有平衡性的文明话语，依然走在用精神或人文精神简单的反物化的老路。极端的偏执的物化当然必须反对，但一个文明的生活和文明人在根本上是不能够反物化的，物质是生活之基，正如人们说精神是人类的家园，但没有物质家园，精神家园将无所凭依。我读到过一句令我印象极为深刻的话："一个没有物恋的人是一个无家可归的人。"① 人不可能真正地全面地批判物。李泽厚先生近年来的重大美学进展之一就是提出了有关"情本体"的极为精彩的论述。② 但情为何物？情自心出，其出却要感于物，没有物的凭依，情将不能自发生出，因此情与物关系应该被论述到。如果在此我们大胆地说一句的话，情为本体，为什么物就不能为"本体"，情本体与物本体联系起来的整体视野，应是当代理论的生活之心。生活之心不仅包容精神或所谓的"灵魂"，也包容了对日用、欲求、自家性命等的同情和理解，包容了所有的生存、生命"活"下去的自然的和可然的全部情理，整体性、大包容，是当代生活之心的本义，是以生活之心来把握生活的要义。

其次，生活之心是一种"可以之心"。在整体性背景下，生活是多样多维多元的，可以这样，也可以那样，只因角度、条件、目的、背景不同。以

---

① 〔美〕威廉·皮埃兹：《物恋问题》，见孟悦、罗钢主编《物质文化读本》，北京：北京大学出版社，2008年1月版，第69页。
② 参见李泽厚：《实用理性与乐感文化》，北京：三联书店，2008年6月版，第54—113页。

前我们过多地强调一分为二、强调二元变换和颠覆,强调正反合的递进变迁,其实事物更为普遍的模式是一和多的形式,一本万殊之下,二分的方式不过是一多模式的一种简化的、特殊的形式。而在把握一多模式上,在将整体性作为前提下,应该为事物的多样性留出应有的空间。我们之所以主张采用生活的整体性观念,正因为它主要是复合性的、复杂性的。但是你"可以"去谈精神主题,也可以去谈物质主题,只不过要求你在论述时一定要使其与生活整体性联系起来,而避免单独的、单一的简化式命名。在这个前提下,一种"可以"的方式,"可"的方式或"以"的方式都可以成为智慧的生活之心。《前赤壁赋》中说:"盖将自其变者而观之,则天地不能以一瞬;自其不变者而观之,则物与我皆无尽也。"孔子评诗,说:"可以兴,可以怨,可以群,可以观。"在这里,可与以、自,都是介词,它引入主体、引入动作,既是对生活的肯定态度,又留有余地,表明对多样性的尊重。在中国语境中,可,以,其他如自、为等介词,在中国人的表意行为中具有极为重要的价值,体现了汉语的生活智慧。其实当你能够考虑各种"以"的情况,你也就是展开了整体性,言说了多样性,界定了不可以性,不是非此即彼,而是通情达理,情理相协。从"以阶级斗争为纲"到"以经济建设为中心"到"以人为本",这期间的生活转型,就是靠"以……为……"的方式来表述的,一个介词"以"的方式和隐喻化、历史化了的"本质",乃是"生活"的出场和戏剧本身。"以""可"的方式是一种面对万物的"生活的"方式,是谦逊方式、智慧方式、实用理性的灵活方式,其实质是"宜"思维的体现,从"以"到"宜","以"适宜的方式求得适宜的目标和生存状态,在"以"和"宜"以外并不存在绝对的目的性和生存。

第三,生活的心是实用理性之心,是"度"之心,中道之心,中道的实质是实用理性的,《中庸》说的"喜怒哀乐之未发,谓之中;发而皆中节,谓之和。中也者,天下之大本也;和也者,天下之达道也。至中和,天地位焉。"人的情感,可以喜,可以怒,可以哀,可以乐,只要"中节"就好,就是中和,而这样的效果,是我们在"经验合理性"的基础上形成实用理性,并进而在实践操作中较好地把握了"度"。实用理性和度是李泽厚提出的重要思想概念,他甚至将"度"作为一种维护生存的中国范畴,提高到实践本体的高度来认识,是最具中国特色的范畴。他用"度"来代替"存在""本质""实体"以及物质或精神来作为本体性的第一范畴:"度作为第一范畴,将认识和存在都建立在人类实践活动基础之上。度以其实践性格在感情操作层构建思维规则。度以其成功经验在理性思维层生产辩证智慧。"在谈到实用理性时,他认为这种理性"主要不在如何叙说、解释客观事物或世界,而更在如何处理、调节人群社会、生活活动及个体身心,以维持和连续生活、生命和生存"。"重在主动地引导人们的实际生活和生存"。[①] 李泽厚一般不用中国传统观念的"中道"概念,而创造性地用更加理论化的"实用理性""度"来阐述,其实质是一种生活的心得,其目标在有实利、有实用于"生活",在于促进一种"天行健,君子以自强不息"的实践奋力精神,应该说,他超越了对生活的简单化、偏执的理解,而发挥了中国思想,使"生活"概念走出了古典时期的被忽略的自身境况,在一定程度上也走出了过去百年来"生活"被简化理解的命运,走进了理论自觉的现代生活哲学、生活论美学,并有了范畴化的理论体系的表述。

为生活立心,除了哲学智慧层面外,进一步,还要从立心处立美。立心"立"到生活的美学层面,也就是从生活的立美处回返去立心了。在生活的立美处着眼立心,我以为大约可讲以下这样几层。

首先,要立"美活"之心。"生活"的要义在于一个"活"字,正如"生命"的要义在于"命","生存"的要义在于"存"。生命和生存当然也以"活"为前提,生命富于活力,生存必须活动,内里都是把"活"看得很重的。但"生活"概念尤其强调"活"。"生活"的观念里,不仅把"活"作为

---

① 参见李泽厚:《实用理性与乐感文化》,北京:三联书店,2008年6月版,第27、29页。

最基本的层面,突出了人的身体生命性和生存性的意涵,而且能够整体性地呈现"活"的丰富性,在人的基本生存之外表达更为深广的生活内容,乃至将"活"本身作为一种价值,包容充满矛盾的互相悖反、蓬勃不已的丰富绚丽的整体圆融境界,体现人生的"活泼泼"的存在意义。这乃是一种美学意义的"活",可谓"美活"。诚如车尔尼雪夫斯基说过的那样:"任何事物,我们在那里面看得见依照我们的理解应当如此的生活,那就是美的;任何东西,凡是显示出生活或使我们想起生活的,那就是美的。"①此时的生活,我们身处其中,成为我们感同身受的与"心"同在的同一物,是心在生活,也是生活的心。这个生活心,乃是"美活"之心,具有美的境界的生活心。而这样的"美活"的生活心,应是一颗有情心、缘情心,《郭店楚简》说"性自命出,情生于性"。朱熹《朱子语类》卷五说"心统性情","性是未动,情是已动,心包已动未动"。所谓情是"已动",就是感而生情。因何而感?"感时花溅泪,恨别鸟惊心。"因此这样的"美活"的生活心,又是一颗敏感心,既是体己之心,又是体物之心。张载《正蒙·大心》说:"大其心,则能体天下之物,物有未体,则心为有外。"我们的心时刻都在感应着万事万物,而物有未体,你的心便在生活之外;当你将生活整体地纳入体验感应的范畴,你便拥有了一颗"生活心"。缘情与体物,是生活之心的两种主要获取途径,合为一"美活"境界。

其次,要立时空之心。所谓时空之心,也就是要有历史心和现实心,或者叫史心与世心。在生活的意义来理解历史,任何历史在其整体性上都是一部绵延不已的生命、生存和生活的历史,因此我们的"缘情"和"体物",也不能不是缘于历史之情,体悟历史之物的。用生活之心来重整历史,历史就是人类生命共同体的生活史,在漫长的历史中,我们的生活心得以继往开来,成为一种生活性质的大包容的史心。没有整体性的生活

---

① 引自《西方美学家论美和美感》,北京大学哲学系美学教研室编,北京:商务印书馆,1980年5月版,第242页。

史心，就没有叙事。而生活又总是现世的，生活也是现实的，生活之心立于现世现实，具有世俗性和实用性，活着、实践着的生活心的现实维度，包含着所有的庸常和奇迹、无奈与梦想，生活心是感时忧世、感物怀人、饮食男女、浮沉有时的现实感生成的现实心。

第三，要立忧乐之心。生于忧患，活于安乐，先忧而后乐，不断解忧而趋乐。忧心与乐心联通生活，造成了中国生活的忧乐文化。忧乐是生活的忧患和安乐，大到家国情怀，小到个人日常和生死，同样显示了生活性的整体视野，同样是缘情与体物的生活性的体验和言志，由抒发忧患悲怨之情，言写生活安乐之志而力图达到"美活"的至高境界。然而"忧乐以理"，"释忧以即乐也，无凝滞之情"，中国古代思想智慧，主张忧患和乐感的前提是"情"，也是"理"，这个"理"就是人的理性，是由"情"熔铸的理性，一种李泽厚所称道的中国实用理性或实践理性。正是基于这个前提，中国文艺美学的生活论阐释，其忧乐之心的基础，是在历史心和现实心的情理把握之上，建立理性的知性心和批判心。我们讲"美活"之心，其实就是敬畏生活之心，敬畏体现于忧乐，孔子讲"君子有三畏，畏天命，畏天人，畏圣人之言"。儒家是讲敬畏的，敬畏是一种基本的生活情感性态度，也是一种理智性的自律和自我约束，是一种面对博大生活对象的谦卑与尊重。我们讲生活的整体性和多样性、丰富性，讲"以……的方式"等这样一些中国人对待生活的介词表述方式，其实都表达了一种对生活的敬畏态度。从敬畏天、敬畏圣人到敬畏生活，这是现代中国人"心"的进展。但被敬畏并不等于说不要启蒙理性和批判，而且恰恰相反，我们基于忧乐，还要加强和伸张启蒙理性的批判维度，要促进一种在生活混沌性的整体中的趋于健康的积极的生活，主张向上的生活理想，但我们也应清醒，这种批判的实质，也是一种生活批判，是一种从"心"出发的批判，是在"生活"中的批判，批判的自身也是"生活性"的，甚至是有局限的，脱离不了历史和现实语境，脱离不了具体时空中的感性和理性的处境,脱离不了主观理想和实践行为的要求。我们只能争取知性心和批判心的有益、强化与不断完善,从而尽力实现庞朴所倡言的"忧乐圆融"的生活境界。

回家的路

从立心、立美,其实我们就已经踏上了一条中国文艺学美学的"回家"的路。新世纪中国文艺学美学的"生活论转向"就是这样一条回家的路,回到生活,回到中国生活。

我们可以从中国生活传统的诗学美学理解中找寻回家的路。中国文艺学美学观念,在经历了近百年来的西化学术洗礼之后,在新世纪,我们发现中国人、中国生活中(而不限于那些被西化术语笼罩的文艺学美学的学院话语中),文学艺术观念的基本面仍然很少改变,甚至没有改变。站在今天的语境中,虽然我们知道中国传统中"生活"一词的使用范围很有限,也并不曾用"生活"来表述中国诗学和美学的信念,但深入细致地体悟,我们仍然要认为,两千多年来,从《诗经》的"赋、比、兴"传统开始至今,中国文学艺术一直是以生活论为基本特色的,起码是主要特色之一。王一川教授在考察了近百年来的中国文艺学美学的"典型论""意境论"的现代兴起之后,面对这些过于西化或精英化的观念已很难适应新世纪的文艺学美学的时代表述,他转而力倡"感兴论",应该说是富有勇气和眼识的。[①] 应该说,从诗言志到诗缘情,感兴论的"兴者,有感之辞也"(《文章流别论》)、"睹物兴情,情以物兴"(《文心雕龙》),可堪中国诗学的第一原理。而细思量,我们发觉,所谓"感兴"其实并不神秘,这个诗学原理可能是被历代文人诗说精英化、神秘化

[①] 王一川:《中国现代文论中的若隐传统——以"感兴"论为个案》,《文艺争鸣》,2010 年第 3 期。

了,而真正的"感兴"无非就是在生活中的"感兴","感兴"在人心之感于物而兴,就是我们在日常生活中所见所观事物而心有所感、情有所动,发而为诗为文为言为声。基于这一原理,中国古代诗歌的观念也是从来都可看作具有生活化的平凡意义之物,识文断字者,乡绅读书人仕官之人皆可为之,如此才成就了泱泱中华的诗国之盛。如果说感兴论是中国诗学的第一原理,那么其背后的生活论底色就是其第一块奠基石。除了感兴论,其他如"文以载道"观念应该体现中国人道德生活的社会化审美诉求,不过是感时忧国的生活情怀与忧患美刺的介入生活意愿的诗性表达,因此也具有生活性的普遍意义。而被今日文论界论述得非常玄妙和学院化的"文学性"理论,不过就是古已有之,现今也仍然"活"在社会生活中的中国固有的"文采"概念的"现代"变体,并不神秘和玄妙。《文心雕龙》曾使用"文采"、"采"等概念一百多次,"文采"是中国人日常生活中普通人所理解的"文学性"概念,至今仍活在我们的生活语言中。同理,山水写意和意象玩味也是构建中国古代文人的"游于艺"的生活化的游戏境界,同样不难被视作生活性的审美观念与审美生活行为。感兴论、文采论、载道论、体物论和咏物论、意象论、游戏论,这些中国传统文艺观念,至今仍然在西风严重的学术话语之外而潜隐地作为中国人理解文艺理解审美的生活化观念而存在着、富有生命力地"活着"。我们只要展开生活世界,面向广阔社会和各阶层人民语言去探寻他们对艺术和审美的理解,生活论述就一定不可避免。

我们还可以从新世纪中国的生活现实中找寻回家的路。三十多年来,中国现代化的巨大进展而使中国生活发生了"新现代性"转型,而这个转型的要义则在于生活现代性的兴起,物质生活、物质性成为解读社会现象、精神现象的基础,它使现代生活中的审美感兴得到了解放。新的物质方式、媒体网络写作构成了一种不断增量的审美化生活,"感兴"的生活局面前所未有地从"神韵"走向"日常"。当代感兴在生活中在网络上普遍地存在和兴发,是生活物质化的结果,而主要不是对物的对抗,当代物质生活构成了当代感兴的基础,它将文艺的审美感兴从精英手中解放出来,成为普遍的大众化的生活审美趋势。同样,当代生活中"文采"的大众化勃发,昔时王谢堂前燕,飞入寻常百姓家,对文艺和审美的生活认知成为社会进步的一个引人关注的现象,"80后"的丛书上腰封广告语所称的"80以后,遍地才华",可能透露了这一文采新局面的一些信息。

一个大文学时代、大艺术时代、大写作时代的到来也许并不可怕,我们的高端的审美和艺术理应在这个基础才好给予更好的解释,无论这个高端的审美和艺术在这个大众化、生活化的潮流之上,是得以锦上添花,或者是黯然失色,都不能不让人看到正是生活论的观念正引领我们走上回家的路,回到现实的中国生活。除此,我们更可以在百年来的西方文论和西方美学的学习借鉴中找寻回家的路,比如我们是否可以从杜威的"一个经验"而回溯中国传统,说出"一个感兴"这样的中国生活言说,感兴的情物互动双启作为一个完整的审美经验过程,乃是我们可以望见的中西生活智慧的共通互启的前景。

2010年

为生活立心

——说说萧红,说说李泽厚

熟悉中国当代思想学术史和文学史的人们,无论具有怎样的想象力,恐怕也不会将萧红和李泽厚捏到一起。

然而这样的事,这样的念头,竟然奇妙地发生了。《文艺争鸣》在去年就分别拟定的两个重点选题——"纪念萧红诞辰百年特别奉献特辑"与"新世纪中国文艺学美学的生活论转向·李泽厚美学专辑",竟不期然地都安排在这一期之内了。仿佛鬼使神差,穿越时空,他们相遇,这在作为编者的我们的确是不曾料到的。纯属偶然,却也令人惊异,令人想到历史的"混搭"和生活的"原态",竟会是如此"生活比人强"——谁说历史、谁说生活的时空混沌之体上没长着一颗活泼泼的"心"——谁遇不上谁!于是本期的编辑形式和机缘遂使我有机会也有理由一起说说萧红与李泽厚,而且不仅机缘时不再来要抓住,让他们来赶一下这新世纪时髦的"混搭"之风也好吧。

萧红生于辛亥年的"北中国"呼兰(萧红有一短篇小说名《北中国》),在湖南宁乡李泽厚十三岁那年去世。一生漂泊,孤旅南国,三十二年的生命时间,百余万字文学作品,于阔大的中国时空中洋洋洒洒,飘落水边,呼兰河、松花江、青岛和上海的海与黄浦江、黄河、长江、香港的海和"浅水湾"……中国的水,作成了一代文学宗师萧红。而李泽厚为中国当代学问大家,哲学家、美学家,自湘江边而入京城后,就一直与京城相伴,职守数十年做一种"主流"的学问。此所谓"主流",是说他的学问总居全国的高度,以中国学术的"中心"展开视界,横越中西思想,触及人类性的普遍性而返回中国本土性,建构体系,历六十年而笔耕不辍,尤其在80年代中国新时期后大放异彩,可谓一直走在推动中国哲学美学思想的前沿。如今此翁已年过八旬①,著述等身,十余卷作品字数当在萧红的三倍以上。无论从哪一方面看,两人都不搭界。作为萧红的后来者,我们从李泽厚的众多著述中,似乎也没有发现他评论萧红的文字。

这是当然的。因为在既定的"中国现代文学史"的评价体系中,萧红得不到更高的评价,因此仍然是寂寞得可以。因此也不能怪李泽厚不提到她。只有到了新世纪这些年,回首正在完型和逝去的20世纪,历史的烟尘渐渐落下,我们才意识到有一些价值在浮出水面,比如萧红。这时我们回首,重返多思的80年代,会发现那里不仅有李泽厚,也有萧红。只是历史的脚步过于匆忙,而我们的确有点粗心了。比如20世纪80年代开启新时期、走向新世纪的文学创作大潮中,有一句"各式各样的小说"的文学解放的口号,就出自萧红。1982年第1期《十月》杂志上,发表了钱理群的《改造民族灵魂的文学——纪念鲁迅诞辰一百周年与萧红诞辰七十周年》一文,首次引述了聂绀弩在《萧红选集·序》中记载的萧红的一段话:

> 有一种小说家,小说有一定的写法,一定要具备某几种东西,一定要写得像巴尔扎克或契诃夫的作品那样。我不相信这一套,有各式各样的作者,有各式各样的小说!

由此,"各式各样的小说"一语不胫而走,为当时趋新闯路的探索作家所争传,成为当时小说创作中现代派、意识流探索的重要理论依据和历史依据。1982年第6期的《十月》杂志,又专门发表了李陀撰写的长篇论

---

① 李泽厚先生已于2021年11月2日去世,享年91岁。——编者注

文《论"各式各样的小说"》,以萧红的这段话为宗旨,全面地评述了当时小说创作解放的情景:

> 萧红如果能够活到今天,看一看这几年小说的发展,她一定会感到满意的。这位有着一个"不安定"的灵魂,无论在生活上还是艺术上都不为任何成规所拘的女作家,当年在小说艺术探索中一定是相当寂寞的。不然她不会说出"我不相信这一套"的激言。所幸的是,她的呼唤并不是空谷回音。今天,小说(特别是中短篇小说)不仅"雪消门外千山红",出现了我国小说史上空前未有的繁荣景象,而且由于艺术上创新和探索之风越来越盛,小说还在质上处于迅速革新之中。这标志之一,就是出现了"各式各样的作者"和"各式各样的小说"。

这里文章开篇所述的景象,还是新时期开风气之先的初始,如果看看后来的"八五新潮"和90年代文学,联系中国新世纪以来所显现的汪洋一片的偌大文坛,可以说,正是萧红在她当时的那句"不合时宜"的话,穿越了四十年乃至七十年的历史风雨,而撬动了新时期、新世纪文学,那是她早年就为我们预设的一个思想支点。在这个历史意义上看,正是萧红,发出了近三十年来中国文学"多样化"论述话语的先声,吹响了艺术解放和风格百花齐放的号角。在此,萧红和当代文学站在一起,和新时期、新世纪文学站在一起,和李泽厚也站在了一起。后来,李泽厚在写于80年代后期的长文《二十世纪中国(大陆)文艺一瞥》中有关新时期文学的部分,即用"多元取向"标题称之,并得出"选择"后的结论说:"世界、人生、文艺的取向本来就应该是多元的。"在文学上,五四文学是多元形态的,为人生、为艺术、现代派的等等,林林总总。但是五四文学没有"多元话语",大家都是持己之见,抨击他人,乃至不可开交。只有到了萧红,才发出了这种容纳"多样"的话语,而这在那斗争激烈方酣的岁月,空谷足音足惜却不知足惜,只是到20世纪80年代,"重回五四"的新时期文学,才又拾起"多样"的文学之旗,不仅有了多元取向的文学,而且还形成了有关"多样性、多元化"的理论话语和共识,后者乃是"新时期"超出五四文学的地方,而属于"新世纪"。也因此,我们方可以说,萧红更多地属于当代文学,属于新世纪,她和李泽厚走到了一起。

有着这种"多样性"主张的萧红,其创作本身也是丰富的,大可以称为"说不尽的萧红",这并不为过。萧红令人扼腕的人生和个性、才情,是多面发光的晶体,折射在创作上,有温情、叛逆、悲伤、痛苦、讽刺、恨、悲悯和爱,有国民性、抗日、地域、宏大叙事和日常生活,有家国、民族价值和个人性情与意义,有生活原生态、怀旧、故乡、女性意识、童年记忆、青春、磨难、流浪出走,乃至大地、民俗、季节、自然、空间与时间的生命展开,有"越轨的笔致"与清纯的"童谣",有现实、隐喻和象征、图画与诗。如此丰富的文学和近十多年来大红起来的张爱玲的冷漠、单调与灰色形成鲜明对比,而问题是我们曾试图把萧红一夜"说尽",自以为把她已"说尽",比如把她定格在"抗日"或"改造国民性"上,或新近以来把她定格在"女性主义"上等等,各取所需,也不免认知惰性。现在,认识萧红,从"现代文学史述"到新世纪文学视野,正是一个从"说尽"到"说不尽"的深化,或者说,我认为,萧红的文学世界正在"说尽"与"说不尽"之间。试想如果用李泽厚今天的理论眼光来打量萧红,也会得出如此的认识的。假若将萧红"说不尽"的种种,统一在一个基本面,趋向一个创作生命的整体性来"说尽",借用李泽厚的概念表述,恐怕止是体现了所谓"吃饭哲学"和"情本体"的追求。正如鲁迅所说萧红的"越轨的笔致"和"力透纸背"的"北方人民的对于生的坚强,对于死的挣扎",这乃是一种具有"人活着"的生存状态性质的文学性的生活世界,维系在生老病死与吃饭过活的"度"上面(《生死场》),体现了"生活之本"的人类普遍性和中国人生存的历史真实。这是萧红一切写作的基本背景。而这之中,始终如一、全面地渗透、贯穿着一个"情"字,情天恨海的感性世界笼罩和包孕着这个基本生存面向,使之驱离冷漠和残酷,斩获同情和悲悯,乃是萧红为这个基本的"生存、生活、生命"所施立的本体之心。正是在"为生活立心"这点上,我们会看到萧红的文学正可以在李泽厚的"历史本体论"和"情本体"论述之间得到新的解释,作为"三十年代的文学洛神",萧红一生用"情"塑造了独特的以生活为本也以情为本的文学。以此为本,萧红文学向读者敞开了"说不尽"的可能性空间。

对于优秀的文学创作,"说尽"的统一性基层总被"说不尽"的现象喧哗所掩盖。而对于思想理论形态的写作则不然,它总是力图概念清晰、体系逻辑、自给自足、以理服人,给人以真理"说尽"的雄伟印象。李泽厚的哲学、美学理论体系大厦的建构就是这样,数十年孜孜以求,从马克思到康德,从孔子到杜威、海德格尔,西体中体莫辨,终究建筑了属于他自己的精深而森严的概念体系,因此也可以用来给"说不尽的萧红"以有效的阐释并出示出一个整一性的独具特色的萧红。但如果我们依萧红的文学创作的"说不尽"性去质询李泽厚,把李的理论建构后现代式地也看作是一种"叙事",那又会怎样?于是李泽厚毕生图穷竭力要实现的整一性的"说尽",也终究要呈现出矛盾和裂隙,这同样不可避免。我们要指出的是,李泽厚是以"本体"建构为其"说尽"雄心的,他一方面坚持站在马克思和现代性的立场,以"吃饭哲学"说明"人活着"的根本或本根性质、实体性质,始终如一地将人的物质和生活(生存、生命、生产)作为其历史本体论、人类学本体论的根本、本根;另一方面,他又坚持人文性原则,建构了一个"人活着"的感性实在性向"情感"性倾斜的"情本体",认为"只有'心理'才能成为人所诗意栖居的家园。'人活着'产生出它,它日渐成为'人活着'的根本"。其实只要这样一摆,李泽厚的体系结构就会陷入难以说尽,就呈现了自身的矛盾与断裂,因为"本体"这个词大概是难以驯服的,孰为本?孰为体用?在物质或生活本体与情本体之间,"本体"一词呈现了有限性和无效性,趋于"本"的语义否定。其实李泽厚还不仅仅是二元论,他还有另一个"本体性"范畴"度"(实用理性),此话不提。但如果我们把李的理论建构同样看作是一场历史"叙事"的话,这样就不仅可以理解,而且正可以看作他撞击时代语境的真实、可贵与情到深处不自已。和萧红一样,李泽厚这里呈现出"说不尽"的一面,而能有"说不尽"的情理意义面貌,这才是最可尊敬的。说穿了,萧红也好,李泽厚也好,他们的叙事仍然受时代语境之激之囿之福,都出示了这个时代的焦虑、分裂与悖论,一方面肯定基本生存和生活,一方面在物质面前说着精神其情何以堪!他们都不过是以情(或曰情本体)要为这生存这生命这生活立一个心罢了。李所谓美学是"第一哲学",可以由一个"心"字来求解,何苦执一个"本体"之困之扰?

萧红和李泽厚有两种喜爱相同,一是鲁迅,二是《红楼梦》。李曾说鲁迅和《红楼梦》是常置案头的。而萧终其生以鲁迅为师,临终表白"留下那半部红楼给别人写了",长恨流水东。他们心中都是立有祖国和民族的。李泽厚评鲁迅,说其"提倡启蒙、超越启蒙",这同样可以用来评价萧红。和鲁迅、萧红一样,1980年代提倡"重回五四"的李泽厚同样也是走出了"五四"的。如果我们今天"重回80年代"甚至"重回30年代"去寻找或重建萧、李,缘木求鱼不得鱼,最终会发现萧、李的意义正在当代、在新世纪。这就要说到对"国民性"的认识。鲁迅、萧红批判国民性以改造民族灵魂一脉相承,他们更多的是批判。相比之下,萧红可能还将这批判转化成为空间意象,旨向更超越,如她写道:

> 站在长城上会使人感到一种恐惧,那恐惧是人类历史的血流又鼓荡起来了!而站在黄河边上所起的并不是恐惧,而是对人类的一种默泣,对于病痛和荒凉永远的诅咒。

也许时代语境不同了,李泽厚走出80年代"新时期",并未将注意力集中在批判国民性上,相反他很大意义上是个建构论者,他用实用理性、积淀、文化心理结构、新感性、乐感文化、华夏美学,以至情本体、生活为本,开掘"心理",深探"情理",为建设和开拓新世纪的中国人的民族文化心理结构而关怀现实,探头向未来。与这个时代的语境融在一起,李泽厚的研究实践有助于国人走出20世纪的长期受侮辱者的心理而趋向一个新时代中华复兴的健康人格。在这点上,其实"对着人类的愚昧"的萧红早就用她那已写就的"半部红楼"开始为现代性的困窘或伤害疗伤:

> 花开了,就像花睡醒了似的。鸟飞了,就像鸟飞上了天似的。虫子叫了,就像虫子在说话似的。一切都活了。都有无限的本领,要做什么,就做什么。要怎么样,就怎么样。都是自由的。倭瓜愿意爬上架就爬上架,愿意爬上房就爬上房。黄瓜愿意开一个谎花,就开一个谎花,愿意结一个黄瓜就结一个黄瓜。若都不愿意,就是一个黄瓜也不结,一朵花也不开,也没有人问它似的。玉米愿意长多高就长多高,他若愿意长上天去,也没有人管。蝴蝶随意的飞,一会从墙头上飞来一对黄蝴蝶,一会又从墙头上飞走了一个白蝴蝶。它们是从谁家来的,又飞到谁家去?太阳也不知道这个。
>
> 只是天空蓝悠悠的,又高又远。

哲学家趋向普遍性的高天,而萧红从人类性回到地方,拥抱故乡。萧红发现了地之"理",发现和阐发了一个全新的东北性为东北立心,也是从地方为中国立心。不是为"天地"立心,而是在生活中、在具体的地方、在东北立心,将天地立在中国生活中。这种天地由生的"心"或"心理",是一种东北大地生长出来的自由的精神。

电视剧《闯关东》的主题歌词:

> 你的怀抱温暖我冻裂的期盼
> 期盼在天边

那里命运会改变

　　千山万水走过只为这一片

　　自由的天地　自由的家园。

说的就是这个。

2011 年

一个"生活"主题的百年诗歌简史

生活诗缘

"生活",是20世纪才得以崛起于中国生活的概念。

于是,"生活"成为中国生活的主题,成为诗的主题。

中国古代传统中"生活"一词的使用频次较少并且不显目,大抵指世俗底层的生计、生涯、生存之义①;今天我们所说的生活概念则是指"人为了生存和发展而进行的各种活动"②这样的总体性把握。

20世纪崛起的现代性的"生活"概念,连同时代、现实、社会等几个总体性概念的出场,搭建了中国现代性思维和语言兴起的某些方面的基本框架。我们之所以进入一个现代的社会,正是依赖于像"生活""社会""现实""时代"这样几个总体性的中性、理性词汇,才得以描述现代语境,确认我们和事物的内涵与边界。自此以后,"中国人开始把很低层地把握的'生活',把自己与之纠缠不清的日常性'生活',加以对象化,而置诸主体/客体的认识框架上来把握了"。③ 从而将文艺从"生活"中升华出

---

① 据《辞源》解释"生活"条:①生存。《孟子·尽心上》:"民非水火不生活。"《汉书·萧望传》:"年逾六十矣,老入监狱,苟求生活,不亦鄙乎?"②犹言境况、生计。《宋书·索虏传》:"复何知我鲜卑常马背中领上生活。"③原指一切饮食起居活动。北京:中华书局1983年修订本,第2095页。
② 据《现代汉语词典》解释"生活"条:①人或生物为了生存和发展而进行的各种活动。②进行的各种活动。③生存。④衣食住行等方面的情况。北京:商务印书馆1983年第2版,第1025页。
③ 拙文《生活概念、生活转型、日常生活的文艺学》(编读札记),《文艺争鸣》,2004年第6期。

来,成为一种生活的"教科书""批判书",或者审美对象,这也可以称作20世纪中国文艺的生活论、生活美学,也是20世纪中国相对于传统中国的一种"生活转型"的结果。但这样一种所谓的生活论,由于其主/客二分的思维定势,其生活概念的阐释中,在将"生活"整体性地加以对象化的同时,也将生活整体踩在了主体的脚下。因为在现代性工具理性思维影响之下,它试图区分在我们的生活中本来区分不开的"日常生活"和"非日常生活",试图区分物质生活和精神生活,区分个体生活和社会生活,而问题是在中国语境中,这个"生活"概念里来自古典用法的基于日用、生计、生命性生存的基因并不能挥之而去,我们总是要在一个总体性的"生活"概念上来谈问题,而这个总体性的生活概念,在中国人的观念和基本理解中,又总是和人的基本生存的欲念和作为一个生物人的"活"分不开,中国人甚至认为这个"活着"的"生活"乃是人之为人更为重要的基本面,是不能轻易加以否定的。[①]《诗经·击鼓》:"于嗟阔兮,不我活兮。"毛传注云:"不与我生活也。"《朱子语类》卷九七:"心要活,活是生活之活,对着死说。活是天理,死是人欲,周流无穷,活便能此。"但是,在20世纪西方式工具理性思维的主导下,在生活的总体性整体性把握被提出来得到强调的同时,其总体性整体性把握也开始解体,于是"日常生活"总是受到物役的,是庸俗、非人的,需要批判、改造和超越的。这固然是有道理的、有积极性的,然而其局限也是明显的,假如"人"的生活总是"非人"的、需要超越和解脱的,这样的逻辑有时就使我们不能很好地理

[①] 即便讲到"人心",王国维也认为"夫人心本以活动为生活也"。见其《人间嗜好之研究》(1907年)一文,《中国现代美学名家文丛·王国维卷》,杭州:浙江大学出版社2009年版,第109页。梁漱溟在其《东西文化及其哲学》(1921年)中说:"所谓生物,只是生活。生活、生物非二,所以都可以叫作'相续'。""人的生活大半部分也都是本能的生活。"参见陈来主编:《北大哲学门经典文萃·梁漱溟选集》,长春:吉林人民出版社2005年版,第37、39页。周作人在其《人的文学》一文中也认为:"我们相信人类以动物的生活为生存的基础,而其内面生活,却渐与动物相远,终能达到高尚和平的境地。"见《周作人散文全集》第2卷,桂林:广西师范大学出版社2008年版,第87页。

解生活、解释生活,同情和宽容就时常会被淡漠,真实的生态性或常态性的生活内容或许也被格格不入、被遮蔽掉,也不是不可能的,而改造和完善生活的实践有时也会受一定程度的阻碍。由是,20世纪中国"生活"概念的兴起及其生活论述,在实际上所引发的乃是诸如启蒙美学、自由美学、个体美学、批判美学、战斗美学、革命美学、生产(建设)美学、颂歌美学、英雄美学、人学美学、悲剧美学、超越美学、无功利纯粹美学等等。它们错综复杂此起彼伏地构筑了积极前行的20世纪中国现代美学和文艺学的大势,其历史地位和价值不能低估,但有时走到极端,也会不同程度地走样,乃至产生消极的和负面的作用。20世纪的中国文艺学史、美学史都不乏这样的深刻教训。现在想来,如果说20世纪中国文艺学、美学有什么普遍的缺失的话,那就是它不缺乏生活的论述,但却大抵缺乏对"生活"的宽容、智慧的理解,这固然是时代使然,却也时多时少地压抑了那个被王国维要极力"解脱"的"生活之欲存"的"生活"。虽然中国古代也有这样的生活感知:"观人之体,一何高物之甚而类于天也?物旁折去天之阴阳以生活耳,而人乃灿然有其文理。"(《春秋繁露》卷一三)这句话中看出,"生活"是被看得很低的,不能"类天",因此也不应是以"灿然有其文理"的人的主要特征。但这样的表述中我们至多可以看出古人对"生活"的忽视和不自觉的看低,却没有20世纪以来我们从西方的认识论思维的强大的逻辑势力中获取的压抑性力量,使"生活"一词在总体化的强调和崛起的同时,也遭受了前所未有的压抑和排斥。一方面是有选择性地大量使用,一方面则是大力地加以鉴别、排斥和压抑那种"生活性"的古老用法。如此我们来到中国历史的新时期,来到了新世纪,新一轮的生活转型使我们大家无论尊卑都一夜之间跌入了"生活",一种在我们的观念中、在新的语境中需要重新定义的"生活",一种似乎是更加回到中国本土意义理解上的"生活"。虽然"生活"一词依然如旧,但我们和我们的语境、问题已全然改观了。三十年来我们创造的新的物质基础形成一种力量又塑造了我们自己,生活的物质性解放了人,解放了人的欲望需求和身体性情,"人"成了"人物",精神对物质不是更加超拔而是更加难解难分,对此,一个主体/客体二元对立的思维格局常会捉襟见肘。过去用启蒙/精神与革命/政治挂帅的时代争取来并从此转型而来的这个生活现代性的当代局面,如何继承启蒙/精神和革命/政治时代的优良遗产,而又尽可能地舒缓它们与"生活"造成的紧张,回到本真的日常的生活大地,破解科学与发展、欲望与文明的矛盾主题,不唯物质高度,也不唯精神高度,而是在物质与精神的新的均衡局面下走向新的生活文明,这成为新世纪中国文学在"生活转型"之后兴起的新的"生活"主题需要回应的问题。"生活",这个汉语词,在古典时期的不自觉的忽略和看低之后,在20世纪的自觉的强化和拔高之后,我们还将如何使用它?让我打开一部"生活"主题词的中国诗歌史吧。

生命焦灼与死亡体验

在中国古典时期,精神强大,远远超过物质基础。按照杜维明的说法,古典哲学(宗教)思想主要倾向是鼓励人们超越现世的,鼓励人们追求更重要的终极关怀,而现代世界应该是主张把人的思想倾注在现世关怀上,尤其到了21世纪这个人类的第二个轴心时代,人的存活问题成为核心问题,而人的存活问题的最重要的参照就是地球,有人说21世纪的先知就是地球,因为地球可以告诉我们能做什么不能做什么。[①] 从杜维明的这个说法我们可以看出20世纪中国生活的过渡性。一方面,"生活"概念的崛起实质上是"生活"的重要性的显现和整体性的崛起,说明人们的关注点开始从古典的超越思维转移到关注现实生活上,生活的现

---

① 参见:《新世纪文化中国面临挑战,访新儒学代表人物杜维明》,《文学报》,2010年7月29日第31版。

代化、现代性意义首先是物质生活的进步,文明的物质尺度得到空前的强调,占据了现代性价值最显著的位置,这和古典精神相比可以看得异常明显。20世纪中国现代性的兴起的首要目标和实践冲动,是要国富民强,解决民生问题放在首位。另一方面,由于20世纪中国的特定历史,使它的"生活"崛起的初衷和生活现代性的既定目标往往被遮蔽,主客二分的西方现代性格局使认识集中到政治、革命、精神、启蒙的超越目标,从而使生活概念又受到了新的批判,在超越生活这点上,它和古典精神又"同流合污"了,而在否定的意义上甚至比古典时期走得更远。在百年之前,在20世纪初叶,王国维说:"人心之根柢实为一生活之欲","生活之本质何?欲而已矣。"[1]梁漱溟也说:"文化是什么东西呢?不过是那一民族生活的样法罢了。生活是什么呢?生活就是没尽的意欲。"[2]由此可见尽管近代以来我们一方面接受了西方科学理性烛照下的整体性"生活"概念,依此可以区分"精神生活""物质生活""社会生活""个人生活"等等[3],并以此来求得对现代化进程的规划布局,但同时,王国维、梁漱溟等人还是不自觉地坚持着中国古代对"生活"的仿佛很生物、很低层,也很圆整不分的理解,虽然从这种用法中他们也尽力在与现代化的致力于物质生活建设的基本面达成肯定性的一致,却又容易导致人们援用西方式的精神/物质二分思维方式去批判、否定作为很低层的"意欲的生活"(意欲的生活似乎很相似于西人的"日常生活")。正是在这种纠结着中国传统和西方现

---

[1] 王国维:《人间嗜好之研究》及《人生及美术之概观》,见《中国现代美学名家文丛·王国维卷》,杭州:浙江大学出版社2009年版,第109、115页。

[2] 梁漱溟:《东西文化及其哲学》,见陈来编《北大哲学门经典文萃·梁漱溟选集》,长春:吉林人民出版社2005年版,第21页。

[3] 如梁漱溟在《东西文化及其哲学》(1921年)中就分列出物质生活、社会生活、精神生活等,参见《北大哲学门经典文萃·梁漱溟选集》,陈来编,长春:吉林人民出版社2005年版,第115、116页。周作人在《人的文学》(1918年)也分列出物质的生活、道德的生活,以及内面的生活、理想的生活、灵肉一致的生活等说法。参见《周作人散文全集》第2卷,桂林:广西师范大学出版社2008年版,第87页。王国维《人间嗜好之研究》(1907年)中也提出"物质上与精神上之生活"这样的提法,比梁漱溟、周作人等更早。

代式的"生活"理解中,"五四"一代诗人发出了更为决绝的对生活的咒诅。

在20世纪二三十年代,诗人李金发和徐志摩各自写了下名为《生活》的诗。

李诗为:

> ……
> 君不见高丘之坟冢的安排?
> 有无数蝼蚁之宫室
> 在你耳朵之左右
> 沙石亦遂消磨了
>
> 皮肤上老母所爱之油腻
> 日落时秋虫之鸣声
> 如摇篮里襁褓之母的安慰
> 吁,这你仅能记忆之可爱
>
> 我见惯了无牙之颚,无色之颧
> 一切生命流里之威严
> 有时为草虫掩蔽、捣碎
> 终于眼球不能如意流转了。

徐诗为:

> 阴沉、黑暗,毒蛇似的蜿蜒
> 生活逼成了一条甬道:
> 一度陷入,你只可向前
> 手扪索着冷壁的粘潮

在妖魔的脏腑内挣扎

头顶不见一线的天光

这魂魄,在恐怖的压迫下

除了消灭更有什么愿望?

这是典型的"五四"一代人文感伤的个体知识分子的诗化生活观,渗透骨髓般的死亡意识(李诗)和妖魔化的毒蛇感受(徐诗),共同发出了对生活的诅咒。应该说这么决绝的精神令人惊异似乎有难以企及的悲愤高度,但他们在悲愤的同时也就拒绝了生活,而只剩有精神的单一顽强而伤悲脆弱的维度。李金发和徐志摩笔下的生活之丑陋不堪和罪恶,已不存在一丝希望于人间。这种状况在古典诗歌还从未有过。古代诗歌的确忽略了"生活",诗人们也不用"生活"这一概念的,但却很少如此地弃绝生活,相反,更多时候还以"超越"的名义而给"闲适"类诗歌开辟了通道,以儒家伦理哲学和入世情感而写下了大量日用生活伦理之乐的"生活诗"。自陶渊明的回归田园和发现自然中的生活之乐后,中国文学中的孤独意识就大打折扣了。古代诗人更多地从"生"或"人生"的角度来替代表达对"生活"的感受,但其对"生活"的反对、疏离与感伤至多不过是像《古诗十九首》中写到的那样"人生寄一世,奄忽若飘尘""生年不满百,常怀千岁忧""人生忽如寄,寿无金石固",即便是写到"出郭门直视,但见丘与坟",也是内心沉静的,虽然感伤却没有偏激。相比之下,作为"五四"一代人的李金发和徐志摩就显出了与现代生活的格格不入的矛盾状态了,他们将"生活"作为诗的主题并用以代替了古代诗人对"生"的生命感受,偏执地在悲愤决绝之路上延续古典生命悲情,而在现代的意义上简化地、片面地理解了作为现代概念的"生活",将现代的广阔而实在的总体性的"生活"概念仅仅等同于简单的"人生"感叹或一点"生"的感受,偏执于"生"而忽略了"活"。从中我们既可以看到中国文人传统的"生活"理解的影子,生活被缩减为"生",被抽象为普遍性的"生",同时也看到在现代性的物质文明脚步下都市进程中中国文人对现代性的某种抵触与感伤,看到真正的物质现代性和所谓的审美现代性的悖论,后者乃是对现代性的拒绝与感伤,这在19世纪的波德莱尔那里就已开始了①,因此也毫不奇怪,在李金发和徐志摩这里,也算现代的中国生活形式之一。

理想与革命:去日常生活化

然而,一个致力于提高、改造中国生活的现代化趋势,已成为19世纪末以来的中国共识,对"生活"概念的正面理解和热情拥抱,自然成为这个时代燃烧着的行动和激情。"生活"一方面被总体化地加以对象化,加以拥抱和讴歌,具有超越性的某种社会隐喻的神圣魅力;另一方面其语义在具体语境的使用中又被习焉不察地相当程度地简化着、缩小着,尽力地排除着旧习惯中的语义用法。这是在"五四"后的另一审美路向中,人们开始区分出一种"大众生活""工农生活"乃至"底层生活",并依此区隔确认一种贵族生活、上层生活、知识分子生活,进而强调了一种"革命生活"的出场,在这种走向时代前台的革命生活中,知识分子、革命者要强调深入大众生活,与工农生活相结合,在文艺上则强调社会现实生活是文艺的源泉。而因为要在革命中改变现实生活,因此又要求文艺成为革命的工具,文艺遂必须具有"高于生活"的意蕴和姿态。就正常的现代理解而言,正视生活是必然的,生活总是现实存在的人的生存,并不是你说拒绝就能拒绝的。生活概念的崛起,就是因为现代人正视它、重视它,并且要进入它、改变它。正是在这一路向中,艾青写下了《大堰河:我的保姆》:

---

① 有关波德莱尔和"审美现代性",参见[美]马泰·卡林内斯库:《现代性的五副面孔》,顾爱彬、李瑞华译,北京:商务印书馆2002年版,第62页。

>　　大堰河,为了生活
>
>　　在她流尽了她的乳液之后
>
>　　她就开始用抱过我的两臂
>
>　　劳动了。
>
>　　……大堰河,含泪地去了!
>
>　　同着四十几年的人世生活的凌侮
>
>　　同着数不尽的奴隶的凄苦。

　　这是"五四"后一代走向社会、睁开眼睛看生活的知识分子的对生活的控诉和否定,生活恰成苦难的处所。大堰河的"生活",就是指很低层的基本生活的"活",是一种基本的生计意义的困苦的、艰难的、无穷无尽的受凌侮的生活。在这里,生活一词可以被置换为"活着",不仅是很"低层"地被理解的,同时也是很"底层"地被认识的。底层生活等于苦难,等于控诉,很自然地要指向一种被改造和革命的对象。比起徐志摩和李金发来,此处同样被否定了的生活一词,一方面有着总体性的超越性的概括力,同时又更具体地指向了底层的工农大众生活。这样的现实感走向斗争和革命也是历史的必然,革命和战斗也因之构成一种新的生活,一种不畏鲜血和死亡的生活。艾青在另一诗篇中写道:

>　　当你们一天出发了,走向战场
>
>　　你们不是也常常
>
>　　觉得自己曾是生活着
>
>　　而现在却应该去死
>
>　　——这死是为了
>
>　　那无数的未来者
>
>　　能比自己生活得幸福么?(《他死在第二次》)

　　这种对生活的拒绝和否定出示了一种那个时代的令人敬仰的崇高美

学和英雄美学,向死而生,必将由死亡中创造出一种新的生活局面,无论如何,他们都是为了"生活"这个目标并为了在其前面加上"幸福"或者"美好"的修饰语的。

当然这种生活理想和幸福追求化为行动,革命、战斗、建设、流血牺牲和改天换地就都成为实实在在的集体生活实践,并终于迎来了"新中国"的来临。"新中国"是一个新的生活局面,因此在新中国成立后出现大量"拥抱"新生活的诗篇也是理所当然的。生活理想性得以昂扬出场,乌托邦之梦也从暗处浮现,使"生活"不免被崇高化、精神化、抽象化,其在精神上是对幸福的许诺,在道德伦理上被判定为高尚,在现实则被归为革命、斗争、战斗和建设。此时,以"生活"的名义,向困难进军,延续战争年代的"革命"热情和理想精神,生活的生产建设性转型持续着高歌猛进的态势,另一方面,战争和革命时代的生活思维也延续过渡到新的生活格局当中,生活的理想塑型为理想生活,不断革命、阶级斗争思维下的革命生活、阶级生活则人为地愈演愈烈。生活的政治化和意识形态化也就一定程度上压抑了本该逐步从紧张状态舒缓下来的日常生活,只从"革命"的意义而很少从"生活"的意义来理解、阐释社会主义,这种道义上即便值得肯定的"生活"理想也因对生活的过于片面和狭窄的理解,导致让革命、政治和生产全面覆盖生活领域,对生活日用的讲究则被指为资产阶级生活方式而遭到批判。诚如郭小川的《向困难进军》中的诗句:"真正的生活开始了。"而就实际情况讲,这"开始"却可以溯源至艾青写《他死在第二次》的那个时代的"革命"。比如早在上世纪30年代中期,具有左翼倾向的诗人蒲风在一首题为《生活》的诗中写道:

> 两条轨/无穷的展开在前面,
> 当作轰轰烈烈的列车前进吧。
> 让西北风吹打,
> 穿过幽暗的隧道,跑上崎岖的山

颓丧,悲哀的只是道旁的树林呵!

什么,黑夜张开她的翅膀?

什么,大地蒙上了薄薄的白纱?
——不要慌,加强马力前进吧!

让列车永远永远擒住两条轨
莫怕前面的无穷,难捉摸,
没煤燃烧时才是最后的终点哩!

——啊!这就是生活!

在蒲风这里,"生活"已被观念化,是一种不停歇地永远向前进取,具有崇高的悲剧意味的精神姿态。十年之后,40年代已到延安的何其芳写下的他那首著名的《生活是多么广阔》则要实在得多,也热情和浪漫得多:

生活是多么广阔,生活是海洋。
凡是有生活的地方就有快乐和宝藏。
去参加歌咏队,去演戏
去建设铁路,去坐在实验室里,去写诗
去高山上滑雪,去驾一只船颠簸在波涛上,
去北极探险,去热带搜集植物
去带一个帐篷在星光下露宿

去过极寻常的日子

> 去在平凡的事物中睁大你的眼睛,
> 去以自己的火点燃旁人的火
> 去以心发现心。
>
> 生活是多么广阔
> 生活又多么芬芳
> 凡是有生活的地方就有快乐和宝藏。

比之蒲风,何其芳的"广阔的生活",是在"寻常的日子"中的不平凡的生活,是在寻常的大众群体性的生活中遗忘或超越个人生活的困囿,由打开个人心窗、迈步到社会所获取的融入集体的社会生活。在这里"生活"一词的使用当中其实暗含着的是在个人性生活与社会生活、集体性生活之间的辩证与纠结。

何其芳在1942年还创作了一首《多少次呵我离开了我日常的生活》,明确地区分出为"争取自由"而战的伟大的"生活"和个人性的"狭小的生活",他写道:

> 多少次呵我离开了我日常的生活,
> 那狭小的生活,那带着尘土的生活,
> 那发着喧嚣的声音的忙碌的生活,
> 走到辽远的没有人迹的地方,
> 把我自己投到草地上,
> 我像回到了我最宽大的母亲的怀抱里,
> 她不说一句话,
> 只是让我在她的怀抱里静静地睡一觉,
> 然后温柔地沐浴着我,
> 用河水的声音,用天空,用白云,

一直到完全洗净了我心中一切琐碎、重压和苦恼，

我像一个新生出来的人……

但很快我又记起我那日常的生活，

那狭小的生活，那满带着尘土的生活，

那发着喧嚣的声音的忙碌的生活，

我是那样爱它，

我一刻也不能离开它，

我要急急忙忙地走回去，

我要走在那不洁净的街道上，

走在那拥挤的人群中

我要去和那些汗流满面的人一起劳苦

一起用自己的手去获得食物，

我要去睡在那低矮的屋顶下，

和我那兄弟们一起做着梦，

或者一起醒来，唱着各种各样的歌，

我要去走在那些带着武器的兵士们的行列里，

和他们一起去战斗，

我和他们的命运紧紧地联结着，

没有什么能够分开，没有什么能够破坏，

尽管个人的和平很容易找到，

我是如此不安，如此固执，如此暴躁，

我不能接受它的诱惑和拥抱！

　　在这里，诗人首先将个人超越性的知识分子生活与日常的个人性的生活对立起来，他终于不能割断自己与日常生活/大众生活的忙碌庸俗的联系，但他又从个人性的忙碌庸俗的日常生活中很快（没有过渡地）上升到了为了自由的与广大劳苦民众共命运的联结之中，将日常性个人生活

在实在的生活中超越到了一个伟大的意义上。这个生活过程以及对生活的态度转变,在那一代知识分子虽然不免突兀却应该是真实的和真诚的。1937年,周扬开始着手将俄国思想家、文学家车尔尼雪夫斯基的著名美学观点翻译为"美是生活",这一观念的流行,使"生活"在美和艺术的批判、压抑之上有了一个得以翻转的机会,车氏强调生活比艺术更高,"任何东西,凡是显示出生活或使我们想起生活的,那就是美的"。① 但很快,生活由于其与日常性的纠缠不清,由于生活这个总体性概念在理想生活的意义上被强化,毛泽东在发表于1942年的《在延安文艺座谈会上的讲话》中,提出了文艺源于生活、高于生活的简明而有力的论断②,从而使生活一方面继续在宏大叙事方面充当革命理想的代名词,受到政治诗情的拥抱,另一方面,在实质上,又成为革命及其艺术必须依赖同时也必须超越之物。这种依赖倾向于"生活"概念的纯洁化,去其糟粕(意欲)而趋向于理想性实践,同时,这种超越又使总体性的生活概念往过度和激进的方向发展,最终不免被抽干活生生的内容,趋于空洞的理念。进入到50年代,"生活"的"新"与"旧"、真正的生活与虚假的非生活开始被人们看作具有重大意义的大是大非。1957年,诗人穆旦在《葬歌》中所要"埋葬"的就是那种"骷髅"般的旧生活,而他所表示要追求的是"过过新生活",在同志们的唤起后,"像只鸟飞出长长的阴暗的甬道/我飞出会见阳光和你们","同志们,请帮助我变为生活"。

于是面向"新生活",我们"渴望生活"(王蒙《青春万岁》序诗),于是,"生活像海浪一般推进"(郭小川《甘蔗林青纱帐》),一边唱:"在这生活乐谱中,永远是一样美妙的强音";一边唱:

我要下去啦

---

① 引自《西方美学家论美和美感》,北京大学哲学系美学教研室编,北京:商务印书馆1980年5月版,第242页。
② 参见《毛泽东选集》(合订本),北京:人民出版社1968年版,第818页。

小河呀我要同你一同走向喧闹的生活

我要下去啦

人们需要我像作战般工作。(《山中》)

革命和政治、生产全面压抑生活最终形成了生活的紧张局面,在令人们精神饱满、高昂之后终不能持久。这就是从上世纪30年代开始,直到70年代的诗歌中的"生活"状况的一个主流侧面。与徐志摩和李金发的象征方式不同,蒲风在生活的意象铺陈设喻之后,就直截了当地采用了肯定的判断句式:"这就是生活!"而何其芳也同样以判断句式的肯定句"生活是多么广阔"来表述毋庸置疑的语气和意向。尤其在50年代开始了一种激进的有关什么是"真正的生活"的辩论,在这种生活辩论的逻辑之下,广阔的生活,这个由何其芳所欢呼的"广阔的生活",其实质是被简化了,革命、政治、启蒙、精神、生产、建设这些宏大概念成了生活的全部,只有它们才是真正的生活,而个人性的、身体性的、百姓吃住拉撒都不是"真正的生活"。这样的生活中没有死亡,也没有爱情,更没有亲情,这样它最终就走到了一种理念化的空洞世界之中。而正是在这空洞之中,呈现了上世纪五六十年代社会主义与生活之间的紧张,产生了革命与生活的矛盾与危机,我们从郭小川和贺敬之等人的诗歌名篇中都感受了对日用平常生活与伟大的、火热的、真正的生活的义正词严的辨别和真理的宣布。这种倾向的极端发展,就是"文革"后期(1970年代)在中国"知青诗歌"中大量存在的对"生活"的虚假的理想式的空洞呐喊,比如曾名噪一时的《理想之歌》,即为极左思潮下的极端生活之作。

诗的"再生活"

在这样的历史背景下,1978年后当人们读到一位朦胧诗人题为《生活》(北岛作)的诗篇时,其惊愕的程度就可以想见了。这首诗只用一个词"网"来表达对生活的感受,醒目惊心,仔细想来,大概是恢复和延续了"五四"一代知识分子的人文感受和人文精神,一方面舒缓了用革命、政治、生产解释"生活"的紧张状态,另一方面也恢复了正常人性中的对生活的感伤情怀,生活的忧郁一面得以显露恰恰表示了生活的正常化趋势,宽容的、开放的、多面性和人文性的生活解释开始了,生活的复杂性和多种可能性也将走进诗歌,诗歌开始长出一双"生活"的眼睛。即便如此,经过了20世纪的长久革命的积极洗礼的诗人们,再也回不到"五四"时期那种对生活的绝望和诅咒了。他们最多是感到生活"出了差错"而人们仍然"热爱生活":

> 对于生活的热爱
> 像是一枚生锈的针头刺入静脉。
>
> 超越于青春的青春之母
> 开始生活却并不热爱生活
> 我只是在数着心跳的次数时出了差错。(梁小斌《出了差错》1983年)

韩东的《一个真理》则开始将重新归来的更加平实的"生活"进行了"哲学"的超越,急忙出示"真理":

> 风鼓动这窗帘
> 夜已很深
> 有人在梦中
> 看见那不可知的地方
> 我的灯还亮着
> 生活,在每个夜晚降临
>
> ……你无论怎样深刻

都是在这块土地上

你的脚会像根一样烂掉

一片永恒的月光

父辈们已经成为肥料

和发甜的空气

是他们

更深入地认识了我们的土地

并学会用风发出自己的声音

用月光看见万物的影子

接近你

告诉你一个真理。

这里已没有了李金发、徐志摩式的悲愤和阴郁,也没有多少"生活——网"式的人文批判和无奈的忧郁,而是在用一双与生活平行的眼睛来陈述生活的过程,紧张状态开始消失。当我们读到小君的《春天》的时候,他低吟的"春天来的时候/我安于每天的生活""在我沉思默想的时候/我坚信我快乐甚至幸福"等诗句,所表达的生活性感受,平静、世俗的快乐开始呈现出来。如果说韩东尚站在生活之外静观生活的整体,那么经由这种静观凝视,小君的诗已开始站在"生活"之中来写生活的状态了。那是80年代,人们开始专注于过一种被称为"日子"的平民百姓的生活,而且这种生活感渗透到了诗歌中。今天看,这该是"生活"的"进步"。

不把生活踩在脚下或放到对立面,而是把自己的生命放置融入到当下的生活之中,仿照王国维的"无我之境,以物观物"的说法,"生活转型"后形成的世俗民生的生活观走入诗界,很可能就是像这样的以"生活"之眼来观"生活"的方式。它也会有恨,有爱,有时消极也有时积极,恰如生活世界本来的世俗生态,看谁活出更好的境界,在多元抉择与现实中诗也呈现出置于生活中的恨与爱、消极与积极的丰富样态。在生活之中,我们对生活的态度也会更宽容、智慧。生活的边界在扩大,日常性的生活开始以一种具体可感的、扯不断的情感方式进入诗歌,正像当年何其芳说过的,"我要走在那不洁净的街道上",开始接受世俗的生活(但他又从这世俗不洁净的生活很快走向了洁净的革命生活)。来到新世纪,我们读到了蓝蓝的《让我接受平庸的生活》:

> 让我接受平庸的生活
>
> 接受并爱上它肮脏的街道
>
> 它每日的平淡和争吵
>
> 让我弯腰时撞见
>
> 墙根下的几棵草
>
> 让我领略无奈叹息的美妙
>
> 生活就是生活
>
> 就是甜苹果曾是的黑色肥料
>
> 活着,哭泣和爱——
>
> 就是这个——
>
> 深深弯下的身躯。

蓝蓝强调生活的本然状态的不可解释,它不必辩论或宣告"这就是生活",只需要承认"生活就是生活"。我们读到了雷平阳的《生活》:

> 我始终跑不出自己的生活
>
> 谁能跑出这落在地上的生活,我就
>
> 羡慕他;如果谁还能从埋在土里的生活中跑出,
>
> 我就会寂然一笑,满脸成灰
>
> 已经三十九岁了,我还幻想着

> 假如有一天能登上一列陌生的火车
>
> 到不为人知的地方去
>
> 我一定会拆下骨头
>
> 洗干净了,再蒸一蒸……
>
> 已经尽力了,整整三十九年
>
> 我都是一个清洁工,一直在
>
> 生活的天空里,打扫灰尘。

"跑不出生活"的雷平阳自然不用"深入生活",他自甘一个生活的"蒸骨"、打扫的"清洁工",应该说这积极的生活精神可令肺腑感动。同时,我们也看到,雷平阳在将"生活"表述为"无边的生活"之时,也在同时依然将生活看成是超越性的,"生活"依然是我们为之钟情不弃的执着理念。我们读到了郑小琼的《生活》:

> 你们不知道,我的姓名隐进了一张工卡里
>
> 我的双手成为流水线的一部分,身体签给了
>
> 合同,头发正由黑变白,剩下喧哗,奔波
>
> 加班,薪水……我透过寂静的白炽灯光
>
> 看见疲倦的影子投射在机台上,它慢慢地移动
>
> 转身,弓下来,沉默如一块铸铁
>
> 啊,哑语的铁,挂满了异乡的人的托付与期待
>
> 这些在时间中生锈的铁,在现实中战栗的铁
>
> ——我不知道如何保护一种无声的生活
>
> 这丧失姓名与性别的机械的生活,这合同包养的生活。

郑小琼使"生活"回到了一种具体可感的生活,所谓"打工生活"。作为一个打工者,她出示了大量生活的真相和细节,她还这样地说到"生活":

> 铁块与胶片抚摸着她命运的暮色

> 啮咬的机床断残的食指交颈默立
>
> 她命运的暮色在一个流离的词语间哭泣
>
> 她血肉模糊的疼痛询问着命运
>
> 啊，这零乱的生活，充满了对命运的愧疚
>
> 啊，原谅微薄的工资，原谅曾经的理想
>
> 原谅反反复复的过错，原谅手中的次品
>
> 原谅客户的投诉，
>
> 原谅机台上的青春
>
> 啊，我……缓慢的打工生活。(《黎明》)

其实她这里的"原谅"正是一种坚强，这坚强中没有仇恨，有无奈，也显露了自我疏解的积极生活的智慧。在雷平阳和郑小琼的生活之诗中，继承了过去的启蒙性传统的积极精神和批判精神，生活的伦理和正义、生活的信念和希望依然存在，并获得了新时代的表述。这种新表述就在于，它已没有了"革命"的激进，而可以由个体性的、积极入世的"生活"之心给予某种软化，获得了生活的真正的质感；同时，它依然在新的时代发现了、见证了骨头和铁的硬度，从而又避免使"生活"在一片软绵绵的气氛中失去方向。30年来，"生活"的含义在不知不觉中已发生了质变。日常性的俗世生活又回归到中国新诗之中。这种在古典诗情中曾得到普遍表现的日用性，在20世纪中国新诗中却明显地受到了排除，被指斥的低调的生活和被宣扬的高调的生活，共同构成了那个时代的精神遗产，在这个意义上，雷平阳积极生活的人文理念层面、郑小琼批判生活的具体生活真相的指认层面，无疑成为当今"生活"崛起的一个历史的"中间物"，也成为当今大生活中的一种有价值的生动的样态。

感觉、物:走向生活整体性的诗

于是,包括雷平阳和郑小琼在内,新世纪的"生活"在整体性地崛起。此时的生活,作为一种大生活,不应该是压抑和抛弃日常性生活的那种被简化和抽象了的宏大叙事,同时也不应是只用日常性和庸俗细节来全面覆盖生活,仿佛生活的超越性和理想性也从此可以绝迹了。不是这样的,因为生活本身不是这样的。生活是整体性的。新世纪的中国生活和诗歌,正在建立一种整体性的生活语境。面对"生活"的崛起,我们谁也没有超越生活,你的超越最多也是在生活中的超越。我们知道生活中的文学芜杂得很,怎么办?我们的理论和批评当然需要启蒙理性,需要批判生活和建设生活,需要提倡和促进积极的生活,但审美的批评之所以是审美的批评,就是它应该也是"生活"式的,更多智慧和宽容,不忙于宣判和非此即彼,尽可能知人论世,通情达理,向左一些或向右一些,这样会不会更好一些。在真实生活的理解中,去处理更多的类似生活现象的更复杂更芜杂的酸甜苦辣多味杂陈的文艺生态,而首要的,则是诗歌的生活认同,以及对整体性的生活的多侧面的表现。在对生活的整体性的观照中,诗人尹丽川的诗作《生活本该如此严肃》和《另一种生活》向我们展示了"生活"的日常性体验。这是她不无反讽的"严肃的生活":

> 我随便看了他一眼
> 我顺便嫁了
> 我们顺便乱来
> 总没有生下孩子
> 我顺便煮些汤水
> 我们顺便活着
> 有几个随便的朋友

时光顺便就溜走

　　我们也顺便老去

　　接下来病入膏肓

　　顺便还成为榜样

　　好一对恩爱夫妻

　　……祥和的生活

　　我们简单地断了气，

　　太阳顺便照了一眼

　　空无一人的阳台。

这是她的"另一种生活"，也是"无名"的生活：

　　去南方不知名的小城

　　气候温良的就好

　　找一份幼教的职业

　　也可以开一家冰店

　　嫁一个眉清目秀

　　干干净净的男人

　　性生活和谐

　　在月光柔和的晚上

　　抹净的桌边

　　不经意谈一些旧事

　　我完全能够

　　这样去生活

　　只要我不绞尽脑汁

　　要给这生活取一个名字。

尹丽川与郑小琼、雷平阳都同样表现了生活——个体性的生活状态，但她的生活观念采取了一种"向下"的姿态，并由于"向下"的低姿态而获得了展现芸芸众生状态的可能性，展现了生活的个性多样性和生活的日常性，这里的生活天空被压得很低，低到近乎无所谓的、一波不兴的生活，其静止的淡味之后，掩藏了多少当代青年生存奔波与奋斗的艰辛，依然能让我们感受到一种难以平复的遮盖，这诚如一流行歌所喊，"生活就像爬大山，生活就像蹚大河"，这已不是高歌而是咏叹。但这咏叹之中仍有对"生活"的超越性把握，因为，"生活"概念本身就是一个具有总体性的超越性概念。在我们不能用革命、战斗、启蒙来强制日常生活和个体生命的时候，我们还有"生活"这个概念可以凭依超度；我们似乎早已抛弃了"大我"，而只有"小我"，但"生活"这个概念本身成了我们的"大我"。这样的"生活"在主题的意义上真正是富有了，诗人伊沙正是从一个"生活的常识"中学到了"本质的诗"：

在夏季
热浪滔天的路上

一个少女
单腿跳着手捂耳朵

这个动作有点奇怪
在她身上是一种美

奇怪和所谓美
人们得到了

他们所要的感受

但并不关心

这一动作的
产生与由来

而我知道
我掌握那样的常识

在我童年从游泳池回家的路上

同样一个动作
帮我清除了存留在

耳朵眼儿里的残水
热热地流出来

我又听到周围的世界了
就像眼前这位少女

此刻她的心情
一定非常不错

单腿跳着手捂耳朵
在夏季热浪滔天的路上

如此生活的常识

让我进入了本质的诗。(《生活的常识》)

尹丽川的平静的庸常生活其实是一个整体性的视角,她总是将"生活"作为一段过程,纳入历史性的视野,尽管这个"历史"可能也只是一个人的生命过程,但也可以指称众多如此人生的生命过程。而伊沙在生活的日常性之外,拾取一个生活片段,指认了生活的常识性,这种生活细节因其为"常识"范畴,所以同样具有生活的共通性质,日常性和常识性合一,通向了"本质的诗"。而张执浩则在多年平庸的"生活"中依然不能忘情于"一棵白菜",他这是在生活的日常性、常识之外,又加上了一个情感性的体验与理解维度:

我有过每天都去菜场转悠的经历
从正门进去,打侧门出来,这往往要花去
你们一天中最美好的那段光阴
而我依然会乐此不疲
我是一个那样的人,这样生活了许多年
竟然还那样去梦想和追寻——

一个农民的儿子,把青春贱卖给了城市
现在,他想从另一位农民的手中赎回
我理解衰老在此刻的意义
他老得既快又明智,如同偏西的太阳
洒落在昏聩的梦乡,而我
一觉醒来,发现更老的父亲还在沉睡

……他来的时候这座城市正在薄雾中打滚
马路边的大排档前,吃夜宵的人

歪斜着鼻眼,仿佛偏瘫的鬼魂,他停下
板车,俯身在水龙头下面喝水,撒尿
顺手将软皮管洒向干渴的菜叶
可我知道赤脚的白菜浑身是泥啊

城市欢迎灰尘,并不欢迎灰尘的父亲
就像我们欢迎蔬菜,却一再拒绝
送蔬菜的人——他走完了拖泥带水的一生
最后与板车一道翻倒
在我们备受谴责的噩梦里
在我们难以下咽的喉管里

在那里,或者在这里
总之,在空气中
到处都晃动着一棵白菜贫贱的身影
当我往返于体内的四季,看见时光的
糟糠之妻双手紧拽着沾满泪水的衣襟
我只能抱歉地说"请给我称一斤新泥!"(《一棵白菜》)

　　这些情感的表达,是渗透溶解在这个时代的物质生活之中的,因此用诗的方式,诗人们重述了有关这些人物与物质的情感和体验,如果说这些诗中的物质性是情感的、精神的,如一棵带泥的白菜,那还不如说它首先是"生活"的。正是这种情感体验,使我们的生活感具有了现实感的实在性,连接起底层生活而使生活超越个体的局限而趋于社会性的情感纽带,从而趋向生活的整体性。以小说《我爱美元》而闻名的朱文写了一首名为《小戴》的诗,小戴不是美元是个美女,他写道:

美丽的躯壳带来一种幸运的生活

别墅,汽车和精美的食物

与财富做爱,与地位调情

并在心里把幸运理解成为唯一的幸福

物质的高潮滚滚而来

精神的痉挛源源不断

两次高潮之间,些许的冷淡呵

谁也看不见

美丽的躯壳带来一种经济的生活

投入、支出和奇妙的利润

与保险做爱,与税收调情

并在心里把经济理解成最重要的秘诀

物质的高潮滚滚而来

精神的痉挛源源不断

两次高潮之间,些许的冷淡呵

谁也看不见

美丽的躯壳带来一种气味的生活

枫丹白露、力士和刺鼻的洗指甲水

与健康做爱,与年龄调情

并在心里把气味理解成最炫目的羽毛

物质的高潮滚滚而来

精神的痉挛源源不断

两次高潮之间,些许的冷淡呵

谁也看不见

美丽的躯壳带来一种语言的生活

呼机、手机和温热的枕边风

与实词做爱,与虚词调情

并在心里把说谎理解成不可少的乐趣

物质的高潮滚滚而来

精神的痉挛源源不断

两次高潮之间,些许的冷淡呵

谁也看不见

美丽的躯壳带来另一具美丽的躯壳

小旅馆、避孕套和周密的时间表

与汗水做爱,与泪水调情

并在心里把他当成一生的真爱

物质的高潮滚滚而来

精神的痉挛源源不断

两次高潮之间,些许的冷淡呵

谁也看不见。

朱文列举了诸多生活物象,别墅、汽车、保险、税收、枫丹白露、洗指甲水、呼机、手机、旅馆和避孕套,超越情感之维而直接出示了生活的物质性,并试图以此物质性表述这个时代的他认定的"幸运的生活""经济的生活"

"气味的生活""语言的生活",但最终不过是一具"美丽的躯壳"。精神的物质化,与物质难解难分,甚至物质已远远不是和精神取得了平衡,而是大大压过了精神,后者已难以超迈。这个时代的诗歌,由此也可以定义为一种"体物的诗歌",对物质和物质生活的体验、体悟逐步地成为我们生活的核心,成为诗歌的中心问题,对物质的追问,对物质的态度,是人们精神"痉挛"的价值观念的晴雨表。关于这个时代的物质生活的情景和定义,诗人杨克首先将其描述为一种"广场"的变迁:

在我的记忆里,"广场"
从来是政治集会的地方
露天的开阔地,万众狂欢
臃肿的集体,满眼标语和旗帜,口号着火
上演喜剧或悲剧,有时变成闹剧
夹在其中的一个人,是盲目的
就像一片叶子,在大风里
跟着整座森林喧哗,悸动乃至颤抖

而溽热多雨的广州,经济植被疯长
这个曾经貌似庄严的词
所命名的只不过是一间挺大的商场
多层建筑。九点六万平米
二十世纪末,蠢动萌发
事物的本质在急剧变化
进入广场的都是些懒散平和的人
没大出息的人,像我一样的人
生活惬意或者囊中羞涩
但他(她)的到来不是被动的

渴望与欲念朝着具体的指向

他们眼睛盯着的全是实在的东西

哪怕挑选一枚发夹，也注意细节

……南方很少值得参观的皇家大院

我时不时陪外来的朋友在这走上半天

这儿听不到铿锵有力的演说

都在低声讲小话

结果两腿发沉，身子累得散了架

在二楼的天贸南方商场

一位女友送过我一件有金属扣子的青年装

毛料　挺括　比西装更高贵

假若脖子再加上一条围巾

就成了五四时候的革命青年

这是今天的广场

与过去和遥远北方的唯一联系。（《天河城广场》）

杨克给了这物质的"广场"生活以如此具有历史感的说明，对物质的体验走上前台，革命和启蒙时代的广场被重新定义为"体物"的广场，人们正在试穿、试戴着层出不穷的新衣和围脖。然后，杨克也由此历史变迁的沧桑感而似乎领悟了高出他人的深刻性：

现代的伊甸园

拜物的

神殿

我愿望的安慰之所

聆听福音

感谢生活的赐予

我的道路是必由的道路

我由此返回物质

回到人类的根

从另一个意义上重新进入人生

怀着虔诚和敬畏

祈祷

为新世纪加冕

黄金的雨水中

灵魂再度受洗。(《在商品中散步》)

在这种"体物的诗歌"中,我们的生活回到了物质的根,生活需要重新进入,叙述需要从头再来。物质生活,这难道不是20世纪初中国开始迈入现代性社会时最为本初的起点吗?不是那时开始启用、流行"生活"概念的一个最基本的思路吗?进而不也是20世纪一切革命和启蒙所给予我们的理想生活的许诺吗?同时,物质性不也是中国古代一切生活理解的基点吗?对杨克的这些诗句的批评,就是它的智慧和深刻性必将启发我们文艺学、美学和批评界的深刻反省,导致我们的自我批评。至此,通过对生活的个人性、日常性、常识性、情感性、物质性的描摹与体悟,诗人们正以"生活"的隐喻逐步接近当代生活的整体性现实,重塑了整体性的生活情境。

体物的精神层面

找回物质的生活之根,出示这个时代以及所有时代的生活的日常性之真和物质之本,并不能万事大吉,完全解决问题,相反,日常的平淡和连绵不尽,物质带来的更可能是枷锁,新的困厄比之以往的生活困厄可能是更加的严重了。也许诗人们过于自信"生活就是生活",似乎生活本身并不用反思生活。但是生活的新的困厄却促使人们新的反思,这个物质性,正如同过往时代的唯精神性一样,却是需要理性、需要批判、需要反思的。诗人王小妮说:"生活不是诗,我们不能活反了。我们要先把自己活成一个正常人。"①是的,建立在物质基础上的人是正常的人,归根结底,我们不能把精神活成物质,但物也不等于人的一切,生活的一切。这是被物质的强大挟持的生活吗?物质并不可怕,起码诗人阿坚没有感到可怕,他感到可怕的却反而是物质问题解决之后的"自由":

……种种机会我都没有遇到
我渴望强大的夹持
像渴望一件天衣
我裸体奔跑
把耳朵也张得像嘴那么大
但所有的召唤都不是对我的
我孤然一身,是一个没有理想的人
是一个童弹子都闷成石头弹的人

在连续的荒年,撑死人呐
我只好顺手捡起了自由,所谓的
我没有能力怀疑这所谓的自由
就算自由夹持着我吧
我其实明白,我是姑且赖在自由这儿。(《没有强大夹持的生活》)

但物质性得到满足和实现的生活是平静的,也是卑微的。宋烈毅的

---

① 王小妮:《诗不是生活,我们不能活反了——答记者问》,《南方都市报》,2004年4月14日。

《居住》就是如此的平静,出示了生活的卑微性:

> 吊兰长了十年,令居住者窒息
> 灯光照着它的叶子
> 灯光照着他一夜失眠
>
> 一个人的私生活必须有
> 一片暗绿,一小块
> 不见阳光的皮肤
> 一个人一生可能只对自己裸露
>
> ……一个人的生活必须有
> 一道窗帘
> 一扇百叶窗
> 或者,喧哗的水声
> 覆盖着痛快的叫喊
>
> 一个人的生活
> 可能看上去静悄悄
> 一个人的周末
> 可以什么都不发生……

而即便这样平静的居家私生活,没有革命年代的壮怀激烈,是如此的卑微,依然有诗。诗歌当然不会改变生活的卑微,而且诗歌本身也如同生活一样卑微。在卑微的生活中,诗人的超越首先只能依靠其情感性的体验之途,它可能最先使敏感的诗人流下了眼泪:

> 我写下的都是卑微的事物

青草，黄花，在黑夜里飞起的纸片
冬天的最后一滴雪……
我写下它们，表情平静，心中却无限感伤——
那一年，我写下"青草"
邻家的少女远嫁到了广东
我写下"黄花"
秋风送来楼上老妇人咳嗽的声音
而有人看到我笔下的纸片，就哭了
或许他想起了失散已久的亲人
或许他的命运比纸片更惯于漂泊
在这座小小的城市
我这个新闻单位卑微的小职员
干着最普通的工作
却见过太过注定要被忽略的事
比如今天，一个长得很像我父亲的老人
冲进我的办公室
起初他茫然四顾，然后开始哭泣
后来自然而然地跪了下去
他穿得太少了
同事赶紧去调高空调的温度
在那一瞬，我的眼睛被热风击中
冬天最后的那一滴雪
就从眼角流淌出来。(《我写下的都是卑微的事物》)

  生活的卑微构成平静，而平静就是卑微，但无论卑微和平静都会有感动，不仅会有感动，而且还会有圣洁的想象，这都源于今天人们的生活之心。我们和诗歌不但要有一颗情感心，还应有一颗理智心，所谓"圣洁"，就是我们生活之心的理性表述。

> 为了让更多的阳光进来
> 整个上午我都在擦洗一块玻璃
>
> 我把它擦得很干净
> 干净得好像没有玻璃,只剩下空气
>
> 过后我陷进沙发里
> 欣赏那一方块充足的阳光
>
> 一只苍蝇飞出去,撞在上面
> 一只苍蝇想飞进来,撞在上面
> 一些苍蝇想飞进飞出,它们撞在上面
>
> 窗台上几只苍蝇
>
> 扭动着身子在阳光中盲目地挣扎
> 我想我的生活和这些苍蝇的生活没有多大区别
> 我一直幻想朝向圣洁的一面。

这是宇向的诗《圣洁的一面》,苍蝇是诗人自我卑微的隐喻,但苍蝇的想象却朝向圣洁的一面。在诗人提供的有关"窗玻璃"的意象中,生活的物质性被诗化想象成为透明的,而在透明的生活中,被撞得头破血流乃至粉身碎骨的"苍蝇"们,它们朝向看不见透明之墙的另一面所做的"超越性"努力,仿佛使我们一下子回到了20世纪,回到了中国古典诗歌的超越性理想境界,面对生活的物质性,中国诗人没有像波德莱尔们那样的绝望,今天他们也不像李金发、徐志摩那样视生如死,他们将生活的卑微和圣洁、物质和超越贯通起来,统一于"生活"一词之中,这个词更加富有弹性和表情,更加细致和有容乃大了。"窗玻璃"隐喻着在物质和精神之间只是一种透明的一体化,但终究还是基于物质的这一面,起码最终尸体要丢在物质和俗世这一面。然而它们毕竟在"透明"中"统一"为一体了,尽管这"透明"可能只是一种诗的"想象"和诗人自己的"幻想"。他们如此这般地在诗的想象中融于生活之中,我想也可历史地得出结论,他们如此"生活"是得益于20世纪中国生活的"超越性"的教益,得益于中国人伟大的"生活"传统的实用理性的"积淀",尽管我们的祖先谦虚地总不愿意谈论"生活"二字。这不是超越生活,而是生活中的超越。而生活中的超越,大概可算作中国诗学的固有血脉本色之一。

嵌入生活的诗:隐喻之维

"生活"是个绝妙的词汇。它是个总体性的大词、大概念,可以超越具体而囊括巨大的空间,包容无所不在的人的生存状态,一切人生内容和形式;而在它这样地站在普遍性的天空上的时候,它又向各式各样的多层面的具体的人的生存样态敞开,个体生活和社会生活、精神生活和物质生活、上层生活和低层生活、精英生活和大众生活、超凡生活和世俗生活,乃全你的、我的、他的生活……生活,又是一个最具感性意味、最具体和最具活气的词汇,我们正是让这个总体性概念在其普遍性与具体语境之间不断地穿梭,织就了20世纪以来"生活"主题的诗歌简史,构造诗歌的生活语境地图。"生活"这个词,起码在诗歌中,搭建了中国人的情感和意义的平台,古典用法,20世纪的用法,以及新时期和新世纪的用法,其间的转换与妙笔生花,丢失、找回、开拓、生发出种种意义空间,在这百年的中国新诗中,生活一词鲜活如初,正如分析哲学的一句名言,"意义即用法"①,我们正是在诗歌语言的使用中,让"生活"一词嵌入了诗句,深深嵌入了我们的诗生活,乃至我们整个的生活方式的历史过程和语言背景中。千百年来,"生活"这个词没有变,而且其内蕴的意义、语用语境、问题指向却在20世纪中国发生了剧烈的挪移、变迁、缩小或扩张,也许它还将变化下去。

也许我们终归要感谢生活。而感谢生活首先要感恩"生活"这个词,对"生活"一词保持足够的敬意。我们应该感谢古人使生活一词具有了"活"的欲念生计的基本义,使我们在20世纪无论如何挣扎也不能使其脱离这种限制。我们感谢20世纪以来赋予了"生活"一词更加宽广和积极的崇高的意蕴,从此我们可以不再鄙视生活而更加坦然地面对生活。我们要感谢那种在"生活"一词前加注限定词如"精神生活""物质生活""大众生活"之类的分析性用法,不仅使我们的表达趋于精确,而且也使我们能在一个现代性的宏大历史和现实面前不再摸不着头脑,可以多少走进生活和事物的内部,但是我们在学会分析性地思维着的同时,还是要不时回头来到整体性的生活表述旗下,我们知道"生活"一词终归趋向于把握与认识的整一。百年来我们总是千方百计地试图清除、洗刷掉生活一词中的"意欲"的本义,百年后我们发现这一"基本意欲"的本义不但没有去除掉,反而更加稳定、牢靠,乃至更加公开而张扬了。当它携带着20世纪新添加的积极信息和语义走向新世纪时,"生活"已不仅仅是一个概念,而是意味着我们的一种思考维度、一种生存视域和支点、一种坦然面对的活着的理由,它就是我们的生存方式本身。

其实,"生活"的主题,就是以生活的名义说话,而当我们一旦以生活的名义说话,其实就什么都不用说了。早在上世纪90年代初,在激进的

---

① 参见[美]M.怀特编:《分析的时代》,杜任之主译,北京:商务印书馆1981年版,第230页。

思想观念终于如云流散,人们终于开始流行和吟唱这样的词句:

> 生活是一团麻,却也是麻绳拧成的花,
> 生活是一根线,却也有那解不开的小疙瘩,
> 生活是一条路,怎能没有坑坑洼洼,
> 生活是一杯酒,饱含着人间的酸甜苦辣。
> 生活是一条藤,总结着几颗苦涩的瓜,
> 生活是一首歌,吟唱着人生悲喜交加的苦乐年华!

(电视剧《篱笆女人和狗》主题歌词《苦乐年华》)

这里只有隐喻而已。生活概念总是指向整体的、复杂的、悖反的情境,在指向整体的路途中,又并不能一言而尽,不能一言而尽时,我们只好开始使用并创造隐喻。从此我们生活在"生活"的隐喻之中,诗成为一种生活的智慧,也是生活的理由。当生活以生活之眼观之,当生活成为生活,当诗歌成为一种生活,诗的生活便可以成为一种让人们生活下去的理由。

生活总是这样:真正的生活开始了。

2011 年

中国文学的"批评问题"

——"批评"与"评论"的百年"语用"纠葛及其所见时代风尚

缘起

什么是"文学批评"?

这个问题似乎既无确切的答案,也无须回答。我们只看一个言简意赅的界定吧——老舍说:"所谓'文学批评',就是文学讨论它自身。"①

但我们的文学批评所做的远不止这些。它不仅要讨论文学,还要文学批评讨论它自身。而这,在当代,却是颇具中国特色的一大文学现象——大概很少有哪个国家的文学界,像我们一样用大量时间去讨论文学批评本身。从"五四"起,直到当下,几乎每隔一段时间,就有一次对文学批评的会诊和批评。近年来对文学批评的热议便是这新的一波。据我们不完全统计,从2012年初到现在,半年间,各类报纸、杂志发表的讨论文学批评的文章就有150多篇,以此为主题的会议、座谈恐也不少。

的确,文学及文学批评在整个社会意识形态诸形式中,在人文社会科学或文化领域诸多门类中,是具有某种特殊性的,尽管如此,这仍然使我们意识到,人们的确很少听说"哲学批评""历史学批评"讨论它们自身;

---

① 老舍:《文学概论讲义》,北京:北京出版社1984年版,第132页。

哲学家、历史学家济济一堂共商"批评的批评"的景象更难于一见——我们压根儿就很少见到"哲学批评""历史学批评"这类的字眼儿。哲学、历史学就搞好它的研究,文学就搞好它的创作,文学批评就搞好它的批评实践,天经地义,干吗总热衷于议论自我或搞"自我批评"?

"批评"的特点,似乎在它总是居于理性和感性之间,又居于基本价值与时代认同、社会性与审美性、学理性与实践性之间,具有天生的自由和民主倾向,并不好用一般的"学科"去等而衡之,因此总是问题纷纭,并且对自我的议论纷纭,乃至因此有至少一种或五花八门的"批评观""批评理论"或"批评学",想来也是应该的。

我们自然不能免俗。而且以为从讨论和弄清中国文学中的"批评"这个概念开始,可能是最自然的。本文将涉及"批评"一词及其与"评论""评点""批判""诗文评"等一组词汇的语用纠葛关系,并尽力透现出其间的时代文化风尚变迁。而所谓"语用",即语言概念的使用,则是语义的历史实践状态。

释"批"与"批评"

"批评"一词古已有之。

"批",《说文解字》说:"反手击也。"是批击、反手打的意思,旧文献中常见的"批颊"(打耳光)、"批挞"(敲打),就是其本义所在,原指一种将对象置于对立面的攻击性、排斥性、给人以痛感的动作行为。由于"批"的这样的语义极其稳固地沉实在"批评"一词的底基,至今日而未改其词性,只要我们一说出或写下"批评"二字,其意义指向往往会直奔这个攻击性、排斥性的动作意向并将对方置于反方乃至负面的位置而去。即便在后世的语用实践中"批评"的词义扩展和丰富了,人们也还是要不时用"善意的批评""正面的批评""广义的批评"等看似如此矛盾、悖谬、绕弯的表述来加以辩解、限制、驯服,以至用"负面的批评""求疵的批评""恶意的批评""骂派批评"等来加以此地无银三百两式的强调与重申,之所以闹出如此的歧义,就在于"批"字的动作和意向是多么具有生命力,一切后来者都不能不小心、正视这个"原罪"般的语义枷锁。

其实一切语义的表达及其复杂性都依人性人心而产生和变动。我们似乎从未听闻过非常美好的词汇的语义中会容纳进丑恶的意味来,或向丑陋的意义方向转化,却一再发现那些具有攻击性、排他性、丑陋性的词汇,在人们的语用实践中向中性的、无害的、包容性的乃至积极和美好的语义发生迁移的例子。汉语中的"批"就是如此。《庄子·养生主》云:"依乎天理,批大郤(隙),导大窾(空)。"此处的"批",可引申为深入、刺入之意,有深入要害、直指人心的犀利、尖锐的意味,表达了庄子对天理的把握与运用的本质追求和方法的透彻深入。这里,"批"被用在了新的语境,语义发生了无害化的挪移。沿着这个人性向善的文明方向,后世在文学领域将"批评"的语义甚至扩展到对作品的美妙的击节欣赏、拍手称快,也是词汇语义发生对立统一运动、向对立面转化的一个绝佳例子。

自此后,"批"与"批评"的语义纠葛,或"批"在"批评"一词中的或主宰或限定或反转的作用,就是一部由中国人的文化与人性人心的时代变迁所叙写的历史,一部从"批"的基本义出发的语义延伸与回缩、替代与挪移的历史。

将"批"的攻击性动作延伸到文本语言行为中,是一种语义无害化的转移,这样的例子早期可举出在唐代文献中出现的"批敕""批答"这样的词。据《旧唐书·李藩传》载:

> 制敕有不可,(李藩——引者注)遂于黄敕后批之。吏曰:"宜别连白纸。"藩曰:"别以白纸,是文状,岂曰批敕耶!"[1]

---

[1] 《旧唐书》卷148,北京:中华书局1975年标点本,第12册,第3999页。

这里,"批"不单独成篇,不另纸成"文状",而是径直在所阅读的文本中写下意见,且是表达"不可"的否定和排斥——直到今天,行政事务中批阅、批示、批复文件还延续着这一方式,不过意见、态度则较为宽泛。

宋代的科举考试中出现的眉批总评,进一步从公文语用行为发展到对写作出来的文章的"批阅",就是考试官在士子们的墨卷上书写眉批,针对考生答卷进行点评。有人把这些墨卷连带批注文字辑录汇编,公开出版兜售,如南宋吕祖谦所辑的《古文关键》,意在给其门生弟子提供科考范文,类似于今天的高考作文点评。这样,"批"的尖锐、刺入要害般的痛快动作意味又延伸包含了"点拨""赏鉴"等义。

"评",从言从平,《说文解字》:"语平舒也。"后来有了从言语议论出发的裁判、评定的意思,如汉代的"月旦平议",桓谭《新论·正赏篇》说:"评者,所以绳理也。"①《文心雕龙·论说》中说:"评者,平理。"②意即按照一定的观念、原则指对人物、诗文作品进行评价。如钟嵘的《诗品》,就原名《诗评》。

也许"评"过于理性平衡,因此"批评"二字连用也就情势必然。此前"批"就已经是可以加诸语言文本的一种行为,因此"批评"连用自然是指以"批"的方式来"评"——是对于文本的点击性"评"的动作、行为方式。这样的连用较早的用例出现在元代。钱鼒在元至正二十二年(1362年)为《大雅集》所作的序中称:"会稽杨铁崖先生,批评而序之,命篇曰《大雅集》。"③——是书为元代赖良所编,杨维桢删定、点评并作序,每卷有杨氏的点评文字。

至此,沿着"批评"一词的在语言文本行为领域的从"公文"到时文、作文的展开路径,"批评"在文学上的广泛应用与展开就是呼之欲出的

---

① 〔汉〕桓谭:《新论》,黄素标点,上海:上海泰东图书局1929年版,第118页。
② 范文澜:《文心雕龙注》上册,北京:人民文学出版社1962年版,第326页。
③ 〔明〕钱鼒:《大雅集原序》,《全元文》卷1796,凤凰出版社2004年版,第59册,第112页。

事了。

应说明的是,也许由于中国古典文化的谦和、典雅、中庸性质,作为具有攻击性、排斥性质素底子的"批评"一词在古代除文本语言行为以外很少用在社会与人的行为上,检索四库全书才不过有三十余处。"批评"(更遑论"批判")大量扩用到人际间和社会行为上,则是20世纪中国新文化兴起以后的事了。

中国文学传统中的"批评"及相关的几个概念

宋元以后,随着印刷技术和造纸技术的不断进步,勾栏瓦肆间市民文化的兴起也一点点地催生着文化市场(书籍出版市场)的壮大,长篇小说和戏文剧本的传播出现新的规模和局面。这使"批评"一词在明中期以后大量用于文学领域。最有代表性的是一些以"批评"命名的书籍,如《李卓吾先生批评忠义水浒传》《李卓吾先生批评幽闺记》《陈眉公批评红拂记》《陈眉公批评琵琶记》《新刻钟伯敬先生批评封神演义》《贯华堂选批唐才子诗》《贯华堂评论金云翘传》等——这就是中国传统的"文学批评",但其涵义、适用范围和表现形式,均与现在所说的文学批评大相径庭。

这时的"批评",首先依托于商业出版及其编辑与传播策略,其"评"是以批注的方式出现在书籍中,具有极大的世俗性、市场性,与其说是一种文学批评,倒不如说首先是一种通俗文化行为方式。它固然是一种文学批评,但与传统的"诗文评"并不是一回事,比如《四库全书总目提要》中的"诗文评"一门,所收的全部是诗论文论、诗话词话、文章作法等著作,一部批评、评点著作都没收。可见这样的文学"批评"是由"批"而形成的一种大众性、世俗性、市场性的文化方式,主要不是着眼于作者,而是面对大众读者和市场,颇类似今日所谓"媒体批评"。

其次，这样的"批评"因附属于一种书籍印刷出版而采用点击标注方式，因此形成了随意性、感受印象式特点。它固然暗含一定的文学观念、原则、标准，但不求全面，不求逻辑和论证的严密，而是攻其一点不及其余，在阅读中直捣黄龙，点出作品的传神之处；它不事铺陈，不单独成文，而是随文批注，突出动作性、操作性，因而吉光片羽，散见于文本各处。出于这些特点，后来的人更愿意称其为"评点"。明清的"批评"即"评点"，集中在小说、戏剧领域，偶尔也用于诗文。清人甚至有"评点之学"的说法①。对"批评"的随意性，就像钱锺书所说："世界上还有一种人，他们觉得看书的目的，并不是为了写书评或介绍。他们有一种业余消遣的随便和从容，他们不慌不忙地浏览。每到有什么意见，他们随手在书边的空白上注几个字，写一个问号或感叹号，像中国旧书上的眉批，外国书里的Marginalia。这种零星随感并非他们对于整部书的结论。因为是随时批识，先后也许彼此矛盾，说话过火。他们也懒得去理会，反正是消遣，不像书评家负有指导读者、教训作者的重大使命……"②——钱先生说的"眉批"与"书评家"的区别，恰是传统"批评"与现代文学批评的差异。

其三，是它的功利性。功利不外乎名和利。以《三国演义》为例，芥子园刊行本题名"四大奇书第一种"，又被誉为"第一才子书"，正文前有人物绣像四十幅，再加上金圣叹《序》和毛宗岗《三国志读法》——这是明清小说惯用的营销方式，邀请名家作序、点评、宣传，以夸张的方式标目，以期利市，以求名利双收。

其四是时间性，也即当下性。"批评"偶尔也兼及古代作品，但从主流来说，无论是小说、戏剧，还是诗文作品，大都是当下、流行的，是面对当下图书市场的。孔尚任《桃花扇·逮社》中说：

---

① 如黎庶昌《续古文辞类纂序》称："宋、元、明以来，品藻诗文，或加丹黄，判别高下，于是有评点之学。"
② 钱锺书：《写在人生边上·序》，福州：福建人民出版社1983年版。

> 俺小店及坊间首领，只得聘请几家名手，另选新篇。今日正在里边删改批评，待俺早些贴起封面来。①

"另选新篇"，指根据时局和市场的需要遴选科举应试的八股文章，以供应科举考生市场，这明确道出了"批评"的及时性、当下性。

总之，"批评"是中国传统文学的特定概念，是在明清时期的商业语境下产生并附属于图书出版的，主要面对小说、戏剧等通俗文艺样式发展出的一种文学鉴赏、阐释、品评和研究的方法及样式。"批"是方法，是随文、随书作眉批夹注，"评"是品评、鉴赏、玩味，既关乎文学本身，又兼顾世俗目的。也正因为这一点，"批评"在正统的文学观念中是受到歧视、压抑的。古人习惯于运用"诗文评"而不是"批评"来指称文学理论、评价和品鉴，很大程度上就源于明清的"批评家"们的市场方式及其"故作高谈""哗众取宠"，惯用夸张的方式互相褒奖和炒作②。

除了"批评"及在文学评论方式上几乎与其同义的"评点"，这里还要附带提及几个相关的概念：

一是"评论"。在古代，除了人物、事物品评外，"评"更多地用在了文学的方面，表示广义的文学评论，如诗文评、诗评，而"批评"不过是其中的一个特别方式。"论"，则更多地是面向社会领域的议论文体，是用来讨论、分析、说明事理的。如《史记·张仪传》所言之"臣请论其故"③。汉代以来，有了专门的"论"体，如桓谭《新论》、王充《论衡》、曹丕《典论》等。《文心雕龙》总结说：

> 详观论体，条流多品：陈政，则与议说合契；释经，则与传注参体；辨史，则与赞评齐行；铨文，则与叙引共纪。故议者宜言，说者说语，

---

① 〔清〕孔尚任：《桃花扇》，王季思等注，北京：人民文学出版社2011年版，第190页。
② 参看《四库全书总目提要》"诗文评类"序，见《钦定四库全书总目》（整理本），北京：中华书局1997年版，下册，第2736页。
③ 〔汉〕司马迁：《史记》，北京：中华书局1998年版，卷70，第798页。

传者转师,注者主解,赞者明意,评者平理,序者次事,引者胤辞。八名区分,一揆宗论。论也者,弥纶群言,而研精一理者也。①

也就是说,"论"是着眼于"理论"的集议论、阐释和评价于一身的开放性文体,其言说对象,既包括经典文献,又包括人物、社会现象等,"评"只是其几种形式之一。"评""论"连用,以"评"总"论",其语感意义在于加重了内在的评说的理论系统性,因而更"平理",有理则平缓自信,而不必像"批"的动作性是外在之力的加诸。"评论"一词出现较早,如范晔《后汉书·党锢传》载范滂语云:"君为人臣,不推忠国,而共造部党,自相褒举,评论朝廷。"②其《狱中与诸甥侄书》中说:"既造《后汉》,转得统绪。详观古今著述及评论,殆少可意者。"③这里说所的"评论",与"批评""评点"截然不同:它更重理性,即逻辑性、条理性和论说性;它可单独成篇,不以评价对象为形式载体;它的对象也包罗万象。从这种意义上说,近代人在翻译西语"Literary Criticism",使用"文学评论"这一概念,应是合乎语言逻辑的。

二是"批判"。《说文解字》云"判,分也",有决断、裁定的意味。"批判"最早出现在宋代,延续唐代以来批示公文的传统,如司马光《进呈上官均奏乞尚书省札子》:"所有都省常呈文字,并只委左右丞一面批判,指挥施行。"④——是批示可否之义。零星地也有用到诗文上的例子,如明代陈献章《次王半山韵诗跋》:"所谓濯去旧见,以来新意,作诗亦正用得著也。批判去改定,乞再录来见示为幸。"⑤此批判一词与"批评"一词的程度色彩已相差无几。但"批"与"判"连用,还是在动作性的力度和攻击性、否定性色彩上更趋鲜明,如在理学家的话语体系中,"批判"的判断

---

① 范文澜:《文心雕龙注》,北京:人民文学出版社1962年版,第326、327页。
② 《后汉书》,北京:中华书局1998年版,卷97,第865页。
③ 郁沅、张明高编选:《魏晋南北朝文论选》,北京:人民文学出版社1996年版,第256页。
④ 王根林点校:《司马光奏议》,太原:山西人民出版社1986年版,第426页。
⑤ 邬国平编:《中国历代文论选新编·明清卷》,上海:上海教育出版社2007年版,第22页。

中,就似乎有着比"批评"一词更强烈的否定性色彩,更突出否定性和攻击性,直接抨击人格和道德内容。如《朱子语类》云:"而今说有个人在那里批判罪恶,固不可;说道全无主之者,又不可。"①"批判"一词在此恢复了否定性、尖锐性的本来面目。总体上说,由于中国古典文化的特性,也由于文学上有了"批评"概念的特定意义的流行,"批判"的用例在古代并不多,它广泛地用到社会、人及文化、文学的身上,是中国现代性竞争、斗争文化兴起之后,此为后话。

三是"诗文评"。"诗文评"是中国传统文学批评(或曰文学理论、文论)最正宗、地道的称呼。中国的诗文评传统源远流长,就形成的规模而论,有曹丕《典论·论文》、陆机《文赋》、刘勰《文心雕龙》、挚虞《文章流别论》、钟嵘《诗品》(又称《诗评》)、王昌龄《诗格》、皎然《诗式》,以及宋代欧阳修《六一诗话》后逐渐兴起的"诗话"等。从如此多样的命名来看,古人对此尚乏统一认识。《隋书·经籍志》中,诗文评著作著录在总集内;《唐书》则在集部之末。到了宋代,《崇文书目》列出"文史"类,郑樵《通志·艺文略》列出"文史"和"诗评",才算有了明确的归类汇总意识。明代焦竑《国史经籍志》中正式列出"诗文评",是为"诗文评"最直接的源头②。这一命名和分类方法被《四库全书》编撰者接受,最终确立了它的内涵和对象。可以看出,所谓诗文评,是包含文学理论、文体辨识和作品品评在内的一个总体概念,它的对象主要是诗文,而与所谓"批评"虽有相通,但亦有很鲜明的区隔。后者依"评"可被前者包容涵盖,却因"批"的大众性、印象式及依托书籍出版商业的操作性而区别于前者。近代以来,随着"文学评论""文学批评"等概念的崛起,"诗文评"成为一个历史性的概念,残存在古代批评史、文论史研究领域。

---

① 《朱子语类》卷1,北京:中华书局2007年版,第1册,第5页。
② 参看杜书瀛:《"中国文学批评史"应正名为"'诗文评'史"》,《陕西师范大学学报(哲学社会科学版)》,2011年第4期。

在"批评"与"评论"之间:"Literary Criticism"的汉译

"批评"一词的使用在中国现代文学语境发生了看似奇怪的变异。

从传统承续的角度说,明清时的"批评"概念在中国现代文学伊始便受到了严厉的批判并加以抛弃。胡适当年曾在《水浒传考证》中不遗余力地攻击:"金圣叹用了当时'选家'评文的眼光来逐句批评《水浒》,遂把一部《水浒》凌迟碎砍,成了一部十七世纪眉批夹注的白话文范!……这种机械的文评正是八股选家的流毒,读了不但没有益处,并且养成一种八股式的文学观念,是很有害的。"[①]从这个态度来看,现代中国新文学的人们不仅没有继承接续明清以来的"批评"传统,反而要切断这个传统。

但他们似乎也不喜欢"诗文评"或"评论",而执意要采用"批评",却偷天换日,认定这个新的"文学批评",完全是从西方文学中舶来的,这正是我们所谓"批评"一词发生了奇怪的变异之处——传统已被掏空,概念已被偷换。

朱自清在20世纪三四十年代多次强调,"'文学批评'一语不用说是舶来的","'文学批评'原是外来的意念"。他还指出,这一概念背后隐含着一整套西方近代文学观念、理论、方法和术语体系[②]。"文学批评"的英文原词是"Literary Criticism",其中"Criticism"源出于希腊文"Kritikos",本义是"辨识"和"论定",运用在文学领域,即如艾勃拉姆斯所言,"以定义、分类、解说、分析、比较和评价为主要内容的文学研究"[③]。从语义上说,"Criticism"虽也有"指摘"之义,因此可译成"指责"意义的"批评",但并不是其主要内涵,不似汉语"批评"一词明显的动作性、攻击性和排斥

[①] 胡适:《中国章回小说考证》,上海:上海书店1980年版,第2、3页。
[②] 参看朱自清《评郭绍虞〈中国文学批评史〉上卷》(《清华学报》,1934年第4期)和《诗文评的发展》(《文艺复兴》,1946年第6期)等文章。
[③] 林骧华主编:《西方文学批评术语词典》,上海:上海社会科学院出版社1989年版,第353页。

性——"五四"以来,人们习惯上以汉语"批评"来翻译这一概念,并注意到中西语汇之间的语义差别,特别留心介绍"批评"(Criticism)繁复的意义,如周全平《文学批评浅说》(1927年)中曾以"称誉""判断""比较""欣赏""吹毛求疵"等多重含义来解释"批评"[①]。

承用古词,汉译西方概念,去除其古代汉语词的特定文化内涵,主要承载西方语义观念和文学观念,以西方文学批评观念开创中国现代新的文学批评传统,是"批评"一词的新的时代态势,也是那一代文学家所做的在概念术语上翻云覆雨、改旧换新之事。

而历史的丰富性在于,在那个逐渐步入现代社会的时期,人们的语用实践也是丰富的,概念词汇的转化、翻译与使用都经历了多方的尝试与思考。我们还注意到,"Literary Criticism"最初被中国人认识、翻译和使用,并不是"文学批评",而是"文学评论"。现在公认最早的一篇运用西方文学理论、观念、方法和文体写成的文学批评文章,就命名为《〈红楼梦〉评论》(王国维,1904年)。在这篇文章中,"评论"所对应的,就是"Criticism"。

王国维在胡适等人之前所做的事情,就是弃用"批评",而启用在古代并不多用于文学研究的"评论"一词。这种开先河的做法的意味,一是接受西方文学的"Criticism"观念;二是承续古代"诗文评"的传统,并将对通俗小说的评论纳入到文学评论整体中,同时也超越了过去对小说的不无随意性的评点式的"批评"方式;三是或许因现代中国的时代语言风气所染,用现代双音节词"评论"代替过去单音节词"评",同时又回避了"批评"之"批"的语义文化局限。至此,"文学评论"概念已然成形,呼之欲出。

稍后,1917年顾毂成发表了《法兰西二大文学评论家蔼弥尔筏该暨

[①] 周全平:《文艺批评浅说》,第一章第二节"批评底意义",上海:商务印书馆1927年版,第7—9页。

莱米特古盟传》，介绍法国文学评论家蔼弥尔筏该（今译法盖）和莱米特古盟（今译古尔蒙）的生平和成就，就把"Literary Criticism"译为"文学评论"："近世文学评论，莫盛于法兰西。以其大家之作，不仅涉文学，且旁及世道人心也。"该文对"文学评论"未作专门的介绍，但我们根据它所提及的法盖的评论方法，可以大概了解作者所理解的"文学评论"：

> 氏素长评论，以其于古人文境，深探堂奥，只字训诂，未数数然也，必观其会通。于赋物抒意之诗，尤能得古人言外之旨，何者为寓言，何者有为而发，一一拈出。其评则明晓浅达，一切奇苛高论，无所用之。每检古今人长篇诗文，逐叚（应为"段"——引者注）精神脉络贯穿处，著笔详蛛，解丝马迹，寻绎靡遗。虽素不娴于文辞者，一读氏评注，无不释然。盖深入浅出，体会无微不至矣。①

该文特别提到，法盖对于18世纪法国文学颇多批评。从这段引文来看，在顾毂成的理解中，"评论"一词，应该是综合包含分析、阐释、鉴赏、研究、判断、褒奖、批评等多重因素的文学行为，既有"评"，又有"论"；既可"褒奖"，又可"指摘"；既可针对当下文艺状况展开，又涵盖了历史性，可对古代作品展开研究。这与法盖自己所说的"文学批评"是合辙的——蒂博代《六说文学批评》中介绍法盖的"文学批评"时说，法盖强调批评有两种："寻美的批评"和"求疵的批评"相结合，前者面向读者，发挥引导作用；后者面向作者，对写作有提升作用②。

即便在五四新文学运动兴起之后，"文学批评"概念随之兴盛，在上世纪二三十年代，"文学评论"的说法也一直不绝。1922年，景昌极、钱堃新翻译了温采司特（今译温彻斯特）的《文学评论之原理》，发表在"学衡派"在上海主办的《文哲学报》第2期。稍后刘文翮为该译作所作的书评

---

① 顾毂成：《法兰西二大文学评论家蔼弥尔筏该暨莱米特古盟传》，《清华学报》，1917年第2期。
② ［法］阿尔贝·蒂博代：《六说文学批评》，赵坚译，北京：三联书店1989年版，第87、88页。

中说：

> 近年国人愤华夏之不竞，百事更张，而文学亦有启蒙之运动。使之由个人专业一变而为人人之公器，此至佳之现象也。然专业之态度与公器之态度迥别。惊新者亟慕公器之名，痛惩专业之实，立新旧之说，以相号召，以攻往昔，和者云兴。若瞽之度日，自槃之钟，自烛之钥，袭巨子之余慧，推波助澜，相与是今而非古，誉西而毁中。著为辞说，传播海内。而察其所慕之事，则又非西洋文学精粹之所在也。①

刘文翾是"学衡派"的主要力量。该文强调树立、宣传"强固中正无偏无党之文学观念"，以此为文学评论的出发点——这与王国维的文学观念是相同的，他们对"文学评论"的理解是建立在审美意义上的纯文学观念和人文主义精神之上，强调一种专业的、分析的文学评论，而非工具论的、社会批判式的。显然，这是有为而发，针对新文学运动中陈独秀、胡适、钱玄同、周作人等所倡导的打倒旧文学、提倡新文学以及注重文学的社会启蒙价值的文学观。

1931年，具有"民族主义文学"倾向的《现代文学评论》杂志在上海创刊。该杂志也隐含了一种"纯文学"的专业性和整理国故的心态，一面发表外国文学作品和理论的译介文章，一面发表研究中国传统文学的论文，如陈子展的《九歌招魂大招皆为楚国王室所用巫歌考》《最近所见之敦煌俗文学材料》等，充分考虑到了"Criticism"这一概念所同时具有的空间性和历史性内涵。

1934年创刊于北平的《文学评论》杂志，在发刊词中也说："我们认为文学是种学问，这就是说需要研究……我们又认为文学是种事业，这就是说我们愿意拿出全副精神来从事"；"文学是时代的，但文学之上，还有纯

---

① 刘文翾：《介绍〈文学批评之原理〉》，《文哲学报》，1923年第3期。

文艺,却是永久的。"

这充分说明,在近现代中国,伴随着西洋学术的传入,人们最初是以一种"文学自觉"的态度来看待"Literary Criticism"的,之所以用"评论"来对译"Criticism",主要是考虑到后者的学科专业性、理论体系性、内涵丰富性:它是"关于文学本身"的,它是理论性而兼具实用性的,它的对象涵盖古今,它的态度、立场和方法等是多样性的,而汉语"评"和"论"的组合,或可表达出这种内涵的专业性、丰富性和包容性。

为何是"文学批评"?
——激进的"批判"锋芒

在现代中国,较之"文学评论","文学批评"是一个后起的概念,它一出现即透射出强烈的启蒙色彩和激进的批判锋芒。最初"文学批评"是混杂在"文学评论"中的,随即便取代后者,成为最为主流的提法。

1920年王世栋编选的《新文学评论》(新文化书社),是一本新文学运动的成果汇编,收录了蔡元培、陈独秀、胡适、傅斯年、周作人、朱希祖、罗家伦等新文学、新文化倡导者1920年以前发表的纲领性文章。"文学批评"这一说法,正是出自该书所收录的《文学的批评》一文。

《文学的批评》作者施畸(天侔),时任京师第四中学教师。该文1919年9月连载于北京《晨报》副刊,是为声援新文化运动而作。文章分为三个部分:文学本身的批评、文学派别的批评和"我"的教授主张。第一部分梳理、评析时下流行的文学观念,依据西方近代文学观,给文学下了个定义:"以美艺运用文字表现人类心理精确的状态者谓之文章",并将其本质属性规定为"真至性、神秘性、美丽性、普遍性、持续性";而"文学",就是以文章为研究对象的学问——文中明确交代,这是根据胡适、罗家伦等新文学主将的观点综合而来。而他所说的"文学批评",就是依

据这一文学观,对文学加以裁判、评定:

> 我的主张很简单,就是要学文学的。文章若不是文学的文章,新也罢,旧也罢,是一概谢绝。①

这种激进的批判锋芒,正是新文学运动的态度。把"Criticism"翻译为"批评",恐怕是有意为之。因为,1921年,"以研究介绍世界文学整理中国旧文学创造新文学为宗旨"的文学研究会在其机关刊物《小说月报》12卷第1期的《〈小说月报〉改革宣言》(茅盾)中说:

> 西洋文艺之兴盖与文学上之批评主义(Criticism)相辅而进:批评主义在文艺上有极大之权威,能左右一时代之文艺思想。新进文学家初发表其创作,老批评家持批评主义以相绳,初无丝毫之容情,一言之毁誉,舆论翕然从之;如是,故能互相激励而至于至善。我国素无所谓批评主义,月旦既无不易之标准,故好恶多成于一人之私见;"必先有批评家,然后有真文学家"此亦为同人坚信之一端;同人不敏,将先介绍西洋之批评主义以为之导然。同人固皆极尊重自由的创造精神者也,虽力愿提倡批评主义,而不愿为主义之奴隶;并不愿国人皆奉西洋之批评主义为天经地义,而稍杀自由创造之精神。

作为呼应,文学研究会的创始人之一胡愈之在《东方杂志》18卷第1号发表了《文学批评——其意义及方法》,介绍西方的"文学批评",该文开头说:

> "文学批评"这一个名辞,在西洋已经有过几千年的历史了;可是在我们中国还是第一次说及。中国人本来缺少批评的精神,所以那种批评文学在我国竟完全没有了。我国文学思想很少进步,多半

---

① 施天侔:《文学的批评》,王世栋辑:《新文学评论》,上海:上海新文化书社1920年版,上册,第169页。

许是这缘故。近年新文学运动一日盛似一日,文艺创作也一日多似一日,但同时要是没有批评文学来做向导,那便像是船没有了舵,恐怕进行很困难。

文章的基调也在于借助一种"批判"的方式,激浊扬清,清算旧文学、引领新文学。

我们看到,在一种现代性启蒙语境的召唤下,"批"的原始意义再度显现。"文学批评"是把作家、作品看成对立面,痛陈"旧文学"的弊端和负面价值,连带否定旧文学的文化和社会根基。

其实,"批评"的这一用法,在晚明心学家那里就已开始。如李贽的《寄答留都》云:"前与杨太史书亦有批评,倘一一寄去,乃足见兄与彼相处之厚也。"[1]陆世仪《思辨录辑要》云:"予自十七八时读杨复所时文,便批评他是禅学。"[2]此种"批评",从形式上讲,固然还是随文批注,但与小说、戏剧领域的"批评"比较,显然并非揄扬,而似触及灵魂的"批判"。

"五四"新文学的倡导者及其后继者注重"批评",以"批评"对译"Criticism",并非偶然。他们明白"Criticism"中并没有如汉语言中的"批"那样鲜明的否定与攻击的意味,且求疵式的指正含义并不居主要地位,但他们对于汉语"批评"一词本身所具有的攻击性、否定性意味应该心知肚明。因此,胡愈之的文章中,还专门提到了"批评"容易给人们造成一种字面上的误解——指摘或批判,但他认为"更重要的"还是赞扬、判断、评赏、比较及分类——这说明,理论意义上的"文学批评"和"文学评论"并无二致。况且,他们也以"批评主义"一词彰显了批评观念、思潮和理论的基础性作用。那么,为何他们要另起炉灶,选择一个新的译名,而不是延续"文学评论"呢?恐怕还是出于启蒙和批判的需要。在这里,

---

[1] 〔明〕李贽:《焚书 续焚书》,长沙:岳麓书社1990年版,第266页。
[2] 陆世仪:《思辨录辑要》卷22,《影印文渊阁四库全书》,台北:商务印书馆1986年版,子部,第724册,第318页下。

他们弃绝旧式"批评"概念中小小的"批注"或"评点"的方法,而援引西方文学观念,乃至社会和人的启蒙理论,重建出发点和思想体系,并超越"Criticism"一词的西方语境及其用法,在中译"批评"时加入并加强了"批"的意义,汉译之后随即又回归汉语时代语境和逻辑,甚至从汉语"批评"开辟了通向"批判"的语义通道。而这一选择,都是被近现代中国"革命"的文化意识、社会意识所选择的结果。

从晚清黄遵宪、龚自珍开始,就倡导"诗界革命":"九州生气恃风雷,万马齐暗究可哀"(龚自珍《己亥杂诗》),认为中国文学没有应时而作,发挥它应有的社会功能;到了梁启超的《论小说与群治之关系》(1902年)、鲁迅的《摩罗诗力说》(1907年),更表现出对中国文学极大的不满,一方面批判中国文学,另一方面试图宣传、弘扬一种具有批判精神的文学。如鲁迅的《且介亭杂文·序言》中说:

> 作者的任务,是在对于有害的事物,立刻给以反响或抗争,是感应的神经,是攻守的手足。潜心于他的鸿篇巨制,为未来的文化设想,固然是很好的,但为现在抗争,却也正是为现在和未来的战斗的作者,因为失掉了现在,也就没有了未来。[①]

为了实现这种"战斗的""现在的"启蒙文学理想,他也充分重视文学批评,认为"文艺必须有批评"[②],而批评家的使命在于:

> 我在那《为翻译辩护》中,所希望于批评家的,实在有三点:一、指出坏的;二、奖励好的;三、倘没有,则较好的也可以。[③]

> 批评家的职务,不但是剪除恶草,还得浇灌佳花——佳花

[①] 《鲁迅全集》,北京:人民文学出版社1981年版,第6卷,第3页。
[②] 《花边文学·看书琐记(三)》,《鲁迅全集》,北京:人民文学出版社1981年版,第5卷,第609页。
[③] 《准风月谈·关于翻译(下)》,《鲁迅全集》,北京:人民文学出版社1981年版,第5卷,第344页。

的苗。①

"批评"固然要兼顾指摘与褒奖,但就现世的文学状况而言,战斗和批判是建设的前提,如胡适在《历史的文学观念论》一文中所说:

> 吾辈之攻古文家,正以其不明文学之趋势而强欲作一千年二千年以上的古文。此说不破,则白话之文学无有列为文学正宗之一日,而世之文人将犹鄙薄之以为小道邪径而不肯全力经营造作之。②

茅盾在总结新文学第一个十年的小说时,也表达出"批评"的紧迫性和必要性。他说:

> 我们回顾第一个"十年"的成果,也许会有一个疑问:为什么我们的"新文学运动"的初期跟外国的有点不同?在我们这里,好像没有开过浪漫主义的花,也没有结写实主义的实……第一,假使承认"五四"运动是反封建的运动,则此一运动弄得虎头蛇尾。第二,"五卅"虽然激动了大部分的青年作家,但他们和那造成"五卅"的社会力一向是疏远的,——连圈子外的看客都不是。"生活"的偏枯,结果是文学的偏枯……③

总之,在启蒙和革命的文学观念下,基于不如人意的文学现状,将Criticism译为"批评",从而突出其批判性、否定性,是五四新文化运动倡导者及其后继者们的自觉的文化选择。在这一动机下,文学批评家往往具有强烈的主体意识,面对文坛,则常常感到"批评"的紧迫性。而由"批评"而喜欢延伸语义到"批判",也是时势所必然。如李长之便经常使用"批判"这样的字眼儿来给他的文章拟题,这表明批评家内心启蒙、批判

---

① 《华盖集·并非闲话(三)》,《鲁迅全集》,北京:人民文学出版社1981年版,第3卷,第152页。
② 姜义华编:《胡适学术文集》,北京:中华书局1993年版,第33页。
③ 茅盾:《中国新文学大系·小说一集导言》,刘运峰编:《1917—1927中国新文学大系导言集》,天津:天津人民出版社2009年版,第61页。

的渴望和冲动是多么强烈！1934年,在谈到青年文学批评家的培养时,李长之说:

> 大建设以前,是需要批评的。大建设的逼近,是令人感到批评的迫切的……①

这种迫切、激进的批判锋芒所表现出的对批评疲软的不满,持续到40年代。1943年,郭沫若呼吁应该开辟文艺的第二战场,"小说一个,批评一个——诗歌和戏剧应该加紧战斗下去";林焕平也讽刺"我们底文坛是客气底文坛,这老于世故底客气给我们底文坛运动带来的是障碍和毒害"……总之,"整条文艺战线最薄弱底一环,贫乏而且无力",是左翼文学界对"文学批评"的批评②。

在现代"革命"语境下,"批评"与"批判"仅一步之遥,方向一致,程度色彩不同而已。正是来到中国现代,"批评"与"批判"不仅盛行于文学,进而盛行于学术文化,而且开始广泛运用于社会领域和人际群体;思想文化、文学上的"批评"与"批判"的流行使用,大概是这样的词汇后来盛行于广阔社会及人际关系的一个重要源头。这一线索非常值得注意。往往,批评即是批判或导致批判,如20世纪40年代郭沫若等对沈从文、朱光潜等人的严厉批评无疑就等于批判;而李长之撰《鲁迅批判》,不是因为其批判本身,而是因为其批判对象选错,尽管多次申诉他的"批判其实就是分析、评论的意思"③,还是被打成右派,这恐怕是因批判一词而罹祸的一个著名例子,他已不能从批判降格回到批评,更不用说回到评论了。善良的人们一直试图将"批评""批判"限制和驯服在类似"评论"的理性、学术、平和中性的意味上,却往往徒劳。而尽管歧义昭昭,险境重

---

① 李长之:《青年批评家的培养》,《文学批评》,1934年第1期。
② 姚姒:《谈当前的文学批评》,《时代中国》,1943年第4期。
③ 参见于天池、李书:《李长之〈鲁迅批判〉再版题记》,《鲁迅批判》,北京:北京出版社2003年版,第15页。

重，他们使用"批评"和"批判"的冲动却一如既往，似乎从未消退，执着中对这两个词透着现代人天生的喜欢，从郭沫若的《十批判书》到将康德的哲学之书译成"三大批判"，尤其李长之，因批判而半生坎坷磨难却一生坚持不改书名，即或不能出版，也为一词为一语义的自我认定而坚守殉难，这个时代的文化风尚于此可见一斑。一方面申辩着"批判"的宽泛性、学术性的理解，一方面又顽强地不理会误解，坚持使用，这个时代在语言使用上的矛盾之处所显现的时尚也可见一斑。

也许，还可以更细致地辨析"五四"启蒙语境和现代革命语境下"批评"的不同语义。"启蒙"语境下的"批评"一方面要搞思想文化、学术与文学上的"革命"，因此它固然是批评，但在某种意义上更钟情于"批判"。当然这"批判"也不可能不与"革命"语境发生关联，一旦这关联发生危机，就会缩回头去用"批评"甚至用"评论"去辩解"批判"，缩回到"独立"的人文主义立场，却再也不愿后退。而将"批评"的人文性完全引向"革命"语境，人文主义的启蒙精神立场就会被改造为整个社会意识形态批判，以至阶级批判、人身批判。此时连"批评"语也不够鲜明，就只有"批判"再"批判"，成为"大批判"，批评、批判、革命合一，这在中国文学后来的历史中将得到验证。

"批评家这一类特殊的人应该是没有的"
——"批评"的困境

现代文学三十年，"文学批评"概念一经出现，就迅速占据优势，"文学评论"则很少出现。据"全国报刊索引数据库"统计，在1900—1949年间，以"文学评论"为题目发表的文章仅有12篇，而以"文学批评"为题的则有107条之多——当然这只是一个很不完全的统计，但足以说明"批评"的强势。

现代三十年的文学批评建设、发展取得了非凡成绩。大量西方、苏联文学批评理论、方法被引进,中国古代的文学批评也得到深入研究;产生了一大批知名的文学批评家,并形成了具有个性色彩的文学批评,如王国维的论文体、诗话词话体批评,梁启超的政论体批评,鲁迅的杂文体批评,周作人的美文体批评,李健吾的随笔体批评,梁实秋的"教授"批评,胡风的思辨型批评,等等。[1]

文学界针对文学批评的不满和指责却贯穿始终。与今天的情形有一定相似之处,大量的批评"文学批评"的文章源源不断地发表。总的来看,态度温和、强调审美和人道主义精神的文学家、批评家认为文学批评过于尖刻,偏好指摘和批判;以启蒙和建设新文学为己任的文学家、批评家痛斥文学批评的无力和委顿,不足以担当引领时代文学风气的重任;红包批评,商业批评,哗众取宠、人身攻击式的批评更为人们所厌恶。这种不满,集中表现在那些盘点某阶段文学批评的文章中,如1936年青年文学工作者胡洛在一篇题为《现阶段的文艺批评》的文章中埋怨说:

> 文艺批评从来便不很发达,这不是说我们没有文艺批评,然而,无可否认的,后来的文艺批评家都是为人轻视着。这是有缘故的,事实上,我们有过公式主义的批评家,也有着为书店老板推广营业的"捧"家,更有村妇骂街式的"谩骂"家……自然,我们也有较好的,较严肃的批评家,但这是太少了。一般创作家,大都讨厌批评家的文章,读者也厌弃了捧或骂的批评文。文艺批评是落后了,文艺批评的前途也黯淡得可怕。[2]

这是在与鲁迅论辩中所写,属于有感而发。但他所指斥的"公式主义的批评家""为书店老板推广营业的'捧'家""村妇骂街式的'谩骂'

---

[1] 参见黄霖、黄念然:《"中国文学批评近现代转型研究"论纲》,《华中师范大学学报(人文社会科学版)》,2007年5期。
[2] 胡洛:《现阶段的文艺批评》,《大众文学》,1936年第1卷第1期。

家"等,是当时许多人对文学批评状况共通的感受和认识:文学批评家被人瞧不起,作者和读者都讨厌文学批评家。在他和论敌鲁迅乃至同时代大多数人的视野里,文学批评更多是在现场上的"实用批评",而对理论建设往往不过多强调。

早在1921年,佩苇在《文学旬刊》撰文《"文艺批评"杂说》就委婉地表达了对文学批评的不满,他说"文学批评不当有固定的原则",这是针对那些严厉的文学批判而言;而"批评家这一类特殊的人应该是没有的"一语,则从社会人性和基本人情及民主人格的角度发出了警醒——在这个世界上没有谁能够自认是可以心安理得地批评别人的人①。

同时期的许多人都注意到"文学批评"的这一困境,反复写文章介绍、宣传各种批评观念、理论和方式,试图把"文学批评"从批判、攻讦引向多元、宽容和理论建设。如梁实秋在1926年10月27日《晨报》副刊发表《文学批评辨》一文称:

> 考希腊文"批评"一字,原是"判断"之意,并不涵有攻击破坏的意思。判断有两层步骤——判与断。判者乃分辨选择的功夫,断者乃等级价值之确定。其判断的标准乃固定的普遍的,其判断之动机,乃为研讨真理而不计功利。

在这篇文章中,梁实秋试图通过强调"文学批评"应有的"超功利"色彩,扭转文坛中的"文学攻击"和"文人相轻"——类似的文章还有《文学与革命》《文学是有阶级性的吗?》等,在他的以人性论为基础,以超功利为特点,以审美为理论基调的新人文主义文学观念看来,以文学为"革命工具"的批评,往往流于人身攻击,这也不免避重就轻,扭曲了鲁迅等人文学批评的重大社会价值。因而鲁迅相继撰写了《文学和出汗》《"硬译"与文学的阶级性》等著名文章加以反驳。

---

① 佩苇:《"文艺批评"杂说》,《文学旬刊》,1921年第51期。

通观现代文学三十年，"文学批评"及其实践的冲突乃在于文学观念的激烈冲突，即现代文学是以"新文学"的面目出现的，但是对于"新"之实质，不同的作家和群体有不同的理解。梁启超、鲁迅、陈独秀、胡适、茅盾、瞿秋白等人是把文学作为中国社会现代转型的一个必要环节来对待的，因此注重其社会和人生功用；而王国维以及后来的学衡派、新月派、新人文主义等，则注重"新文学"作为"纯文学"的艺术自律性。以前者的目光来看，"文学批评"的标准，自然要与整个国家、社会、国民性批判的标准等同起来；以后者的理论出发，则"文学"自有其独特的价值和功用，不能与社会评论混同。对此，梁宗岱的《新诗底纷歧路口》曾说：

> 和一切历史上的文艺运动一样，我们的新诗底提倡者把这运动看做一种革命，就是说，一种玉石俱焚的破坏，一种解体。所以新诗底发动和当时底理论或口号，——所谓"建设明了的通俗的社会文学"，所谓"有什么话说什么话"，——不仅是反旧诗的，简直是反诗的；不仅是对于旧诗体底流弊之洗刷和革除，简直是把一切纯粹永久的诗底真元全盘误解与抹煞了……①

"反诗的"和"诗底真元"，正是梁宗岱对两种文学观念的概括。从"反诗的"视野看，文学走进了文人的小圈子和纯文学的象牙塔，自然需要批评，而且批评的力度不够；从"诗底真元"来看，关于文学的批评掺杂了过多文学以外的标准，过于严厉，甚至令人难以晓喻。这或许是文学批评的困境所在。

"批评"一词的动作性、操作性总是将人习惯性地导向实际批评现场，对诗学理论的建设，虽在题义之中，不可阙如，但忽略建设的意识，在后续发展中是一直存在的。这一点是需要指出来的，它也是日后中国文学批评持续困境的原因之一。

---

① 梁宗岱：《新诗底纷歧路口》，《大公报》文艺副刊《诗特刊》创刊号，1935年11月8日。

质疑"文学批评"

然而中国现代文学批评在远离现场性实用批评的学术领域,却悄然独步,取得了中国诗学建设的初步成果,这就是针对中国古代文学批评史的"中国文学批评史"学科的创建和发展。早在文学研究会倡导开展文学批评之前,对于中国文学批评史的研究就已经起步了。而文学研究会发起人之一郭绍虞,也是中国文学批评史学科的主要创建者。20世纪二三十年代,出现了一大批中国文学批评史著作,较为著名的有陈钟凡《中国文学批评史》(1927年),郭绍虞《中国文学批评史》(1934年),方孝岳《中国文学批评》(1934年),朱东润《中国文学批评史大纲》(1944年),罗根泽《周秦两汉文学批评史》(1944年)、《魏晋六朝文学批评史》(1943年)、《隋唐文学批评史》(1943年)、《晚唐五代文学批评史》(1945年),傅庚生《中国文学批评通论》(1946年),等等。

"中国文学批评史"学科的成果的意义表明:1.人们力图用西方文学批评的理论体系来重建中国文学批评理论,全面梳理古代文学理论与批评实践的历史材料;2.大致呈现了一个根本不同于西方文学理论与批评的中国自身文学批评历史,在盛行使用西方文学观念的中国现代文学批评现场之外树立了一个奇异的似乎不能得到现代延续的批评背景,今日看来,二者形成了鲜明对照,预示并奠定了中国文学批评的诗学理论建设的未来维度和历史基础,富有启迪意义;3.虽然它沿用了"文学批评"这一流行的用法,但通过对中国文学批评史的研究和把握,导致了对"批评"概念的某种质疑,而这也是具有理论和学科反思性质的有趣之处。

联系现场的文学批评实践所面临的困境,人们思考和讨论了"文学批评"(Literary Criticism)的学科命名问题。如陈钟凡就说,在中国古代诗文评话语体系中,很难找到一个可以与"批评"对等的词儿:

考远西学者言"批评"之涵义有五：指正，一也；赞美，二也；判断，三也；比较分类，四也；鉴赏，五也。若批评文学，则考验文学之性质及其形式之学术也。①

而罗根泽在1944年出版的《周秦两汉文学批评史》的绪言里，则专门表达过对"文学批评"概念的不满，认为应该使用"文学评论"这一命名：

……中文的"批评"一词，既不概括，又不雅驯，所以应当改名"评论"。批，《说文》作捭，"反手击也"。《左传》庄十二年"宋万遇仇牧于门，批而杀之"。《庄子·养生主》篇"批大郤，导大窾"都是批击之意。到了唐代便引申为批示批答。……到宋代场屋陋习，便有所谓批注。《古文关键》载佚名旧跋云："余家旧藏《古文关键》一册，乃前贤所集古今文字可为人法者，东莱先生批注详明。"张云章《古文关键序》云："观其标抹评释，亦偶以是教学者，乃举一反三之意。且后卷论策为多，又取便于科举。"可见《古文关键》的批注评释是为的"便于取科举"，而科举场屋的批注评释，也由此可以窥其崖略。后来的科场墨卷，都有眉批总评，也可以证明眉批总评的批评，源于场屋。这种批评就文抉剔，当然只是文学裁判，不能兼括批评理论及文学理论，所以不概括；其来源是场屋陋习，所以不雅驯。

西洋所谓Criticism，中国古代名之曰"论"。《说文》"论，议也"。汉时的王充作有《论衡》《政务》等书，有人推许为"可谓作者"，王充云："非作业，亦非述也，论也。论者，述之次也。'五经'之典，可谓作矣；太史公书，刘子政序，班叔皮传，可谓述矣；桓君山《新论》，邹伯奇《检论》，可谓论矣。今观《论衡》《政务》，桓邹之二论也，非所谓作也。造端更为，前始未有，若仓颉作书，奚仲作车是也。《易》言

---

① 陈钟凡：《中国文学批评史》，上海：中华书局1927年版，第6、7页。

伏羲作八卦,前是未有八卦,伏羲造之,故曰作也;文王图八,自演为六十四,故曰衍。谓《论衡》之成,犹六十四卦,而又非也。六十四卦以状衍增益,其卦益,其数多;今《论衡》就世俗之书,订其真伪,辨其实虚,非造始更为,无本于前也。"(《论衡·对作》篇)由此知"论"是"就世俗之书,订其真伪,辨其实虚",正是西洋的Criticism。自然《论衡》所谓"订其真伪,辨其实虚"的"世俗之书",不限于文学书,但文学书也包括在内。稍后的曹丕所作的《典论》中的《论文》篇,是中国最早的Literary Criticism的撰文,也是取名曰"论"。所以中文翻译Criticism,无论如何也不能不用"论"字。

在接下来的一段文字中,罗根泽又考察了"评"以及"评论"的用法及意义,最后得出结论:

> 所以似应名为"文学评论",以"评"字括示文学裁判,以"论"字括示批评理论及文学理论。但"约定俗成",一般人既大体都名为"文学批评",现在也就无从"正名",只好仍名为"文学批评"了。①

罗氏指出"批评"一词天然具有的批判、剖击意味以及理论概括力的不足,或许可以为我们理解现代文学批评的困境提供有益的启示:将"Literary Criticism"译为"文学批评"在意义上本身就不对称,"批评"突出的是批判性、功利性,它暗含着一种难以驯服的将批评对象作为对立面加以批判和攻击的意味;它还流露出批评家本身在知识储备、身份姿态上的优越感、自我确认和自我欣赏的自信心,虽然选择这一译法,具有时代和历史的合理性,但它却是以牺牲"Criticism"的意义丰富性为代价的。然而正如罗氏所言,既已"约定俗成","文学批评"就应该背负它的字面意义所有可能引来的歧义、误读和指摘。而罗氏等古典批评史学科的贡献,乃在于他们能够超越名词的歧义,而在实际上以"批评"之名而容纳了文

---

① 罗根泽:《中国文学批评史》,上海:上海古籍出版社1984年版,第1册,第8—10页。

学理论与作家作品评论,使古代的"诗文评"与明清小说戏曲"批评"("评点")得以汇聚整合,从而初步展现了作为学术文化方式的"中国文学批评"的景象。

然而,这样的景象,在当时及后来的新中国"十七年"间,终究是整个"文学批评"的后台背景,在前台的"批评"则完全没有抉择的余地。

"十七年":在"评论"与"批判"之间

1942年,毛泽东发表《在延安文艺座谈会上的讲话》。对于文艺批评,《讲话》也投入了相当的笔墨,主要论及批评的基本立场和标准:政治标准和艺术标准相统一。这其实为文艺批评设定了基本任务:

> 一切危害人民群众的黑暗势力必须暴露之,一切人民群众的革命斗争必须歌颂之,这就是革命文艺家的基本任务。①

因此,就"批评"而言,"暴露""批判"不再是其唯一的或突出的任务,文学批评必须在党的文艺政策引导下,注重"学习马克思主义",以"辩证唯物论和历史唯物论的观点去观察世界,观察社会,观察文学艺术",一方面总结无产阶级革命文艺和大众文艺创作的经验、成就;另一方面对于那些"封建的、资产阶级的、小资产阶级的、自由主义的、个人主义的、虚无主义的、为艺术而艺术的、贵族式的、颓废的、悲观的以及其他种种非人民大众非无产阶级的创作情绪",则要予以坚决、彻底的"破坏"。

进入新中国后,"十七年"的文学批评是《讲话》精神的贯彻和延续。

1949年7月,周扬在第一次文代会上代表解放区作了题为《新的人民的文艺》的报告。相对于《讲话》的理论化,《新的人民的文艺》具体、实在地将文艺纳入新中国经济、政治、文化建设的一体化历史进程中;对于

---

① 毛泽东:《毛泽东论文艺》(增订本),北京:人民出版社1992年版,第60页。

文艺工作者而言，则提出要自觉地克服"自发的、散漫的、盲目的"创作和评论，"有意识的、有组织的、按照一定目标"，根据一定"政策"来从事文艺创作和评论。该报告特别提出，要"建立科学的文艺批评，加强文艺工作的具体领导"。所谓"科学的文艺批评"，就是：

> 批评必须是毛泽东文艺思想之具体应用，必须集中地表现广大工农群众及其干部的意见，必须经过批评来推动文艺工作者相互间的自我批评，通过批评来提高作品的思想性和艺术性。批评是实现对文艺工作的思想领导的重要方法。①

稍后，周扬又在《坚决贯彻毛泽东文艺路线》中说：

> 文艺批评是实现文艺工作中党的领导的重要工具，必须进一步提高批评的政治思想内容，并使之与对具体作品的艺术分析结合起来，批评一方面要对文艺上的一切不良倾向进行斗争，另一方面又要注意发现文艺上的新的力量，新的成果和新的经验，加以提倡表扬。②

显然，"文学批评"被纳入意识形态批判和政治批判的整体性话语系统中，它的政治性、社会性空前加强，成为最重要的标准。社会语境的转换，要求文学批评不能再以一种启蒙的姿态，高高在上地对文坛进行盘点和指摘，而是要服务于"建设"与"批判"的双重任务：建设无产阶级文学创作的民族化、中国化和大众化；批判资产阶级的思想观念和审美趣味。

这样，"十七年"期间，"文学批评"一语虽然还在使用，但对于建设革命文学而言，"批评"所具有的否定、排斥性意味显然是不合适的，而且，它所透露出的主体意味与为工农兵群众服务的文学大众化目标，与"有

---

① 周扬：《新的人民的文艺》，《坚决贯彻毛泽东文艺路线》，北京：人民文学出版社1952年版，第34页。
② 周扬：《坚决贯彻毛泽东文艺路线》，《坚决贯彻毛泽东文艺路线》，北京：人民文学出版社1952年版，第92页。

意识的、有组织的、按照一定目标"的要求,都是格格不入的——整体性的社会语境已经不容许"批评家"的自我意识强烈的主体性存在;对于资产阶级思想观念和审美趣味而言,"批评"显然又是无力的、不够彻底的——意识形态和政治批判是要从根本上将对立面打倒、铲除。

因此,"评论"和"批判"应时而起,成为"十七年文学"评价中最为流行的两个说法。"批评"则是隐身、游移于这两个得以语义彰显的概念背后的含义暧昧的词汇。

先看"评论"。在一个"批判"的时代,"评论"竟取代"批评"而流行于语用实践的表面,不能不说是奇异和有趣的,它或许正是"批判"主宰大局的一个结果,一个必留的空间,而究其实质,此时的"评论",也不会是人文主义的启蒙话语下的那种独立批评,只能将其语义理解为当时形势下,从属于特定意识形态话语的边际实践。此时的"评论"仍然是面对包括文学界在内的广阔社会的一个用语。"十七年"期间,《人民日报》《文艺报》和各大文艺报纸、杂志都开辟了"评论"专栏或专题;全国和地方性的文艺工作会议也冠以"创作经验与评论座谈会";公开出版的文学批评文集,也都以"评论集"为题,有个别评论家作品的结集,如陈涌的《文学评论集》(1953年)、《文学评论二集》(1956年)等,有针对个别作家、作品的评论集,如《"新儿女英雄传"评论集》(石韵、辛夷编,1950年)、《赞〈红日〉颂〈红日〉评论集》(《文艺报》编辑部编,1959年)、《革命英雄的谱系——〈红旗谱〉评论集》(《文艺报》编辑部编,1959年)、《巴金创作评论》(北京师范大学中文系巴金创作研究小组编,1958年),有针对具体的文体、作者群体的评论集,如中国青年出版社出版的《青年作品评论》一、二集(1956年)和北京出版社出版的《短篇小说评论集》(1957年),还有部分报纸编辑的评论集,如《人民日报文艺评论选集》(1962年)等。

"评论"的意味是开放的、包容的、面向大众的。使用"评论"而不是

"批评",表明文艺评论工作者要以谦卑的姿态面对文艺作品和大众——要积极鼓励、肯定、宣传无产阶级文学创作的成就,根据党的文艺政策推动文学普及,参与到文艺大众化、普及化的进程中。1951年第7期的《文艺报》发表的《进一步展开文艺评论》(牧原)一文,就表明了这种态度:

> 常常听到同志们说:我们文艺界的评论空气太薄弱了。同时我们也常听到这样的意见:书店里文艺书籍很多,一个普通的读者到书店后,一看架子上摆满了中国的或外国的小说、报告、诗歌……各种文艺书籍,琳琅满目,一个月的生活津贴有限,不知该买哪些好,买回去后,也不知道哪些该先读、多读、精读……此外,我也听到了一种反映,一位同志一年多以前在西北新华书店出了一本诗集,他很希望能够听听读者和批评家的意见,使自己在创作上提高一步。但是诗集出版了一年多,没有听到一点公开的意见,他很苦闷。

文章刻意提到中共中央《关于在报纸刊物上展开批评和自我批评的决定》(1950年)以及《文艺报》发表的社论《加强文学艺术工作的批评与自我批评》(1950年第2卷第5期)等文章,并统计了1950年11月份出版的38种、41份文艺报刊发表的文章数量,指出该月发表的评论总计48篇,只占到总数的十八分之一——显然,这对于加强"报刊对群众文艺运动的领导意义"是不够的。

用"评论"的提法而少提"批评",可以使"批评"在一个意识形态性的强势政治批评乃至批判主宰格局的形势下相对安全、稳定。即便这样,文学研究的专家、学者不愿意搞评论,不主动参加群众文艺运动的状况还是普遍存在的。1957年12月,中国科学院文学研究所进行了为时17天的讨论,形成报告《中国科学院文学研究所关于方针任务问题的辩论》。该文提到,"文学研究所虽然在过去对文艺界的一些重大问题的讨论或思想批判都是参加了的,并且发表了不少的文章,但由于方针不够明确,在平时的研究工作中缺少准备,因而有些文章写得不及时,有些文章质量也比较一般,而且原来研究计划又因此常被打乱,不能按时完成。另一方面,所内一部分研究人员存在着脱离乃至轻视实际斗争的倾向,迄未得到纠正"。该文还特地提到,"在这次辩论之前,还有一个研究人员写了书面意见,批评何其芳同志写的参加当前思想斗争的文章太多了,认为写这些文章不是研究工作,认为这是作为兼古代文学组组长何其芳同志不重视古典文学研究的表现"。文学所这次整风运动的结果,就是把"研究我国当前文艺运动中的问题,经常发表评论,并定期整理出一些资料"作为全所工作的重中之重突出出来①。1958年4月,中国作协召开"文学评论工作会议",着重讨论文艺评论工作②。就在第二年初,文学研究所主办的刊物《文学研究》更名为《文学评论》。在《编后记》中,对更名原因交代如下:

> 我们这个刊物这一期以《文学评论》的新名字和读者们见面了。《文学研究》为什么要改名《文学评论》呢?主要是为了使刊物的名称更符合它的内容。读者们大约还记得去年第三期上登过一篇编辑部的《致读者》罢。在那篇短文里我们曾谈到本刊的改进意见和具体要求,也还谈到本刊今后将以大部分篇幅来发表评论当前文学作品和文学理论文体的文章。这说明刊物的内容早已有了很大的改变;现在来改名,就完全是必要的了。③

至此,我们可以品读出"评论"的具体内涵:"评论"应该配合国家和社会建设的立场看待自己的作用和责任;"评论"可以作为一个总体概念,包括文学理论与文学史研究,包括对当前文学创作现象和作品的评价,有推动的作用;"评论"要以谦卑的姿态面对文艺创作现状和读者大

---

① 黎颖:《中国科学院文学研究所关于方针任务问题的辩论》,《文学研究》,1958年第1期。
② 《文学评论工作的一次重要会议》,《文艺报》,1958年第8期。
③ 《文学评论》,1959年第1期。

众,参与和推动文艺全民化、大众化。

再看"批判"。不用做过多的介绍,"十七年"间除了突出上述"评论"的用法之外,就是在另一方向上公开强化了"批判"功能,并以文艺运动的方式,连续不断地开展了数次重大的文艺批判,如对电影《武训传》的批判、对萧也牧《我们夫妇之间》的批判、对俞平伯《红楼梦研究》和胡适的批判,以及"胡风反革命集团"批判、"反右"、《海瑞罢官》批判、"三家村"批判,一直到对写中间人物的批判、对"文艺黑线专政"("黑八论")的批判等,均已经超出了"文学批评"这一概念所能覆盖的层面,而是作为政治意识形态批判运动中的一环,直接发挥着政治批判、意识形态批判的功能。至于"文革"后期开展的以"评《水浒》"为名的运动,更是以"评论"之名而行"批判"之实的极左政治的产物。

因此,我们看到,"文学批评"这一说法在"十七年"虽然也时常提起,但就当时的文艺状况而言,"批评"显然不足以恰当地体现、反映和描述文艺工作的任务、目的、方法。因而,它被"评论"和"批判"取代,也是合乎历史的逻辑的。

20世纪80年代:"评论"淡化而"批评"翱翔

新时期伊始,"批判"一词迅速消隐,而"文学评论"则在一段时间内延续下来,起码在1985年之前,一直是主流的说法。

"批判"的消隐虽速,也有一个过程。上世纪70年代末到80年代初,由于走出"文革"、拨乱反正的需要,以"四人帮"为靶子而实为对整个"文革"以来的错误文艺路线,进行了清算和批判。同时,为开辟新时期的文学发展道路,文学界经历了数度文学"论争",其间"评论"的火药味亦很浓厚,"左"或"右"的攻防,反对资产阶级"自由化",关于"朦胧诗"、"现代派"、异化与人道主义的争论中,有些方式也类似"批判",只不过经历过"文革"的惨痛,人们渐渐慎用甚至弃用"批判"一词了。

"评论"作为"十七年"文学传统的主流概念,在新时期伊始迅速抛弃"批判"的趋势下,在人们还不习惯于"批评"一词之前,自然得到运用的充裕空间。1980年1月,《文艺报》连续组织了两次声势浩大的"作家、评论家座谈会",与会者达到一百余人①。1982年7月,中共中央宣传部在河北涿县召开"文艺评论工作座谈会",所提出的口号就是"做一个坚定的、清醒的、有所作为的马克思主义文艺评论家";为响应这一号召,冯牧、阎纲、刘锡诚等主编了新中国第一套"中国当代文学评论丛书"——是为"一套当代文学评论家的评论选集汇编"②,共出版了荒煤、冯牧、罗荪、王元化、胡采、萧殷、洁泯、黄秋耘、顾骧、李希凡、阎纲、朱寨、张炯、陈辽、谢冕等人的代表作结集20余种。上述这些"评论家"以"评论"的名号,积极参与新时期文学的奠基和建设,在文学观念的解放创新上,在对新时期文学的阐释与推波助澜上发挥了重要作用。在某些方面,他们不仅对"文革"文学思潮作了拨乱反正,而且适应社会走向新的转型而远远超出了"十七年"的"评论"的意义范畴,他们面对新时期文学的欢欣鼓舞给其以自信,遂使"批评"一词的有效性也渐渐浮出水面。尤其应该指出的是,他们甚至在"评论"的名义之下,创造性总结出来了一种以"批评"命名的基本原则和方法,并称之为"美学的和历史的批评"③,这大概是自"文学批评"舶来之后,中国诗学对"文学批评"最具价值的阐发,对"批评"一词在"评论"的宽泛和"批判"的偏激之外的最公允、最恰当的一次

---

① 向川:《关于反映社会生活中新问题的探讨——记本刊召开的部分在京作家评论家座谈会》,《文艺报》,1980年第1期。
② 参见顾骧:《文学评论要有一个大发展——从〈中国当代文学评论丛书〉的出版谈起》,《人民日报》,1983年10月3日。
③ 有关"美学的和历史的文学批评",可参见李衍柱《坚持美学的观点和历史的观点统一的批评标准》(《山东师范学院学报》哲学社会科学版,1980年第5期);陈涌《马克思恩格斯的美学和历史的文学批评》与钱中文《论美学的历史的文艺批评》,均见《马克思恩格斯美学思想论集》,北京:人民文学出版社1983年2月版,第128、153页。

诗学阐发与使用,至今影响仍在。

于是,1985年以后,"批评"则由暗流而形成了新的崛起,成为主流的概念术语。一个标志性的事件是1985年8月26日,《文艺报》举办的"青年文艺理论批评工作者座谈会"。在会上,《文艺报》时任主编谢永旺会上宣称:"现在,我们已经有了一支青年文艺理论批评家队伍了!"[1] 1986年5月1日—7日,广东社科院文学所、暨南大学中文系、海南大学中文系、海南行政区文联等单位联合发起的"全国青年评论家文学评论研讨会"在海南岛召开,当时文学批评界的许多中坚力量都曾与会,影响极大。会议名称虽为"评论",但主题却是"我的批评观",并且张扬了"第五代批评家"这样的说法,会后结集出版了《我的批评观》一书[2]。

"批评"的重新崛起,不仅体现在称谓上,而且表现为尖锐、犀利的文学批评行为,运用"批评"推动社会变革的愿望。如冯牧在1985年的"青年文艺理论批评工作者座谈会"上发言时强调:

> 社会主义文艺理论批评家应具备五种素质:具有建设性的理论素质,积极投身和参与伟大变革,与人民群众共命运,与时代步伐相一致;要有创造性;坚持丰富性和多样性;坚持开放性;坚持批判性和战斗性。所谓批判性是指经过肯定与否定的辩证分析方法,即扬弃过程。只有这样,才能使文艺理论批评具有鲜明历史感和时代感,才能是非分明。[3]

这里说的"与人民群众共命运""与时代步伐相一致"以及"批判性"和"战斗性",显然与"十七年"期间的"建设"与"战斗"大不相同,突出强调了批评家的主体意味和启蒙职责,大概是"重回五四"的思潮的结果,人

---

[1] 《一支理论新军登上文坛——青年文艺理论批评工作者座谈会在京召开》,《文艺报》,1985年第31期。
[2] 李挺奋:《全国青年评论家文学评论研讨会在海南岛召开》,《天涯》,1986年第3期。
[3] 《一支理论新军登上文坛——青年文艺理论批评工作者座谈会在京召开》,《文艺报》,1985年第31期。

们对"批评"的用法也回归"五四"。"人道主义"内容加"主体性"诉求,继承之中转换了新时期初年的"美学的和历史的文学批评"而成为思想旗帜,这种"新潮批评"又增加了现代主义等时尚新潮的因素,呈现多元和凌乱,只有主体"不死"。

因此,80年代中期以后的多数批评家面对作家作品,有一种不言而喻的优越感,居高临下,指点江山,使得许多作家不由自主地感到自卑、心虚。如贾平凹在《浮躁》写完之后,担心被批评家酷评,不得不隐晦地为自己辩解:

> 现在已经有许多人到商州去旅行考察,他们所带的指南是我以往的一些小说,却往往乘兴而去败兴而归,责骂我是欺骗。这全是心之不同而目之色异的原因,怨我是没有道理的……
>
> 我之所以要写这些话,作出一种不伦不类的可怜而又近乎可耻的说明,因为我真有一种预感,自信我下一部作品可能会写好……一个时代有一个时代的作品,我应该为其而努力。现在不是产生绝对权威的时候,政治上不可能再出现毛泽东,文学上也不可能再有托尔斯泰了。[①]

我们看到,作家面对评论家,是如何的谦卑、渺小,以至于连阐释自我都要小心翼翼,自称是"不伦不类的可怜而又近乎可耻的说明"。——对于"文学批评"在80年代的威力和地位,无需多举例子。南帆曾在一篇文章里说,80年代是"批评的年代":

> 一批学院式的批评家脱颖而出,文学批评的功能,方法论成为引人瞩目的话题。大量蜂拥而至的专题论文之中,文学批评扮演了一

---

① 参见程光炜:《"批评"与"作家作品"的差异性——谈80年代文学批评与作家作品之间没有被认识到的复杂关系》,《文艺争鸣》,2010年第9期。

个辉煌的主角。①

"批评"的崛起不是偶然的。"文革"结束后,从1979年开始的关于人性、人道主义、异化问题的讨论开始,实质上已逐渐赋予文学批评以"启蒙"的重任和职责——文学批评界在重新研读马克思、恩格斯经典著作的基础上,形成了以"美学的和历史的观点"为文学的批评标准和方法,这可以说是在反对庸俗社会学、教条主义文学批评上所达成的共识,是对80年代文学批评的第一次"启蒙"和"自觉"。但在80年代中期以后,"美学的和历史的文学批评"虽然还在发挥作用,但以1985年的"文学方法论年"和1986年的"文学主体性年"为标志的讨论,则开启了这个"文学批评"的主体性狂欢。自由、多元、形式炫技,现代主义和后现代话语的突然楔入,搅动了"批评"的天空。他们强化了"批评"概念的使用,除了借重于"人道主义"观念的"主体"或"批评主体"的加强,似乎一时也没有提供出一种或几种稳定的文学诗学,有关"文学性"的张扬的阐释至今也未落实到"语言文本"层面。总体而言,新兴的"批评主体"或许由于不满足于"美学的和历史的文学批评"概念的呆板单一,所以,就有了"新潮批评"的提法②,进一步又将其描述为"批评家群体"的概括方式——"第五代批评家":

> 与八十年代的年轻人具有强烈的自主、自强、自立、自创的意识相通,这些年轻批评家也都具有强烈的主体意识。他们的心里没有偶像,他们无视种种批评的模式和规范,他们都有各自的批评观念、批评视点和表述方式……③

所谓"第五代批评家",是谢昌余在一篇同题文章中提出的。该文为

---

① 南帆:《论文学批评的功能》,《东南学术》,1999年第1期。
② 关于"新潮批评",可参看李洁非、杨劼为他们编选的《寻找的时代——新潮批评选萃》所作的《编选者序》,北京:北京师范大学出版社1992年版,第2—3页。
③ 陈骏涛:《翱翔吧,"第五代批评家"!》,《文学自由谈》,1986年第6期。

"第五代批评家"勾勒出一条上承五四先驱的文脉和谱系,认为五四先驱属于第一代,左翼文学运动是五四和鲁迅文学精神下的第二代,"十七年"是第三代,新时期的文学批评和理论论证中发挥重大作用的是第四代,而第五代则是"让人兴奋、喜悦、激动,让人羡慕的新一代",他们有宏阔的历史眼光,顽强的探索精神,现代的理性自觉,深刻的自由意识[1]——除此,若要在众声喧哗中寻绎"第五代批评家"在诗学上的实质性关联,就也并非易事了。倒是有一试图概括表述其特征的另外说法——"向内转"[2],但此说甫一刊出,即引发了争议。

个别批评家由此爱上了自恋式说辞,不仅掩盖了青年批评家在文学视野、知识、人生阅历等各方面的不足,还给人一种文学正宗的总体印象——批评家们延续的是五四文学的伟大传统,自然而然地拥有观念、知识、立场、站位上的优越感。就像刘再复在文章中把批评家称作"专业化"的"高级读者":

> (批评家)能以作品为媒介,通过自由联想和自由想象,使自己超越了作家的眼界和感觉,超越了作家的意识范围和作品提供的现实限度,也超越了自身的种种一般感觉而达到对美的冲动性的神秘的体验,以至发现作家未发现的东西,感悟到宇宙人生的潜在真理。此时,批评就不再仅仅是科学,而且变成一种艺术,批评家再也不是批评"匠",而是真正的悟道的批评"家",从而在更高的水平上实现了自身的主体性。[3]

还有的批评家宣称:我所评论的就是我![4]

如此的"主体性",使我们想起上世纪20年代佩苇那句令人警醒的

---

[1] 谢昌余:《第五代批评家》,《当代文艺思潮》,1988年第3期。
[2] 鲁枢元:《论新时期文学的"向内转"》,《文艺报》1986年10月18日。
[3] 刘再复:《论文学的主体性(续)》,《文学评论》,1986年第1期。
[4] 鲁枢元:《我所评论的就是我》,《文学自由谈》,1985年第1期。

话:"批评家这一类特殊的人应该是没有的。"自信、职业化是大趋势,但谦卑和质朴还是应有的基本态度。

20世纪90年代以来:"批评"的陷落与"人文精神"坚守

而在90年代,在渐入"市场经济"的语境下,虽然文学失去了"轰动效应",但批评家们的"批评意识"却更为突出,如《上海文学》开辟的"批评家俱乐部"专栏、《广州文艺》的"先锋批评"专栏、山东《作家报》的"关于批评的批评"专栏,"批评"虽然无法完全取代"评论",却稳定地成了延续至今的更为主流的说法。

"批评"为何具有穿透、超越作品的能力?批评家们又如何在"达到对美的冲动性的神秘的体验"上比作家更有优势?文学批评如何成了批评家的自我言说和确认?……这些问题,在批评家们抵达批判的渴望、孤芳自赏式的"主体性"自我确证中逐渐被搁置,尤其在市场经济这"新意识形态"[1]背景映衬下,为批评而批评,为主体而主体——作家作品被视为对立面而成为蜂拥而至的理论、方法的操练、演习对象,批评和批评家们也沉浸在把玩理论、方法的快感中与"启蒙"、与社会语境拉开距离。进入90年代,人们已经很少对"主体"进行多方面的价值意义追问了。人们的目光逐渐地被日益增强的社会经济与物欲态势吸引了过去——当精神文化的物质基因崛起导致物欲泛起和精神无力之时,批评的"陷落"也就到来了。

在今天看来,发生在20世纪90年代的所谓"人文精神"大讨论,是许多作家、批评家、知识分子对改革开放的商业化、世俗化的新的社会转

---

[1] 参见王晓明:《在新意识形态的笼罩下:90年代的文化和文学分析》,南京:江苏人民出版社2000年10月第1版。

型的第一次正面反应。"人文精神"主张者认为社会文化和文学未能按照他们的理想高歌前进,所以,批评家们应坚持知识分子应该有的"人文精神",应该坚守"普遍主义"的"终极关怀",反对"人文精神"的"失落"。从《上海文学》到《读书》杂志,在1994年前后,"人文精神"大讨论自文学界迅速蔓延至整个社会舆论界[①]。"批判"的声音再次响起,但可能在现代性滚滚洪流和社会的物质性生活共识面前,声音高调,理想可敬,有时也显得弱软无力,正如艾略特的诗句,"只剩一声唏嘘"[②]。在一片争议声中[③],"批判"之声终于没有大过或超过"批评"的语义和音量。结果是,"批判"也好,"批评"也罢,却不增加什么,当然也没有减少什么。

说这句结论,应该是我们给予90年代"人文精神"争论的高度评价。它没有减少什么,"批评"仍在坚守,当"下海"或"学术"涤除了一部分"批评"的冗余成分,批评的"主体"仍在"市场"和"经济"的天空下挣扎,甚至逐渐地"生活"得更专业、更学院,也更从容了。说它没有增加什么,因为"人文精神"不过是延续性的80年代"人道主义""人性论"在新的历史语境下的翻版,当然,它在实质上延续了"人学"主题,而在形式上增添了"文"的学院精神和所谓的知识分子"学理"及其偏执,"人文"加"精神",多少表达了市场经济语境的新的诉求,多少改变了一个时期以来某些"主体"的空虚。无论如何,今天我们还是要高度评价"人文精神"一词,它在承续中表现了一种坚守,这个词组甚至在广泛的社会舆论领域不胫而走,适应了物欲压城、经济决定背景下的社会心理,被公共机关、学校、报刊、电视等舆论所使用,连同"精神家园""人文关怀",这几个关键词取得了90年代以来从文学到文化到社会的合法性、正义性,可以恒用

[①] 有关"人文精神"大讨论的情况及文献,参见王晓明编:《人文精神寻思录》,上海:文汇出版社1996年2月第1版。
[②] [英]T. S.艾略特:《空心人》,赵毅衡编译:《美国现代诗选》(上),北京:外国文学出版社1985年版,第227页。
[③] 质疑"人文精神"提法的文章,如王蒙的《人文精神问题偶感》等,可参见王晓明编:《人文精神寻思录》,上海:文汇出版社,1996年2月第1版。

于一切方面的纠偏与批评。

实际的情形却是,依赖这种"人文精神"的坚守,在90年代中后期,所谓"先锋批评"得以兴起①,它在本质上不是当时在某些批评的外表下所表现的种种现代主义或后现代主义文化批评的先锋,而是面对市场化经济潮流下的"人文精神"的"坚守"先锋。然而守望之外,在某种意义上,"没有增加什么"的文学、文化也未能遵循批评的"立法"如愿以偿,它随着社会文化转型迅速呈现出商业化、世俗化、生活化、多元化的一面、社会生活更没有按照批评家的指引中规中矩地体现出温馨悦人的"人文精神"、更要命的是,似乎文学批评自身也出了问题:

> 当今的评论家们大多头脑发热,虚汗淋漓,要么跑到作家和作品的前面去,充当先锋官的角色,逢山开路,遇水搭桥,似乎是想为文学史开辟出一条坦途来;要么是高高在上,做了个手执鞭子的驭者,驱赶着文学向前挺进。李洁非在《批评家的情调》一文中指出:"八十年代后期,批评界最活跃的一批人,已到了公然谈论他们可以'制造'文坛'热点'的地步,并且毫不含糊把这种狂言付诸行动。"我有点糊涂了。这样的批评家,到底吃错了什么药?
>
> 看来,文坛是需要好好地打扫一番了。要扫除的东西很多,其中就包括那些头脑发热的评论家们。
>
> 还有一些人,把笔下的评论当作哥们姐们之间互赠的礼物,极尽吹拍哄炒之能事……②

再接下来,就是一直延续到当前的关于"文学批评"的指责了。过多的例子不必多举,陈冲的说法颇具代表性:

> 我们对近期以来的文学批评总体上不满意,是因为不好的批评

---

① 有关"先锋批评"的概念,参见刘士林:《九十年代的先锋批评》,《山花》2000年第8期。
② 侯德云:《门缝谈文》,《北方文学》,1997年第3期。

太多,还是因为好的批评太少?我认为是后者不是前者。如果我们有足够多、足够好的好文章,所谓的"人情批评""红包批评"再多,也成不了什么问题。①

坚守和陷落,这正如狄更斯所言是遭遇上了一个最好的时代,也是一个最坏的时代。批评的学院化、学科化、纯文学化、媒介化,圈子和新的体制性,形成文学社区、阶层和职业,批评家得到了这个开放的经济时代的物质保障和好处;同时,最好的批评是强调以"人文"打底的抽象的"精神"和"审美",并凭体制、圈子提供的"人文"地位,让渡物质自我的扪心自问而去叩问文学的"灵魂",批评伦理大踏步后退,批评形成分化,"评论"传统借学院化、学科体制,以学术研究之名而大面积还乡,"批评"的抽象精神和价值顿生疑问,在对"新写实""现实主义冲击波"以及"先锋写作""知识分子写作""民间写作",直至晚近时期"底层"等概念的触及中,痛,并坚守着,遂有新世纪"新批评"②的提倡。

仿佛又回到了20世纪30年代的对"批评"的批评的那样的情况,"批评"仿佛在更加深重地经历一场新的"陷落"。于是,正如本文开头所描述的景象,"批评"反而开始喋喋不休地批评着文学批评自身,这一"批评的批评"的热情一直燃烧至今。

新世纪现状:生活性,"批评"的分化与走向

至此,该说到对新世纪文学批评的认识了,也算结语。

其实以对"批评的批评"的持续热议来看,"文学批评"在中国新世纪以来并未沉寂,更未消失。80年代后期染上的"主体性"自信也从未失

---

① 陈冲:《我想要的"新批评"》,《文学报》,2011年11月3日。
② 参见《文学报·新批评专刊》(2011年6月创刊)。

去。说其"陷落"的另外一层意思是想指出它正从上世纪在文坛高歌猛进的翱翔开始降落到生活的土地上。借用经济学界的一个流行的名词说,我们要看它是"硬着陆"还是"软着陆"。它"陷落",是说它陷入困惑,是说它走过百年如今发现了一个真实的复杂且矛盾的自我镜像。它的困惑和它的自我热议正在证明它的存在、它的活跃。

总之,我们的估计是,此时"批判"(尤其是"大批判")一词在语用的台面上可能不大合宜了,但以"批评"概念为主,以"评论"为辅的语用格局至此获得了稳固的框架。我们仍可以约定俗成地整体地称之为"文学批评",但却应明白,就其本义、真义、现实义而言,这个"文学批评"实质仍是由"批评"和"评论"这两个词支撑起来的结构。

我们依然会一再地用"评论"的理性、宽泛的理解去解释"批评"(包括"批判"——有些批评家还是不时地夸张地喜欢使用"批判"或"小批判",也很不错),不如此则无以立足立言;但我们又多么钟爱和崇尚"批评",那是一种本色的精神,不如此便无以见性情尽风流。因此必须标榜"批评"使之成主流,让"批评"涵盖"评论",让"评论"阐释"批评",将"批评"阐释成善良而非攻讦的、说明而非臆断的甚至歌颂的,面目全非亦无妨。

"批评"之名依然响亮,而"评论"之义则一如既往暗随。当"批评"之意气凌空高蹈,有"评论"一词稳稳当当。这两词互相补正、辅佐的语用格局是 20 世纪的中国文学的话语遗产,依旧在新世纪保持着既有张力。只不过,当我们在多个场合听到有人对使用"评论"的人纠正道"不,应该是批评!"时,发现大家都是报以会心的微笑。

前文中已经指出,"批评"对于"Criticism"来说,是一个不对称的译法,汉语"批"所具有的难以褪色的攻击性、排斥性,天然地赋予批评家们某种潜在的优越感。在启蒙、思想解放的语境中,"批评"较"评论"以及其他说法,具有某种有效性,能够激浊扬清,推动文学发展,因此它作为

20世纪的伟大的文学话语遗产,我们只能也必须继承下去,而且它的激浊扬清在今后也是需要的,甚至是仿佛永恒的需要。然而,文学多元化、生活的世俗化及信息化毕竟是新世纪文学的大趋势,当"批评"的这种语义"剑走偏锋"与正面的或解释性的文学评价、欣赏、推介形成巨大的反差时,当批评家以"批评"的名义、身份走进整体性的社会语境去亲近文学生活潮流时,这种反差所蕴含的语言暴力或许就会显现出来,在这个时候,有"评论"一词依存在世,应该是"批评"的幸事。

走过百年,"文学批评"在"评论"与"批评"之间的仿佛钟摆一样的予取予舍还会继续下去,在此形势下,新世纪的文学批评的现状及走向如何概括,我想主要有三:

其一,作为20世纪遗产的文学批评。

新世纪中国文学批评不可能另起炉灶,更不是上世纪"批评"的断裂和反拨,而是它的延续,它的遗产,起码有相当的部分是它留下的遗产。这就是以"批评"和"评论"这个双词结构所支撑起来的今日文学批评。

在这个双词结构的背后,意味着20世纪中国并未给今日留下一份有系统的、完整的、普遍适用的现代诗学,我们也没有建立起像西方那样众多以不同的诗学理论为基础的批评流派(如结构主义批评、文学社会学等)——如果非要对这段历史的"成果"加以清理,那么,正如王元骧所言,"文艺批评的方法自20世纪以来多得简直令人眼花缭乱、目不暇接。但时至今日,在我国文艺批评界为多数人所熟悉并自觉不自觉地加以运用的,恐怕还主要是美学的和历史的方法"[①]——同时,以这种"美学的和历史的"批评方法为基础,以主体性讨论和人文精神讨论为转型契机,今天以"批评"和"评论"这双词结构所能大体统一起来的当代文学批评,我们以为可以用"广义的人文精神批评"再辅以"文学审美批评",或干脆称

[①] 参见王元骧:《也谈美学的和历史的批评》,中国作家协会文学理论批评委员会编:《走向新世纪的中国文学——理论批评文选》(上卷),北京:作家出版社2002年版,第434页。

"人文精神审美批评"来笼统地概括。今天我们的意识里，也许总是以为这个20世纪80年代为今日批评打底的"美学的和历史的文学批评"说法有些"旧"，但细想掂量一下目前批评界衮衮诸公的学术底色，大多数似超脱不了这几个字的范畴。但今日的文学批评，就整体而言，又不能用社会学或某种"主义"来笼统地说清楚，这主要是经过20世纪80年代"主体性"和"方法论"的冲击，经历了90年代的市场化、世俗化的冲击，"方法论"和"主体性"的讨论使80年代前期的人道主义、人性论争论以"人学"的名义，被理解为、纯化为文学的启蒙精神，而减少了社会性因素；90年代的"人文精神"讨论又将其放到了市场经济和世俗生活的背景下，这样一来，新时期初期恢复和兴起的人道主义思潮，中经80年代后期的启蒙主体性观念，再到"人文精神"讨论的丰硕成果的转化，一脉相承，成为今天的"人文精神审美批评"。"审美"一词如何上位的，暂且不论。仅从"精神"观念讲，这个说法能够体现新世纪文学批评的主流价值和倾向。它是上个世纪各种文学精神、思潮、立场等价值因素百年博弈的结果，为当前主流批评家大多数所共同体认。20世纪有些文学批评思潮和价值，如政治第一论、社会工具论、阶级斗争论、形式主义，以及各种创作主义、思潮论，都在激烈的竞相表演后，或退场，或消逝，或转化，或超越，沉积为上世纪90年代以来的笼罩批评界的"人文精神"，如果概括当代中国文学批评的普遍立场，这也许是最为共同的特征。它继承了五四新文学启蒙精神，推崇人文主义或人道主义、人性论或人学价值，融合现代性价值和现代情感形态、现代审美意识，以多元性文化追求，把精神性当作文学的旗帜，用精神资源、精神高端、精神体验与现象作为解释文学作品的终极理由，从而为文学与现实生活、历史、人的关系提供解释框架，为当代中国社会市场经济的物质发展中被冲击的生活与人书写新传、搞精神立法。即或是关注底层和普通人，聚焦公平正义和平等主题，也不大着眼于用文学推动现实生活的改进与问题的解决，刻意与功利主义保持距离,缺乏对作为实践和现实的社会主义的精髓的理解,陈晓明所谓的"美学脱身术"[1]不仅在创作中,而且在文学批评中普遍存在。至于说到对审美立场的坚守,80年代过来的中青年评论家大都秉持文学性原则,一般不会从文学性(应该说明:他们的文学性从来没有落实成西方诗学如"新批评"意义上的文学性)立场后退,陈应松的《马嘶岭血案》之所以受到高度评价,不仅在其体现对底层的人文关怀,还在其现代小说技巧和艺术气氛[2],相比之下,打工诗歌的评价就要经过一个不大不小的从轻视到被动承认的过程,其文学性价值一直是暧昧或值得怀疑的。

其二,文学批评的整体性的消失。

新世纪文学批评经历了严重的分化,批评的范围大大缩小,20世纪试图建立的整体性风光不再,说其消失也是可以的。

西方文学批评概念下,在较高层面上分为两大类:理论批评和实用批评[3]。亚里士多德的《诗学》、瑞恰慈的《文学批评原理》、弗莱的《批评的解剖》都是理论批评的名著。五四新文学以来,中国文学批评在"批评"与"评论"这一双词结构的统帅下,从来是将文学理论放在整个文学批评之中的。五四以来引进阐发的现实主义、浪漫主义、现代主义等文学思潮理论,"人的文学"理论、社会的阶级的文学理论等在当时都是整体的文学批评的一部分。40年代的《讲话》更是融理论与批评于一体。中国古代文学批评史学科也在建设中将《文心雕龙》等理论著作与明清小说批评合在一起。新时期文学批评引进西方社会学、结构主义、精神分析、解释学理论,也学西方试图将其统统纳入文学批评视野。1986年海南青年评论家会议文集《我的批评观》一书,收入的文章几乎都以"批评"概念为主题而不见"评论"字眼,唯有周介人等二人用"评论"概念统领全文。这

---

[1] 参见陈晓明:《人民性与美学的脱身术》,《文学评论》,2005年第2期。
[2] 参见王晓明:《红水晶与红发卡》,《读书》,2006年第1期。
[3] 林骧华主编:《西方文学批评术语词典》,上海:上海社会科学院出版社1989年版,第356页。

非常有趣。细读周文《新潮汐——对新评论群体的初描》，你会发现，周介人是将"评论"当成一个具有整体性的大概念的，它包括文学理论和文学批评在内①。周介人的用词在那样一个氛围下是谨慎和有意为之的，显示了对"评论"整体性的守持维护。

但新世纪文学批评承接20世纪遗产时也伴有很大的断裂，文学批评发生了分化裂解。首先是文学理论或文艺学与文学批评分开。搞文学理论的不搞批评实践，搞文学批评的不关注和写作理论，完全是分裂的两拨人、两支队伍。其后果严重，比如在文学理论界早已被质疑的"纯文学""文学性"理论，在评论界却被奉为原则、至理，得到无可怀疑却含混暧昧的应用。这当然有中国文坛的现实语境所制约的原因，但理论的出走、分化出去，终究不好。其次，是所谓的"文学史的兴起"②，以及学院制的影响，那些曾以"评论"之名行世的文章，如古代文学评论（像王国维的《红楼梦评论》）、外国文学评论（像《莎士比亚评论汇编》这样的图书以及同名刊物上的文章），都划为"文学史"独立存在，它们都成了史学，成了学术研究，文学批评再度缩小。至于中国当代文学的关于"文学史意识与当代性挑战"的说法更是颇令人费解。文学评论领域越来越小，日益成为广阔生活下的专业圈子，只剩下当下（区别于当代）这点地盘，势必导致文学批评历史价值和厚重感的失落。自"五四"以来，我们对"文学批评"的理解似乎从未像今天这样狭窄，似乎又回到了明清小说评点语用实践中"批评"的单一格局，然而又不像后者那般受众广大。

其三，新世纪生活语境下的文学批评。

新世纪与以前的最大不同恐怕是我们在更深刻、更全面、更真实的程

---

① 参见周介人：《新潮汐——对新评论群体的初描》，郭小冬等：《我的批评观》，桂林：漓江出版社1987年版，第262—268页。
② 参见陶东风：《文学史哲学》，郑州：河南人民出版社1994年5月第1版；程光炜：《文学史的兴起》，开封：河南大学出版社2009年4月第1版。

度上进入了一个"生活世界"。新的生活意识的兴起已是不争的事实。在生活面前,一切坚固的东西都烟消云散了。

我们如何重新理解文学,它是超越生活之物还是它本身就是生活之物?生活的观点就是现代社会的群众观点,就是媒介社会的美学观点,就是精英文学的大众观点。"批评"与"评论"都不可避免地生活化、网络化、碎片化;关注度和曝光率也会加盟到批评中来或直接成为批评的对象;跟帖和微博更使评论无边,涌如潮水;商业社会使批评仿佛又回到了明清小说的"评点"时代;我们所谓的媒体批评是创造一种宣传推介还是制造一种阅读生活;文学批评的"书评"时代来临之时,大大小小研讨会的发言要点及其创意文案、图书广告都到处流传。面对新的时代、新的语境,仅以笼而统之的"人文精神"和"审美"为文学批评打底、撑腰,显然是不够的,底气不足、腰板不硬。"批评"或应直面如下的现实:要么画地为牢,自说自话,淹没在时代的浪潮中无可奈何;要么放眼看生活,丰满理论和方法的羽翼以期自赎。

此时此刻,强调文学批评的"现场性"和"有效性"是明智的选择,问题是"现场"和"有效"如何定义。批评是面对作家创作的现场还是生活的现场?假如是一种生活现场,它的边际如何划定?批评的有效也是这样,它可以在文坛有效还是在公共生活中有效?所有这些,都需要认真思考。尤其创建一种新世纪的文学生活,将是文学创作与批评、与社会共同致力的目标,"批评"一词在文学界内顺理成章,但面对更广大的社会,我们发现"评论"一词则更易被大众传媒和网络流量采用。

经过百年中国文学的沉淀,"批评"与"评论"双词语用结构所构成的中国"文学批评",正是一种如维特根斯坦所言的"生活形式",我们似乎已约定俗成,已习惯于其间的语义挪移、错位、对抗、协同、互补等等,困惑或自得,怀疑或自信,争吵诘问或游戏自恋,其乐融融。以批评之名行评论之实，以评论精神理性宽容，以批评精神行痛快的美学先锋，如此，这个双词撑起的"文学批评"就又有了继续下去的话语理由。

2012年
（本文与赵强合写）

说"游"解"戏"

——中国古代文艺中的"游戏说"

在西方,将艺术和游戏这两种旨趣很不相同的事物联系起来的首先是康德,其次是在席勒、斯宾塞那里发挥成著名的"游戏说"的艺术理论。"游戏说"的出现震动了受模仿论以及后起的浪漫派理论支配的西欧文艺理论界。英国美学家鲍桑葵因此称:"这是一种刺耳的见解。"[1]

其之所以"刺耳",可能在于,西欧的文艺理论从来认为,艺术的精神与游戏精神格格不入,无论是古典的模仿论,还是近代的浪漫论,都将艺术看作人类所特有的一种超越世俗的卓越能力和精神天国。其实席勒和斯宾塞在大的范围内并未超出这种理论的传统规范,如席勒的"游戏"并非通常意义上的游戏,而是使人类的感性冲动和形式冲动即理智精神得以协调的一种无功利目的的自由审美能力;斯宾塞虽说游戏是人剩余精力的消遣形式,却更强调了艺术是人的高级机能的消遣。但无论如何,他们总归使艺术和游戏,起码是和"游戏"这个"刺耳"的词联系了起来,而这是不可想象的。

中国的"戏"

遗憾的是,席勒等西欧"游戏论"者似乎并未注意到中国艺术方面的

---

[1] [英]鲍桑葵:《美学史》,张今译,北京:商务印书馆1985年版,第383页。

某些知识和特点,否则他们的理论或许是另外一个样子。

在汉语中,"戏"这个词的意义大致可划分为两个领域。一是生活中的"戏",如游戏、戏言、嬉戏、戏娱、戏谑等用法,表示一种娱乐行为,或表示玩笑、嘲弄以及逸乐等意义。二是艺术中的"戏",如戏剧、戏曲、戏场、戏文、戏笔、戏墨、戏说等用法,全为与艺术有关的术语。可以见出,汉语中的"戏"字包括了游戏和艺术(起码是一部分艺术)两方面的意义,这绝非偶然。游戏和艺术在汉语中常常归属一个"意义家族"符号,必定传达了中国艺术历史形态不同于西方艺术形态的某些真实信息。

戯(戏),《说文》的解释是:"三军之偏也;一曰,兵也。从戈,䖒声。"《说文·段注》:"兵杖可玩弄也,可相斗也,故相狎亦曰戏谑。"[1]《国语·晋语》:"闻牛谈有力。请与之戏。"韦昭注谓:"戏,角力也。"[2]近人姚华总结说:"戏始斗兵,广于斗力,泛滥于斗智,极于斗口,是从戈之意也。"[3]因之,从"戏"的玩弄之意,也就可引出游戏、玩笑、戏言(如《诗经·淇奥》的"善戏谑兮"),以及戏娱逸乐(如《诗经·板》的"无敢戏豫")等诸多意义。姚华还由戏从"䖒"声的角度加以论证,依据《说文》"䖒,古陶器也"的说法,认为䖒为上古时祭祀用器,而祭祀时必弄兵而舞,"击䖒而歌声相应,其声戏然,舞戈为容,故从戈而䖒声,理或然也"[4]。故"戏"又与歌舞杂技艺术有关。

归纳以上,可见戏为古风,在上古时或为伴随祭祀仪式之歌舞杂技表演,或为劳作之余的游戏娱乐,其主要内容为舞弄兵杖、角力、歌舞等驳杂的竞技竞艺表演,其功能则含有表现性、虚拟性和娱乐性因素,还有宗教因素。后来遂衍化为一个含义较广的表示游戏娱乐之义的概念,不仅能

---

[1] 〔清〕段玉裁:《说文解字注》,上海:上海古籍出版社1981年版,第630页。
[2] 徐元诰:《国语集解》,王树民、沈长云校点,北京:中华书局2002年版,第451页。
[3] 姚华:《说戏剧》,陈多、叶长海选注:《中国历代剧论选注》,长沙:湖南文艺出版社1987年版,第506页。
[4] 姚华:《说戏剧》,陈多、叶长海选注:《中国历代剧论选注》,长沙:湖南文艺出版社1987年版,第508—509页。

够涵摄像嬉戏娱乐等愉悦之义,也能够涵摄取笑、戏谑等反讽之义;不仅包容了一般的游戏娱乐,而且也包容了那些充满娱乐游戏精神的艺术。甚至在"戏"的游戏和艺术这两项意义之间,我们很难说,是艺术产生于游戏,还是游戏产生于艺术活动。事实上,对于中国人的思维和语言来说,它们原本在一体。一方面,中国人的游戏娱乐生活总是内含着追求着艺术化;另一方面,中国艺术(不仅是直接被视为"戏"的戏曲小说,还包括所谓"行有余力"而为的诗文)从来都带有浓重的游戏娱乐精神。

正像希腊文"戏剧"一词的词源 dran,含有"动作"或"做"的意思一样,中国的"戏"的含义也倾向于表演性,然而却更突出了游戏娱乐(以及虚拟)的意味。中国的"戏",其在游戏不尚激动人心和探险,其在艺术不尚崇高,然而却更致力于令人愉悦,让人好奇,使人心意满足。我们在此应进一步地指出,这种中国的"戏"的状况,不像"文"或"诗文""文学",以及"乐""音乐""画"等,它们可以是由人依某种艺术符号而创造的独立的艺术作品,是如海德格尔所说的作为一种独立于人体之外的类似于"物"的存在作品,具有文本性、物的存在性。"戏"却不同,它与人的生活整体性混一,是由人的身心动作本身构成的。不过,此时人的身心动作与日常生活中的人的身心动作的区别即在于他有一个另外的名称,即"戏"。这"戏"与"诗文"等文本性作品相比较,可见出它有与生活中人的身心动作的相同的一面,而若将其和人的日常生活身心动作放在一起来体认,则又有所区隔。此时,这"戏"又分为日常生活性中的"游戏"形态,以及作为"艺术"的"戏"或"戏剧"形态。"戏"的本质在于一种假定性的"生活",是人的充满日常身心动作的整体生活中的某一时段所具有的状态。人总是在整体的生活实践过程中需要一段"戏"的生活时刻,从而使人的生活向"戏/游戏/戏剧"敞开,获取生活意义的优游、愉悦和澄明。可见,游戏本是一种生活状态,而"戏"或"戏剧"不过是一种"扮演"的生活。进而游戏、戏、戏剧与生活构成了双向敞开:生活在戏/游戏/戏剧中获取意义,戏/游戏/戏剧也在生活中取得意义,遂有一席之地。但是西方理论并没有从生活出发的"戏/游戏/戏剧"的思维传统,而是突兀的"艺术升华"与强调,这种理论习惯的症结在于,它是从文学文本的审美理论方式套来的,而忽略了"戏"这一关键词,因之中国的"游戏"和"艺术"常常统辖于一个"戏"字所造成的结果,对于崇尚"净化"和"崇高"的西方艺术理论来说,则又是不可设想的了。

当然,我们注意到世界上许多文明都有将"游戏"与"戏剧"艺术相连接的语言用法。比如,英文世界中的 play 指"游戏",但同时也有表演、剧本或戏剧的语义用法。这里与汉语文化语境所不同的是,西方的"戏剧"艺术概念还有专门的 drama 一词,而 play 不过是从游戏一词"借喻"到"戏剧"上的,相对于 drama 是较为口语性、民间性的用法。而且,play 主要是游戏意义上的用法,从戏剧的艺术概念 drama 上说,"戏"之原义并未出现在作为艺术的戏剧 drama 一词中。所以我们说,"游戏"和"艺术"统辖于汉字"戏"之中,因此,作为艺术的汉语"戏剧"概念之中,永远无法去除游戏、戏的意涵,平时人们说"看戏""看大戏",这"戏"就是指"戏剧",这形成了不同于西方的原始基因和悠久的语义传统。西方理论界只有到 18 世纪末,席勒等人才提出"游戏说",虽亡羊补牢,为时未晚,却一方面如鲍桑葵所言不免"刺耳",另一方面也改变不了 drama,作为艺术戏剧的主流与正宗的语义地位,它永远是个正词,而 play 的戏剧语义永远是民间、口语性的副牌。

在英语语境,当我们很严肃地说要看一场高雅性艺术场合的歌剧和话剧的时候,一般是不能用主要含义为"游戏"的 play 一词的,只能用 drama,只有在说去看一场百老汇的"秀",或"电影",或通俗剧演出的时候,才能用到 play。当然在汉语中,我们似可以单独使用"剧"一词来表达而避免用到"戏"一词,但在中国古代汉语的语境,"剧"不过是"戏"之更强烈意味的语义扩伸(更剧烈的"戏",强调是有人表演的"戏"),到现代汉语语境，双音节汉语词概念成为主流用法，"戏剧"一词被普遍使用，单独使用"剧"不仅不符合一般的语用习惯，反而是现代汉语语境更加牢固地绑定"戏"与"剧"而使其合成一个正式的整一的重要的艺术概念。即便如此，双音节词"戏剧"一词，如果我们查一下《辞源》，其解释中也曾有过"游戏"意义的用法，可见"戏剧"一词作为艺术概念的庄重之外，不过是在"游戏"基本语义之上的"剧"，不过是作为"有人表演"性质的艺术方式。

"戏"的艺术

关于"戏"与生活中的游戏不分，即可指游戏又可指戏曲或戏剧的这种中国式的语言习惯，西方理论在席勒之后，直到20世纪，美国著名戏剧家兰·米切尔才给予了恰当的表达：

> 在我谈完动作、演员和观众之前，应该指出，隐藏在这种艺术的基础里的某种极为简单的东西，即我们有一种希望、一种欲望，甚至还有一种深切的需要，这就是要看到生活的总体，觉察在行动着的道德的力量和人的本来面目。但要获得这种洞察力却不是容易的，而获得它的方式同样也不是简单的。一个获得这种洞察力的人，便会跑来对我们说："这种智力上的幻觉确是甚为令人高兴和极为必要的，要获得它最好是作一次游戏，也就是孩子们称之为'假扮'的游戏。"
>
> ……要是我们问自己，这种假装对于人的天性的所有伟大的方面何以有关呢？其答案最好到观看那不勒斯的任何一个流浪艺人的演出里去寻找……整个剧院的情形就是这样。……很显然，要是我们看到自己的本来面目，这种游戏就是最直接的方式了。而正是这种天真的和儿戏的假装，再加上带有社会性的景象并展示给一群人

观看的做法,才使戏剧成为一种欢乐的事情,才使剧院变成一种欢乐的场所。……要是演的是一出好戏,演员阵容也很强,我们便会看得入迷,进入一个纯直觉和纯神性的境界了。但要产生这种幻觉,无论演员还是观众,均必须善于作这种儿戏似的游戏,因为我们的幻觉是建立在其上的。观众必须着迷于、沉浸于和专心致志于舞台上的理想人物,对其真实性深信不疑。①

当我们认定戏剧所表演的一切就是生活本身的时候,就会"深信不疑"。米切尔在20世纪终于将生活、游戏、戏剧、动作之间的关系用以"游戏"为核心的概念话语讲清楚了。而中国古代只用了一个词"戏",便早已"深明大义"。所谓动作、艺术云云,离开生活与游戏概念,是不能抵达"戏剧"本质的。让我们来看一看中国人早在千年之前就讲清了的米切尔所讲述的"道理"吧。

西方艺术有一种普遍流行的"美的艺术"一解,以区别于一般的技艺性作品。"美的艺术"以创造艺术美为最高目的,艺术的其他功能,都在其次。在总体上,中国古代艺术虽不乏纯粹美感的追求,但从根基上看,它更可以称之为一种"乐感文化"或"乐感艺术",古文字学中"美"字便有"羊大为美"一解,即暗示了中国人的美感意识源出于五官感觉的悦乐满足②。我们这里所谓的"戏的艺术",即是从古代中国文艺观念的客观视角被视为"游戏"的艺术,是由古代乐感文化精神所升华所培植起来不同于一般竞技游戏的艺术。

戏剧,即戏与剧,在中国古代是理所当然地被视为"游戏"之流的,正如其名称所显明的那样,是一种"戏"。姚华说:"泛语曰戏,特语曰剧;或

---

① [美]兰·米切尔《戏剧的本质与艺术》,引自《编剧艺术》一书,罗晓风选编,北京:文化艺术出版社1986年7月第1版,第61—63页。
② [日]笠原仲二:《古代中国人的美意识》,魏常海译,北京:北京大学出版社1987年版,第6页。

曰戏剧,谓戏中之剧以别于百戏。"①可见,戏剧一语,虽可简称为"戏",也可简称为"剧",但最普遍的还是称"戏"者居多。再者,剧,甚也,故"戏剧"尤言"戏"中之突出特立、卓越娱人之"戏"。这里的"戏"中之"戏"的说法中,前一个"戏",即是古代各种游戏娱乐性质的乐舞、杂技等表演活动的统称——百戏;而后一个"戏",则可以称为"剧"或"戏剧",是百戏中突出特立、具有独特艺术价值、达到较高审美程度的一种艺术。虽然后者也未完全脱出前一个"戏"即百戏的观念范畴,仍被视作一种消遣娱乐的"游戏"之物,但明代戏剧家汤显祖在称述戏剧之主神时,说他"以游戏而得道,流此教于人间"②,游戏得道,犹言游戏达到了高级水准,得了游戏的真谛。对此,李贽说得也很明白:"杂剧院本,游戏之上乘也。"③这也是说,戏剧虽为游戏,但却是游戏的高级形态,即我们所说的"戏的艺术"。

也许这里我们可以将"剧"看作对"戏"的民间状态的一种限定和提升,但"剧"和"戏"的联袂,是"戏剧"概念仍然保有"戏"的基因,无论后世称"戏剧""戏曲"乃至直接称"剧","戏"的基因都是其挥之不去的生活本色,最终使中国古典"戏曲"或"戏剧"概念中游戏与艺术的语素自始至终难解难分,形成了中国古代戏剧的游戏化、民间化、生活化观念特征与本色,是"美的艺术"但总不脱生活的"游戏"者流。

中国古代小说也被视作"游戏"之物。小说"出于稗官、街谈巷语、道听途说"④,汉人班固的这一说法,换个角度就是宋人陈振孙在其《直斋书

---

① 姚华:《说戏剧》,陈多、叶长海选注:《中国历代剧论选注》,长沙:湖南文艺出版社1987年版,第509页。
② 〔明〕汤显祖:《宜黄县戏神清源师庙记》,长沙:湖南文艺出版社1987年版,第147页。
③ 〔明〕李贽:《杂说》,《中国历代剧论选注》,长沙:湖南文艺出版社1987年版,第137页。
④ 〔汉〕班固:《汉书·艺文志》,黄霖、韩同文选注:《中国历代小说论著选》,南昌:江西人民出版社1985年版,第3页。

录解题》中所说的"稗官小说……游戏笔端,资助谈柄"①。唐文学家韩愈作了一篇近于小说的《毛颖传》,遭到了张籍等一些文人的反对。对此,韩愈给予这样的回答——"此吾所以为戏耳",因为"昔者夫子犹有所戏,《诗》不云乎:'善戏谑兮,不为虐兮';《记》曰:'张而不弛,文武不能也',恶害于道哉"②。韩愈固然认为小说一类的作品是游戏笔墨,但又对这种消遣游戏作了力所能及的辩护。这是古代小说理论中的"游戏无害论"。而张籍在回驳韩愈观点时说"将以苟悦于众,是戏人也,是玩人也,非示人以义之道也"③,则又是古代小说理论的"游戏有害论"了。除此,古代小说理论还有"游戏有益论"和"游戏抒愤论"。如凌蒙初在《拍案惊奇序》中说:

> 宋元时,有小说家一种,多采闾巷新事,为宫闱承应谈资,语多俚近,意存劝讽。虽非博雅之派,要以小道可观。④

这种有益论,源自儒家的"虽小道,必有可观者焉"。凌濛初在《二刻拍案惊奇小引》中又表达了另外一种见解:

> 偶戏取古今所闻一二奇局可纪者,演而成说,聊舒胸中垒块。非曰行之可远,姑以游戏为快意耳。⑤

这可称为"游戏抒愤论"。"有益论"和"抒愤论"与李贽所说的"游戏之上乘"的说法相通,并将"上乘"的说法更加具体化了。它也暗示说明了小说的功能和意义乃在一般的"游戏"之上,用我们的说法,是一种

---

① 〔宋〕陈振孙:《直斋书录解题》,《中国历代小说论著选》,南昌:江西人民出版社1985年版,第66页。
② 〔唐〕韩愈:《重答张籍》,《中国历代小说论著选》,南昌:江西人民出版社1985年版,第43页。
③ 〔唐〕张籍:《籍遗愈第二书》,《中国历代小说论著选》,南昌:江西人民出版社1985年版,第43—44页。
④ 〔明〕凌濛初:《拍案惊奇序》,《中国历代小说论著选》,南昌:江西人民出版社1985年版,第256页。
⑤ 〔明〕凌濛初:《二刻拍案惊奇小引》,朱一玄编:《明清小说资料选编》,朱天吉校,天津:南开大学出版社2012年,第908页。

"戏的艺术"。

"戏"作为一种艺术审美方式

将戏剧、小说列为游戏者流,这不但使戏剧、小说的艺术审美地位被长期贬低,而且也使其发展历程呈现出芜杂不堪的景象,粗劣笔墨的作品大量产生。因此,这种文艺游戏观理所当然地受到了本世纪以来"文学革命"的猛烈冲击,受到了新文学运动的严厉批判。这冲击和批判无疑是正确的,它恢复了戏剧小说的高级艺术地位,划清了一般游戏和艺术审美、艺术社会功能的界限,从而开辟了艺术发展的健康之路。

正因为经过了这种文学革命对传统游戏观念的批判,有了一般游戏和艺术审美的区分,我们今天才可能从另外一个角度来认识"戏"的艺术。这另外的角度就是,在承认将戏剧、小说当作一种游戏是古代中国文艺观念的一个事实的前提下,并在批判这种游戏的文艺观给文艺造成的危害的同时,我们还应注意到,它也给中国古代被当作游戏的戏剧小说以某种特异的素质,从而形成了"戏的艺术"。

在中国古代,艺术的雅俗之分至关重要。高雅的悦乐以诗文为代表,是士大夫的文化和艺术;低俗的悦乐以"戏的艺术"即戏剧、小说为代表,是非主流、被压制或被禁止的艺术。如果只是这样区分,高雅的艺术诉诸心灵、情感和想象,而低俗的艺术则如同游戏,供官能消遣娱乐,那么这似乎无多大问题。问题在于雅俗之分等同于文学种类之分,将整个的戏剧和小说文类都归入低俗艺术,这便不公正地导致一般游戏技艺(如百戏)与作为高级艺术形态的那些戏剧小说作品所表现出的审美艺术的相混同,从而在实践中使具有直接娱乐目的的技艺性创作与诉诸心灵、情感的高级审美艺术作品混杂互渗,等量齐观。然而历史本身将显示其公正和辩证,除去游戏文艺观的消极一面,我们看到,古代戏剧小说在汲取诸多游戏娱乐形式的过程中,创造出许多较高审美水平的作品,从而在一定程度上消解了不公正的雅俗之分,在普遍的游戏观中,使"戏的艺术"脱颖而出,使"戏"这一语汇不仅仅表述一般"游戏"的意义,而且还代表着一种艺术的审美方式,那种诉诸心灵、情感和想象的审美方式。明末戏曲理论家程羽文写道:

> 曲者,歌之变,乐声也;戏者,舞之变,乐容也。皆乐也,何以不言乐?盖才人韵士,其牢骚、抑郁、啼号、愤激之情,与夫慷慨、流连、谈谐、笑谑之态,拂拂于指尖而津津于笔底,不能直写而曲摹之,不能庄语而戏喻之也。①

这里的"戏",就不是一般游戏的戏,而是一种艺术审美方式,是"戏喻"。"戏喻"是一种自由放达的娱乐状态,同时也是一种隐喻化的形象表现。它连同曲文唱词,共同抒发着表现着牢骚、抑郁、愤激之情和人性中慷慨放浪的胸怀,而这种情感状态,不能直接如实地呈现,也不能用庄重的语言来表达,只能通过曲折委婉的音乐和虚拟性的表演来完成。从一般的游戏行为中锤炼出一种隐喻的艺术审美方式。中国古代戏曲的根本在于,它要还原人性的自由本色于类似"游戏"的形象表演和歌唱中,而这种自由本色又是那样的慷慨乐观、无羁无绊、笑谐自然。就此而言,人类社会的种种牢骚、郁闷、愤激、啼号都必然源自人性实现的羁绊和压抑,因而只能采取"曲摹"和"戏喻"的方式来加以抒泄了。中国戏曲的本色在于"游戏"的审美艺术之"乐",曲的人情伤感和人世凄凉为"戏"的游戏娱乐精神所掩饰所消融,而"戏"的游戏娱乐精神也为曲的悲愁情调所制约所限定。

古代小说的情况也大致如此。中国本土意义的小说概念并不晚出,

---

① 〔清〕程羽文:《盛明杂剧序》,黄霖、韩同文选注:《中国历代剧论选注》,南昌:江西人民出版社1985年版,第226页。

但唐以前,它只是记言以观"小道"的笔记或采录形式,虽然或有可观之辞,但终究是类似于玩笑游戏的"刍荛狂夫之议"。到了唐代,表面上看,韩愈等人明确地将小说当作一种"戏",似乎倒不如唐以前认为小说对"治家理身"有益的观点了,但细推敲,我们觉得这里的"以文为戏",还有一种小说的自觉意识在里面。以小说为戏,这个"戏"就是开始将小说当作一种"文"的艺术娱乐形式,设幻语,传奇事,寄情意,如鲁迅所说"有意为小说"。明胡应麟说六朝小说"未必尽幻设语。至唐人乃作意好奇,假小说以寄笔端"①。唐小说家沈既济在《任氏传》中写道:"著文章之美,传要妙之情,不止于赏玩风态而已。"②这些看法都是已不满足将小说简单地视作一般赏玩的游戏,而是当作一种"骚人墨客游戏笔端"(胡应麟语)的艺术审美方式。汤显祖在《点校虞初志序》中论小说:"游戏墨花,又奚害于涵养性情耶?"而且正因小说"游戏墨花",正因小说"述飞仙盗贼""志佳冶窈窕",才其中有"真趣",才"意有所荡激,语有所托归",才"读之使人心开神释、骨飞眉舞"③。这就把小说的"戏"的审美艺术特征讲得更清楚了。

游戏三昧

将"戏"作为一种艺术审美方式,明末清初的戏曲小说家李渔还总结了三种美的要素:

> 从来游戏神通,尽出文人之手。或寄情草木,或托兴昆虫,无口而使之言,无知识情欲而使之悲欢离合,总以极文情之变,而使我胸

---

① 〔明〕胡应麟:《少室山房笔丛》,《中国历代小说论著选》,南昌:江西人民出版社1985年版,第151页。
② 〔唐〕沈既济:《任氏传》,《中国历代小说论著选》,南昌:江西人民出版社1985年版,第49页。
③ 〔明〕汤显祖:《点校虞初志序》,《中国历代小说论著选》,南昌:江西人民出版社1985年版,第179页。

中垒块喷出殆尽而后已。然卜其可传与否,则在三事,曰情,曰文,曰有神风教。情事不奇不传,文词不警拔不传,情文俱备而不轨乎正道,无益于劝惩,使观者听者哑然一笑而遂已者,亦终不传……三美俱擅,词家之能事毕矣。①

应该说明一点,古代戏曲、小说之所以能达到"游戏之上乘"的境界,很大程度上是因"文词"或"诗(曲)"的因素的加入、文人的加入。百戏由于曲的加入而成戏曲,小说唐以后才叙事渐繁,描绘渐细,终至具有相当的艺术规模。所以李渔在以情动人和教益作用而外,又加上文词美这一语言因素,也是捉住了"戏的艺术"的一个关键所在。古代文论中,人们一直将鬼斧神工的传神语言看作高级的"游戏神通"的表现。清人孟汾在《雪月梅传回评》中说:"句句是浪妇声口,句句是媒人声口,纯是游戏空灵之笔。"②

"戏"作为艺术审美方式,从其与现实和历史的关系中,也可看出其独特的性质来。明人谢肇淛的《五杂俎》中说:

> 凡为小说及杂剧戏文,须是虚实相半,方为游戏三昧之笔。亦要情景造极而止,不必问其有无也……近来作小说,稍涉怪诞,人便笑其不经,而新出杂剧……必事事考之正史,年月不合,姓字不同,不敢作也。如此则看正史足矣,何名为戏?③

所谓"游戏三昧",也就是"戏"的艺术审美真谛。不同于西方的模仿论,中国古代戏曲小说理论认为戏曲小说不是对生活原型的模仿,而是对生活的虚拟、幻设,是一种"戏"作。这种"戏"作,出自人的真性情,虚与实相间,幻与真掺半。王骥德说:"戏剧之道,出之贵实,而用之贵

---

① 〔明〕李渔:《香草亭传奇序》,单锦珩主编:《李渔全集》,杭州:浙江古籍出版社1991年版,第1卷,第47页。
② 〔清〕陈朗:《雪月梅传》,孙永都、刘中光校点,济南:齐鲁书社1986年版,第47页。
③ 〔明〕谢肇淛:《五杂俎》卷一五,上海:上海书店2001年版,第313页。

虚……以实而用实也易，以虚而用实也难。"①虚实构成一种辩证互补关系。游于虚实之间而达到李渔所说的"三美"，则是"游戏神通"，深谙"戏的艺术"的"游戏三昧"的要旨。

虚拟和程式

作为"戏的艺术"，古代戏曲、小说的虚拟性、程式化、大团圆模式这三种主要艺术特色，都和将"戏"作为一种诉诸心灵、情感和想象的艺术审美方式有关。

戏从戈，原本与军武有关，但其本意又在"化干戈为玉帛"，弄兵杖和角勇力最终都还是一种象征性的虚拟，是一种戏作、玩弄和娱乐。古代戏曲小说中的虚拟性艺术特色，正体现了这一戏之本义。

虚拟是对现实世界的虚拟，不是西方模仿论的真实再现。虚拟是对时间和空间的一种独特理解和表现，化繁复纷纭的现实世界为简洁明白的艺术形象，取其酷形而追求神似。虚拟即虚化模拟，又是一种线的勾勒艺术、传神的艺术。古代戏曲对舞台时空的灵活处理，不滞于真实布景的虚化设计，不拘于一时一地的模拟表演，没有山水可以用几个表意性动作把山山水水搬上舞台，没有千军万马也可以用几个圆场表现千军万马，这些虚拟性的自由灵活、假定性的弹性时空，很得力于对舞蹈动作语言的独特理解和表现，而"舞"的形象语言，正是"戏"的内在质素之一，正符合"戏"的原本含义。古代小说中的白描手法，在虚拟性的意义上可这样理解。白描就是要抓住所描写的对象的主要特征，以简单的勾勒，动态地凸现出来，达到传神现形的目的。张竹坡评点《金瓶梅》说白描要"如闻其声，如见其形"，也就是说要对体现描写对象的主要特征的动作语言做到

---

① 〔明〕王骥德：《曲律》，《中国历代剧论选注》，南昌：江西人民出版社1985年版，第172页。

心领神会,提纲挈领,使之跃然纸上。换句说法,就是除去繁复描摹,胸有成竹,举重若轻,玩人物形象于纸上。

但虚拟又不同于现代文论中的虚构和想象,在某种意义上讲,虚构可以是"写实"的虚构,也可以是写意的虚构,它是想象的产物。而虚拟,则就是写意,而非写实。虚拟的写意叙述和描写可以表现虚构的想象的情境,也可表现真实的现实情境。最重要的,是虚拟往往带有"戏"作的娱乐和令人惊奇的色彩,古代小说中的"得胜回头"的叙述形式,其实就是虚晃一枪、避实就虚。

说到程式化,任何艺术或技艺创作都有一定的规则和程序,但为什么中国古代文艺的规则和程序变成了"程式化"的突出模式了呢?戏曲的唱念做打皆有一套规矩,小说的开头、结尾都是"话说"如何,或"欲知后事如何,且听下回分解"。这种规则和程序无所不在并被"程式化"的现象是中国古代戏曲小说的一大特色。胡适对此曾有过解释:

>　　不用在戏台上打仗而战争的情状都能完全写出,这种虚写法是编戏的一大进步。不料中国的戏剧家发明这种写法之后六、七百年,戏台上依旧是打筋斗、爬杆子、舞刀耍枪的卖弄武把子,这都是"遗形物"的怪现状……不料现在的评剧家不懂得文学进化的道理,不知道这种过时的"遗形物"很可阻碍戏剧的进化;又不知道这些东西于戏剧本身全不相关,不过是历史经过的一种遗迹;居然竟有人把这些"遗形物"——脸谱、嗓子、台步、武把子、唱工、锣鼓、马鞭子、跑龙套等等——当作中国艺术的精华!这真是缺乏文学进化观念的大害了。[①]

不能说胡适先生的这种进化论的"遗形物"论没有道理,但为什么百戏杂技,歌舞演技的戏剧初萌时代已经过去,其"遗形物"还依然故我地

---

① 胡适:《文学进化观念与戏剧改良》,姜义华主编:《胡适学术文集·新文学运动》,北京:中华书局1993年版,第79页。

存留呢？古代中国人心理保守，缺乏进化的历史观，这固然可充作一个原因来解释。但我想更直接的原因，恐怕在于中国人对待艺术的游戏观念。

众所周知，游戏之所以成其为游戏，在于有一定的规则程序，离了这些法则，就谈不上什么游戏了。游戏的本质在于突出了其形式规则，突出了人的主观趋向利、乐的心愿得以实现的渠道，所有参与其中的人都对这些形式规则采取一种默契的接受态度。毋宁说，正是游戏的所有参与者共同创造了这些规则，受制于其中自乐，然后这些规则又创造了一代代的接受者。古代戏曲小说的程式化特色，正是那些古代艺术创造者和消费者们共同凸现了"戏"这一艺术审美方式的形式化的结果。那些挥之不去的"遗形物"，被漫长的时间所沉淀、所程式化，它们成了美丽的"遗形物"，成了一种崇拜和迷信。很多戏迷去看戏听戏，就是要去听嗓子、看招式的，他们的艺术生活，就是在程式化中享得自由和审美境界的生活，是为了程式的生活。古代小说的"程式化"现象也很突出，白话小说有说书仪式的形式规则，文言小说有稗官记事的体例规则，这些规则在进化中并没有被遗而成为真正的"遗形物"，被更加程式化、艺术化地凸现出来，成为书面创作所遵循的形式惯例，千篇一律地被援用，这和西方小说形成了很大区别。作者和读者仿佛都极信赖这种历史沉淀下来的程式，并依傍这程式的框架，用非现实的话语艺术地处理生活，一如按照某种规则"游戏"般地创造和享得了自由和快慰，重温历史的绵绵之情，验证自身的主体力量。

大团圆和"戏的正义"

我国古代戏曲小说中的"大团圆结局"模式，受到过五四一代新文化运动的领袖的严厉批判，鲁迅、胡适、周作人、钱玄同、刘半农等都有深刻的论述。这种批判实都来自王国维的批判：

吾国人之精神，世间的也，乐天的也，故代表其精神之戏曲小说，无往而不著此乐天之色彩：始于悲者终于欢，始于离者终于合，始于困者终于亨……若《牡丹亭》之返魂，《长生殿》之重圆，其最著之例也。①

王国维所论还仅仅限于一种艺术审美方式的批判，而五四一代人的批判则是社会的批判。胡适认为"大团圆""只图说一个纸上的大快人心，这便是说谎的文学"；鲁迅则认为这类文艺直是"瞒和骗的文艺"。对"大团圆"作上述艺术审美的和社会的批判都是深刻的，其内里都把批判锋芒指向了大团圆模式的心理动因，即乐天或娱乐精神，也即是"戏"的内在精神。批判是需要和正确的，而本文关注的则是"大团圆"和"戏"的艺术审美方式之间的联系。

王国维在《红楼梦评论》中曾写道："吾国之文学，以挟其乐天之精神故，故往往说诗歌的正义，善人必令其终，而恶人必离其罚，此亦吾国戏曲小说之特质也。"②王国维在这里提出了"诗的正义"的论点来说明大团圆结局模式的艺术特征，并认为"彻头彻尾的悲剧"并不采取"诗的正义"的形式，而采取"永远的正义之所统辖"的形式。使作品具有"永远的正义"，即是要求作品按照悲剧的观点来表现整个人生和世界，而不必在原本为悲剧的人世之上，设一"诗的正义"的乐天的大团圆，来冲淡乃至冲消这无法更改的悲剧命运以及由此反衬出来的人类生存的"正义"。

我以为，此处的"诗的正义"若改作"戏的正义"，就更确切了。诗，在古代观念中是"言志"的体裁，其艺术表现方式是赋、比、兴。言志可以理解为抒情和表达内心意志，并要通过铺陈其事的"赋"、比类取喻的"比"、起兴寄情的"兴"这三种方式来实现。古代戏曲小说中的大团圆模式，严

---

① 王国维：《红楼梦评论》，《王国维文学论著三种》，北京：商务印书馆2001年版，第12页。
② 王国维：《红楼梦评论》，《王国维文学论著三种》，北京：商务印书馆2001度版，第16页。

格地讲,与这种赋比兴的诗的方式有很大距离,与其说它是诗的方式,不如说它是戏的方式更合乎实情。同是言志抒情,但诗与戏这两种艺术审美方式却不尽相同。用李渔的话说,戏曲小说中的情,是情事,是"情事不奇不传",是用文词来"幻无情为有情,既出寻常视听之外,又在人情物理之中,奇莫奇于此矣"。① 设幻局,传奇事,言极情,这正是大团圆结局的表现形态,也是"戏"作的艺术审美方式的表现。此外,"戏"的艺术方式更强调乐天的喜剧精神,也与大团圆主义更切合,死化为生,苦化为乐,离别化为合欢,这幻想和传奇的功能,就是大团圆的"戏的正义",一种虚设的象征,一种想象中实现的正义。

中西戏剧小说中都不乏大团圆的结局,而唯独中国戏曲小说的大团圆结局被程式化,加之"戏的正义"的伦理乌托邦和直接娱乐功利的一面,也就往往带有消极的一面。但正如在前曾讲过的意思,中国戏曲小说的总的基调也有悲凉和幽怨的部分,它往往消解和限制着"戏"的游戏娱乐精神。悲凉的基调和戏的精神比较好地结合在一起,就能产生出较高价值的艺术作品。像《红楼梦》《窦娥冤》等作品的大团圆结局,并不能掩饰埋没作品的悲剧情质,在具体的艺术表现中,这种大团圆的设计,这种"戏的正义",反而成了中国式悲剧观的民族特色的表征之一。相反,那种纯粹的游戏娱乐,那种一无牵挂的喜剧意识和乐观情怀,在杰出的中国文学作品中,则实难寻觅到。"戏"作为一种艺术审美方式,总以悲凉和幽怨的人生基本感受为底色,而"戏的正义"所带来的"大团圆",往往不是梦中乌托邦,就是作者和接受者共同默契达成的一份以戏乐消解或征服悲愁的约定。这大概要从中国人的宇宙观、世界观,以及千百年来的中国生活与社会的历史实际来求得解释。

---

① 〔明〕李渔:《香草亭传奇序》,单锦珩主编:《李渔全集》,杭州:浙江古籍出版社1991年版,第1卷,第47页。

游艺和游神

上述讲"戏"的"游戏三昧""程式与虚拟""戏的正义与大团圆",其实都是在"戏"与"剧"(在中国古代还要加上"曲"的概念)的思路上展开,但要全面地阐释"戏",还是不能没有对"游"的关注,并将"游"与"戏"结合来完成说"游"解"戏"。

除了直接作为"戏的艺术"的古代戏曲小说而外,在古代被当作高雅文类的诗文中也有大批的带有文字游戏性质的作品。游戏的文艺观在诗文创作领域也占有很重要的影响地位。游山逛水的适情之作、应酬赠答的交游之作,以及倾心于文辞美章的典雅之作,这些占去古典诗文很大比例的创作,无不与游戏的文艺观有这样或那样的关联。

当然,由于其高雅的趣味地位,它们不可能直接被称作"游戏",但确可以被称作"游艺"。孔子说:"志于道,据于德,依于仁,游于艺。"①这"游于艺",即表明了儒家对文艺的一个基本估价。当然,龚鹏程曾经很正确地指出,这里的"艺"即儒家所谓"六艺",甚至是百工献"艺"的"艺",可称之为"工游于艺"。②但毫无疑问,"游"是劳作之外的闲暇之举,或是某种自由状态,游于工艺、百戏,与游于"文艺"在此是相通的。我们这里主要谈的是"游"与"有闲"阶级的士大夫属性的"文艺"。

儒家的文艺观,总体上是讲求社会功能的,但在"文以载道"的旗帜下,也适当强调了文艺的适情娱乐作用,于底下开了一个不大不小的口子。《诗经》中说"善戏谑兮,不为虐兮";《文心雕龙》中也说"故知谐辞隐言,亦无弃矣",都表达了适当的游戏娱乐之作无害处的思想。《文心雕龙》中还专辟了"谐隐"一章,专门论述那些谐笑和谜语(隐)类作品的

---

① 《论语·述而》,〔宋〕朱熹:《四书章句集注》,上海:上海书店1987年版,第46页。
② 龚鹏程:《游的精神文化史论》,石家庄:河北教育出版社2001年版,第56页。

问题。

游于艺,也指文人学士在明道求仁的余暇,以诗文创作为逸养性情、淳厚人性、获得较高审美愉悦的有效途径。古代的很多诗文,都是在"良辰美景"之下的"赏心乐事"之作,带有很强的娱乐身心的精神。当然,这些作品往往以一种高雅的审美方式、诗的方式来进行,而且常常是通过排遣心绪、寄托历史情怀,以及克服仕途艰难、人世炎凉对内心的影响,来寻求美好悦乐的语言文学制作。

儒家的游于艺,还包括修辞的含义。士大夫们沉溺于语言符号的操作之中,以制作美文丽辞为能事、为艺事、为快乐。汉魏六朝的许多辞赋制作,在这方面走了极端。扬雄曾指出:"诗人之赋丽以则,辞人之赋丽以淫。"[1]游于艺却走向游戏娱乐的美文的极端,就只能算作辞人而不是诗人,其作品就失去法度规则而靡丽放淫,成为品位较低的文字游戏之作。

与儒家的"游于艺"不同,道家和神仙思想中的审美愉悦境界则是"游神"。这种审美愉悦境界,首先在庄子的"逍遥游"和"庖丁解牛"(游刃有余)等思想中得到初步阐发,后在陆机和刘勰那里,被化入文学理论,产生了"精骛八极,心游万仞"及"神与物游"的文学创作论。张少康先生认为,陆机的这种创作论"主要是吸收了道家思想的积极面"[2]。道家主张出世,视人生为虚无,这个意思也可以翻译作人生不过一场戏。因此,他们重"游",重在山水中与大自然的精神交往、对话和互相慰藉。这种精神的逍遥长旅是一种与自然和谐等同的快乐,以神遇,而不以技艺论短长。这在语言观上的表现就是后来司空图的"不著一字,尽得风流",以及王士祯的"神韵说"等。神仙思想的审美境界,也重"游",不过这个游是"仙游"。汉王逸的《楚辞章句》释《远游》诗说:

---

[1] 〔汉〕扬雄:《法言·吾子》,北京:中华书局1985年版,第5页。
[2] 〔晋〕陆机著,张少康集释:《文赋集释》,上海:上海古籍出版社1984年版,第25页。

> 遂叙妙思,托配仙人,与俱游戏,周历天地,无所不到。①

这句话表明,大量的游仙诗无非是一种追寻长生快乐的高雅形式罢了。北宋的郭若虚又说:"凡画,气韵本乎游心,神采生于用笔。"终归要指向人生道德境界,所以郭若虚又提出"依仁游艺",以仁为依据,才游得出境界。(《图画见闻志》)

"游艺"和"游神"两者在古代的诗文创作中往往是互补在一起的,我们这里只为了说明其不同的思想源头,分别指出了它们从技艺和精神两方面对文学的影响。

"游"在中国文化中遂成为一种重要的隐喻,甲骨文中已有"游"字,但那时"游"字还没带"水"偏旁,只是表示少年人子举旗出行之意,而他们的那种"游行"的闲适放达、自由的状态却是表达出来了。后来,加上"水"偏旁,它以其取喻于"顺流而下"的汪洋之河水的流动状态而喻示人生状态。它于是成为人的生活境界之喻,达到"游"的"艺"与"神"的境界更是一种至高的状态,这与"艺"对"游"的经验养成有很大的关系。正是在这种"艺"与"神"的境界中,"游"其实就是"戏",二者的生活态度具有高度的重合度。《诗经·小雅·采菽》中说:

> 优哉游哉,亦是戾矣。

游者优也,悠然自得,乐享天下,忘我之境由里透外,采菽生活中的人的惬意状态(戾,极致的状态)令人向往。它的反题表达则是"驾言出游,以写(泻)我忧"(《诗经·卫风·竹竿》)。龚鹏程指出:"优游"一词和《诗经》中的"逍遥"一词配合相对。② 如《小雅·白驹》:"所谓伊人,于焉逍遥","慎尔优游,勉尔遁思"。"游"尤为后世儒道文人所共同推崇。

---

① 〔汉〕王逸:《楚辞章句》,长沙:岳麓书社1989年版,第156页。
② 龚鹏程:《游的精神文化史论》,石家庄:河北教育出版社2001年版,第59页。

游与戏

"游"与"戏"二字合体成"游戏",其中是"游"使"戏"提升到了一种"艺"的地位,表示它成为某种玩耍性质的更高形态,自立项目,成为人所沉浸其中的成熟的"游艺"形态。我们还可以在人生观的游戏精神层面来看这个问题。人的文艺观与人生观紧密相关。读《论语》,读《庄子》,我们会感到孔子和庄子的人生,就在一个"游"字里面。虽然这里一个是入世的"游",一个是出世的"游",一个因入世而对文艺取"游艺"的姿态,一个因出世而对文艺取"游神"的心理,但他们在追求士大夫的人格独立上,在追求人性自由境界上,在追求人生快乐感觉上,则基本一致。

钱穆先生说:

> 西方人以悲剧为文学之上乘,然西方人生则终以求喜乐为目的,求之不得、乃成悲剧。中国则不然……乐则人生本体,当为人生一最高境界最高艺术。①

可见东西方艺术都追求人生快乐,但西方人以为快乐是彼岸的东西,所以求取而不得,而失落为悲剧。中国人则认为快乐是此岸的东西,儒道两家分别以入世及出世的不同方式来求取。当然,儒道并非认为这世界充满快乐事情,恰恰相反,他们都认为这个世界充满了幽怨和悲情,因此,他们所说的快乐,是此岸的东西,犹言是通过某种方式可以创造取得的东西;他们主张化解忧怨和排遣悲情,或用日常人伦礼教来创造秩序的快乐,或用出世隐游的齐物逍遥之道来获取自然的快乐。这样,快乐于中国人不仅是创造的目标,同时又是人生的本体和出发点。所以钱穆说:"深

---

① 钱穆:《略论中国艺术》,韩复智编著:《钱穆先生学术年谱》,北京:中央编译出版社2012年版,第6卷,第1861页。

一层言之,中国人重忧、重哀、重怨、重悲,乃更过于喜与乐。"他们如此看重"乐",是因为太看重"悲",孔子有言:"人不堪其忧,回也不改其乐。"

我觉得中国古代的这种人生方式可以称为"游"的方式。这种人生忧天怨命,又乐天知命;快乐是人本源就有的,人们要做的,就是在一生中拥抱这快乐本体,在稔熟就范于人伦道德或同化回旋于自然山水中,克服或回避人世的恐惧,保全快乐,不失快乐,亦所谓"不失赤子之心"。主要的不是改造痛苦创造欢乐,重要的是快乐地走过人世和自然,可以看过许多、理解许多、哀怨许多悲剧,但最终仍维系于欢喜。"游"这种人生方式,其最高境界就是艺术的境界,亦是不宜达到的。一般地,则很易流于享乐主义,如《古诗十九首》中"人生不满百,常怀千岁忧,昼短苦夜长,何不秉烛游"那样的不无消极,其"人生观出发点虽在老庄哲学,其归宿点则与列子杨朱篇同一底细"①。

假如入世"游"不能得志,出世"游"不能遂意,那就只好像庄子那样:"吾宁游戏污渎之中自快,无为有国者所羁,终生不仕,以快吾志焉。"②这里一个"宁"字道出了"游"的最下策的选择。不,这已不是"游"了,而是"游戏",是公开明言的"戏"了。

"游"是"戏"的高雅化的表现形态,"游"是正题,"戏"是反题;"游"是高雅,"戏"是低俗;"游"是赏心乐事,"戏"是污渎自快。对于士大夫而言,"戏"有自嘲、自虐的反讽意味。梁实秋曾谈到过"戏"的娱乐人生:

> 放肆是我们中国固有的品德之一。在戏园里人人可以自由行动,吃、喝、谈话、吼叫、吸烟、吐痰、小儿哭啼、打喷嚏、打呵欠、揞脸、打赤膊、小规模的拌嘴吵架争座位,一概无人干涉。哪里可以找到这样完全的放肆的机会?看外国戏院观众之穿起大礼服肃然无哗,那

---

① 梁启超:《中国之美文及其历史》,北京:东方出版社1996年版,第132页。
② 〔汉〕司马迁:《史记·老子韩非列传》,北京:中华书局1963年版,第2145页。

简直是活受罪……我渐渐能欣赏唱戏的韵味了,觉得在那乱糟糟的环境中熬上几小时还是值得一付的代价,只要能听到一两段韵味十足的歌唱,便觉得那抑扬顿挫使人如醉如痴,使全身血液的流行都为之舒畅匀称。研究西洋音乐的朋友也许要说这是低俗的趣味,我没有话可以抗辩,我只能承认这就是我们人民的趣味。①

在梁实秋描摹评述的这一幅戏乐图中,有一细节须注意:一般的游戏娱乐与那种有较高审美境界的美感愉悦是杂混一体的,不雅的放肆与高级审美行为没有明确的区分。而且唯其这样放肆,这样全不介意,才能呈现艺术行为参与者的放达胸怀和真性情;唯其通过这种粗糙的"戏"的行为,才能获得达到归返真我的艺术和人生境界。"戏"以自己特有的方式嘲讽了高雅的嗜好,又趋向于高雅的艺术审美嗜好的创造。正是在此点上,我们看到它的背后,是游与戏的统一,是中国古代游戏观与戏剧观、文艺观的某种互融互通,并最终是落实到了生活之中,即游戏和戏剧和生活没有像西方一样的分明界线,常在生活中状态混一、不隔。

一点比较:游戏精神

最后我们来简单比较一下席勒的"游戏说"和中国的游戏文艺观的异同。

把文艺和游戏联在一起,这在中国古代既不奇怪,也不刺耳。但在西方则大为不妙。因此席勒的游戏说严格区分了一般游戏和审美游戏:"在这里不能想到现实生活中流行的那种游戏,它通常只是针对真正物质的对象。"作为感性和理性统一的艺术是一般游戏的扩展,但二者并不能等同。"理性提出的美的理想也给出了游戏冲动的理想。这种理想应

---

① 梁实秋:《秋室杂文·听戏》,《雅舍杂文》,北京:文化艺术出版社1998年版,第167页。

该显现在人的一切游戏中。"①席勒在这里又反过来强调存在于一切游戏(一般游戏和审美游戏)中的共同要素,即在感性基础上倾向于知性的形式法则,并在这形式法则的驾驭中获得自由和快感。席勒认为,"一部艺术作品的卓越只是在于最大限度地接近那种审美纯洁性的理想",而"真正美的艺术作品中不能依靠内容,而要靠形式完成一切"②。

与席勒的游戏说相比较,我们看到,首先,"游戏观"虽然构成了中国文艺的一个基本观念,但它表面上并无一种完形的理论表述形态。我们十分珍视像汤显祖、李贽、李渔等人关于文艺是"游戏之上乘""游戏神通"等论述,但总体看,中国古代文论中对一般游戏和审美游戏的区分并不十分明晰。中国只有雅俗之分,而俗文艺自然就是属于游戏者流的。这种一般游戏和审美游戏不分和一切游戏(一般游戏和审美游戏)都是低俗文化的特点,使中国古代被视为俗文学和游戏者流的"戏的艺术",带有某种世俗化的粗粝和率真,成为对高雅文学的虚伪的一种对抗,以及对理学束缚的一种反叛(当然它也有对雅文学和礼教的妥协的一面也是不用说的)。

其次,我们看到,作为游戏的文艺观,席勒的学说和中国的认识虽然都有突出形式美的一面,但席勒大有为形式而形式、为游戏而游戏的形式主义倾向,而这和中国文艺的程式化特色,就大异其趣了。

由于中国古代戏剧小说中一般游戏因素的大量出现,所以作为一种制衡的力量,道德教训的因素也总少不了出场。有意思的是,在中国的游戏文艺观中,都很重视文艺的劝惩教训作用,无论如何游戏,都应以不失劝惩为界限,力图在教训和游戏之间达成某种协调。因为教训和游戏时常构成一项二元对立,不是用教训作用来指责游戏娱乐,就是用游戏精神

---

① [德]席勒:《美育书简》,徐恒醇译,北京:中国文联出版公司1984年版,第89页。
② [德]席勒:《美育书简》,徐恒醇译,北京:中国文联出版公司1984年版,第114页。

来嘲弄消解道德教训,这给文艺创作和接受以意识形态的双重压力。在这种情形之下,几乎任何一部古代戏曲小说中,都可找到大量的道德说教和游戏闲笔。但杰出的中国戏曲小说虽有不少游戏闲笔和道德说教,却似乎并不妨碍古代创作者和接受者们表达或感受作品的真意趣和真性情。造成这个结果,是由于在意识形态压力下,将一般游戏笔墨、游戏动作和道德教训加以程式化了。在杰出的作品中,"游戏"和"教训"常常只作为一种被无意识化的、程式化的因素来参加,虽然不能说它们不起某些作用,但其本来的作用或已无关宏旨,或已变成美丽的程式艺术了。中国古代文艺的程式化,不是席勒笔下的那种创新型的趋于纯形式审美的形式化,而是一种凝固和锤炼型的趋于技艺化的形式审美;前者更多地关注于知解力和想象力的自由,后者则更多地受惠于对游戏规则和行当语言的掌握功夫。

最后,席勒的游戏说以对外观、装饰的形式喜悦为根基,"以外观为快乐的游戏冲动一出现,立刻就产生出模仿的创造冲动"[1]。在这里,席勒的游戏说不知不觉地就又回到了他前辈们的模仿论那里。而中国的文艺游戏观却不同,它将多方面的文化、艺术因素加以程式化,这种化复杂为简明的综合艺术处理仿佛一种举重若轻的"不经意"捏合手段,其真意不在模仿各种因素,而在要通过这种形式化过程直抒人生存中的真趣、真意和真情,这真境界就是抒发人性自由的愉悦境界。李贽说:"世之真能文者,比其初非有意于为文也,其胸中有如许无状可怪之事,其喉间有如许欲吐而不敢吐之物,其口头又时时有如许欲语而莫可所以告语之处,蓄极积久,势不能遏"[2],"天下之至文未有不出于童心者焉"[3]。袁宏道也说:"当其为童子也,不知有趣,然无往而非趣也……人生之至乐,真

---

[1] [德]席勒:《美育书简》,北京:中国文联出版公司1984年版,第135页。
[2] 〔明〕李贽:《杂说》,陈多、叶长海选注,《中国历代剧论选注》,长沙:湖南文艺出版社1987年版,第137—138页。
[3] 〔明〕李贽:《童心说》,夏传才:《古文论译释》,北京:清华大学出版社2007年版,第205页。

无逾此时者。"①用这些来印证汤显祖、李渔等人的抒写之至情理论,我们似可以说,席勒的游戏说,是说成人的"游戏",重在知解力和感受力的统一的形式;而中国古代的游戏说,是说儿童的"游戏",重在梦幻的悠游乐境,以及程式中的真性情的"率意而为"。前者不可避免地走向了"模仿论",后者则本就是一种主观抒情论。但这种"主观抒情论"又与西方浪漫主义文学思潮与认识论视域立场下的"主观"及其抒情不同,它没有理性认识论的那种心理科学逻辑,而只是中国文化与思维传统的"性情论",是触物触景与性情起兴,或者干脆说就是基于人性本情、人情本性的统一于个人"中心"的"生活论"。②游戏论的本质即在这种性情为本的人生或生活的整体论的本体论,即在于娱乐游戏行为的精神升华,所谓"游戏精神",便可以由此贯注到艺术创作中去。在这个意义上说,人性、人生与游戏在精神上追求同一,是理解艺术精神的真谛所在。

　　正是在"生活"的本体性意义上,动作与艺术、游戏与生活都可以得到系统的解释。于今我们已不可能单用其中的某一个词,而是要用"游"与"戏"、"美"与"艺术"、"情"与"理"、"动作"与"命运"、"冲突"与"剧"等一系列汉语概念,融合中西话语,来共同构建对生活的解释,同时也是对艺术/戏剧的解释。由此,中国俗语所谓"人生(生活)一台戏,戏剧大人生"乃为人人可懂之透彻语。而所谓"生活",一是生,二是生而活之,是从生出发,但更重要的是如何活下去。游戏也好,戏或戏剧也好,其优游状态和扮演形态,都无一不在指向芸芸万象之"生活"。

　　最后还要做一点说明。"游戏说"作为中国古代文艺观的底子,也不能不对中国近现代文艺产生莫大的影响。近代文艺借助城市文化和市民

---

① 〔明〕袁宏道:《叙陈正甫会心集》,钱伯城笺校:《袁宏道集笺校》,上海:上海古籍出版社2008年版,第463页。
② 有关"生活论"概念即强调"生活"作为语言/思维/社会人生整体性的中国观念,参见拙文《生活的心·回家的路——新世纪中国文艺学美学的生活论转向》,载《中文文艺论文年度文摘(2010年度)》,北京:社会科学文献出版社2011年版,第120—135页。

生活的兴起,戏曲、小说中的游戏观、消遣意识得到了巨大发展,且将此风蔓延到电影等领域。当然游戏观的底子有所革新,既承认戏曲、小说的游戏、消遣的基本特性,又对其加以限制,强调其社会启蒙、新民的功能。近代最早的小说报刊就叫《游戏报》,李伯元写道:"天地间之千态万状,真一游戏之局也","游戏文字,古今人所共有,无足为玷"。同时他也明言办《游戏报》需深谙"游戏三昧","故不得不假游戏之说,以隐寓劝惩,亦觉世之一道也"。① 当然这一派最后被更彻底的梁启超等维新派的"新民"文艺观所否定,他们鼓吹小说、戏曲是"经国之大业",既否定游戏观和消遣品,又要求利用其大众性、通俗性、娱乐性功能。五四新文化运动某种意义上接受了近代文艺革新的遗产,但它本质上是一个着眼于"纯文艺"领域革命的时代潮流,因此不仅全盘否定游戏观,而且全盘否定了通俗文体,自然整个现代文艺大体上都站到了游戏说的对立面,游戏说的声音开始变得刺耳了。王国维的"纯文艺"观融合了中西思想资源,提出"文学者,游戏的事业也","但为天才游戏之事业",在进化论背景下,"惟精神上之事业独优,而又不必以生事为急者,然后终身得保其游戏之性质"。② 这种刺耳的声音,即便在席勒《美育书简》被译为中文传播之后,公开的"游戏说"在新文艺领域也难有立足之地。然而我们在"五四"新文学的"创造社"的"为艺术而艺术"的主张里,在新时期文学的"问题不在于叙述了什么,而在于如何叙述"的说辞中,是否可以体会到某种"游戏三昧"的苦心孤诣呢。

1997 年稿

2015 年重改

---

① 李伯元:《论〈游戏报〉之本意》,见范伯群著《中国现代通俗文学史》,北京:北京大学出版社 2007 年版,第 51、52 页。
② 王国维:《文学小言》,郭绍虞主编:《中国历代文论选》,上海:上海古籍出版社 1980 年版,第 4 册,第 379—382 页。

侠与中国文化的民间精神

墨侠源流

考察侠在文学中的表现,首先应从历史文化入手弄清什么叫侠。我认为侠最早源于春秋前的武者使官(《说文》:侠,俜也,俜,使也)。晚周时"武使"演变为"武士",而侠在战国后期成为自由武士的名称,则标志着自由武士道德精神的成熟,这种道德精神后来司马迁在《游侠列传》中有过极好的总结。

墨侠并称,认为侠出自先秦墨家,本是传统史学的流行说法,近代持此论者亦很多。至郭沫若,乃断墨与侠无关,主要依据为司马迁曾说对侠"儒墨皆排摈不载"(参见《十批判书》)。此论出,学术界对墨侠似乎一直保持沉默,至于儒与侠,虽也多有人指出其道德观的某些相似处,但对儒侠并称,亦皆谨慎。

何新在《侠与武侠文学源流研究》(见《文艺争鸣》1988年第1期)一文中将儒侠并称,且言汉唐宋的侠文学作品"体现了儒家民本主义理想"。我读此语颇感疑惑,因为我以为墨侠并称在事实上是可以的,而儒侠则主要应从区别上看。

侠的概念晚出于儒、墨的概念,故儒墨皆不载。但儒家多文士,文士即使出身微贱也旨远高雅;墨家虽以学显世,其成员却大都为武士,其认识与普通平民差不多。这些都有明显的记载,故说墨侠同源流当合情理。

墨家出身武士(侠),冯友兰在其二篇《原儒墨》中论述很精。他指出墨家不但是一个武士集团,皆可使"赴火蹈刃,死不旋踵",而且墨家还将武士道德系统化、理论化,并欲使之普遍化。我想补充的是,墨家的主张不但是武士道德的理论化,而且正说明它来自"武使"的历史传统,所谓兼爱、非攻等学说,即来源于使者游说诸争战国之间的和平理论,墨家又是兼文武使(士)于一身的,所以能够将武士思想予以升华,成为治国之策。由此我们便明白其学说被称为"贱人所为"而不用后,墨学后代遂在学说上再无所作为,只甘愿以武为诸侯出力,入仕者为将兵,不仕者流于一般的武侠者流(墨辩派当另论),秦汉以后墨便与侠同遭王权高压被湮。韩非谈学则儒墨对举(显学),谴责乱祸则儒侠对举(五蠹),从此间似可见墨侠源流。然而儒与侠的区别则很大。"儒"有"柔弱"一解,可备一说,因为儒为文士,"四体不勤,五谷不分"(《论语·微子》),"粥粥若无能也"(《礼记》)。即如胡适所说的"弘毅之儒",至多也不过像颜回、季次、原宪等人"终身空室蓬户,褐衣疏食不厌",终不丧其志,很像隐者。"杀身以成仁"的儒教是文士道德(与武士道德相通但不同),但后世儒者实现很少,要不儒学便不会被独尊天下了。其实司马迁在《游侠列传》中已把儒者(季次、原宪之流)与侠者(郭解之流)区分得很清楚。孔子讲过"言必信,行必果",但终究认为这是较低级的贱"士"所为(子路);因此孔子说勇者子路"野哉","无所取材"(《论语·公冶长》)。孟子说"言不必信,行不必果","可以死,可以无死"(《孟子·离娄》)。其"仁"如此,这与墨侠的"兼爱"、"摩顶放踵利天下"(《孟子·尽心》)、"不爱其躯"、"不轨于正义"(《游侠列传》)更大不相同。

这样,秦亡后儒与墨侠便一被独尊成为正统文化的代表者,一被压入民间成为中国民间文化精神的体现者,这是历史给我们提供的出发点。

中国文化:儒道互补吗?

研究中国文化势必采取一种整体的观点不可,"儒道互补"就是一个当今被众多论者广泛接受的关于中国文化的整体观点,其正确性是不用怀疑的。但我仍感到不满足。因为当我们来谈侠及武侠小说问题时,"儒道互补"模式给我们的教益却有很多局限:要么以儒释侠,要么以道释侠,当然儒道对侠的影响都极明显,但我以为侠就是侠,如果用一种文化思想体系去表述它,那首要的就应是墨家,其次才是儒、道。于是我们反观中国文化的整体观点,起码是在武侠这一问题上,"儒道互补"不如"儒道墨互补"更全面。

以前曾经读闻一多《关于儒、道、土匪》一文,印象颇深,他首先引用了英国学者韦尔斯的话:"在大部分中国人的灵魂里,斗争着一个儒家、一个道家、一个土匪。"接着,闻一多把这里的儒、道、土匪释为儒家、道家、墨家,或者叫偷儿、骗子、土匪。闻一多在其论述中为我们提示了一个新的整体观点:儒道墨互补构成了中国文化的传统心理结构、社会思想结构,而偷儿骗子土匪正是中国文化的病根。清官与偷儿(污吏)、隐士与骗子(身在江湖心在朝廷)、武侠与匪盗六者之间的互相转化,形成了中国历史上大部分社会文化问题的根源:它们一半是圣(神)人(不是天使),一半是魔鬼。

根据这个模式,我们就可看清楚武侠或墨侠在中国文化史上的地位了。

秦汉以后,墨学武侠被打入民间,却并没有死。他们仍活着。于是我们首先怀疑的是"儒道互补"的文化史观的高雅趣味和士大夫倾向。"儒道互补"用来说明知识阶层,用来描述中国上流社会,是合适的准确概括。但若将文化视作社会所有生存方式的总和,那么民间文化便非常重要了。当然,儒道文化在民间不是没有地位,但正如今天我们用"儒道互补"模式去研究古代小说史,却忘记了"儒道互补"的最典型产物是唐诗宋词,而非民间文化产物的小说;忘记了小说当年在上层文化界所遭受的排斥,那么胡适的一部《白话文学史》意义安在?由此可知,武侠形象为什么会大量出现在小说中,而绝少出现在诗词里,这有着深刻的民间和上流社会文化根据。因此我不认为司马迁的《游侠列传》表现了儒家民本主义理想,倒同意李长之先生的提法,司马迁写游侠是吸收了来自平民的民间精神(见《司马迁之人格与风格》)。

墨侠精神是中国古代民间文化精神的重要方面,因此也是中国文化精神的重要方面,前已提到,墨家及先秦自由武士的思想与平民百姓相距不远,除了"武士"的独特素质外,很大程度也反映和包容了当时及更为古远的中土民间精神。所以"侠"的产生与被打击,墨学的显世与被湮灭,正表明自由武士道德精神和中土民间精神的蓬勃生长及其与上层统治阶级矛盾的公开化,悲剧是必然的。

作为民间文化精神重要方面的墨侠精神,其实质是中国古代小生产者和农民的社会理想的一种概括。这种精神最早的原型可上溯到氏族社会的夏禹这位民间尊崇人物的理想人格,即"大禹模式"。禹"疏河决江,十年不窥其家,足无爪,胫无毛",以踏实苦干救天下,这种氏族社会勤劳父亲型的英雄人格,只能为下层万民所真正向往,而与历代统治阶级往往格格不入。儒家称颂尧舜禹,但其心目中的真正理想世界却是周礼之治。"大禹模式"与"周礼模式"是相对立的,前者是原始的被阶级社会发展所湮佚于民间的,后者则是文化人的、开明贵族的,故墨子背周道而用夏政。墨家在自由的春秋战国时代所发展的学说,就是把原始民间的自励苦行的"大禹模式"与武士的"赴火蹈刃"救天下的精神,把民间的"四海之内皆兄弟"的理想与"武使"的兼爱、非攻的和平理论,把"明鬼"的近乎愚夫的迷信与轻躯重义的武士信念,把民间的"天志""尚同"的尊天帝思想与

"非命""尚贤"等社会行动思想杂糅起来,形成墨家的"慈父精神"(之所以不是慈母精神,在于墨家不仅游说兼爱,而且不放弃武力实行的形式,文的不行就来武的)。许多论者都指出墨家的兼爱无差等的空想论实即后来儒家在《礼运篇》中所提的"大同"理想的原型。但儒家搬来墨家的空想论不过是像称颂夏禹一样装装门面而已,历代统治者及儒士对它并不感兴趣,只是到了近代康有为才使这种空想论在上层文化界放出光彩。然而墨家的"天下之人皆相爱,强不执弱,众不劫寡,富不侮贫,贵不傲贱,诈不欺愚","老而无妻者有所侍养,以终其寿;幼弱孤童之无父母者有所放依,以长其身",财多而"分贫"的无剥削的、互利互爱的社会理想却一直在民间绵延不绝,这成为中华民族在残酷的封建统治之时也能顽强生存下来的思想信念,沉淀为中国民间文化精神的精华,试图将民间思想"上流化"的墨学受到排斥,这种民间精神便集中在秦汉以来的武侠身上,表现为武侠精神(也可称为墨侠精神)。由此我们找到了中国文化中大禹模式—墨学体系—墨侠精神这样一条民间的线索。

司马迁说:"今游侠,其行虽不轨于正义,然其言必信,其行必果,已诺必诚,不爱其躯,赴士之厄困"。(《游侠列传》)这个总结具有真实性,但侧重在武士道德的概括上。其实侠无非是一个"气"字,《三侠五义》中说:"只因见了不平之事,他便放不下,仿佛与自己的事一般,因此才不愧那个侠字。"因此在侠的身上,背负着中国下层民众的社会理想和不平社会现实下的正义之气,所谓"分均"、"兼爱"、"四海之内皆兄弟"、扶危济贫、见义勇为等等。这种墨侠精神融合了武士道德和中国民间精神的社会理想主义思想。这种融合有其必然性,那种东方氏族农业社会所培育的无剥削、互助互利的民间乌托邦文化精神塑造了中土民族苦干而和平的天性,这种天性的理想化性质的反面便是古代频繁的贵族战争、奴隶主剥削和家族社会自私自利的现实,它无情地宣告了中土民性的空想性和软弱性,你即使形成一种高深的理论体系(墨学)也无补于事,于是只能把这种美好天性和愿望寄托在自由武士身上。因为这种理想精神只有在武士行为中才真正被赋予现实反抗性。而自由武士的流浪汉精神,以及民间精神中的敬鬼神、尊天帝、社会化的家族伦理思想(兼爱)和平均主义等,则使墨侠精神具有悲剧性和软弱性的一面。还应说明,墨侠精神的正义基础除了现实反抗性之外还具有浓厚的生理人性决定色彩:武士的气血个性和平民的天赋良知。这种建立在性善本能基石上的非理性的伦理主义,也许是因为民间文化的真正精神找不到圣人(墨子被打倒)代言的缘故。

以上对墨侠精神发展和特征的分析,足以使我们对武侠小说盛行不衰的广泛存在于民间的文化心理原因有所洞悉。

从全面的社会文化根据上看,从"小国寡民"思想到隐士,从礼治教化到士大夫,从兼爱勇武精神到侠士,儒道墨互补上演了古中国悲凉的历史长剧。墨侠精神作为民间文化,与上层文化精神相对立,但它同样是以血缘伦理和皇权至上为特征的家族乡土社会的产物。广大辽阔的江湖乡野为武侠、隐者、骗子、匪盗提供了共处和互相转化的场所,而皇权黑暗和饥荒则为这批人提供来源:一是被迫走入民间的官吏武士;二是被迫流浪谋生的流民(往往是武侠聚义的响应者和兵源)。这批人中最能体现墨侠精神的是个体武侠,而每当社会极其黑暗之时,这些侠者便聚义山林,"兴天下之利,除天下之害"(《墨子·兼爱》),墨侠精神便在这种革命行动中得到最富光彩的升扬,从《太平经》到《天朝田亩制度》,以及历代农民起义口号,都证明了这一精神的生命力。

每次较大的武侠聚义起事最终都以那些隐士、骗子的篡夺与儒家(偷儿)的复辟为终结。儒道墨的互补性和墨侠精神的空想性、软弱性是如此完美的结合,葬送了侠者;中国封建社会在这种封闭的互补中获得循环,而封建强权政治则用政治的非理性主义镇压了伦理的非理性主义——墨侠精神。谭嗣同曾尖锐指出:"二千年之政,秦政也,皆大盗也。"(仁学)但古国的公理却是"窃国者侯,窃钩者诛""成者王侯败者贼"。这一切都成为《水浒传》等古代武侠小说招安结局和《荡寇志》一类的"剿匪"小说产生的直接原因。

然而只要不用上层"主流"文化的眼光僵固地去看待武侠小说和民间文化,我们就必须承认侠题材小说、墨侠精神在中国小说史、文化史上的地位。毛泽东说历代的农民起义和农民战争是"历史发展的真正动力",如果我们历史地、客观地看待这一观点,起码得承认这是在儒道文化史观、"二十四史"历史观之外的一种全新的历史观。鲁迅也说过我们自古以来就有"埋头苦干的人,拼命硬干的人","虽然等于为帝王将相作家谱的所谓正史,也往往掩不住他们的光耀,这就是中国的脊梁"。我认为,侠的形象和墨侠精神在武侠小说及其他作品中的表现,像自由武士流入民间促动了民间尚武风尚一样,也给我们尚爱和平、安宁的民族带来些英雄与理想之风,虽然由于儒道的影响和中国社会的先天原因,这种英雄与理想本色表现得非常复杂甚至软弱,但却掩盖不了这些作品的价值,它是中国民间文化精神的表现,因而具有广泛的民间基础和文化意义。

武侠小说与古代小说的三种模式

所谓武侠小说,归根结底是一种题材和主题学模式的划分,这种划分像言情、讲史、讽刺、神怪、公案等种类一样,长期以来就为人所熟知和承认。但如果现在重新对中国小说作一检视,我惊异地看到儒道墨互补的文化轴心对古代小说的主题模式和题材规范的影响竟如此明显,甚至可以归纳出古代小说的儒家模式、道家模式、墨家模式三大类型,即儒——言情,道——神怪,墨——武侠。

这样的概括虽笼统一些,也许可算作小说史观的一种"中国文化的整体观点"。其实一开始"有意为小说"的唐传奇的主要故事类型,就大致可分为神怪、爱情、豪侠三种,到清代通俗小说泛滥时也是以这三大类最为流行。清末民初的一位小说批评家管达如说:"英雄、儿女、鬼神,为中国小说三大要素,凡作小说者,其思想大抵不能外乎此。且有一篇之中,三者错见,不能判别其性质者;又有其宗旨虽注重于一端,亦不能偏废其他两种者;此皆社会心理使然。"(《说小说》)此言极是,足以道明中国文化模式的儒道墨互补对古代小说的深刻影响。

在此我们不想专门讨论三种模式的理论问题,只是由此能看出武侠小说在中国古代小说史中的地位,使视野更开阔,更有助于深入研究武侠小说的特点,目的便达到了。依郑振铎的看法,中国古代小说都属民间产物的俗文学。但在这其中,我们看到,言情、神怪小说作为类型模式都较主要地反映了上层儒家文化及高雅神秘的道家思想对民间文化的影响;相比之下,武侠小说作为类型模式则主要地表现着真正来自民间文化的墨侠精神对题材选择倾向的影响,儒道的影响则在其次。

武侠小说也常有浓重的道家风痕,但与神怪小说比较,其区别不言自明。令人感兴趣的是武侠小说与儒家模式的言情小说的比较,其间可以看出武侠小说的主要特点和倾向。这个比较还应设一个参照物——西方骑士小说,骑士与侠士在武士精神上有相似之处,所以林纾译《堂吉诃德》为《魔侠传》。但二者的社会地位却不同,骑士是欧洲封建社会武士的荣誉象征,而武侠虽也有忠君思想,却早已被逼入绿林与官府相对立。骑士最大的特点是忠爱于某贵妇人,愿为其冒险,万死不辞,以博情人的欢心。骑士小说因之大都讲一个"英雄美人"模式的故事,表现欧洲人对现世生命和爱情价值的热烈肯定。而武侠在男女感情价值上基本没超越封建礼教,甚至带有排斥女性的色彩。三十年代废名先生就曾指责《水浒传》的英雄好汉同文人士大夫一个传统,都憎恶女人。

武侠小说中"英雄美人"模式的不发达的反面,却有言情小说的"才子佳人"模式的流行来互补。这是中国古典爱情故事表现(才子佳人)不同于西方骑士爱情故事(英雄美人)的所在。究其原因,除受儒家伦理教化和书生爱情理想的影响外,最深刻的恐怕在于家族乡土社会的"感情定向偏于同性方面","乡土社会中结义性组织'不愿同日生,但愿同日死'的亲密结合,多少表示了感情方向走入同性关系的程度已不浅"(见费孝通《乡土中国》)。这种倾向在乡土中国一方面表现为儒家正统的"男女有别"礼教,一方面表现为民间的以同性化为基础的超家族的结义性全民互助互爱空想思想。古代武侠小说在内容表现上的特点与此息息相关,其思想基础是民间文化的墨侠精神,而在表现上则直接诉诸侠者的血性气质——豪爽轻生、见义勇为,而非男女之欲之情的生命本能创造,这一特点与西方骑士小说根本不同。因此拔刀相助多属泛性化的义利友爱之情的衍生,其直接功利性的一面——"出气"和行为旨向——"平",不会走向生命爱恋的浪漫主义;再加上其不求名利的一面,就既体现了古代人生友爱的理想,同时也带着乡土文化固有的盲目和软弱。所以武侠不但时常与清官为伍(如《三侠五义》的白玉堂),也与儒家礼教联结一气(如《水浒》的武松);而其清心寡欲,又常使武侠仙风道骨,否定现世生命和功利(如唐传奇中的红线、聂隐娘等)。作为独立类型,古代武侠小说与言情、神怪小说相对,但同时在其内部又一次深刻地陷入了儒道墨互补的怪圈。

侠在文学中的两种表现

上节谈了武侠小说在中国古典小说史上的地位及主要特点,其实细考究起来,"武侠小说"这一名称也极模糊,今天使用它也着实有点以今概古的味儿。豪侠故事在唐传奇、宋元话本小说中也只是其中的一类题材,宋代时虽有"朴刀杆棒公案"之称,却无武侠小说之名,《水浒传》是武侠小说吗?大概只有今人这样叫,且尚存争议。《三侠五义》《儿女英雄传》是武侠小说吗？鲁迅却称之为侠义小说。

当然我同意用今天的"武侠小说"这一名称将自古至今的侠题材小说统括起来，这只能有助于学术研究。但在我们这样做的同时，也感到必须更深入地对我们笼统地称作"武侠小说"的事物的内在脉络进行梳理。从唐传奇到清代侠义小说，从宋元话本的"朴刀杆棒"到《水浒传》，再到现代武侠小说，这一历史演进的细节并不能用我们上节所论的"武侠小说"这个整体观点套得清晰，具体到历史上的作品，侠题材的小说表现便因作品而相异千里。这就是现在要简要说明的侠在中国小说中的两种表现。

司马迁的《游侠列传》作为第一篇侠题材作品，其价值在于纪实风格的民间游侠精神的表现，布衣之侠郭解等人扶危济困，都具有普通人的真实性格和平民侠者品性。但是到唐传奇，却一反这种民间精神的浓厚真切，使侠的形象神奇化，像《红线》《昆仑奴》《聂隐娘》等作品，主人公大都是官将手下的仆人和养客，写一个"士为知己者用"的主题。同时，这些侠客武艺又都超凡绝俗，飞檐走壁，神功无比；当事成之后，又都"亡其所在"，去做隐士。《虬髯客》则有帝王思想，侠者英雄，而"君权神授"，所以虬髯客只好不在中土为王，"乘马而去"，入扶余国自立为王。唐传奇的剑侠人物刻画得神采飞扬，都具有豪爽聪智而又脱俗清圣之气，带着道家的神人色彩和风韵。

真正继承发扬司马迁的民间精神的作品直到宋元明的话本小说和一部大书《水浒传》才告产生并放出平民的光彩。这大约和当时城市经济的迅速发展有很大关系。这时的侠客形象较之作为历史传记的《游侠列传》大大地丰满了，在语言上，也不再是唐传奇的文言简约、空灵飘逸，而是运用平民白话，铺洒自如，有着浓厚的人间生活气息。侠客们也从唐传奇的脱俗入仙变成世俗凡人，从神功武艺变成巧智豪勇的实在呈现。像《宋四公大闹禁魂张》写宋四公等一帮侠客大闹东京城的官府富豪，同时也写了他们互相的妒忌与狭隘。值得一提的是《赵公子千里送京娘》写未发迹前的宋太祖赵匡胤任侠任气，一身平民游侠的性格气息，绝少《虬髯客》的神风神踪与帝王思想，然其不近女色，则较真实地反映了侠者思想的局限。宋元明话本的侠客都具有强烈的反抗意识和墨侠精神，终于为描写官逼民反的梁山泊各路豪杰大聚义的长篇小说《水浒传》的诞生铺平了道路。然其一百零八位绿林豪杰虽曾意在"反抗政府"、替天行道，却终于逃脱不了受招安的结局。施耐庵不仅写了各具性情的侠客的光彩性格，而且忠实地写出了儒道墨互补、皇权统治酿成的侠客们的悲剧，无论从艺术上、思想内容上，《水浒传》都是中国古典武侠小说的高峰。

到清代出现侠义小说，"侠客"与清官结合，有《三侠五义》等；侠女与儒士结合，有《儿女英雄传》等。侠题材小说从梁山泊完全走向官府，功名富贵，侠客变成皇权清政神话的"御猫"。这是一条儒家化的表现道路。清官包公和众侠客共同擎起一个梦幻世界在"为市井细民写心"，而侠女十三妹则为儒士安骥救出了"位极人臣"的一天，但这不过是破落子弟文康"在最穷愁无聊的时候，虚构一个美满家庭，作为一种精神上的安慰"（胡适《中国章回小说考证》）罢了。

综上所述，我认为今天我们笼统称之的武侠小说，内部存在着两种不同的文学表现。一种是自《游侠列传》以来至宋元话本小说，一直到《水浒传》登上高峰的民间墨侠精神的文化表现，一种是自唐传奇至清代侠义小说的道家化和儒家化的表现，充分体现了正统的儒家文化和上层道家思想对民间文化的影响、渗透。前者是民间英雄的传奇，世俗而粗豪，有着墨侠精神的叛逆、理想光彩及其时代局限性的真实感。后者则是一个民间的梦，一个被扭曲的梦——清官梦、隐士梦、侠勇梦、武功梦，墨侠精神成了儒家清政理想和道家避世的仆人。在这四种梦中，以后三种融合的道家化表现最有成就，富于审美蕴涵和想象力。

于是，我们注意到所谓的现代武侠小说走向的正是神奇武功的道家化表现之路。所以"武侠小说"这一称谓在"五四"前后开始流行起来，主要根由即在一个"武"字，它是清代侠义小说的清官梦破灭之后才产生的（当然清官梦并没完全消除）。茅盾等新文化人曾对三十年代自《江湖奇侠传》以下的流行武侠小说给予坚决批判，说其"一方面是封建的小市民要求出路的反映，而另一方面，又是封建势力对于动摇中的小市民给的一碗迷魂汤"，其"佐料"是"非科学的神怪武技和善有善报、恶有恶报的命定论"。（《封建的小市民文艺》）这些批判自有其时代背景和合理性，正是在这样的批判下，武侠小说更向纯粹化的脱离社会背景的神奇武功和超凡入圣的侠者方向发展而去。我们今天不能不注意到三四十年代盛行的武侠小说在由清末侠义小说向当代海外武侠小说发展过程中的过渡作用。侠虽本是入世的，但却开始逃向老庄佛寺，背离勇武粗豪而向往奇功神艺。

另一方面，现代小说在继承《水浒传》等来自民间的英雄传奇方面，出现了《红旗谱》《烈火金钢》等现代革命英雄传奇作品，虽然现代政治意识形态已根本不同于古老的墨侠精神，我们也无意于把这些作品称作"武侠小说"，但作为历史发展现象，其间隐伏的文化心理联系和传承，却是必须指出来的。

金庸与莫言

金庸是当代海外武侠小说的代表作家，但莫言是武侠小说家吗？把这二人联系起来，在我并未发挥什么想象力。而若拿来《红高粱》系列小说，马上就会看到他明明写的是"土匪"，或者叫"侠"。搞"纯文学"的人也许会说这样糟蹋了莫言，那么重新问一句：《水浒传》是武侠小说吗？是纯文学抑或俗文学？这些关于"名"的问题似乎不太重要，重要的是内容。

如果说三四十年代的武侠小说是小市民创造的武功出世梦的话,那么金庸小说则是在这梦幻基础上生长出的一个现代人的神话世界,一个从通俗小说身上垒起的精致的文学之塔。它有三大构件:神奇武功,飘飞于现实世界之外、武术流派和佛门道教仙山江湖之间的侠者,中国传统文化知识和风貌。它为生活在浓厚的西方文明浸染中的现代华人寻根怀乡,升起一片神奇的传统文化的故土,而其情节、人物的离合和命运,却常来自现代文明社会的人生感叹和哲理品味,不无传统道家思想的流韵,因而也是现代国人心理状态与沉淀的传统文化(尤其是道家思想、武术神仙术等内容)之间的一座桥梁。但我们应当说,它离开生长于民间的粗豪的救世的世俗的墨侠精神已很远了,作品的背景在江湖佛寺,而不在现实社会。

值得注意的是金庸借鉴西方小说的叙述方法和人物描写法,在改造传统武侠小说方面取得了成绩,尤其是对人性和性格的开掘,达到了一个很高的水平,如《倚天屠龙记》中张无忌的恋爱纠结,就很能在复杂人性的探索中见出作者的苦心。还应提到,古代武侠小说排斥女性,封建礼教影响很深,金庸则打破传统束缚,大胆叙写男女之爱,如杨过和小龙女的爱情(《神雕侠侣》)便真挚感人,但又爱得神圣,似乎超凡脱俗,令人想到它与另一位言情大家琼瑶的纯情故事不无异曲同工之妙,都向往着极致境界,这既改变了古代侠题材小说的礼教禁锢,同时又接受和表现了现代情爱观的高雅理想。

莫言则来自梁山泊聚义的齐鲁之乡,他带来了民间的淳厚粗粝,民间的风流,民间的精魂。我们读《红高粱》中篇系列,感到这是自一部大书《水浒传》以来罕见的侠题材的英雄传奇作品。很少能见到如此满溢着民间气息的作品,自《游侠列传》、宋元侠题材话本、《水浒传》之后,它真正接过了中国民间文化的世俗的墨侠精神表现传统。

高密东北乡黑红的寥廓村野背景,使人不禁想到《水浒传》的风雪山神庙,想到萧红和端木蕻良的北方原野民风,想到艾芜的《南行记》,但是对这背景作如此绚烂的涂染,对中国人的民间本色和人性作如此缤纷、真切、富饶的涂写,还是后来者莫言。他写了"清官"曹县长和劣绅单五猴子,却无情地嘲弄甚至侮辱了他们;他写了官府的良民奴才"外曾祖父",却臭骂了他;他写了土匪头我爷爷余占鳌,写了我奶奶,却怀着敬畏的心歌颂了他们。这些都表明莫言不仅斩断传统侠题材表现的封建意识的缠绕,而且真正对中国民间的墨侠精神的本色做到了心领神会。

余占鳌这个土匪头子具有侠义肝胆,大义灭亲,精忠抗日卫国;为了"为那小女子开创一个新的世界",竟杀人如麻。然而他和她的爱却是秉天地之气的风流世俗之爱,作者将男女的欲爱描写得野俗狂烈、美丽绝伦,是他见义勇为的行动基础。只就这一点,就一反《水浒传》等传统武侠题材小说鄙视女性,以及不食人间烟火的仙风道骨等种种非生命的表现,而将古老的墨侠精神从浮表的义利友爱之情挪移建立在生命本能的伟力的创造之中。仅这一点,就极大地改变了自古以来民间的墨侠精神根源于自身的软弱,表现了中国现代民间灵魂和人性的伟大转变和升华。尽管民间"颠倒的世界混沌迷茫,不灭的人性畸曲生长",我们不也看到民族的"国民性"正从莫言笔下从红高粱地的野爱中、从民族战争中走向悲壮和崇高了吗?

金庸和莫言,简略谈论如上。最后指出,所谓的武侠小说、纯文学、俗文学,对于真正的文学家来说,是永远不会成为樊篱的,不会也不可能限制他们自由的生命创造。金庸从通俗小说走向文学的高雅,莫言则从纯文学走向平民和世俗,这不正是现代中国文学的缩影吗?古典小说通俗传统一直在谋求高风清韵,如金庸,"五四"以来的新文学则自始至终地面向平民,走向民间。我想以这种超越武侠小说的观察结束我们的论题。

1988 年

中国文学的"时间"

——关于"新世纪文学"论述的一个逻辑起点

在有关时间的若干概念中,"世纪"的性质很是复杂。作为一个西化痕迹很重的词汇,人们在汉语日常语境中使用,往往对其基督教的意识形态背景习焉不察,而通常只将其作为一个通行于世界的时间概念,一个通用的所谓"公历"的时间概念加以使用。这种使用自然无可厚非。在一般的情况下,还不至于导致像"中华世纪坛"这样如此理路混乱的情况,使人对将"中华"与"世纪"相对接大感困惑,有些莫名其妙。而平时我们只是从现实的"公历"语境出发,"世纪"不过徒取其表示时间的段落意涵而已,并不能去算其西化背景的意识形态老账。

诚如彼得·奥斯本在其所著的《时间的政治》一书中所言:"现代性是一种关于时间的文化。"在这个意义上,"世纪"一词在中国语境中,无疑是具有现代性意义的一个词,同时也是仅仅关涉现代时间含义的一个词。对于中国来说,我们也许只拥有20世纪,再往前也许还拥有19世纪的后半个世纪,除此再往前便很难用"世纪"概念来表述了,因为古代中国自有自己的时间系统及其表述,与西来的"世纪"无涉。而如果硬要使用,也不过是一种中西年代学意义上的换算用法。当然,我们还拥有眼下刚刚开启的21世纪,因此"新世纪新阶段"的用法在我们也是当仁不让的。用这个"新世纪"的概念来观照"中国文学",便有所谓"新世纪文学"。使用新世纪文学这个概念,我们所做的,乃是又一次将"中国文学"

时间化了,并在这种时间化的意义上,将其进行了一次历史总体化。奥斯本说:"如果说亚里士多德试图通过变化来理解时间,我们何不颠倒这个过程,尝试一下通过时间来理解变化呢?"是的,通过时间来理解中国文学的变化,赋予中国文学以时间的框架,达成中国文学的时间化和历史总体化,这正是"世纪"之于中国文学的语用意义。"世纪"也如"现代性"和"后现代性"、"现代主义"和"后现代主义"以及"先锋"一样,都是历史意识的产物,都是历史总体化的范畴,而这"每一种范畴都牵涉到一种独特的历史时间化形式"。它们在本质上都是一种现代性的"时间的政治"。

于是,在这个"新世纪"的时间维度上,我们一方面要明白这漫长的百年或世纪作为一种长时段或许将比我们个体的有限生命要长,另一方面也要明白,所谓的"新世纪"之"新",也将是短暂的,也许用不上十年八年就不能再言说一个"新世纪",或者径直去言称一个"21世纪"或"本世纪"好了。但现在我们却的确可以由这个概念而使能够置于其羽翼之下的文学得以形成一个总体,加以研讨,甚至还可以有一种"世纪"的展望。同时,对"世纪"的时间化或现代性的认识,也可以有助于我们来思考一下"中国文学"的"时间"。这也许更有意义。

中国文学的时间,是认识中国文学的一种方式,是历史的方式,也是最为现实的方式。我们总是通过中国文学的时间去认识中国文学的空间,通过认识中国文学的时间,而登堂入室,去把握中国文学的本体。掂量一下,中国文学的时间表述,就其要者,大约有三种。

一是"时序表述",或称"朝代表述"。也就是伟大的《文心雕龙》中"时序"等相关章节所表达的中国文学时间观。所谓"时运交移,质文代变,古今情理,如可言乎!"那么刘勰是怎样按照他的"时序观"来言说中国文学时间的呢?所谓"时序",也就是时间之序。但刘勰的"时间之序"的"时"却是个长时段单位,也可作时代解,而这个"时代"之"代",却又是以"朝代"为表征的,因此他的"时序"也就等同于朝代之序。于是,他上溯历数十个朝代,究其九大变迁,最终把批评的矛头指向"竞今疏古,风味气衰也",指向"近附而远疏"的当代时尚,要求文学应稳妥地资源于故常,谨慎地斟酌于新声。总之,这种朝代时间表述,用钱基博在其所著的《现代中国文学史》中的话说,就是"披二十四朝之史,每一革鼎,政治、学术、文艺,亦若同时告一起讫,而自为段落"。上千年来的中国历史和文学史认知基本上都属于这种"二十四史"史观,虽然我们今日早已不拘泥于此说,但在研究和表述中国文学历史时,仍然离不开它,"朝代表述"仍是有关中国文学时间的最基本表述方法之一,其基本的中国历史维度仍不可撼动。比如傅斯年站在现代立场上,曾在《中国古代文学史讲义》中指出不能把政治的时代作为文学的时代,所谓"文学时代之转移每不在改朝易代之时,所以我们必求分别文学时代于文学之内,不能求于其外,而转到了政治之中"。傅斯年的考虑无疑是现代学者对中国的朝代表述之于文学演化的不尽一致所表达出来的一种清醒。然而,最后我们发现傅斯年也逃避不了"朝代"时序的表述,在不拘泥于朝代时序的同时,他在谈到古代文学与唐宋以降文学之分野时,仍然离不开诸如"文起八代之衰"的说法,诸如秦汉、隋唐仍然是不能不用的时间断代说法。而至今的治中国古代文学史的人,也还是要沿用诸如先秦、汉、唐、宋、元、明、清的断代用法,这说明朝代治理及其时序的历史表述不仅在于其传统习惯和简明易用,更在于它符合中国古代史的实体存在状况,符合实际,只要不僵硬死板,就仍然可用并能表现出历史的总体状况,而且,它所显现出来的历史连续性和总体性,仍然不可替代,并在世界文明史上独特而自成体系,富有魅力。西人的"剑桥中国史"著作也依此朝代体系而撰成,可算作明证。

其二,是"现代性表述"。在中国文学的时间表述中,现代性表述产生较晚,大概是在19世纪末20世纪初西风东渐、中国现代化社会进程起步之时相应而生的。但它以古代文学与现代文学的本质性分析,而远离了"古代""现代"表面的纯粹时间含义,现代性成为一种与古代性决然不同的性质。现代性的内涵在于它的"时间性"与其自身的本质规定性的统一,是按照其特定的本质规定性而进行的时间总体化和历史总体化。正如前面所述,用现代性的标准来判断历史,它似乎可以超越朝政治理的时序而归合古代,也统合了现代。而这种结果的出现则有赖于一种观念形态的"现代性"这一概念。还以钱基博所著《现代中国文学史》为例,其书名中的"现代",无疑具有明确的时间性,但只要你读过全书,就会明白,他这书名里的"现代"只是时间性的单纯意义的用法,而无"现代性"的本质规定性意涵,因此,他在书中就将这"现代"即19世纪与20世纪之交数十年的文学分为"古文学"和"新文学",这"新文学"当然是"现代性"的文学,而"古文学",却是"现代"发生的"古代性"的传统样式与风格的文学,举凡如王闿运、章炳麟、刘师培、林纾、王国维等的诗文都属此类。可见钱基博的文学史自然不能是以现代性为旨归的一统文学史。但我们也不能因此说,钱基博尚无现代性视野,因为他毕竟将"现代"这一书名称之下的文学区分为"古文学"和"新文学",如此,在"现代"这一单纯时间的书名用法之下,他已展开了按照现代性理念写作文学史的初步意识,只不过此时他尚未有以"现代性"为唯一标准的一统文学史观,而以一种共同的时间(书名"现代")之下的不同的内涵性质的时间群落的共时共存状态(古文学与新文学共存)来表达他的文学史述。这完全符合钱基博生活时代的文学关系实存状况。其实,就中国历史时间而言,一方面,朝代的循环似乎形成一种绵延的规律,并与古典循环时间观相一致;而另一方面,朝代的循环也不能不被国学大师杨联陞先生所称的"朝代间的比赛"所试图冲破,因此在文学史上,中国古代很早就产生了诸如"一代有一代之文学"的观点,这似乎成为文学进化纠正朝代政治循环的一个例子,傅斯年、胡适等五四新文化运动的文学变革家们所援用的文学进化论,其实早有中国本土的文学史实与观念的源头。当然,这种古典的文学进化论,不过是基于朝代间文学的"比赛"或"演变"的客观事实而产生的朴素观点,尚不是建立在线性的时间文化观之上的。如果说朝代表述体现了一种古典的循环的历史观时间观,那么现代性概念在时间表述中的最大特征则是历史的直线向前和制造历史直线的断裂,一种在断裂式的革命中不断向前迈进的直线式的时间观左右着世界,在近代以来取得西方时间观对东方循环时间观的胜利。因此吉登斯在《现代性后果》一书中将"断裂"或者我们常说的"转折"视为现代性的重要特征。诚然它也是现代性文学史观和文学时间的重要特征。它以线性的时间观和历史进化论为基础,以古代性和现代性的断裂或转折为历史的总体化建构坐标,同时,它也在现代性内部的历史时间中频繁地用断裂或转折话语进行言说,遂有中国古代文学、现代文学、当代文学之分野,在当代文学中又有"十七年"、"文革"、新时期的分野。然而这样做的结果是,现代性的中国文学时间表述并未像它所期待的要超越朝代表述那样,超越了政治或意识形态,它不过是不以朝代政治而以现代性政治来代替旧有中国文学的时间表述,是一种更为本性的意识形态表述,或一种现代性的意识形态的时间的政治。而且有一点是肯定的,这就是它依然有赖于中国国体政治(朝代政治)的革鼎。在近代、现代、当代中国文学史述中,有两种深潜的形式或表现必须指出来,一是在现代性的中国文学时间表述中,它很巧妙地用现代性这种时间化的意识形态观念史、思维变迁史遮蔽和模糊了辛亥革命导致的"中华民国"这个不无暧昧的现代中国史的鼎新,回避了文学史以这个现代中国国体政治变迁为坐标的意向。它以现代性的社会性质论述的逻辑成功而令人信服地将"近代"这一时间断代上划在1840年的鸦片战争,而又以社会性质演化的逻辑令人信服地越过辛亥革命而将"近代"的结束下划到五四新文化运动。应该说,现代性的时间意识形态特性在这里给了中国文学时间一种智慧,使它有效地处理了中国近现代史上的某些难题,这时的中国文学时间就成为一种超越朝代更替政治的叙事,而这种叙事所形成的"近代文学"与"现代文学"的说不清理还乱的关联,诸如近、现代是否应予打通,现代文学时间是否应上划,等等,诸说纷纭,也实在有其历史的必然。二是现代性中国文学时间表述与叙事又极其明确地以1949年新中国的建立为坐标,而在现代性中国文学时间中标明了当代文学的产生所依赖的依然是国体变革。这一看似与现代性时间表述所欲超越朝代的政治时序路线图的努力不一致的做法,实质上也很好理解,它正是要用文学的现代性时间的明确坐标,而为新中国社会的现代性变迁和转折提供一份有力的佐证,同时也用社会政治所导致的国体变革而使文学的时间断代具有了"现代性"合法性,现代性表述在此与国体政治依然有着高度的紧密联系。由此可见,现代性表述之于朝代时序的态度是"为我所用"的意识形态,它从不拘泥于国体变革,有时又利用国体变革来建立时间坐标,来表达历史的断裂和前进,它是灵活的,唯现代性的时间政治是瞻,并在其中展现智慧。

中国文学的时间表述的第三种形态是"世纪表述"。这是中国文学时间的现代性表述的一种特殊形态。此时的"世纪",在中国语境中已没有人深究其西化的意识形态旧账,而只看重其作为"公历"时间的一个长时段的表述给人们带来的便利。这样,忽略掉其西方宗教意味的"世纪",便成为既有现代性又有单纯的时间性的概念了。现代性社会发展过程中的断裂或转折是如此之多,以至于以百年为单位的"世纪"概念都似乎具有了超越某些短期的或时尚的意识形态的功能。因此"世纪"的中国文学时间表述应该看作现代性时间表述的内部调整,是对仿佛永恒的"变化",以及不可遏止的"断裂"与"转折"的某种缓解、抹平与解构。目前而言,中国文学的世纪表述大约有两种,一是"20世纪中国文学史观",诚如黄子平等学者提出时所论,它旨在打通中国文学的近代、现代、当代之"人为"分隔,从而形成一种新的总体化言说。黄子平等人当年提出20世纪中国文学史观,现在看来,它不仅仅在于试图超越近代、现代、当代的"断裂",维护一个新的历史总体性,而且,它的意义更在于在中国文学史的时间表述中,提出了一种"世纪表述"的方式,从而在朝代表述和现代性表述之上,又开辟了新的视角。二是我们现在要讨论的"新世纪文学"。关于"新世纪文学",我想指出,这个概念虽然仍然是在现代性话语里的一种言说,同20世纪中国文学史观一样,有一种试图超越中国文学的现代性内部断裂的时间化努力倾向。但中国新世纪文学相对于20世纪文学而言,具有某种"后世纪"的意味。也就是说,"新世纪文学"接续"20世纪中国文学"而来,它不仅将像"20世纪中国文学史观"一样,试图超越种种近代、现代、当代的割裂,而且还将对整个20世纪文学进行整体性的超越,即它不再纠缠于历史旧账进行批判,而只关注于新世纪新阶段的新表现与新发展。大家知道,中国人所真正拥有的世纪,是"20世纪"这第一次使中国人和中国事物得以完整地生存或度过的"世纪"时间形式。因此"20世纪中国文学史观"也自有其存在的理据。而20世纪中国文学,其最主要的时间形式和历史观一方面不能不是现代性的,与中国以往的传统认知和思维大相径庭,它只能采取"现代性"的与西化的态势相适应的形态,因此在其内部仍然避免不了种种断裂性的、转折性的、对从前的历史具有否定性的倾向,并在这种内含的断裂的关系之上建立历史时间化和历史总体化,在一种否定性关系中表述前进。但另一方面,它又试图用"世纪"这种单纯的百年时间单位来弥合20世纪历史中不可掩饰的断裂与转折,并按照自己的思路用"世纪"整合性地写出了《20世纪中国文学史》著作,不可谓不成功,但是必须指出,这种成功的弥合仍然存在着与其内部不断断裂的文学史的矛盾,它表面掩饰而实质上根本掩饰不了20世纪"不断革命"的历史形态。诸如对以鸦片战争前后为界,在中国古代文学与近代文学间的断裂的表述,它虽然可以将其移植到"世纪之交"去处理,却不能不依靠"现代性"观念来形成新文学形态与古典文学的革命性转折。而即使在20世纪中国文学内部,它也仍然回避不了诸如"新中国文学"或"当代文学"与此前的"现代文学"的"转折"或"断裂",回避不了"新时期文学"与"'文革'文学"的"转折"或"断裂",这种拨乱反正、批判的关系一直存在,而且一直紧绷,甚至在20世纪产生了诸多激烈、激进的表现,都不能不正视,无法消弭。但来到新世纪,新世纪的文学与以前的文学关系却不是这样,这时新世纪文学仍在求新之中,却与古今中外的文学资源在走出20世纪的进程中构成了一种新的对话性关系,与历史同时与现实生活也没有多少紧张的情境,反而显得从容、宽大,从这个意义上说,它对以前的文学,或者20世纪的文学有很多继承性的倾向在里边,也有很多改变在里边,而其最大的改变,就是有一种超越现代性内部的紧张和"断裂"的倾向,并因此而与"20世纪中国文学"形成很大的不同,从这个意义上说,它的确是"20世纪"的"后世纪",是现代性同时又是这种现代性的"后"现代性,这本身就可以构成了一种新的超越,一种历史的新的总体化。"新世纪文学"的概念也因此使"20世纪中国文学史观"更加具有整体性和存在的理据,从而开启自己的"新"的"世纪"。这正是新世纪文学的历史逻辑的起点。新世纪的文学视野会超越近代、现代、当代等断裂性划界,而整体地与20世纪相对称,开启新的境界。它不拨乱反正,也不新旧两重天,更不狂热地创新,创新和继承都将是谨慎的,而"新"已不再是激进之"新","新"这时已是我们不能不追求并与之对话的平常之物,这样,也只有这样,新生或生长才是新世纪的新的态势。正像林白的小说《万物花开》、刘庆的小说《长势喜人》所表述的时代的、世纪的隐喻那样,它不反传统,而只是关于生长,关于新生的文学。这种新生、生长,当然是有关现实的、入世的、积极生活的,同时也是批判的,是一种日常生活批判。而此时的批判,也不再谋取激进的姿态,批判也是现代性的平凡之物。新世纪各种体裁、主题样式文学的竞相问世和开放,蔚然壮观,其所体现的现实精神美学,都为这种新趋势做了最好的佐证。而中国文学的时间,也在这种新世纪表述中,获得了新的可能性。

中国文学的时间表述的三种形式,是历史地存在着的,它本身就是在时间中演化出来的。它们共同地表述着中国文学的历史,形成了中国文学史态的多样、互补和丰富,循环的形态与直线向前的形态杂集丛生。但是我们应该认同和不应忘记的一个根本性的观念是:中国文学是一个整体,无论语言,无论文化,无论历史,都将证明中国文学是一个整体。那么,在这种多样的时间文化表述形态之上,如何处理全部中国文学的整体化,维护其一个源远流长的中国文学整体,将成为我们中国文学时间文化的理性思考的一个课题。这在新的世纪,也将成为"新世纪文学"的一个重要的思考命题吧。

2007 年

中国"新现代性"与"新世纪文学"的兴起

文学批评的现代性话语讨论

有关"现代性"的理论自上世纪90年代以来已成为近百年来中国"现代文学"的核心阐释话语。由于在文学研究中弘扬了"现代性"这一概念,仿佛使"现代文学"也充满了宿命般的价值和使命。即便是说到"现代"作为一种时间范畴,因为有了"现代性",那它也不再会像钱基博的《现代中国文学史》所理解的那样,"现代"只是一个相对于"前代"的宽容的客观时间,而是一种表征着"世界化"的时空体系,一种"持续进步的、合目的性的、不可逆转的发展的时间观念"[①]。在此之上,获得了"现代性"内涵或"性质"的文学,才可以被定义为"现代文学"。毫无疑问,"现代性"的本质建基于进化论的逻辑之上,但"现代性"似乎比进化论有着更深刻更启人的意旨,它可以超越进化论的"新",而直指更具有内在价值的"进步",或者说,它乃是在进步论的"发展"逻辑中被演绎出来的。于是我们弃用"新文学",而改用"现代文学",其微妙的历史语境转换其来有自,只不过今天才让我们想象出其间所存的道理。其实,在中国90年代"现代性"这一更为明晰更为有力更为富有价值含义的概念兴起之

[①] 陈晓明:《现代性与文学研究的新视野》,《文学评论》2002年第6期。

前,文学研究中追问"现代""现代化"的思路和兴趣早已开始。1981年,严家炎就在论文《鲁迅小说的历史地位——论〈呐喊〉〈彷徨〉对中国文学现代化的贡献》①中提出了"现代化"的标准;1982年,徐迟发表了著名的引起重大争议的《现代化与现代派》②一文;而更早,再向上越过三十多年,袁可嘉先生在1947年就发表了《新诗现代化》③的论文,提出了一系列"现代化"的诗学理念和标准。只不过我们今天又弃用"现代化",而改用"现代性",其微妙的历史语境转换也同样其来有自。正如有的学者所指出的那样,人们发现"现代性比之现代化,更适用于解释精神领域的现象。现代化多指形而下的,如工业、农业现代化,现代性指的是形而上的,即现代社会在精神上与古代社会的区别",因此现代性应该类似于"现代精神"的另一种可以接受的说法,用以"规范现代文学的精神内涵"。④

就目前研究中现代性与中国文学的互相展开的情况,有三个倾向应该指出来并进行必要的讨论。

一是"现代性"话语体现了"宏大叙事"的偏好,从而一种无所不包的、普遍主义的、抽象的"现代性"理念广泛弥散,传统理论的抽象人性概念的所有魅力和蹩脚之处,似乎也都在抽象现代性倾向上得以复活,从而使面向人的"人性"学问呈现的所有深邃与空洞又一次在面向社会的"现代性"学问中旧路重逢,人类认识的状况似乎又可以从喜剧意味上付之一笑。

固然我们可以毫不犹豫地承认,现代性就其本性而言从来都是宏大叙事性质的,是带有普遍主义逻辑的全球化实践,它不是哪个国家和地域性的活动,乃是如布莱克所说的"一场人类伟大的革命性转变"。它涉及

---

① 严家炎:《鲁迅小说的历史地位——论〈呐喊〉〈彷徨〉对中国文学现代化的贡献》,《文学评论》1981年第5期。
② 徐迟:《现代化与现代派》,原载《外国文学研究》1982年第1期,收入《西方现代派文学问题论争集》(下),北京:人民文学出版社1984年版,第395、398页。
③ 袁可嘉:《新诗现代化》,见《论新诗现代化》,北京:三联书店1988年版,第3页。
④ 黄修已:《中国新文学史编纂史》(第2版),北京:北京大学出版社2007年版,第297页。

全人类、全球性的进化进程,甚至从人类历史上看,这种大的革命性转变只有两次,"第一次革命性转变是在约一百万年前,原始生命经过亿万年的进化出现了人类"。在布莱克眼里,现代性的"革命"乃是可以与"人类诞生"相提并论的巨大世变,①因此如何估价其普世性意义都不为过。然而在这里承认普遍主义的"现代性"并不能导致我们给予"抽象"现代性理论以过高的估价,因为我们时下遭遇的现代性往往都是现实性的、具体的、实践过程中的,因此有识之士已经告诫我们:"人们不应只谈论一种现代性,一种现代化方式或模式,一个统一的现代性概念——它内在地是普遍主义的,并预设独立于时间与地理坐标的普遍一致标准。"而"如果现代性确定是创造性的,那它只能是多元的、局部的和非模仿性的"。②是的,正如生物界的生命多样性仿佛是与生俱来的自然状态,世界现代性的本性之一,也一定是创新性的、多样性的和丰富性的,现代性话语只有深深根植于对这种多样性本质的理解与探求基础上,才得以具备合理性和有效性。

二是"现代性"话语往往体现出精神性偏好,诚如前面所提到的有关现代性的界定,它之所以与"现代化"概念有所语义区隔,乃在于其概念后缀的"性"的限定,从此具有了向"性质""本性"等观念意涵靠近的趋向。而且就研究中的实际情况而言,当现代性话语的"宏大叙事"偏好与"精神性"偏好结盟,就形成了用精神或观念的宏大框架来处理百年以来中国文学历史的情形,这在研究实践中,就是自"20世纪中国文学史""新文学整体观"和"重写文学史"等观念提出以来所形成的源自五四新文化运动的一体化新文学史述,其观念的核心即以五四新文学观或启蒙主义的文学观,即"人的文学"的文学观,来涵盖和阐释百年以来的中国现代文学历史。这种经过历史总体化的文学史观,将五四时期的文学观念进

---

① [美]C.E.布莱克:《现代化的动力》,杭州:浙江人民出版社1989年版,第1、22、108、48、360页。
② [美]马泰·卡林内斯库:《现代性的五副面孔》,北京:商务印书馆2002年版,第48、355、360页。

行有选择的扩张,用"改造国民性""重铸民族的灵魂"和追求人性的自由与解放等主题来统摄现代文学历史文脉,"启蒙主义确立的理性和主体性原则,成为现代性的核心"①,一部现代性文学史的"思想史"化也就不可避免了②。从现代性的多样性的角度,王德威提出了被压抑的"晚清现代性"问题,"没有晚清,何来五四"③是对那种宏大而统一的精神现代性提出的疑问。而按照这种五四新文学观统摄的文学史述,如果对象不符合这种启蒙性的人的文学观念,比如对"十七年文学",则提出一种"潜在写作"④概念来挖掘其时文学的"真实","潜在写作"从而成为这种文学史述所要张扬的"显在写作",而其时盛行的主流文学则在这种宏大的启蒙主义文学观念下反而成为一种要压抑下去的"潜在写作",对此,旷新年等人明白无误地指出这乃是在制造一种新的文学史"空白论",⑤其"洞见"之下的"盲视",正好让旷新年们得以有机会指认所谓"现代文学"与"当代文学"之间的巨大分裂。对此,我觉得最好的例子是那部经由夏志清鼓吹而被现代文学研究界"重新发现"的钱锺书的长篇小说《围城》,因其描写了现代人类的精神"困境"而备受推崇,而我们要指出的是,这部小说也许不是对五四新文化启蒙的歌颂,更不仅仅是一部人性之书,而恰恰是凸显了五四新知识分子的失败的精神乱象的批判之书,它批判了"国民性",但它更主要的是与那个时代对五四启蒙精神的贵族式精神化偏向的革命批判语境相连接,互为阐释、互为参照。我们的缺失在于,没有在《围城》与40年代的革命性时代变迁语境之间建立有效的联系,而

---

① 转引自黄修已:《中国新文学史编纂史》,北京:北京大学出版社2007年版,第297页。
② 关于文学史写作的"思想史"化,参见温儒敏:《谈谈困扰现代文学研究的几个问题》,《文学评论》2007年第2期。
③ 王德威:《被压抑的现代性——晚清小说新论》,北京:北京大学出版社2005年版,第1页。
④ 有关"潜在写作"的概念及其阐释,参见陈思和:《我们的抽屉——试论当代文学史(1949—1976)的潜在写作》,《文学评论》1999年第6期。
⑤ 有关"空白论"的观点参见旷新年:《寻找当代文学》,见旷论文集《写在当代文学边上》,上海:上海教育出版社2005年版,第1—6页。

将现代性的精神话语凝固化,将社会性问题缩简为人性化、主体化问题,忘记了布莱克所一针见血地指出的研究现代化、现代性的要义:"当社会进行现代化的时候,人类本性及其关系的基本问题没有改变,但处理这些问题的环境已经不同了"①。也许我们还不应忘记中国文学中较早地鼓吹和实践现代派主张的诗人徐迟在他那篇预言性的《现代化与现代派》中所说的话:"现在,谈现代化建设的文章也是一样,大谈其现代化建设的政治意义,很少谈甚至完全不谈现代化建设的经济内容,一句话,政治太盛,经济唯物主义不发达。"他还说:"物质文明将推动精神文明前进。资产阶级的现代化的物质建设正在为新世界创造它的物质条件,这种物质条件也必然会为新世界创造它的精神条件。"②借用徐迟先生的言说与思考方式,我们会看到我们的现代性话语,是精神太盛,而经济唯物主义不发达;我们只看到了或信奉五四某方面的精神资源,而没有看到现实新世界的物质条件和精神条件,因而一个丰富而真切的在现实世界的运动发展中不断变迁成长的现代性终不可得。而在此我们应提及的是,徐迟先生的这篇引起重大争议的文章,其历史价值与思想价值甚为重要,却很少被后来的现代性话语所提及,恐怕个中原因,是由于他直截了当地将"现代化"这种世俗性或经济建设意味较为浓重的概念与"现代派"(现代性)这种精神概念联系起来,而这在流行的推重精神性的抽象现代性的话语看来,则有着"庸俗唯物论"之嫌。

三是现代性话语的中国本土性缺失。现代性话语自西方而兴起,却注定为一种世界性的社会变迁,全球化的局面不能说是其野心勃勃的图划,反而正是其合乎人类联合的整体化的带有必然性的大同目标,东海西海,道理相同。在这个意义上,西方中心主义和西化都不过是一种历史偶

---

① [美]C.E.布莱克:《现代化的动力》,杭州:浙江人民出版社1989年版,第1、22、108、48、355页。
② 徐迟:《现代化与现代派》,原载《外国文学研究》1982年第1期,收入《西方现代派文学问题论争集》(下),北京:人民文学出版社1984年版,第395、398页。

然性让欧洲先发优势且自鸣得意的插曲,正是这种现实的历史偶然性插曲,正是全球化的现代性必然趋势,以及不同区域不同人群族群的现代性挑战与适应的历史实践过程,构成了现代性话语的创新性和多元格局。对于非西方的后发国家,如果"西方化"意味着现代性的某种不可选择的宿命般的前生今世,且带有某种强迫性介入的令人难以接受的耻辱记忆和残酷过程,打上了深深的原罪与反抗的烙印,那么,这种"西方化"也的确使偶然性变成了近代以来全球历史的必然性现实过程,"西方化"无论如何都注定是现代性的重要过程,而且无论被动接受,还是主动"拿来",命运都注定如此。而与此同时,历史的真实与丰赡的另一面所显示的却是,"本土化"同样是现代性的由一种仿佛由偶然性的开端而导致的必然性进程,它的必然性表现在你尽管站在地方之上,也必须理解现代性的内在本质合乎人类本性的深刻内涵,以及谋求人类联合与福祉的合理性及理想性。在这个意义上,本土性就是现代性的地方现实性。问题的焦点或许不在于谁是西方现代性话语的真传,而在于我们以何种本土化的面貌对其进行创造性的"误读",在于中西视野融合中的现代性取向的时空有效性,在于对公平与效率间的最优抉择和实现。布莱克在谈到世界现代化的诸种模式时,不无正确地指出了中国现代化"与其他大多数社会形成对照,它们现代化本质上是主动的,并具有领土与人口的重要承续"[①]。这个结论似乎令时论中的"被动论"观点感到吃惊,在我看来却有着符合中国历史的连续性传承实际的客观性。如此看来,对中国的现代性话语进行"西化"的指责多少有些过分夸张,而从一开始,中国对现代性话语的接受就从来不是"被动性"的接受,进而中国的现代性话语从来也都是具有中国特色的本土话语。我们所说的现代性话语的中国本土性缺失,没有指责它不是中国本土性话语而是舶来品的意思,而是说,在用

---

① [美]C.E.布莱克:《现代化的动力》,杭州:浙江人民出版社1989年版,第1、22、48、108、355页。

现代性视角看取中国的现代问题时,其如何翻译西方现代性话语并非主要方面,见仁见智都在情理之中,"误读"也是不能免除的命运,而关键在于,当我们应对现实问题时,它对中国本土性的理解存在着缺失。

文学评论与研究界用五四新文学观一体化地解释百年以来的文学历史与现实,启蒙主义成为现代性的唯一正确性质,原因盖由于对中国本土性状况的思考与叙述存在缺失性"盲视"。中国当代文学研究中的现代性话语的这种状况,受李泽厚的"启蒙与救亡双重变奏"说影响最大。李泽厚早在1986年就发表了论纲性的《启蒙与救亡的双重变奏》一文,为其后的新时期"新启蒙主义"及文学领域的"20世纪中国文学史观""重写文学史观"提供了历史理论依据。其要义在于,他把"启蒙"看作现代性的极为重要的实现形式,而将"救亡"及"救亡"的扩大化命名"革命"都看作"启蒙"之外的东西,具有某种非现代性的意味,是一种由现代时事(危亡局势)所被迫采取的粗暴的意料外的行动,它深深压抑了"启蒙",甚至"革命战争却又挤压了启蒙运动和自由思想,而使封建主义乘机复活"[①]。而"新时期"则是启蒙主义的复归,五四的人的自由和独立精神,新文学的人的自由和独立精神,被重新确定为时代精神的方向,作为一种现代性的精神诉求,从此开辟了新的前景,建构了一种新时期"新启蒙主义"的现代性未来学。

新时期以来的启蒙主义现代性论述有其真实的历史动机和语境,问题在于它的绝对论式的排他性,否定了历史的复杂性,简化了历史语境的丰富性,进而建构了新的文学史一体化论述权威。将"救亡"和"革命"排斥在"现代性"之外,使之成为启蒙中断的不幸事件和不利因素,虽然是历史情势所迫具有不可抗拒性,但其间的价值意味却是耐人寻思的。如果"救亡"和"革命"与中国人的自由、独立和解放无关,与中国历史的进

---

① 李泽厚:《中国现代思想史论》,北京:东方出版社1987年版,第41页。

步无关,与民族国家的创建进程和稳定时局的人民生活愿望无关,与现代性的追求无关,那么中国现代史很多内容不仅容易被解释成虚无,也会被看成是一代人没有必要的理想的损耗。这或许并非李泽厚先生的本意,但在现代文学研究思维中却逐渐地发展为一种唯启蒙为上的倾向。至于将暴力、战争的形式,看成是非现代性的,甚至是"封建主义"的,则是将启蒙的自由之花主观性地涂得更加鲜艳过于理想化粉饰的结果。而中国现代性的真实,不光许诺鲜花和阳光,也伴随着暴力和战争,诚如布莱克所说:"必须把现代化看作是同时具有创新和破坏作用的过程,它既提供了新的机会,也可能使人类付出混乱和痛苦的极大代价。现时代是这样一个时代:它比以往任何时候都充满暗杀、国内战争、宗教战争、国际战争以及各种形式的大众残杀与集中营,人类为了眼前的目标而如此草菅人命在历史上还不曾有过。"[1]看来,这些情形固然可能与旧秩序和传统势力影响发生联系,但现代性也不能与此脱了干系,仿佛与己无关,也许,现代性的失衡可能成为最为直接的负面因素而存在。此外,如果说80年代有关"愚昧与文明"的主题概括[2]曾经深得那个时代的现代化气息和精神风尚的熏染,并没有完全地"重述五四"化,也透露了那个时代的某些方面的精髓的话,那么到了90年代,"人文精神"话语大行其道,[3]知识分子概念的知识分子自我消费,则不是站到了市场经济的对立面,也是知识分子的自说自话,所谓人文"启蒙"、自封的"社会良心"等等,在亿万人为现代化的基本生存而挣扎与奋斗的宽阔社会潮流之下,很自然地带上了挥之不去的自我反讽的味道。在这个意义上,90年代"人文精神"的意义主要地也许不能从"启蒙"的意义上来求得解释,它最大的价值可能是知识

---

[1] [美]C.E.布莱克:《现代化的动力》,杭州:浙江人民出版社1989年版,第1、22、48、108、355页。
[2] 有关新时期文学"愚昧与文明"的主题,参见季红真:《论新时期小说的基本主题》,见甘阳主编:《八十年代文化意识》,上海:上海人民出版社2006年版,第120页。
[3] 有关上世纪90年代"人文精神"讨论,参见王晓明编:《人文精神寻思录》,上海:文汇出版社1996年版。

分子话语的自我保护与守持,乃至一种"论战式"的"美学现代性"。而现代性社会的展开给我们带来了一个如此宽阔宏大的生存局面,在"人文"知识分子"批判"和疏离体制的表象之下,一个如此宏大的现代知识与教育体制日益显露和建立起来,使得更加抽象化和精神化的现代性话语日益成为知识界的场域,这是一代新知识分子的生存,更加阶层化的社会生存。就具体的真实生存而言,我们或多或少都是这个时代的受益者。我们生产着自己的现代性话语,而这种盛行的现代性话语又生产着我们。

诚然任何理论话语都是抽象的,而我们所分析的这种抽象现代性话语、精神性现代性话语,则是导致了明显历史遮蔽的抽象,由此我们已无从看到真正的中国问题。尤其当我们把这种观念应用于现实中国,将会形成对中国本土性认知的缺失。在"想象中国"的方法中,真实的本土经验与问题可能溜之大吉。

中国现代性三型与新现代性的兴起

反思当代文学批评中的现代性话语,本文并非要否定或抛弃现代性话语本身,相反,是要接续这个现代性话语的众声喧哗,看看能否说上一点新的内容。

现代性概念的"本性"无疑偏重于精神性。齐美尔曾说:"现代性的本质是心理主义,是根据我们内在生活的反应来体验和解释世界,是固定内容在易变的心灵成分中的消解,一切实在性的东西都被心灵过滤掉,而心灵形式只不过是变动的形式而已。"[1]由此我们也就明白为什么最早使用"现代性"这一概念的会是先锋派的美学精英波德莱尔,他说:"'现代性'是短暂的、易逝的、偶然的,它是艺术的一半,艺术的另一半是永恒和

---

[1] 转引自[英]戴维·弗里斯比:《现代性的碎片》,北京:商务印书馆2002年版,第62页。

不变的。"①现代性概念源于19世纪40年代的欧洲美学,因此其本义是艺术层面的,是从一种心灵形式转换到另一种心灵形式。尽管如此,具有现代理性知识的学者还是要将其置于现代化的社会大背景下,给予更加宽阔的语义解释,而语用实践中,现代性的意涵也注定会使其溢出单纯的美学先锋视域。卡林内斯库提出了"两种现代性"的说法:"一方面是社会领域中的现代性,源于工业与科学革命,以及资本主义在西欧的胜利;另一方面是本质上属论战式的美学现代性,它的起源可追溯到波德莱尔。"这种观点恰如其分地超出了单纯的精神性现代性解释,而将现代化与现代性联系起来进行解释:"作为西方文明史一个阶段的现代性同作为美学概念的现代性之间发生了无法弥合的分裂(作为文明史阶段的现代性是科学技术进步、工业革命和资本主义带来全面经济社会变化的产物)。"②因而,20世纪60年代的布莱克说:"从上一代人开始,'现代性'逐渐被广泛应用于表述那些在技术、政治、经济和社会发展诸方面处于最先进水平国家所共有的特征。'现代化'则是指社会获得上述特征的过程。"③这些论述给我们的启发是,不仅在中国,在西方同样也不能离开现代化而空谈现代性。中国的现代性就其本质而言,主要的意涵应在社会转型和社会实践方面,在中国文明史的意义方面,而不仅仅是个观念层面的、精神性的、人性的问题,它是总体性的社会客观性,而不是抽象人性的局部性主体性的。中国现代性话语的起源总归要用社会化文明进程来解释,而不是单纯的启蒙观念解决,更不是单纯的美学先锋性。而且在中国并不存在或者不主要地存在"两种现代性"的分裂与斗争,中国的美学现代性、文学现代性并非出于对社会现代性的抗争而兴起,相反,它就是社会现代化意义上的现实性实践的产物,主要是因为推进社会现代化转型

---

① 转引自[美]马泰·卡林内斯库:《现代性的五副面孔》,北京:商务印书馆2002年版,第55页。
② [美]马泰·卡林内斯库:《现代性的五副面孔》,北京:商务印书馆2002年版,第360、48、355页。
③ [美]C.E.布莱克:《现代化的动力》,杭州:浙江人民出版社1989年版,第1、22、108、48、355页。

而生发的美学和文学的连带反应或主动策应,是一个时代有一个时代之文学的现代性的顺应式的进化与建构,而不是逆反性的破坏与抗争。这一点和西方现代性概念的起源有着明显的不同。从梁启超的新文体到五四新文学以及20世纪中国文学的发展实践看,这一点不证自明。

有鉴于此,中国文学批评运用现代性话语还是应该打开更为广阔的社会现代性进程的历史视野,建立更加有说服力的真实而立体的现代性社会实践背景,在更大的文明层面上,超越单一的启蒙的一体化解释,走出观念视域的封闭,形成更为切实的现代性论述。我以为,结合百年以来中国社会现代性的进程,可以指出三种中国现代性基型,用以解释中国的社会与文学问题。

一是"新民"的现代性,套用启蒙论的概念,也可称启蒙的现代性。"新民"一词,来源于梁启超的《新民说》。① 我想表明,我更愿意使用梁启超的这个"新民"概念,很中国化,雅俗皆懂,而不像"启蒙"这样的概念,更多的西化和知识分子言说意味。更为重要的,"新民"理论开始盛行是在19世纪与20世纪之交,这表明中国的启蒙问题意识是在中国社会的现代性转型过程中很早就生发出来的,而不是像时下一些论述,仿佛中国的真正启蒙,或曰新启蒙、现代启蒙是始自五四运动之时。新民就是新国民,这个"新"是一个动词,是适应新的民族国家的缔造而使国民的品性得到"新"的改造。关于"新民"以及对国民性的激烈而系统的批判,在严复、梁启超、孙中山、章太炎那里,早已得到了先于五四批判的批判,而五四新文化运动对国民性的批判,在社会启蒙的意义上,其激烈、系统的程度也并未超过梁启超、孙中山等人。五四时期的激进主义文化,如全盘西化的主张、打倒孔家店的主张等,之所以是"新启蒙",在于其知识分子对自身谱系根子的批判和清算,其启蒙的实质主要是知识分子的自身

---

① 梁启超:《新民说》,《梁启超全集》,北京:北京出版社1999年版,第2册第3卷,第655页。

启蒙,这是五四思想的新意。当然,由于知识分子的文化、士大夫的文化代表了中国的精英主义文化,它占据了书面文化主流并形成对社会话语的主导和统治,有着中国文化精华的最高表述和表现形式,因此看起来对它的批判和清算就仿佛是对中国文化的一场彻底性的颠覆和革命。然而,现代化或现代性无疑是比这要广泛得多的全社会的系统变革,是一种"文明"的变革,它远远比知识分子的"自我启蒙""自我批判"要深刻得多,知识分子不过是国民的一小部分,对它的影响既不能估计过低,但也不能估计过高。如果从知识分子的"自我启蒙"和"自我批判"角度看,五四之后的主题已由对作为自我知识谱系的传统文化的批判转移到了知识分子的社会性"自我改造",是到了他们开始走向社会实践与广大群众相结合的时候了。因此,基于中国社会整体的现代性启蒙论述,确是应置于整个社会现代化宽阔背景上来考量,它着眼于建立现代民族国家视野下的全体国民的心性素质革新与建设,这是早在梁启超、孙中山时代就已开始大张旗鼓地发动起来的。五四文化在20世纪中国现代性启蒙过程中,因其特殊的知识分子话语革命的特点,自然影响巨大,但也不是可以作为主流话语形式贯穿始终的。其后的新民主主义革命乃是历史地跨出知识分子圈子的自我启蒙而与社会启蒙运动相伴随的,无论是大革命时期、30年代,还是40年代的民族战争和国内革命战争时期,在社会动员过程中,启蒙的价值和策略都得到过不同程度和不同形式的贯彻,直到新中国建立后,直到80年代,关于激进的"社会主义新人"的塑造,以及关于更加务实的"人的现代化"的呼唤,一直都是以现代性社会启蒙为要义的。百年以来不同时期不同内容的社会现代性启蒙的成败得失可以有不同的评价、批判与讨论,我们认识清楚的一点就是,配合现代化的中国社会转型,现代性启蒙和观念性革命导向因素,曾经一以贯之地在20世纪中国发挥了重要有时更是神奇的作用。这也许是先秦儒学和宋明儒学以来,几千年来中国文化着眼于人的心性建设的持续不断的努力的一部分,不过现代性中国又提出现代性的要求和目标而已。但无论如何,这种立足于现代民族国家目标的着眼全体国民的品格素质建设的"国民性"启蒙方案及其策略的实践,其广泛性、深刻性、实践性和社会性所呈现的现代性,无疑成为中国化的现代性话语的一大基本特色。

二是民族国家的现代性,也就是中国现代性从政治层面制度层面确立的价值目标及其实践,由此民族国家的现代性的核心也就是现代中国的政治现代性、制度现代性。这种政治或制度的现代性,它要求传统中国的转型要按照现代世界体系的"民族国家"形式来缔造一个"新中国",也只有这样一个具有民族实体与国家实体相统一的现代"民族国家"身份才能自立于现代性世界民族与国家之林。梁启超1902年作小说《新中国未来记》,用小说的形式表达了对一个现代性"新中国"的愿望。其实更早,沿着中国传统的"变法"理念溯源,1895年后的"戊戌变法"事件(1898年),其前后演变的整个过程都是围绕着"变法"来展开的。所谓"变法",也就是从政治制度的改变入手来推动国家政治及体制适应时代发展的转变。由于"戊戌变法"的"变法"多少取法了西方政治制度和国家想象的因素,在西方现代性渐趋猛烈的冲击下,"变法图存"的主导动机是很明白的,因此我们将"戊戌变法"看作中国政治现代性的早期尝试应该是合理的。此后一直到辛亥革命,到中华人民共和国的建立,再到新时期以来的中国特色社会主义的政治改革,"变法图存"的时世与努力构成了中国政治现代性的一贯的发展线索,危急局势下的救亡或变法、革命、战争、运动,一直伴随着一个现代性国家的生存努力与发展目标和实践。而所谓的危亡局势,包括抗日救国的危亡时局,也并不是一个仿佛意料之外的偶然性的飞来横祸,是对中国现代性(或启蒙)的意外"打断",它在根本上仍然是全球化的现代性变迁所导致的社会失衡带来的危局,现代性以其追求变化的内在断裂性本质给它所波及的人群和社会带来了重新分化和整合,民族和国家首当其冲。在民族和国家范畴下的社会动员也因为现代性的转型目标而形成新的态势,各阶层各界人员广泛地卷入其中。"社会动员的政治意义在于:借助民族主义和经济社会整合,促成国家共识的形成,并在这一过程中,巩固了国家对其所有公民的权威。"①另一方面,"国民"或"公民"的现代性认同也因国家或民族身份的确立而使人的个体现代性得以生成。可以说,民族国家的现代性话语从梁启超的《新中国未来记》开始,也始终是中国文学的现代性的主题内容之一。所谓"国民性"一语,即可透露出"民族国家"对个体成员的素质要求的意味。可见,"启蒙"在其存在意义上,也是为民族国家的现代建构服务的。

三是生活现代性。生活者,其要义在民生,是指民众的基本生计。而这个"民生",在现代性话语中仍然是一个最基本的问题,并因此可以与"国计"相提并论,"国计民生"一语在现代中国所表征的意义,乃是现代民族国家所致力于的根本要务,甚至成为其合法性的重要现实依据。同时,国计民生也是启蒙现代性的重要维度,失却这一维度,所有的启蒙话语都会显得空洞、虚幻而不切实际,启蒙话语中的人的理想只有落实到国计民生上,才是可信的、真诚的、为民众所认同的。从这种民生的现代性角度看,由于民生问题最直接地与人的衣食住行等基本生存方面相联系,因此我们所说的这种生活现代性,首先便意味着物质的现代性,经济的现代性,富国强民的现代性,这成为生活现代性的基本维度。应该指出,这种现代性在中国现代化历史上,由于其人(国民)的基础性世俗性价值尺度的缘故,乃是中国现代性话语及其实践面对西方现代性挑战的最早和最优先、最基本的内在动机。这从19世纪40年代魏源提出"师夷长技以制夷"的观点就可以看出此类思想的萌生。所谓"夷"之"长技",也就是后来晚清官方主办的"洋务",其含义都在用西方物质技术的现代性来实

---

① [美]C.E.布莱克:《现代化的动力》,杭州:浙江人民出版社1989年版,第1、22、48、108、355页。

现民众生计和民族国家的现代性,从而使中国在现代性世界上得以"图存"。落后就要挨打,这种生活或物质现代性比之启蒙的观念现代性和民族国家的政治现代性来得都早,也存在得更为潜默久远。晚清洋务运动之后,20世纪中国尽管在思想启蒙和民族国家的现代性创造活动风起云涌之时,张謇等人的实业救国、工业救国,丁文江等人的科学救国,陶行知等人的教育救国,梁漱溟、晏阳初等人的乡村建设,等等,也都顽强地存在着,形成了中国现代性的不可忽视的实践和存在,向人们昭示着中国现代性最为原发的冲动和动力。现代性,就其根本而言,发展也好,进步也好,进化也好,都要用满足人的现代生活需求来奠基,靠调动、满足和调节人的欲望来实现,这与传统生活中靠克制自身欲望来实现生命价值的方式将完全不同,它首先肯定了世俗欲望的合法性,肯定了物质基础之于人的第一性的存在,肯定了唯物主义的生活常识。而这在有着悠久的实用理性和明清以来深受实学思潮熏染的中国人中,现代性的这点启蒙可能并不太费力就可一拍即合。在当前现代性的话语语境下,我们应该为现代性理念下的现代化含义正名。正如卡林内斯库所说:"市场不只是一种单纯的经济机制,它也是一种精神的表现,一种文化现实的表现,一种个体生活投射与预期的复杂集合的表现。"[1]生活的现代性,或者物质的现代性,经济的现代性,富国强民的现代性,它所隐含着的精神内涵和情态,可能是我们所生疏的,却是应包含在现代性的探讨之内并加以重视的。

然而在今天,我更愿意称这种起源最早基础最深且一直在实实在在地寻求的现代性为"中国新现代性"。

它之所以"新",是由于今天的中国语境下,它已经成为近三十年来中国生活的主导价值。自上世纪70年代末开始的改革开放的新时期,抛

---

[1] [美]马泰·卡林内斯库:《现代性的五副面孔》,顾爱彬译,北京:商务印书馆2002年版,第48、355、360页。

弃了"以阶级斗争为纲"①的方针,开始把国家的工作重心转移到经济建设上来,"以经济建设为中心"②成为一个时代的现代性追求的中心,这已经是在一个新的层面上来理解和实践的新现代性。以经济建设为中心的社会现代化转型,导致了一个大规模的持续发展的以经济建设为中心的世俗生活重建,从而也进一步导致了以经济建设为中心的价值生活重建。我们每一个人近三十年来的最大感受就是,我们重新建设和创造了完全不同于20世纪80年代以前的新的中国人的生活,一个超越了"革命化"和启蒙式"精神化"的生活,一个更为踏实和现实的、以物质生活为基础和前提的现代性的新生活。这种生活现代性或物质现代性虽然起源最早、最为内在性地应对着西方现代性的"挑战",但也许是我们的前辈为了这种基本的现代性,而生发出或迫于现代性时局要先来着手实现"启蒙"现代性和"民族国家"现代性,这成为20世纪的长期主导性潮流,从而使生活现代性或物质现代性追求在过去一直处于受压抑的状态。它在整个20世纪80年代之前虽然一直在顽强地发展,但常常处于潜流,为了新民、救亡、革命、国家等因素,现代化建设和人们的生活现代化往往处于被动的服从、牺牲局面,有限的艰难发展的日常生活的物质建设常常处于被利用和被征用的位置,极左和激进的思维与路线的干扰和冲击更时常兴起。而这一切在20世纪70年代末戛然而止。我们于冥冥中获得了生活的解放。这个一直受压抑的生活现代性或物质现代性成为主导潮流,

---

① "1962年党的八届十中全会提出的'以阶级斗争为纲'的路线,1969年党的九大正式把此确定为党在整个社会主义历史阶段的基本路线。"参见李君如主编:《中国共产党历次全国代表大会研究》,北京:东方出版社2007年版,第313页。

② 1978年12月召开的党的十一届三中全会,抛弃了"以阶级斗争为纲"的口号,做出了把工作重点转移到社会主义现代化建设上来的战略决策。这个"转移"的"重点"其后有时表述为工作"重心"。到1980年1月,邓小平在《目前的形势和任务》的讲话中,明确将其表述为"以经济建设为中心"。他说:"但是说到最后,还是要把经济建设当作中心。离开经济建设这个中心,就有丧失物质基础的危险。其它一切任务都要服从这个中心,围绕这个中心,决不能干扰它,冲击它。过去二十多年,我们这方面的教训太沉痛了。"(参见《邓小平文选》第2卷,第250页)之后,1987年,党的十三大上将"一个中心、两个基本点"确定为基本路线。

启蒙现代性的话语和民族国家的政治现代性话语都被要求统一和服从在这个新现代性的大局之下,这是一个中国现代性的全新局面,而我要强调的是,这个以经济建设为中心的新现代性,其性质是以人为本的,而且,这个"人"是大写的物质基础上站立的民生中的人,而不是抽象的精神阁楼上的人,这无可怀疑。

其次,称这种生活现代性或物质现代性是中国新现代性,还在于我们一个时期以来的现代性研究基本上没有将其纳入考察视野,我们的现代性话语一直在"启蒙与救亡的双重变奏"的二元模式中徘徊,而这个模式的唯启蒙现代性的价值偏向又使其以启蒙论的价值现代性为统领,尤其以知识分子的启蒙话语为主导,封闭和遮蔽了更加丰富的现代性内容。因此走出"启蒙与救亡"二元模式的闭性循环,超越启蒙论神话,在更加立体地展现中国现代性内容的广阔背景下,引入现代化建设维度的现代性含义,回归民生层面的生活唯物主义,相对于从前那种学术界较习以为常的现代性话语,称这种生活现代性或物质现代性为中国新现代性,也有借以引人关注的理由。无论如何,这个思路会开辟文学批评中现代性话语的新的思路与新的可能性。

最后,称这种生活现代性或物质现代性是中国新现代性,根本上是以晚近三十年来中国现代化发展的新生活格局及其呈现的新形态为依据的。我们每个人及其家庭的生活开始将物质因素这种"凡人的幸福"列为基础性甚或首要性的位置,那种只问精神、压抑欲望需求的生活形态已不再被视为现代性的,从愚昧到文明的生活主题被时代进程所翻新,欲望与文明的冲突,如何在肯定欲望的合理性前提下建设文明的新形态,成为时代文化的新的主题。新时期三十年的新现代性历史转眼而过,站在今日,在继续强调以经济建设为中心的同时同样强调要以人为本,这使我们看到一个以人为本的新生活形态在新世纪的崛起。这种被重建的新现代性生活形态完全是由于近三十年来以改革开放为特征的中国新现代性的建构所造成的革命性变迁。举其要者,大约可从六个方面对这种新现代性予以描述:一是经济建设和物质建设被置于发展的基础和第一步,形成邓小平所说的"硬道理",与此同时,民生问题逐步在社会生活中凸显出极为重要的价值。二是中国特色社会主义市场机制重建了我们这个"大规模国家"(大国)的新的生活规则和新的生活想象,竞争原则和经济实力、资本乃至智力(文化)资本在生活中日益起到某种极为活跃的不无支配意味的作用,它不仅塑造生产者同时也塑造消费对象,塑造生活秩序和整体也塑造生活裂变和分层。中国特色社会主义稳定了市场化转型的国家空间及其完整性、统一性。三是物化的生活构筑了新现实语境,从买方市场到卖方市场,物质的丰富前所未有地包围着人们、困扰着人们,欲望与文明的冲突成为时代生活主题,日常生活审美化借助强大物流和强劲的现代传媒占有了人的诸多方面,正如波德里亚开宗明义地界定:"我们生活在物的时代。"[①]物的生活时代不是取消了"人的问题",而是突显了人的问题的重要性价值。四是形成面向世界的经济与文化的开放格局,突出了全球化因素及全球贸易体系对中国生活的影响力和塑造力。今天,世界不在国界之外,而就依商品、用品、文化形式、话语方式等渗透在我们的生产、生活、交往行为当中。五是现代科技和大众传媒以电子化、网络化、高速化、影像化、数字化等形式重新塑造了新的生活基础和现实语境,生活的时间与空间、现象与本真、速度和力度、深度和广度等种种衡量尺度都被大大扩展和有巨大的改观。六是所有上述五点,其物质生活重建过程都离不开强大的"中国因素"或"本土经验"的塑造,我们发现,现今在离物质生活越近的地方,中国因素和本土经验越是活跃;而越是在那些仿佛悬浮、高蹈于精神上空的如哲学、文学批评话语的地方,西化的逻辑和语言就越多。比如在经济和物质建设方面的区域化思维的中国本

[①] [法]让·波德里亚:《消费社会》,南京:南京大学出版社2001年版,第2页。

土经验,在市场竞争状态下的"农民工"及城乡二元结构的中国本土经验,在最为时尚的网络及影视传媒上的"中国"影像与传统文体和写作样式的汉语书写,都活跃着极为强劲的传统文化血脉因子。总之,从这六个方面的物质生活基础重建,当代中国的新现代性的生活转型得以凸显。我们不能总是从观念和思想以及"启蒙"立场去描述阐发当代中国的现代性,而应该从物质生活的现代性建设出发去描述和阐发新世纪的新现代性。大体而言,新世纪中国的新现代性进程,早已超越了上世纪单向的政治解决、军事解决、思想文化观念解决的层面,而进入到从物质生活建设原点出发的整体性的生活解决层面,这就是"中国特色社会主义"的"以人为本",其生活重建所重建的归根结底是"中国生活"。

总之,中国新现代性的大规模兴起使中国现代性的三种基型的内在建构关系被重新安排重新塑造,它必将引起中国社会方方面面的新的分化与整合,形成多样的挑战与反应。在这其中,中国"新时期文学"与"新世纪文学"正好可以从这个新现代性的大背景给予恰当的解释。

中国新现代性与"新时期文学"的疏离

依本文关于中国现代性三种基型和中国新现代性的论述,当我们面对"新时期文学"问题时情况将会怎样?

如果我们用"新民"或启蒙现代性话语去论述"新时期文学",由于二者之间在思想文化资源和价值取向上相当契合,一种自我欣赏、自我阐释甚至自我封闭式的论述就不可能免除了。而如果我们用"民族国家"的现代性话语去论述"新时期文学","新时期文学"的作家创作体制和它的中国抱负在总体上仍然会被表述得无多少新意,它强烈地依赖于国家体制,它即便是与以往迥然不同地力图建构出一种似乎更多个性化的先锋性的文学艺术形式大厦,却依然可以从中看出一种与一个民族国家文学总体历史相称的雄心和努力。那些"纯文学"写作的内在动因,是用艺术形式探索的现代性去回应这个时代的"中国文学"谱系和潮流的召唤,寻找新时期文学现代性承前启后有所作为的历史位置。这样似乎仍然满足不了我们对新时期文学的"问题"的思考兴趣。因为起码从直感上,我们早已隐约地感到这个具有特定主流倾向意涵的"新时期文学"在20世纪90年代以来并非是开放性的,其浮躁的体质令有识之士担忧,它并未走在一条越来越宽广的道路上,依其原初的理念它的"审美化"和"纯文学"越来越成为一个社会上孤独的"文学圈子",其局限感让更多的人产生着问号。不断地有人来宣布它的终结,甚至连同它的源头五四新文学也一道宣布终结。[①] 但它早已留下巨大遗产,成就了中国文学的最新传统,并惯性地把艺术触须顽固地伸向未来。

然而当我们准备了有关"中国新现代性"这样的新的论述之后,再去分析讨论所谓的"新时期文学",真实的问题便陆续浮出水面,我们才越来越明确地意识到,今天,现在,是到了破解和拆穿"新时期文学"奥秘的时候了。

"新时期文学"是一个特定的概念,具有特定的历史内涵和价值取向、审美典范。它借自当代社会历史话语中的"新时期"概念,但它与社会上、与当代政治层面上使用的"新时期"概念内涵有很大的不同。它借用这个时间性的"新时期"概念,却并不想仅仅取其与这个现时代社会历史的时间起点的一致性来说事。当然它受制于、受惠于、产生于这个现时代社会历史时间概念的"新时期",没有当代中国社会历史的"新时期",

---

[①] 认为到1987年,所谓"新时期文学"已经"终结"的观点,参见陈晓明:《"新时期终结"与新的文学课题》,《文汇报》,1992年7月8日;有关五四新文学的"终结",参见张颐武:《新文学的终结》,《山花》2005年第2期。

哪有"新时期"的"文学"？①这也是它可以明确认知和承认的。但是它还是要强调自身的特殊性和自己的想法，从而赋予"新时期文学"概念特定的文学含义。用洪子诚的说法也许再准确和巧妙不过，他在其著作《中国当代文学史》中论到"新时期文学"时，即以小标题"文学'新时期'的想象"②来表明了看法。按此思路，"新时期文学"的实质和特定性在于"文学新时期"。这说明"文学新时期"是文学界集体"想象"的结果，是文学界集体共同创造出来的一个大时代下的文化创造物。为什么要强调"文学新时期"？这说明"新时期文学"的主体性意志的崛起，已不同于20世纪那样的文学将自己跟随社会历史外部现实使命要求视为要务的观念，文学要有自己的规律，要体现独立性的思考和品格，要注重主体性的发现与创造，在这种观念下，就难以保证"文学新时期"与当代社会历史的"新时期"概念完全重合和一致。事实也正是如此，如果现在当我们将自己置身于文学之外的整个社会历史现实语境，"新时期"这个概念尽管已有三十年的历程，却仍然具有很强的概括力，给人们很明确的时间整一感和历史整体感，使用起来仍然可以顺畅地表达文意。而"新时期文学"却不是这样的情况，尤其当我们想观察描述晚近若干年的文学整体

---

① 胡锦涛《在中国共产党第十七次全国代表大会上的报告》："1987年，我们党召开具有重大历史意义的十一届三中全会，开启了改革开放历史新时期。"这是对我国"历史新时期"的经典表述。关于"新时期文学"，周扬在1979年10月召开的全国第四次文代会上所作的报告题目即为"继往开来，繁荣社会主义新时期的文艺"，这是有关"新时期文艺"概念的较早的正式表述。也是在这次代表大会上，刘白羽在大会期间召开的中国作家协会第三次代表大会的《开幕词》中也相应提出如"明确社会主义新时期文学工作的新任务""开创社会主义文学繁荣的新时期而奋斗"等说法。这应该被看作"新时期文学"的最早的正式表述。参见《文艺报》1979年11—12期合刊。而发表于《文艺报》1980年第2期的张炯的《新时期文学的又一可喜收获——简评中篇小说的崛起》，被认为是最先把"新时期文学"放在题目上加以标举的一篇文章。参见蒋守谦：《管窥蠡测》，乌鲁木齐：新疆人民出版社1999年版，其中的《新时期文学话语溯源》一文。当然，比这更早，1978年6月5日《中国文联第三届三次全委扩大会议决议》便使用了"新时期文艺工作"的字样，而周扬在1978年12月广东省文学创作座谈会上已使用"关于社会主义新时期文学艺术问题"做标题。

② 洪子诚：《中国当代文学史》（修订版），北京：北京大学出版社2007年版，第185、187、206、207页。

状况时，甚至有了都不好意思再用"新时期文学"概念的念头，因为面对当下的文学，我们会不自信起来，这还是我们在心中规定了的那个"新时期文学"吗？它显然已经大大超出甚至完全改变了"文学新时期"的想象，"文学新时期"或"新时期文学"不仅已与社会学意义上使用的"新时期"发生了语义的裂缝，而且也与当代文学自身的发展产生了裂缝，一个被文学界和学术界赋予特定内涵的"新时期文学"概念已明显狭窄化不敷使用，成了名副其实的"文学新时期"。[1] 说起"新时期文学"，那仿佛是离我们很遥远的历史了。文学界主体地想象或创造的文学"新时期"，是太"主体"了，造成了现今语义表述的困难。这也是近年来有关"新世纪文学"提法兴起来的一个客观依据。

"重返五四"是文学的"新时期"或"新时期文学"最主要的特征叙述。洪子诚论述道："五四的那种'多元共生'和'精神解放'，成为文学界创造'新时期文学'的知识、想象的重要资源。"它"复活'十七年'中受到压抑的'非主流文学'线索，建立与五四'人的解放'的启蒙文学的关联。"[2]它重新书写了文学史："新文学经由五四的辉煌和蓬勃生机，而不断下降，到'当代'跌入低谷，只是到'新时期'才得以复兴。"而"重写"文学史"启蒙主义，现代化成为取代阶级论的标准"[3]，"一切都令人想起了五四时代"[4]。因此，"新时期文学"的历史定位是对五四新文学的"文艺复兴"，而五四是新文学对旧文学的"文学革命"。应该承认，当时的思想文化界、文学界批判"文革"的极左的激进主义的"专制"，其主要思想资源来自五四以来的"人的自由与解放""人的文学"等知识分子话语，是历

---

[1] 关于"文学的新时期"，这一提法最早可追溯朱寨，他发表在《十月》1983年第2期的文章，即以"文学的新时期"为题。

[2] 洪子诚：《中国当代文学史》（修订版），北京：北京大学出版社2007年版，第185、187、206、207页。

[3] 洪子诚：《中国当代文学史》（修订版），北京：北京大学出版社2007年版，第185、187、206、207页。

[4] 李泽厚：《中国现代思想史论》，北京：东方出版社1987年版，第41页。

史的必然。但这个"文艺复兴"在批判方面富有力量和激情,却缺少与现实实际相结合的面向未来的向度。因为"新时期文学"重返、重述五四之时,我们的现实社会和生活却没有重返五四,也不可能重返五四。以经济建设为中心的中国新现代性恰在此时得以先行宣布定调,并逐渐沿此方向经由"实践"而蔚然形成中国社会的新的主导潮流,因此"文学新时期"的思路如果过于滞留在五四的启蒙现代性话语上,就很难不发生现实文学对现代性话语的误植或错位理解。继承和发扬五四的启蒙主义"人的解放"思想来批判"文革"的专制主义,无疑非常富有激情和力量,这与当时时代的要求也相一致,也是"新时期文学"得以蓬勃发展和取得伟大成就的地方,但它很难进入现实,巨大的中国社会也没有足够的时间来开展一场有关启蒙的讨论和价值现代性的反思批判,中国社会在70年代末以"拨乱反正"的方式,迅速地扭转局面,如果说对过去的批判,那也主要是"替代"式的批判,并不纠缠于过去,果断地用一种具有新现代性精神的取向面向着"四个现代化"的现实和未来。这一趋势是创新性地"反正",即开辟了不同以往的新现代性道路,完全超出"新时期文学"的五四式想象。正像欧洲文艺复兴所发生的情形那样,"文学新时期"也作为一种中国的"文艺复兴"形式,将现代性的目光投向过去,却对已经被"历史新时期"所昭告并行将出现和"做大"的"新现代性"毫无感知,对此它尤其谈不到意识的"自觉"。[1]

---

[1] 富有意味的是,十一届三中全会明确抛弃"以阶级斗争为纲"的方针,将"工作重点"转移到经济建设上来,即现代化建设上来,这一时代变化的描述,移到文学界却发生了不小的"调整"和"变味",如刘再复对"新时期文学"的描述:"新时期文学的发展过程,是社会主义人道主义的观念不断地超越'以阶级斗争'为纲的发展过程。我们可以找到一条基本线索,就是整个新时期文学都围绕着人的重新发现这个轴心而展开的。"参见刘再复:《论新时期文学主潮》,收入刘再复文集《论中国文学》,北京:作家出版社1988年版,第268页。这个观察应该说是真实的,但也说明文学界或思想文化界用以"超越""以阶级斗争为纲"的思想资源、思想理路,一方面是用"人的发现"来有力配合、策应了对过去极左路线的批判,因此体现了与时代方向的一致,同时,另一方面,它又是有差异的,"人道主义"及其后续发展的90年代"人文精神"与"以经济建设为中心"之间的不适与调适将不可避免。而80年代的"人道主义"蜕变成90年代的"人文精神"则更令人玩味。可参见王晓明等《人文精神寻思录》,北京:文汇出版社1996年版。

公允地说,"新时期文学"在上世纪80年代前期也曾试图从"十七年"历史和文学中汲取精神资源,"对一些人来说,'转折'意味着离弃'文革'的极端化而恢复'十七年'文学的主流状况,即坚持毛泽东所开启的'人民文学'(工农兵文学),在矫正激进派的'歪曲'之后的正当性,并继续确立其主导地位"①。这一倾向在当时的伤痕/反思文学及改革文学中,曾经通过对"文革"错误的反省,对可贵的革命传统和理想的重新确认,对现实生活中暂时得以应变和延续的传统的计划性的社会主义体制和做法的适应、肯定,对"十七年"典型化的社会主义现实主义塑造新人形象传统并使其与五四的批判国民性传统在衔接中加以承续,透露出某些新的思考与重建现实热情。但历史发展的事实是,"50—70年代确立的,作为一种新的政治实践的'新的人民文学'已失去它的绝对地位,一体化的文学格局开始解体"②。这种历史结果,并不是文学"新时期"重述和回归五四,用五四的启蒙现代性"重写"出一体化的"人的文学"的历史想象,就能够取得成功的。真正的原因仍然在于,中国80年代的历史大趋势,逐渐明晰地显露出以经济建设为中心的新现代性的价值取向,那种基于主导性的民族国家现代性政治话语,亦即政治的制度的现代性话语,也不得不服从服务于这种新兴的、不可阻挡的、抛弃了意识形态挂帅的政治乌托邦的务实的新现代性。

于是,在复杂的历史合力作用下,文学领域因其精神领域的特性,其特定的思想转折资源与文学现实表达相衔接,使以五四的那种"多元共生""精神解放""人的文学"等为资源的"新时期义学"话语一时成为当代文学的主流意识,一个特定性的文学"新时期"被塑造出来,取得了文坛主流的地位。这就是继伤痕文学、反思文学、改革文学三种潮流及

---

① 洪子诚:《中国当代文学史》(修订版),北京:北京大学出版社2007年版,第185、187、206、207页。
② 洪子诚:《中国当代文学史》(修订版),北京:北京大学出版社2007年版,第185、187、206、207页。

其写作实践,在无数次思想碰撞、交锋后最终达成的新的平衡趋势。这新的平衡趋势仍是由批判极左的五四启蒙主义思想资源、"十七年"社会主义国家体制及其意识形态资源,与新兴的以经济建设为中心的新现代性精神(强调贫穷不是社会主义,先富理论和为"富裕"正名)三者在伤痕文学、反思文学、改革文学的演进中达成的平衡,而其间应以五四式的启蒙精神最为强劲,成为主导性的文学想象。随后,进一步地走向了"新时期文学"的创造之路,一种试图要结合新的历史条件超越五四新文学的新的复兴之路。然而它难免不发生推进中的倾斜。这表现在推进中的两翼:一方面,它开创了"寻根文学"的新努力,力图在五四式的重铸民族灵魂、批判国民性和接续文化传统、展开地域风情、探索文学的现代民族表现形式等因素间从容取舍,创造新的文学现代性并有所作为;另一方面,借助改革开放的背景,它又借鉴西方现代主义文学,开启了"先锋文学"潮流的创作,力图在中西之间的文化开放潮流中开创汉语文学写作新格局,以叙事的抒情的形式探索,以现代人道主义与存在主义哲学观念,以语言的文本实践,实现中国式的现代性文学的美学先锋梦想。至此,"新时期文学"建构了它整体性的文学大厦,在这座大厦的底部,由伤痕文学、反思文学、改革文学三种写作充作基础,而其高端,则由寻根文学和先锋文学的两翼探索体现其创新性和美学现代性高度,浓聚和闪耀其在传统文化文学、拉美魔幻现实主义和西方现代派文学的影响焦虑下所能发挥出来的可能性光芒,以此见证久已埋藏于心底的"文艺复兴"式的伟大抱负和辉煌梦想。一个曾经许诺的中国文学的"黄金时代"[①]在这次"文学新时期"的进步中仿佛指日可待了。在此,我们并不想低估"新时期文学"的成就和其所造就的优秀的文学新传统,历史自有评说。我只想指出,这个已被历史地完形了的"文学新时

---

① 有关"新时期文学"的"黄金时代",如王蒙在中国作家协会第四次代表大会闭幕词中即有过"文学创作的黄金时代"的说法。

期"所确立的是以启蒙现代性话语为主体而以民族国家现代性为辅助策应的现代性取向,它以寻根文学和先锋文学构筑了"新时期文学"的两个推进,即在现代人道主义(存在主义)、主体性哲学、改造和批判国民性等观念上的推进,和在语言与审美的文本形式创造上的推进,都无法与五四时期新文学在"文化"和"语言"两个主题方向上的新创造相比勘。"五四"开创了西学为体的中国新文化创造,开创了以白话文为主体的新文学语言创造,而民族"文化"视野下的寻根文学和"语言"探索实验视野下的先锋文学的努力虽然延续了这两个方向,但它不是像五四那样为前无古人的首创,它的功绩恐怕是在由五四开创的现代性语境中重新激活了"文化"和"语言"这两种新文学范畴的传统,创造新的可能性。而其致命的弱势在于,在一个中国新现代性渐次兴起,不可阻挡地生成新的生活主导性活力之时,以寻根文学和先锋文学为代表的新时期文学的主力军,却无法接通新现代性话语的现实底基,显现了令人困惑的来自现实生活和时代精神深处的现代性精神的薄弱。大家知道,寻根文学和先锋文学最为擅长和突出表现的是深入过去的历史记忆,寻根文学把文化的触角深入历史和洪荒远古,依"积淀说"[1]而传达民族集体无意识的历史信息,先锋文学则主要执着于对"文革"的残酷记忆,以现代哲学观念配合现代性叙事方法,于荒谬的历史中表现某种人类的真实境遇,因之也获得"新伤痕"的说法。向前探索却背向过去,那是一种从现实的后退。他们对正在兴起的中国新现代性,对这种新的生活现代性或物质现代性所主导的时代气息毫无感应,沉溺于中西之间、传统与现代之间等种种基于启蒙现代性和民族国家现代性的文化玄思,以及关于一个抽象的人性和抽象的人的绝对境遇的思辨空谈,却隔膜于这个时代从乌托邦返回日常生活、从悬浮在空中的真理返回生活大地的真实、从虚幻的精神神话返回一个有

---

[1] 关于"小文学",作家韩少功说这是一个"大写作、小文学"的时代。参见《大写作——小文学时代的到来》,《文学报》,2006年7月6日。

关"活着"或"生活着"的物质空间,这就是至今仍在宣示的要"紧紧扭住不放"、要"一百年不动摇"的"以经济建设为中心"及其由此浮出地表的现实性的"以人为本",以及由此所蕴涵的中国新现代性的社会价值新潮。最终,今天我们已经看得越来越清楚,"新时期文学"被建构起来,在其特定意义上同时也建构了与新现代性精神的时代性疏离。

这构成了本文的基本认识。从此点出发,"新时期文学"或"文学新时期"(而不是社会学意义上的"新时期")存在的三点奥秘得以揭示出来,它们在"文学新时期"的辉煌之后,依然在90年代、在新世纪形成一种既定的传统和机制框制着中国当代文学,而新世纪文学也正是在对它的突围中得以发展起来。

其一,"新时期文学"或"文学新时期"形成了自己特定的可称为"文学意识形态"的东西。"新时期文学"重返五四的启蒙现代性精神主导取向,与近三十年来富国强民的现代性主导取向,总体方向上具有一致性,都强调人的主体的重要性。其差异在于,启蒙现代性视野中的"人"是一个观念中抽象的人,具有本质主义、普遍主义追问倾向,以及感性表现的精神性的"丰富的痛苦";而生活的物质的新现代性视野中的"人"的观念,则是具体的、感性的、世俗的,表现在有限的生活世界,有关实在的社会民生意义上的"以人为本",压抑不住地生产着不尽的生活矛盾和人生的烦恼。差异产生疏离。"新时期文学"在向过去的激进现代性批判上显得生机勃勃,显示了极大的价值和值得称道的贡献,而在立足现实开辟未来时总显得心神不定,身虚体弱,"头重脚轻根底浅"。好在重建新生活的物质基础优先导向的中国新现代性,并不以意识形态挂帅,是一种体现了现代理性的现代化建设意义上的现代性,大体上宽容、谦逊,有着中国式的"不争论"的智慧,首先专注于社会基础的物质进步,本意上诉诸协调发展,因此知识分子精英型的文化文学尽管与新时期广阔的社会世俗生活的波翻浪涌显得格调不同,总可以躲进小楼成一统,乃至从广阔的社会语境望去，它不过更像是一个独特而引人关注的"文化社区"。这个"文化社区"有着自己的特定的意识形态，一是主要以文学的人道主义、人性论以及现代存在主义的人道主义，启蒙理性的积极改造，批判国民性的观念为主要思想内容，并从这里去解释现实、解释历史。二是对所谓的"非文学性"的断然拒绝和批判，对"文学性"理念和审美主义的"纯文学"观念的持守。这两点结合一体为"新时期文学"所特有，在很多问题的看法和取舍态度上，尤其在历史观上，文学界和当代政治学界、经济学界、历史学界、社会学界往往有所不同，个性极为突出。它的积极贡献和局限都系于此。

其二是"新时期文学"或"文学新时期"主导观念上重回五四，在生存体制上则重回"十七年"。"新时期文学"在最初沿袭计划经济模式的文化体制，恢复和重建了各级作家协会体制，创立和进一步完善了国家和各省市的专业作家体制、文学院体制、文学创作与评论期刊杂志体制、文学评奖体制等，随着近年来现代化建设的市场经济转型和社会化的发展，又相继建立了国家和各省的重点作品扶持机制、签约作家体制等，一个五四时期启蒙主义现代性作家所没有的这样一个相当具有物质性保障基础的文坛，俨然成为一个专业化的主流文坛，被新时期文学所建构，被新时期文学的作家所拥有。它所提供的创作物质支持条件甚至比起"十七年"要完善得多，好得多。起码总体上越来越稳定的"创作自由"的程度是"十七年"的作家体制所不能提供的。但是这个由80年代初延续而来的文坛，在当代中国新现代性的市场经济和文化体制改革背景下，某些弊端也显露出来，改革和调整势所难免，而在更新一代"80后"作家依托文学图书市场崛起之后，他们集体性游离于这个整一的、专业化的、具有物质基础保障的主流文坛，其挑战性使我们对"新时期文学"的主流文坛的某种过渡性有所领悟，这个强烈地依靠国家体制的文坛与新时期的新现代性社会化转型发生某些抵牾是必然的，其未来调整和完善的空间与模式如何则让人拭目以待。

其三,"新时期文学"或"文学新时期"的实体构成还不仅仅存在于以国家体制化的作协机构为主要模式的文学创作主流文坛。它还依赖于一种广泛存在的文学教育体制的支撑。"新时期文学"创作的主流文坛与国家高等教育中的诸多大学文学院和中文系、社科院文学研究机构之间存在着一种极为密切的共生共享关系,文坛创作问世的作品首先或更多意义上是在大学体制中得到传播与解读、阐释与评价,大学教育、学术研究的鼓励又反馈给文坛,其间形成了不无封闭性的内在循环。而且应该指出,在这个内在的封闭性循环之外,持有精英知识分子性质的启蒙现代性文学创作的主流文坛面向整个社会的影响就非常有限了。如果说80年代文学前期"新时期文学"阅读的社会面还相当广泛,那么到了80年代以后,阅读活动的这种封闭性则越来越突出地成为它的一个特点。这种有限的社会阅读与影响往往并不在于数量的多寡而在于社会阅读所能提供给主流文坛的积极反馈是非常少的,社会阅读尤其不能提供意义的阐释与证明,由"新时期文学"延续下来的这一模式似乎有一种趋势越来越使当代文坛成为狭窄的"文坛",一个"小文学"①、精英化的文坛。而有关启蒙现代性理论的主流阐释,则以知识分子精英文化的学理学术方式大量地从大学校园释出,这对塑造一个特定的"文学新时期"意义非常重大。实际情况是,大学文学教育体制不仅是"新时期文学"的意义阐释者,是其意义的主要消费者,而且还是"新时期文学"启蒙现代性理论性质的极为重要的直接塑造者。这从来自高校的"20世纪中国文学""新文学整体观""重写文学史"等文学学术话语的建构中可以看得非常清楚。法国文论家巴利巴尔与马歇雷指出,文学生产"与特定的语言实践不可分割,这种语言实践又与一种学术或教育实践不可分割,这种实践既决定

---

① "积淀说"为李泽厚在20世纪80年代提出的著名理论,参见其《美的历程》中"有意味的形式"一节,北京:文物出版社1981年版。

着文学消费的条件,也决定着文学生产的条件"。① 他们具体地分析了法国教育的分层体制后指出,在小学的普通语言教育中,只将其规划为语言的"基础教育",而在中等和大学教育层次,才学习"文学的"法语,告诉受教育者什么是"文学的"法语,从而使高等教育的语言实践从普通语言中脱离出来,使"文学性"的语言变成自足性的生产实践结果,赋予专业性的学术知识体系。这种揭示富有启发。

"新时期文学"由于其启蒙现代性的话语主体性质,不可避免地与中国新现代性话语的生活现代性主导的新时代发生着疏离。历史的奇妙在于,当这新现代性被宣布以"新时期"名义先行明确并在摸索实践的80年代前期起步转轨阶段,正是历史借机给予"新时期文学"以蓬勃发展的机会,我们因此并不能低估"新时期文学"的成就,它在启蒙现代性以及审美主义的"纯文学"上的实践,有力地激活了当代文学,并可能无意间也培植着另一种新的姑且称之为"新世纪文学"的产生。而它的现代性误植和错位,也导致了自20世纪90年代以来一系列以中国革命历史为题材的所谓"新历史小说"的虚幻性质。"新历史小说"可能比"寻根文学"和"先锋文学"具有更大的"史诗性"的文学雄心,但它只从当代意识中打捞了中国"新现代性"生活的意义生成表象,便匆忙将用起来半生不熟的"偶然性"和"欲望"用作历史叙事的重要因素,用知识分子话语的抽象人性论来解释历史,它接过刚刚流行的"欲望"符号在历史领地里招摇过市,却实际上在将历史欲望化的同时也将"欲望"污名化,而这与新兴的生活现代性的肯定物质和欲望合理性价值理念的前提背道而驰。它终于没有使"文学新时期"这种特定的文学理解自己的时代,而固执于不断趋向自己的"文学意识形态",历史似乎理应成为"文学新时期"颇具文学

---

① [法]巴利巴尔和马歇雷论文:《作为一种观念形式的文学》,见[英]弗朗西斯·马尔赫恩编《当代马克思主义文学批评》论文集,北京:北京大学出版社2002年版,第46页。

表现雄心的施展领地,恰在此时此处,"新历史小说"成为"文学新时期"虚弱的叹息,反讽式的终结遂成定局。

新世纪文学的兴起

无论如何,"新时期文学"或"文学新时期"的结局都会是一场喜剧。因为与它同体而生的"新世纪文学"在它的砥砺之下终于在20世纪90年代声势渐大,进而在新世纪形成了整体性的替代格局。

"新世纪文学"并非一个纯时间性的概念,我越来越觉得,一个社会性时间的"新世纪文学",也即所谓的"文学新世纪"[①]对分析认识晚近以来中国文学是非常重要的。最初,是因为人们在"新世纪新阶段"忽然意识到当代文学的文化背景、整体氛围和格局,乃至人们的文学意识都已悄然改观,因此使用"新世纪文学"这个概念试图对其进行现象探讨。进而我们深入"新世纪以来"的文学现象进行分析思考,发现所谓"新世纪文学"并不能用一个分明确定的"新世纪"时间来界分,溯其上源,大家的共识是,在上世纪的若干年中,一个"文学的新世纪"已经开始。在这种认识下,我渐渐倾向于将"文学新世纪"亦即"新世纪文学"看成是与"新时期文学"或"文学新时期"一体生长的文学。这也就是说,1978年的某个时刻,当中国社会历史被宣布进入"历史新时期"之时,中国当代社会历史的一个里程碑式的新纪元便揭开了序幕。这个时间点所开启的,不仅仅是中国社会的"新时期",它也开启了未来的整个21世纪,[②]在其价值意义上,由于其明确宣布纠正"以阶级斗争为纲"的极左路线,而将国家

[①] 有关"新世纪文学"的有意识的讨论,参见《文艺争鸣》2005年第2期。有关"文学新世纪"的提法,最早由沈阳师范大学中国文化与文学研究所、《文艺争鸣》杂志于2005年举办的"新世纪五年与文学新世纪研讨会"提出。

[②] 值得参考的是,2006年5月25日英国《卫报》刊发一篇文章,题为《20世纪止于1989年,那么21世纪始于1978年》,新华社《参考消息》在译发这篇文章时标题为《中国的1978年开启21世纪》。这种提法富有意味。

工作重心转移到现代化经济建设上来,并进而形成了"以经济建设为中心"的基本路线方针。这无异于宣布一个中国新现代性主导的新的以物质建设为基本前提的生活重建的开始。然而生产关系的调整和形态的演进需要时间,一个明确的路线方针也需要在实践中逐步加以理解,在不断的解放思想中加以探索、实践,逐步落实并使之明晰起来。历史的丰富之处在于,在已经明确宣布中国新现代性的社会取向之后,以"新时期文学"的名义,"文学新时期"由于拿来了五四启蒙现代性当作批判武器进而发展成为一种新的文学理念,造就了文学的"新时期"的特定含义和特定的文学想象。这多少有点令人迷惑不解,说是插曲却也是历史的必然。启蒙现代性话语有力地完成了对过去"文革"激进现代性的批判,并借五四精神促成了一个"解放思想"的新的局面,也得"改革开放"的精神风气之先。获得这种特定价值现代性含义的历史地位与作用的"新时期文学"就这样被固定在时间和意义坐标上。它曾经表面掩盖了我们的视线。而一旦"新世纪文学"概念被深入探讨,我们便发现一个中国新现代性创造和发展的历史,足以展开一场有关"文学新世纪"与中国新现代性的问题反思。结论是,"新世纪文学"无疑是表征着中国新现代性的历史新时期的文学,是从生活现代性、物质现代性上深得现代化建设及其改革开放精神的文学,它无疑起始在中国社会历史的新时期起点上。只不过,它在当时势力强大的启蒙现代性话语的缝隙中,在伤痕文学、反思文学、改革文学及至后来的寻根文学、先锋文学步履交错的浩荡纷乱中逐渐由潜而显、由小到大地成长起来。如果说"新世纪文学"是在"新时期文学"摇篮中与其一同成长,那么待到"新时期文学"气势渐衰,"新世纪文学"终于在现实土壤上挺立起来,以露出的新鲜面庞迎着新世纪的阳光,报告着历史深处迟到的信息,即"新世纪文学"是真正体现了中国社会"历史新时期"的新现代性的文学。

"新世纪文学"早在80年代就以另类的惊世骇俗的文学作品而出世

不凡。这些卓尔不群的出色作家及其作品很难在"新时期文学"中归类，曾以其"异数"或"另类"面貌让人困惑不解。他们的文学才华仿佛从天而降，他们为何在艺术上标新立异而又在社会上深入人心？最早是汪曾祺的小说，他宽和平静的美学面貌，滤去了所有的意识形态痕迹，执着于往日日常生活的琐碎展示，却能在俗世生活中生出不少令人叫绝的诗意。汪曾祺在伤痕文学流向大盛时不涉"伤痕语"，首先报告了生活现代性的胸襟和准确信息。① 接着是莫言的《红高粱》，汪洋恣肆的生命感觉和压抑不住的欲望表征着那个改革开放的个体生命欲望启动的事实，是那个生活现代性的久被压抑后不无浪漫气息的一次壮丽喷发，是新时代肯定生命欲望合理性价值的文学象征，也是中国新现代性基于生命欲望的创造力的神话的象征。然后是阿城的《棋王》，这篇影响广泛的作品在所谓的寻根文学中绝对是个异数，以其执着于"吃"的主题而使作品迷恋和贴近一种生活唯物主义，一种基本生存的真相，而不是什么"寻根"，②如果一定要说他有"根"，那也是唯物的生活之根，是食者性也。然后是王朔。王朔的叛逆是从充满了"文革"气息的被严重意识形态化的生活中恢复生命的幽默和本色，是对从激进现代性造成的僵化语言中获得反讽效果的解构和解放。它甚至不断地攻击精英式的文学意识形态，不能不将其看作新的生活现代性的一种情不自禁的叛逆式表达。当然，如果要将张贤亮、王安忆最早对"性恋"主题的探索也算在其内的话，中国新现代性所开启的"文学新世纪"，总算有了一个不同凡响的 80 年代现身。只不过，现在我们才在"新世纪文学"的名义下，仿佛领悟了他们当年之所以显得另类、异数，却出手不凡、惊世骇俗的个中缘由。才华乃时代最好的注脚，也恰是时代的敏锐触角。

---

① 有关汪曾祺小说的"另类"，参见孟繁华、程光炜：《中国当代文学发展史》，北京：人民文学出版社 2004 年版，第 165 页。
② 参见陈晓明：《论〈棋王〉——唯物论意义的阐释或寻根的歧义》，《文艺争鸣》2007 年第 4 期。

80年代末期,"新写实小说"的集体登场亮相,一时成为文坛关注的焦点。新写实的创作主张描写生活"原生态",将文学的镜头对准"日常生活",书写小人物的欲望和烦恼,充满了平凡生活的毛茸茸的细节。这一潮流在80年代末可以视为中国新现代性的第一次集群展示,影响十分广泛,在寻根文学和先锋文学兴起和衰减之后,昭示了潜力巨大的新的文学力量。它同时也预示着90年代以生活现代性或物质现代性为主体价值的新世纪文学已可以取代"新时期文学"的创作优势。

90年代是"新世纪文学"形成主导趋势,以集群方式搅动文坛的时候。《废都》《活着》《长恨歌》《许三观卖血记》的出现,基本上扭转了"新时期文学"启蒙现代性话语的统治局面。它们作为一种中国新现代性的"生活寓言"式的长篇写作,在绵实的写实情节与细节后面,以精确笔力,展现了对日常生活之流的深度把握和寓言式的思考,解除了80年代启蒙现代性的内在紧张,使生活的空间或历史的时间得以总体化,充满了世俗感,对欲望生活、物质生活、日常生活的留恋、迷恋之上,颓废与坚韧,随波逐流与意志信守,都依"生活"二字的追问沧桑而直似一部生活的感性启示录。除此,90年代陆续出现的60年代作家群体、女性文学创作群同样也走出了"新时期文学"的启蒙现代性,直面生活的现实困境,都市的欲望喧嚣与两性之间的情欲交锋,有着对新生活的物质和身体的锐利感觉。虽然这些新发展是在所谓"纯文学"概念或视域内取得的,但其文坛的角度直视生活的努力和进取姿态非常鲜明,也表明主流文坛的创作整体转型趋向。90年代,人们确实已感受到文学的"新状态",① 但批评界的理论话语依然停留在80年代启蒙现代性的认识上,这形成了巨大的反差,一边是生机勃勃的新现代性生活写作,一边却是陈旧老套的批评话语,除了几个文学潮流的命名,深入地切中这股新的文学的新现代性历史真相

---

① 在20世纪90年代有"新状态文学"概念的提出,表达出对90年代文学出现的"新"的"状态"的初步观察。参见王干、张颐武、张未民:《"新状态文学"三人谈》,《文艺争鸣》1994年第3期。

的批评几乎没有。相反,沿用旧有人文性道德批评的话语,抨击新写实的"原生态""自然主义"式的裸露描写、价值缺席,批评《活着》对生活的妥协和对苦难的温情超越,批评《废都》及60年代作家和女性文学的"欲望书写"和价值虚无,等等,不一而足,不无偏见。90年代文学批评没有真正历史地理解当时的新创作。它们似乎是以批评理论形态所展示出来的一种"反生活现代性"的现代性。今天,以"新世纪文学"的新现代性所能提供的意义阐释,对90年代文学应给予更为恰当合理的重评。

历史进入新世纪,以国家宣布的初步实现小康并要向全面建设小康社会迈进为标志,中国社会的新现代性的社会变革局面已整体性地展现在世界面前,其以人为本的大规模生活重建显露了更加主动更加进取的姿态。社会建设和民生改善成为令人关注的衡量全局的重要维度。此时,新世纪文学的概念也就呼之而出。新世纪的中国新现代性向更加广阔的空间渗透,"文学新世纪"的版图也呈现新的大规模全方位扩张的特点。以"80后"为主体的"新性情写作"、以网络平台为载体的"网络文学写作"、群体庞大的打工者一族中出现的"打工文学"写作,以及以传统表现形式为主的"新传统文学写作"等,形成了一股更加全面的生活化的文学趋势,超越了文坛主流的"纯文学"一统的狭窄局面。同时,《尘埃落定》《秦腔》《沧浪之水》《尴尬风流》等作品体现了主流文坛对80年代以来创作的反思,形成了在新的基础上的新"伤痕"、新"反思"、新"改革"、新"寻根"等综合性发展,超越单调观念形态的"生活寓言"特征更加鲜明。而"底层现实主义"的兴起,又成为引人注目的新态势。沿袭着旧有观念的主流文坛及其启蒙现代性批评话语,人性论和存在主义的批评话语,"文学性"话语,对新兴起的边缘性写作充满了诡异的心态,不时有种种傲慢与偏见的现象出来。如对"80后写作"过分从主流文坛纯文学角度出发并缺乏理解的批评指责,如韩白之争,如关于玄幻文学的批评,如关于《兄弟》的争论,等等,表面上混乱热闹,实际上是"新世纪文学"的观念已发生了很大的改变、整体地浮出水面的表征,文学冲突必不可免。值得一提的是2003年底由《文艺争鸣》杂志挑起的一场关于"日常生活审美化"的美学文艺学论争,围绕着生活与文艺学的性质展开了波及全国的激烈论辩,很大程度上已促使人们重新要在"生活"的意义来理解和解释文学了,有人提出了"新的美学原则崛起"的观点。在我看来,这表明了新现代性在为自己开辟着新的生活美学境界。

"新世纪文学"正在新世纪里,不断有新的兴起、新的消息。从其兴起历程中看出它的几个特征。

其一,"新世纪文学"的兴起与中国新现代性转型有着密切的关系,它以文学的方式反映和回应这个中国新现代性所重新创建的新生活形态,体现了这个中国新现代性的主导价值取向。文学总体面貌不再有意识形态挂帅,也不再有启蒙理性挂帅,生活唯物主义肯定物质因素作为第一性的东西给人们精神的影响应当受到艺术的关注,"物质生活已在以往的历史过程中被纳入到人类的生活当中,就像腑脏生在人体内一样"①。生活的首要位置,从经济、物质到社会,富国强民的压倒性发展路向成为一种大局,成为文学思考时代的必要依据。这时的启蒙现代性和民族国家现代性依然重要,但显然并不如中国新现代性的首要性。中国文学需要在这样一个和平崛起、科学发展的时代,深刻地理解和回应现代化经济建设、科技进步、社会发展的理性抉择所带来的时代精神与社会转型的变迁。从某种意义上讲,这也的确是一种"新意识形态",但我们不应只从缺乏建设维度的、负面的、学院化的、精神性的、文化的角度去阐释这个所谓的"新意识形态",②还是应该像这个"大时代"所创造的日趋理

---

① [法]费尔南·布罗代尔:《资本主义论丛》,北京:中央编译出版社1997年3月版,第67页。
② 有关"新意识形态"的论述,参见王晓明:《〈在新意识形态的笼罩下〉导论》等文章,王晓明主编论文集《在新意识形态的笼罩下》,南京:江苏人民出版社2000年版。王晓明认为"那个流行的'现代化'理论框架","无法解释'新富人'的崛起,因此应"放开那一套流行的'现代化'阐释,重新来审视20年的社会变迁",遂使用"新意识形态"这一概念,反省、质疑"新意识形态"。

性、宽容的智慧视野,从理解的、对话的、生活的角度来谋求阐发中国新现代性的含义,而不光是以"西方马克思主义"为资源的激愤式批判,或以"文化研究"为名的冷漠的学院式"利益""权力"话语"研究"。一种建设性、建构性的维度,一种现实历史中的人的热情和生命活力的维度应该成为认识和批评的出发点。归根结底,我们最终还是要从这个由新现代性造成的"新意识形态"来解释新世纪文学,在理解、批判和对话中参与其实践。

其二,中国新现代性是一个系统而复杂的社会现代化过程,因此"新世纪文学"从上世纪80年代末开始遭遇一个多面而复杂组合的社会形态,并对这种社会现代性变迁陆续做出反应。它遭遇到了一个以信息媒介发达为特征,以由信息媒介网络构筑的现代性物质生活为对象的现代媒介生活,作为"生活"的媒介和网络,之于文学写作方式、阅读传播方式、文学作品的存在与呈现方式,都促成了重要的改变;它遭遇到了一个以老龄化为特征的老龄化社会,一个老龄化的长寿文坛的来临也已开始,因此"80后"的文学写作方式与社会实现方式相距传统文坛有了巨大调整,老龄化的压力造成了写作的青春化及其社会学区隔;它遭遇到了一个市场主义的消费社会,物质的丰富带来精神压迫、欲望困境,并以转型期社会的混乱方式表达了富与贫等不同阶层的物质反应,造成新的复杂的生活态度、生活困境以及新的人性问题;它遭遇了一个以竞争主义为手段和形式的经济社会,民生问题凸显,社会弱势群体问题凸显,公平与正义在"效率"面前如何伸张与缓解,新社会性和新人民性将成为文学汲取思想道德力量的生活理念;它遭遇了一个走向新文明形态的社会,工业文明、城市文明、生态文明从各自的角度重新塑造文明的价值尺度和思考维度,乡土中国社会和边地文明的多样空间都受到了极大的冲击,自然生态遭受的威胁突显了现代性的生态伦理价值,新世纪文学的文明视野与价值把握成为其新现代性的表现问题,城市文学、乡土文学、生态文学的文明思考亟须深化。所有这些表明,新世纪文学与新现代性所带来的社会形态的联结和调适空前复杂,启蒙现代性所形成的时间性的文学思潮与文学精神的演进变化维度已被更加空间化的社会文学精神的思考与应对所代替,多元性的社会网络空间与文学的立体化发展互相渗入各自的机体,造成新的复杂局面。

其三,中国新现代性首先肯定人的合理欲望,并以个体生命欲望的启动为现代生产力的原初动力,以满足人们的各种需求为良好社会的目标。欲望成为这个时代我们每个人都要处理好的核心问题,它关乎日常生活,也关乎人生伦理大节,进而关乎文明的价值。欲望与文明的冲突成为中国新现代性社会的基本主题,超越启蒙主义的"文明与愚昧冲突"主题模式,[1]建构自己的"欲望与文明冲突"新主题模式是"新世纪文学"的核心问题所在。在中国新现代性的背景下,对人的欲望需要有一个更实在、更合理的肯定前提,同时也需要有一个文明的限制和秩序。一味地以"欲望化写作"加以道德化指责,以抽象的"人文精神"来批判,并不能切中要害,解决问题。一个物质生活中的实实在在的人的现代性生存问题需要更加辩证地加以理解,更加谨慎和智慧地予以文学处理。在这个意义上说,"新世纪文学"是在与"新时期文学"的博弈中成长起来的。

其四,"新世纪文学"凸显了日常生活的重要位置,这也是中国新现代性给文学带来的新变化。"生活"不再是从前那样的仅作为艺术表现的材料,不再是为了表现主题的可分解的"成分",而是整体性地、浑浊莫名泥沙俱下地呈现在文学作品中,占据了文学的显要地位,对日常生活价值的肯定是对日常生活进行批判的前提。日常生活的价值从新写实小说开始便成为当代小说叙事、诗歌、散文写作乐此不疲的重要领域,"新世纪文学"恐怕主要不是从批判的角度,而首先是从揭示日常生活真相的

---

[1] 有关新时期文学"文明与愚昧"的主题,参见季红真:《论新时期小说的基本主题》,见甘阳主编:《八十年代文化意识》,上海:上海人民出版社2006年版,第120页。

角度,对日常生活价值予以肯定,对人的真实位置和处境进行描摹和指认,"这既不是盲目,不是激情,不是命运,也不是冲突性的价值。它只不过是生活"①。比如对余华们来说,"一位医生,他的使命就是不惜一切代价让其他人活着"②。日常生活仿佛是一个不适宜价值论生长的地方,因此对它的批判就很难以纯粹的唯价值论来批判,而仿佛只好作一种审美批判。这正是文学得以施展才能的地方。无疑,"日常生活审美化"给文学的审美批判既带来机遇,也带来难度和挑战。

其五,中国新现代性赋予"新世纪文学"以新的现实精神,它并不一般性地关注日常生活,而是具有现实精神的日常生活真相的突进。它将正视欲望生活的现实,力图抵达真相。从90年代初的"新写实小说",到90年代中期的"现实主义冲击波",最后都融入到新世纪态势浩大的"底层现实主义"写作。这是"新世纪文学"在中国新现代性观念条件下以现实精神显示自身社会与文学价值的真诚努力。"现实精神"不是传统的"现实主义",不是创作方法上的"现实主义",而是一种面对新的生活大潮铺天盖地而来的一种文学介入精神,一种探求真相、理解生活的精神,一种实事求是的智慧和融入生活的态度。"底层现实主义"写作队伍庞大,形成新世纪文学最大的一股潮流。从作者角度看,有"在生存中写作"与"在写作中生存"之分,即有底层人的自我书写与职业作家的代言书写之分;从社会题材区域划分,有乡村底层、农民工底层、城市底层的区分。"底层"是一个社会学意义的概念,但也是一个盛行在文学界特有的概念。"底层"笼统而边界模糊,并不适于作社会学的精准分析,却可以代替"阶级"而成为文学界民生关怀的巨大的道德激情来源。"底层现实

---

① 引自[意]弗兰克·莫莱蒂:《真理的时刻:现代悲剧地理》,见《当代马克思主义文学批评》,北京:北京大学出版社2002年版,第129页。
② 这句话是弗兰克·莫莱蒂描述易卜生话剧作品《野鸭》中的人物勒林的一句话,勒林是一位医生,在此加以借用。[意]弗兰克·莫莱蒂:《真理的时刻:现代悲剧地理》,《当代马克思主义文学批评》论文集,北京:北京大学出版社2002年版,第129页。

主义"应该是底层视角与当代文学的现实精神的统一。它揭示现实真相而导致审美批判,底层在这个意义上是日常生活的同义语,并不能成为社会学的理性判断。

其六,"新世纪文学"实现了文学的多样化。多样化、多样性,曾经是"新时期文学"在"自由主义"和"人的解放"口号下提出来的,并构成了文学的"新时期"的集体想象。但"新时期文学"本身并不能带来一个文学的多元化丰富的时代。因为"新时期文学"的主导观念是精英式的,它形成了一个以纯文学、启蒙观念为思想底色的主流文坛,文学发展中曾经发生了对诸如"打工诗歌""80后文学写作"的忽视与偏见。这个主流文坛的观念正在调整。对"新世纪文学"的格局,我先前曾用一个转型中的主流文坛加上若干群体的边缘性写作来描述,现在看来,这样做虽然将新世纪文学的视野扩大了,但也有不妥的地方。谁是主流,谁是边缘,这本身就难以界定。况且现在所谓的主流文坛也在分化,边缘和民间也在调整。因此,我想还是要从大文学的视野出发,将新世纪文学划分为若干种写作群落来描述,如日常生活写作、由日常生活写作渗入"底层"关怀观念的"底层现实主义写作"、介入性社会写作、新性情写作("80后文学写作")、网络文学写作、新传统写作、文明主题写作(如生态文学)、女性写作、生存(生活)寓言写作等等。

最后,我想说,"新世纪文学"在中国新现代性语境下形成的新的文学特征,在其根本上,乃是发生了文学观的变化,形成了新世纪的文学观。我认为,新世纪的文学观是一种可称之为"写作的文学观"的新文学观。它不同于"新时期文学"由五四新文学观所形成的精英式的"创作文学观"。在新世纪文学看来,文学是一种写作活动,可以用"写作"来划什么是文学的"底线",文学当然也可以是一种"创作",但我们不能用精英意味、天才式的"创作"概念来划定、限制文学的范围。90年代以来,文学上流行"写作"一词,无论是精英,还是初入文坛的写手,其活动都可以称为一种"写作"。这标志着审美风尚的深刻变迁,一个文学观念的深刻转型。写作构成一种社会意义的生活。在"写作的文学观"的旗号下,一个大文学,一个适应中国新现代性的社会化、生活化的大文学趋势已让人们的文学认识发生了转变。文学是广阔的,正如中国文化传统对文学的理解一样,没有什么形式的语言写作没有成为"文学"的可能性,也没有什么语言写作的空间不能和"文学"发生更多的联系。"新世纪文学"是在生活中开放的文学,是道路越走越宽广的文学,同时,它本身即构成一种生活,写作性的文学生活无疑是我们整个社会生活的一翼,是中国新现代性的一部分。

2008 年

写作的时代与新性情写作

——有关"80后"等文学写作倾向的试解读

"写作"的时代

这或许是一个写作的时代。

所谓"写作"的时代,是相对于从前的"文学创作"概念而言的,那时人们谈及文学,总是跟"创作"一词联系着的,而"写作",则不能与"文学"联用,不能说"文学写作",只能说"语文写作",因此那时的文学便可以说是处在了一个"创作"的时代。大约从20世纪90年代起,"文学写作"一语在中国文学界渐渐流行开来,最先大概是从对先锋诗歌、先锋小说的表述中出现的,人们乐于称先锋诗歌写作或先锋小说写作,而潜意识地弃"创作"一词于隐晦不明之地。渐渐地,谈及文学,就开始什么都是"写作"了。而"创作"一词的日益贬值,似乎已成一种文坛的不可遏止的流行时尚。漫洇至新世纪,在今日中国文坛,依我之见,写作与创作虽仅一字之差,却标示着一个时代的文学风尚的变迁。且不论是"春江水暖鸭先知",或者是"却道天凉好个秋",每个文学的相关者尽管感受不同,但只要你注意一下最近来自复旦大学中文系的一则消息,就会明白,一个写作的时代已然来临。

据上海《文学报》2006年3月23日头条报道:由著名作家、复旦大学中文系教授王安忆领衔,复旦大学中文系经批准设立我国首个"文学写作"(Creative Writing)硕士点。该文学写作专业设三个研究方向,分别为"小说创作的叙事研究与实践""散文与传记创作研究与实践"以及"大学写作学"研究方向。

这则消息不仅表明"文学写作"作为一个新的学科名词的诞生,而且仔细观察,个中所透露的信息,则是我们在旧世纪所持的"文学创作"观念与"语文写作"观念二者在新世纪的融合,俨然显示了一个新世纪的文学格局。这个"文学写作",尽管其中"文学创作"如小说、散文的创作与研究成为主要内容,但它毕竟表明连小说、散文以及诗歌、戏剧这样的属于"天才"的"创作"领域,也可以进行教学传授,在切磋、研讨、实践中成为大学课程了,它只能降卑为"写作";更何况,它还囊括了原来作为人们基本语文素养的基础写作,可见,"文学"及其"创作"的边界也越来越模糊,向非神秘的世俗化方向扩延而去,可谓"文学的祛魅"之一种。

试想当初,由"先锋写作"而将"写作"一语用在文学上,恐怕是想强调文学的语言形式探索性质,同时也表明先锋作为"个体性""写作"与从前的社会化的宏大叙事的区隔;而它在文学界的流行,也大概是由于现代图像传媒的发达而使文学不得不强化自我的语言写作特性。但是"写作"却又是一个何其世俗和普通的词汇,就像我们的日常语言一样是日常性的俗物,在"写作"的层面上和意味里,它的神话性多少会被遮蔽,这或许是所谓"先锋文学"或"文学创作界"始料未及的。

对文学而言,写作的时代与创作的时代大不相同。创作总是要强调创造或创新,而写作无疑更加客观或平实,是对"写"的状态性的描述,是更接近语言的、个体的"写作",也是更普遍、更日常性的、更大范围的"写作"。由此"写作的精神"与"创作的精神"在某些方面便大异其趣,用来观察、判断文学便会所见不同。我们首先遭遇的是文学观的不同,文学究竟是写作还是创作?二者有包容或一致的一面也有相反或不同的一面,究竟如何把握，并不是一个简单的问题，而且我们明白，在中国新世纪文学的现实发展而言，它更是一个非常重要的亟待澄清的问题。其次，它在现实层面尤其涉及一个文学伦理问题，我们文学的"底线伦理"究竟是以"写作"来划线还是以"创作"来划线？我们究竟是要一个经过严格筛选的、精致的、专业化的文学，还是要一个自然的、宽泛的、生活化的、更具包容性的文学？很多文章在称呼近年来出现的"80后"的"文学者"时，往往用"写手"相加，在一个写作的时代，这或许没有什么稀奇，如果韩少功称自己的写作为"公民写作"，莫言称为"作为老百姓的写作"，那么谁又不是"写手"？如此，我们究竟要怎样使用诸如"作家"和"文学"等词汇？还用得着那样谨小慎微吗？

最终还是要面对现实来说话。

新世纪文学中的"新性情写作"

对于一个"写作的时代"的观察和判断有关我们对新世纪文学的观察与判断。基于新世纪中国想象的中国新世纪文学，究竟是个什么样子？如果我们总是称"文学写作"，那么就要认真面对这"写作"带来的后果。如果我们认定现实中国、新世纪的中国，在文学中国的意义上，已是一个"写作性"的文学中国，而包容着或超越着一个"创作性"的文学中国，那么中国的新世纪文学，在将"写作"一词赋予文学性质的同时，也必须秉持对"文学写作"的宽容理解，必须面对理解一个在新世纪中国想象之上的"大文学"而不是旧世纪的"小文学"。

在我看来，那个旧世纪80年代至90年代形成的文学体制和形态是过于"创作"化、专业化、精英化了，它很可能只是我们文学趋于更加社会化、世俗化、中国化过程中的一个过渡，一个中国文学史上、文化史上的特殊时期的转型产物，它是面向新世纪不断实现着蜕变与新生的。而新世纪文学,正是这过去的世纪最后 20 年中国文学发展与成长的一个方向,一个新世纪的文学中国想象。我们应该建立以新世纪中国现实和想象为立足点和出发点的文化观念、文学观念,而不是以过去世纪 80 年代、90 年代的文化观、文学观为今日文学的立足点和出发点。延后多年来看,也许上世纪 80 年代至 90 年代的文学正是新世纪文学的一个前奏或前身。这当然不是要割断"新时期文学"以来的历史,也不是要否定文学作为一种语言艺术的"创作"性质,而是要明确在一个变化太快的转型社会,文学的观念和形态也不能不得到更新、扩容和变化。新世纪文学的概念不应是"断裂式"的历史总体化,它应将新世纪之前的一个阶段的文学纳入视野,而将新世纪现实的文学变化与发展作为视野展望的中心。新世纪文学在此基础上必须纳入新的现实所提供的新的文化和文学因素,用宽容的、宽阔的文学视野来观察和理解文学,在文学观的发展扬弃意义上,借鉴或坚持对文学"创作"观念的理解,同时也能将"写作"观念的因素加以融合与恰当的处理。毕竟,我们都不反对将文学视作一种"写作"。尽管你可以强调这乃是一种有关"文学性"的写作,那这里的"文学性"也毕竟是"写作"的文学性,而与"创作"的文学性不可同日而语了。写作既可是先锋的,也可以是日常性的,写作是一个充满矛盾和张力的广泛文学意义领域。

那么我们该怎样描述中国新世纪文学?

中国新世纪文学是由一个主流文学写作及若干新兴的边缘文学写作所构成的大文学格局,是一个以"创作观"为轴心而以"写作观"为基础的广阔包容的文学空间。这个主流文学延续了上世纪 80 年代至 90 年代产生并发展出来的文学创作形态及其主题传统,包括具有历史反思、人性反思、精神反思的理性化旨趣的反思文学,作为文化寻根、族群寻根、生存寻根的民情性旨趣的寻根文学,以及作为个体性和文学形式探索的先锋性旨趣的先锋文学,它们成长进入新世纪文学,构成了新世纪文学的主流态势,并较之过去的世纪,都有了重要的面向新世纪现实的变迁,他们虽然都还以"创作"为文学骨子里的主导观念,但也不可避免地同时也是一种"文学写作",发生着这样或那样的适应新世纪"文学写作"的调整和转变。无论就其反思性、寻根性和探索性而言,我们都已不能用80年代或90年代的文学眼光来看待评价新世纪文学的主流写作了。无论是愚昧与文明冲突的理解思考,抑或文化还乡的精神探索,抑或文学实验的语言先锋,在新世纪都已成传统,"四舍五入",融汇成一个新的社会现实下的整体性的主流文学,风骚依旧,却已神韵大变。起码在"文学写作"的意义上,其"文学性"愈精进,其文学隐喻性愈成为一个真正像样的文学的"隐喻",其离社会和现实所指就愈远,就更靠近一种纯粹而高蹈的"写作"。在这个意义上,如果我们去体会《檀香刑》《秦腔》《尴尬风流》等新世纪以来的叙事作品的意味,就会明白它"创作"创了一些什么?那些文本的、审美的、语言的、想象上的文学处置与解决,甚或文学"革命",最终都不过是一种隐喻性质的"写作"而已。

而那些处于边缘的新世纪文学写作形态又怎样呢?它们因受惠于新世纪中国想象和社会实践的催生而顽强地生长,又因更多地带有文学的"写作性"而不免泥沙俱下,而与主流文学构成一种对立统一的中心/边缘关系,并在创作/写作的定位冲突中,对主流文学的观念和等级秩序构成了一种解构、一种冲击。这些边缘写作也许没有主流文学的创作分量和精致,也似乎没有主流文学那样明显的边界,而是在"写作"的意义上涵盖了一个更加广泛而生活化的文学写作领域,但它们存在的意义,不仅表明了新世纪的来自时代生活深处的新的文学力量,更在于其成为主流文学写作的参照,使我们通过其镜像反射察看到这个上世纪80年代和90年代形成的文学写作传统在新世纪所存在的不少局限和问题。

据相关资料,近年来中国的农民工大约在1.3亿,这个规模大大地改变了新世纪"中国想象"的人口地图。这个相当于英、法两国人口规模的农民工大军也正是新世纪"中国崛起"的奥秘所在,由于这些独特的中国化的人群的存在,中国成为"世界工厂"才有可能,那些飞速延长的高速公路和遍地拔起的高楼巨厦才有可能,甚至我们众多的日常生活便利乃至精美的居室装修才有可能。这应是真正的"中国因素"或"中国想象"。值得庆幸的是,一种名为打工文学的文学写作,在近十几年的成长中遭到了来自主流文坛的忽视和压抑,终于在新世纪让人们正视了它的文学存在。我曾称这种文学写作为"在生存中写作",正是看中了它对于我们上世纪80年代以来逐渐形成的主流文坛的对照性意义,他们是为生存而奋斗的,在第一生存即为解决衣食住等基本生存目标意义上的生存中写作出文学。与此相反,我们的主流文学,大体上可以说是一种"在写作中生存",他们首先生存在"文学"的精神躯壳里,标榜着文学是这些专业性作家们的生存方式,不无夸张地自认为没有文学他们的生存将失去意义。

据去年下半年公布的《第16次中国互联网络发展状况统计报告》(中国互联网络信息中心发布),中国互联网上网用户总数已突破1亿大关,达到1亿零300万。这无疑构成了新世纪中国想象的重要之维。一个似乎全球化的、技术化的网络平台,由于中国化的存在和力量,也不能不在一定的界域内成为一个"网络中国"的所在。网络的自由是广大的,但并非无边,对于"网络中国"而言,中文无疑形成了相对稳定的界域,而中华文化也会形成一个网络中的凝聚力和辐射力的轴心,中国网民又自然而然地成为"网络中国"的主体。在这种情势下,一种"网络文学写作"也自然地会成为中国新世纪文学的重要部分,它以电子介质的文学写作构成了对纸质媒介的文学写作的互补、解构与冲击,其间虚拟的文学空间、漂游的碎片化的"文学性"、不拘一格的文体表现、自由而互动的文学交流,以及那些面目不清、常常啸聚网络山头的网络群众(粉丝),形成一种别样的新世纪的文学生活,给新世纪文学写作提供了新的可能性。网络文学写作与传播更大程度地是一种"写作性"的广阔文化文学空间。

网络写作的对文体的解放、对更大范围更新形式的文学的实验、对地域性的网络超越,纸质写作的文学与电子介质写作的文学及流播之间的矛盾互动,都将对中国新世纪文学产生不可忽视的影响,重新塑造着人们对文学观念和功能的理解。主流文学对网络文学空间的傲慢与偏见,与网络文学空间对"文学"的改装与突围,使网络文学写作仿佛成为主流文学的一个反讽而具有解构趣味的存在。而在新世纪,起码从舆论与传播角度,主流文学写作也日益地依赖于网络的舆论与传播。

据中国国家统计局公布的资料,2005年全国高中、初中、中等职业学校在校生总数加起来已超过1亿人,全国普通高等教育在校生达到1562万人,如果把除此之外的与这些在校学生年龄段大致相同的青年人群算在一起,那将是一个更大的人口存在。这个巨大的人口存在关乎我们的"中国想象"。他们不仅是中国的未来,而且就构成一种中国的现在和现实,构成了中国的"现实存在"。新世纪以来,以这个青年群体的文化与需求为基础,形成了一种以所谓的"80后"文学写作为主体的写作倾向与现象。1999年《萌芽》杂志举办首届全国新概念作文大赛,2000年新概念作文大赛一等奖得主韩寒推出长篇小说《三重门》,成为这种文学写作崛起的标志性事件。仅仅数年时间,不管人们笼统地称之为青春文学写作也好,或"80后"文学写作也好,以韩寒、张悦然、春树等为代表的文学写作,包括叙事文学和散文等文学作品,颇具声势地占领了文学图书消费市场的重要一角,尽管其卷起的写作潮流不免泥沙俱下,却以一种新颖锐利的文学才华、不菲的创作实绩、鲜明的写作特征而自成格局。这种倾向和现象的文学写作显然超过了所谓"80后"这样的年代学划分,诸如安妮宝贝(2000年推出首部长篇文学《告别薇安》)等也可算在其内。再早二三年的上个世纪末,那几位"70年代"文学人如卫慧、棉棉在某种意义和程度上则是这个写作倾向的先声。中国新世纪文学已不可能无视这种文学写作的存在。

我们愿意称这种新世纪文学写作为"新性情写作"。

新世纪中国社会的青年中存在着一种广泛的文学写作,仅从中学生作文课业来说,资深的语文教师告诉我,那种以议论文"八股"为主的作文时代正在逐步退去,现在的学生作文在许多时候已成为运用语言在给定的"话题性"文题提示下进行的,有着很大自由表现度的更具有文学教育训练性质的写作。所谓新概念作文,其实现在应该是新表现作文,"要写你心中所想的,说你最想说的"是这种青年写作新潮的关键词,而自由的表达与自我的表现,就是这种具有广泛的趋向文学性的写作的方向与灵魂。毋庸讳言,"新性情写作"与这种广泛的文学性趋向的写作有着扯不断的生活与文学的基础性联系。而当"新表现作文"写作中的青年才俊已自然地成长过渡到一种"新性情写作",就必然地成为这个青年群体自己的文学代表,同时也给整个文学带来新的气象。

"新性情写作"是一种表现"真性情"的写作,直抒胸臆,率性率真,秉具童心,倾笔言情。正如这一路写作的文学史上的观念大师、明代文学家袁宏道所说:"独抒性灵,不拘格套,非从自己胸臆流出,不肯下笔。有时情与境会,顷刻千言,如水东注,令人夺魂。其间有佳处,亦有疵处。佳处自不必言,即疵处亦多本色独造语。"后代的袁枚则说自己"专主性灵"的诗歌是"提笔先须问性情"。"性情"大约与"性灵"一词用法相近,不过更强化了"情"的意味,今天我们选择不言"性灵"而用"性情",也是为了适应对现代文学的理解。温习袁宏道、袁枚所言,联系文学史上性灵文学写作的悠久传统,我想我们只有从抒写性灵、性情这样的角度,才能破解当前对"80 后"等文学写作倾向的种种不得要领的状况,从而客观地理解并将其纳入新世纪文学的视野,给予恰当的研讨与评价。

"新性情写作"作为一种边缘性的写作,同样对新世纪文学的主流文学构成了某种解构的态势,正是在与主流文学的对照中,我们才可以看出它的特点。性情,指写作者的品性与感情,由于这品性乃是创作者的本色之品性，因此与"情"联系组成"性情"一语，则含有本性真情的意味。性情写作或性灵写作就是将写作者本性真情对象化的写作。性情写作或性灵写作更强调写作者主体的性情投射。文学是一种心灵性、情感性的写作方式，作家的品性与情感之于文学的重要在现代也几近常识。但应该说，情感或作家的性情在当代主流文学写作中并没有给予相应重要的位置，许多主流作家首先所要书写和表达的东西，乃是由20世纪的新文学观所倡导的社会历史、哲学、思想、人性、生存、文化，或者就是文学形式、文体创造本身等等，不一而足，而将真情实感搁置一边，至多不过充当情节的润滑剂而已。正是在这个意义上，新性情写作才有其特有的文学价值，由于它将抒写本性真情放在首要的亮点位置，因此才会走近那些需要真情真性来感染的广泛读者，与主流文学的"深刻"宏大题旨造成的与广泛读者的隔膜，形成了鲜明对照。如何评价诸如安妮宝贝、韩寒、张悦然等人的文学写作才华和他们的那部分出色的有广泛影响的作品，如《莲花》《三重门》《幻城》《葵花走失在1890》《北京娃娃》等，消除舆论评价的歧见，使之整合到中国新世纪文学的整体格局中来，并在这个大文学写作的背景下给予恰当的肯定与评析，拈出"性情"二字，实在必要。

对"80后"等性情写作若干评价上的尴尬

独抒性灵或性情，当然并不能确保所写作品的伟大或优秀，正如袁宏道所说，它肯定有其"佳处"，也会有其"疵处"。更何况以"80后"写作为主体的性情写作自会席卷中国偌大青年学生阶段的写作群体，其间的良莠不齐与各种幼稚表现不时浮现。应该说，文学批评界对其所持的批评立场，如批评其缺乏生活经验、才子气、思想与社会内容贫乏、群体模仿、商业性、秋意太浓、残酷青春等，不能说没有一点道理。但问题在于我们对"80后"写作经过数年的沉淀所留下的一些比较出色的重要代表性作品能否给予理解,而整体性的排斥或否定肯定无济于事。已有诸多评论文章指出当代批评界不愿以平等身份阅读"80后"作品,主流文学的批评观念与"80后"对文学的理解完全不同,需要有说服力的解释,但究竟如何克服这些,一直语焉不详。于是,我们看到,除了一些作家,如马原、莫言、残雪等对"80后"写作若干作家作品作出了理解性的首肯,整个批评界却对"80后"写作积淀的代表性作家作品依然如盲人摸象,无法给予首肯和说明。这或许是一个过于专业的、精英的"文学创作观"与当下个体自由状态及市场经济背景下的"文学写作观"之间的错位所造成的时代尴尬。只是这种错位和尴尬持续的时日太久了。略数这些尴尬有三。

其一是以专业化、精英化的主流文学观念提出的一些看法,如对"生活经验缺乏""思想与社会内容贫乏"的指摘,"80后"写作者们不会服气,他们要问,你说的是什么"生活经验",什么"思想与社会内容",因为他们有理由自信其作品表现了他们自己的生活经验、自己的社会区域、自己的特定年龄段的思想与性情,而所有这些,都是主流文学不能够提供的,相反,倒是他们为文学增添了新的生活经验与内容,带来了新的生活气息,丰富了当代文学。比如你说他们"抽空"了现实社会的丰富内容,在个人感受和情感的狭窄生活里,甚至在幻想的梦境里虚幻沉醉,而他们要说中国文学的悠久传统中,性灵文学从来都是一个醒目的存在,古代那些性灵散文小品,那些寄情山水的诗篇,你能说它们因"抽空"了诸多现实或世俗细琐的情节或因素,具有某种"共同美",就否定其文学审美价值吗?那些言情的、神幻的、武侠的小说模式里,你能说它们突出了言情、奇幻及侠性的因素,缺乏对社会生活的"现实主义"式的呈现,就否定它们的文学审美价值吗?即使不能否认,也要贬义地将其归为"闲适文学"或"通俗文学",这正是20世纪形成并主宰文坛的所谓"新文学观"对张恨水、琼瑶、金庸等坚持言情、武侠等中国传统文学模式写作所做的压抑或打压。而"80后"写作,不过在一个新的世纪的阳光下,仍在这个思维方式投下的暗影里被忽视加上歧视。那就将"80后"们的写作划定为"校园文学"或者"青春文学",这样无论如何你都是一种"亚文学"或"准文学"了,尤其不是"成人的"文学。这有些让"80后"们无奈。至于说"消费社会的写手"或"消费文学",也大抵将文学视为"非消费"的尤物,"80后"们对此更无话可说,只好依旧向市场索要承认和欣慰去了。

其二是来自儿童文学界的说法,如有关"阳光写作"的呼吁,说"80后"写作有点不够阳光,有点秋意太浓,有点青春的郁闷、残酷和疼痛。其实这同样不甚得其要领。性情写作的直率及其对周遭世界的疼痛接触,使他们根本不同于从前"儿童文学"式的"阳光"概念写作,那种从"阳光"的"概念化"出发的为儿童人群提供精神产品的责任守持,在他们是没有的,他们要的是直抒胸臆的性情美学。在这方面,他们所能感受和遭遇的世界给予他们的性情上的"疼痛接触"和"快意恩仇",无疑具有精神的真实性。而若说对残酷或苦难的描写,他们与当代主流文学相比可谓小巫见大巫,或者可以说已经相当的"阳光"了,毕竟他们所表现的那种真性情,那种未泯的童心,因纯洁而被灼痛的童心性情、天真性情、理想肌质,是值得珍视的,那是真性情的"阳光",在主流文学中难得一见。在新世纪中国经济社会整体的"增长"和"上升"性发展中,主流文学反而对苦难迷恋不舍,也许理由十足,但也应指出,其残酷和阴暗有些已流于变态了,倒是"80后"等为新世纪文学表现出了某些青春和理想的气质,成为新的文学气象。

其三是来自80后写作内部的分裂性说法,如有关"偶像派"和"实力派"之争引起的尴尬。对此,如果我们以"新性情写作"的角度观之,很容易看出所谓的"80后"内部并非完整的一块,年代时间的命名或于表面归拢了他们,而实际上"80后"写作内部的分裂远较想象的要严重得多。而且,这也并非"偶像"与"实力"之争,而就是新性情写作与主流文学创作观之争。以韩寒、张悦然等为代表的所谓"偶像派",实质上所代表的就是性情写作的主流一脉;而李傻傻、小饭、刘峰等所谓的"80后""实力派",则更类似于主流文学意义上的"文学青年",如对小饭的评价,说他"从《萌芽》的代表作家成功地向先锋文学作家转型",可见对他们的所谓"实力派"的首肯,有着主流文学在上世纪90年代形成的对先锋作家特征的体认和成见,通过马原、残雪等先锋作家的"筛选"机制,他们被阐释为"80后"的实力派,俨然代表了未来的希望。由此,我们想说,依"新性情写作"观念,"80后"写作可作更细致的分析,但应该看到性情写作是"80后"一派最具鲜明特征和价值的主体。即便是李傻傻、小饭、张佳玮、胡坚、蒋峰等所谓"实力派五虎将"等人的作品,其见情见性的文字也不在少数,如我们读蒋峰的小说《我打电话的地方》,就仿佛一场雨中的性情体验,我们会感受到一个非常性情的蒋峰,既有先锋小说般的技巧,又有性情文学的痛快淋漓。以此来解读所谓实力派的作品,这些所谓实力派的作品就会被发现更多性情文学的特征,这多少会走出一些"80后"的尴尬。

新性情写作的若干特征

新性情写作开掘了当代中国青年生活的新的经验,尤其是当代那些处于连续不断的学校生活过程中由高中至大学这一特殊阶段的青年生活。他们处于"十几岁的尾巴上",文学感知日益地疯长,而校园的封闭又使他们拘囿于自己的天地,除了自己的青春生涯和读书生涯,其余便似乎不存在了。当代社会生活与学校生活的隔绝已达到了令人无法想象的程度,与以往的情景大不相同,社会与校园之间已愈来愈没有一个融洽共同的环境,而日益地呈现出分层化的社区独立趋势。这也使新生代的青春生涯与读书生涯得以独立,并且被成倍地加以放大,以至于非有一种文学出来表现其独特的生活经验和感受不可。这无疑可视作中国文学的一种新的文化因素,为新世纪文学开拓了新域,平添了新的丰富意涵。新性情写作正是以当代青年的青春生涯与读书生涯为基本经验来源的文学,易逝的青春情感和有限的知性思考成就了这种文学自己的主题风尚,也自然培植形成了他们个性化直抒胸臆的表达方式,除此之外,那些复杂的社会人性和宏大的社会主题、广阔的现实历史内容,并不能作为对这种文学的普遍要求而提出,相反,我倒更看重其之于新世纪文学的意义,正由其将情感的直抒表现推到了文学表现的突出位置,而无论是对易逝的青春情感的把握,或者是对有限的知性的知识思考,都将被"性情"二字所渗透和化解,见情见性的真笔墨构成了新性情写作的核心特征。而那些按照从前对"先锋文学"的"文学青年"的习惯要求,以个体化的童年视角来表现苦难的复杂的仿佛不可理喻的社会生活观察的先锋写作,并不能作为"80后"及其所代表的写作趋势的主体特征。在性情文学的意义上,"新性情写作"是当代文学的别一种先锋。具体说来,其主要特征在于:

一、情感化的生活经验,或者一种主情主义。应该说,情感是"80后"写作的基本面,他们的许多作品都可以说是一个"情感体"。我们在《萌芽》上的性情文字中,多次注意到这样的表白:"既不能载道,又不能言志……我们的文学观是刻在骨子里的。"其意思很明白,不文以载道,也不言说理想志愿,那么你要书写什么呢?答案只能一个,就是"情感",就是"性情",或者一种主情写作。以"80后"为主体的"新性情写作"的主要作家大都具有散文与小说两副笔墨,这两副笔墨由情感或性情得以贯通。散文的文体本性恐怕最擅长抒发情感,"80后"作家也大都从新概念作文写作进入文学散文,其写作可以说是从直抒胸臆开始。那些他们自己的学生时代和青春生涯与读书生涯,在如徐敏霞的《站在十几岁的尾巴上》《高三夜未央》、韩寒的《那些事、那些人》、张宗子《菊花之墙》、洪烛《经典爱情》、小饭《另外,我们倾其所有特立独行》、吴科迪《双城记》等散文中得到了情感化、性情化的融汇,成长为一片性灵的树林,那是一些令人们陌生的,于他们又是日常而庸常的生活经验,从寝室到教室,从书本到电影,都能飞翔出趣味、泪水和梦想的灵性之鸟。那些总体上积极的生活并不因个性的、特立独行甚至反叛式言行而得到削弱,而更使他们陶醉其中,体验着富有内容和深意的情感,升华为对理想的追寻与憧憬。这是一些文字华丽轻盈而不拘格套的散文笔墨,其成长进入小说的叙述文体,必然地给小说文体也带来轻松和解放,这一些由作者的独抒性灵的自然抒情所造就的小说叙述文体,就不像从前的"先锋小说"那样使形式膨胀而成为写作的负担,它们是由美的青春心灵而生成的自然而然的美文,再炫耀的词句也显得可以接受,再奇幻的情节都成为可理解的审美想象。某种意义上,张悦然的小说集《葵花走失在1890》《十爱》等作品,说其作为由丰润的情感充实起来的"感情体",是合适的,在我们的文学阅读经验中,此类情感如此丰沛的作品,想来是颇具新鲜意味的。而莫言在评价张悦然时说:"怀抱爱,怀抱梦幻,怀抱深切的悲楚,这使小说中呈现的他们因充满忧伤而高贵异常。""张悦然的小说说出了一代人的希冀与痛楚。"这是深知创作甘苦的理解之语。再展开一点来看,其实在70后的棉棉、卫慧及"80后"的后来者春树那里,在"80后"的叛逆之子韩寒的《三重门》和充满知性笔调的张佳玮的《倾城》《凤仪亭·长安》,以及自称为"王小波的门下走狗"的胡坚的作品那里,都是有着深厚的个人情感基础的,最终都是性情文笔。可以说,他们的作品的主情特色不仅在新世纪文学中有着丰富多姿的独特表现,就是与传统的以"言情"著称的琼瑶、三毛的作品相比,也是有很大的不同和审美的、个性化的、趣味化的大幅改观。

二、个性化的张扬,或者一种性情主义。性情,是人的品性与情感融合而成的。情感是品性的表现,而品性则是人的情感智慧所熔铸的稳定性因素,是一种人性品质的稳定禀赋,所谓情感成"性",即性情,成"性"之情。人的品性中有理智、情感、欲望等不同因素,但由情感来主导的品性才可称为"性情","性情中人"是日常生活中对秉具这种可爱的情感主导品性的一类人的评价,突显了他们作为一种鲜明的个性化的人的价值,有真情,重情义,不虚饰,直言不讳,直抒胸臆,令人喜爱。由此性情而进入文学,便有性情文学的存在。性情文学于是也是一种十分个性化的文学。在这个意义上,"新世纪文学"中的"新性情写作"中的"80后"作家,他们已不是从前唯唯诺诺的"文学青年",而有着饱满的性情和飞扬的个性。他们的作品无不体现新时代个性化的张扬。如果对照先锋文学,我们可以说先锋文学写作尚是一种个体化的写作,它相对于关注于社会历史的宏大叙事而言,以个体的视角来形成某种意义上的个体化小叙事,但其也有宏大叙事的一面,起码在打造一个文本形式的叙事迷宫方面,它毫无疑问体现了"宏大叙事"的嗜好。在众多探索性作品里,如《你别无选择》《无主题变奏》《褐色鸟群》《虚构》等,不仅形式重新成为宏大写作目标,而且小说中的"我"或个体人物,都被裹在巨大的形式中,去表现现代主义或先锋意义的哲学和形而上学意味,只见"个体"而难见"个性"。与此相比,性情写作才可以达成一种真正的个性张扬,个性张扬就是真性情的张扬。人的真性情建立在身心对立统一的结构之上,欲望之性和精神情感之性综合杂陈,形成富有魅力的人性呈现。韩寒的《三重门》、春树的《北京娃娃》等在此都可以视作性情之作、率真之作。

《三重门》中的林雨翔可以称得上是一个性情学生,严格而繁重的学校体制生活被他的主观性情所改装,变成一种性情的生活了。人们在评价这部作品时,往往用"思想锐利""智慧"和"幽默感"来判断其内容,但都不如"性情"二字来得直接和切中要旨,它就是"性情中人"的韩寒发愤而为的"性情之作",一部愤世嫉俗、锋芒闪烁的具有叛逆性和激情性的性情之作。它可能在语言上锋利尖刻,显示了思想智慧而好像从"童真话语"中脱出了,但实质上,韩寒所秉持的写作动力,正在于所守持心灵中的真人真性的"童心"。这种有真性情的"童心",在韩寒最近的长篇小说《一座城池》中,闪现在作品中的"我"的眼睛中,这双眼睛观察着他和别人逃离一座城池而又不知觉地进入构造的另一座人性和人世的围城之中,不时地发出富有性情的感慨和忧伤。《北京娃娃》中的那个"春树",是一个更为个性化的"我",她"奋不顾身而盲目"地追求爱情,一次一次地进入而又逃离,其实她从未弄懂爱情是个什么东西,性情和自由给青春以痛楚,但她依然故我,孤独前行,为了追求自由而付出了非常代价,不仅任性,而且任情,没有理性深度,而就是我们生活中的性情之子。至于像张佳玮的《凤仪亭·长安》,则以"知性写作"而在"80后"中闻名,但仔细阅读,他的"知性写作"早已拆掉叙事的完整性,将凤仪亭边的貂蝉故事任性任情地打乱,使得一场风花雪月的古典爱情相逢变成一种天马行空式叙述的议论风生的"文学秀"。这无疑是性情笔墨使然,倒也由任性任情成就了一种独特的有趣的文体,却从来不是先锋文学写作意义的"文学实验"。

三、幻梦的世界,或者性情寄托。"寄托"是中国传统美学的一种基本范畴,它通过"比兴"等艺术方式来寄托诗人作家的胸臆性情,山水诗是寄情山水的性灵之作,《西游记》是寄托天真自由的反抗精神之作,《红楼梦》是寄托人间情非凡爱的性情之作,《水浒传》则是寄托侠之性情的作品,而蒲松龄在谈到其谈鬼搜神的写作时说:"集腋为裘,妄续幽冥之录;浮白载笔,仅成孤愤之书;寄托如此,亦足悲矣!"可见"寄托"性情式的文学在中国早有悠久的传统。"新性情写作"的表现也有"寄托"性情的一脉,张悦然就是一位擅于在幻想的世界寄托真性情的写作者,小说《葵花走失在1890》和《残食》,前者借助女巫的力量而奉献深爱于神圣美丽的葵花,后者在鱼缸中的鱼之间发现了一场残酷的生存性绞杀,其间作者所寄托的悲楚性情令我们隐隐作痛,正如张悦然在其小说集《十爱》中提到的"陀螺":"爱和人的关系也像鞭子和被抽起来的陀螺,它令它动了,它却也令它疼了。别去看它在那里疼,你们要和我一样,都闭上眼睛,只静静听那飕飕的风声,那是鞭子和陀螺在一起唱歌。"应该说,在那些寄托性情的幻想作品里,"新性情写作"表现出"新世纪文学"中难得的浪漫精神和执着的理想主义。

四、不泯的童心,或者性情的解放。就目前"80后"写作的成功作品而言,无论是散文或者小说,其可宝贵的价值恐怕在于其具有一颗不泯的"童心"。他们已不是儿童,"站在十几岁的尾巴上",但他们却要顽固地守持着"童心"。"童心"作为一种真性情,是他们在现代社会中的人格坚持、理想的表达。尽管人人都要长大,"80后"们现在也都是20岁左右的成人了,但我们却不能用一种成人的口吻,说你们的写作不能耽溺于"未成年人"状态,应该勇敢地走出封闭,走向更广阔的社会人生。如果这样,显然南辕北辙。因为"80后"们的"童心"坚持,显然是在审美的、文学意义上的坚持,"童心"是他们文学写作的本初动机、本色性情,并不能用一般的成长社会学来要求。明代文学家李贽论道:"若失却童心,便失却真心,失却真心,便失却真人。""天下之至文,未有不出于童心焉者也。"由此观之,新性情写作最根本的特征就在于童心的率真,而这率真的童心,在文学审美领域并不能用年龄或成人社会学加以现实化还原,相反倒是应该给予理解和首肯的。如果我们的文学中果真有一群永远不肯长大的孩子,我们的文学中始终能有一片童心的未泯所在,那么对于文学来说,也许并非全然是种坏事。比照当代主流文坛,这种童心写作,也即性情写作,给中国"新世纪文学"带来清新之风,很有意义,使人们看清了充斥文坛的"假",那些虚张声势的主流写作便暗淡下来。"新性情写作"在这个意义上,不应被视为"儿童文学"或某种"童话",也不能简单归类于亚状态的"校园文学"或"青春文学",而就是我们"新世纪文学"整体格局中的童心性情文学。

直抒胸臆、率真率性的童心性情文学,获得了一种性情的解放,无论在内容表达上或者形式上,"新性情写作"不拘格套,呈现了极为丰富多样的自由状态。我们的文学,曾被要求要状写"复杂人性",要"拷问灵魂",也许这些都有道理。但是中国文学自古以来常常并不"拷问灵魂",而是追求性灵的解放和自由。因此"新性情写作"的意义,如同《幻城》《三重门》《北京娃娃》等以各不相同的性情文学方式所表达的,就是一种自由精神,是一种解放了的性情、解放了的想象力和情感爆发力,是新世纪人们自由心灵的摹写。新世纪不仅提供了性情解放的物质和精神的自由基础,而且,在一个不断强化现代性的体制化力量,乃至不断地强化全球化趋势的时代背景下,现代技术理性和科教体制对人们尤其青年也有压抑生命本性的一面,因此性情的解放在新世纪就有其来自正面或反面的动机与需求。性情本色原来在于自由的精神。

传统的复归与"新文学观"的重新审视

"新性情写作"在新世纪使中国性灵文学的悠久传统得以某种意义的复归。作为概念,性灵一词早在南朝刘勰的《文心雕龙》中就有表述:"性灵所钟,是谓三才。"锺嵘的《诗品》中也有"陶性灵,发幽思"的说法。后来唐人李延年撰写的《南史·文学传叙》中又说:"自汉代以来,辞人代有,大则宪章典诰,小则申舒性灵。"有关性灵的理论主张到了明代公安派那里,得到了相当明确和集中的阐释,所谓"独抒性灵,不拘格套","其志以抒发性灵为主,始大畅其意所欲言,极其韵致,穷其变化","任性而发","信腕信口",等等,公安三袁并在诗歌创作中贯彻性灵主张,影响深远。清代袁枚更是标榜"性灵说",强调写诗要"专主性灵","发抒怀抱","提笔先须问性情","须知有性情,便有格律,格律不在性情外",反对作诗时"既离性情,又乏灵机"。

对于中国文学固有的"性灵文学"传统,20世纪五四新文学运动有着相当矛盾的看法。从其反传统的角度,五四运动的"新文学观"将其囊括在"风花雪月"的封建文学、闲适文学中予以批判和"推倒",主张学习西方文艺的现实主义和浪漫主义等文学传统,创造"为人生"的新文学。然而五四新文学的一位重要作家周作人却并不这样看,他认为五四时期所开的中国新文学的传统并非源自对西方文学的借鉴学习,而是源自中国古代文学中的"言志派"传统,尤其是明代公安派主张的"性灵"文学传统。他把中国文学史用"载道派"和"言志派"两种传统此长彼消、此起彼伏的循环论来加以解释,提供了五四新文学观主流看法以外的独到的阐发,从独抒性灵、解放个性的角度,认为五四新文学正是这种个性主义文学的在新的时代语境下的复生。这样的看法虽然是非主流的,但在对五四以来的散文创作中似有一定的阐释空间。后来林语堂写道:

> 文章者,个人之性灵之表现。性灵之为物,惟我知之,生我之父母不知,同床之吾妻亦不知。然文学之生命实寄托于此。故言性灵之文人必排古,因为学古不但可不必,实亦不可能。言性灵之文人,亦排斥格套,因已寻到文学之命脉,意之所之,自成佳境,决不会为格套定律所拘束。
>
> 性灵派文学,主真字。发抒性灵,斯得其真,得其真,斯如源泉滚滚,不舍昼夜,莫能遏之。国事之大,喜怒之微,皆可著之纸墨,句句真切,句句可诵。不故作奇语,而无语不奇,不求其传,而不得不传。
>
> 性灵派以个人性灵为立场,也如一切近代文学之个人主义。其中如三袁兄弟之排斥仿古文辞,与胡适之文学革命所言,正如出一辙。

林氏所言,大抵要言不烦,说清了性灵写作的诸面。这也是我们要在此大段引述的原因,因为从中也正可看出新世纪的"新性情写作"一脉相承的要旨。日本的中国文学史家青木正儿说:"性情是诗的创作活动的根源,其灵妙的作用就是性灵。"这句话也可以引在此,以期有助于我们对性情或性灵的认知。

然而,我们知道,周作人、林语堂对一个源远流长的性灵文学传统的阐释和对20世纪以来的新文学观的看法,长期以来一直是被新文学的主流观念所遮蔽的认知潜流。而长期流行文坛的新文学观,则不仅将中国新文学当作与旧文学作了"断裂"式手术的全新的文学,主张一种"断裂"的文学史观,而且认为新文学从来都是肩负弘扬中国现代性和民族国家重大题旨使命的文学,并且这应是中国新文学的"全部"。问题就出在这里,这个"全部"所建立起来的话语权威便构成了对个性主义的、有着解放意义和自由旨趣的性情写作的时代性压抑和排斥。影响所及,中国"新世纪文学"中的"新性情写作"在当代的处境便不言而喻。然而"新性情写作"在新世纪这样蓬勃地兴起,并不依赖于旧世纪的文学习俗,它表明我们时代的精神自由状况已有了明显的改善,"市场经济"的文化选择开辟了文学发展更加广阔的新空间,乃是时代之赐。当此之际,应客观地、理性地反思被我们带进新世纪的上个世纪五四以来的"新文学观",客观地、理性地评价"新性情写作"的现象,以及它所取得的若干实绩,超越历史的成见,在走向一个新"新文学观"的视野下,使中国"新世纪文学"成为一个具有包容众多文学风格与不同层面文学意义的所在。无论如何,追求一种"真"的文学,为大家所共同期待。

趋向老龄化的社会与人生的延宕

与上世纪80年代末至90年代文学评论界对文学青年们发动的先锋写作的热情鼓励相比,新世纪评论界对诸如"80后"等新兴的青年写作潮流的隔膜、冷淡甚至斥责,着实令人们迷惑不解。是我们正在走向一个老龄化的文坛吗?

据相关资料,20世纪末,以60岁以上的人口比重超过10%为标志,中国已经正式迈入老龄化社会。最新资料也表明,目前中国65岁以上人口,已占总人口7.7%。预计到21世纪30年代中国老龄化将达到高峰,2015年中国老年人将突破2亿,而到2040年左右将达到4亿。老龄化给社会带来诸多问题,最重要的是劳动力人口的下降和社会保障支出的增加,这对中国来说又是一场革命性的变化,影响深广。人口老龄化问题世界各国都将面对,然而在中国,却有其特殊的情况。中国老龄化开始之时,人均收入大约1000美元,在其他接近这一人口变化的国家里,人均收入大体上要比中国至少高出三倍。中国将在富裕之前变老,而且是"骤然"衰老。人口总体上过渡到老年社会,中国将用18年左右时间,而同样的过渡,法国用了115年的时间,美国用了60年,英国用了45年。这是中国新世纪的挑战,也可以说是中国"新世纪文学"所面临的老龄化社会的挑战。

  可以设想一个老龄化的社会与文学写作的发展成反比例趋势,同时考虑到中国文化整体水平的普及与提升,人们文化素质和精神追求的整体性大面积的提高等情况,精神性生产在一个长寿社会可能会得到更大规模更加成熟的繁荣,并不因老龄人口的增加而衰退,虽然老龄化的精神退化和压力将始终存在,因此富有朝气的青年人的文学写作将对这个老龄化的文坛具有重要意义。另一方面,一个老龄化的社会或许将意味着青年写作力量的减少,因此文坛的老龄化就越发地趋于老龄化,年轻的新生力量就越发的弥足珍贵。这些也许都是未来的设想,而眼下我们所面对的文坛又怎样呢?

  "80后"们所遇到的是一个经多年积累日益庞大的专业的文坛,自上世纪80年代以来,由于社会的激烈变革和频繁的政治运动失却存在理由,社会文化状态日趋稳定,物质和精神生活不断改善,作家队伍较之以前任何时候都转换趋缓,更新淘汰率降低。文坛以人口叠加的方式积累了大量作家,三四十年代出生的反思文学一代,40年代末50年代出生的知青寻根文学一代,60年代以后出生的新生代先锋文学一代,此后又有

"70后""80"后的"后"一代。由这种很有理由的年代叠加描述的话语里,不难看到,不断积累壮大的文坛对更年轻的人造成某种压力和抑制是可以设想的。另一方面,这个文坛又面临着生育高峰期的人口进入成年人队伍的压力,所谓"80以降,遍地才华",这句图书出版的广告语说明了某些真实情况。我们如何应对这个大写作的格局?主流文坛的写作正在走向新世纪的成熟,一部又一部作品以积淀多年的功力和思考以更新鲜的感受力不断问世,而那些处于边缘的更广大的文学写作空间又烽烟滚滚,带着新生存的勇气和性灵,自信天生我材,遍地风流。

这将注定是盛大性的文坛和文学了。

人口的压力也造成了我称之为"人生延宕"的现象。过去是"穷人(穷国)的孩子早当家",而现在的孩子都"立事"晚了,岂止晚,由于人口就业的压力,我们还要有意识地推迟他们的"立事"。高校扩招,让更多的青年读本科,读完本科再去读研究生,尽可能推迟他们的就业,延宕他们的人生。其结果是青年人群的堆积,越来越形成一个由青年学生构成的、有着自己的话语和生态的社会群体。是我们推迟了他们的"立事",是我们规划了、区隔了、塑造了他们的群体。我们是谁?然而这个不管怎样已形成的有着1亿多人口的庞大群体,其有着独特性和丰富性的生存样态的群体文化,是我们社会文化的一部分,而不是什么从属性的亚文化、准文化,应该得到平等的社会文化对话机会。进一步说,他们文化精神的可贵的一面,对于我们是非常有益的,如果一个社会能从青年人中汲取积极的东西,那么这个社会的前途定会令人充满信心。于此,文学在其中自会设身处地,走通鸿沟。以"80后"为主体的"新性情写作"可在这种"人生的延宕"现象上得到某种程度的解释,这样解释将期待给新世纪文学以新的意义启示。

2006年初稿
2016年改

对新世纪文学特征的几点认识

"新世纪文学"的三种用法

"新世纪文学"这个概念主要有三种用法。第一种用法很简单,是一开始提倡这样一个概念的初衷,即在2005年的时候,进入新世纪已经有了近六年的时间,回头来看——比如在"新时期"1986年,中国社会科学院文学研究所编辑出版了《新时期文学六年》①一书,还举办了"新时期文学研讨会",六年的时间已经可以回头来总结——我们确实感觉"新世纪"的文学和以前不一样了。不一样了怎么办?就用这个概念来研究、讨论一下。如今时间又过了六年,"新世纪"有十几年的历史了。"新世纪文学"的第一个合理的用法,就是"新世纪以来的文学",这是从纯时间概念上来理解。

第二种用法,除了认为新世纪文学指近十年以来的"当代文学",还包括这个"新世纪"之前的90年代文学乃至80年代的文学。这是一种超越自然时间的、使用社会时间的"文学史"用法。一个历史阶段的文学要有一个历史起点,就像现代文学,主流观念认为《狂人日记》是一个起点,还有人认为晚清的《海上花列传》是个起点,"没有晚清,何来五四"?

---

① 中国社会科学院文学研究所编:《新时期文学六年》,北京:中国社会科学出版社1985年版。《文艺争鸣》杂志2005年第3期开始提倡研讨"新世纪文学",此时新世纪已近6年了。

450

这是有争议的——研究文学史总要有一个历史起始点,一个转折点,一个标志性作品,标志着我们进入了"现代"。那么进入"新世纪",我们的标志性的"点"在哪儿呢?这个标志如果不能在2000年前后来找,那么观察这个"新世纪文学"的一些因素,它在90年代已经有了,所以有人认为从1992年市场经济开始,就可以算作新世纪了。新世纪文学的一些因素,比如现代传媒、市场经济,从90年代初期或中期就已经改变了80年代的面貌。新时期刚刚开始的时候,确实旧的状态比较多,但是仿佛不知不觉地,我们发现现在的生活已经不是80年代我们的父辈所经历的生活了。中国人经过30年的奋斗,创造了中国人的全新的生活。这个生活跟"十七年"的生活是不一样的,跟三四十年代的生活是不一样的,跟"文革"期间的生活也是不一样的,这是性质的不同。这样的话我们就会有一个疑问,比如我们为什么要把新世纪文学的概念和新时期文学的概念有所区隔?是因为这样的整体生活的历史性变迁的原因吗?我想是的。于是我们又可能将"新世纪文学"的起始视野延伸到80年代的"新时期文学"。比如我们在学习当代文学史的时候,知道"新时期文学"有一个重要的特征,就是"重回五四"。它的历史图式是,"五四"是中国现代文学的一个历史起点,五四文学的主题是人的主题,人道主义的主题,个性解放、自由的主题,按照洪子诚先生《当代文学史》的说法,五四文学是中国文学现代复兴的一个起点,这个起点过后,从30年代以来我们的文学一直在"跌落",人的主题一直在损耗,在消失;我们走向了社会的主题,走向了阶级斗争的主题,走向了社会主义的主题,走向了为政治服务的主题。人的主题一直在跌落,五四的精神也一直在跌落,所以这是一个向下滑的文学史描述。① 包括陈思和的文学史著作也持大致相似的看法,认

---

① 洪子诚写到:"新的历史图式逐渐浮现:'新文学'经由五四的辉煌和蓬勃生机,而不断下降,到'当代'跌入低谷,只是到了'新时期'才得以复兴。'现代文学'远胜于与'社会主义实践'相联系的'当代文学'。"《中国当代文学史》,北京:北京大学出版社2010年版,第259页。

为中国文学到了"十七年"肯定是一个跌落的历程,因为有审美价值的文学是"潜在"的文学,"显在"的文学都是为政治服务的文学,①"潜在"的文学是一种"民间写作",是一种民间理想,所以要挖掘"潜在"的文学。"潜在"的文学是他要肯定的文学,"显在"的文学甚至是非文学性的文学。所以也可得出与洪著相同的文学在跌落的结论。到了新时期我们的文学又重新崛起或"复兴"。这个"复兴"的定义,就是接续、继承和发扬了五四的价值和精神。我觉得这种观点是基本正确的。新时期的初年,感受确实是那样的,我们批判"文革"的专制,我们走出了"文革""十七年"乃至30年代以来的阶级斗争、民族斗争日趋激烈的模式,走出了"革命"的模式,重新高扬了"人"的主题。

但是我们看近30年来的文学史,从诸多批评家的言论里,能否看出近30年来,五四文学的精神和主题一直在高扬着呢?这是有争议的。很多文章认为,80年代文学是正宗的新时期文学,是人所共知的辉煌时期。到了90年代,我们的文学又在跌落。我看很多文章大概都是这样描述,到了90年代市场经济之后,文学价值混乱,物欲横流,欲望化写作、个人化写作,成为一个无序化的世界,是无名的状态,无法命名,无法归类,众声喧哗,尤其是"人文精神"的"跌落",造成了消费主义、物质主义的盛行和对精神的压抑、贬损和偏移。到了新世纪文学,更是没有精神高度的。所以提出"新世纪文学",就是尝试用新世纪文学的观念去认识"新世纪"时间之前的文学,看看它是否也可以包括在"新世纪文学"的范畴下,因为"新世纪文学"总不能从公元2000年前后一下子突然蹦出来。——比如说我们80年代的观念或90年代的观念都以纯文学的观念为主导取向,认为只有先锋文学才是最好的。但是现在人们并不全部认同。先锋文学确实很好,但这并不是文学的全部。我们现在的文学观,大家的文学

---

① 参见陈思和主编:《中国当代文学史教程》,上海:复旦大学出版社1999年版,第168—175页。

观,其实都在悄然改观。所以我们用新世纪文学这个概念来概括我们现在对文学的认识,这是新世纪给我们的文学认识。用这个文学观回过头来看80年代文学、90年代文学,重述新时期文学,我们可以看到用这一概念描述出来的历史会是什么样子？从这种意义上讲,我觉得这个概念是非常有用的。新世纪文学,就是用新世纪的文学观,去重新看新时期的文学。因为如果只有新时期的文学观,那么90年代文学只能是跌落,"新世纪文学"就更是跌落,"80后"文学绝对是没有精神高度的,打工诗歌、底层写作也是没有精神高度的,因为它们没有纯文学的精神,它们只有简单的道德激情和生活处境体验,有很多物质和欲望的描述,所以不能给予很高的评价。如果用"人文精神"作为唯一衡量标准的话——这当然是一个很好的标准——就会给当代文学界巨大的压力,在中国当代作家中能有"铮铮铁骨""清洁精神"的作家并不很多。韩少功、张承志、张炜、史铁生等,能为大家所公认的人文精神的代表,具有高风亮节的作家作品少之又少。其他作家如余华,也有很多作品写欲望、写残酷的东西和无意识的东西,有很多后现代的东西；像莫言,也有很多欲望的东西,甚至有人批评他写肮脏的东西；贾平凹也写了《废都》,也是不能给予高度评价的；王安忆的《长恨歌》、"三恋"也是欲望化的写作；像卫慧、棉棉这样的作家更是如此。所以,按照人文精神来衡量作家作品,会造成我们思路的一些局限,会把文学看得越来越窄。如果我们建构起新世纪文学这样一个概念的话,我们是否能够重新把近30年的文学史回望一下？能否把我们的视野打开,使我们的道路越走越宽广？在80年代徐敬亚《崛起的诗群》一文中,他就认为"十七年文学"时我们的诗歌道路越走越窄。其实现在批评界也还是这样的思路,就是认为80年代文学复兴之后,到了90年代文学就变成欲望化主流,价值和道德失范,无法和30年来中国崛起的积极向上的态势相适应。假如说我们的时代是一个上升的时代,我们的经济社会文化都在上升,而我们的文学却在跌落,这是印证了马克思的一个著名观点,就是经济繁荣与精神生产的不平衡。①"不平衡"可以讲,但是否真的就是那样?我觉得这样讲很多当代作家会不服气。说我们经济社会在发展,文学却衰落了?这些人都是有绝大抱负的人,我想都不会服气。所以这里存在一个问题。而新世纪文学概念的提出,我认为,恰恰可以用来认识整个30年来的文学。它有这样用的价值潜力,使我们得以重述新时期以来的文学。

新世纪文学的第三个用法,既然叫"新世纪",肯定是相对"旧世纪"而言的。不管起点是在上世纪80年代还是90年代,抑或在世纪初年,我们的文学是否开创了一个文学的"新世纪"?新世纪文学,是不是既回到了五四,又走出了五四?甚至是走出了20世纪,进而开辟了中国文学的"新世纪"?所以"新世纪文学"这一概念,面对整体的20世纪文学,过去百年的文学,有一个完形,就是说它走出了20世纪百年的文学历程,开启了一个新的状态。比如张颐武就认为新世纪文学就是走出"新文学",走出五四以来的百年中国文学模式。②"世纪"这个概念用法,就是按照百年时间的跨度来对文学史进行整合,即我说的文学史的"世纪表述"。文学史界曾提出并流行着一种"20世纪中国文学史观",那么我们现在是否走出了20世纪文学史观?又有了一个新的世纪的文学史观、新的"世纪表述",并开辟了一个文学的21世纪的新纪元……这些都是可以思考的问题。所以我们的学术研究可以说是站在一个新的起点上,拥有一个极大的可能性空间。

在新世纪文学的三种用法中,不能只认定其中的某一种而否认其他的用法。我们随意打开一本词典,大部分词都有很多含义,有原义,有引申义,有的甚至有十几种意思,但是这些意义都是词本身所拥有的,一个

---

① 参看马克思:《政治经济学批判·导言》,引自《马克思、恩格斯、列宁、斯大林论文艺》,中国作家协会、中央编译局编,北京:作家出版社2010年版,第101页。
② 张颐武《新世纪文学:跨出新文学之后的思考》,《文艺争鸣》2005年第4期。

词的各种含义其实构成了一种互补的、相似的甚至是对话的关系,都是可以拿来用的,而并非只有一种用法。用法即意义。① 比如在"新世纪文学"这一概念中,只认定从1992年中国全面实施市场经济以来的文学或2000年以来的文学是所谓的"新世纪文学",其他用法都是不对的,这种理解是有偏颇的。现在,我们需要充分考虑到概念的各种用法。一个概念所建立的平台本身就是一个具有多种取向的平台,我本人就是这样,这三种用法我都认可。我觉得并不很矛盾,它确实构成了一个概念的对话性的"意义域"。

增量的文学

探讨"新世纪文学"的主要特征主要在两个方面,一是我们总体上怎么看"新世纪文学",它首先是指"中国的""新世纪文学",在"中国"这一个绝大的文学体面前,我们怎么观察"新世纪文学"?这是从总体特点上说的。第二个方面是深入到"新世纪文学"内部,看看"新世纪文学"的性质,究竟有什么特点。这是涉及具体的文学层面而言的。在这两个方面,都能够形成一些新的认识。第一个方面三点:增量的文学、生长的文学、总体的文学;第二个方面三点:生活的文学、体物的文学、"文明"的文学。

"增量的文学",是借用政治学界"增量的民主"的一种概括,如果从整体上鸟瞰"新世纪文学",我觉得这是一个"增量的文学"。首先要从肯定的意义上来说,相对于传统的中国文学,中国现代以来的文学基本上就是增量的文学。因为现代文学是建立在现代传媒、现代物质技术和现代生活基础之上的文学,这样的文学肯定是增量的文学。近代以来,由于西

---

① "用法即意义"是维特根斯坦等分析哲学家的观点,认为语言的意义取决于使用的环境和具体用法,参看[德]维特根斯坦:《哲学研究》,汤朝、范光译,北京:三联书店1992年版,第45—47页。

方现代印刷术的传播,由于西方现代传媒和媒体体制的引入、现代报刊的创办,在这个基础之上,其他还有中国现代文化和知识的增量、人口的增量,我们的文学肯定是大大的"增量"——这是没有问题的,这样的增量并不是新世纪以来才有的。我们知道"十七年"的时候,文学著作虽然没有现在这样丰富,但是像《红旗谱》《青春之歌》《林海雪原》之类的作品,发行量很大,一发就是几百万册,而且是在几年内发行几百万册,这在如今看来是一个神话,但当时确实是这样的,这在中国传统文学的发展中也是从来没有过的。所以,80年代、90年代直到"新世纪文学",从量上讲,肯定是一个大大增量的文学趋势,是极其广大的文学。就现在而言,不光有纸质文学,网络文学的量更大,有的人每天能够写出两三万字,每年能写几百万字,我们的作家和诗人也是多如牛毛,仅盛大文学网注册写手的总人数就超过130万人。所以这是一个增量的趋势。但是为什么要特意提出新世纪文学具有增量的趋势呢?是因为在现代文学观念引入之后,在现代思维方式内部,有一种减量的思维、也就是一种批判性的思维,断裂性的思维。比如说到了现代,五四时期陈独秀、胡适等人写文章,认为传统文学"落后"了,过去的文学如同"三座大山",要予以推倒——这就是一种减量,只有"新文学"才是正宗,旧文学就要受到压抑。比如写旧体诗的人,如毛泽东写格律诗,就认为只因自己在年轻的时候有过这样的训练,写这种诗歌不能代表中国文学的方向,不过休闲创作。讲新文学史的时候就是要标举《狂人日记》那样受西方文学思潮影响的文学,是以鲁迅为旗手的,所以这样的文学是一个减量的趋势。到了30年代以后进行民族革命、土地革命,后来开始社会主义革命,左翼文学起来后右翼的文学、自由主义的文学就要被减量,他们认为后者不是文学,风花雪月怎么能是文学?只有革命的、左翼的、写工农兵的文学才是文学。到了1949年以后,对于中国现代文学也要做一个减量。到了"文革",所有的"封资修"的文学乃至"十七年文学",现代文学,只要不是肯定劳动人民、被压迫人民的文学,肯定都是作为"落后"的文学被踩在脚下。这是用"文学观"不断进行清理和减量的过程。还有一种减量过程,就是来自西方文学观念的减量。比如在新时期以来纯文学观念对文学进行的减量,较有名的是顾彬的"垃圾论"。[①] 他认为是"文学"的文学,就是纯文学、伟大的作品、经典化的文学,只有这样的文学是文学,不是这样的文学就不是文学,普通人写的作品不是文学,普通人写的都是垃圾,所以顾彬说中国当代文学都是垃圾。这是一种更加彻底的文学减量的趋势。因为他要在作品中间进行比较,以纯文学的观念和审美意识来衡量哪一部作品的文学性更"纯"。《活着》是一部文学精品,那么《兄弟》就是垃圾。在全国知名的作家的作品是文学,而一个在省里比较知名的作家的就不行。吉林省尽管有2700万人,在这里面的有限的作家的作品,如果拿到全国去比较,那它们就是垃圾。这确实是一种"文学恐怖主义"的说法。《文学报》前两年曾报道过这样一种说法,说一些评论家在上海开会,说中国现在每年出版长篇小说一两千部,量太大,大多数作品对于文学来说都是垃圾,等待它们的命运就是到造纸厂化成纸浆。我们国内的批评家的言论与顾彬何其相似。[②] 这是什么意思呢?就仿佛只有领袖的生命才是有意义的,我们大家活了40岁、50岁、60岁、70岁……这是没有意义的一样。平凡人活得没有意义,只有伟大人物的生命才有意义——这是一种反人道主义的思路,所以我说它是"文学恐怖主义",这确实是一种对于文学的减量。但是想一想,徐志摩的诗歌,能够卖得好,也是依赖我们广大的

---

① 顾彬,德国汉学家。其有关中国当代文学的"垃圾论"2006年底见于报端,遂在国内引起文学界舆论大哗,争议持续数年。材料见于《国外汉学家群起批判中国文坛,内地文坛发起反击》(《南都周刊》2006年12月24日)、《中国文学达到了前所未有的高度》(《羊城晚报》2009年11月7日)、《垃圾与黄金:中国当代文学评价的两个极端》(《羊城晚报》2009年11月16日)等。
② 2008年10月,在上海举行的"改革开放三十年的文学话题"研讨会上有评论家说:"每年出版的大概1200部以上的长篇小说中,只有不到一半的数量能够进入市场流通,而另外一多半,说好听点叫自娱自乐,说不好听的就是一个简单的'造纸'后迅速变成垃圾的过程。"(陈竞报道:《传统文学丧失精神家园?》,《文学报》2009年10月9日)可见"文学垃圾论"并非外国学者顾彬一人之"偏见",也有国内学者的"略同"或"共见",其问题方式是一致的。

或许低一层的文学者的阅读兴趣和审美趣味去购买,而他们却说只有他们的作品是文学,你们的作品都不是文学——这是一种精英的文学观。在这样的文学观念之下,我们的文学怎么能增量?"80后"的作品怎么能是文学?一开始文学界也是不承认"80后"写作的。打工者写的诗歌也是要减掉的。经过四五年之后,我觉得现在的状况要好一些了。原来我们对于文学的定义,强调文学就是虚构,从叙事文学的角度说,只有虚构的文学才是具有想象力的,而只有具想象力的虚构作品才能从理论上被定义为具有文学性。一旦这样定义,就会有一个减量,认为非虚构就不是文学。纪实的东西怎么能是文学?文学性很差,不是纯文学。即使是文学,也只能是一种不够档次的文学。但是现在这种观念有了变化,我看《人民文学》杂志说,虚构的文学有力量,非虚构的文学也有力量。① 它的理由其实很充足,我们当代的真实的生活其实是非常富有想象力的,在如此复杂的生活面前,就怕你的笔不能如实地记录下生活的面貌,如果能忠实地记录下来,那它本身就是很具有想象力的。因为我们经验的是一种现代的而非古典的生活,古典的生活是非常单纯和枯燥的,所以需要依赖想象,弄得很复杂。但是现在的社会生活是无比微妙和复杂的,现实的奇妙已经远远超出我们主体大脑的想象力。所以这个减量对于非虚构来说是减不掉了,而我们的文学理论也要有所改变,即怎么看待虚构和非虚构的关系,叙事性文学就一定是虚构的吗?但是如果一旦在一个方面定义了文学,非虚构肯定会被减量——这是减量的第二层意思,以"文学垃圾论"为代表的一种减量文学思维。这对于我们认识"新世纪文学"是不利的。增量还有一层意思,原来我们的生活水平和物质条件并不高,所以人寿命不高,人所遇到的身体方面的问题也很多,现在我们进入了一个老龄化社会,老龄化社会的文学人口很大。所以我觉得文学年代学研究很有

---

① 《人民文学》杂志2010年推出"非虚构"专栏。

道理，比如我们现在的文坛有50年代出生的作家、60年代出生的作家，"70后""80后"，现在还有"90后"，新世纪已经十年了，再过几年，新世纪以来的新人也要写东西。以前不是这样，以前作家的年代减量其实是很严重的。比如身体不好，就会减掉一批，像郁达夫、蒋光慈的身体都不好，鲁迅也只活到50多岁就去世了——这是自然的减量。而政治运动，如1957年划右派，把一大批作家减量。新中国成立后，许多现代文学作家不能适应新的社会和新的生活，也不再写作。我觉得这是从作家本身方面来讲的减量。但是新时期30年来的情况与以前是大不一样的，是多代人共处一个文坛，大家各有各的文学资源，这种局面是从来没有过的。比如50年代出生的作家，王蒙、李国文等人还在写，写完小说写散文，写完散文写文学评论，写完文学评论甚至写哲学。刘心武把自己的小说写完就开始续写《红楼梦》。像莫言、韩少功这样的作家，好作品虽然有，但是他们的伟大作品似乎还可以再出现，他们还会接着写；像余华、苏童，尤其是韩东、东西等60年代作家、70年代作家就更不用说了。这些人的伟大作品可能还在后面，也可能写不出来，但是他们会一直写。这是一个长寿的社会，是一个老龄化的社会，无疑会对青年人构成压力。"70后"的人怎么办？只能写写"文革"，写写童年经验，写写欲望——他们刚一懂事就改革开放了，也没有那么多的理性限制；"80后"就更是这样了，只能写写自己的校园生活，只能在一代又一代人的压抑之下写自己体验的生活。现在是多代作家共处一个文学共同体的时代，并且现在还有如海洋一般的网络文学生活，这样的文学其实是一种增量的宽容的文学。所以我觉得现在提出增量的文学，是有意义的。总的趋势看现代文学以来是增量的，但是现代思维内部有一种减量的趋势，而这种减量的趋势及其减量的文学观念到了八九十年代以来，尤其是到了新世纪以来，不能不被现在文坛的实有的状况所改变。所以，不是说我们的文学改变了——其实我们的文学一直在这儿，一代又一代的人的作品积累着——而是我们的文学观念确实需要改变了,对于"质"(包括"灵魂""纯")等概念的逻各斯中心主义需要改变。要更加宽宏和生活性地看待这个"量",而"唯'质'为上"适度,不抹杀"量"。如果掉过头来,以一种增量的视野看待文学,那么我们的文学会是另外一个样子。比如过去认为90年代以来文学是一种跌落,那现在看我们的文学是否不是跌落?所以当我们看文学的方式变了,文学观念变了,增量的文学会为我们打开一个更加宽广的文学视野。

生长的文学

"生长的文学"是"新世纪文学"的第二个特征。自有"现代"思维以来,我们的思维往往是由认识论所主宰的。认识论的本质是非自然的,它认为事物的存在都有一个本质,比如文学的定义就会将本质限定在文学性上面,按照这个本质去框定文学,不符合这个标准的就不是文学。所以就对文学进行了减量。生活在这个时代,而没有合乎这个时代的本质,那就是生不如死。人活着像余华的《活着》所写,只是活着而不追求意义——当然追求意义是人的理想和目标,但是这个理想和目标不能绝对化,不能要求所有人都追求活着之外的意义。余华小说里面所说的"活着"本身就是意义,他认为活着已经很不容易了,中国有这么多苦难,主人公及其家庭经过了历次磨难,还能够"活"下来,活着本身已经构成最大的意义了。余华认为人生的艰难和压力,克服了之后就是最大的意义。但是一旦叫"活着"而非"生活",有的人就会觉得很刺眼,没有人文精神。这是按照认识论的观点来看,所以可称之为非自然的思维。历史的发展中当然有必然的东西,但绝大多数还都是偶然的。我们为什么要出世,可能不是历史、父母决定了要有我这样一个人,很可能的是很偶然的因素就有了这样一个人。过去有两个词,一个叫"命",一个叫"缘",现在很多影视剧还在讲"缘","缘"就是偶然性。我们看待文学的时候,是按照我们规定的观念走呢,还是按照它自然的状态走?我们要搞一个现代的文学、革命的文学,不革命的就都不是文学,我们一定要搞一个纯文学,不是纯文学的就都不是文学,事实是不是这样呢?我觉得很大程度上不是的,尤其是新时期以来三十年的文学,尽管我们在观念上对文学有一定的压抑,但其实文学本身听从生活的召唤,根据生活的样子来发展,我们的文学就是一种生长的文学,这种生长的文学的意义是什么呢?就是说它不是按照某种认识论意义或主体规划生长,不是唯"新"弃"旧"式地生长,而是一种自然的文学,是一种依赖生活的文学。如果每个人都是理性的,都按照某种被规划和特定解释的"人文精神"去写作的话,贾平凹就不会写《废都》,那么《废都》怎么会出现呢?如此的大作家没有理性吗?他不知道伟大的"人文精神"吗?他肯定是知道的,他的智力、知识、道德水平和精神水平肯定是高过一般人的。王安忆为何要写"三恋",要写男女的欲望?我们的小说里面为什么男女的欲望比比皆是?这种文学在传统文学中,从未像现在这样严重。中国的传统文学和新文学中,虽然也有一些描写杀人、人的欲望等的作品,但是从来没有达到现在文学的这种程度。像陈忠实这样的作家,《白鹿原》这样的作品,其实都是充满了欲望的,欲望现在成了解释历史的一种因素。作家为何要写这样的文学?他听从了什么?似乎很难解释现代知识背景下的这些作家。只能说这样的文学是生态性的,是自然的。我们回过头来看这三十年的文学,还是要把它们看作是生态性的、自然的、生长的文学。有的文学作品是不期然出现的,从生活中生长出来而不是按照某种文学意识形态、文学意志制造的文学,作家觉得有些东西要表达,就这样写出来了。我们现在每年有一两千部长篇小说,为何50年代的时候写长篇小说的寥寥无几?因为那个年代人们的物质、文化生活水平没有现在这么发达,那个时候读书的人也没有现在多。现在的大学都在扩招,中华民族的文化水平在提高、文学人口在增加。只要有写的欲望,也可以尽力地写。才高的人可能会写出像李白那样的精品,但是一般人也可以写。以前的时候出版很难,现在的出版制度和印刷技术水平也为文学的大量涌现提供了条件。一个普通人的财力物力足以支持他的创作和出版,对于他而言,这是自然而然的写作。我写了我的生活,拿给我周围的人看,他们可能会觉得很有意义,描写了我们自己的生活。现在有很多人退休后都要出一本书,把自己的一辈子总结下来,留给儿女做个纪念。我们不要小看他们,这是我们生活的一部分,是我们普通人生活的一部分。这是自然而然的,而且我们不能用一个定义来限定它、否定它。所以从这个角度说,我认为新世纪的文学是一种生长的文学,而不是按照我们理性的限定的线性发展的文学。在这种生态性的文学观念中,我们应该怎么看待文学?很多时候的文学可能是芜杂的、理不清的,但是伟大的文学作品有时候并不是去靠一个理性观念来认定的,伟大的文学作品都是经历了在时间中的、读者的阅读中的文学生态中的自然淘汰而沉淀下来、传诵开来的。《全唐诗》有远远超过3万首的作品,《唐诗三百首》只有3百首。穿越了时空,还有一些东西沉淀下来,被后人所传诵,这些是伟大的文学经典;但是那些曾经存在过的生命和作品,他们也并不是没有意义的,他们曾经生活过、文学过。对于他们来说,活着不仅仅是吃饭,而且还能写诗,这对于他们来说可能是一种更好的生活。所以,"新世纪文学"是一种生长的文学。我们现在已很难用一种西方式的"思潮"的理性逻辑来把握其全貌,它是一种复杂纹理的文脉,其脉动是生命,是可感知的生长。因此所谓"新世纪文学"之"新",将是一种"包容性"的生长,"新"或创新在新世纪文化语境下乃是稀松平常之物,"创新"早已失却了奇异的光环,新与旧都要统一到"生活"之中来理解。对于普通作者,在"塔尖"上的"文坛"看来,其作品可能是"千人一面"

式的平庸之作,但对作者个体生命来说,乃是其生命开出的"创新"之花。所以这个时代"生长"观念下的"新",并不会依照"旧世纪"的文学观,臆造断裂,以"新"替"旧"甚至以"新"攻"旧",因此它似乎也没有什么确定的标志性的"新""旧"之进展,但它确实是改变了、发展了,这是就整体的非机械的生活性、历史性发展而言的。这种包容性的生长并不以所谓的弃"旧"图"新"为标志,比如经过"新时期"的初年的"拨乱反正",90年代之后文学界和社会的文学观念中对"十七年文学"又有了新的解读和新的体会,并没有一个非此即彼的绝对否定式的结果,仍在对话和争论中展现了文化理解的丰富歧义和广纳百川的胸襟,生长性的思维方式的生长式改变,可能是"新世纪"与"旧世纪"的最大不同。我们的文学来到一个包容性生长与发展的时代。

总体的文学

从"中国"的意义上讲,中国的"新世纪文学"肯定是一种大规模的文学,是一种十几亿人口所创作的文学。这种文学应该是一种总体的文学。我们应该有一种总体的文学观念。如果要描述这种总体的文学,我觉得应该有一个结构来描述它,可以从设计各种维度的"结构"来描述它。比如中国有56个民族,如果每个民族都写一本文学史,那么这自然而然就是中国文学史。[①]我们有三十多个省市自治区,每个省市自治区都有自己的文学史,黑龙江

[①] 文学研究界自20世纪50年代就开始构想编撰"中国少数民族文学史丛书",中国社会科学院民族文学研究所承担了国家"七五""八五"重点课题"中国少数民族文学史、文学概况丛书",自1988年以来,先后出版《侗族文学史》(贵州人民出版社1988年)、《赫哲族文学》(北方文艺出版社1991年)、《布依族文学史》(贵州民族出版社1992年)等二十余种。此外,各地社科院和高等院校的研究人员也编著了多种民族文学史著作,如王保林主编《中国少数民族现代文学》(广西人民出版社1989年)、吴重阳《中国现代少数民族文学概论》(中央民族学院出版社1992年)、马学良等主编的《中国少数民族文学史》(中央民族大学出版社2001年)、李鸿然的《中国当代少数民族文学史论》(云南教育出版社2004年)、夏冠洲等主编的多卷本《新疆当代多民族文学史》(新疆人民出版社2006年版)等。

有黑龙江文学史,山东、上海等地也都有自己的文学史。如果各省的文学史都能写出来,加到一起这是否就是中国的文学史?① 这是一种总体的文学史。用不同的语言,比如哈萨克语、朝鲜语、汉语——当然汉语是主体,是中华民族的共同语,这样的文学史是不是总体的文学史?② 所以我觉得总体的文学史观是很重要的,而且也是中国传统文学史观的一种优秀传统,从《诗经》开始的传统。《诗经》有十五国风,这是一种拼贴的结构,把十五国风并列到一起,认为这是一种天下之文、天下之诗,这是一种总体的文学史。③ 我们现在所写的文学史,是接受了西方观念的工具理性的文学史,是观念先行的文学史。我们如果要写一种审美的文学史,那么不审美的文学作品就要被剔除掉。写一种革命的文学史、劳动人民的文学史,那么歌颂地主阶级的文学、写士大夫风花雪月的文学肯定是不行的,只有揭露批判统治阶级、歌颂劳动人民的文学才可以进入。写一种现实主义的文学史,那么只有表现现实、反映现实的作品才能进来,那些浪漫的具有想象力的文学作品是不可以进入文学史的。写一种推举人性深度的文学史,那些作品就一定要反映了人性的深度和多样性,而且不能是扁形人物,必须是圆形人物,必须是那些像宗教一样能够拷问我们的灵魂

---

① 关于中国各区域、地方文学史的编写情况,张泉在其《试析中国区域文学史的现状及意义》一文中写道:"大陆地区最早的省区当代文学史著作,是1960年出版的《内蒙古自治区文学史》。1990年第一部省区新文学史《江苏新文学史》出版。1993年,第一部省区古代文学史《岭南文学史》出版。1998年,第一部3卷本省区文学通史《湖南文学史》(古代卷、现代卷、当代卷)出版。20世纪90年代以后,内地各种各样的区域文学史著作不断问世,时至今日,已超过80部。据初步统计,在内地31个省、区、直辖市中,除吉林、安徽、海南、青海外,其余27个区域均出版了多种通史、断代史或分体史。"载《北京社会科学》2008年第1期,《中文文艺论文年度文摘(2008年卷)》,长春:吉林人民出版社,2009年,209页。

② 关于"汉语文学",其相对较早的讨论见于《文艺争鸣》杂志1994年前后"汉语文学和中华文学"专栏,近年的主要著作有曹万生主编《中国现代汉语文学史》(中国人民大学出版社2007年)、朱寿桐主编《汉语新文学通史》(广东人民出版社2010年)等;关于民族语言文学的整理与史著撰写,除前举民族文学史著作外,还有文日焕《朝鲜古典文学史(朝鲜语)》(民族出版社1997年)、拉加才让《藏族文学史(藏语)》(民族出版社2006年)等。

③ 关于"天下之文""天下之诗",参见拙文《何谓"中国文学"——对"中国文学"概念及其相关问题的探讨》,《文艺争鸣》2009年第9期,以及拙文《中国文学和世界文学——从"天下之文"走向"世界文学"的中国化》,《中国比较文学》2011年冬季号。

的文学、让我们的灵魂颤抖的文学才是文学,这样的文学史肯定都是一种减量的文学史观。我本人很赞同这样的文学史,因为看社会的角度可以不同,写一部叩问灵魂的文学史很好,这样的文学使我们的灵魂颤抖,是完全有必要存在的,但是对于中国来说,我们在不否定这样的文学史的前提下,还应该有一个总体的文学史。中国是一个大国,她数不尽的国人既然写了作品,各个地方各个层次的文学共同组成一个总体的文学,这是非常必要的。所以这就涉及怎么看待"新世纪文学"的"量"。"量"本身就是"力量"。我前面说到"新世纪文学"的增量、"新世纪文学"生态性的生长,除此我们的观念里还应该有一种总体的文学史观。全国性的批评家就那么十个二十个,全国性的高校也就二十所三十所,有这样一批教授、博导、博士去研究那些伟大的作家和作品,就足够了。各省还有一些作家和批评家,还有一些地方性知识,对于一个地方的建设很有意义,对于一个城市很有意义。这些"地方"和"城市"相对于西方的一些"国"或"地方",仍是巨大规模的。有很多人专门写一个地方的掌故和人,专门研究这样的学问,如近年来各省地方的社科机构研究方向大都转向了"本土"和"区域",这应该被看作一种较之20世纪的现代性断裂性、忽略地方性,以抽象的"总体性"抽空"整体性"和代替真正的"总体的文学"的一种反拨,这对中国很有意义。在此基础上,需要一种"总体的文学"来表述"新世纪文学"。总体的文学是强调"空间"特性和"结构主义"的。当然由于空间的广阔和增量的巨大,我们可能仍然不能,或很难加以"全面"描述,我们的描述也只能是"抽样"的、"模型"的,也很可能"大而无当",但无论如何,有一种"总体文学"的观念,善莫大焉。从"总体的文学"走出来,"新世纪文学"的中国文学的共同体性便会彰显出来。

生活的文学

上述"新世纪文学"的三个特征,是从外部、从宏观上看"新世纪文学",主要是提供一个方法,一种进路。那么进入内部,"新世纪文学"究竟是一种什么样的文学?

"新世纪文学"是一种生活的文学。我想从中国古代谈起。中国古代文学的出发点其实还是"生活"。中国古代的文学作品,像《唐诗三百首》中的那些经典的、具有深邃的意境、具有中国人的生命情调、引起我们崇拜的作品,现在依然活在我们当代生活中。现在的人评价文学,总是困惑今日文学为何不能是那样的具有崇高的伟大的人文精神、具有崇高的境界和意境。似乎前人总是超越生活,活在超越性的精神中,而我们是太世俗太生活了。但是现在回过头来想,这个问题其实很简单,我觉得说生活的文学并不是要抹杀那些伟大的作品,我们要认识到,所有经典的伟大的作品都是从生活中来的。我举一个例子,比如杜甫的诗歌。杜甫写过很多具有博大情怀的作品,也写了很多具有深邃意境的作品,但是我们从他作品的标题上来看,很多都是从生活中来的,比如《题壁上韦偃画马歌》《恨别》《春夜喜雨》,这些诗歌都是从生活出发的。著名的《茅屋为秋风所破歌》也是因为生活中的一个事件而写。还有一首《楠树为风雨所拔叹》,写的就是有一棵楠树,在他的草堂前,忽然狂风来了,把树拔掉了,毁掉了草堂的景致。他在作品的最后,也有一个人文精神的升华,说"我有新诗何处吟?草堂自此无颜色"。这是他的一种人文精神追求,他觉得这棵楠树是他生命的一部分,其实这首诗是从生活出发的。所以我们不能把生活想象得特别低下,不能把人文精神想得特别高远,这是中国文学的一大传统。就新文学以来而言,"五四"开创了一个"人的文学"的传统。周作人有两篇著名的文章,一篇叫《人的文学》,另一篇叫《平民的文学》，这其实就是人的主题、平民的主题，这个阶段就是"人的文学"的阶段。五四的时候很流行的一种"问题小说"，像鲁迅的《狂人日记》就"提出了封建礼教和家族制度吃人的问题，叶绍钧的《这也是一个人？》，汪敬熙的《谁使为之？》，罗家伦的《是爱情还是苦痛？》，冰心的《两个家庭》《斯人独憔悴》……提出人生目的意义问题，或提出青年恋爱婚姻问题，或提出妇女人格独立和教育问题，或提出父与子两代人冲突问题，或提出破除封建旧道德束缚问题、劳工问题、儿童问题"[①]——这是从"人"出发来提出一些问题的。这是不是从生活来的，是的，但是他们从总体上说是把复杂、多维、整体的"生活"简化了，简化为一个"人"的问题，是从作者的主观出发来看人的"问题"，所以他要写问题小说。从广义上来说，没有小说不是生活小说，问题小说自然也是生活小说，即使是伟大的作家也是要吃饭、要活着的，不过就是他们活在塔尖儿，而普通人活在底层。他们以纯文学的方式生活，以精英的方式生活，普通人以一种老百姓的粗糙的方式生活，区别可能仅在于此，但是大家都在生活。从这种意义上来理解，五四的人的文学、问题小说是不是生活的文学？当然是。但是我今天要说的生活的文学，是从相对意义的"生活"而言的。到了30年代，文学变成了"社会"的文学，所以有人说这是人的主题的跌落，把人的主题渐渐淡化，兴起了一种社会写作和社会小说。其实五四除了人的主题之外，也还有科学和民主。科学就是要按照现代思维和现代理性来认识社会，来改造社会。我们为何要建设社会主义，为什么说资本主义不行？因为社会主义是科学的，是有计划的，可以为中国人带来幸福的。经过科学理性的分析，人们觉得应该否定资本主义，建立一个新的中国——这不但是要有理性，而且是要按照理性来改造社会。30年代以后主要有两种小说，是按照社会这个概念来写作，而"社会"则是生活的概念的某

[①] 严家炎:《论现代小说与文艺思潮》，长沙:湖南人民出版社1987年版，第111页。

种简化。这两种小说一种是社会剖析小说,一种是社会行动小说、革命小说。它不但要分析社会——《子夜》就是社会剖析小说的一个代表,用科学的方法、经济的方法、阶级的方法来分析和描述社会——而且还要给改造社会提出出路,后来左翼小说就是这样的。后来我们为何认为社会主义文学要高于现代文学?因为社会主义文学是一种指出了社会前进方向的文学,是有解决社会问题方法的文学。现在回过头来用"人"的文学的观念看,那这种文学就是没有"人"的文学,到处都是社会,到处都是革命、阶级斗争和改造、解放,没有"人性"复杂性,也没有"人文精神"。所以这样的文学不被认为是"人的文学",也没有"自我"——这是我们现在的文学观,但在三十年前,社会文学却被认为是先进的文学观。到了新时期,我们的文学走出了"社会"的视角。中国古代其实是没有"社会"这个概念的,有"社会"这个词,"社"是土地之神,也是结"社"的社,"社会"就是团体聚会。现在所说的"社会",完全是一个社会学的概念,晚清曾翻译叫"群",社会学曾被叫作"群学"。社会的视角就是个人以外的层面,大家所共同组成的一个共同体,在这个共同体内部,人和人之间、层和层之间、阶级和阶级之间有一种关系,这种关系是什么样的?是否合理?有没有公正性?我们的理想是什么?我们是否可以改造这种关系?社会主义文学的视角是这样的。新时期以来的文学,如果说要走出五四的话——我觉得《班主任》这样的文学肯定是人的文学,但它不是一种生活的文学,因为它还是只解决"救救孩子"这样的精神问题,《陈奂生上城》是一种批判国民性的文学,陈奂生表现出种种农民的劣根性,小农意识,没有现代意识。我们之所以很推崇《陈奂生上城》,就是因为它批判了国民性,它走在了五四文学精神的路子上。陈奂生不是一个开放的、大写的人。但是新时期以来还有另一个路子,就是生活的文学,这是最新的状况。这是五四的文学自三十年代以来以社会为视角的文学所少有的。以生活为视角,越来越成为我们看待文学的一个基本的视角,可以把现在的文学从整体上描述为一个生活的文学。这个生活的文学怎么理解？此时的"生活"，是不但要将人的精神、社会关系，而且要将人的物质性、基本生存欲念如衣食住行等放到"生活"概念中的一个极为基础和重要的位置上。中国的新现代性，是全面而综合的"生活解决"的"生活现代性"。文学也亦复如此。像《李顺大造屋》这样的作品，可以说是开辟文学新世纪的第一篇作品，也是开辟文学历史新时期的一篇作品。因为它并不把"精神"作为出发点，它把要造一个房子作为文学的出发点，他喊出了一个普通人30年的需求——土改时李顺大就想造一个房子，但他只是积攒下来一些材料，等到他要建造的时候，突然就来了"大跃进"、"文革"这样的运动，房子就没建成。只有到了改革开放，他才又萌生了这样的愿望。这样的愿望其实是中国人的"民生"生来就有的，就像我们大家所想的，我们要有一个房子，要改善自己的居住环境，比如《杜拉拉升职记》中写年轻人要一份工作，进而要求更好的工作。所以我们强调人的文学，强调人道主义，强调人的尊严，这里的人和尊严不光是一个空喊的口号，它是用物质水平来衡量的。《李顺大造屋》是中国新时期文学中一部开创时代的作品。当时很多作家都是处在新旧交织的矛盾中。汪曾祺为什么从80年代以来就很火？因为汪曾祺写了普通人的日常生活，当然他把生活写得很美，所以汪曾祺的文学是一种生活的文学，他是从生活的角度看文学的。生活的视角是什么样的视角？50年代我们并非没有生活，我们有理想的生活、劳动的生活、战斗的生活，只有那样的生活才是生活，我们看《创业》这部电影，其中有一句话就叫"先生产，后生活"，它认为先国家后个人是一种崇高的精神，那是我们真实的历史。那个时候是把革命放在前面，我们现在则是用生活的视角去看问题。这个生活的含义是什么呢？我觉得它当然有理想的内涵，因为五四以来、50年代以来我们在生活中灌注了理想的、革命的内涵，这是我们去不掉的可贵的现代"基因"和"新教伦理"，但是到了新时期，我们对于生活的理解，其实首先还是要解决我们衣食住行的问题。因为革命搞得再红火,如果解决不了衣食住行的问题,按照毛主席的说法,就是中国人要被开除球籍。所以我们要以经济建设为中心,从改善自己的生活为出发点。这是一种以人的基本生存条件、基本欲念、安身立命和精神之志为合理本位的整体综合的生活观念,这其中包含了我们每个人的切身利益,包含了每个人梦想、欲望和生存的权利。《人生》这样的作品是写一个人的奋斗,在奋斗中遇到种种壁垒,比如城乡的对立,但是它有一个精神,就是为了生存而奋斗,像《李顺大造屋》一样。它所展开的并不像"五四"一样是社会问题,并没有把矛头对准社会,要求解决社会问题,它展开了80年代以来的一种生存的背景和环境,这个生存的环境就是一个竞争的、需要个人奋斗的社会。它最终导向的,不是劳动而是奋斗。过去的文学的导向是指向一种在崇高精神支撑下的光荣的劳动,现在不是这样,现在是个体的奋斗,为了生存而奋斗。首先就是自己的衣食住行,有自己的一份工作,自己的一个房子,这是实实在在的。现在社会的进步之处就体现在为个人的生存和生活而奋斗变成了一种正当的权利,而不是一种卑下的诉求。我们的第一要务就是生存和发展。这是《人生》对80年代主题的展开,这样的主题在过去我们不知如何评价。但是就像我刚才所说,如果我们要用"新世纪文学"的观念重塑和建构80年代文学,我们便能够理解。比如张贤亮的《绿化树》《男人的一半是女人》,他既写了一个右派分子的苦难,又通过这苦难写了一个人的最基本的生存要求,他的基本欲望和饥饿感。这种大面积写饥饿感的作品,也是中国文学中从来没有过的。这就是生活,生活的要义。如果一个人饥饿,饥饿的极致就是死亡,如果死亡了就没有生命,没有生命就没有人权,也没有精神。我们现在理解这样的作品,像张贤亮的作品,既彰显了五四文学高扬人的尊严、人的理想——因为尽管他很饥饿,他还要读《资本论》——同时又肯定了衣食住行是人的第一需求,表现了一种唯物主义的生活。像《棋王》,我们认为是寻根小说,它的寻根其实不是怀旧,而是写人的基本需求"吃"。后来到了王安忆的"三恋",为何会出现这样的作品?到了80年代后期为何会出现《玫瑰门》这样的作品?它们写了人的欲望,正视了人的欲望,这是"新世纪文学"的一个最可贵的唯物主义指导下的品质,就是要实事求是地写人的苦难,写人的欲望。这是一种务实求本的思维所导致的实事求是的生活还原。到了90年代,像《活着》《长恨歌》《白鹿原》以及个人化写作等,其实都可以在这条路线上进行解释。它们本身可能有各种因素,比如五四的因素、重返人的主题的因素,但是它们也矛盾着,有人的欲望的因素,也有生活的因素。到了新世纪我觉得有更大的改观,生活的文学不仅体现在重要作品中,而且生活把整个文坛都改变。文坛在与生活相辅相成方面有了巨大进展,整个都在扩大,一种身份的政治改变了文坛整体面貌。精英作家依然在写,依然受到我们的尊重,纯文学依然在那里生存,不过就是读者越来越少,但是广大的网民、广大的"80后"、广大的底层文学青年,创造了自己的文学。可能这种文学与前者相比是一种文学性更低一点儿的文学,但是这也是真正的文学的一部分。这样的身份的政治改变了我们对文学的认识,我们的文学从此是一种大的文学、广大的文学,是宽广的文学,和中国十几亿人口相称的文学。当然,强调增量的文学、总体的文学、生长的文学、生活的文学,并不是要取消差别,取消批评和比较,取消积极的文学竞赛和进取,而主要是不走极端,包容广大,分出层次,共同促进一种文学共同体的良性建设。所以我觉得"新世纪文学"的一个主要视角,就是要把文学放在生活中来看,我们之所以说它是生活的文学,就是以生活来观生活,以更加综合、全面、整体的"生活"观念来处理"生活",不是光以社会来观生活,也不是光以人来看生活——这种以生活来观生活的文学,是"新世纪文学"的重要特征,生活是近30年来文学的关键词之一。

  归纳一下,在"新世纪文学"视域下,第一,文学是生活之物,我们要在"生活"中理解"文学",正如一位诗人所写:"我始终跑不出生活。"第二,如此理解的"新世纪文学"必然有生活意识的兴起,恢复生存、欲念、身体以平衡精神是"新世纪文学"的"生活性"体现和大趋势。

体物的文学

体物的文学,体是体验的体,物是物质的物。体物的文学也是"新世纪文学"的一个主要特点。我还是想从中国的文学传统讲起,体物的文学是中国文学一个悠久的传统。陆机的《文赋》中说"诗缘情而绮靡,赋体物而浏亮",他是把缘情和体物放在一起的。我们原来认识文学,都认为文学是抒情的,是缘于情的,这固然是对的,但中国文学还有一个传统,就是它是"体物"的。五四以来把文学搞成了"人的文学"。其实人是不能离开物的,所谓"人物",物是人的一个基础,人本身是一个物,一个肉体,人不能光从精神上来定义,人还有物的一面,而且物是我们生活的基本面。所以体物的文学是中国文学一个最早的传统。那么我们如何面对物?如何处理人和物的关系?如何体验物?这是中国文学的一个传统。比如中国文学为何有"赋"?为何有这样一种奇怪的世界其他地方都没有的文体?在汉代还曾经成为文学的大宗?为何汉语有这样的"赋"(即铺陈)的特性?汉语表述最初是以名词为主,是用来描述事物,要给事物命名的,所以它最初是一种要描述事物的文字、文化和文学,所以我们有"赋比兴"。"比、兴"就是缘情、起兴,有主体的感动,而"赋"就是铺陈,是汉语的一种功能。这样说体物就是中国文学的一个绝大的传统,大家都知道中国的古诗词里面,有一个很重要的门类就是咏物,咏物诗是中国文学在赋之后的一个历史悠久的序列。

像《春江花月夜》这样的诗歌,它的名字是很优雅的,是具有人文精神的,很有意境的,但是它通篇都是以物为主,渺小的人面对广袤的宇宙、人的境界只有在物的面前才获得了博大。一部《庄子》,其实整个都是在处理人和物的关系,庄子的哲学就是齐物。齐物是什么?就是看人,人的情感、人的境界没有绝对的高度,和物是一样的。我们现在发掘庄子的思想,称之为生态的思想,其实就是我们要正确地对待物。我们跟物、跟地球比起来,没有什么高度,我们的生存是由地球决定的,如果地球毁灭了,我们的一切,包括人文精神都是没有意义的。物不总是对人的压抑和异化,我们除了对物的区别和超越,还应更具同情地理解"物",承认人无"物"则不立。

所以从这个角度看,中国文学源远流长的体物传统,到了明清话本小说里面,用叙事的方法展开对整个事物的描绘、对物的重视,表现在物面前的人的处境、人的情感。新时期以来更是如此。很多人都说新时期以来我们处在一个物化的社会,如此如何处理人和物的关系就构成了新时期以来三十年文学的一个主要特点,这个特点我觉得它开辟了一个文学的"新世纪",它没有否定五四以来人的文学的传统,它用五四以来形成的人文精神的小传统,来体验、描绘和处理我们和当代物质社会的关系。这里面有对物的肯定,对欲望的张扬,像莫言的《红高粱》,像高晓声的《李顺大造屋》。而张炜的《九月寓言》,则是以人文精神进行批判,但也是要处理人和物的关系,不过是要否定物,那也是一种体物的文学。所以,用人文精神还是用体物来形容我们的文学?我觉得体物是更具有普遍性的。体物中有迷茫,有失望,有的也有歌颂,也有否定,关系不同,但其基本内涵都是一致的。无论是小说还是诗歌,三十年来文学的一个新意在于处理了一个基本的关系,就是人和物的关系;在于集中、强烈地表达了一种基本体验、感悟,就是对物、对现代性物质化社会的体悟。"新世纪文学"背景下,我们会看到"物象"的兴起与繁多,"象"首先是"物象","物象"是"意象"之基,"物象"的兴盛和"意象"的物化加重与翻铸着新意,成为文学铺陈的新的兴趣所在,例子就不用多举了。"生活的文学"和"体物的文学"合在一起,在新的意义上演绎了、回归了我们时代的"人的文学",而更加注入了物性和生活性的"人的文学"。

"文明"的文学

最后,"新世纪文学"的一个重要特点在于它还是一种"文明"的文学。我们要从文明的视野来看待"新世纪文学",超越过去"人的文学"的视野。人的文学的维度有些单一,不足以用来描述新时期以来的文学,所以我刚才说到了生活的文学、体物的文学这样的概念,但最终还是要归结到文明的问题上来。因此中国近百年来的生活,中国近百年来的社会,中国近百年来的文艺,一直都在追求一个理想,那就是中国文艺的复兴,中华民族的复兴,最后还都要归结到文明的复兴这个问题上来。

中国两千多年来一直延续的泱泱大国的态势,到了近代在西方的强势压迫面前有过衰落,中国近百年的奋斗目标还是文明的崛起和复兴。以文明的视角来看待文学,是一个最新的视角。我们原来曾经说文学是文化的,是社会的,是人的,是审美的,是文学性的,所有这些定义都是正确的,但都只是一方面,我们还从未从文明的意义上来看待文学。最近流行一部书叫作《中国震撼》,张维为写的——去年有一本书叫作《当中国统治世界》,马丁·雅克写的,也很流行——《人民日报》和几大报刊的书评很多,包括很多历史学家和思想家都为这本书叫好,他认为中国是一个文明型国家,不能用现代西方民族国家的观念来定义。中国这个国家不仅是一个主权国家,而且它代表了一个大的文明类型。中国文学是中国文明的象征,是中国文明的体现,是中国文明最精微最生动最有生命感性的体现,最具有审美情调的体现。所以我觉得中国文学应该在中国文明的意义上来定义。

中国文学合不合适与斐济文学、越南文学、新加坡文学进行比较？——如果按照国家文学的模式来比较的话，中国文学再大，也只是一个国家的文学，但是世界上的大小国家上百个，所有的文学并不平等。中国文学是多极化而不是多元化的世界文学中的重要一极。欧洲是一极，中国肯定也是一极，欧洲为何是一极，为何要搞一个共同体？因为欧洲十几个国家之间的文明具有相似性，如果以一个国家来出面说话，是没有分量的，所以要搞欧共体，要联合。中国在《诗经》时代，像十五国风那样已经是一个"大规模国家"的共同体。到了秦代已经成为一个中央集权的统一的"大规模国家"，已经崛起了。中国历史上虽然也有分裂，但分裂从来不是中国的大趋势，中国历史的大趋势从来都是一个大规模国家的趋势，所以这样一个大规模国家的文学不能同一个小国的文学等量齐观，它的背后是一个大的文明类型。所以在中国崛起的当代背景下，中国文学应该这样定义：它是为了更加生动地使中国文明的表情和声音得到表达的文学。这个思路有两点，一点是文明的主题。中国文学近三十年来在处理一个什么样的基本主题？80年代"重回五四"的时候，季红真有一篇著名的文章在《中国社会科学》上连载，描述新时期文学的态势，叫作《文明与愚昧的冲突》，说的是我们在告别愚昧，走向现代。陈焕生被批判，就是要他变成一个现代的文明的新人，这是我们的一个主题。现在看来，这个主题是对的，但什么是现代，什么是愚昧，这是值得讨论的。在全球化背景下，我们要强调文化的多样性，文明的独特性，强调世界的多样性和丰富性，文明的价值就显得很重要。所以关于什么是文明、什么是愚昧，其实是相对的。我们主张文化的多样性、文明的多样性和丰富性，每个民族都有保持自己文化和生活方式的权利。

文明和愚昧这样的主题是需要进一步思考的，但是文明和愚昧的冲突指向现代作为基本主题，我觉得是对的，人总是要进步，这是没问题的。但新时期文学中早就隐含着一种多重主题的变奏和转换，这转换在20世纪80年代末90年代初渐趋浮上水面。可能我们的观念还没有转换，但是我们的生活和文学已经出现了转换,我们的观念还都在高扬精神,批判国民性,高扬文明和愚昧的冲突,要走向现代、告别愚昧,其实生活和文学本身早已经提出另外的思路,就是欲望和文明的冲突。"文明"一词的含义中比"文化"更多物质的因素和意味,更与"生活"一词的整体性理解靠近和搭配。改革开放三十年来,我们靠的是每个人心中的欲望来启动生命与生活,这个时代不是一个压抑的时代,而是一个解放的时代,解放我们心中的欲望,欲望的解放是我们生存和生活的动力,我们每个人为自己的衣食住行而奋斗,这其实是三十年来中国崛起的一个基本的出发点。中国崛起是全体十三亿人民共同奋斗的结果,我们之所以取得这样的成绩,不光是有企业家,还有我们的农民工,我们还生活在 80 年代的春天里,这春天里就像旭日阳刚唱的那样,[①]我们经过了三十年的沧桑,我们经历了奋斗,我们得到了什么?我们的欲望是什么?有一种返璞归真的沧桑感——这就是我们的文学"寓言",我们的文学要处理的就是这样的基本主题。其实 30 年来我们的生活,我们的企业家、农民工、工人、公务员,每个人要处理的一个基本问题,就是我们和我们内心的欲望这样一个基本关系,我们如何限制和如何实现我们的欲望?实现欲望是正确的,但是实现欲望要"得道",要有正确的道路和一定的限制,任何人的欲望都不可能完全释放,人的欲望总是要受到一定的限制。怎么实现我们的欲望,还是要有一个文明的限度。什么是文明的限度?文明就是对我们欲望的合理的限制。如果限制变成了压抑、变成了繁文缛节,我们肯定要冲破这个限制,像马尔库塞所讲的实现人的"解放"。[②] 但是这个限制如果是合理的,这个文明就是必需的。新时期以来文学的一个重要的基本主

---

① 旭日阳刚组合为 2011 年上央视春晚演唱的农民工歌者组合,他们演唱的一首《春天里》,沧桑感受引发广泛共鸣。
② 参看[美]赫伯特·马尔库塞《爱欲与文明》一书对"爱欲"与"文明"关系的阐释,上海:上海译文出版社 1987 年版。"爱欲"是翻译弗洛伊德精神分析理论的一个概念,但本文没有区分"爱欲"和"欲望"的使用。

题,如果从"新世纪文学"的视野看,那就是文明和欲望的冲突。它在叙事上(而不是单纯的道德立场)不是站在"文明"一边,是站在了欲望和文明之间;它也不是站在了"欲望"一边,是站在由欲望的伸张到文明的规约的张弛坎坷之间,行进在欲望的月光下去承接文明的暖阳洗礼的途中,是在当代的"生活"中生活着文学。《废都》就有这样的一个困惑。《长恨歌》也有这样的东西。《李顺大造屋》从开始就是这样的,小说结尾写李顺大为了造屋,给一个管理员行贿,自己心里念念不忘,心里不安,他心里有一种文明感,即羞耻感,对自我的克制和限制,心情心境类似"克己复礼"。我们为何要讲"礼",就是这样的。我觉得这是新时期以来文学的一个基本主题,就是什么是文明,什么是我们应该有的幸福生活?物质即使极大丰富了,我们有没有幸福感?

"文明"的文学还有另一个思路。刚才我说到中国文学是中国文明的象征,是中华文化的象征。现在的文学中,纯文学读者并不多,那它们又有什么意义?我觉得意义是很大的,就是我们文明的象征。什么是文明?文明有一个重要的特征就是有自己独特的语言,语言凝缩了一个文明的感性和思维方式。作为审美的语言艺术表现的文学,是一个文明最精微的表达,是最能代表一个文明的最精彩的地方,是它的最高的境界。从这个意义上来肯定当代文学,我觉得是可以的。我觉得我们对当代作家的研究很不够。夏志清的《中国现代小说史》对赵树理的贬斥是大家都知道的:"赵树理的早期小说,除非把其中的滑稽语调(一般人认为是幽默)及口语(出声念时可以使故事更动听些)算上,几乎找不出任何优点来。事实上最先引起周扬夸赞的赵树理的两篇,《小二黑结婚》和《李有才板话》,虽然大家一窝蜂叫好,实在糟不堪言。赵树理的蠢笨及小丑式的文笔根本不能用来叙述。"[①]这是夏志清的看法,当然这种观点可以

[①] 夏志清:《中国现代小说》,刘绍铭等译,上海:复旦大学出版社2005年版,第30页。

讨论。赵树理肯定是一个伟大的作家,但是夏志清是一个知识分子,他认为赵树理不过是一个"摆文摊"的文人,而汉语文学应该是一种优雅的文学,要有优雅性。但是优雅还能像文言写作一样吗?肯定是不能的,我们不能回到古典去。中国文学的语言——我想说的是叙事文学,诗歌暂且不论——在小说里面,我觉得中国当代文学的语言是值得研究的,中国当代小说创造了汉语写作的非常精妙的价值,像莫言的《红高粱》中写的:"我曾对高密东北乡极端热爱,曾经对高密东北乡极端仇恨"——明清白话小说、中国现代文学里面没有这样的语言——"高密东北乡无疑是地球上最美丽最丑陋、最超脱最世俗、最圣洁最龌龊、最英雄好汉最王八蛋、最能喝酒最能爱的地方。生存在这块土地上的我的父老乡亲们,喜食高粱,每年都大量种植。八月深秋,无边无际的高粱红成洸洋的血海,高粱高密辉煌,高粱凄婉可人,高粱爱情激荡。秋风苍凉,阳光很旺,瓦蓝的天上游荡着一朵朵丰满的白云,高粱上滑动着一朵朵丰满白云的紫红色影子。一队队暗红色的人在高粱棵子里穿梭拉网,几十年如一日。他们杀人越货,精忠报国,他们演出过一幕幕英勇悲壮的舞剧,使我们这些活着的不肖子孙相形见绌……"也许莫言的语言并不符合"优雅"的本义,但其汪洋恣肆而具有十分的张力,这样的叙述力度和语感意味是古典叙事文学中未曾获得过的新鲜经验。在当代每个能够成为文学大家的人的语言,几乎都有这样的例子可以举出。像《长恨歌》也是这样,《长恨歌》的价值就体现在,它用叙事的方式体现了汉语的精妙,体现了汉语的复杂质地纹理。它的第一章写"弄堂"的语言,是很多人都在称引的:"上海的弄堂是性感的,有一股肌肤之亲似的。它有着触手的凉和暖,是可感可知,有一些私心的。积着油垢的厨房后窗,是专供老妈子一里一外扯闲篇的;窗边的后门,是供大小姐提着书包上学堂读书,和男先生幽会的;前边大门虽是不常开,开了就是有大事情,是专为贵客走动,贴了婚丧嫁娶的告示的。它总是有一点按捺不住的兴奋,跃跃然的,有点絮叨的。晒台和阳台,还有窗畔,都留着些窃窃私语,夜间的敲门声也是此起彼落。还是要站一个制高点,再找一个好角度……"它通篇都是在写站在一个制高点上,如何看上海的弄堂,如何做一个全景的描写,这种描写在中国叙事文学语言里面,大约是具有新意的,伸张出汉语铺陈文字的某些可能性张力。所以要从语言文明的角度来肯定汉语写作的价值,由此当代文学的价值便会显得重要了。像刘震云的《一句顶一万句》,他的生活语言虽然不像王安忆那样抒情,但是白烨对他的评价很高:"这是注重人性的细微神经和生活的内在肌理的文学书写,而语言本身就含带了意味,言说本身就体现了审美。小说何以是语言的艺术,刘震云的这部作品既是一个个人化的阐释,又是一个典型化的示范。"[1]他这样评价刘震云,我觉得是可以理解和讨论的。

对中国当代文学中塔尖儿的部分,我们说生活的文学并不是要否定它们,而是要肯定这样的文学占据了我们文明的审美的高度。所以要从语言文明的角度来肯定当代汉语写作的价值,由此当代文学的价值便会显得重要了。

2011 年

---

[1] 见刘震云《一句顶一万句》封底白烨评语,长江文艺出版社 2009 年 3 月版。

试论"中国现代文学3"

——新世纪以来的文学：思潮与文脉

进入 21 世纪，中国现代文学持续发展，呈现了更加清晰的历史动向。中国社会继上世纪 80 年代开启"以经济建设为中心"的"改革开放"，确立"建设中国特色社会主义"的现代化取向与转型之后，90 年代掀起"市场经济"改革潮，到新世纪，社会主义市场经济体制初成，宣布迈进小康社会并确立在本世纪前二十年实现全面建成小康社会目标，综合国力日益增强，生活意识悄然弥漫，新媒体文化迅捷笼罩，中国加入世界贸易组织以及"东欧剧变"和"9·11"事件后加重了世界"多极化"和"全球化"趋势，使中国文化和文学面临着"世界文学"的新的格局，这样的时代现场被话语表述为"新世纪新阶段"①。

"新世纪新阶段"固然是"历史新时期"里的一个"新阶段"，但是也是以世纪意识的彰显而对"新时期"概念的某种超越：所谓"新时期"的目标乃是开创中国的一个全面深化的"新世纪"。"新世纪、新阶段"同样也适用于对当代文学的现场表述。于是有所谓"新世纪文学"概念的提出，一方面它直指文学现场，希望借助这一概念，来探讨"新世纪以来"的中

---

① 短语"新世纪新阶段"，语出中共十六大江泽民的工作报告（2002 年 10 月）。但早在 2001 年中共十五届六中全会上即表明："这次大会（指即将召开的十六大）是新世纪我国进入全面建设小康社会，加快推进社会主义现代化的新的发展阶段召开的极为重要的会议。"2002 年 5 月 31 日，江泽民在一次讲话中进一步明确为："进入新世纪，我国进入了全面建设小康社会、加快推进社会主义的新的发展阶段。"十六大以后，胡锦涛在多次讲话中多次使用强调这一短语。

国文学发展的新现象和新特点;另一方面,它又透露出某种文学史意义的企图,不仅与"80年代文学""90年代文学"共同构成了中国"新时期文学"的直抵当下的历史框架与表述,同时,也使"新世纪文学"概念与"新时期文学""20世纪中国文学"等概念①产生了互文参照的效果,增加了文学史认识的时空维度与阐释的多种可能性。

新世纪十五年来(2000—2015)的中国现代文学,是"新时期文学"的接续和组成部分,也是新时期文学发展的逻辑结果;进而,它又以"新世纪"的历史进程,刷新和改写了"新时期文学",深化了人们对中国现代文学的认识。它以更加饱满的"人的文学"观念,更加稳健的"现代性",以及更加多元一体、稳步开放的文学格局,让"新时期"过渡到了"新世纪",进而让"新世纪"表征、代表了"新时期",从而显示了与五四以来的"20世纪中国文学"概念的很多不同特点,勾勒出"21世纪中国现代文学"的最初的基本发展轮廓。

新世纪以来的文学思潮话语,也有了新的特点,即:它在很大程度上并不像以前那样以作家们的"创作思潮"的方式出现,它虽然与当代创作现状密不可分,却更多的是批评理论话语的独立阐发,只是间接地对创作和文学氛围产生影响;同时,作为对现代性的"文学思潮"概念的补充,更加本土性、中国化的"文脉"概念②开始流行,用以描述某些趋向整体性和历史化的文学现象,表达了某种新的文学史意识,以及延展中国文学文脉的趋势。

---

① 有关"新时期文学"概念,最早可追溯至1978年12月周扬在广东省文学创作座谈会上使用的报告题目《关于社会主义新时期的文学艺术问题》;有关"20世纪中国文学"概念,则由黄子平、钱理群、陈平原提出,见《关于"20世纪中国文学"三人谈》,《文学评论》1985年第5期。
② 文脉,作为描述文章、文学和文化的历史化术语,由来已久,明代学者王文禄著有《文脉》三卷。

现代文学 3：从"现代性"的讨论到
"新世纪文学"的讨论

朱栋霖主编的《中国现代文学史》，在《导言》中曾对"中国现代文学"做过一个时代性质的界定，很有代表性，即"是中国文学在 20 世纪持续获得现代性的长期、复杂的过程中形成的"。进入到了 21 世纪，"中国现代文学"仍然接续着这种"持续获得现代性的长期、复杂的过程"。但是，站在"新世纪"视野下，中国现代文学"获得"的"现代性"又有了新的发展和表现。或者，我们现在可以把自 20 世纪初发生，又自 20 世纪早期五四新文化运动时期的"新文学革命"发端的一百多年来的中国现代文学，依"现代性"的进程分为三个阶段，即现代文学 1、现代文学 2 和现代文学 3。

中国现代文学之所以成为"现代"的，是因为它区别于中国古代文学的传统，区别于"古典性"，而获取了"现代性"。自从上世纪 90 年代美籍华人学者李欧梵的著作《现代性的追求》将"现代性"概念带到国内学术界（1993 年）以后，尤其是卡林内斯库的著名的《现代性的五副面孔》被译介到中国（2002 年）后，国内思想界和学术界就展开了一场"中国现代性"大讨论。这场讨论在本世纪初的十几年间一直不断，一度流行的核心词"现代化"逐渐被更加学术化和学院化的"现代性"概念取代，表明了认识的某种转换与深化，应被看作是人们对于百余年来中国人的"现代"经历与"什么是现代"的一场集中反思。同时，用"现代性"这一颇具概括深度的表述，统一了人们对百余年来动荡且互相势不两立的各阶段历史的认识，试图以"现代性"之名，抹平曾经的对 1919 年五四运动前后、1949 年新中国成立前后、1976 年新时期前后的历史认识断裂，至少，人们应该认识到这些所谓的新与旧的"断裂""革命"等种种区分背后，"现代性"的追求还是基本面,于此可以取得共识。而在这个大讨论中间,尤以中国现当代文学史界有关现代性的讨论最为旷日持久、触及深刻,乃至于有观点认为"现代性"已经是描述、写作中国现当代文学史的一个"统摄性的概念"[①],并改变了既有的诸种破碎的文学史叙述模式,使一个统一脉络的连续性的百年中国现代大文学史成为现实而不再被割裂。

这个"现代性"在中国现代文学中既一以贯之,又因"现代性"的不同历史时期,所表现的内容和形式有所不同。

(一)现代文学1

是指中国文学走出古典时期所经历的第一个"现代"时期,即1949年中华人民共和国建立以前的"现代"时期。在"现代性"的讨论中,对这一时期的文学认识有两个趋向。

一、"现代"的起始时间点变成复数,变得模糊。原来的文学史按照毛泽东"新民主主义论"的模式,将1919年五四运动作为分界点,在此之前的旧民主主义时期为"近代文学",而此后的新民主主义革命时期才进入到"现代文学"。当然文化和文学与作为现代青年政治运动的"五四运动"又有不同,于是又有了广泛意义上的"五四新文化运动"或"五四时期"等提法,朱栋霖主编的《中国现代文学史》上卷也用了"五四文学革命"这样看似矛盾的说法,其实这里的"五四"已不是狭义的1919年5月4日"五四运动"的"五四",而是广义的"五四新文化运动"和"五四时期"的"五四",因此,文学史上的"现代"起点标志为1917年开始的"文学革命"或称"新文学"。但是,这些认识在"现代性"的讨论中被打破了。一些学者以"现代性因素"的名义而不是固守"五四"这一"新文学"的"革

---

① 张志忠:《华丽转身——现代性理论与中国现当代文学研究转型》,北京:首都师范大学出版社2009年版,第2—11页。

命观",将现代文学的起点上溯到清末民初,其中的主要观点有三种,即"没有晚清,何来五四"说①、现代文学起点于19世纪80年代末90年代初说②,以及以1911年辛亥革命起始的民国文学说③。我的主张,既吸取了上述研究的某些成果,同时又坚持了主流的"五四时期"发端的观点,可以将其表述为20世纪初发生,而在五四时期的1917年"新文学革命"发端。这种综合性的观点,承认了现代性的更早萌生,又照顾到这种"发生"还不足以颠覆"五四"的"新文学革命"的自觉意义,应是对"现代性"讨论成果平衡兼顾的结果。

二、对中国"现代文学1"的性质认识,经历反复,更趋理性包容。我们所说的"现代文学1",在"五四时期"更多地被表述为"新文学",是指超越了世纪初黄遵宪的"诗界革命"和梁启超的"新小说"的一种更彻底地取法西方文学经验与观念、体制的现代汉语文学。它对"新文学"的"新"("现代性")的认定,最初主要有两个要义,即进化论的从旧到新(文言/白话、古代/现代),以及启蒙主义论的"人"的发现和"人的文学"。到了20世纪30年代,在"新文学"概念之外,又有"现代文学"概念的逐渐流行④。人们对"现代文学"的理解也因人而异。"新文学"阵营那里,主要强调"新","现代文学"与"新文学"被看作是一回事,却

---

① 王德威:《被压抑的现代性——晚清小说论》,宋伟杰译,北京:北京大学出版社2005年版,第1页。
② 栾梅健:《1892:中国现代文学的起源——论〈海上花列传〉的断代价值》,陶东风、张未民主编《中文文艺论文年度文摘(2009年度)》,长春:吉林人民出版社2010年版,第197—202页;严家炎:《中国现代文学的起点问题》,《文学评论》2014年第2期。
③ "民国文学说"立意于现代性民族国家国体的建立,最早可溯及钱基博所著《中国现代文学史》(1933年)。在新世纪初叶的现代性文学讨论中,倡言"民国文学"概念的,主要有丁帆《给文学史重新断代的理由——关于"民国文学"构想及其它的几点补充意见》、张福贵《从意义概念返回到时间概念——关于中国现代文学史的命名问题》、李怡《中国现代文学史的叙述范式》等,均见于李怡等编《民国文学讨论集》,北京:中国社会科学出版社2014年版。
④ 如20世纪30年代,开始出现两种取名为《现代文学》的杂志:一为赵景深主编,共出版了6期;另一本创刊于1935年,由有留日背景的文学青年创办。至于由施蛰存主编的《现代》文学杂志,则更为著名,似乎表明了当时人们有意识用"现代"一词来超越所谓"新文学","现代"有表明"新文学"的现代性质的意味。

也开始发生歧见,比如朱自清首开新文学课程并坚守进化论与启蒙论的五四观念(《中国新文学研究纲要》,1929年),可经过无产阶级革命文学论争后兴起的左翼文学,则开始发挥出对五四新文学的政治与阶级革命的想象;另外,在文学守成阵营那里,"现代文学"却可以有更广义的范畴,比如钱基博的《中国现代文学史》(1933年)中的"现代",它按现代民国建立的时间节点起笔,包括民国以来的所有文学,作者对所谓旧文学阵营着了更主要的笔墨,可见其"现代"只有时间表示意义。到了20世纪40年代,由于"新民主主义论"历史观的兴起,一方面"现代文学"与"新文学"可以等同,另一方面,对于"新文学"的现代性质的判断在解放区那里发生了转变,由以"人的文学"为标志的现代启蒙主义文学性质,转变为新民主主义革命文学为主线的性质。这个转变沉淀到文学史的成果中,是到了20世纪50年代,在王瑶的《中国新文学史稿》(1951年)、丁易的《中国现代文学史略》(1955年)、刘绶松的《中国新文学史初稿》(1956年)等奠基性的史著中才真正得到体现。以社会革命和政治意识形态挂帅为现代性取向,不仅为新中国成立前的文学现代性提供了一个新的阐释模式,而且更重要的是它为新中国成立后过渡到新中国文学的阐释模式作了历史性奠基,它所释出的观念,不断地扩大着对启蒙主义文学取向的压抑而尽呈革命激进姿态,直到1976年底中国"历史新时期"开始后,才开始逐步缓解,并在80年代产生了所谓"重回五四"[①]和所谓"重写文学史"[②]的态势。早在50年代末,人们开始把1949年以前的文学称为"现代文学",而把新中国成立

[①] 李泽厚:"一切都令人想起了五四时代。"见其《中国现代思想史论》,北京:东方出版社1987年版,第209页。用后来李慎之在纪念五四运动90周年(1999年)的明确说法即"回到五四、重新启蒙"。

[②] "重写文学史"是20世纪80年代后期学者陈思和与王晓明提出来的说法,以此概念命名他们主持的《上海文论》杂志的一个栏目的名称,组织发表了一系列旨在"重写"20世纪中国文学史的论文,一时影响很大。

后的称为"当代文学"①。自80年代起,由于"当代文学"学科的正式确立,"新文学"的提法在宏观历史概括时渐渐很少用了,"现代文学"概念便明确划定在1917/1919年至1949年间,约有30年的跨度。"现代文学"概念的确定,使人们不满足于仅仅时间性的理解,必然引发什么是现代性质问题的明确提出。事实上,以重铸民族灵魂、批判国民性、人的解放等人道主义为基调的启蒙论性质论述,借"重回五四"和"重写文学史"的势头,而取代了对现代文学的新民主主义革命论述,取代了革命政治意识形态和阶级论的论述,这正是发生在从唐弢主编的《中国现代文学史》(1979年)到钱理群等编著的《中国现代文学三十年》(1987年)之间的变化。而从20世纪90年代后期到新世纪以来,有关"现代性"的大讨论之中,不仅在启蒙哲学基础上稳步确立了"现代文学"的"现代性"的启蒙主体性和精神性价值,而且从对"现代性"的多样性复杂性和中国本土经验的认识上,最终导致了我们将新中国成立前的这个阶段的"现代文学"表述为"现代文学1"。我们称之为"现代文学1"的中国文学,其现代性发生在从世纪初经五四新文学革命到新中国建立之前,其特点是以更理性宽容的现代人道主义、启蒙主义思想为基础的"人的文学"作为主体和主流,阶级革命和社会理想主义、民间形态、政治意识形态的现代性则是它的激烈形式,后者并不否定前者,恰恰是为前者的实现创造了胜利的条件。承认现代汉语书写的"人的文学",是五四以来直至今天的文学现代性的一个主流和永远的精神基石,是中国"现代文学1"的"现代性"的基本价值、主要贡献,也不意味着否定革命意识形态对这基本价值实现的推动作用和历史性贡献,这

---

① 20世纪50年代末期,部分高校编写了一些当代文学史教材,如1958年华中师范学院中文系编著的《中国当代文学史稿》(北京:科学出版社1962年版)、山东大学中文系编写组编著的《1949—1959中国当代文学史》(济南:山东人民出版社1960年版)、北京大学中文系部分青年教师与1955级学生联合印写的《中国现代文学史·当代部分纲要》等。

也恰恰是"新民主主义论"之所以为"新民主主义"并能够为当时广泛接受的根由所在,过去我们将二者对立起来,问题可能出在对"新民主主义论"的历史性激进误读上头。

(二) 现代文学2

是指1949年中华人民共和国成立后至1976年"文化大革命"结束期间的中国现代文学阶段,它包括建国后的"十七年文学"和"文革"十年文学两个部分。

新时期以来,包括从1949年起一直到现在并向未来敞开的一段,被明确划定为"当代文学",于是跟"当代文学"谈"现代性"似乎不对头了,也有所谓"当代性"的说法出来。"当代性"意味着更多地强调当下性、现在进行时态,因此和"现代性"的内涵是无法相比的。正是在世纪之交有关现代性的讨论语境中,人们意识到共和国50—70年代的文化和文学已成历史,不具备充分的"当代性",亦应连续性地用现代性来加以考察,并把这一段特殊的"现代性"文学视为中国"现代文学2"。在上世纪80年代的"新时期文学"论述中,强调了新时期对此前文学的"拨乱反正",否定了"文革"文学和由来已久的政治挂帅的极左路线所造成的文学思维,并把这看成是反现代性的,甚至是封建性的,予以全盘否定。因此新时期文学恢复"人的文学"精神,被看作是"另一个五四",被理解为是与此前的50—70年代文学相对立的,是穿越了50—70年代的"当代"而"重返"了"五四"。世纪之交"现代性"讨论多少缓解了"新时期"与"当代"[①]的对立,一种"现代性"的"历史批判"与"历史同情",促使人们对"十七年

[①] 学者旷新年在现代性文学讨论中一直坚持认为中国50—70年代的文学为"当代文学",而80年代后兴起的"新时期文学"由于与五四"新文学"精神气质相近和具有亲缘关系,被视为"现代文学",由此构成了后起的"现代的""新时期文学"与过往的50—70年代的"当代"文学的对立,学理姿态独特。参见旷新年:《写在当代文学边上》,上海:上海教育出版社2005年版,第7—17页。

文学"和"文革"文学做出某种"现代性"的解释而不是在"现代性"之外寻求解释,并认识到"现代性"历史的复杂性,呈现"现代性"本身内含的某些激进的负面的甚至专制冷酷的体制与思维因素,极左与激进、极端倾向必须在现代性自身给予解释。对此,正是"现代性"讨论激活和打开了文学"文化研究"的思路。董健等主编的《中国当代文学史新稿》从五四文学的人性启蒙与个性解放的现代性基本立场出发,对"十七年文学"和"文革"文学做出了批判性分析。而唐小兵主编的《再解读:大众文化与意识形态》、洪子诚的《中国当代文学史》对现代国家的现代性文化体制与思维模式进行了尽量冷静的"解读"。蔡翔的《革命/叙述:中国社会主义文学文化想象》分析了社会主义的乌托邦"文化想象"情况,指出了社会主义新人空想与生活的紧张导致了"文革"的悲剧产生。陈思和主编的《中国当代文学史教程》则发明了"潜在写作""民间隐形结构"等概念,对特殊现代性做出了翻新解释。所有这些努力都指向和呈现了一段特定时期的现代性历史,中国"现代文学2"的特殊"现代性"似乎有了某种可以理解的轮廓。它一方面抽掉了"人的文学"这一基本的现代性原则,压抑人情味与人性化的普遍性认同,另一方面片面化、极端化、激进斗争式地以人的社会阶级关系解释一切,实质上仍聚焦于人,不过是阶级分析与阶级斗争的人;一方面压抑个人主体性与价值而倡导牺牲个人服从集体、社会价值,另一方面又赞扬和推崇新人精神、人的主观意志改地换天,表现出五四以来一以贯之的精神现代性特征。阶级革命的意识形态现代性和社会主义的理想精神现代性,最终统一于新中国的民族国家现代性。很多讨论都从革命与战争年代的激情、思维的惯性作用,以及共和国初创时期国内外大环境来解释这些充满矛盾的现代性状况,尤其指出了现代性的本质在于人的主体性和理性设计,指出了现代性的社会主义的统一多民族共和国的建立,使如何处理好新国家体制及其意识形态与文学的关系成为时代课题,而民族国家的统一现代性和一体化政治意识形态的现代性成为这一时期现代性新因素,个人话语失语以及民族性与大众性的民间乐观基调的兴起等,都构成了现代文学的新的面貌,作家群体不再是在中国的几个文化中心活跃着流动着的文人集散活动方式,而是依现代国家体制在各省市、各地域、各地方、各民族以及某些现代行业中,都得到了不同程度的事业性建立,此外还包括大中小各级学校的文学教育体制的建立,这一切呈现出的大国文学体制颇有模样,也是中国"现代文学2"深具现代性的实质性进展。年轻共和国的人及文学的朝气蓬勃,民间情绪的单纯乐观,多民族统一的生活领域和文化空间的拓展成型,都在新中国初始阶段的文学现代性中留下印痕,透过曲折,令后人怀思。而单纯美好的天性理想在持续的左倾态势及以后的"文革"十年的扭曲与毁灭更令人扼腕。这扭曲和毁灭自然也是现代性自身的一部分。"十七年"和"文革"十年两个部分,演绎了"现代文学2"自己的现代性过程和逻辑。

(三) 现代文学3

由上世纪70年代末至80年代的"新时期文学"、90年代的"后新时期文学"[①]和"新世纪以来的文学"三个部分构成,至今约四十年的跨度。

这段文学的开端所启始的进程,主流的评价是"历史性转折",即所谓历史新时期,新时期文学即是借用这个社会主流的时代概括术语"历史新时期",而形成的文学历史概念,主要指中国1970年代末开始的文学新时期,它结束"文革"文学并越过"十七年文学"而"重返五四",因为它恢复了"人的文学"的基本观念的地位,这样的文学的"现代性"是不言而喻的。而且纵观近四十年来的"现代文学3"的整体样貌,对人的尊严和人性解放,对人性深刻性复杂性的探索,对人的主体精神的张扬与守护,

---

① 谢冕:《新时期文学与转型——关于"后新时期文学"》,《文学自由谈》1992年第5期。

一直是很主流的线索,90年代后我们称这种来自启蒙传统的价值为"人文精神"。这样的现代性基本价值是必须恢复和必备的,是新时期文学以来的基本评价尺度。但是也要客观地看到,它的精神性偏好不仅与五四传统衔接,而就精神性的抽象意义看,它与上世纪50—70年代的"当代"文学的精神性偏至又存在着隐秘的联系。这也不奇怪,现代性的本身就是从人的主体性设计出发的。然而问题也就在这里,我们的新时期之新、所谓历史性转折,难道就仅仅停留在对五四传统的恢复或发扬,满足于再造"另一个五四"吗?今天看,晚近四十年来中国现代文学,已经比五四以来的所有历史阶段的文学都发生了巨大的变化,不可同日而语。那么,应该说,我们的确开始了一个中国"现代文学3"的时代,应是一个基本事实。问题在于,如何解读"现代文学3"的新现代性。在方法论上,一种复数的、复杂的现代性观念的建构,应是中国现代文学方法论上的一个基本经验。

  2005年开始,有关"新世纪文学"的讨论正是在这样的背景下展开的。综观新世纪文学讨论的情况,主要有两种趋向,一是将"新世纪文学"当作时间概念,其概念内涵就是指"新世纪以来的文学",这方面的论文是大量的,其中多是对新世纪以来新出现的新的文学倾向、现象及部分作家作品进行梳理评论,也的确存在有很多新的文学现象需要讨论,如底层写作、新媒体影响或网络文学、"80后"写作、"70后"写作等等。这方面的讨论侧重在"新"出现的现象上,而对从上世纪80年代以来已成文坛名家为主干的主流文学创作的评论非常之多,却很少将其纳入到"新世纪"的名下来讨论,这是个有趣的现象。二是虽然不反对上述对"新世纪文学"概念涉及的时间性用法,还是有一些学者主张在"文学新世纪"的隐喻意义上使用这个概念,即主张讨论和挖掘"新世纪文学"概念的文学史意义,着重讨论当下文学是否已经开始了一个文学的"新世纪",以及从何时进入到了这个"新世纪"。因为当下的文学事实表明,它的样态已在很大程度上与上世纪80年代兴起的"新时期文学"有了明显的不同,不仅面貌判若两人,而且也远远超出了那些新时期文学初创者们的初衷,它还是所谓的"新时期文学"吗？在结构化方面,有的主张更着重时间性的划分,即80年代文学、90年代文学、"新世纪文学"三段构成新时期文学说,有的则主张从新时期文学转变到"新世纪文学"的两段分别构成说,两段说中又有分期起点在世纪之交和90年代初两种主张。

而最彻底的主张则认为"新世纪文学"的真正意义在于其"跨出了五四新文学",跨出了"20世纪中国文学",是真正的文学新世纪、真正意义的新世纪文学、21世纪的文学。

应该说,这最后一种意见是重要的,其实际指向是表明"新世纪文学"是21世纪的中国现代文学,是"现代文学3"。这样,"现代文学3"的起点实际可以有两种看法,一是认为如果接续"现代文学2"的认定,那么"新时期文学"开启的就是"现代文学3"。但如果又主张一种从"新时期文学"到"新世纪文学"的前后时间转换过程,那么"新世纪文学"就只能是"现代文学4"了。考虑到如果将"新时期文学"的过渡到"新世纪"的时间压得太短,无论是"新世纪文学"的转换起点定在90年代初或在世纪之交,都不够长,社会历史判断也没有提供这样的"新时期"概念背景,并无人宣布新时期结束。况且,所谓"新时期文学"若是被简单地定义在"重回五四"或"另一个五四"的重复意义上,现代性的新意已大打折扣,所以实际上这种看法是不可取的。二是认为"现代文学3"自"新时期文学"的起点开始,实质上新时期文学的开启同时也是"新世纪文学"的开始,而且实际上所谓"新世纪文学"的提出和讨论,其重要价值也在于赋予"新时期文学"以更大的意义,即开启"文学新世纪"的意义、开启"现代文学3"的意义。进一步研究的结果也表明,这种看法是符合文学史事实的,逻辑上也是合理的。

新时期文学重回五四,重新确立了启蒙主义——人道主义的"人的文学"现代性基本原则,但它也同时开启了新时期的一种新现代性,为了与已经有固定内涵的新时期文学相区别,我们称由这新现代性所兴起的文学为"新世纪文学",它开启了"现代文学3"。我们从思考"新世纪以来的文学"之所以如此开始,向上回溯本源,看到了新时期文学除了重返五四现代性传统之外,它还新形成了一种新的现代性因素,并以五四传统的"人的文学"为基础,与启蒙主义和人道主义观念互相纠缠、搏斗、辅助、共生,前者的现代性是基本的,后者的现代性则是在基本原则之上的时代特征,因此是这个时代的命名。新时期文学的发展结果就是"新世纪文学",而当我们在新世纪发现"新世纪文学"并返身回溯新时期文学,最终发现可以由"新世纪文学"来代表、表征新时期文学。二者合二而一,新时期文学概念主要表述的是接续五四传统,是中国现代文学贯穿的基本现代性,新世纪文学则是主要表达新时代的新现代性、"现代文学3"的新现代性。"现代文学3"因这"新现代性"而成为"现代文学3"。因此,"现代文学3"应是复数的现代文学观、历史观。正如五四文学的起点也可以上溯到晚清或辛亥革命,新中国文学的起点亦可上溯到40年代的《讲话》,则"新世纪文学"的起点也可以上划定到新时期初始,不同的是,新世纪与新时期的确是发展重合的,几乎同时起步。新时期文学远未结束,"新世纪文学"则是早已开始,方兴未艾。

那么"现代文学3"或"新世纪文学"的新现代性是什么?大致可以表述为一种"生活现代性",主要指一种整体性的对现代性的理解与把握,现代性不仅是精神性和政治性的,更应包括基础性的物质生活要义在里边;进一步,我们还应把生活本身看成是一种精神性的存在,生活精神、生存精神、生命精神、生态精神是真正现代形态的精神。作为中国社会的"重大历史转折",新时期开始了由以阶级斗争为纲向以经济建设为中心的转变,以及由革命向建设的转变,结束了五四以来的以政治革命、精神改造、国家话语绝对主导一切的现代性,而代之以物质和生活优先解决的改革开放思路,个体的能动性和积极性成为启动发展的原初动力。1977年10月发表的刘心武短篇小说《班主任》被认为是新时期文学的起点,因为它提出了清算"文革"对青年人的精神戕害问题,像五四时期鲁迅的《狂人日记》一样呼唤"救救孩子",重拾了人的文学的启蒙思路。但其实新时期文学还有另外一个作为复数的起点,就是高晓声1979年发表的轰动一时的短篇小说《李顺大造屋》,它写了农民李顺大穷其40余年的努力三起三落,艰难地为了造一座居屋而奋斗的历程,发出了振聋发聩的为生存的基本物质目标而奋斗的呐喊,体现了为生活而奋斗的不屈不挠精神,从而成为生活现代性的真正起点。按照启蒙现代性,新时期文学从"重回五四"到发展出一条声势很大的愚昧与文明的冲突的主题链条,一直到90年代后的呼唤"人文精神"的不断跌落,构建了一种单数的启蒙现代性的唯精神性的文学史叙事①。新世纪文学的"新现代性"即"生活现代性"讨论,使更立体地、复杂地把握"现代文学3"的历史成为可能。"生活现代性"的文学在与"启蒙现代性"的文学的互相砥砺与共生中不断壮大,全面地改写了新时期文学的历史。

　　在原有的思路中,高晓声的《陈奂生上城》被高度评价,因为其书写了至关重要的国民性问题。也因此,对高晓声的另一篇前置了物质追求的小说《李顺大造屋》的评价要低很多。同样,汪曾祺的《受戒》中的生活日常性和阿城的《棋王》中的"吃"的物质性,莫言的《红高粱》中的生命欲望力量与张贤亮的《绿化树》中的性本能与饥饿,王安忆的"三恋",路

---

① 如洪子诚在《中国当代文学史》中将此种文学史叙事描述为"新的历史图式逐渐浮现:新文学经由五四的辉煌和蓬勃生机,而不断下降,到'当代'跌入低谷,只是到了'新时期'才得以复兴"(北京:北京大学出版社2010年版,第259页);黄发有在回顾新时期30年文学的文章《重建理想主义的尊严——对近三十年中国文学的反思与展望》中则将90年代以来的文化语境描述为"经济优先发展被误认为经济至上,消费主义、享乐主义严重损害了中国的精神状况,使社会道德水平出现严重的滑坡,知识分子的批判意识遭到持续性的腐蚀",而文学则在某种程度上"丧失了守护独立性、批判性的理想主义气质,与权力、商业同流合污"(《南方文坛》2008年第6期)。

遥小说中的生存"奋斗",先锋小说中的欲望化和暴力美学,新写实小说中的日常生活的诗性消解和生存真相,现实主义冲击波作品中的体制困境与世俗关系学,新历史小说与新状态文学中的欲望宣泄和权力戏剧,女性文学中的性别压抑和身体,一直到新世纪以来的底层文学写作,所有这些文学中物质、欲望、生活的体验性不是被误解,就是因缺少精神性而被批评,原因就在于理论上与感受上对"生活现代性"的疏离或者陌生。具有"新现代性"因素的文学正是在同已有的两种基本的现代性(启蒙现代性、民族国家的现代性)要求的搏斗与适应中壮大自己的,最终成为"新世纪"的格局。

因此,对"现代文学3"的转变意义不能低估,它并不否定对"启蒙现代性"的精神性认同,也不否定对"民族国家现代性"的国家性认同,只是认为从"现代文学3"、"新世纪文学"、宽泛意义的新时期文学以及"生活现代性"开始,现代文学景观一定是复数的。五四文学的人学主题词是"人生",人生概念、人生问题意味着更多的精神性追问,而生活现代性观念则是要将这精神性的一面放到实际的世俗的生命、生存、生活中来,让文学在精神与物质的双重建构中重返生活的整体性,补齐其"体物"①的短板。同时,又合乎时宜地将"民族国家现代性"转换为一种文学"中国性"的追求,抑或是一种"中国精神""中国经验"乃至于文学爱国主义,使"民族国家现代性"融会在"生活现代性"的主潮之中。由于"新世纪以来"的文学的扩张性拓展,除了生活现代性特征辅以启蒙原则垫底、民族国家格局与情怀铺路,"现代文学3"从80年代开始逐步走强的"文学新世纪"的特征主要还有:日常生活更多地成为文学描写的对象主体;"体物的文学"的大面积持续兴起,对物的体验,处理好与物、欲望的关系成为文学的着力点,而反异化、反物化的意识不过是"体物的文学"之一种;

---

① "体物",语见陆机《文赋》:"诗缘情而绮靡,赋体物而浏亮。"

"欲望与文明的冲突"成为时代主题；文学在新的物质文化（包括媒介）基础上的全媒体布局与发展；虚构文体与纪实文体均获大幅度的质与量的提升，抒情文体、主观性文本或所谓先锋文学、纯文学，与各种跨界写作及各种社会文本的文学性大幅度提升，多元并进，文学层面繁复，更加细分专业；文学的空间化拓展，多地域多民族共生，边地文学的鲜活展现了文学的中国性广阔空间，中心与边缘共生彰显了中国文学偌大整体格局；网络写作形成了大众文学/通俗文学新格局，与主流纸媒文学共襄盛举，雅俗共生淡化以至结束了文学的唯精英色彩；老龄化年代文学的增量趋势成为文学发展的积极因素；被"新文学"长期压抑的通俗文学和古体诗词、赋体及当代新声诗（歌词）写作抬头甚至得到长足发展，超越了"新文学"而和传统文学发生新的联结，且有广泛的受众接受面，也不再被视为"旧文学"而被指责；从上世纪的"40后""50后"一直到"60后""70后""80后""90后"，当代作家六代同堂，各据文坛与生活领地，书写各自年代经验，文坛圈子一变而扩大成为偌大文学景观……远远超出了20世纪中国现代文学格局。

其他主要文学思潮概述

"文学思潮"概念构成了中国现代性文学的一种基本观念。新时期文学的发展似乎结束了那种用欧洲近代文学思潮直接套用在中国现代文学身上的习惯，人们体认社会思想、哲学观念、集体心理意识等集中显现于文学的现象时，更愿意用诸如"朦胧诗""伤痕文学""反思文学""寻根文学""新写实"等更具体的更中国化的具有时代思潮特征的现象术语来指认，而欧美式的古典主义、现实主义、浪漫主义等思潮概念，则化身为纯理论概念（如文学创作方法、基本精神与风格），在理论方法论的意义上于其间被穿插使用。而对西方现代主义和后现代主义思潮的引进，同样也是在理论上的意义更大,其在新时期文学中的发展,除了表明中国文学至此才可以和西方文学的"现代性"比肩之外,它们最终还是以"先锋文学"/"纯文学"的思潮、现象呈现在文学史的表述之中。"现代主义"和"后现代主义"仍然在理论意义上类似于创作方法、基本精神与风格,被泛化使用,以特别的理论方式用来部分地说明着"先锋文学"或"纯文学"。一方面是错综通行的泛理论化的西方思潮理论批评话语,另一方面又呈现为融入中国文学创作特定内容的现象性思潮,或思潮性现象(如称寻根文学思潮或寻根思潮文学等),二者的结合,是新时期/新世纪文学思潮的特点。

(一)反思"纯文学"

新世纪以来,除了"现代性"的思潮与讨论,"反思纯文学"也是一个较早展开的文学思潮讨论,它始自 2001 年《上海文学》杂志开展的一场由李陀的题为《漫说"纯文学"》文章所引起的讨论。这场极为重要的"反思",对"纯文学"这一高度思想性的概念及其由它所概括的当代文坛主流文学并不是彻底否定的,它只是在客观地厘清了"纯文学"的思想资源、性质归属之后,仿佛只顺便地指出了它的局限。一个事实是,经过这次反思讨论,"纯文学"概念更加声名远播,获得了五四以来从未有过的褒义,普及了人们对当代文坛主流文学的"纯文学"认知。

因此仔细体会这场所谓的"反思"过程,首先可以将其看作是对"纯文学"的某种"正名",是对当代主流文学的"纯文学"命名。"纯文学"的概念来源于法国诗人瓦雷里的"纯诗"理论,自此培植了人们对于文学之"纯"的向往与想象。中国 20 世纪五四时期以后,新文学中"为艺术"的一派也一直持有这样一种为之努力的观念,即便是在文学已被严重地政治工具化功利化的 20 世纪 50 年代,我们从马铁丁那时的一篇杂文《纯文学及其他》中,也可以嗅到一点"纯文学"概念的清高气息①。在讨论中,人们大都明确地认为新时期关于纯文学的转向与争论始自80年代中期,1985年被称为新时期文学的"先锋文学年",出现了一批勇于尝试现代派观念与风格的探索小说、先锋小说的年轻作家和作品(也有人把纯文学取向追溯到更早的"朦胧诗",1985年后则习惯称之为"现代诗""探索诗""先锋诗")。于是先锋文学作为纯文学取向的开拓者,它是纯文学的某种激进的艺术探索和美学先锋形式,被包括在更大的纯文学概念内。经先锋文学的洗礼之后,文学才走上了一条审美现代性之路,所有的既定思潮话语及其文学形态都程度不同地受到审美现代性的重塑。整个90年代及新世纪以来,新时期文学的各类母题依旧,但已完全是后伤痕、后反思、后寻根、后乡村、后先锋性质的文学了,盖因它们已经不同程度地被现代表现风格与技巧所重塑,整体地构成了庞大的可以称之为"纯文学"的主流文坛,直至今天。而纯文学的概念,在先锋观念冲击后则更多地是在1992年中国开始迈向市场经济体制之后才被正式确立起来的,是在与主流社会意识形态及道德教化主导的严肃文学,与面向商品社会与市场经济背景的通俗文学、大众文学、新媒体网络文学等的区隔中被确立起来的。所谓纯文学,就是将文学性价值放在首位加以追求的文学。它之所以成为文坛的最大的正宗主流,乃在于它包容甚广,注重艺术审美方式和表现技术,注重想象力和虚构,所谓"纯粹",是要求由文学语言、文体形式、艺术韵味、文化底蕴、人文精神、人性境界与情怀等综合指数构成文学之所以为文学的基本面貌,从而与非文学、与低水平文学划清界限。对这种"纯文学"的强有力的阐释与肯定,是这场反思与讨论出人意料的结果。2015年底,一场颇有声势的对于"先锋文学三十年"的纪念研讨活动,可以看作是对"纯文学"的一次以"先锋"名义的回敬,以充满肯定与

---

① 马铁丁:《纯文学及其他》,《人民文学》1958年第7期。

褒扬的方式为这场讨论画上的句号。

其次,这场反思是对纯文学的性质及其来龙去脉的"验明正身"。其中,回到文学本身、去意识形态化或泛意识形态化、"退出社会"、架空作品历史背景、个人化写作与自我经验,以及摒除了意识形态的所谓原生态生活等,都是对所谓"纯文学"的特征描述①。而上世纪80年代以来发生的主体性哲学与美学的崛起,对康德的无功利美学的重新发现,对"诗化哲学"的推崇,乃至于对本来很学院化的来自西方形式主义的"文学性"概念的喜爱与普及,对文学史更多艺术眼光的观照与"重写",等等,都是"纯文学"产生的知识谱系、思想资源,产生了一批有纯文学观的精英作家。在讨论与反思中还揭示了:"纯文学"思潮是对既往的强调政治功利的意识形态的拨乱反正,但"纯文学"也是一种新的意识形态,"文学性"更是一种意识形态,它在激烈的现实社会意识形态博弈中宁取一种"有益无害"的自足状态,观望而非积极介入。正是在上世纪90年代,文学理论界形成了"审美意识形态"学说的主流观念,其要害就在于,认为文学必须首先是文学,不能离开文学、离开审美的前提和条件,否则就没有意义,尽管它也强调不能离开意识形态性。正是在这个理论前提下,"文学性"概念在当代文学评论界受到了坚定的维护,乃至成为"纯文学"概念的一块基石。

最后,这场"反思纯文学"的讨论自然具有反思性和批判性,它揭示了"纯文学"主流文坛的疏离于公共空间、疏离于现实社会的严重问题,缺乏对现实的人及其生活的更深入、更直接的关怀与同情。首先或更多地关心文学自身,乃至只关心文学,大大有害于一个健康的文学生长与发展。不肯为了社会或人的其他目的而在"文学性"上降格以求,这一点执着是胡适的白话文学观以来和延安兴起人民大众文学观以来所少见的。

---

① 蔡翔:《何为"文学本身"》,《当代作家评论》2002年第6期。

李陀、蔡翔等讨论者们提出了真实的问题,以纯文学兴起的亲历者的身份来反思,无怨却是有憾。

(二)底层现实主义

"底层现实主义"思潮的兴起可以看作对"纯文学"主流文坛的一种补救。这个概念有别于"底层写作""底层文学",更具思潮表述的色彩。"底层写作"是在世纪之交兴起的一个广泛的文学写作潮流,涉及小说、诗歌、散文、文学理论等领域,涉及曹征路、王祥夫、胡学文、陈应松、刘继明等小说家以及郑小琼、王十月等"打工文学"的诗人、小说家[①]。

"底层现实主义"表述可视为"底层写作"概念的思潮版、升级版,"底层"是题材、内容,也是立场,"现实主义"是创作方法,也是原则和精神,因此"底层现实主义"的主旨直指当下现实,是当下现实的底层和当下现实的"现实",而不是过往历史和回忆,不是"纯文学"的虚拟叙事,这一点使它与"纯文学"区别开来。但它的现实主义也是开放的,叙述语言与技巧的现代性可以接通纯文学,因此又是当下文坛可以补助纯文学的一翼。"底层"概念兴起于社会学,止于文学。新时期/新世纪文学能够重新拥有类似"底层"这样的概念实属不易,因为新时期文学正是从批判极左的阶级斗争论发端的,人道主义、普遍人性论、人类性等给新时期文学蒙上了一块乌托邦红布。当90年代社会学重又关注社会分层与结构理论时,其分层模式由于过多的层次分类也使人无法得其要领,力避阶级论表述,同时现实中也不存在阶级斗争逻辑(恰恰是和谐论),更使其失去了鲜明的指向性。这时"底层"的概念出来,它有社会学理论色彩却又不合社会学精确描述,进而却在文学界赢得了喜爱。因此"底层"概念在文学上大行其道表明了新时期文学的一种进步,表明了一种社会认知的深入,而究

---

① 李云雷:《新世纪"底层文学"论纲》,《重申"新文学"的理想》,北京:北京大学出版社2013年版,第38页。

其实质,虽然俯身向下的方向明确,支撑它的却仍然是新时期文学在80年代所获得的人道主义同情和普遍人性论关怀,而不是回归到阶级分析论或阶级斗争模式。这个时代也没有提供阶级解决问题的出路和可能性。因此"底层"概念虽然指向"分层"却又模糊成较为广泛的概括域,解决了文学立场与视角的下移,缓解了知识分子的同情心渴望,并使苦难关怀有了现实主义的现实指向或对象,而它的宽泛和笼统,同样缺乏行动性、实践性。即便这样,"底层"也比社会话语中流行的"弱势群体"这样的表述要来得更有力。尤其是,当新闻与主流舆论充斥着企业家、创业者和行政领导中的改革开拓者的神话故事时,文学的底层写作无疑提供了另外一份十分难得的历史真实,一份改革开放成功背后的苦难奋斗史、血泪史,那些来自底层的巨大沉重的担当因文学记录而不致坠落、不被遗忘,赋予现实地推进文学人道主义事业以宝贵的意义。这个"文学底层"虽然文学、宽泛,但足以揭示"底层"人民是推动这个时代社会进步与生活进步的真正奥秘。

在大量的有关底层现实主义思潮的讨论中,有关左翼文学的思想资源的论述似乎难以走通、适应"底层"的普遍人性论背景;有关作家能否为底层"代言"的论辩陷入学院玄学式思维,表现出知识左翼的迟疑、空谈与局限,让人有理论大于文学创作之感;有关底层写作与打工文学的区分,有关作家的底层书写与打工者的现场记录和现身说法,在写作中生存与在生存中写作的差别论述,则富有现象学价值。但最终,底层现实主义思潮使人们看到了将底层伦理置于优先地位的趋向,"文学性"在生活实践中似乎也不是不可以降格以求的。然而,这种努力虽然实在而且可贵,却终不能够突破文学性的法条,底层现实主义也终归限囿于文学性的时代,走向广阔的社会影响而不只是在文学中有位置,显然是很难的。尽管"写什么"在底层现实主义潮流中似乎得到了比"怎么写"更重要的强调,文学性不足仍然时常成为指责底层现实主义的理由。这个潮流也带动了

"纯文学"的面向底层,如王安忆、贾平凹、刘震云等都写出了涉及当下底层现实的作品,但这些作品的主流身份仍然是"不死的纯文学"①。

(三)日常生活审美化

日常生活审美化讨论,则以对纯文学观的解构立场出现,是"新世纪文学"一个重要思潮。它不像典型的文学思潮那样总是与文学创作群体结合出现,而只是文艺学、美学的理论领域的讨论,然而它给新世纪以来文学观的革新、转换与发展所带来的影响,具有十分深刻的意义。"日常生活审美化"这一短语在中国最早于2002年底由陶东风的一篇论文提出,2003年底开始被有关刊物集中讨论,并持续了几年,成为新世纪以来最大的一场文艺学美学争论。而最早作为理论概念提出的汉译国外论著则是2006年翻译出版的德国美学家沃尔夫冈·韦尔施的著作《重构美学》,其中讨论并提出了"审美化"或"日常生活审美化"问题。除此,文艺研究中的"文化研究"的兴起、"文学终结论"的讨论等都为"日常生活审美化"思潮预发了先声。

"日常生活审美化"首先是一个社会和生活事实的判断,是一个当代审美文化现象,即:当代生活因物质现代性的深刻改变,而使"生活现代性"问题越发地凸显出来了,人们注意到不是某个局部角落而是生活整体由审美增量而导致了整体性的"审美化",其中当代物质技术内含着美学深度,导致了人类感性更多趋向艺术与审美的生活性改变,尤其传媒技术在其中充当了感性(审美)改变生活的主角,电视、网络、多媒体联动、城市现代化、建筑美学、交通改变时空感受、广告艺术、声音和视频图像,审美的主场已由专门的艺术文本语境转移到了生活之中,我们的日常生活较之以往无疑是更加"感性化""审美化"了,审美活动也更加融入生活

---

① 参见陈晓明:《从"底层"眺望纯文学》,《不死的纯文学》,北京:北京大学出版社2007年版,第139—152页。

过程,采取一种生活的方式而非精英独特的方式了。文学和生活的界限更加模糊,文艺学研究界限开始跨出语言文本等传统形式,其对象将涉及文学的种种文化语境,"文化研究"有成为显学之势。如此"文化"后的文学研究还是文学研究,甚至文学还是文学吗?于是有人危言,传统文学在媒介信息时代和消费时代不可避免地将要"终结"。

其次,是对"日常生活审美化"的价值判断,理论界产生了巨大的分歧和争论。是维护既有美学、文学的精神性纯洁与高度,以及本质与界限,还是移动扩界到生活之中,在既有的文学传统方式之外,将各种媒介中的所谓文学或文化都纳入视野?既然承认审美(文学)的现代性,生活现代性不正是问题的症结所在?所谓"文学性",像一个飘游之物,既可本质化定义文学,走向纯文学;又可以在这个时代融入各种生活细节,存在于四面八方,文学呈现多元多态。问题在于如何看待物质、技术、视像、感觉、欲望等实在性因素的大幅度增加对传统精神现象学的改变,对精英式孤高精神的平衡。这涉及了文学观的问题,既有的主流纯文学观能否开放,容纳一个更加广阔的面向生活整体性的文学,容纳一个更加生活化的文学,包括大众通俗文学、网络文学等在内的生活各层面存在的不同的文学。

在"日常生活审美化"理论讨论的侧翼,消费主义与文学的关系、欲望化写作问题、"文学性"本质主义与建构主义问题等的讨论也都程度不同地形成侧应,共同推助一种思想上对人性、对时代以及对文学的"本身"与"关系"的深入考察,乃至对整体性"生活"概念的重要性的新理解,进一步生发有关新世纪文艺学美学的"生活论"反思。

从"日常生活审美化"思潮我们看到,"现代文学3"似乎合乎逻辑地走过了一个对"纯文学"的从"赋魅"到"祛魅"的双向完成的思潮演进过程。"文学思潮"也从与文学创作紧密结合中"祛魅",回归理论表述自身,也算是别赋了一种思潮"魅力"。

文脉背景下的诸现象

文学的"文脉"表述古已有之。由于思想、哲学、世界观对文学的影响与塑造在现代性过程中十分突出,意义重要,因此文学"思潮"话语成为现代文学的基本表述策略。这种状况的最新发展,是中国"现代文学3"因日益呈现出多元包容和常态生活的景象,于是主导和标志文学发展的,就不一定完全是与思想紧密相连的"思潮"概念,何况新时期以来自80年代后期又有了文学"无主潮"的说法[①]。于是,在有思潮、无主潮的状况下,一种更自然的、从文学自身生态与生命活动规律出发的"文脉"概念,又可以浮出水面,作为"思潮"话语的辅助功能讲述历史。文脉,总是从文学之"文"的本身自然生发出来的历史脉络。对新世纪以来的现代性文学"文脉"现象,我们主要讲以下几种。

(一)文学代际显现的文脉

"代际话语"流行是新世纪以来的文学及其概念表述中的一种新现象[②],但它引起的广泛讨论却不是"思潮"的冲击而是"文脉"的辨析。

代际赓续在现代性社会既有快速变换的基本面,也有与作家生命同步的常态的一面。新时期文学曾有右派归来者的一代、知青的一代等流行说法,仍保持着五四以来现代文学因剧烈的社会革命、战争、政治运动等所造成的作家群体的快速变换模式,但这些群体与其说是代际的,不如说更多的是由社会政治运动造成的现象。新时期文学中的另外一些思潮性的创作运动现象,如伤痕文学、反思文学、寻根文学、先锋文学的背后,

---

[①] 谢冕:《没有主潮的文学时代》,《文艺争鸣》1988年第3期,收入谢冕:《论二十世纪中国文学》,北京:中国人民大学出版社2009年版。

[②] 洪治纲:《新时期作家的代际差别与审美选择》,《中国社会科学》2008年第4期;《中国新时期作家代际差别研究》,北京:人民出版社2014年版。

同样也隐藏着代际的"历史性权利"。伤痕文学与反思文学主要是由生于40年代至50年代的右派一代与知青作家一代所共为,寻根文学的主创群体则是知青一代,到了先锋文学时60年代作家就开始登上历史舞台。是现代性的新与旧的剧烈嬗变,突破了作家代际赓续的自然生命格局,使思潮、文脉都呈现出代际碎片化、对立化且隐匿于政治化背影之后等特点。新时期文学作为中国"现代文学3",在其上世纪80年代初所显现的这些由于现代性的开新布局而形成的快速变换特点外,代际稳健出场的趋势已经隐约可见。而随着中国"现代文学3"的稳健现代性进程,一种作家年代学方式的文学代际整体表述流行开来,以十年为"一代",大有代替"思潮"表述的架势。

早在20世纪末期,关于"60年代出生作家""70年代出生作家"的说法就已经有了初步的提出与讨论。但是对于这种作家年代学的命名方式,却是在2004年左右所谓"80后作家""80后文学"的命名成功叫响后,才开始被广泛接受的。"80后",是对以1999年上海市《萌芽》杂志组织"新概念作文大赛"以来,推出了韩寒、郭敬明、张悦然、蒋峰等"80后"文学新人的一个肯定,也表明随后韩寒的长篇小说《三重门》、郭敬明的长篇小说《幻城》和散文集《悲伤逆流成河》等在获得广大青春期读者的热捧后,正式获得文学界的接纳,尽管这个接纳曾经历过一个艰难的过程并且至今还存在争议。随后另一些"80后"青春型作家如安妮宝贝、春树、李傻傻等区别于新概念作文系的明星写手,被冠以"80后"实力派加入进来,"80后"的代际代表性大大增加,俨然成阵。

对于一个以"生活现代性"为主导的时代,西方社会自二战结束后从20世纪50年代就流行采用"十年一代"的文化表述方式,而中国的此类做法则真正开始于"文革"结束后的一代。"80后"一代与中国新时期一同到来,完全没有前辈们的那些建立"启蒙现代性"与"民族国家现代性"艰难曲折时期的经验和记忆,摒除革命政治意识形态现代性挂帅之后的

"启蒙现代性"和"民族国家现代性",对于"80后"一代仿佛不成问题并可以成为其认识基础。而在一个经济建设为中心实则是以生活为中心、以人为本实则是以生活为本的时代,新时期/新世纪现代性的教育体制、考试人生所建立的围墙隔离了一代人的社会触角,社会运动不再进入学校,中学生和大学生们从此获得了前所未有的独立、单纯、本真的青春,这一切使从自己的生活经验出发书写自我成为可能。"80后"一代的意义不在于产生了多么成熟的作品,也许这一代人的成熟作品还有待将来。但"80后"文学使中国"现代文学3"从青春感受开始做起,给陷入动荡历史和苦难记忆中的前辈们的现代性经验世界的当代文坛,找回了一个不曾有过的童心式单纯的文学,使陷入思想迷雾与形式困境的文学重新回到文学最初的原点,这就是从人生感受出发的文学。虽然不免稚嫩,却尽可能地减少了既成思想观念、过多哲学、形式规范的令人生厌,"80后"从青春起步时即试图重新开始一种更直接的文学观念和文学样态,实现了"去思潮化"。青春性与自我性,感伤和空想气质,亲和与拥抱物质,架空现实与穿越历史,性情写作与新感性表达,融化了独生子女一代、独立学校社区一代、电视机前一代和网络人生一代的深深浅浅感受,这一切都提供了一代新鲜的文学经验。"80后"的概念最初似乎是要概括出一个文学流派与群体,这可以从狭义上来理解;但更普遍的用法,则是直接又稳健的年代学表述,可囊括整个80后一代作家和文学,以至"去流派"表述之后将颜歌、甫跃辉、马小淘等后起作家也一起划入"80后"。"十年一代"的代际表达方式经"80后"的话语扩张后而被确定下来。

由于这样的话语方式的确定,尽管早在1991年就有"60年代出生作家"提法出来,90年代中期以后更有"60年代出生作家小说大展"等刊物行动,对于"60后"作家的特征的广泛关注和讨论却是在21世纪初年以后,也有关于"60后"一代作家的专著出版,对"60后"一代作家的整体把握也基本被确定下来了。其主要特征包括"文革"童年记忆的书写、曲折辛酸的成长史、个人化经验或私人性写作、欲望化视角与先锋探索等等，均来自一代人的特定的生命阅历和人生体验。"60后"一代作家和文学也有一个时间跨度长的兴起和影响过程，从余华、苏童、格非等早期的童年记忆与先锋探索，中经迟子建、陈染等一直到世纪之交的毕飞宇、红柯、东西、李洱等的崛起，在三十余年的过程中"60后"一代建立了一个庞杂而广阔的文学世界，只有他们，拥有新时期改革开放前后两个时期的双重体验，这种历史跨度已在余华的《兄弟》、东西的《后悔录》、刘庆的《长势喜人》中显露出来某种优势。

同样，"70后"一代作家经历了上世纪末的女作家崛起，如卫慧、棉棉、魏微、戴来、周洁茹、朱文颖、金仁顺等在上世纪末就开始登上文坛。一直到新世纪，"70后"作家纷纷登场的局面始终保持着，如盛可以、徐则臣、田耳、鲁敏、乔叶、尹丽川、慕容雪村、黄咏梅、冯唐、阿乙、梁鸿等不断有作品显示一个趋向成熟的群体，这个过程也已持续了近20年，并在近年来作为整体的"70后"现象和概念受到了广泛关注和讨论，也有论"70后"文学的评论专著出版。对小叙事和日常生活经验的喜欢，以及更加地打通与融入世俗生活、同调同步的现实感与人情味、艺术形式更加精致讲究等共同点，构成了70后作家不同以往作家的经验类型和文学风貌，给了代际话语以概括的想象空间。

除此，文学代际话语的文脉还可追溯到"50后"作家，当代文坛那些擅长乡村生活经验而对城市现代性的表现乏力的作家基本上就是"50后"作家。

对代际表述与代际话语，可以指出三点：一是它不仅表明而且实际上构成一种"去思潮化"表述，代际是人生命的表征，代际间的赓续与差异体现了不同的时期背景，构成不同的人生感受和经验，自然表现在文学文脉的生命展开上。尽管代际话语有很多局限，但聊可作为替代"思潮表述"的一种方式。二是经过代际表述的中国"现代文学3"，不再是那种对立更替式的代际转换,不再是那种弃旧纳新的断裂式、革命式的现代性,而是作家在自然生命时间的打开背景下展开了生命的空间,不同年龄段的不同的人生经验共组了当代中国"现代文学3","思潮""各领风骚三五年"的快速变换的现代性脾气有了某种改观,现代文学由曾经不断减量的过程变成增量的过程。不同年龄段的人生经验与文学经验相结合,博弈共生,最终也会反映在文学理论和文学观上,一种生活论、经验论的文学思想不可避免,"去思潮化"或许会导致另一种"思潮"。三是代际表述呈现出文脉的生命经验性之多元丛生、丰富浑厚,从"40后"作家到"50后""60后""70后""80后"作家,既有交叉互渗,又有分别先后,历时生命得到共时呈现,中国文坛五代同堂的丰赡济济景象,现代性文学历史上还从未有过。这是"现代文学3"文脉纵横所达成的"新世纪文学"的广大景象。至于已经崭露头角开始登上文坛的"90后"一代,也许没有年长一轮的"80后"们幸运,"80后"一代单靠青春期自我经验就可以创立文学天下,"90后"们却要靠取得更深刻得多的人生经验乃至社会经验之后了。

(二)文学文体的文脉"对流"延展:"非虚构"及其他

2010年,由《人民文学》杂志开设"非虚构"栏目,并组织发表了一系列"非虚构"作品起,"非虚构"概念即引起持续性的讨论。但"非虚构"也非"思潮"而属于"文脉"现象。

"非虚构"一语易于引起文学理论方面的诘问,事实上关于文学的真实性、关于文学与世界的关系、关于"纪实文学""报告文学"与"非虚构"的关系、关于文学与"非虚构"的关系等问题,确实引发了相当多的理论话题讨论。但是所有这些重在理论厘清的概念之辩都显得可有可无。问题的关键在于,"非虚构"首先是一个创作实践问题而非纯粹理论话题。它首先是由特定的刊物发起,针对特定的创作缺失,由特定的文学人群所实行的文学创作行为,有其文脉的实体性存在。换句话说,"非虚构"是由中国"纯文学"主流刊物《人民文学》倡导,针对纯文学观将虚构作为文学性标志的叙事文体创作中存在的虚构过度、想象力泛滥、不接地气等严重缺失,而由纯文学作家深入真实生活事件中直接体验,然后创作出的"非虚构"作品。它可能有些模糊纯虚构作品的界限的边际效应,但总体上它不是反虚构,更不反对所谓"纯文学",它仍旧是纯文学及其以虚构为文学性旗帜的叙事文体阵营的一部分,是一个有益的补充。这从《人民文学》杂志编者的关于"非虚构"的言辞中,竟攻击所谓"纪实作品的通病是主体膨胀",就可以看出来它公开宣布的取向的矛盾和言不由衷:一方面是为了对虚构过度拯救,另一方面又不肯明言攻打自身软肋,便指斥本来不相干的"纪实",顾左右而言他,这是许多论者没有看到的关节处。之所以形成这样,盖由于"非虚构"的倡导初衷,是不愿意因此而导致对纯文学及其文学性虚构本质的反对与颠覆。其实在"及物"这一点上,所谓"纪实作品"无论如何都比"虚构性"的"纯文学"叙事作品要好得多,不能用"非虚构"概念构成对"纪实"概念的反对,而启用和依靠纯文学的擅长虚构叙事体的作家们去貌视那些不够纯粹的"纪实作品"。另起"非虚构"炉灶,倒暗示了"纯文学"主流的某种雄心:"虚构"不够,还要向"非虚构"领域进军。正是在这一由"虚构"向着"非虚构"而去的暧昧而又激动人心的努力中,"非虚构"旗下确实创作出了一系列不同以往风格的作品,创造了新鲜的文学经验,延展了主流纯文学的文脉。在这点上,"非虚构"文学与来自历史传记传统的"纪实作品"和来自新闻写作传统的"报告文学"(包括西方新新闻主义的所谓非虚构作品的主要来源仍是新闻传统)是两回事,无论是创作主体还是文体归属与形态,以及阅读群体,都有很大不同。它是中国"纯文学"的一个异数,是"虚构性"文学的"非虚构"方式,很大程度上也补正了纯文学的某些虚构之虚妄,呈现出当代中国的某些现实真相和经验真实。大略有两点结论应予强调,一是中国"现代文学3"的"非虚构"的本质，是"纯文学"的叙事体"虚构性"文本的一种文脉延展，而且是一种单向"对流式"的文脉延展，即它是虚构的苦尽甘来，物极必反，此"反"不是虚构与非虚构的双向"对冲式"的"对流"，而是向一个方向自然流淌中出现的"忘却'自我'式"的"对流"，在"非虚构"突然反身回流之后，它形成的文脉"对流"只能是"虚构"的同盟军，或者是另外一种形式。二是在叙事语体文脉上，"非虚构"写作理念与实践，的确向叙事体文学的以虚构性为唯一文学性的定义提出了挑战，看来叙事体文学并不能仅仅用"虚构"来定义，它还存在着"非虚构"的可能性，文学叙事的"假语"与"真言"需要相辅相成，按需调配，虚实脉象，因缘明灭，永远都是智慧与辩证的专场。

这种文学文脉的"对流"延展，还是"现代文学3"阶段的某种常见现象。在诗歌文体上，激进现代性曾经让五四时期以后的自由体新诗宣布格律体旧诗的过气，甚至宣布了它的因"旧"而死亡或自然死亡，二者之间的关系也主要是取代和被取代的关系。但到了新世纪以来，对冲对抗式的文脉冲突逐渐减少，旧体诗词写作突然大行其道，与新诗创作构成了当代诗坛的相向而行的"双流"，并驾齐驱。诗歌语体文脉不仅接上了古代传统，而且现代新诗的发展遭遇了现代格律体诗词的现代性"对流"式延展，转换成"双流"推进的文脉格局。不仅各大刊物新诗与旧体诗词一并同载，权威奖项如鲁迅文学奖也有授奖给旧体诗诗集。

在散文文体上，也体现了"大""小"体制的"对流"式文脉发展。从来都是以短小与散在的篇什作为稳定形式，在上世纪90年代中期以来，"散"与"小"的文体脉象迅速向所谓"大散文"扩张，也显现为篇章由小向大的文脉"对流"运动，其内因当然是散文对现代性的时代需求与回应。但它不是传统短制散文文体的扩充变胖导致自身消失，而是传统散文的"小"依旧需要优美，千帆侧畔，与新立"大散文"文脉并流而行。

(三)新媒介转换生成新文脉:网络文学

文学文脉现象必依赖于实在而存续更张,如依赖于作家的生命和生活过程,依赖于语言文体形式,更依赖于语言交际与书写传播的媒介。20世纪以来,电子视听媒介的兴起创造了电影电视和广播艺术,语言可以声像化并移植于电子视听媒介上。当20世纪末电子计算机解决了语言符号的电子书写、存储,电子网络技术解决了语言交际、传播,传统纸媒上的语言书写之文学文脉也必延续于电子化网络化生存。在传统纸质媒介与现代性电子网络新媒介之间,我们可以寻绎到一些文学文脉转换生成的踪迹。

一是网络文学文体的解放,超越了20世纪文学现代性的文学文体分类逻辑,文学文体似乎在网络上又恢复了中国传统的"杂文学"的庞大混生局面。20世纪的现代性文学文体在纸媒刊物上仍然呈现为小说、诗歌、散文、文学评论四大块,但在网络上,文学网站的主页上的文学分类都庞杂丛生、五花八门,取消了文体上的纯粹性与文学性的束缚,文体类型更加多样化民主化。

二是传统的被20世纪的文学现代性压抑的通俗文体,迅速接通网络化生存环境,转换生成原创网络文学的新文脉,中国通俗文学文脉进入网络时代。网络文学的类型写作和传播十分发达,文学人口的海量扩容使文学现代性的读者文脉空前扩张,以量和规模取胜,以低门槛取胜,文学的生活化和文脉的生活化存在用新的生活现代性为五四以来的纯文学、严肃文学铺筑了新的文脉空间与基础。

三是网络语言交际和人的网络虚拟化生存带来文学感性的新局面,文脉生成与延续于日常生活化的电子终端,点击和评论帖子、博文推送、即时创作、微信公众号等,传统文学主张的有感而发的文学之"兴"出人意料地在电子时代得到了全面而深刻的实现。

(四)风格文脉的混搭流变:所谓大众化、世俗化和娱乐化

文学风格除了空间意义上的流派群落的文脉互振共组的存在以外,更有时间上的历史传承延续脉络显影踪迹。这里有两个层面上的问题:一是风格文脉固然有的是"思潮"性质的,如在时代思想主题的某些共同表现中,就可以思潮话语来论定。但在文化意蕴、审美风尚、语言方式、民族风俗等方面的传染流变就很难用思潮来言说,而只能以文脉给以解说。文脉概念总是大于思潮概念的。二是历史上的文脉传承显现自古有之,思潮则更多属于现代性现象,或用来解说现代文学现象更有效;同时,古典风格的文脉厘定总是趋于单纯明晰,乃至雅正奇俗等风格时尚都界限分明,对抗互诘,分庭变奏,而现代性的风格文脉则呈复杂的缠绕状态,直至混搭成风,跨界模糊一片。在上述意义上来看新时期/新世纪文学的风格文脉,正如前所述及的在一个有思潮无主潮的时代,风格文脉的厘清与认知就会形成一门重要的文学现象学。那些延续着雅正奇俗界限分明的风格流变自不必说,更有趣的是,当今比任何时代都庞大的"纯文学"主流文坛的某些跨界风格文脉的混搭,无比奇妙,最"纯文学"的主流文坛,最以精神性、人性复杂性深刻性自鸣得意的大家名作,其作为"纯文学"存在的另一面,则是含有大众化、世俗化、娱乐化存在的一面,在古典雅正风格中不怎么存在的情欲、粗俗、肮脏、反常、变态、悖谬、荒诞、残忍、暴力、夸饰等,都在莫言的《檀香刑》、余华的《兄弟》、阎连科的《受活》,以及苏童的《妻妾成群》、陈忠实的《白鹿原》、贾平凹的《废都》等"纯文学"名作中得到实体性的普遍存在,绝不可有可无。"纯文学"政治正确的评论界不怎么正视这些风格特征,这些作品的经典化,除了主流评论界的阐释,还要靠其通过大众化、世俗化、娱乐化的现代传媒传播来实现、来确证。问题的实质在于,当代大众文学、商业文学、娱乐文学无论存量增减多少,都无所谓大众化、世俗化、娱乐化。而主流纯文学中的大众化、世俗

化、娱乐化元素也极为普遍而活跃,才昭示着这个时代文学的真问题、真价值,问题才成立。自先锋小说和新写实小说以来,庸常的日常生活成为纯文学的重要内容,暴力和欲望因素的无所不在使其与通俗风格有了相通之处。这些因素在过往的精英文学中往往靠作家的世界观和文化禁忌的文明限制而得到清洁,它只能存在于通俗性文学市场,现在却可以搭上纯文学的技术、审美现代性,得到了前所未有的有力表现,大张旗鼓地混迹于纯文学,形成新的混乱风格。这也说明,为什么纯文学视野中史诗般的作品如《白鹿原》《红高粱》等,一经影视改编,都逃不脱"一个女人和几个男人的故事"的通俗模式,跟史诗、优雅纯正、形而上意味等纯文学想象相去甚远,不免让人失望。其实原因恐怕还得从风格混搭上找。混搭正在成为一种新的风格,正在证明纯文学的大众化、世俗化、娱乐化本身才是无须误解的当代文化与文学的现代性。如果说这正是一种后现代风格,无疑是不错的。但所谓的后现代风格,只是一种风格,而不是"思潮",后现代不要主张什么,不要思潮,而要"反思潮",要"解构"思潮。在此意义上说,解构和风格本身就是目的,我们只能在风格意义上处理这个问题,称其为文脉现象,或风格文脉混搭。混搭已成为新的风格文脉或新的文脉风格。

(五)地域/民族文学文脉的整合与多元一体格局

文脉的文化地理特征得到空前的发扬与认同,文学现代性呈现出空间化的宏大格局。一方面是地域/民族文化意识加强,几乎中国文学空间中的每一块地方的文学特征因素都得到了重视与体认,每一民族的文学文脉都得到了不同程度的舒张,地域/地方/民族的文学群落星罗棋布,文学文脉的多民族特征与延展持续强化;另一方面,中国文学的多民族、多地域、多层次性的共同发展日益成为人们的共识,共同体观念得到了丰富与贯彻,随着内地与四方、边地,以及各民族之间的文学交流的广泛开展,文脉共振促进了中国文学多元一体格局的形成。多民族文学和边地写作的兴起给中国文学以新鲜的气象、斑斓的色泽,以及富有生命力的获取。所有这些都是中国"现代文学3"的稳健的"生活现代性"的蓬勃文脉的一个彰显,也是自中国现代文学以来从未有过的盛大景象。上世纪二三十年代的现代文学初期,主要以京、沪两地为中心,现代文学在外省(主要是省城)的影响波及有限且不平衡。抗战时期开始,现代民族国家主题兴起,战时文化需求与空间迁徙也推动了作家群体深入广阔的内地与边远地区,从东北到西北、西南的地域空间都在当时的现代创作中留下了风格和民间痕迹。新中国的建立从体制上为外省和各地方区域的文学建立了普遍的共同的基础,现代文学在各区域都获得了一定的本土发展,同时由于"一体化"的意识形态色彩要求,多少也限制了文学中的地方性风格与元素,它们在文学中的呈现也是被动性的。这样的局面在新时期被突破,尤其"寻根文学"的兴起诱发了地方性书写元素在文学空间中遍地开花,文学的地方性建构努力成为普遍的、自觉的追求。到新世纪后,经过近四十年的国内先锋探索与地方文化元素的养成,偌大的中国文学多元一体格局已然成形。似乎每一文化区域、每一省市、每一民族、每一民族语言都发展出了自己的文学群落,都可以拥有自己的文学生活和文学历史。中国现代文学空间落实在偌大文化国土和文学人口与群体之上。其中最令人瞩目的是,我们可以用中心/边缘的整体格局来描述它的丰富、生气与迷人,在内地、都市的四外乡野和边地,无论汉语文学写作还是少数民族语言写作,都产生了一大批"包围中央"的文学大家和优质作品,一转而孕育出中国"现代文学3"的都市与乡村、内地文化的多重困境与边地文明的纯朴野性的现代性变奏,中国文学文脉得以开阔博大地铺展,自边缘而给中心的腐质化以新鲜血液的滋养,真正浮现出不同以往的中国现代文学的共同体整体生态与情状。

在这个中国"现代文学3"的"新世纪新阶段"里,我们似乎又回到了古老的《诗经》曾呈现过的"中国"文学所应有的盛大景象,东南西北,国风呈祥(诗经原有十五国风,如今已更繁多密集流通错落了),而"所谓伊人,宛在水中央"。

2018年

中国之读（代后记）

读书人这个概念恐怕只有从古代中国的文明背景才可产生出来。因为从对比看，世界上许多文明的语言都是以拼音为主而生成词汇，汉语却不同，它以字形为轴造字，形声兼备，形成了不以语音为轴的稳定的书面文字表意系统。因此西方可以产生知识者的概念，近代就叫作知识分子，以探求和掌握知识为目的；而中国人探求和掌握知识，则首先要探求和掌握汉语书面文字系统，在人群中这类人就被称为读书人。这群人当然也不能不以探求和掌握知识为目的，但探求和掌握汉字书面系统即读书更是他们的一切学问之始，是一种先在的要务，乃至生存身份的特征与标识。在由"中国"这两个字所铺展开的土地上，读书人是自古以来读中国书而生生不息的一群人。如果中国是一部大书，中国读书人的生涯，可谓中国之读。

中国之读，读中国，以中国的语言方式读中国。当然，今天使用读书人这个概念，有些与电视等光电媒介阅读相区别的意味，电视上的中国与书本上的中国也的确存在着很大的差异，但这不是现在我想关注的话题。

中国之读，可从"中国"二字始。从纸书上读"中国"这两个方方正正的汉字，有稳固感，有庄重感，有归属感和神圣感。我们在这两个方方正正的汉字里边生活了多少个寒暑，奔波了多少的距离与路途，才使这种稳固的、庄重的、有归属感和神圣感的结构沉淀内化成了我们内心的血脉结构！我们只知道中国这两个方方正正的汉字，释其远古历史字源，"中"

是一面旗(依于省吾释义),"国"是一座城,而且是居于中心位置的一面旗帜和一座城池。经过血与火、情与理的漫长历史演绎与归纳,中国这两个字才写得方方正正,读得字正腔圆,成为一个方向的共识,一面旗帜的确指,一个偌大的文明空间和民居空间的吸附与归属。

回想一下我们自己的人生经历,就那样莫名无声地烙下并加深着对中国的感知。那是一种不断增长着的对国家中心的感知,中国首先意味着对中心的确知。我生也晚,到中学时才有机会从北方小镇出发坐早火车第一次去我们地区最大的城市,晚归时买回一本刚刚复刊的《人民文学》杂志,那里边装满了全国性的文学信息,我在归途中从杂志里的文字去认识一些全国文学名人。后来我第一次独自一人坐火车从小镇来到省城,那是上大学去读书,再后来大学毕业参加工作一个月后,我才第一次出差到了北京。我想在我及很多人的经历中,中国就是这样不断打开的一片视野,就是这样从低到高地一层递进一层地去认识它的,中国是有中心、分层级构成的,数千年来都是这样构成的。在我坐火车从小镇出发的若干年后读到历史学家许倬云先生写的话:"由中国历史上的道路体系着手,在空间的平面上,中国的各个部分,由若干中心地区,放射为树枝形的连线,树枝的枝柯,又因接触日益频繁,编织一个有纲有目的网络体系,中国的道路系统,经过数千年的演变,将中国整合为一个整体。"我深以为是,只是觉得应强调一下,这个像网络一样构成的中国,是有一个中心和若干个次中心的,中心吸附和规定着边缘的点。而中国的历史,大概是由活跃在边缘上的无数鲜活的生命不断向中心进发、参与和挑战所构成的。在往来边缘向中心的道途中,边缘从四面八方回馈着中心,而中心亦不断地向边缘充实,这种双向人类活动,是自古以来中国人的网络人生,最终沉淀为中国人心灵的一种内在结构。

都说"胸怀祖国",其实就是将"中国"了然于心,于心里装进它的中心和边缘,装进它的山川和天空,装进它的网络和构造,装进它的历时和共时,装进它的名物、历史和人,而这一切都是真实的,发生于中国人的内心。多年前读到一位叫加藤周一的日本人的《登高望中国》的报道文章,他说:"站在北京饭店的屋顶,放眼望去,不禁感慨,北京不愧为一个大国的首都,以天安门广场为中心,一条笔直的大道横贯东西。长安街的两端都是通向中国大陆内部的,如果长安街继续延长,将穿越长城,与丝绸之路连接,贯穿整个大陆。"沿着这个思路,我们可以想起来北京多年后在奥运建设过程中重新发现、扩建了的南北中轴线,那是一条古老的重新焕发了青春的伟大中轴线,它也同样会继续延长,穿越中国大地,如此东西南北的自北京中轴线或中心的穿越和扩展,中国落实为一个巨大宏伟的国土结构整体。其实这已不是想象,而是中国人将中国想象落实到大地上。

于是我们的中国之读又应该是一种超越中心的广阔而浩大的读、丰富和立体的读。"中国"二字的方方正正,不仅稳健庄重,而且建构了巨大的生存空间。考古学家苏秉琦先生总结他毕生的考古生涯写就了薄薄一册《中国文明起源新探》,其最重要的一个贡献就是通过广阔的考古文化背景对新石器以来中国上古文明进行了整体性的读解,在他看来,中国文明最早并不仅仅是从一个点或中心的逐步扩展,而是一开始就以遍布于长江、黄河、辽河流域的广阔背景的六大考古文化区系所构成的大规模的文明联系、影响,并趋向于一个整体的生成,中国文明一开始就是大规模的文明现象。这就是他所称的"区系的中国"。缘着远古时万国林立的偌大的六大文明区系,经由许倬云先生的"网络中国"的养成,终于成就了泱泱大国风范,不仅于人群,不仅于地理,不仅于社会,不仅于文化,怎一个"大"字了得。如此,中国自古以来就是大规模国家,走过了几千年的大国之路,中国早已崛起,一直在崛起,而不仅仅是在当代世界。大有大的难处,也有大的好处。

记得小时候虽然尚处于计划经济时代,但在北方小镇的市面上仍可见到南海或东海的带鱼、北京的糖果、上海的缝纫机、天津的自行车、杭州的茶叶,我们正是靠着这些物件在一个物质尚且短缺贫乏的时代来读认中国,享受着中国,使我们中国的信念中产生一丝丝不绝如缕的自豪,从感性上知道了教科书上的"地大物博,人口众多"是怎么一回事,知道了在一个全球化尚未来临的时代,"中国化"带给我们的便利、丰富和阔大,哪怕那时的丰富和阔大是非常有限的,在今天看来尚是贫乏的。这不能不影响到我们每个人的中国的性格。现在我们打开广播电视,可收听、收看到新疆的民歌、云南的民歌、广东的民歌、陕甘的民歌、内蒙古的民歌、江浙的民歌等,作为中国人的我们的眼睛和耳朵是丰富的、幸福的,不管这些旋律来自广阔的东,还是广阔的西,或是广阔的南或广阔的北,它们都好像是属于我们自己的"同一首歌"。付出数千年的历史成本之后,在无数血与火、治乱循环的生死存亡的挣扎之后,今天来听这些回荡在中国大地上摇曳多姿的旋律,似乎是用不着为它的丰富付成本了。举重若轻的"中国"二字,是中央电视台及其《同一首歌》栏目火爆的奥秘,这用不着什么考证。如果问"花儿为什么这样红",如果问为什么会唱"同一首歌",其奥秘就在漫卷世风的"中国化"的几千年沧桑背后。

  这里我们其实就读到了"中国"二字所蕴藏着的深刻的理念。有人只看到古人将中国视为中央王国所带来的盲目自大和自我虚幻,并给予严厉的批判。这是我所读到的在众多文章中异口同声的言词。我想必要的批判固然必要,但重要的蕴含在"中国"二字中间仍然重要。"中国"告诉我们一种观念,这观念赋予理性实践则成为我们组织社会和地缘生存的理念。靠着这个理念,我们整体地把握了一座座绵延百里千里的大山,全流域地把握了一条条江河,甚至数条数千里长的江河,全方位地把握、中和了甲骨文里早就一再出现的南方、北方、东方、西方,中国理念就其性质讲,最主要与核心的地方就是它表达了一种东方/中国的国家组织形态,以及国家思想,就是由众多亚中心构成其大,并由这些亚中心联结倾向于一个中心整体,因此世界上才"只有一个中国"。"中国"一词体现了中国人杰出的政治智慧。我曾读到美国资深政治家基辛格面对全球百多家媒体发表的演说,他说:"我在一个激动人心的时刻回到了中国。站在人民大会堂的台阶上,我看到了中国30年的巨变。美国人的外交政策被律师和讼案所操纵,中国的外交政策由理念所支配。"他说得很对。中国是一个有理念的国家,甚至"中国"二字本身就是它的一个至关重要的理念。它不会用别人的眼睛来看世界,它长着自己的眼睛。那位日本人说得好:通过自己的眼睛看世界,这是一个大国的条件。

1963年,在陕西出土的西周何尊铭文上记曰:"武王既克大邑商,则廷告于天,余其宅兹中国。"《尚书》中记西周时的告言:"皇天既付中国民,越厥疆土,于先王肆。"这大概是我们所见的最早的关于"中国"二字的记载了。它们在言说中都涉及了一个"天"字,说明"中国"自古以来就秉承一种天命的理念,是天赋中国。古代中国的中国观很重要的一个思想就是中国与天下两个概念在其最高层面是意义重合的,说明白了,其实就是一种天下主义。居天之下,走中正之路,以中和精神,求和谐之境,天下为己任,"大道之行也,天下为公",这些"中国"二字所蕴含的社会群体至上的古老朴素的社会主义价值原素,这些人类社会大道,使中国人从来就不缺少对天下和世界的负责精神。"中国"不过是将天下情怀与责任落实到实践中、大地上,在这个意义,中国从来不是西方式的"帝国",现在书刊中的随处可见的"中华帝国"云云,竟出自许多史家之口,大约都错了,需要改正。"中国"二字中的民族主义意蕴并不浓厚,或者说在很多时候并不自大和自闭,是现代世界和西方的民族国家的理念逼迫我们搞出了一个民族主义。在新世纪、在胸怀中国的基础上放眼世界,我们只有一个地球,我觉得,生态保护也好,建立国际关系新秩序也好,和平与发展也好,天下主义甚至叫地球主义也无妨,这或许是古老中国的中国观给未来全球化世界的一个可资参照可堪珍贵的贡献。如此,则中国幸甚,世界幸甚。

中国是与时俱进的,中国之读也是与时俱进的。从"中国"概念渐趋明晰的夏商周的第一中国,到秦汉中国,隋唐中国,再到宋元明清中国,直到现代中国,我们经历了古中国、旧中国,走进了新中国,新世纪还要去建设和创造科学发展的"新新中国"(杨振宁语)。中国在漫长的历史中稳健如一,也不断地创新中国、复兴中国。此时此刻,我们似乎又站在了一个历史的高地,中国之读,读中国,我们记住了古老的《诗经》中千古徘徊的一句话,说的正是中国,一个理念,也是一个预言:

"周虽旧邦,其命维新。"

附记:

上面这篇2009年写的随笔性小文,现在拿来作本书的"代后记"。

读书的驳杂,竟会影响我文学的专业兴趣和思考。比如中国近现代学术著述中对"中国"主题的念兹在兹,就给我留下了较深印象。正像费孝通所点明的历史认知情形,"中国"概念在古代一直以某种潜在的方式"不绝若线"地顽强存在着,只是到了近代以来,在中西文化激烈碰撞之下,"中国"一词才跃出地表,成为承载数千年国史,对话西体/西学,甚至对抗外来冲击/侵犯,被赋予了现代民族与国家力量的象征性符号。"释中国"成为近现代思想与问学的核心所在。"中国之读"成为近现代思想文化进取的一条主干线索。文学也不能例外。文学表达中国,中国也赋能文学,于是"中国之读"在这里就是最能够表达我们文化与文学情状的说法。我发现在当代的"文艺学"与"中国古代文学史"两个专业方向之间融通,可以建构出某种"中国文学之学",这应该成为一个合乎情理与时代需求的可以进一步思索的问题。所以我将"中国之读"作了主书名,似乎对"'中国文学'的理论与方法"这一原拟书名起了一点提炼或点睛的作用;并且用这篇小文为"代后记",也许是它曾表达了我的一些想法和感受吧。

选收在书中的文章,不免有错漏之处,所谓"中国之读"的视角与心愿怕只能略表一二,愿以后继续努力。

作者于 2021 年岁末